SHIRLEY

Charlotte Brontë

샬럿 브론테 지음
송근아 옮김

SHIRLEY

셜리 1

차 례

- 1장. 레위기 7
- 2장. 수레들 30
- 3장. 요크 씨 1부 57
- 4장. 요크 씨 2부 74
- 5장. 할로우 오두막 94
- 6장. 코리올라누스 122
- 7장. 사제들의 티타임 158
- 8장. 노아와 모세 206
- 9장. 브라이어메인즈 235
- 10장. 독신 여성들 276
- 11장. 필드헤드 309
- 12장. 셜리와 캐롤라인 341
- 13장. 추가적인 사업 이야기 381
- 14장. 자선 활동으로 구원받고픈 셜리 430
- 15장. 돈 부사제의 탈출 456
- 16장. 성령강림절 482
- 17장. 학교 잔치 503

일러두기

· 이 책에 나오는 인명, 지명을 비롯한 외래어는 국립국어원의 외래어표기법을 따랐으나, 몇몇의 경우 일상적으로 널리 쓰이는 용례를 참고하여 반영하였습니다.
· 본문에 나오는 고딕체는 모두 저자가 강조한 것입니다.
· 본문 하단에 있는 주는 모두 옮긴이의 것입니다.
· 책 제목은 겹낫표「」로, 그 외 나머지는 홑화살괄호〈 〉로 표기하였습니다.

1장. 레위기

 최근 몇 년 동안 영국 북부에 사제들이 비처럼 쏟아졌다. 그들은 빗물처럼 언덕 위 아주 높은 곳까지 차올라 교구마다 한 명 넘게 배정됐다. 다들 젊어서 적극적으로 일했고 성과도 좋았다. 그러나 지금 하려는 이야기는 최근에 관한 일이 아니다. 19세기 초에 있었던 이야기다. 요즘은 먼지가 가득하고, 태양 빛은 뜨겁고, 공기는 건조하다. 우리는 뜨거운 한낮 더위를 피해 낮잠 속에서 새벽을 꿈꾸며 시간을 보낼 것이다.
 만일 당신이 첫 장부터 로맨스 같은 이야기를 기대하고 있다면, 독자여, 그보다 더한 오산은 없다. 혹시 감상적인 시나 몽상을 꿈꾸는가? 열정 가득하고 자극적인 멜로

드라마를 바라는가? 부디 진정하고 기대 수준을 낮추길 바란다. 우리를 기다리는 것은 모든 일꾼이 일하자는 의지 하나로 몸을 일으키는 월요일 아침 같은 이야기다. 현실적이고 견고하되 낭만과는 거리가 먼 그 무엇이다. 이야기 중간이나 끄트머리에 어떤 흥미로운 맛을 느껴볼 수 있을지도 모르겠지만, 이 식탁 위에 가장 먼저 차려진 요리는 로마 가톨릭 교인이나 심지어 영국 가톨릭 신자도 수난 주간 금요일에나 먹을 만큼 푸석하다. 기름기 없는 차가운 렌틸콩과 식초 요리일 수도 있고, 누룩을 넣지 않은 빵에 쓰디쓴 허브로 된 요리일 수도 있지만, 구운 양고기는 없다.

다시 말하지만, 영국 북부에 사제가 비처럼 쏟아진 건 최근 몇 년 일이고, 1811년에서 1812년 사이에는 그렇지 않았다. 그땐 사제가 드물었다. 부사제 선교 후원회에서도 사제 지원이 어려워 낡은 교구당을 운영하는 늙은 신부들에게 손을 내밀어 주지 못했고, 옥스퍼드나 케임브리지 출신의 젊고 활기찬 신부들에게 월급을 지급할 돈도 보내줄 수 없었다. 훗날 사도직 계승자가 될 퓨지 박사✿의 제자들과 프로파간다✿✿의 도구들도 그 당시엔 아기 담요 속에서

✿ 에드워드 퓨지(Edward Bouverie Pusey). 영국 기독교 신학의 개혁 운동인 옥스퍼드 운동에 참여한 신학자.
✿✿ 포교, 정치적 선전을 의미한다.

꾸물거리고 있거나 유아 세례를 받고 있었다. 이탈리아 스타일의 프릴 리본으로 머리를 감싼 아이들을 보면서 그중 누가 성 바울이나 성 베드로, 또는 성 요한의 계승자가 될 운명인지 알아맞힐 사람은 아무도 없을 것이다. 그들이 기다란 가운을 펄럭이며 교구 신자들의 영혼을 가혹하게 단련시키고, 전에는 단 한 번도 성경대 위로 올라간 적이 없었던 옷소매를 설교단 위로 높이 쳐들어 교구 신부들을 당황하게 만들리란 사실도 예상하지 못했으리라.

하지만 그런 결핍의 시기에도 사제가 있었다. 흔치 않았으나 그 귀한 식물을 찾을 수는 있었다. 자랑스럽게 말하건대, 요크셔의 웨스트라이딩에 있는 어떤 운 좋은 동네에는 20마일도 안 되는 거리에 미역취가 세 송이나 피었다. 독자여, 곧 그들을 만날 것이다. 윈버리 가장자리에 있는 정원이 잘 정돈된 집으로 가서 작은 거실 안으로 들어가 보자. 사제들이 그곳에서 저녁 식사를 하고 있다. 소개해 보자면, 이들은 윈버리의 돈 부사제와 브라이어필드의 말론 부사제, 그리고 넌넬리의 스위팅 부사제다. 이곳은 소규모 의류상을 운영하는 존 게일의 집으로, 돈이 하숙하는 곳이다. 친절하게도 그가 형제들을 초대해 함께 즐거운 시간을 보내고 있다. 우리도 파티에 참여해 앞으로 벌어질 일을 구경하고 엿들어 볼 것이다. 그런데 지금은 식사만 하고 있으니, 사제들이 밥을 먹는 동안 우리는 따로 이야기를 해보려 한다.

이 신사들은 한창나이라서 그 재미있는 나이에 해야 하는 모든 활동을 하고 있다. 그 활동이란, 힘없고 나이 든 교구 신부들이 수시로 말하기를 사제로서 기꺼이 해야 하는 일이었다. 교구 내 학교들을 성실하게 감독하고 병든 신도들을 자주 방문하는 일 말이다. 하지만 이 젊은 유대인들은 그런 일을 지루해한다. 그들이 선호하는 건 다른 사람 눈에는 직조공이 베 짜는 일보다 더 따분하고 단조롭게 보이지만, 본인들에게는 끝도 없이 즐겁고 재미있는, 그 과정에서 에너지가 생기는 일이다.

다시 말해, 이 부사제들은 서로 왔다 갔다 하는 걸 좋아한다. 세 사람은 봄, 여름, 가을, 겨울 일 년 내내 일자 왕복도 아니고 삼각형으로 돌아가면서 서로의 집을 방문한다. 계절이나 날씨는 상관하지 않는다. 눈도 우박도, 바람과 비도, 진흙과 먼지도 돌파하며 다 같이 식사하거나 차를 마시고 야식을 먹는다. 그들이 무엇에 그리 끌리는지는 말하기 어렵다. 우정은 아니다. 만날 때마다 싸우기 때문이다. 종교 때문도 아니다. 종교에 관한 이야기는 한 번도 한 적이 없다. 종교학에 대해서는 가끔 이야기할지 몰라도 경건함을 가지고 말하는 것은 결코 아니다. 먹고 마시는 걸 좋아하지도 않는다. 이들은 각자 숙소에서도 맛있는 구이 요리와 푸딩, 향이 강한 차와 촉촉한 토스트를 똑같이 먹을 수 있다. 이 부사제들의 하숙집 주인인 게일 부인과 호그 부인, 휘프 부인은 그들이 '사람들을 곤란하게 만들려고 그러는 것'이라고 장담했다. 여기서 '사람들'이란 당연히 본인들을 뜻한다. 실제로 이 부인들은 부사제들이 구축한 하숙집 침범 시스템 때문에 끊임없이 고생하는 중이다.

앞서 말한 대로 돈 부사제와 그의 손님들은 저녁을 먹고 있다. 주방의 뜨거운 불꽃이 그들을 기다리는 게일 부인 눈에서 번뜩였다. 부인이 생각하기에 돈은 하숙인에게 주는 혜택, 즉 추가 금액 없이 가끔 친구들을 저녁 식사에 초대할 수 있는 서비스를 근래에 충분히 다 사용했다. 이번 주만 해도 지금 목요일인데, 이미 월요일 아침에 브라이어필드의 말론 부사제가 아침밥을 먹으러 왔다가 저녁 식사도 하고 갔다. 화요일에는 말론과 넌넬리의 스위팅 부사제가 차 한잔하러 와서 저녁을 먹고, 하숙집 여분 침대에서 자고 수요일 아침을 먹고 갔다. 부인은 목요일인 오늘 다 같이 저녁 식사를 하는 그들을 보며 분명히 밤까지 샐 거라고 거의 확신하고 있다. 만약 부인이 프랑스어를 할 수 있다면, '더 이상 못 참아(C'en est trop)'라고 말할 것이다.

접시 위에 있는 소고기를 잘게 잘라 먹던 스위팅이 고기가 너무 질기다며 투덜거렸고, 돈은 맥주가 밍밍하다고 불평했다. 그렇다, 이게 제일 나쁘다. 만약 부사제들이 예의를 차렸다면 게일 부인은 이렇게 불만스럽지 않았을 것이다. 만약 그들이 고마워했다면 부인은 신경도 안 썼을 것이다. 하지만 이 젊은 사제들은 너무 거만했고 다른 사람들을 멸시했다. 모두 자기들보다 '모자르다'고 여겼다. 부인이 친정엄마의 방식대로 따로 하녀를 두지 않고 집안일을 직접 한다는 이유만으로 그녀에게 예의를 갖추지 않았으며, 언제나 요크셔 사람들 생활 방식에 대해 나쁘게 말하곤 했다. 그래서 게일 부인은 그들 중 누구도 진정한 신사라거나 상류층 출신일 거라고 믿지 않았다. '늙은 신부들이 대학생 녀석들을 다 합친 것보다 더 낫다. 그들은 예의 바른 태도가 뭔지 알고 높고 낮은 이들 모두에게 친절하다.'

"빵, 더!" 말론은 목소리를 길게 늘여 이 두 음절을 내뱉으면서 본인이 토끼풀과 감자의 나라, 아일랜드 출신이라는 사실을 온 천하에 드러냈다. 게일 부인은 다른 두 사람보다 말론을 가장 싫어하고 두려워했다. 큰 키에 몸집도 좋고, 토종 아일랜드인다운 팔다리와 그 나라 특유의 생김새를 갖고 있기 때문이다. 고대 밀레토스인의 얼굴형도 아니고, 대니얼 오코넬 스타일도 아닌, 아일랜드 상류층 특정 계급에 속해 있을 법한 북아메리카 인디언 같은 외모였으며 농장주보다는 노예 소유주에게 더 어울릴 만한 오만하고 딱딱한 시선을 가지고 있었다. 말론의 아버지는 스스로를 신사라고 말했지만, 실은 가난한 빚쟁이에 어리석고 거만한 사람이었다. 그 아들도 마찬가지였다.

게일 부인이 빵을 내주었다.

"잘라요, 아줌마." 말론이 말하자, '아줌마'는 빵을 잘랐다. 원래 성격대로라면 사제도 같이 잘라버렸을 것이다. 요크셔 정신을 지닌 게일 부인은 명령하는 말투를 극도로 혐오했다.

식성 좋은 사제들은 소고기가 '질긴'데도 굉장히 많이 먹었다. 요크셔 푸딩 한 그릇과 샐러드 두 그릇도 메뚜기 앞에 놓인 이파리처럼 해치워 버렸고, '밍밍한 맥주'도 꽤 들이켰다. 치즈에도 섭섭잖은 관심을 기울였고, 디저트로 따라 나온 '스파이스 케이크'도 순식간에 연기처럼 없애버렸다. 주방에서는 게일 부인의 아들이자 상속자인 여섯 살 소년 아브라함의 구슬픈 소리가 울려 퍼졌다. 자기 몫을 기대했다가 텅 빈 접시를 내려놓는 어머니의 모습에 목청껏 울음을 터뜨린 것이다.

한편, 부사제들은 자리에 앉아 싸구려 포도주를 홀짝이며 가볍게 즐기고 있었다. 말론은 위스키가 훨씬 더 당겼지만, 돈은 영국인이라 그런 술이 없었다. 와인을 마시며 나누는 대화는 정치나 철학, 문학과는 일절 관련 없는 내용이었다. 그런 주제는 예나 지금이나 그들의 관심 밖이다. 실천신학도 아니고 교리신학도 아닌, 그저 소소한 교구 행정 업무에 관해서만 이야기했다. 다른 사람들에게는 거품처럼 텅 빈 쓸데없어 보이는 사안이었지만 그들에게는 그렇지 않았다. 말론은 동료들이 한 잔으로 만족할 때 어떻게든 두 잔을 비워냈고, 점점 더 기분이 좋아져서는 자기 방식대로 신나게 행동했다. 전보다 더 거만해져 호통을 치며 무례한 말을 내뱉고, 본인이 한 말에 혼자 감탄하며 시끄럽게 웃어 젖혔다는 말이다.

말론은 친구들을 한 명씩 돌아가며 놀려대길 좋아했다. 그는 지금처럼 기분 좋은 자리에 있을 때마다 꺼낼 수 있는 웃음거리를 두둑이 저장하고 있었고 그 내용은 여간해선 바뀌지 않았다. 바꿀 필요가 없었다. 단 한 번도 제 말장난이 지루하다고 생각한 적도 없거니와 다른 사람의 생각은 전혀 신경 쓰지 않았기 때문이다. 말론은 돈의 비쩍 마른 몸과 들창코를 들먹이길 좋아했고, 우중충하거나 비가 내리는 날에 이 신사가 즐겨 입는 초콜릿색 낡은 외투에 대해 빈정거렸다. 그는 돈 부사제만의 독특한 런던식 표현과 발음을 비꼬면서 너무 우아하다며 그 말투를 따라하고 장난쳤다.

스위팅은 몸집이 큰 말론에 비하면 위로도 옆으로도 다 애처럼 작아서 놀림받았다. 교구 아가씨들 몇몇이 플루트를 연주하고 찬송가를 부르는 스위팅이 천사 같다고 좋아했는데, 말론은 그것을 두고도 '귀여운 애완동물'이라며 놀렸다. 게다가 불쌍하게도 스위팅은 인간적인 따스함이 거세된 저 아일랜드인 앞에서 어머니와 자매들을 향한 애틋한 그리움을 이야기할 만큼 어리석었기에 그에 관해서도 놀림당했다.

피해자들도 제 방식대로 공격에 대처했다. 돈은 과장된 말로 자기를 옹호하거나 시무룩하게 입을 다무는 식으로 애매하게 자존심을 지켰다. 반면 스위팅은 가벼운 말로 받아치며 무관심하게 대응했는데, 이 방법은 그가 자존심을 지킬 의지가 전혀 없었기에 가능한 일이었다.

말론의 장난이 너무 공격적으로 변하면, 금방 그렇게 됐지만, 두 사람은 상황을 역전시키려고 노력했다. 가령, 거리에서 말론을 따라다니며 '아일랜드 사람이다!'라고 소리치는 애들이 몇 명이었냐고 묻거나, 사제가 신도를 방문할 때 주머니에는 총을 넣고 손에는 곤봉을 들고 다니는 게 아일랜드 관례인지 물었으며, 말론이 매번 이상하게 발음하는 베레, 퍼럼, 헬럼, 스토럼(베일(veil), 펌(firm), 헬름(helm), 스톰(storm))과 같은 단어들이 정확히 무슨 뜻이냐고 따지기도 했다. 그 외에도 두 사람은 선천적으로 타고난 고상한 성격다운 다양한 방법으로 보복했다.

물론 반응은 좋지 않았다. 말론은 성미도 급하고 침착과도 거리가 멀어 금세 격하게 화를 냈다. 그가 큰소리치며 팔다리를 휘두르는 모습에 돈과 스위팅이 웃어 젖혔다.

말론은 아일랜드 켈트족으로서 낼 수 있는 가장 높은 목소리로 그들을 향해 '비열한 색슨족이다, 속물이다' 하며 비난했고,✿ 두 사람은 말론이 정복당한 나라 태생이라며 조롱했다. 말론이 자기 '나라'의 이름으로 반란자들을 욕하면서 영국 통치권에 대해 분통을 터뜨리자, 돈과 스위팅은 누더기와 거지, 전염병을 거론했다. 작은 거실에 난리가 났다. 과격한 욕설이 맹렬하게 오가는 걸 보면 곧 싸움이 벌어질 것 같은데, 이상하게 게일 부부는 과격한 소리를 듣고도 경찰을 부르지 않았다. 사실 두 사람은 저런 상황에 익숙했다. 부사제들이 이처럼 소소한 행사 없이는 저녁 식사나 차를 마시지 않는다는 것을 잘 알고 있었기에, 마치 아무 일도 일어나지 않은 듯 행동한 것이다. 다투는 소리가 시끄럽긴 하지만 아무 피해도 끼치지 않았고, 사제들이 저러다 헤어져도 다음 날 아침이면 세상 가장 좋은 친구로 다시 만날 게 뻔했다.

두 현명한 내외는 부엌 벽난로 옆에 앉아 말론이 마호가니 거실 식탁을 끊임없이 힘차게 내리치는 소리를 듣고 있었다. 주먹이 식탁을 내리칠 때마다 유리병과 유리잔이 쨍그랑거렸고, 힘을 합친 두 영국인이 외롭게 항변하는 아일랜드인을 조롱하는 웃음소리도 들려왔다. 그렇게 앉아

✿ 과거 색슨족이 켈트족을 학살하여 아일랜드를 차지하였다.

있는데 갑자기 문 바깥에서 발소리가 들리더니 누군가 날카롭게 문을 두드렸다.

게일이 일어나 문을 열었다.

"거실에 누가 있는 거요?" 갑작스레 들린 목소리는 꽤 단호했고 콧소리도 약간 섞여 있었다.

"오, 헬스톤 신부님 맞으시죠? 어두워서 잘 보이지 않네요. 요즘은 날이 이렇게 빨리 어두워지는군요. 들어오시겠어요?"

"들어갈 만한 가치가 있는지 먼저 알고 싶군요. 거실에 누가 있는 거요?"

"부사제들입니다."

"뭐라고! 모두 다 있는 거요?"

"네, 그렇습니다."

"여기서 식사를 한 겁니까?"

"네."

"알 만하군."

마지막 말을 내뱉으며 남자가 안으로 들어왔다. 검은 옷을 입은 중년 남성이었다. 그는 곧장 부엌으로 들어가 안쪽 문으로 향한 후, 문을 열고 고개를 기울여 소리를 들었다. 위층 거실은 그 어느 때보다 지금이 가장 시끄러웠다.

"이런!" 헬스톤이 소리친 후 게일을 향해 돌아서서 물었다.

"이런 짓거리를 자주 하오?"

게일은 교구 관리자였고, 성직자들을 너그럽게 받아주는 성품이었다.

"젊어서 그렇습니다. 아시다시피…. 젊잖아요." 그가 변명하듯이 말했다.

"젊다고! 이럴 때는 때려주는 게 맞겠지. 고약한 놈들, 못된 녀석들! 존 게일 씨, 만약 당신이 신도가 아니라 반국교도였으면, 저 녀석들은 저렇게…. 더 난리 부렸을 거요. 내가 이놈들을 당장!"

이 말을 끝으로 그는 안쪽 문을 지나쳐 계단을 올랐다. 위층에 올라선 그는 거실에서 나는 소리를 몇 분간 더 들었다. 그리고 경고 없이 문을 열고 들어가 부사제들 앞에 섰다.

부사제들은 입을 다물고 꿈쩍도 하지 않았다. 불청객도 마찬가지였다. 헬스톤 신부는 키는 작지만, 몸이 꼿꼿했고 넓은 어깨 위에는 송골매 같은 얼굴이 자리 잡고 있었다. 챙 넓은 셔블 모자✿를 쓰고 있었으나 모자를 들어 올리거나 벗을 생각이 없어 보였다. 대신 가슴 위로 팔짱을 끼고, 젊은 친구들을 천천히 살펴보았다.

"이럴 수가!" 그가 말을 시작했다. 아까 같은 콧소리가

✿　영국 국교회 성직자가 쓰는 챙 넓은 모자.

아니라 의도적으로 만들어 낸 깊고 낮게 울리는 동굴 같은 목소리였다. "이런 일이! 오순절 기적이 다시 일어난 겐가? 갈라진 혀가 다시 내려왔나?✿ 다 어디 있지? 방금 그 소리가 온 집에 울렸는데. 내가 열일곱 나라말을 들었네. 페르시아어, 메디아어, 엘람어, 카파도키아, 폰토스, 아시아, 프리기아와 팜필리아, 이집트와 키레네 근처의 리비아어, 로마 이방인, 유대인과 개종자들의 언어, 크레타어와 아라비아어까지. 여기에 그 나라 말을 하는 사람들이 다 있어야지 않겠나."

"실례했습니다, 헬스톤 신부님. 같이 자리에 앉으시지요. 와인 한 잔 드릴까요?" 돈이 친절하게 말을 건넸지만, 답은 돌아오지 않았다. 검은 코트를 입은 송골매가 계속 말했다.

"내가 왜 언어의 은사를 들먹였지? 은사라니! 성경을 헷갈려서 그래. 복음서를 율법으로 착각하고, 사도행전을 창세기로 착각하고, 예루살렘과 시날 평지를 헷갈렸네. 그 소리는 은사가 아니라 귀청 떨어지게 만드는 소용돌이였지. 자네들이 사제라고? 그럴 리가! 자네 셋이? 절대 아니야. 자네들은 건방진 바빌론 석공 그 이상도 이하도 아니야!"

✿ 오순절에 하늘에서 갈라진 혀가 내려와 예수의 제자들이 언어의 은사를 받은 성경 내용을 언급하고 있다.

"저희는 그저, 친구들끼리 저녁을 먹고 와인 한잔하며 잠시 대화를 나누는 중이었습니다…. 반국교도들에게 전도하는 문제를 이야기하고 있었지요!"

"아! 전도 말인가? 말론도 전도에 관해 이야기하고 있었나? 나는 자네들이 머저리처럼 싸우는 줄 알았네. 재단사 모세 바라클러프가 부흥을 일으키겠다고 저기 저 감리교 예배당에서 사람들을 모아 놓고 떠들어 대는 소리만큼 시끄럽게 큰 소리를 내면서 말이야. 나는 그게 누구 잘못인지 알고 있지. 말론, 자네 때문이야."

"저 때문이라고요?"

"자네 때문이야. 예전에는 돈 부사제나 스위팅 부사제도 시끄럽지 않았어. 자네가 가고 나면 다시 조용할 걸세. 부디 바다를 건너오면서 아일랜드에서 하던 습관을 두고 왔길 바라네. 더블린 대학생이 살던 방식은 여기서 통하지 않아. 코노트에 있는 거친 산과 늪에서는 그런 행동이 눈에 띄지 않았겠지만, 훌륭한 영국 교구에서는 제멋대로 구는 사람을 좋게 봐주지 않는다네. 더 심각한 문제는 자네의 그런 행동 때문에 괜히 가만히 있던 교구의 성스러운 명예까지 떨어진다는 거야."

청년들을 나무라는 키 작은 신사의 행동에는 분명 위엄이 있었지만, 어떻게 보면 그 자리에 딱 맞아떨어지는 모습은 아니었다. 헬스톤은 꼬챙이같이 꼿꼿하게 서서 솔개처럼 날카롭게 눈을 빛냈으나 성직자용 모자와 검은 외투, 각반을 착용한 모습에도 불구하고 아들에게 믿음을 권하는 덕망 있는 성직자보다는 부하들을 벌하는 노련한 장교의 모습에 더 가까웠다. 그의 갈색빛 얼굴은 복음서의 온화함에는 별다른 영향을 받지 못한 듯 날카로웠고, 단호하고 기민한 성격이 새겨져 있었다.

헬스톤이 말을 이어 나갔다.

"서플허프를 만났네. 이 습한 밤에 진흙 길을 헤치고 밀딘 반대파 진영으로 설교를 하러 가고 있더군. 말했다시피 바라클러프가 집회 한가운데서 정신 나간 황소처럼 울부짖는 소리를 들었어. 그 와중에 자네들은 그 흙탕물 같은 포트와인 반 잔을 놓고 성난 노파마냥 소리를 질러대고 있었지. 서플허프가 하루에 열여섯 명을 개종시켰다고 해도 놀랄 일이 아니네. 이미 2주 전에 한 일이니까. 바라클러프가 사기꾼에 위선자라고 해도, 그 주먹이 나무통보다 얼마나 더 단단한지 보려고 직조공 처녀들이 꽃이며 리본을 달고 몰려드는 것도 당연해. 자네들이 나나 홀, 볼트비같은 교구 신부들 없이 혼자 남겨지면 서기관, 오르간 반주자, 사환이나 앞에 두고 교회 벽에다 대고 무미건조하게 설교문만 읽으면서 성스러운 예배 의식을 치를 게 뻔한 것처럼 말일세. 하지만 이 문제는 이제 그만 말하겠네. 나는 말론을 보러 왔으니까. 자네가 할 일이 있네, 대위!"

"무슨 일 말입니까?" 말론이 불만스레 대꾸했다. "이 시간에는 장례식이 없을 텐데요."

"무기 갖고 있나?"

"있죠. 이 다리가 무기예요." 그가 거대한 다리를 내밀었다.

"하! 권총 말일세."

"제게 주신 권총은 잘 갖고 있어요. 절대 다른 데 두지 않아요. 밤에도 침대 옆에 두고 자고요. 지팡이도 있습니다."

"아주 좋군. 자네가 할로우 공장으로 가겠나?"

"할로우 공장에 무슨 일이 있습니까?"

"아직은 별일 없지만 곧 무슨 일이 생길지도 몰라. 그런데 로버트 무어가 거기 혼자 있네. 믿을 만한 공장 일꾼들을 모두 스틸브로로 보내서 이젠 여자 두 명만 남아 있어. 그러니 후원자가 방문하려면 지금이 적기일 거야. 자기들 앞길이 핀 이유를 알고 있다면 말이지."

"하지만 저는 후원자가 아닙니다, 신부님. 그 사람한테 관심도 없어요."

"그래? 두려운가 보군, 말론."

"그런 게 아닌 걸 잘 아실 텐데요. 진짜 사달이 나겠다 싶으면 갈 겁니다. 하지만 무어라는 사람은 소심하고 이상해요. 이해하는 척도 못 하겠어요. 그 사람과 마냥 어울리고 있어야 한다면 전 한 걸음도 움직이지 않을 겁니다."

"하지만 사람들이 쳐들어올 가능성이 있네. 그런 낌새가 보이는 건 아니지만, 폭동까진 아니어도 이 밤이 조용히 지나갈 것 같진 않아. 무어가 새로운 기계를 들이기로 이미 결심했어. 오늘 저녁에 스틸브로에서 마차 두 대로 기계틀과 전지가위를 싣고 온다는 걸 자네도 알지 않나. 공장 감독관 스콧이 사람 몇을 데리고 그걸 가져오러 갔네."

"그럼 조용히 안전하게 가져오겠죠."

"무어도 그렇게 말하면서 아무 도움도 필요 없다고 하더군. 그래도 무슨 일이 일어나면 증거를 잡기 위해서라도 누가 필요할 걸세. 내 생각에 그 사람은 너무 부주의해. 가게 문도 열어놓은 상태로 사무실에 앉아 있거든. 어두워져도 밖으로 나가고, 필드헤드 거리로 내려가서 식물들 사이를 돌아다니지. 마치 자기가 이웃들에게 보살핌을 받는 아이나 동화책에 나오는 '행복한 세상'에 사는 듯이 말이야. 무어는 피어슨과 아미티지의 최후를 보고도 느끼는 게 없어 보이더군. 피어슨은 자기 집에서, 아미티지는 들에서 총에 맞아 죽었는데 말이야."

"그래도 무어 씨는 경고대로 조치를 취해야 합니다." 스위팅이 중간에 끼어들었다. "제가 며칠 전에 들은 얘기를 알면 그렇게 할 겁니다."

"뭘 들은 건가?"

1장. 레위기 23

"마이클 하틀리라는 사람을 아십니까?"

"방직 공장에서 일하는 도덕률 폐기론자 말인가? 알지."

"그 사람은 며칠씩 술을 마시고 나면 꼭 넌넬리 사제관을 찾아와서 홀 신부님께 설교 내용에 대한 불평을 늘어놓습니다. '행위론'이 끔찍한 교리라고 비난하면서 자기를 따르는 사람들이 어두운 곳에서 지켜보고 있다고 경고를 하더군요."

"음, 그건 무어와 무관한 이야기 아닌가."

"그자는 도덕률 폐지론자일 뿐만 아니라, 폭력적인 급진주의자이기도 합니다."

"알고 있네. 그자는 술에 취하면 항상 국왕을 없애야 한다고 말하지. 역사를 잘 알아서 '피의 복수에 응징당한' 폭군들 명단을 읊어대는데, 그걸 들으면 재미있어. 정치적인 이유로 죽은 왕들 이야기를 이상할 정도로 좋아하지. 나도 그자가 희한하게도 무어에게 열광하는 것 같다는 소문은 들었네. 스위팅 자네가 말하는 게 그건가?"

"딱 맞는 단어네요. 홀 신부님은 마이클 씨가 무어 씨를 개인적으로 싫어하는 게 아니라고 생각하세요. 마이클 씨가 무어 씨와 대화하거나 쫓아다니는 걸 좋아한다고 말하기도 했고요. 하지만 무어 씨에게 열광하면서 그가 교훈적으로 행동을 해주길 바라기도 합니다. 요크셔에서 가장 똑똑한 공장주로서 달콤한 향기의 제물로 희생되어야 한다고 주장했어요. 마이클 하틀리가 제정신이라고 생각하십니까, 신부님?" 스위팅이 물었다.

"알 수 없네, 스위팅. 마이클은 미쳤을 수도 있고, 교활한 자일 수도 있어. 어쩌면 둘 다일지도 모르지."

"그는 환상을 봤다는 이야기도 해요."

"그래! 마이클은 에스겔이나 다니엘처럼 환상을 본다지. 지난 금요일 밤에 내가 막 자려고 하는데 그가 찾아왔었네. 그날 오후에 넌넬리 공원에서 환상을 봤다며 그걸 설명하겠다고 말이야."

"말씀해 보세요, 뭐였습니까?" 스위팅이 재촉했다.

"스위팅, 자네 두뇌엔 엄청난 호기심 기관이 있구먼. 말론은 그런 게 없어. 살인에도 환상에도 흥미가 없지. 지금 저 아무 생각 없는 삽✿ 좀 보게."

"삽! 삽이 뭐죠?"

"자네가 못 알아들을 줄 알았지. 그게 뭔지 알고 싶으면 찾아보게. 성서에 나오니까. 내가 삽에 대해 아는 건 그 이름과 종족뿐이지만, 어린 시절부터 삽이 어떤 성격일지 생각했지. 분명 성실하고 진지하고 불행했을 거야. 곱에서 십브개의 손에 죽었다네."

"하지만 그 환상은요, 신부님?"

✿ Saph. 성경 사무엘하 21장 18절에 나오는 인물로 블레셋의 거인 가문 출신이다.

"말해주겠네, 스위팅. 돈은 손톱이나 물어뜯고 말론은 하품을 하고 있으니, 자네에게만 말해주지. 마이클은 불행히도 다른 사람들처럼 일자리가 없지. 그래서 필립 넌넬리 경의 집사 그레임 씨가 그에게 할 일을 줬네. 마이클이 하는 말을 들어보니, 울타리를 치던 중이었다는군. 저녁이 깊어지고 있었지만 어둡지는 않은 때였다네. 그때 멀리서 나는 듯한 소리를 들었어. 나팔 소리, 피리 소리, 트럼펫 소리…. 음악 소리가 나올 리 없는 숲에서 나는 소리였어. 눈을 들어 숲을 봤지. 나무들 사이로 뭔가가 움직였는데, 양귀비처럼 붉고 산사나무 꽃처럼 하얬다더군. 그게 숲에 가득해지더니, 공원까지 쏟아져 나와 꽉 채웠다는 거야. 그제야 마이클은 그게 군인들이라는 걸 알았다네. 수천 명, 아니 수십만 명. 하지만 그 군인들은 여름밤 수컷 모기떼보다도 조용했어. 군인들이 정렬을 이루어 공원을 가로질러 행진했다고 하더군. 마이클은 넌넬리 공원으로 가는 군인들을 따라갔고, 그때까지도 부드러운 음악 소리가 멀리서 들려왔어. 공원에 도착해서 군인들이 다양한 동작을 펼치는 걸 지켜봤는데, 붉은 옷을 입은 한 남자가 가운데에 서서 그들을 지휘하고 있었다더군. 군인들 수가 50에이커 이상을 차지했다네. 30분 정도 그러다가 다시 조용히 행군하기 시작했는데, 그 모든 시간 동안 마이클은 말소리나 발소리를 하나도 듣지 못했다네. 오직 엄숙하게 행진하는 군인들 뒤로 희미한 음악 소리만 들렸다는 거야."

"그들은 어디로 간 겁니까?"

"브라이어필드 쪽으로. 마이클이 군인들을 따라갔다네. 필드헤드를 지나가는 것처럼 보였다는데, 마치 포병대가 뿜어낸 듯한 연기 기둥이 들판과 도로, 공터 위를 조용히 뒤덮더니 그 푸르고 희미한 연기가 그자의 발밑까지 번졌다고 하더군. 그러다 연기가 사라져서 군인들을 쳐다봤는데 그들도 사라져 버렸다네. 더는 볼 수 없었지. 마이클은 선지자 다니엘마냥 자기 환상을 이야기하면서 해석까지 해버렸네. 피와 내전을 의미한다고 말이야."

"신부님은 그 말을 믿으십니까?" 스위팅이 물었다.

"자네는 믿는가, 스위팅? 그런데 말론, 왜 출발하지 않는가?"

"좀 놀라서요. 왜 신부님이 직접 무어와 함께하지 않는 겁니까? 신부님은 이런 일을 좋아하시는 줄 알았는데요."

"그러면 좋겠지만, 안타깝게도 넌넬리에서 성경협회 모임이 끝나고 볼트비와 저녁 식사를 하기로 해서 그러기 어렵네. 그래서 자네를 나 대신 보내겠다고 말했는데, 무어가 고맙다는 말을 않더군. 그 사람도 자네보단 나를 더 원했을 거야, 말론. 정말 도움이 필요하게 되면 나도 합류할 걸세. 공장에 있는 종을 울리면 내가 갈 걸세. 그 전까지는 자네 혼자 가 있게. (갑자기 스위팅과 돈을 돌아보며) 데이

비드 스위팅 군과 조제프 돈 군도 함께 가도 되네. 어떤가, 신사분들? 이 임무는 명예로운 일이면서도 실제로 약간 위험하기도 해. 자네들도 알다시피 지금 나라가 혼란한 상태고, 무어나 그가 운영하는 공장도 상당히 미움을 받고 있으니까. 그래도 자네들이 입은 조끼 밑에 기사도 정신과 용기가 분명히 숨어 있을 거라고 믿네. 어쩌면 내가 너무 말론만 생각한 걸 수도 있겠어. 꼬맹이 스위팅이나 깔끔쟁이 돈, 자네들이 영웅이 될 수도 있지 않겠나. 말론, 자네는 결국 덩치 큰 사울에 불과해. 갑옷을 빌려주는 일 말고는 쓸모가 없지. 총을 꺼내게. 곤봉도 가져와. 저기 구석에 있군."

말론이 의미심장하게 웃더니 권총을 가져와 형제들에게 하나씩 내밀었지만, 두 사람은 쉽사리 건네받지 않았다. 두 신사는 무기에서 한 걸음 물러나면서 품위 있는 태도로 겸손을 떨었다.

"전 절대로 이런 걸 건드리지 않습니다. 한 번도 안 만져봤어요." 돈이 말했다.

"전 무어 씨를 잘 모릅니다." 스위팅이 중얼거렸다.

"한 번도 권총을 만져보지 못했다면 지금 한번 어떤지 느껴보게, 위대한 이집트 총독이여. 이 자그마한 음유 시인은 플루트 말고 다른 무기로는 블레셋 사람들과 맞서고 싶어 하지 않을 테니까. 모자를 가져오게, 말론. 두 사람도 함께 갈 거야."

"아니요, 신부님. 안 됩니다. 제 어머니가 좋아하지 않으실 거예요." 스위팅이 간청했다.

"그리고 저는 그런 일에 휘말리지 않는 걸 원칙으로 삼았습니다." 돈도 말했다.

헬스톤은 냉소했고, 말론은 큰 소리로 웃었다. 말론이 무기를 제자리에 놓은 후 모자와 곤봉을 집어 들면서 '살면서 이렇게까지 싸우고 싶은 적이 없었는데, 오늘 밤에 부디 기름때 묻은 공장 직원들이 무어 네로 쳐들어오면 좋겠군'이라고 말했다. 그러고는 두세 걸음 만에 계단을 내려가 집이 흔들리도록 현관문을 꽝 닫고 나가버렸다.

2장. 수레들

저녁은 칠흑같이 어두웠다. 낮에는 잿빛이었으나 밤이 되어 어두워진 구름에 가려 별과 달이 보이지 않았다. 말론은 자연을 세밀하게 관찰하는 사람이 아니었다. 자연의 변화 대부분은 그의 눈에 띄지 않고 지나갔다. 일 년 중 가장 변화무쌍한 사월 날씨에도 그는 몇 마일을 걷는 동안 땅과 하늘이 아름답게 교감하는 모습을 보지 못했다. 태양빛이 입을 맞춘 언덕 꼭대기가 밝은 초록빛으로 미소 짓는 순간이나, 소나기가 내려 낮게 걸린 구름이 흐트러진 머리카락으로 그 꼭대기를 감추는 순간을 절대 알아차리지 못했다. 동쪽으로 보이는 스틸브로 철공소 용광로의 붉은 빛이 지평선을 향해 내비쳤고, 그 위를 검은 하늘이 덮었다.

그러나 말론은 구름 가득한 지금의 하늘과 구름 한 점 없이 서늘했던 이전의 하늘을 대조해 볼 마음이 없었다. 말론은 별자리와 행성들이 전부 어디로 갔는지 궁금해하지 않았다. 흰 구름 섬이 떠 있던 검푸르고 고요한 하늘 바다가 더욱 밀도 높고 묵직한 다른 구름에 가려진 모습도 아쉬워하지 않았다. 대신 그는 아일랜드인답게 모자를 뒤로 젖혀 쓰고 몸을 앞으로 숙인 채 고집스럽게 길만 따라 걸었다. 포장된 도로에서는 '쿵쿵'거렸고, 도보가 없는 부드러운 진흙 길에서는 '철벅철벅' 소리를 내며 수레바퀴 자국을 밟았다. 그는 브라이어필드 교구의 첨탑이나 그보다 멀리 있는 레드하우스 불빛 같은 특정 표지물만 찾으며 무작정 걸었다. 레드하우스는 여관인데, 그곳을 지나칠 때는 반쯤 쳐진 커튼 너머 불빛과 둥근 탁자 위의 유리잔, 참나무 의자에 앉아 있는 사람들 모습에 이끌려 거의 발길을 돌릴 뻔했다. 위스키와 물 한 잔이 간절했다. 다른 지역에서라면 즉시 그 꿈을 실현했겠지만, 이 여관에 모인 사람들은 모두 헬스톤 신부의 교구 주민들이었고, 모두 그를 알고 있었다. 말론은 한숨을 쉬며 지나갔다.

이제 도로를 벗어났으니 들판만 가로지르면 할로우 공장까지 금방 갈 수 있다. 들판은 평평하고 단조로웠다. 말론은 울타리와 벽을 넘어 들판을 직선으로 가로질러 나아갔다. 그가 지나친 건물은 하나뿐이었는데, 그 건물은 크고 웅장한 저택처럼 보였지만 전체적으로 울퉁불퉁한 형태였다. 높게 솟아오른 박공벽 옆에 기다란 앞 벽이 세워져 있었고, 이어서 낮은 박공벽과 두껍고 높은 굴뚝 더미가 보였다. 건물 뒤에 나무가 몇 그루 있었다. 창문은 모두 불빛 하나 없이 어두웠고, 완벽하게 고요했다. 오직 처마에서 떨어지는 빗물 소리, 그리고 굴뚝 주변과 나뭇가지 사이에서 부는 낮고 거친 바람 소리만 들려왔다.

이 건물을 지나자마자 지금까지 평평했던 들판 길이 급격한 내리막길로 변했다. 그 아래에서 물소리가 들리는 걸 보니 계곡이 있는 것이 분명했다. 멀리서 한 줄기 불빛이 희미하게 보였다.

그 빛을 향해 걸어간 말론은 자그마한 하얀 집에 도착했다. 짙은 어둠 속에서도 그 집이 하얗다는 것을 알아볼 수 있었다. 문을 두드리자, 나이가 어려 보이는 하녀가 문을 열었다. 하녀가 들고 있는 촛불에 비쳐 좁은 복도가 드러났고, 그 끝에 좁은 계단이 보였다. 빨간색 문 두 개와 계단 아래로 깔린 붉은 양탄자가 벽과 바닥의 연한 색깔과 대조를 이루어 작은 내부를 깨끗하고 신선하게 보이게 했다.

"집에 무어 씨 계십니까?"

"네. 하지만 지금은 안 계세요."

"안 계시다니! 그럼 어디 있습니까?"

"공장에 계세요. 사무실에요."

그때 빨간 문 하나가 열렸다.

"사라, 수레가 도착했니?" 여자 목소리와 함께 얼굴이 드러났다. 여신의 얼굴이라고는 할 수는 없었다. 그녀의 이마 양옆에 매달려 있는 헤어롤 때문에 그렇게 생각하기가 어려웠다. 그렇다고 고르곤 같은 추한 얼굴도 아니었다. 하지만 말론의 눈에는 후자로 비쳤나 보다. 그는 그 큰 체격에 뒤로 주춤 물러나더니 밖으로 나가 비를 맞았다. 그러고는 "제가 직접 가보겠습니다"라고 말하며 급히 좁은 골목을 지나 어둡고 커다란 공장으로 갔다.

작업 시간은 끝났고, 일꾼들도 모두 떠났다. 기계는 멈췄고, 공장은 문을 닫았다. 말론은 공장을 돌아다녔다. 그을음이 커다랗게 묻어 있는 공장 벽 어딘가에서 빛이 새어 나오는 틈을 발견하고는 곧장 그곳으로 갔다. 두꺼운 곤봉 끄트머리로 문을 세게 두드리자 문고리가 돌아가더니 문이 열렸다.

"조 스콧 자네인가? 수레가 왔나, 조?"

"아니요, 접니다. 헬스톤 신부님이 보냈어요."

"아! 말론 씨." 말론의 이름을 말하는 상대방의 목소리에서 실망감이 살짝 느껴졌다. 그는 잠시 침묵한 후, 예의 있으나 약간 형식적인 말투로 이어서 말했다.

"들어오시죠, 말론 씨. 신부님께서 당신을 여기까지 보낼 필요가 없었는데 정말 유감입니다. 이렇게 늦은 밤에 그러실 필요 없다고 제가 그렇게 말씀드렸는데…. 그래도 들어오십시오."

말론은 안내자를 따라 어두운 복도를 지나 밝고 환한 안쪽 방으로 들어갔다. 지난 한 시간 내내 안개로 가득한 어두운 밤길을 헤쳐온 탓에 그의 눈에는 이 방이 무척 밝고 환해 보였다. 그러나 세련된 난로와 테이블 위에 놓인 화려한 디자인의 램프를 제외하면 매우 밋밋한 공간이었다. 마룻바닥에는 카펫 하나 깔려 있지 않았고, 등받이가 딱딱한 초록색 의자 서넛은 어떤 농가 주방에서 가져다 놓은 것 같았다. 튼튼하고 견고한 책상과 앞서 언급한 테이블, 그리고 돌벽에 걸려 있는 건축도면과 정원 디자인, 기계 설계도가 담긴 액자 몇 개가 이 방에 있는 전부였다.

보잘것없는 방이었지만 말론에게는 만족스러웠다. 그는 젖은 외투와 모자를 벗어 걸어두고는 관절염에 걸린 것 같은 의자 하나를 난로 옆으로 끌어다 놓고 앉았다. 그의 무릎이 붉은 화로 속으로 들어갈 것만 같았다.

"여기 참 편한 공간이군요, 무어 씨. 혼자서 아늑하게 지내고 계시네요."

"네, 하지만 혹시 집이 더 좋으시면 자리를 옮겨도 됩니다. 제 누이도 말론 씨를 뵙고 싶어 할 겁니다."

"아, 아니에요! 여성분들은 혼자 있는 게 좋죠. 저는 한 번도 여성들과 친하게 지낸 적이 없어요. 저를 스위팅과 착각하신 건 아니죠, 무어 씨?"

"스위팅 씨라면, 초콜릿색 외투를 입은 분입니까, 아니면 키 작은 신사분입니까?"

"작은 쪽이요. 넌넬리 교구 사람이에요. 사익스 가의 여섯 숙녀분 모두와 사랑에 빠진 기사죠, 하하!"

"그분들과는 누구 한 명과 특별해지는 것보다 모두를 두루 사랑하는 편이 더 나을 겁니다."

"하지만 스위팅은 그중에서 특별히 한 사람과 사랑에 빠졌어요. 제가 돈과 스위팅에게 그 멋진 분들 중에 한 사람만 골라보라고 했더니 스위팅이 이름을 말했지요. 누굴 것 같습니까?"

무어는 조용히 웃으며 대답했다. "도라 아니면 해리엇이 겠죠."

"하하! 정말 잘 맞췄네요. 그런데 왜 그 둘이라고 생각했습니까?"

"두 사람이 가장 키가 크고, 아름다우니까요. 게다가 도라는 가장 건장하지 않습니까. 그리고 당신 친구 스위팅 씨는 조금 작고 호리호리한 체격이니까, 그럴 땐 아마도 자신과 대조적인 사람을 좋아할 거라고 생각했습니다."

"맞아요. 도라예요. 하지만 잘되긴 어렵지 않겠습니까, 무어 씨?"

"스위팅 씨는 부사제라는 직책 외에 가진 게 뭡니까?"

말론은 이 질문이 무척 재밌는지, 3분이나 웃고 나서야 대답했다.

"스위팅이 가진 거요? 글쎄요, 다윗에게 하프나 플루트가 있었던 것처럼 스위팅에게도 비슷한 게 있지요. 싸구려 시계, 값싼 반지나 안경이 있어요. 그게 그가 가진 전부죠."

"그러면 사익스 양이 입을 옷은 어떻게 감당할 생각인 걸까요?"

"하하! 정말 재밌네요! 다음에 스위팅을 만나면 그걸 물어봐야겠어요. 그 건방진 녀석을 놀려줘야겠습니다. 하지만 스위팅은 분명 크리스토퍼 사익스 씨에게 뭔가 대단한 걸 기대하고 있을 겁니다. 사익스 씨는 부자 아닙니까? 큰 집에 사니까요."

"사업을 크게 하고 계시죠."

"그러니까 부자겠죠?"

"그러니까 그 재산으로 할 일이 많을 겁니다. 요즘 같은 때에는 사업할 돈으로 딸들 지참금 줄 생각을 할 것 같지는 않아요. 제가 저기 있는 오두막을 허물고 그 자리에 필드헤드만큼 큰 집을 짓겠다고 꿈꾸는 것만큼이나 가능성이 낮습니다."

"무어 씨, 제가 며칠 전에 무슨 말을 들었는지 압니까?"

"글쎄요. 아마 제가 그런 일을 시도할 거라는 말이겠지요. 브라이어필드 사람들은 시답잖은 소문을 만들어 내니까요."

"바로 무어 씨가 필드헤드를 빌리려고 한다는 거예요. (여기 오는 길에 그 저택을 봤는데, 우울해 보입디다.) 게다가 무어 씨가 사익스 양을 그 집 안주인으로 앉힐 거라더군요. 결혼할 계획이라는 거죠, 하하! 누구인가요? 틀림없이 도라겠죠? 도라가 가장 아름답다고 했잖아요."

"제가 브라이어필드에 온 이후로 제 결혼 이야기가 몇 번이나 나왔을지 궁금하군요. 여기 사람들은 이 지역에 사는 결혼 적령기 여성이라면 모두 번갈아 가며 저와 짝지어 주었지요. 처음에는 윈 자매였는데, 먼저 어두운 머리의 윈 양이었다가, 나중에는 밝은 머리의 윈 양이었습니다. 그다음에는 빨간 머리의 아미티지 양, 그리고 나이가 좀 있는 앤 피어슨 양이었지요. 이제는 사익스 자매 전부를 내 어깨에 올려놓았군요. 어떤 근거로 이런 소문이 나는지는 신만이 아실 겁니다. 저는 아무 집도 방문하지 않습니다. 여성들과 만나는 일은 말론 씨와 마찬가지로 관심이 없습니다. 만약 제가 윈버리에 갈 일이 있다면, 그건 사익스 씨나 피어슨 씨의 사무실에서 결혼과는 아무 상관없는 다른 일을 논의하기 위해서입니다. 우리는 구애나 정착이나 지참금 같은 주제보다는 천이 팔리지 않거나 노동자 고용이 어려운 상황, 공장 운영을 못 하는 문제처럼 우리가 바꿀 수 없는 어려운 사건에 대해 논의하는 일만으로도 바쁘니까요. 지금은 사랑 같은 허황된 문제를 생각할 여력이 전혀 없습니다."

"저도 완전히 동의합니다, 무어 씨. 세상에서 가장 골치 아픈 걸 꼽으라면, 그건 결혼이에요. 제 말은 단순한 감정으로 하는 결혼, 그러니까 가난한 바보 두 명이 감정이라는 환상적인 유대로 빈곤을 두 배로 키우는 그런 결혼을 말하는 겁니다. 정말 터무니없어요! 하지만 고상한 견해와 확실한 이익을 오랫동안 일치시키기 위해 유리한 관계를 맺는 결혼은 그렇게 나쁜 일이 아니에요, 그죠?"

"그렇죠." 무어는 무심한 태도로 대답했다. 그는 이런 주제에 흥미가 없는 듯했고, 더는 말을 잇지 않았다. 한동안 불을 바라보며 생각에 잠겨 있던 무어가 갑자기 고개를 돌렸다.

"잠깐! 방금 바퀴 소리 들었습니까?"

무어가 자리에서 일어나 창문을 열고 귀를 기울이더니, 곧 창문을 닫으며 말했다.

"그냥 바람 소리였습니다. 시냇물이 조금 불어서 계곡을 따라 흐르는 소리도 들리는군요. 수레가 여섯 시에 도착하기로 했는데, 지금 아홉 시가 다 되어 갑니다."

"정말로 기계를 설치하는 일이 무어 씨를 위험하게 만

들 것 같습니까? 헬스톤 신부님은 그렇게 생각하는 것 같아서요." 말론이 말했다.

"저는 그저 기계들이 안전하게 공장 안으로 들어오기만을 바랄 뿐입니다. 한번 설치만 하면 기계를 반대하는 사람들은 문젯거리가 되지 않아요. 그자들이 이곳에 오면 후회할 겁니다. 이 공장은 제 성이니까요."

"그런 비열한 놈들은 경멸스러워요." 말론은 깊은 생각에 잠겨 말했다. "오늘 밤에 그놈들이 찾아오면 좋을 것 같기도 해요. 하지만 제가 오는 길에는 도로가 꽤 조용해 보였어요. 별다른 움직임이 안 보였으니까요."

"레드하우스를 지나왔습니까?"

"네."

"그 도로에는 아무것도 없었을 겁니다. 스틸브로 쪽이 위험하지요."

"험한 일이 생길 수도 있다고 보세요?"

"그자들이 다른 사람들에게 한 짓을 나한테 할 수도 있겠죠. 하지만 이번엔 다를 겁니다. 제조업자들은 대부분 공격을 받으면 꼼짝도 못 합니다. 이를테면 사익스 씨는 작업장이 불타 잿더미가 되고 틀에서 뜯겨나간 천들이 들판 위를 굴러다닐 때도 범인을 찾아내거나 처벌하려고 노력하지 않더군요. 그저 족제비에게 물린 토끼처럼 순순히 포기했어요. 저는 제가 어떻게 할지 잘 압니다. 제 일터와 공장, 기계들을 지킬 겁니다."

"헬스톤 신부님은 무어 씨를 쥐고 흔드는 문제로 세 가지를 꼽으시더군요. 무어 씨에게 '대륙 봉쇄령'은 일곱 가지 대죄나 다름없고, 캐슬레이✿는 적그리스도 같은 존재인 데다, 그 당파도 전쟁 군단이나 다름없다고요."

"네. 그것들 모두 혐오합니다. 내 앞길을 망쳐버렸으니까요. 그들 때문에 계획이 다 틀어졌습니다. 그놈들이 벌인 생각지도 못한 일들 때문에 번번이 좌절하게 되는군요."

"하지만 무어 씨는 부유한 데다 성공하는 중이지 않습니까?"

"팔 수 없는 직물만 아주 많습니다. 저기 있는 창고에 들어가 보면, 천이 천장에 닿을 만큼 쌓여 있는 것을 볼 수 있을 겁니다. 로크스 씨와 피어슨 씨도 같은 상황입니다. 미국과 거래하고 있었는데 대륙 봉쇄령으로 거래가 끊어졌어요."

말론은 이런 종류의 대화를 활발하게 이어갈 마음이 없는 듯했다. 그는 양쪽 부츠 뒤꿈치를 서로 부딪치다가 하품을 하기 시작했다.

✿ 캐슬레이 자작(Viscount Castlereagh). 영국 정치가. 나폴레옹에 대항하는 대동맹을 이끌며 활약하였다.

"생각해 보세요." 무어는 자기 생각에 너무 몰두한 나머지 손님이 지루해하는 신호를 알아차리지 못하고 계속해서 말했다. "윈버리와 브라이어필드에서 떠도는 우스꽝스러운 소문들 때문에 결혼이 더 귀찮아진단 말입니다. 마치 인생에서 다른 할 일은 없다는 듯이 어떤 젊은 여자에게 '관심을 갖고', 그 여자와 교회에서 결혼식을 하고, 그다음에는 신혼여행을 갔다 와서 이 집 저 집을 방문하고, 그렇게 '가정을 꾸려야 한다'는 거겠지요. 이런, 제기랄!" 그는 힘을 실어서 하려던 말을 끊고는 다시 차분하게 덧붙였다. "여자들은 이런 것만 생각하고 이야기하는 것 같습니다. 그리고 남자들도 당연히 비슷할 거라고 믿나 봐요."

"그러게요, 그러게 말입니다." 말론이 동의했다. "별로 신경 쓰지 마세요." 그러고는 휘파람을 불더니 초조하게 주위를 둘러보며 뭔가 필요한 것처럼 굴었다. 이번에는 로버트가 그 행동이 무슨 뜻인지 알아차리고는 말했다.

"말론 씨, 비를 맞으며 걸어오셨으니 먹을 게 필요하겠군요. 제가 손님 대접을 잊었습니다."

"무슨 말씀을요." 그렇게 말했지만 말론의 얼굴은 마침내 정답을 들었다는 표정이었다. 무어가 일어나서 찬장을 열며 말했다.

"저는 필요한 일은 모두 직접하고 있습니다. 저쪽 오두막에 있는 여성들에게는 먹을 거든 마실 거든 그 무엇도

의존하지 않는 편이 좋다고 생각합니다. 그래서 주로 여기에서 저녁을 보내며 혼자 밥을 먹고, 조 스콧과 함께 공장에서 잠을 잡니다. 가끔은 직접 경비원이 되기도 하지요. 잠도 별로 없어서 날 좋은 밤에는 머스킷 총을 들고 계곡을 한두 시간 배회하는 걸 즐기기도 하고요. 말론 씨, 양갈비 요리할 줄 아십니까?"

"그럼요. 대학 때 수백 번도 더 해봤어요."

"저기 손질한 양고기와 석쇠가 있습니다. 빨리 뒤집어야 해요. 육즙 유지하는 법 아시죠?"

"저를 믿으세요. 보시면 알 겁니다. 나이프와 포크 좀 주세요."

말론은 코트 소매를 걷어붙이고 열심히 요리를 시작했다. 무어는 접시와 빵 한 덩어리, 검은색 병과 유리잔 두 개를 테이블 위에 놓은 후, 찬장에서 작은 구리 주전자를 꺼내 커다란 돌항아리에서 물을 따르고, 쉭쉭 소리가 나는 석쇠 옆 난로 위에 올려놓았다. 그다음에 레몬과 설탕, 그리고 도자기로 된 작은 펀치용 그릇을 준비했다. 그때 누군가 문을 두드리며 그를 불렀다.

"사라인가?"

"네, 선생님. 저녁 식사하러 오실 건가요?"

"아니, 오늘 밤엔 집에 안 들어갈 거야. 공장에서 잘 거다. 그러니 문을 잠그고 안주인에게 먼저 자라고 전해라."

무어가 돌아왔다.

"당신 집안은 제대로 되어 있네요." 말론이 칭찬하며 말했다. 화로 위로 몸을 기울인 채 부지런히 양고기를 뒤집고 있는 그의 건강한 얼굴이 잿더미에 놓인 불씨처럼 붉게 상기되어 있었다. "무어 씨는 집안 여자들한테 휘둘리지 않는군요. 불쌍한 스위팅과 달라요. 그 녀석은 여자들한테 지배당할 운명이지요. 휴! 기름이 튀네요! 손을 데었어요. 고기가 먹음직스럽게 구워졌어요. 스위팅과 달리 무어 씨와 저는 결혼할 때 마구간에 회색 암말을 들여놓지 않겠지요."

"글쎄요. 저는 그런 생각을 해본 적이 없습니다. 회색 암말이 아름답고 다루기 쉽다면, 왜 안 되겠습니까?"

"고기가 다 익었어요. 펀치도 있습니까?"

말론은 저녁 식사에 무척 만족했다. 사소한 일에도 크게 웃으며 시답잖은 농담을 했고 혼자 손뼉 치면서 소란스럽게 굴었다. 그에 반해 집주인은 변함없이 조용히 있었다. 독자여, 이제 로버트 무어의 외모에 관해 알아볼 때가 되었다.

테이블에 앉아 있는 그를 묘사해 보겠다.

로버트는 처음 보면 다소 독특하다고 할 법한 외모를 가지고 있다. 말랐고, 어두운 황갈색 피부 때문에 굉장히 이국적으로 보인다. 그림자처럼 드리운 머리카락이 이마

위에 무심히 흐트러져 있다. 외모를 가꾸는 데 많은 시간을 들이지 않는 것 같다. 그랬다면 머리를 더 세련되게 정돈했을 테니까. 그는 자신이 남부인 특유의 대칭적이며 말끔하고 조각 같은 섬세한 얼굴을 가졌다는 사실을 스스로 의식하지 못하는 듯하다. 그를 마주 보는 사람들도 잘 살펴보지 않으면 그 아름다움을 인지하기 어렵다. 왜냐하면, 불안한 표정과 살짝 여위고 초췌한 얼굴선이 그가 가진 아름다움을 상쇄하고 걱정스러운 분위기를 만들기 때문이다. 크고 진지한 회색빛 눈을 가지고 있으며, 그 눈빛은 부드럽기보다는 탐색적이고, 다정하기보다는 사색적인 느낌을 준다. 그의 미소는 매력적이긴 하지만, 솔직하거나 유쾌하진 않다. 대신, 차분한 매력을 갖고 있다. 진실인지 착각인지는 몰라도 그의 미소를 보면 그가 신중하고 친절하다는 걸 알 수 있으며, 집안사람들과 잘 지낼 수 있는 인내심과 참을성을 갖고 있고, 가정에 충실한 사람일 거라는 믿음을 준다. 아직 젊어 보이는데, 서른이 넘지 않는 것 같다. 키가 크고, 몸매가 날씬하다. 하지만 말투는 불친절하다. 외국식 억양으로 말하고, 발음과 문법도 신경 쓰지 않는다. 영국 사람들, 특히 요크셔 사람들은 그의 억양을 짜증스러워한다.

　무어는 사실 영국인이라고 보기 어려웠다. 어머니 쪽이 외국 혈통이었고, 본인도 외국 땅에서 나고 자랐다. 혼혈로 태어났기에 여러 부분에서 뒤섞인 감정을 가졌을 것이다. 애국심에 관해서도 그렇고, 특정 당파나 종교, 지역과 관습에도 쉽게 동화되지 않았을 가능성이 크다. 본인이 속해 있는 공동체와도 개인적으로 거리를 두려는 경향이 있다. 로버트 제라르 무어 본인의 이익을 최우선으로 두는 게 제일이라 여기고, 자선 사업이나 대중적인 이익을 추구하는 일은 자신과 큰 연관성이 없다고 생각한다. 제라르 가문은 벨기에의 앤트워프에서 이백 년 동안 대대로 무역상이었기 때문에 로버트도 가업을 이어받아 무역 사업을 하고 있었다. 제라르 가문은 한때 부유했다. 그러나 사업이 불안해지면서 복잡한 일이 일어났고, 재앙에 가까운 투기로 가문의 신용 기반이 점차 흔들렸다. 불안정한 초석 위에서 십이 년 동안 버티고 있던 이 가문은 결국 프랑스 혁명으로 인한 충격으로 완전히 붕괴했다. 그 붕괴에는 앤트워프에 있는 집안과 밀접하게 연결되어 있던 무어 가문의 영국과 요크셔 회사가 포함되었다. 무어 가문 사람 중 한 명이자 앤트워프에 거주하고 있던 선대 로버트 무어가 선대 오르탕스 제라르와 결혼했다.✿ 신부가 그녀의 아버지 콘스탄틴 제라르의 사업 지분을 상속받을 가능성이 있었기 때문이다. 그러나 오르탕스 제라르는 회사의 부채에 대

✿ 주인공 로버트 제라르 무어의 부친 이름도 로버트 무어라서 '선대'를 넣어 구분했다.

2장. 수레들 45

한 지분만 상속받았고, 채권자들과의 합의를 통해 그 부채를 적절히 처리했다. 하지만 일부 사람들은 그녀의 아들 로버트가 이 부채를 유산으로 상속받았으며, 언젠가 그 부채를 갚고 제라르와 무어의 무너진 회사를 이전의 위대함에 걸맞게 다시 일으켜 세울 거라고 말했다. 그들의 아들인 로버트 무어는 과거의 사건을 매우 깊이 마음에 담아두었을 것이다. 음울한 어머니와 함께 보낸 어린 시절과 불안한 미래를 걱정하며 성장한 청년 시절, 그리고 무자비한 폭풍우에 망가진 성인기를 거치며 그의 마음에는 고통스러운 기억이 새겨져 있으리라.

하지만 재건이라는 큰 목표를 가지고 있다 해도 로버트에게는 그 목표를 위해 동원할 만한 힘도 수단도 없었기에 작은 일을 하며 만족해야 했다. 그의 조상들은 이 항구도시에 창고를 여럿 가지고 있었고, 저 내륙 도시에서는 공장을 운영했으며 도시의 주택과 시골 별장을 소유한 사람들이었다. 그러나 요크셔 땅을 밟은 로버트는 사정이 달랐다. 나아갈 길이 보이지 않았다. 그저 한적한 시골구석에 있는 조그만 천 제조공장을 임대하고, 그 옆에 딸린 작은 오두막을 거처로 삼았다. 그리고 말이 풀을 뜯을 만한 목초지와 천을 널어놓을 장소로 사용하기 위해 공장 옆에 있는 땅 몇 에이커를 추가로 빌렸다. 그 땅은 깊은 골짜기를 따라 시냇물이 흐르는 가파르고 험한 곳이었다. 전쟁 중이라 경제 상황이 나쁘고 물가도 비쌌기 때문에, 로버트는 이 모든 것을 얻기 위해 당시 미성년자였던 필드헤드 소유주의 신탁관리인들에게 다소 높은 임대료를 내야만 했다.

이 이야기가 시작되었을 때는 로버트 무어가 이 지역에서 산 지 이 년밖에 되지 않은 상황이었다. 하지만 그 이 년 동안 무어는 적어도 해야 할 일은 하는 사람이라는 걸 증명했다. 칙칙한 오두막을 깔끔하고 세련된 주거지로 변모시켰고, 거친 땅 일부를 정원으로 바꾸어 눈에 띄는 플랑드르 스타일로 섬세하게 가꾸었다. 방적 공장도 처음 봤을 때부터 굉장히 뜯어고치고 싶어 했는데, 구조물이 오래되고 기계가 낡아서 효율이 떨어졌기 때문이다. 로버트는 급진적인 개혁을 목표로 삼았고, 턱없이 부족한 자본 상황이 허락하는 한 재빠르게 계획을 실행했다. 하지만 자금이 부족해서 진척이 매우 더뎠기 때문에 정신적으로 심하게 압박받았다. 로버트는 언제나 전진하고 싶었다. 그의 영혼에는 '전진'이라는 문구가 새겨져 있었지만, 빈곤이 앞길을 막았다. 간혹 (비유적으로 말해서) 그 고삐가 너무 세게 당겨질 때면 그는 입에 거품을 물었다.

이러한 감정 상태에서 로버트는 진보적인 변화가 다른 사람들에게 해로운지 아닌지에 대해 깊게 고민하기 어려웠다. 이 지역 출신도 아니었고 이곳에서 오래 살아온 것도 아니었기에, 새로 발명된 기계를 사용하고 기존에 일하던 노동자들을 해고하는 문제에 대해 크게 신경 쓰지 않았다. 주급을 받지 못한 사람들이 어떻게 하루하루를 살아갈지 단 한 번도 스스로 묻지 않았다. 이토록 무관심한 그의 모습은 굶주리고 가난한 요크셔 사람들에게 큰 도움을 줄 수 있었던 수천 명의 다른 사람들과 다를 바 없었다.

내가 이야기하는 시기는 영국 역사, 특히 영국 북부 지방 역사상 암울했던 때였다. 전쟁의 여파가 극에 달해 있던 시대였다. 유럽 전체가 전쟁에 휘말려 있었다. 영국은 오랜 저항에 시달려 기운이 다한 상태였다. 그렇다. 국민 절반이 지쳐서 어떤 조건이든 상관 않고 평화를 요구했다. 수많은 사람에게 국가의 명예는 가치 없는 것이 되어버렸다. 그들의 시야가 기근으로 흐려지고, 고기 한 조각 때문에 자기 권리를 팔아치우는 지경에 다다랐기 때문이다.

나폴레옹의 밀라노 칙령과 베를린 칙령에 대응하여 발동된 '대륙 봉쇄령'은 중립국과 프랑스의 무역을 금지하는 명령이었다. 이에 불쾌해진 미국은 요크셔 모직물 무역상의 주요 시장을 차단하여 거의 파산 직전에 이르게 만들었다. 다른 외국 시장들은 이미 포화 상태라 더는 수입을 늘릴 수 없었다. 브라질과 포르투갈, 시칠리아는 거의 이 년간의 소비량으로 넘쳐났다. 이런 위기 속에서 영국 북부의 주요 제조업에 새로운 기계 발명이 도입되어 필요한 노동력의 수를 크게 줄였고, 그 결과 수천 명이 일자리를 잃어

생계를 유지할 방법이 없었다. 흉년까지 겹쳤다. 국민들의 고통이 절정에 달했고, 도를 넘은 인내심은 불만을 품은 사람들의 반란으로 이어졌다. 영국 북부 지방 언덕 아래에서 도덕적 지진과 같은 현상이 발생하기 시작했다. 그러나 이런 경우에 흔히 그렇듯, 크게 주목하는 사람은 없었다. 공업 도시에서 식량 폭동이 일어나고, 기계 공장이 불타 없어지고, 제조업자의 집이 공격을 받아 가구가 거리에 나뒹굴며 가족들이 목숨을 건지기 위해 도망을 다녔지만, 지방 당국은 조치를 취하다 말다 했다. 선동자를 잡기도 했으나 검거를 피하도록 놔두는 경우가 더 많았다. 신문 기사에도 실렸으나 그것으로 끝이었다. 노동이 유일한 유산이었던 사람들은 그 유산을 잃어버린 채 일을 구하지 못해 임금을 받을 수 없었고, 결국 빵 하나 구하지 못한 피해자들은 그대로 고통 속에 내버려졌다. 어쩔 수 없이 방치되었을 것이다. 발명의 진보를 멈추거나 발전을 늦춰 과학 기술을 끌어내릴 수도 없었고, 전쟁도 끝낼 수 없었으며, 효과적인 구호 방책도 마련할 수 없었다. 그 당시 실직자들은 아무 도움도 받지 못한 채 운명을 받아들여야 했다. 그들은 고통이라는 빵을 먹고 고난이라는 물을 마셨다.

고통은 증오를 낳는다. 고통받는 사람들은 생계를 기계에 빼앗겼다고 믿으며 증오했다. 기계가 들어 있는 공장을 증오했고, 공장을 소유한 제조업자들을 증오했다. 이 이야기에 나오는 브라이어필드 지역 사람들이 가장 혐오하는 장소는 할로우라는 공장이었고, 가장 혐오하는 사람은 절반은 외국인인 데다 진보주의자라는 특징까지 갖춘 로버트 제라르 무어였다. 하지만 로버트는 정당하고 옳은 일 때문에 받는 증오라면 차라리 그편이 낫다고 여기는 사람이었다. 그래서 이 밤에 호전적인 흥분을 느끼며 사무실에 홀로 앉아 기계를 실은 수레들이 도착하기를 기다리고 있었다. 아마 그는 말론의 방문과 동석을 매우 불쾌하게 여겼으리라. 오히려 조용하고 어둡고, 안전하지 않은 고독을 즐기기 때문에 차라리 혼자 기다리는 편을 더 선호했을 것이다. 그가 가진 총이 든든한 동반자가 되어주었을 것이고, 골짜기에서 흐르는 물소리가 그의 귀에 기분 좋은 이야기를 끊임없이 들려주었으리라.

로버트가 편안하게 펀치를 마시고 있는 아일랜드인 부사제를 의미심장한 눈빛으로 주시한 지 10분 정도 됐을 즈음이었다. 차분했던 그의 회색빛 눈이 어떤 환영을 본 것처럼 갑자기 변하더니 그가 손을 들었다.

"쉿!" 로버트가 프랑스어투로 말했다. 술잔으로 소리를 내던 말론이 행동을 멈췄다. 로버트는 잠시 귀를 기울였다가 자리에서 일어나 모자를 쓰고 사무실 밖으로 나갔다. 고요함이 묵직하게 내려앉은 어두운 밤이었다. 그 완벽한 침묵 속에서 들리는 세찬 시냇물 소리는 마치 홍수 소리 같았다. 그러나 굉장히 멀리서 나는 또 다른 소리가 로버트의 귀에 들려왔다. 무거운 수레바퀴가 울퉁불퉁한 돌길을 지나며 내는 소리였다. 로버트는 다시 사무실로 돌아와 등불을 들고 공장 마당을 내려가 마당 문을 열었다. 커다란 수레들이 다가오고 있었다. 수레 끄는 말들의 거대한 발굽 소리가 진흙과 물 위를 첨벙거리는 소리가 들렸다. 로버트는 그들에게 소리쳤다.

"조 스콧! 괜찮은가?"

대답이 없었다. 아직 너무 멀리 있어서 질문을 듣지 못했을지도 모른다.

"괜찮냐고 묻잖아?" 코끼리 같은 선두 말의 코가 무어의 얼굴에 닿을 때 즈음 그가 다시 물었다.

그때 맨 앞에 오던 수레 뒤에서 누군가가 뛰어내리며 큰소리를 냈다. "괜찮다, 이 악마 자식아! 다 부숴버렸다!" 그러고는 달려가 버렸다.

수레들을 멈춰서 보니, 그곳엔 아무도 없었다.

"조 스콧!" 하지만 조 스콧은 대답하지 않았다. "머거트로이드! 피힐스! 사익스!" 여전히 답이 없었다. 로버트가 등불을 들어 수레 안을 들여다보니 사람도 기계도 없었다. 텅 빈 수레만이 버려져 있었다.

로버트는 자신의 기계를 사랑했다. 그는 오늘 밤 도착 예정이었던 기계들을 구매하기 위해 마지막으로 남은 자본을 쏟아부었다. 그에게 이득을 가져다줄 가장 중요한 사업이 그 기계에 달려 있었다. 그런데 대체 어디로 사라졌단 말인가?

'다 부숴버렸다'라는 말이 로버트의 귀에 맴돌았다. 어쩌다 이런 일이 벌어졌을까? 그가 들고 있던 등불 불빛에 비친 그의 얼굴에 기묘한 미소가 떠올랐다. 그것은 결단력 있는 자가 인생에서 중요한 순간에 직면했을 때, 단호하게 결단을 내려야 할 때, 버틸지 무너질지 결정해야 하는 그 순간에 짓는 미소였다. 그 상황에도 로버트는 침묵했고, 심지어 꼼짝도 하지 않았다. 그는 이제 무엇을 말해야 할지, 무엇을 행동해야 할지 알지 못했다. 그저 등불을 바닥에 놓고, 팔짱을 낀 채 아래를 내려다보며 깊은 생각에 잠겼다.

말 하나가 조급하게 발을 구르는 소리에 무어가 고개를 들었다. 그 순간 그의 눈에 마구에 붙어 있는 하얀 물체가 반짝이는 것이 보였다. 빛을 비추어 살펴보니 그것은 접혀 있는 종이, 즉 쪽지였다. 겉면에는 주소가 없었고, 안에 다음과 같은 글이 적혀 있었다.

'할로우 공장의 악마야.'

이후 나머지 글은 철자가 엉망이라 그대로 옮기지는 못하겠고, 읽을 수 있는 내용으로 다시 써보자면 다음과 같다.

'네놈의 끔찍한 기계들은 스틸브로 황야에서 깨부쉈고, 인간들은 손발을 묶어 길가 도랑에 던져놨다. 우리는 굶주린 처자식을 집에 두고 나와 이 경고장을 보낸다. 네놈이 또 기계를 사들이거나 계속 이런 식으로 행동한다면 이대로 끝나지 않을 것이다. 명심해라!'

"이대로 끝나지 않을 것이다? 그래, 나나 네놈들이나 이대로 끝나지 않을 거야. 내가 직접 말해주지. 단언컨대 곧 스틸브로 황야에서 내 소식을 듣게 될 거다."

로버트는 수레를 마당 안쪽으로 들여놓은 뒤 서둘러 오두막으로 갔다. 집 문을 열어 복도 안쪽에서 달려 나오는 두 여성에게 빠르고 조용하게 이야기를 전했다. 한 사람에게는 간단히 상황을 설명해 주며 불안을 진정시켰고, 다른 한 사람에게는 이렇게 말했다. "사라, 공장으로 가서 이 열쇠로 문을 열고 최대한 크게 종을 쳐라. 그리고 등불을 하나 더 가져와서 공장 앞쪽에 불을 밝혀줘."

말들에게로 돌아간 로버트는 재빨리 마구를 풀어 먹이를 준 다음, 말들을 마구간에 집어넣었다. 그러면서도 때때로 멈춰서 종소리가 들리는지 귀를 기울였다. 곧 불규칙하면서도 시끄럽도록 큰 종소리가 울려 퍼졌다. 그 종소리는 다급하고 불안정해서 숙련된 사람이 울리는 차분한 소리보다 훨씬 더 긴박하게 느껴졌다. 이른 시간이지만 고요한 밤이라 종소리가 멀리에서도 들렸다. 레드하우스 식당에 있던 손님들은 그 소리에 놀라 '할로우 공장에서 뭔가 일이 생긴 게 분명하다'며 등불을 들고 단체로 그곳으로 달려갔다. 사람들이 번쩍이는 등불을 들고 공장 마당에 들어선 그때, 뒤이어 말발굽 소리가 들렸다. 챙 넓은 모자를 눌러쓴 한 남자가 덥수룩한 조랑말 위에 꼿꼿한 자세로 앉아 부드럽게 말을 몰며 들어왔다. 더 큰 말을 탄 부관이 그 뒤를 따랐다.

그 시간 로버트는 수레용 말들을 마구간에 모두 넣은 다음 자기 말에 안장을 얹었다. 그리고 하녀 사라의 도움을 받아 공장 불을 밝혔다. 넓고 긴 공장 앞면이 불빛으로 밝아지자 마당이 매우 환해져 어둠이 주는 혼란을 피할 수 있게 되었다. 공장 앞마당에선 벌써 낮게 웅성거리는 소리가 들리기 시작했다. 말론은 한참 만에 사무실에서 나왔는데, 나오기 전에 돌항아리에 있던 물로 얼굴과 머리를 적셔 예방 조치를 취했다. 갑작스러운 종소리와 물을 뒤집어 쓴 덕분에 펀치를 마시며 흐트러졌던 정신을 거의 되찾았다. 모자를 머리에 걸쳐 쓰고 오른손에 곤봉을 쥔 말론은 레드하우스에서 달려온 사람들이 던지는 질문에 마구잡이로 대답하고 있었다. 그때 로버트가 나타나 조랑말을 타고 있던 챙모자를 쓴 헬스톤 신부와 조우했다.

"그래, 무어. 무슨 일인가? 자네가 오늘 밤 우리를 부를 줄 알았네. 나, 우리 장군(조랑말의 목을 두드리며), 그리고 톰과 톰의 말까지 말이야. 자네 공장 종소리에 도무지 가만히 있을 수가 없어서 볼트비 혼자 식사를 마치도록 두고 나왔지 뭔가. 그놈들은 어디에 있나? 가면 쓴 놈이나 얼굴에 그을음을 묻힌 놈도 보이지 않고, 창문도 어디 하나 깨진 게 없잖나. 공격을 받았거나, 그런 낌새가 있었나?"

"아니요, 전혀요. 공격을 받은 적도, 그런 낌새도 없었습니다." 로버트가 차분하게 대답했다. "그저 제가 스틸브로 황야에 다녀올 동안 여기 골짜기에 계셔줄 만한 이웃분 두세 명 정도가 필요해서 종을 울리라고 했을 뿐입니다."

"스틸브로 황야? 거긴 뭐하러 가는가? 수레를 가지러?"

"수레는 한 시간 전에 돌아왔습니다."

"그럼 다 괜찮은 거 아닌가. 더 뭐가 필요한 거지?"

"수레가 빈 채로 돌아왔습니다. 조 스콧과 사람들은 황야에 남아 있고요. 기계도 마찬가지입니다. 이 쪽지를 읽어보시죠."

헬스톤이 앞서 언급된 쪽지를 받아 읽었다.

"흥! 그놈들이 자네에게도 똑같은 일을 저질렀군. 도랑에 묶여 있는 불쌍한 사람들이 초조하게 도움을 기다리고 있을 걸세. 이 축축한 밤에 그런 곳에 있는 건 정말 고역이지. 나와 톰이 자네와 함께 가겠네. 말론에게 여기 남아서 공장을 지키게 하게. 그런데 저 녀석 왜 저러나? 눈이 머리에서 튀어나올 것 같구먼."

2장. 수레들 55

"아까 양고기 요리를 드셨습니다."

"왜 아니겠나! 피터 아우구스투스 말론, 정신 차리게. 오늘 밤 양고기는 더 먹으면 안 돼. 자네는 이곳을 지키는 명예로운 임무를 맡았어!"

"누가 같이 있을 건데요?"

"여기 모인 사람들 결정에 달려 있네. 여러분, 여기 남으시겠습니까? 아니면 기계를 부순 자들에게 습격당한 사람들을 데리러 저와 무어 씨와 함께 스틸브로 황야에 가시겠습니까?"

함께 가겠다고 자원한 사람은 세 명뿐이었고, 나머지는 공장에 남기로 했다. 로버트가 말에 올라타자, 헬스톤 신부가 작은 목소리로 그에게 말론이 양고기를 못 먹도록 잘 보관해 두었는지 물었다. 로버트가 그렇다며 고개를 끄덕였고, 그제야 구조대원들이 길을 나섰다.

3장. 요크 씨 1부

 명랑한 기분은 우리 내면 상태만큼이나 외부와 주변 상황에도 좌우되는 감정인 듯하다. 내가 이런 진부한 말을 하는 이유는 헬스톤과 로버트가 그들의 소소한 무리와 함께 공장 마당 문을 나선 그 순간, 두 사람의 기분이 최고였다는 사실을 알기 때문이다. 등불 빛에 비친 로버트의 얼굴을 보면(걷고 있는 세 사람 모두 등불을 들고 있었다), 두 눈에는 활기찬 생기가 춤추고 있었고 어두운 얼굴 위로 전에 없던 쾌활한 표정이 감도는 것을 알 수 있었다. 이어서 비춰 보이는 성직자의 얼굴도 평소에는 딱딱했던 표정이 기쁨으로 가득 차 환하게 빛나고 있었다. 그러나 이슬비 내리는 밤에 시작된 위험스러운 원정이 비 맞으며 떠나야 하는 구조대원들에게 기분 좋은 일일 거라고 보는 사람은 없을 것이다. 만일 스틸브로 황야에서 일하는 누군가가 이들 무리를 본다면, 그는 신이 나서 벽 뒤에 숨어 무리를 이끄는 사람 중 한 명을 사격했을지도 모른다. 무리의 리더들도 이 사실을 알고 있었다. 하지만 그들은 강철 같은 신경과 멈추지 않는 심장을 가진 사람들이었기에, 이 사실을 의식하면서 더욱 즐거워했다.

독자여, 전쟁을 좋아하는 것이 얼마나 끔찍한 일인지 굳이 내게 알려주려고 노력할 필요 없다. 인간이란 무릇 평화를 추구해야 한다는 사실을 나는 잘 알고 있다. 나도 성직자가 인류 가운데서 수행해야 할 사명이 무엇인지 어렴풋이나마 알고 있으며, 그가 누구의 종인지, 누구의 뜻을 전달하는 자인지, 누구를 본보기로 따라야 하는지도 분명히 기억하고 있다. 그러나 만약 당신이 성직자를 혐오하는 사람이라면, 내가 당신과 함께 그 암울하고 비기독교적인 길을 함께 걸어갈 거라 기대하지는 말라. 나는 편협한 시선으로 성직자를 바라보고 기독교 전반을 향해 퍼부어대는 악독한 비난과 저주에 동참할 생각이 없다. 브라이어필드의 사악한 신부에 대한 공포를 일으키고 사람들 앞에서 맹렬히 비난하기 위해 내 눈을 올리고, 내 손에 곤봉을 쥐여주고, 내 폐에 공기를 불어 넣을 생각은 하지도 말길 바란다.

헬스톤은 전혀 사악한 사람이 아니다. 그가 가진 문제는 단순했다. 직업을 잘못 찾았다는 것이다. 그는 군인이 되어야 했으나 상황에 떠밀려 성직자가 되었다. 나머지 문제에 대해서 그는 양심적이고 단호한 사람이었으며 엄격하고 냉철하나 용감하고 충직한 남자였다. 동정심이 별로 없고 다정하지도 않고 편견을 가진 엄격한 남자였지만, 원칙에 충실하고 명예롭고 현명하며 진실했다. 독자여, 나는 사람이 항상 자신의 직업에 맞춰 자신을 잘라낼 수는 없다고 생각한다. 간혹 그들이 가진 직업과 잘 어울리지 않는다는 이유로 그들을 저주해서는 안 된다고 본다. 나는 성직자라는 이유로 헬스톤을 비난하지 않을 것이다. 하지만 수많은 교구민이 그를 저주했고, 또 누군가는 숭배했다. 이는 사람들을 편애하고 적대감을 강하게 드러내며 원칙에 집착하면서도 편견을 고수하는 사람들에게 자주 찾아오는 운명이다.

현재 헬스톤과 로버트 둘 다 매우 좋은 기분으로 한가지 목적을 위해 힘을 합한 상황이므로, 아마도 여러분은 그들이 나란히 말을 타고 가며 우호적인 대화를 나눌 거로 예상할 것이다. 하지만 틀렸다! 이 성격 강한 두 사람은 만날 때마다 서로의 기분을 거슬렀다. 논쟁의 주제는 주로 전쟁이었다. 헬스톤은 강경한 토리당원이었고(그 당시에도 토리당원이 있었다), 로버트는 전쟁을 반대하는 일에 있어서만큼은 격렬한 휘그당원이었다. 전쟁은 개인적인 이해관계에 영향을 미치는 주제였기에, 로버트는 이 문제에 한하여 영국 정치에 관한 의견을 내놓았다. 그는 나폴레옹이 패하는 일은 없을 거라 주장했고, 나폴레옹을 저지하려는 영국과 유럽의 힘이 너무 미약하다고 조롱했으며, 결국 나폴레옹이 온갖 적을 무찌르고 모든 나라 위에 군림할 테니 차라리 일찍 굴복하는 편이 낫다는 냉정한 의견을 내세우며 헬스톤을 분노하게 했다.

헬스톤은 로버트의 의견을 참을 수 없었다. 그러나 이방인인 로버트의 혈액 속에 있는 외국인 독을 중화시킬 영국 혈통이 반밖에 흐르지 않는다는 점을 고려한 덕분에, 헬스톤은 저 조동아리를 때리고 싶다는 욕구를 겨우 억누르고 그의 말을 들어줄 수 있었다. 게다가 헬스톤이 혐오감을 약간 누그러뜨린 또 다른 이유는 로버트가 고집스러운 태도로 자기 생각을 주장하는 데서 느낀 동질감과 완고하고 변함없는 그의 일관성을 존중하기 때문이었다.

스틸브로 길에 접어들자 바람이 조금 불며 빗방울이 얼굴 위로 세차게 떨어졌다. 무어는 이전부터 헬스톤을 괴롭히고 있었지만, 이제는 차가운 바람에 기운을 얻고 날카로운 이슬비에 짜증이 났는지 헬스톤을 더욱 자극하기 시작했다.

"아직도 반도 소식에 기분이 좋으십니까?"

로버트가 물었다.

"무슨 뜻인가?" 신부가 무뚝뚝하게 물었다.

"그러니까, 여전히 웰링턴 경이라는 우상을 믿으시냐는 겁니다."

"그건 또 무슨 말이지?"

"아직도 그 나무 얼굴에 돌멩이 심장을 한 영국의 우상이 하늘에서 불을 내려 당신이 제물로 바치고 싶어 하는 프랑스인을 불태울 수 있다고 믿으십니까?"

"웰링턴 경은 마음만 먹으면 나폴레옹의 군대를 바다로 몰아넣을 걸세."

"하지만 신부님, 그 말을 진지하게 하시는 건 아니겠지요. 나폴레옹 원수들은 전능한 지도자의 지휘 아래 행동하는 대단한 사람들입니다. 웰링턴은 세상에서 제일 따분하고 지루한 자인 데다 아무것도 모르는 영국 정부가 안 그래도 느리고 기계적인 그의 움직임을 더욱 억압하고 있지요."

"웰링턴은 영국의 영혼일세. 정당한 대의를 위해 행동하는 올바르고 뛰어난 사람이야. 강력하고, 결단력 있고, 현명하고, 정직한 국민을 대표하는 데 그만한 사람이 없어."

"제가 이해한 바로는, 신부님이 말하신 그 정당한 대의란 단지 더럽고 무능한 페르디난드를 그가 욕보였던 왕좌에 복귀시키는 일이었습니다. 정직한 국민을 대표한다는 그 사람은 둔한 농부를 대신하는 둔한 소몰이꾼일 뿐입니다. 승리를 이끄는 우월성과 패하지 않는 천재성으로 그에 맞서야 합니다."

"정통성에 맞서는 것은 찬탈이네. 겸손하고 한결같고 정의롭고 용감한 투쟁을 저지하는 행동은 거만하고 이중적이고 이기적이고 비겁한 야망일 뿐이야. 신께서 정당함을 지켜주시길!"

"신은 주로 강한 자들을 지켜주십니다."

"뭐라고! 홍해가 열렸을 때 아시아 쪽에서 마른 땅을 밟고 서 있던 소수의 이스라엘 사람들이 아프리카 쪽에 진을 친 이집트 군대보다 더 강력했다고 생각하나? 그들이 더 많았나? 무장을 더 잘했나? 그들이 더 강력했나, 무어? 답하지 말게, 거짓말할 테니까. 자네도 알잖는가. 그들은 가난하고, 혹사당한 노예 무리였네. 폭군들에게 사백 년이나 억압당했지. 몇 없는 그들 무리에는 여자들과 아이들이 있었지만, 갈라진 물결을 따라 그들을 쫓는 노예 주인들은 오만방자한 에티오피아인들이었네. 리비아 사자들만큼이나 강하고 잔인한 무리였지. 그들 중 대부분이 가진 무기라고 해봤자 기껏해야 양치기 지팡이나 석공의 도구 정도였을 걸세. 그들을 이끌던 온화하고도 강력한 지도자조차 지팡이 하나만 가지고 있었어. 하지만 생각해 보게, 로버트 무어. 그들에게는 정의가 있었고, 전쟁의 신이 그들 편에서 계셨네. 파라오의 군대를 이끈 것은 죄와 타락한 대천사였고 말이야. 누가 승리했는지 잘 알지 않나? 우리는 잘 알고 있어. '그날 주님께서 이스라엘을 이집트인의 손에서 구해주셨고, 이스라엘은 바닷가에서 죽어 있는 이집트인들을 보았다.' 그래, '깊은 물이 그들을 덮었고, 그들은 돌처럼 바닥으로 가라앉았다.' 주님의 오른손이 능력 속에서 영광을 얻었고, 주님의 오른손이 적들을 산산조각 냈다네!"

"신부님 말씀이 맞습니다. 하지만 진정한 비유를 잊고 계시네요. 프랑스가 이스라엘이고, 나폴레옹이 모세입니다. 유럽은 포화 상태로 오래된 제국들과 부패한 왕조들로 이루어진 타락한 이집트고, 용감한 프랑스는 12지파이자 새롭고 영광스럽게 호렙산을 찬탈한 목자입니다."

"대답할 가치도 없군."

그러자 로버트는 혼잣말로 대답했다. 방금 본인이 한 말에 낮은 목소리로 한마디를 덧붙였다.

"아, 이탈리아에서 나폴레옹은 모세 못지않게 위대했습니다! 거기서 나라를 재건하고 정부를 조직하는 데 적임자였지요. 저는 아직도 로디✿를 정복했던 그가 어떻게 저속하고 멍청한 사기꾼이나 다름없는 황제가 되겠다고 자존심을 버렸는지 이해가 안 됩니다. 더 이해되지 않는 건,

---

✿   이탈리아의 작은 마을 로디에서 있었던 로디 전투를 의미한다.

한때 자신을 공화주의자라 불렀던 사람들이 어떻게 다시 단순한 노예로 전락했는가 하는 겁니다. 프랑스를 경멸해요! 만약 영국이 프랑스만큼 문명화의 길을 걸었다면, 그렇게 파렴치하게 후퇴하지는 않았을 겁니다."

"설마 피로 물든 공화국 프랑스보다 황제에 빠진 프랑스가 더 나쁘다는 말은 아니겠지?" 헬스톤이 격하게 물었다.

"아무 말 않겠습니다. 하지만 생각은 자유롭게 할 수 있죠, 신부님. 프랑스와 영국에 관해서도, 혁명과 시해, 복원에 대해서도, 그리고 신부님이 설교에서 종종 고집하시는 왕의 신성한 권리에 대해서도, 저항하지 말아야 할 의무에 대해서도, 전쟁의 합리성에 대해서도요. 그리고…"

로버트의 말이 여기서 끊긴 것은 빠르게 굴러오던 마차가 도로 한가운데에서 갑자기 멈춰 섰기 때문이었다. 무어와 신부는 대화에 너무 몰두한 나머지 마차가 가까이 오는데도 모르고 있었다.

"주인님, 수레들이 공장까지 무사히 도착했습니까?" 마차에서 누군가가 물었다.

"저게 조 스콧인가?"

"아아!" 또 다른 목소리가 들려왔다. 희미한 램프 빛으로 보니, 마차에 두 사람이 타고 있었다. 등불을 든 사람들이 뒤로 물러났고, 말을 타고 있던 구조대원들이 그 앞으로 나섰다. "아, 로버트 자네군. 조 스콧이 여기 있네. 내가 꾀죄죄한 몰골 그대로 데리고 가는 중이었어. 저기 저 황무지 꼭대기에서 조 스콧하고도 셋을 더 발견했지 뭔가. 이자를 돌려주면 나한테 뭘 줄 건가?"

"제 감사를 드리지요. 좋은 사람을 되찾는 데 못 드릴 게 뭐 있겠습니까. 목소리를 듣자 하니 요크 씨이시군요?"

"그래, 나 맞네. 스틸브로 시장에서 집으로 돌아오는 길이었네. 바람처럼 재빠르게 말을 채찍질하면서 황무지 한가운데를 달리고 있었지. 요즘 세상이 안전하지 않다고들 하니 말일세. (이게 다 그 썩어 빠질 정부 탓이지 않겠나!) 그런데 갑자기 신음이 들리지 뭔가. 멈춰 섰지. 다른 사람 같았으면 더 빨리 채찍질해서 달아났겠지만, 내 뭐 두려울 게 있나. 이 근방에서 나를 해칠 놈은 없을 거야. 누가 덤빈다면 최소한 나도 받은 만큼 갚아줄 테니까. 여하튼 그래서 내가 '어디 무슨 일 났나?' 하고 물었네. 그랬더니, '네, 여기예요' 하고 누가 땅속에서 말하지 않겠나. '무슨 일이냐? 빨리 말해라' 하고 다그쳤더니, '사람 네 명이 도랑 위에 누워 있습니다'라며 조가 아주 태연하게 말하는 게야. 그래서 내가 '부끄러운 줄 알아라' 하고 말하며 냅다 일어나서 움직이라고 했지. 안 그러면 말 채찍으로 한 대씩 갈겨주겠다고 말이야. 내 그놈들이 다 취해서 그런 줄 알았으니까. 그런데 조가 '그럴 수 있었으면 한 시간 전에 일어났겠지만, 모두 다리가 묶여 있어서요'라는 거야. 그래서 내 주머니칼로 밧줄을 풀어줬지. 조는 나랑 같이 마차를 타고 가면서 이게 대체 무슨 일인지 남김없이 이야기해 주기로 했네. 나머지는 우리를 따라서 걸어오고 있을 걸세."

"이런, 큰 신세를 졌습니다. 요크 씨."

"신세라니, 그럴 필요 없는 거 알잖나? 저기 나머지 사람들이 오는군. 맙소사, 저쪽에 또 다른 놈들이 기드온 군대마냥 불을 들고 오고 있구만. 그래도 여기는 우리 신부님도 계시니, 우린 문제 없을 걸세. 좋은 저녁입니다, 헬스톤 신부님."

헬스톤은 마차 안에 있는 요크에게 매우 딱딱한 태도로 인사를 되돌려 주었다. 요크가 이어서 말했다.

"이쪽은 강한 남자만 열하나에 말도 있고 마차도 있네. 만약 그 뼈만 남은 난동꾼 중에 누구라도 만나기만 하면, 우리가 대승할 거야. 우리가 죄다 웰링턴이 되는 거지. 그럼 헬스톤 신부님도 기쁘지 않겠습니까? 신문에도 멋지게 기사가 나갈 겁니다! 브라이어필드가 유명해지겠지요. 지금 이 사건만 해도 스틸브로 소식지 반 페이지 정도는 차지할 겁니다. 그 정도는 기대해도 좋습니다."

"그 정도는 내가 약속하겠소, 요크 씨. 내가 직접 그 기사를 쓸 테니까." 신부가 대답했다.

"그럼, 당연하지요! 그리고 꼭 말해 주십시오, 기계를 부순 자들과 조 스콧의 다리를 묶은 자들은 성직자의 도움 없이 곧장 교수형에 처해야 한다고 말입니다. 그건 교수형에 처해야 마땅한 일입니다, 의심할 여지 없이."

"제가 그자들을 심판한다면, 바로 사형을 내릴 겁니다!" 로버트가 외쳤다. "하지만 이번엔 그자들을 내버려둘 생각입니다. 밧줄만 충분히 준다면 결국 그들이 스스로 목을 맬 거라는 확신이 있으니까요."

"그들을 내버려둔다고, 무어? 약속할 수 있나?"

"약속이요? 아니요. 제 말은, 그자들을 잡으려고 특별히 애쓰지는 않겠다는 겁니다. 하지만 만약 제 앞에 나타난다면…."

"당연히 잡아들이겠지. 다만 자네는 결판을 내기 전에 그놈들이 마차를 막는 단순한 일보다 더 심한 짓을 하기를 바라는 거야. 자, 이 주제에 대해선 더 말하지 않겠네. 이제 우리 집에 도착했군. 신사 여러분, 들어오시지요. 다과를 좀 즐긴다고 해서 나쁠 건 없지 않겠습니까."

로버트와 헬스톤은 그럴 필요 없다며 요크의 제안을 거절했다. 하지만 요크가 정중하게 재차 권유했고, 밤 날씨도 너무 궂었으며, 얇은 커튼이 드리워진 창문에서 새어나오는 불빛이 너무나도 따뜻하게 느껴졌기에 결국 두 사람은 그 제안을 받아들였다.

마차에서 내린 요크는 자신이 도착하자 마구간에서 나

온 하인에게 마차를 맡긴 후, 앞장서서 집 안으로 들어갔다.

요크가 사용하는 어휘와 말투가 조금씩 달라지는 걸 느꼈을 것이다. 요크는 간혹 요크셔 방언을 쓰기도 했고, 어쩔 땐 정통 영어를 쓰기도 했다. 태도 역시 언어와 마찬가지로 변덕스러웠다. 정중하고 상냥하기도 했지만, 직설적이고 거칠게 말하기도 했다. 그래서 말투와 태도만으로는 요크의 사회적 지위를 쉽게 판단할 수 없었다. 어쩌면 그가 사는 곳의 외관이 그 답을 줄지도 모르겠다.

요크는 뒤따라온 남자들에게는 주방 쪽으로 들어가라고 권하면서 '곧 뭐든 맛볼 것을 내올 거다'라고 말했다. 로버트와 헬스톤은 정문 쪽으로 안내했다. 그들은 바닥에 매트가 깔려 있고 그림이 거의 천장까지 가득한 홀을 지났다. 그리고 벽난로 불이 아름답게 타오르고 있는 커다란 응접실로 들어섰다. 방 전체에서 매우 아늑하고 쾌활한 분위기가 풍겼고, 미세한 장식들을 들여다봐도 그 생동감이 전혀 줄어들지 않았다. 화려하진 않았지만, 어디에나 고상한 분위기가 깃들어 있었다. 흔치 않은 취향이었다. 여행을 많이 다닌 사람이자 학자, 그리고 신사의 취향이라고 할 수 있었다. 이탈리아 풍경들이 일련의 그림으로 벽을 장식하고 있었다. 각각의 그림은 진정한 예술의 표본이었고, 감식가가 고른 것이 분명해 보였다. 이 작품은 모두 진품이었고, 매우 가치 있는 물건이었다. 심지어 촛불 아래서도 밝고 맑은 하늘과 부드러운 원경, 눈과 언덕 사이에서 푸른 공기가 떨리는 듯한 느낌이 그대로 느껴졌고, 신선한 색조와 잘 배치된 빛과 그림자가 시선을 사로잡았다. 모든 그림이 목가적이었고, 모든 장면이 햇살 가득한 풍경이었다. 기타 한 대와 악보 여러 곡이 소파 위에 놓여 있었고, 아름다운 카메오 인형과 미니어처 장신구들도 있었다. 벽난로 위에는 그리스풍 꽃병들이 올려져 있었고, 우아한 두 개의 책장에도 책들이 잘 정리되어 있었다.

요크는 손님들에게 앉으라고 권한 다음, 종을 울려 와인을 가져오라고 했다. 그리고 와인을 가져온 하인에게 주방에 있는 남자들에게 음식을 대접하라는 환대의 지시를 내렸다. 하지만 헬스톤 신부는 계속 서 있었다. 그는 이 공간이 마음에 들지 않는 듯 보였고, 주인이 권하는 와인도 마시지 않았다.

"뭐, 원하는 대로 하시지요." 요크가 말했다. "신부님은 동양적인 관습을 생각하시는 것 같군요. 이 집에서 먹고 마시면 저와 친구가 되어야 할까 봐 꺼리시는 거겠지요. 하지만 저는 그렇게 까탈스러운 사람도 아니고 미신을 믿는 사람도 아닙니다. 신부님이 그 와인 한 병을 다 마시든, 제가 신부님 집 지하실에 있는 최고급 와인 한 병을 선물 받든, 여전히 저는 어디에서든 신부님과 맞설 준비가 되어 있을 겁니다. 교회 회의든 법정 회의든 우리가 마주치는 모든 곳에서 말입니다."

"당연히 그러실 거로 생각합니다, 요크 씨."

"그런데요, 신부님. 그 연세에도 비 오는 밤에 폭도들을 쫓아다니는 게 괜찮습니까?"

"해야 할 의무는 다하는 게 좋지요. 이번 경우에는 그 의무가 내게 아주 큰 즐거움이기도 하고 말입니다. 해충을 쫓아내는 일은 대주교에게 어울리는 고귀한 일 아닙니까."

"적어도 신부님께는 어울리는군요. 그런데 그 부사제님은 어디 계십니까? 다른 가난한 사람 병상을 방문하러 갔거나, 아니면 다른 쪽에서 해충을 쫓고 있을지도 모르겠군요."

"부사제는 할로우 공장에서 주둔 임무를 수행하고 있습니다."

"부사제님에게도 와인을 조금 남겨두었겠죠? (로버트를 바라보며) 용기가 필요할 테니까요."

그러나 요크는 대답도 듣지 않고 벽난로 옆에 놓인 오래된 의자에 몸을 맡긴 채 앉아 있던 무어를 향해 빠르게 외쳤다. "로버트, 일어나게! 일어나라고, 친구! 거긴 내 자리야. 소파를 쓰든, 다른 의자를 쓰든 마음대로지만, 이 의자는 안 돼. 이건 내 거야. 다른 사람은 앉으면 안 돼."

"이 의자에 왜 그렇게 집착하시는 겁니까, 요크 씨?" 로버트는 마지못해 자리에서 일어나며 느긋하게 물었다.

"내 아버지가 나보다 먼저 그 자리에 앉으셨기 때문이야. 그게 내가 말해줄 수 있는 유일한 이유일세. 헬스톤 신부님이 설교하는 이유만큼이나 좋은 이유지."

"무어, 갈 준비 되었나?" 신부가 물었다.

"아니요, 로버트는 아직 갈 준비 안 됐습니다. 아니, 내가 보낼 준비가 안 됐습니다. 못된 녀석은 혼나야 하니까요."

"왜 그러십니까? 제가 무슨 잘못을 했습니까?"

"사방에 적을 만들지 않았나."

"그게 뭐가 문제입니까? 요크셔 촌놈들이 절 싫어하든 좋아하든, 그게 제게 무슨 상관입니까?"

"그래, 바로 그걸세. 네 녀석은 우리에겐 이방인 같은 존재야. 자네 아버지는 절대 그렇게 말하지 않았을 걸세. 자네가 태어나고 자란 앤트워프로 돌아가, 이 바보 같은 녀석!"

"바보라니요, 요크 씨야말로 그렇습니다! 저는 그저 제 의무를 다할 뿐입니다. 당신네 그 무식한 촌놈들은 관심 없습니다!(Mauvaise tête vous-même; je ne fais que mon devoir; quant à vos lour dauds de paysans, je m'en moque!)" 흥분한 무어가 프랑스어로 말하자, 요크도 무어만큼이나 정확한 프랑스어로 대화를 이어 나갔다.

"그 생각과 반대로 오히려 우리 무식한 촌놈들이 자넬 비웃을 거야. 그건 확실해.(En ravanche, mon garçon, nos lourdauds de paysans se moqueront de toi; sois en certain.)"

"좋습니다, 좋아요! 제가 관심 없으니, 제 친구들도 그들을 신경 쓸 필요가 없겠지요.(C'est bon! c'est bon! Et puisque cela m'est égal, que mes amis ne s'en inquiètent pas.)"

"자네 친구들이라고! 대체 그 친구들은 어디 있지?(Tes amis! Où sont-ils, tes amis?)"

"제가 되묻고 싶습니다. 어디 있습니까, 제 친구들은? 이 질문에 돌아오는 건 메아리뿐이니 차라리 기쁩니다. 친구란 놈들, 모조리 지옥에나 떨어지길! 저는 아직도 아버지와 삼촌들이 친구라고 부르던 자들을 찾아 헤매던 순간을 기억합니다. 하지만 그 친구란 사람들이 얼마나 서둘러 달려왔는지 아십니까! 신만이 아실 겁니다. 들어 보십시오, 요크 씨. 그 '친구'라는 말이 저를 너무 화나게 합니다. 더는 그 말을 꺼내지 말아 주십시오.(Je fais écho, où sont-ils? et je suis fort aise que l'écho seul y répond. Au diable les amis! Je me souviens encore du moment où mon père et mes oncles Gérard appellèrent autour d'eux leurs amis, et Dieu sait si les amis se sont empressés d'accourir à leur secours! Tenez, M. Yorke, ce mot, ami, m'irrite trop; ne m'en parlez plus.)"

"자네가 원하는 대로 하지.(Comme tu voudras.)"

여기서 요크는 입을 다물었다. 요크가 조각 장식이 새겨진 삼각형 오크 의자에 기대어 앉아 있는 동안, 나는 프랑스어를 구사하는 이 요크셔 신사의 초상을 그릴 기회를 잡아보겠다.

4장. 요크 씨 2부

요크는 모든 면에서 탁월한 요크셔 신사였다. 나이는 쉰다섯 정도지만 은빛 나는 백발 머리 때문에 처음 보면 더 나이 들어 보였다. 이마는 넓지만 높지 않았고, 건강하고 생기 있는 얼굴이었다. 그의 표정에는 북부 지방 사람 특유의 거친 기운이 묻어 있었고, 말을 할 때도 그 거친 기운이 느껴졌다. 요크의 모든 특징은 철저히 영국적이었으며, 노르만 혈통의 흔적은 어디에도 찾아볼 수 없었다. 그는 우아하거나 귀족적이지도 않고, 고풍스럽지도 않은 인상을 주는 사람이었다. 섬세한 사람들은 아마 요크의 얼굴이 천박하다고 여겼을지도 모른다. 그러나 분별 있는 사람들은 개성적인 얼굴이라고 표현했을 것이며, 영리한 사람들은 주름 하나하나에 숨어 있는 중대함과 현명함, 지능, 그리고 거칠지만 진정한 독창성을 즐기고 기뻐했을 것이다. 하지만 그 얼굴은 고집스럽고, 경멸을 담고 있는 냉소적인 얼굴이었다. 다른 이의 명령을 듣지 않고, 강요당하기를 거부하는 사람의 얼굴이었다. 요크는 키가 꽤 큰 편이었고 몸은 잘 다듬어졌으며 단단해 보였다. 품새에서 당당한 품격이 느껴졌고 상스러운 흔적은 전혀 찾아볼 수 없었다.

요크는 외모를 묘사하기도 쉽지 않지만, 정신세계를 표현하기는 더 어렵다. 만약 여러분이 그에게서 완벽하거나 자애롭고 현명한 노신사를 기대한다면, 그건 잘못된 생각이다. 요크가 로버트에게 몇 마디 합리적이고 선한 말을 했다고 해서 그가 항상 공정하게 말하고 친절한 생각을 하는 건 아니라는 점을 명심해야 한다.

요크는 일단 다른 사람을 존경하는 마음이 부족했다. 이 치명적인 결함 때문에 누군가를 존경해야 하는 모든 상황에서 잘못된 방향을 선택했다. 둘째로 그는 비교하는 능력이 부족했는데, 이 결핍 때문에 동정심을 가지지 못했다. 셋째로는 자비심과 상상력이 너무 부족했다. 천성적으로 감사할 줄 몰랐고 유연하지 못했으며 우주 전반에 깔린 신성한 가치도 느낄 줄 몰랐다.

존경심이 결여된 그는 자신보다 높은 사람들, 즉 왕과 귀족, 성직자들, 왕조와 의회, 각종 기득권층과 그들이 하는 활동, 그들이 제정한 법률과 형식 또는 권리와 주장이 모두 혐오스럽고 쓰레기 같다고 여겼다. 요크는 그들에게서 그 어떤 쓸모도 즐거움도 찾지 못했다. 세상의 높은 지위가 다 무너지고 그 자리에 있던 사람들이 모두 파멸한다면, 그건 이 세상에 해가 아니라 오히려 명백한 이득이 될 거라고 믿었다. 게다가 존경을 느낄 줄 모르는 그는 존경할 만한 것을 찬미하고 전율하는 기쁨을 누리지 못했고, 도처에 깔린 순수한 즐거움의 근원을 찾지 못했으며, 수없이 많은 생생한 즐거움도 느끼지 못했다. 요크는 특정 종파에 속하지는 않았지만, 그렇다고 해서 비종교적인 사람은 아니었다. 하지만 그가 가진 종교는 존경심을 아는 사람의 종교일 수는 없었다. 그는 신과 천국을 믿었지만, 그의 신과 천국은 경외심과 상상력, 그리고 온유함이 부족한 사람의 것이었다.

비교 능력의 결핍은 그를 일관성 없는 사람으로 만들었다. 요크는 상호 관용과 상호 인내라는 훌륭한 일반 원칙들을 주장하면서도, 특정 계층에 대해서는 편협한 반감을 품었다. '성직자'와 그에 속한 모든 사람, '귀족'과 그 부속물에 대해서는 거칠게, 때로는 참을 수 없을 만큼 무례하게 말했으며 그 내용은 부당하기 그지없었다. 그는 자신이 비난하는 사람들의 입장에 서보지 못했고 그들의 잘못과 결점을 그들이 처한 불리한 여건과 비교할 줄도 몰랐다. 자신이 그들과 비슷한 상황에 부닥치면 어떨지 상상하지 못했으며, 그가 보기에 잔인하고 포악하게 행동한 사람들을 본인 또한 가장 잔인하고 포악하게 저주하곤 했다. 그가 위협하는 내용을 살펴보면, 요크는 자유와 평등이라는 대의를 위해서라면 독단적이고 심지어는 잔인한 수단도 이용할 준비가 되어 있는 듯 보였다. 평등! 그렇다. 요크는 평등을 외쳤지만, 사실 마음속 깊은 곳에서는 자존심이 아주 강한 사람이었다. 자기 일꾼들에게는 매우 친절했고, 자신보다 아래에 있다고 여겨지는 사람들이나 자기를 순순히 따르는 사람들에게는 매우 잘해주었지만, 세상에서 그보다 위라고 여겨지는 사람들(요크 본인은 그 누구도 자기보다 위라고 여기지 않았지만)에게는 마왕처럼 오만했다. 그의 핏속에는 반항 정신이 흐르고 있었다. 그는 통제를 견딜 수 없는 사람이었다. 요크의 아버지와 할아버지도 통제를 참지 못했으며, 그의 자식들 역시 그럴 것이다.

일반적인 자비심도 부족했기에 그 강하고 영리한 성격에 거슬리는 상대방의 어리석음과 같은 결점들을 전혀 참지 못했다. 날카로운 냉소도 억제할 수 없었다. 자비로운 마음이 없었기 때문에 간혹 상대방이 얼마나 상처받았는지 신경도 쓰지 않고 얼마나 깊이 찔렀는지도 모르면서 계속해서 상대를 찌르곤 했다.

상상력이 부족한 면은 결함이라고 하기 어렵다. 그 대신 음악에 예민한 귀, 색과 형태에 대한 정확한 눈이 그에게 미적 감각을 남겨주었기 때문이다. 게다가 누가 상상력을 중요하게 생각하는가? 다들 상상력은 위험하고 무의미하며 사람을 약하게 만들고, 때로는 광기에 가까운 속성이라고 생각하지 않는가? 정신적 재능은커녕 질병이라고 여기지 않는가?

아마 다들 그럴 것이다. 상상력을 동경하거나 이미 갖고 있다고 믿는 사람들을 제외하면 말이다. 그런 사람들이 하는 말을 듣다 보면, 이 묘약이 주위에 흐르지 않으면 마음이 차가워지고, 이 불꽃이 시야를 정제하지 않으면 눈이 흐려지며, 이 이상한 동반자가 옆에서 떠나면 외로워진다고 믿게 된다. 게다가 상상력 덕분에 봄에는 희망이, 여름에는 아름다운 매력이, 가을에는 고요한 기쁨이, 겨울에는 위로가 생긴다고 느끼게 된다. 그러나 사실은 느낄 수 없다. 당연하게도, 환상이기 때문이다. 하지만 상상력에 열광하는 사람들은 꿈에 집착하고 금을 줘도 포기하지 않는다.

요크는 본인에게 시적인 상상력이 없었기 때문에 다른 사람에게도 매우 불필요한 자질이라 생각했다. 화가나 음악가의 예술적 결과물은 즐길 수 있었으므로 인정하기만 할 뿐 아니라 격려하기도 했다. 그는 훌륭한 그림이 주는 매력을 볼 줄 알았고 좋은 음악도 즐길 줄 알았다. 그러나 조용한 시인의 경우에는 그의 가슴속에 아무리 강한 힘이 솟구치고 불꽃이 타오른다 해도, 만약 그가 회계사 또는 상인으로서의 역할을 제대로 하지 못한다면 히람 요크에게 경멸받으며 살다가 멸시 속에서 죽을지도 모른다.

세상에는 수많은 히람 요크가 존재한다. 하지만 다행히도 진정한 시인은 대부분 겉으로는 조용할지라도 그 고요함 아래에 강인한 정신을, 온순함 속에 날카로움을 가득 품고 있다. 그는 자신을 무시하는 사람들의 전모를 정확히 파악하고, 자신을 경멸하는 이유인 직업의 무게와 가치를 빈틈없이 평가한다. 그리고 대자연이라는 위대한 친구이자 여신과 함께하는 자신만의 우정과 행복을 오롯이 혼자서 만끽한다. 자신에게서 기쁨을 느끼지 못하고, 그 또한 상대에게서 전혀 즐거움을 느끼지 못하는 사람들로부터 완전히 벗어나서 말이다. 진정한 시인은 종종 세상과 주변 상황의 어둡고 차가운 면을 마주할 때가 많다. 이는 당연한 일이다. 시인 자신이 먼저 세상을 향해 어둡고 차갑고 무관심한 태도를 보이기 때문이다. 그러나 낯선 사람들이 그의 삶을 태양이 절대 비추지 않는 극지의 겨울이라고 여기더라도, 가슴속에 축제 같은 밝음과 따뜻함을 간직할 수 있는 진정한 시인은 그 덕분에 세상 모든 것을 밝고 다정하게 느낀다. 그는 결코 동정받을 필요가 없다. 오히려 잘못된 동정심으로 그의 고난을 한탄하는 사람들을 속으로 비웃을 때가 많다. 심지어 실용주의자들이 그의 예술이 쓸모없다고 평가하고 단언할 때도, 그 판결을 불행한 바리새인들이 내뱉는 거세고 무자비한 경멸로 받아들인다. 따라서 그들은 시인을 동정하기보단 책망해야 한다. 하지만 이 모든 생각은 요크와는 무관하다. 요크에 관해 이야기하는 중이었지만 말이다.

지금까지 요크가 가진 결점 몇 가지를 이야기했다. 이제 장점에 관해서 말하자면, 그는 요크셔에서 가장 명예롭고 유능한 사람 중 하나였다. 그를 싫어하는 사람들조차도 존경할 수밖에 없는 사람이었다. 특히 가난한 사람들에게 매우 사랑받았는데, 그들에게 아버지 같은 존재로서 큰 친절을 베풀었기 때문이다. 요크는 일꾼들도 사려 깊고 다정하게 대했다. 일꾼들을 해고할 때는 그들에게 다른 일자리를 구해주려고 노력했으며, 불가능할 때는 그들이 가족과 함께 일자리를 구할 수 있는 지역으로 이주하도록 도와주었다. 하지만 주목해야 할 점은 가끔 그의 '일꾼' 중 누군가가 불복종의 낌새를 보일 때도 있었다는 것이다. 요크는 통제받기를 혐오하는 다른 많은 사람처럼 강력하게 통제하는 방법을 알고 있었다. 반란의 싹을 초기에 짓밟고, 나쁜 잡초처럼 뿌리 뽑아 자신의 권한 범위 내에서 결코 퍼지거나 성장하지 못하도록 하는 비결을 가지고 있었다. 자신이 하는 일 모두 이토록 순조롭게 진행되었기에, 그는 자신과 다른 상황에 부닥친 사람들을 가장 엄격하게 비판할 수 있는 자유를 느꼈다. 그들이 처한 불쾌한 상황을 전적으로 그들의 잘못으로 돌렸고, 다른 고용주들과 거리를 두면서 자유롭게 노동자들의 편을 들었다.

요크의 가문은 그 지역에서 제일 오래된 유서 깊은 가문이었다. 그는 최고로 부유하진 않아도, 가장 영향력 있는 사람으로 손꼽혔다. 그가 받은 교육도 훌륭했다. 젊은 시절, 프랑스 혁명 이전에 유럽 대륙을 여행했고, 프랑스어와 이탈리아어에 능통했다. 이탈리아에서 이 년 동안 머무르면서 훌륭한 그림과 세련된 희귀품을 여럿 수집했는데, 그 덕분에 현재 그가 사는 곳이 아름답게 꾸며졌다. 요크는 마음만 먹으면 고풍스러운 신사의 품격을 갖출 수 있었고, 기꺼이 사람들을 즐겁게 해주고 싶을 때는 특별히 흥미롭고 독창적으로 대화를 이끌었다. 평소에 요크셔 방언으로 말하는 이유는 그가 그렇게 하기로 선택했기 때문이다. 요크는 세련된 어휘보다 자신의 고향 방언을 더 좋아했으며, '찍찍거리는 쥐 소리보다 황소 울음소리가 듣기 좋은 것처럼, 런던식 혀짧은 소리보다 요크셔 사투리가 훨씬 낫다'고 주장했다.

요크는 수 마일 내에 사는 사람들을 모두 알았고 그 사람들도 그를 알았지만, 친하게 지내는 사람은 매우 적었다. 대단히 독창적인 성격 때문에 평범한 사람에게는 흥미를 느끼지 않았다. 지위가 높든 낮든 상관없이 거칠고 독특한 성격의 인물은 언제나 그에게 환영받았다. 반면에, 지위가 아무리 높아도 세련되고 무미건조한 사람은 그의 혐오 대상이었다. 자신을 위해 일하는 영리한 일꾼이나, 그의 농장에 사는 기묘하고 지혜로운 노파와는 언제든지 자유롭게 이야기를 나누며 한 시간도 보낼 수 있었지만, 평범한 신사나 유행에 민감하고 우아하지만 시시한 여인에게는 일분일초도 아까워했다. 이런 점에서 호불호가 극단적인 그는 독특하지 않은 사람이라도 친절하고 존경할 만한 사람이 있을 수도 있다는 사실을 잊어버렸다. 그러나 한 가지 특정한 유형의 사람에 대해서는 자신의 규칙에 예외를 두기도 했다. 단순하고 솔직하며, 세련됨이나 똑똑함과는 거리가 멀고, 요크가 가진 지성을 전혀 이해하지 못하지만, 그의 거친 성격에 불쾌해하지 않고, 냉소에도 쉽게 상처받지 않으며, 그가 하는 말이나 행동, 의견을 깊이 분석하지 않는 사람들이 바로 그런 유형이었다. 요크는 그런 사람들을 좋아했고 그들과 있는 자리를 유달리 편안해했다. 그는 그런 사람들 가운데 군림하는 존재였다. 그들은 요크의 영향력에 순종하면서도 그 우월함을 인식할 수 없어 인정하지 못했다. 그래서 아첨하거나 비굴해질 위험 하나 없이 매우 쉽게 대할 수 있었다. 요크에게 있어 무심하고 편안하며 꾸밈없고 둔감한 그들의 행동은 마치 그가 앉아 있는 의자나 밟고 있는 바닥처럼 편안하게 받아들이기

쉬운 것이었다.

요크가 로버트에게 전적으로 냉담하게 굴지는 않았음을 느꼈을 것이다. 그가 로버트에게 약간의 호감을 느낀 이유가 두세 가지 있었다. 이상하게 들릴 수도 있지만, 첫 번째 이유는 로버트가 영어는 외국 억양으로 구사하면서 프랑스어는 완벽하게 구사했기 때문이다. 게다가 로버트의 어둡고 여윈 안색과 다소 피곤해 보이지만 섬세한 선을 가진 얼굴이 전혀 영국인답지 않고 요크셔 사람 같지도 않다는 이유에서였다. 이런 요소들은 요크 같은 성격을 가진 사람에겐 쓸모없는 사소한 것일 수도 있다. 하지만 사실 그는 로버트의 모습에서 즐거웠던 오랜 기억을 떠올렸다. 여행 다니던 젊은 시절의 기억을 불러낸 것이다. 이탈리아의 여러 도시와 풍경 속에서 로버트와 비슷한 얼굴을 보았고, 파리의 카페와 극장에서 그와 비슷한 목소리를 들었다. 요크는 이 이방인과 마주하고 그 목소리를 들으면서, 다시 그때처럼 젊어진 듯한 느낌을 받았다.

둘째로, 그는 로버트의 아버지와 아는 사이였고 거래도 했었다. 단순 거래보단 좀 더 중요한 관계였지만 결코 유쾌한 사이는 아니었다. 서로 사업적으로 얽혀 있어서 그 손실에 어느 정도 연루됐었기 때문이다.

셋째로, 요크는 로버트 무어가 예리한 사업가라는 사실을 알게 되었다. 결단력과 예리함, 그리고 어쩌면 강인함까지 지녔으므로, 로버트가 결국에는 어떻게든 돈을 벌 거라고 확신했다. 두 사람을 가깝게 만든 네 번째 요인은 요크가 할로우 공장 부지가 속해 있는 영지를 소유한 미성년 상속인의 후견인 중 한 명이라는 사실이었다. 따라서 로버트는 사업을 진행하고 개선하는 과정에서 요크에게 종종 조언을 구해야만 했다.

응접실에 있던 다른 손님인 헬스톤과의 관계에 대해 말하자면, 그와 요크 사이에는 두 가지 반감이 존재했다. 성격 차이에서 오는 반감과 상황상의 반감이었다. 자유사상가는 형식주의자를 증오했다. 자유를 사랑하는 사람은 규율을 중시하는 사람을 혐오했다. 게다가, 과거에 그들이 같은 여성에게 구혼하는 경쟁자 사이였다는 말도 있었다.

요크는 젊었을 때 활기차고 화려한 여성을 선호하는 것으로 유명했다. 현란한 외모에 활발한 성격과 재치 있는 말솜씨를 가진 여성에게 주로 매력을 느꼈다. 하지만 그는 사교적으로 친밀했던 화려한 여성 중 그 누구에게도 청혼하지 않았고, 갑작스럽게도 이전에 관심을 주었던 여성들과는 완전히 다른 한 소녀를 보고 진지하게 사랑에 빠져 열렬히 구애했다. 그녀는 성모 마리아 같은 얼굴을 한 소녀였으며, 살아 있는 대리석처럼 고요함을 의인화한 듯한 존재였다. 요크는 그가 던지는 질문에 소녀가 단음절로만 대답해도, 그가 내쉬는 한숨을 무시해도, 그의 시선에 응답하지 않고 그의 의견에 아무런 반응을 보이지 않아도, 그가 던진 농담에 미소짓지 않고, 아무런 존경이나 관심을 보이지 않아도 상관하지 않았다. 그녀의 모습이 그가 평생 이상형으로 여겼던 그 모든 것과 정반대여도 개의치 않았다. 요크에게 메리 케이브는 완벽한 존재였다. 왜인지는 몰라도, 그에게는 분명한 이유가 있었다. 요크가 메리를 사랑했기 때문이다.

그 당시 브라이어필드의 부사제였던 헬스톤도 메리를 사랑했다. 아니, 적어도 그녀에게 매력을 느꼈다. 메리는 마치 천사 조각상처럼 아름다웠기 때문에 그녀를 동경하는 이들이 여럿 있었다. 하지만 메리가 사제인 헬스톤을 더 선호한 이유는 직위 때문이었다. 어쩌면 사제라는 직책이 그녀에게 결혼을 결심하는 데 필요한 환상을 심어주었을 것이다. 그것은 메리 케이브가 다른 구혼자인 젊은 상인들에게서는 찾지 못한 환상이었다. 헬스톤에게는 요크가 메리에게 느꼈던 강렬한 열정도 없었고, 그런 열정이 있다고 주장할 마음도 없었다. 구혼자들 대부분이 그녀를 향해 경외심을 느꼈지만, 헬스톤만큼은 메리를 있는 그대로 보았다. 덕분에 그는 두 사람의 관계에서 주도권을 가질 수 있었다. 메리는 헬스톤의 첫 번째 청혼을 받아들였고, 그렇게 두 사람은 결혼했다.

헬스톤은 천성적으로 좋은 남편이 될 만한 사람이 아

니었다. 조용한 아내에게는 더욱 그랬다. 그는 여자가 아무 말 없으면 문제도 없고 필요한 것도 없다고 생각했다. 그녀가 아무리 오랫동안 외로워해도, 외롭다고 불평만 하지 않으면 괴로운 게 아니라고 여겼다. 아내가 말도 없고 자신을 드러내지도 않고 무엇을 좋아하고 싫어하는지 표현하지 않으니, 그녀에겐 좋아하는 것도, 싫어하는 것도 없고 취향을 물어볼 필요도 없다고 생각했다. 헬스톤은 여자들을 이해하거나 남자들과 비교해 보려는 노력조차 하지 않았다. 그에게 여자란 굉장히 열등한 별개의 존재였다. 아내는 남편의 동반자가 될 수 없으며, 속을 털어놓을 수 있는 친구도, 버팀목도 될 수 없다고 생각했다. 결혼하고 몇 년이 지나자 그의 아내는 헬스톤에게 그 어떤 형태로도 중요한 존재가 되지 못했다. 그러던 어느 날, 쇠약해져 가는 아내의 상태를 거의 알아채지 못했던 헬스톤의 눈에는 갑자기, 하지만 다른 사람들이 보기에는 서서히, 그녀는 생을 마감했다. 그때 헬스톤이 느낀 상실감은 어땠을까? 아마도 아주 미미했을 것이다. 어쩌면 겉으로 드러난 모습보다는 더 큰 상실감을 느꼈을지도 모른다. 그는 슬픔이 쉽게 눈물을 짜낼 수 있는 사람이 아니었기 때문이다.

눈물 없이 차분하게 애도하는 그의 모습은 그 집에서 오래 일했던 가정부와 헬스톤 부인을 병간호한 하녀들에게 큰 충격을 주었다. 어쩌면 고인의 성격과 감정, 사랑에 대한 능력에 대해서도 헬스톤보다 더 잘 알았을 것이다. 그들은 시신 곁에서 헬스톤 부인이 쇠약해진 과정에 관해 수다를 떨었고, 실제인지 상상인지 모르겠지만 그 원인에 관해서도 이야기했다. 한 마디로, 서로 자극적인 말을 하며 옆방에서 서류를 검토하고 있는 저 가혹한 작은 남자를 향한 분노를 키워 나갔다. 헬스톤은 자신이 비난의 대상이 되고 있다는 사실을 전혀 알지 못했다.

헬스톤 부인이 땅에 묻힌 지 얼마 되지 않아, 그녀가 우울증으로 인해 사망했다는 소문이 동네에 퍼지기 시작했다. 이 소문은 빠르게 확대되어 남편으로부터 가혹한 대우를 받은 것으로 변했고, 결국 그녀의 남편이 부인을 혹독하게 대했다는 구체적인 이야기로 발전했다. 매우 부정확한 소문이었는데도 사람들은 그 이야기를 열심히 받아들였다. 요크도 이 소문을 들었고, 일부는 믿었다. 이전에도 이미 그는 자신을 이긴 경쟁자였던 헬스톤을 우호적으로 생각하지 않았다. 비록 그도 이제는 결혼하여 메리 케이브와 모든 면에서 완전히 반대인 여성과 살게 됐지만, 인생에서 느꼈던 큰 패배감은 잊을 수 없었다. 그리고 자신이라면 그토록 소중히 여겼을 존재를 다른 이가 방치하고 학대까지 했을지도 모른다는 이야기를 듣자, 요크는 그 사람을 향한 쓰라리고도 뿌리 깊은 적개심을 품게 되었다.

헬스톤은 요크가 품고 있는 적개심의 성격과 강도를

절반도 알지 못했다. 요크가 메리 케이브를 얼마나 사랑했는지, 그녀를 잃었을 때 어떤 감정을 느꼈는지도 전혀 몰랐다. 자신이 아내를 어떻게 대했는지 비방하는 소문이 본인을 제외한 동네 모든 사람에게 퍼져 있다는 사실도 알지 못했다. 요크와의 사이는 그저 정치적이고 종교적인 차이 때문에 좋지 않은 거라고 믿었다. 만약 실제 상황이 어떻게 돌아가고 있는지 알았더라면 헬스톤은 그 어떤 설득에도 옛 경쟁자의 집 문턱을 넘지 않았으리라.

요크는 로버트 무어를 또 나무라진 않았다. 세 사람은 얼마 지나지 않아 일반적인 내용으로 다시 대화를 시작했지만, 다소 논쟁적인 분위기는 여전했다. 불안한 나라 상황과 최근에 이 지역 공장들을 향한 약탈 행위들은 의견이 충돌할 만한 대화 주제를 풍부하게 제공했다. 특히, 이 자리에 있는 신사 세 명은 그 문제들에 관해 각기 다른 견해를 가지고 있어서 더욱 그랬다. 헬스톤은 고용주들이 피해를 보았으며 노동자들이 무리한 요구를 한다고 생각했다. 그리고 기존 권력에 대해 널리 퍼져 있는 불만과 그가 보기엔 어쩔 수 없는 필요악을 인내하지 않으려는 사람들의 태도를 강하게 비판했다. 정부가 강력하게 개입하고 엄격하게 치안을 감시해야 하며, 필요할 땐 군사적인 강제 조처를 해야 해결될 거라고 보았다.

요크는 정부의 개입과 감시, 강제 조치가 굶주린 사람

들을 먹이고, 일자리를 제공하고, 일거리가 필요한 사람들에게 도움을 줄 수 있는지 묻고 싶었다. 필요악이라는 발상이 우스웠다. 대중의 인내심을 낙타에 비유한 요크는 이미 낙타의 등에는 마지막 한계치까지 짐 지워졌으며, 이제 해야 할 일은 저항이라고 주장했다. 그리고 기존 권력에 대해 널리 퍼진 불만이야말로 그 시대가 보여주는 희망의 징후라고 생각했다. 고용주들이 실제로 피해를 보았다는 사실은 인정했지만, 노동자들이 가진 주요 불만은 '부패하고 비열하며 피에 물든' 정부가 그들에게 강요하는 일들 때문이라고 단언했다(정부에 대한 표현은 요크가 사용한 말이다). 피트✿ 같은 미친놈들과 캐슬레이 같은 악마들, 퍼시벌✿✿ 같은 멍청이들이 이 나라의 폭군이자 저주였고, 나라 경제를 망친 원흉이었다. 그들은 정당성도 없고 희망도 없는 파괴만 가득한 전쟁을 지속해서 나라를 곤경에 빠뜨렸다. 포악하고 탄압적인 세금 부과와 악명 높은 대륙 봉쇄령을 영국의 목에 짐 지운 원흉들이었다. 그 주동자들은 누구라도 탄핵과 교수형에 처해야 마땅했다.

"하지만 무슨 소용이 있었겠습니까?" 요크가 물었다. "왕과 성직자와 귀족들이 군림하는 땅에서 이성이 들릴 가능

✿   윌리엄 피트(William Pitt). 1700년대 후반 영국 수상직을 장기 역임한 정치가.
✿✿ 스펜서 퍼시벌(Spencer Perceval). 영국 제21대 총리.

성이 얼마나 있었겠어요? 정신 나간 자가 명목상 군주가 되고, 부도덕하고 방탕한 자가 실제 통치자가 된 곳에서 말입니다. 상식을 모욕하는 세습 입법자들을 용인하고, 위선의 상징인 주교들이 의석을 차지하고, 권력으로 부유해진 국교회가 사람들을 박해하는데도 그들을 참고 숭배하는 곳, 상비군을 세워놓고 게으른 성직자들과 그 빈곤한 가족들을 그 땅의 기름으로 부양하는 나라에서 말이요."

헬스톤은 일어나 챙모자를 쓰며 대답했다. "사람들이 건강하고 힘 있고 세속적으로 부유할 때는 그런 종류의 신념을 매우 용감하게 지키는 경우를 지금껏 살면서 두세 번 경험했소이다. 하지만 누구에게든 '집 지키는 자들이 떨고, 높이 있는 존재를 무서워하며, 길 위에서 두려워하는 때'가 옵니다. 그때가 바로 무정부주의자, 반란을 주장하는 자, 종교와 질서의 적들에게는 시험을 받는 시간이 될 거요. 예전에 나는 우리 교구에서 병자들을 위해 마련한 기도 자리에 간 적이 있소. 가장 악랄했던 사람이 고통스럽게 죽어가는 임종 자리에서 기도를 드려야 했지. 그자는 회한에 휩싸여 회개의 길을 찾으려고 애썼지만, 아무리 울고 빌어도 그 길을 찾지 못했소. 나는 요크 씨에게 하느님과 왕에 대한 신성을 모독하는 일은 치명적인 죄라는 사실을 경고해야겠습니다. '앞으로 올 심판'이라는 것이 있다는 사실을 아셔야겠소이다."

그에 요크는 이렇게 말했다. "앞으로 올 심판이 존재한다고 전적으로 믿습니다. 만약 그렇지 않다면, 이 세상에서 승승장구하는 듯 보이는 모든 악당, 죄 없는 사람들 마음을 가차 없이 짓밟고, 부당하게 얻은 특권을 남용하고, 명예로운 직업에 오명을 남기고, 가난한 사람들 입에서 빵을 빼앗고, 겸손한 이들을 억누르고, 부유하고 거만한 놈들에게 비굴하게 아첨하는 자들이 저지르는 죄의 대가를 제대로 치를지 상상하기 어려우니 말입니다. 하지만, 이 오염된 땅덩어리 위에서 그런 행태를 부리는 놈들이 성공을 거두는 모습을 볼 때면, 저는 저 오래된 책을 꺼냅니다. (책장에 있는 큰 성경책을 가리켰다.) 그리고 아무 데나 펼쳐 보면, 언제나 푸른 유황불처럼 번쩍이는 구절이 나와서 모든 걸 바로잡아 주고는 했습니다. 저는 어떤 사람들이 어디로 가는지 정확히 압니다. 마치 커다랗고 하얀 날개를 가진 천사가 문턱을 넘어와 직접 말해준 것처럼 말입니다."

"요크 씨." 헬스톤이 모든 위엄을 끌어모아 말했다. "인간이 알아야 할 가장 위대한 지식은 자기 자신을 아는 것이며, 자기 발걸음이 어디로 향하는지 아는 것이오."

"네, 그렇지요, 신부님. 기억하셔야 할 것은, 무지✿가 천국

✿ Ignorance. 존 번연의 소설 『천로역정』에 나오는 인물로, 자신만의 방식으로 천국에 가려고 했던 자만한 인물이다.

의 문턱에서 바로 쫓겨났다는 겁니다. 그는 공중에서 실려 내려가 언덕 옆문으로 밀어 넣어졌는데, 그 문은 지옥으로 내려가는 길이었지요."

"나도 잊지 않았소이다, 요크 씨. 허영심 가득한 자가 길을 보지 못하고 깊은 구덩이에 빠졌다는 것을 말이오. 이 구덩이는 바로 그 땅의 왕자가 허영심 많은 바보를 잡아내기 위해 고의로 만든 것이었고, 그자는 결국 추락해서 산산이 조각났소이다."

"자, 됐습니다." 그때 로버트가 끼어들며 말했다. 지금까지 이 세속적인 싸움을 말없이 재미있게 지켜본 참이었다. 그는 당시의 당파 정치나 동네의 소문에 무관심했기 때문에 두 사람의 논쟁을 공정하면서도 냉담하게 판단할 수 있었다. "두 분 다 서로를 충분히 비난하셨습니다. 서로를 얼마나 진심으로 증오하고 악하다고 생각하는지를 증명하셨어요. 저로서는 제 기계를 부순 놈들에 대한 증오가 너무 강하게 흐르는 상태라 제 주변 사람들의 감정까지 나눌 여유가 없습니다. 더군다나, 특정 종파나 정부처럼 막연한 대상에 대해서는 말할 것도 없지요. 하지만 정말로, 신사 여러분, 두 분 모두 말씀하시는 것만 들어도 몹시 나쁜 사람들로 보입니다. 제가 생각했던 것보다 훨씬 더 나빠 보여요. 저는 요크 씨 같은 반역자이자 신성모독자와 밤새 같이 있을 용기가 없습니다. 그렇다고 헬스톤 신부님처럼 잔인하고 독재적인 성직자와 함께 말을 타고 집으로 돌아갈 용기도 없네요."

"나는 가겠네. 무어 자네는 오든 말든 마음대로 하게." 헬스톤이 엄하게 말했다.

"아니요, 선택의 여지는 없습니다. 로버트는 신부님과 함께 가야지요. 자정이 지났으니 내 집에 깨어 있는 사람이 있어선 안 됩니다. 모두 가주십시오." 요크가 말하며 종을 울렸다. 그리고 문을 열고 들어온 하인에게 말했다.

"데브, 주방에서 사람들을 다 내보내고, 문 잠그고 자러 가게. 이쪽이 나가는 길입니다, 신사분들." 그는 통로를 따라 불을 밝혀 가며 손님들을 현관문 밖으로 내보냈다.

두 사람은 뒷문으로 서둘러 나온 다른 일행들을 만났다. 그리고 문 앞에서 대기하고 있던 말을 타고 그곳을 떠났다. 로버트는 갑작스럽게 내쫓긴 상황에 웃었고, 헬스톤은 깊이 분노했다.

5장. 할로우 오두막

다음 날 아침, 잠이 깬 로버트는 여전히 기분이 좋았다. 공장 사무실 앞뒤 공간에 몸을 누일 만한 공간이 있어서 로버트와 조 스콧은 그곳에서 자고 일어났다.

로버트는 항상 일찍 일어나는 편인데 이날은 평소보다 조금 더 일찍 일어났다. 그가 세수하면서 부르는 프랑스 노래에 하인이 깼다.

"주인님, 그래도 돈을 다 쓰신 건 아니죠?"

조가 외쳤다.

"한 푼도 없네, 이 사람아. 이제 일어나게. 일꾼들이 출근하기 전에 공장 한 바퀴 돌고 나서 내가 세운 계획을 들려주겠네. 아직 기계 장비는 얻을 수 있을 거야. 브루스 왕

에 대해 들어본 적이 있나?"✿

"네. 거미 이야기 말씀이시죠? 들어본 적 있죠. 스코틀랜드 역사책을 읽어본 적도 있는걸요. 제가 아마 주인님만큼은 알걸요. 여튼 계속 노력하실 거란 말씀으로 이해할게요."

"맞아."

"주인님 나라에는 주인님 같은 사람이 많나요?" 조가 간이침대를 정리하면서 물었다.

"내 나라? 내 나라가 어디지?"

"프랑스요. 아닌가요?"

"아니야. 프랑스가 내가 태어난 앤트워프 지역을 차지했다고 해서 내가 프랑스인이 되는 건 아니지."

"그럼 네덜란드인가요?"

"네덜란드 사람도 아니야. 앤트워프와 암스테르담을 혼동하고 있군."

"그럼 플랑드르?"

"이거 너무하는군, 플랑드르 사람이라니! 내가 플랑드르 사람처럼 코가 뭉툭하게 튀어나오고, 이마가 납작하고, 창백한 파란 눈을 가진 얼굴로 보이는가? 플랑드르 사람

✿ 스코틀랜드 독립전쟁 역사의 이야기를 담은 〈브루스 왕과 거미 이야기〉. 옛 스코틀랜드 왕 로버트 브루스가 포기하지 않는 거미의 모습에 영감을 얻어 독립전쟁에서 승리하여, 영국으로부터 스코틀랜드를 독립시킨 이야기이다.

처럼 몸만 크고 다리가 없는 것도 아니잖아? 자네는 네덜란드 사람을 잘 모르는군. 조, 나는 앤트워프 사람이야. 어머니도 앤트워프 분이었지만 프랑스 혈통이라서 나도 프랑스어를 하는 거고."

"하지만 주인님 아버지께서 요크셔 분이시니 주인님도 조금은 요크셔 사람일 겁니다. 누구라도 주인님이 우리와 비슷하다는 걸 알 수 있을 거예요. 그렇게 돈을 벌고 앞서 나가려는 걸 보면 말이죠."

"조, 자네 정말 건방지군. 그렇지만 나는 어릴 때부터 자네 같은 무례한 사람들에게 익숙하지. 벨기에 노동자들은 고용주들에게 매우 거칠게 행동하거든. 그리고 조, 거칠다는 말은 프랑스어로 난폭하다는 것을 의미하네."

"우리 동네에 사람들은 속에 있는 말을 다 합니다. 런던에서 온 젊은 성직자들이나 귀족들은 그 '무례함'에 충격을 받는데, 우리는 그 사람들이 충격받는 모습을 보는 걸 좋아하지요. 눈을 크게 뜨고 눈알을 굴리면서 손바닥을 펼치고 입을 벌리는 모습이 재밌거든요. 그러고는 그 사람들이 '어머, 세상에! 어쩜 이렇게 야만적일까! 정말 끔찍해'라고 말하는 걸 듣는 것도요."

"야만인이 맞네, 조. 스스로 문명인이라고 생각하진 않지?"

"그럭저럭 그렇죠, 주인님. 그래도 저는 북부에 있는 우리 제조업자들이 남부에 사는 농부들보다 훨씬 더 똑똑하고 아는 것도 많다고 생각해요. 무역은 우리 지능을 날카롭게 하고, 저 같은 기계공들이 생각할 수밖에 없도록 만들죠. 기계를 살펴보면서 원인과 결과를 직접 연결 지으려는 습관이 생겼어요. 독서도 좋아하고, 우리를 다스리려는 사람들이 무엇을 하려는지도 궁금하고요. 저보다 더 똑똑한 사람들도 많아요. 기름 냄새 나는 기계공이나 파랗거나 검은 피부를 가진 염색공 중에도 무지 똑똑한 사람들이 여럿 있어요. 법이 얼마나 바보 같은지도 잘 알고, 주인님이나 나이 많은 요크 씨보다도 아는 게 더 많은 사람들도 꽤 있지요. 크리스토퍼 사익스 씨처럼 무른 사람이나 그 아일랜드인 피터 부사제 같은 떠버리보다 더 많이요."

"자네가 똑똑한 사람이라고 생각하는군, 조."

"네! 나쁘지 않죠. 치즈와 분필을 구별할 수 있고, 지금까지 얻은 기회를 잘 활용해 왔다는 것을 정확히 알고 있으니까요. 저보다 나은 사람들도 몇몇 있어요. 요크셔에 저만큼 괜찮은 사람은 수천 명쯤 있을 거고, 저보다 나은 사람이 두세 명 정도 될 거예요."

"자네는 위대한 사람이네. 대단한 인물이지. 하지만 거만하고 자만심으로 똘똘 뭉쳐 있어! 자네가 실용 수학 지식을 조금 얻고, 염료 탱크 바닥에서 기초 화학을 조금 배웠다고 해서 과학자가 됐다고 볼 순 없어. 그리고 무역업이 항상 순조롭게 진행되지 않는다고 해서, 자네나 자네 같은 사람들이 간혹 일과 빵이 부족하다고 해서 자네 계층 사람들이 순교자라거나 정부 전체가 잘못되었다고 생각할 필요도 없지. 더 나아가, 선행하는 마음이 오두막에만 숨어 있고 기와지붕 집에서는 완전히 자취를 감췄다고 매도해서도 안 돼. 말해두지만, 나는 그런 쓰레기 같은 생각을 특히 싫어하네. 왜냐하면, 인간 본성은 어디서든 똑같다는 사실을 너무 잘 알기 때문이야. 기와지붕이든 초가지붕이든 상관없어. 모든 인간의 본성 속에는 언제나 악과 선이 섞여 있고, 그 비율도 지위에 따라 결정되지 않아. 나는 부유한 악당도, 가난한 악당도 보았고, 부유하지도 가난하지도 않지만, 성경 아가서에 나오는 소원들을 이루며 꽤 겸손하게 생활하는 악당도 보았네. 이제 시계가 여섯 시가 다 되었군. 이제 가게, 조. 가서 공장 종을 치게."

이제 이월 중순이라 여섯 시가 되자 새벽이 서서히 밤을 뚫고 나왔다. 갈색 어둠을 관통하며 나오는 창백한 광선이 불투명한 그림자를 조금씩 투명하게 만들기 시작했다. 그날 아침의 광선은 특히 창백했다. 동쪽 하늘에 아무 색조도, 붉은 기운도 나타나지 않았다. 해가 무겁게 떠오르며 구름 위로 창백한 시선을 던지는 모습을 보니, 마치 지난밤 홍수에 태양의 불꽃이 꺼진 것만 같았다. 이날 아침 공기는 그 모습만큼이나 차가웠다. 거친 바람이 구름 덩어리를 휘젓고는 천천히 떠오르면서 지평선을 둘러싼 무채색 은빛 고리를 보여주었다. 그건 파란 하늘이 아니라 그 너머에 있던 더 창백한 대기층이었다. 비는 그쳤지만, 땅은 흠뻑 젖어 있었고, 웅덩이와 시내는 물로 가득 차 있었다.

공장 창문 너머로 불빛이 켜졌고, 종소리도 크게 울렸다. 어린 일꾼들이 굉장히 다급하게 달려 들어왔는데, 이 불쾌한 날씨에 너무 지치도록 일하지 않기를 바라는 마음이 절로 든다. 어쩌면 저 아이들에게는 이런 아침이 나을지도 모른다. 그들은 겨울에 내리치는 눈보라와 폭우, 그리고 강한 추위 속에서도 자주 공장에 나왔기 때문이다.

로버트는 입구에 서서 아이들이 들어오는 모습을 지켜보았고, 지나갈 때마다 그 수를 세었다. 다소 늦게 온 아이들은 짧은 훈계를 들었고, 작업실에 도착해서는 조 스콧에게 더욱 엄하게 혼났다. 주인이나 감독관 모두 폭력적으로 말하지는 않았다. 둘 다 난폭하진 않았지만, 엄격한 사람들이었다. 너무 늦게 온 아이에게는 벌금을 부과했기 때문이다. 로버트는 아이가 늦으면 안으로 들어가기 전에 1페니를 내게 했고, 다음에 같은 실수를 반복하면 2페니를 내야 한다고 알려주었다.

규칙이란 반박의 여지 없이 이럴 때 필요하다. 하지만 난폭하고 잔인한 주인들은 난폭하고 잔인한 규칙을 만들었고, 이 이야기 속 시대에는 간혹 그런 규칙들이 폭압적으로 시행되었다. 내 이야기 속 인물들은 완벽하지 않다 (이 책 속 인물들은 모두 어느 정도 불완전하다. 내 펜은 모범적인 인물을 그리는 것을 거부한다). 그러나 나는 타락하거나 극악한 인물을 다루지는 않는다. 아동 학대범이나 노예 주인들은 교도관에게 맡기겠다. 굳이 소설가가 그들의 행위를 기록하느라 종이 더럽히는 일을 할 필요는 없다.

고통과 채찍질을 생생하게 묘사하며 독자의 상상력을 자극하고 그 영혼을 괴롭히는 대신, 로버트와 조가 공장에서 아이를 학대한 적이 없다는 사실을 알릴 수 있어 기쁘다. 사실 조는 거짓말하고 고집부리는 자기 아들을 심하게 때린 적은 있으나, 그의 고용주와 마찬가지로 매우 침착하고 차분하고 굉장히 이성적인 사람이라서 아이들을 대할 때 체벌은 하지 않았다.

로버트는 병약했던 새벽이 낮이 되어 힘을 얻을 때까지 공장과 마당, 염색 공장과 창고를 돌아다녔다. 태양이 떠올랐다. 색 없이 맑고, 얼음처럼 차가워 보이는 하얀 원반이 어두운 언덕 꼭대기 위로 살며시 모습을 드러냈다. 태양은 높이 있는 구름의 창백한 가장자리를 은빛으로 바꾼 후 지금 우리가 있는 좁은 계곡 전체를 엄숙하게 내려다보았다. 시계가 여덟 시를 가리켰다. 공장 불이 모두 꺼지고 아침 식사 종이 울렸다. 노동에서 반 시간쯤 해방된 아이들은 커피가 담긴 작은 주전자와 빵 바구니로 향했다.

충분히 잘 먹으면 좋겠다. 그래야 덜 아쉬울 테니.

로버트가 이제 드디어 공장 마당을 떠나 자기 오두막으로 향했다. 그 집은 공장에서 가까운 거리에 있었지만, 오두막으로 가는 길 양쪽에 있는 울타리와 높은 둔덕 때문에 호젓한 분위기를 풍겼다. 집은 작았고, 하얀 벽으로 둘러싸였으며, 문 아래로 초록 계단이 놓여 있었다. 계단 주변과 창문 밑에 정원이 있었는데, 지금은 꽃도 꽃봉오리도 없이 보잘것없는 갈대만 듬성듬성 보였지만, 여름날이 되면 꽃이 만발하고 덩굴식물들이 자라나리란 걸 어렴풋이 예측할 수 있었다. 오두막 앞에는 잔디밭과 담장용 화분들이 놓여 있었다. 화분 속에는 검은 흙뿐이었으나 바람이 닿지 않는 화분 안쪽 구석에는 설강화나 크로커스 싹이 에메랄드처럼 푸르게 흙 위로 살짝 보였다. 봄은 늦었고, 겨울은 길며 혹독했다. 마지막으로 두껍게 쌓였던 눈이 어제 비가 오기 전에 겨우 녹아 없어졌지만, 아직 흰 잔해물이 언덕 위에서 반짝였고, 골짜기를 점점이 물들였으며, 봉우리를 덮고 있었다. 잔디밭은 초록빛 대신 하얗게 바랜 색이었고, 둑과 길가의 울타리 아래 풀밭도 마찬가지였다. 나무 세 그루가 오두막 옆에 우아하게 모여 있었다. 나무들은 높지 않았지만, 가까이에 경쟁 상대가 없어서인지 당당하고, 장엄해 보였다. 이곳이 로버트 무어의 집이었다. 만족스럽게 사색할 수 있는 아늑한 보금자리였지만, 이곳에서는 그의 야망과 행동의 날개를 오래 접고 있기 어려웠다.

무어는 이 오두막이 주는 소박한 편안함에 특별히 매력을 느끼는 것처럼 보이지 않았다. 그는 집에 들어가지 않고 작은 창고에서 삽을 꺼내어 정원에서 일을 시작했다. 약 15분 정도 계속해서 흙을 파고 있었는데, 창문이 열리고 어느 여자 목소리가 그를 부르며 프랑스어로 말했다.

"로버트, 아침 식사 안 할 거니?(Eh, bien! Tu ne déjeûnes pas ce matin?)"

이후 대화는 모두 프랑스어로 이루어졌지만, 독자들이 알아들을 수 있도록 우리말로 번역하겠다.

"식사 준비됐어?"

"그럼, 30분 전에 이미 다 됐지."

"나도 다 했어. 배가 엄청 고프네."

로버트는 삽을 던지고 집으로 들어갔다. 좁은 복도를 지나 작은 거실로 들어가니, 커피와 빵, 버터, 그리고 영국에서 보기 어려운 배 요리가 놓인 아침 식탁이 눈에 들어왔다. 테이블 옆에는 로버트가 아까 창문을 사이에 두고 대화를 나눴던 여성이 앉아 있었다. 이야기를 더 진행하기 전에 그녀, 오르탕스를 소개해야겠다.

오르탕스 제라르 무어는 로버트보다 나이가 약간 많아 보였다. 서른다섯 살 정도에, 키가 크고 비율상 뚱뚱한 편이었다. 머리는 종이로 된 헤어롤로 말아 올렸고, 두 뺨에는 홍조가 돌았으며, 코도 작고, 두 눈도 작고 까맸다. 얼굴 하관이 위쪽에 비해 컸고, 좁은 이마에는 주름이 꽤 있었다. 불만스러워 보이는 얼굴이지만 악의는 없는 표정이었고, 전체적인 외모에서 반쯤은 짜증스럽고 반쯤은 재미있어 보이는 느낌을 풍겼다. 가장 이상한 점은 그녀의 복장이었다. 천으로 된 속치마와 줄무늬 면드레스를 입고 있었는데, 속치마가 짧아서 발과 발목이 다 드러났으며, 좌우 대칭이 많이 어긋나 있었다.

독자 여러분은 내가 아주 너저분한 사람을 묘사하고 있다고 생각할 것이다. 하지만 전혀 그렇지 않다. 로버트의 누이인 오르탕스는 매우 단정하고 알뜰한 사람이다. 속치마와 드레스, 헤어롤은 오르탕스가 아침에 입는 복장으로, 원래 살던 나라에서 아침마다 집안일을 할 때 입던 옷차림이었다. 오르탕스는 영국에 살게 되었다고 해서 영국 패션을 따라 하지는 않기로 했다. 옛날에 벨기에에서 입던 스타일을 고수하는 것도 그 나름의 장점이 있다고 생각하며 만족했다.

오르탕스는 자기 자신을 아주 높이 평가하는 사람이었다. 그녀에게도 몇 가지 장점과 훌륭한 자질이 있었기 때문에 전적으로 틀린 평가라고는 할 수 없다. 하지만 오르탕스는 그 자질의 종류와 정도를 다소 과대평가했고, 그에 동반되는 여러 작은 결점들은 완전히 무시했다. 그녀가 편협하고 좁은 마음을 가졌다는 점, 자신의 위상과 중요성에 지나치게 민감하다는 점, 그리고 사소한 일로 쉽게 불쾌해한다는 점은 절대 받아들이지 않겠지만 모두 사실이다. 그러나 오르탕스는 명예에 금이 가거나 편견이 깨질 일만 없으면 충분히 친절하고 우호적으로 행동할 수 있는 사람이었다. 그녀는 두 형제에 대한 애착이 깊었다(로버트 말고도 제라르 무어가 한 명 더 있다). 두 사람은 쇠퇴한 가문에 유일하게 남은 가주였고, 그녀의 눈에는 둘 다 신성한 존재나 다름없었다. 하지만 루이보다 로버트를 더 잘 알았다. 루이는 어린 시절에 영국으로 보내져 영국 학교에서 교육을 받았다. 그가 받은 교육은 상업에 적합하지 않았고, 그의 성향도 상업적인 일과 맞지 않았다. 그래서 상속받은 가업의 장래가 어두워져 자신의 운명을 스스로 개척해야 했을 때, 루이 제라르 무어는 교사라는 매우 소박하고 고된 직업을 선택했다. 루이는 학교에서 안내원으로 일하다가 지금은 일반 가정에서 교사로 일하고 있다고 했다. 오르탕스는 루이를 '능력'은 있으나 너무 더디고 조용한 사람으로 묘사했다. 그러나 로버트에 대해서는 다른 강도로, 더 무조건적으로 칭찬했다. 로버트를 매우 자랑스러워했고, 그가 유럽에서 가장 위대한 인물이라고 생각했다. 오르탕스의 눈에는 로버트의 말과 행동이 모두 특별해 보였고, 다른 사람들도 자신과 같은 시선으로 그를 봐주길 바랐다. 로버트에게 반대하는 일만큼 비합리적이고 끔찍하고 악한 것은 있을 수 없다고 여겼다. 자신이 반대할 때는 제외하고 말이다.

따라서 오르탕스는 로버트가 아침 식탁에 앉자마자 배 요리 한 접시와 꽤 큰 벨기에식 타르틴을 잘라준 다음, 어젯밤 사건, 즉 기계를 망가뜨린 자들에 대한 경악과 충격의 홍수를 쏟아내기 시작했다.

"생각하기도 싫구나! 기계들을 망가뜨리다니, 정말 부끄러운 행동이야! 이 나라 노동자들은 한심하고 악독한 게 분명해. 특히 영국인은 하인이나 하녀나 똑같아. 사라 같은 사람은 참을 수가 없거든!"

"사라는 깨끗하고 성실해 보이는데." 로버트가 말했다.

"겉모습 말고! 사라가 어떻게 생겼는지는 모르겠고, 더럽거나 게으른 것 같지는 않지만 정말 무례한 여자야! 어제 소고기 요리 때문에 15분이나 말씨름을 했다니깐. 사라는 내가 소고기를 너무 오래 삶는다면서 영국 사람들은 부이예 같은 요리는 절대 먹지 못할 거라더구나. 슈크루트도 육수가 기름만 둥둥 뜬 뜨끈한 물 같다며 손도 대지 않겠다는 거야! 우리가 지하실에 놔둔 그 냄비 통을 보고는 글쎄 돼지 밥통이라고 그랬어. 내 손으로 훌륭하게 준비한 냄비인데. 난 정말 너무 지쳤다. 하지만 그 여자를 내보내면 더 안 좋은 사람이 들어올까 봐 걱정돼. 너도 작업자들과 같은 상황에 있겠구나. 불쌍한 로버트!"

"오르탕스, 영국에서 별로 행복해 보이지 않네."

"네가 있는 곳에서 행복해지는 게 내 의무란다, 로버트. 하지만 우리 고향이 그리운 건 사실이야. 그럴 만한 이유가 수천 가지나 되거든. 내가 보기에 여기 사람들은 모두 무례하고 내 방식을 우습게 여기는 것 같아. 만약 네 공장에서 일하는 여자애가 부엌에 들어와서 내가 저녁을 준비하는 모습을 본다면(사라에게는 그 어떤 요리도 맡길 수 없으니까), 날 보고 비웃을 거야. 차 모임에 한두 번 가 봤는데 그곳에서도 나를 완전히 병풍 취급하더구나. 내가 당연히 받아야 할 관심을 받지 못했지. 제라르는 정말 훌륭한 가문이야, 무어 가문도 마찬가지고! 우리 가문은 존경심을 요구할 권리가 있어. 존경받지 못하면 당연히 속상하지 않겠니. 앤트워프에서는 항상 특별한 대우를 받았는데, 여기서는 내가 무슨 말을 할 때마다 사람들이 내 발음을 비웃는 것 같아. 하지만 나는 내 발음이 완벽하다고 확신한단다."

"오르탕스, 앤트워프 사람들은 우리를 부자로 알았지만, 영국 사람들에게 우리는 그저 가난한 사람들이야."

"정확해. 사람들은 정말로 돈에 따라 움직이지. 또 한 번 말하지만 지난 일요일을 생각해 보렴. 날씨가 매우 습했잖아. 그래서 그 깔끔한 검은 나막신을 신고 교회에 갔던 거야. 유행에 민감한 도시에서는 신지 않지만, 시골에서는 더러운 길을 걸어야 할 때면 꼭 그 나막신을 신었으니까. 그런데 내가 조용히 교회 복도를 걷고 있는데, 여자 네 명하고 남자 네 명이 나를 보고는 기도서로 얼굴을 가리면서 웃지 뭐니."

"거참, 그 나막신은 이제 신지 마. 이 나라에는 별로 어울리지 않는다고 전에 말했잖아."

"하지만 로버트, 그 나막신은 농부들이 신는 그런 평범한 나막신이 아니야. 말했잖니, 그건 무척 단정하고 그런 자리에 딱 맞는 나막신이라고. 우아한 수도 브뤼셀에서 그리 멀지 않은 몽스나 르외즈 같은 도시에서는 훌륭한 사람들이 겨울마다 그 나막신 말고 다른 것을 신는 모습은 거의 못 봤어. 누구든 파리에서 만든 장화로 플랑드르 진흙길을 걸어보라고 해보렴. 그럼 무슨 일이 생길지 알게 될 테니까!"

"벨기에 도시들이나 플랑드르 진흙길 같은 건 이제 생각하지 마. 로마에 가면 로마인처럼 행동해야 해. 그리고 그 속옷이나 치마도 좀 아닌 것 같아. 영국 숙녀들이 그런 옷 입는 것을 본 적이 없어. 캐롤라인 헬스톤에게 한번 물어봐."

"캐롤라인! 캐롤라인에게 물어보라고? 내가 뭘 입을지

를 그 애에게 물어보라니? 오히려 캐롤라인이 나한테 물어봐야지. 그 애는 아직 어린애야."

"캐롤라인은 열여덟, 최소한 열일곱은 됐어. 옷과 신발에 대해 충분히 알 만한 나이지."

"로버트, 캐롤라인을 버릇없게 만들지 말렴. 그 애를 필요 이상으로 대우해 주면 안 돼. 지금처럼 겸손하고 소박한 모습을 지켜줘야 한다고."

"당연히 그래야지. 캐롤라인은 오늘 아침에도 오나?"

"평소처럼 열 시에 프랑스어 수업을 받으러 올 거란다."

"캐롤라인은 누나를 비웃지 않지?"

"비웃지 않아. 그 애는 이곳에 있는 그 누구보다 나를 더 잘 이해하고 있단다. 나를 더 가까이에서 알 기회가 많으니까. 캐롤라인은 내가 제대로 배운 사람이고 지적이고 예의와 원칙을 가진 사람이란 걸 알고 있어. 요컨대, 좋은 가문에서 태어나 잘 자란 사람답게 모든 것을 갖췄다는 걸 말이야."

"캐롤라인이 마음에 들었나 보지?"

"마음에 들었다는 표현은 알맞지 않구나. 내가 감정에 휘둘리는 사람은 아니잖니. 오히려 우정이라고 하는 편이 더 낫겠어. 나는 그 애를 친척으로서 높이 평가하고, 그 애의 지위에도 호감이 가. 그리고 학생으로서 지금까지 보여 준 행동으로 그 호감이 더 커졌단다."

"수업 시간에 태도가 좋아?"

"내가 보기엔 아주 좋아. 하지만 로버트, 내가 교사로서 권위와 존경심을 유지하려고 일부러 학생과 지나치게 친해지지 않도록 거리를 두는 걸 너도 잘 알 거야. 그 통찰력 덕분에 캐롤라인에게 아직 고쳐야 할 점이 많다는 걸 알게 됐단다."

"마지막으로 커피 한 잔 마실게. 그동안 캐롤라인이 고쳐야 할 점에 관해서 이야기해 줘."

"우리 로버트. 지난밤에 힘들었을 텐데 아침 식사를 즐겁게 하는 모습을 보니 기쁘구나. 캐롤라인은 부족한 점이 있긴 하지만, 내 손으로 고쳐주고 엄마처럼 돌봐주면 나아질 거란다. 그 애에게는 가끔가다 내성적인 모습이 약간씩 보이는데 그 점은 좋지 않아. 전혀 소녀답지도 않고 순종적인 모습이 아니잖니. 천성적으로도 불안정하게 성급한 면이 있는데 그것도 나를 당황스럽게 한단다. 그래도 평소에는 매우 차분해. 가끔은 너무 기운이 없고 생각이 많아. 그래도 시간이 지나면 그 애를 일관되게 침착하고 예의 바르게 만들 수 있을 거라 믿는단다. 나는 이해 못 할 행동을 허용하지 않으니까."

"무슨 말인지 못 알아듣겠어. 이를테면, '불안정하게 성급한 면'이라는 건 무슨 뜻이지?"

"예를 들어 설명하는 게 좋겠구나. 너도 알다시피 가끔 캐롤라인에게 발음 연습을 시키려고 프랑스 시를 읽게 한단다. 그 애는 수업 중에 코르네유✿와 라신✿✿의 작품을 매우 침착하고 정중한 태도로 읽었어. 하지만 그 위대한 작가들의 작품을 읽으면서 약간 권태로워하는 모습을 보이더구나. 그건 진지한 게 아니라 관심이 없는 거였지. 내가 지도하는 학생에게 무관심한 태도는 있을 수 없어. 훌륭함의 기준이 되는 작품은 그렇게 대충 공부해서는 안 돼. 또 며칠 전에는 캐롤라인 손에 짧은 시집을 들려줬단다. 그리고 시 한 편을 골라 외워보라고 창가로 보냈지. 그러고 조금 이따 그 애를 봤더니, 시집을 대충 훑어보면서 입술만 움찔거리고 있는 거야. 내가 한 소리 했더니, 그 애가 프랑스어로 이렇게 대꾸하지 않겠니. '오르탕스, 이건 모두 너무 지루해요.' 내가 그런 말은 적절치 않다고 지적하니까, 그 애가 또 이렇게 외쳤어. '하느님! 프랑스 문학에 두 줄짜리 시는 없는 건가요?' 내가 그게 대체 무슨 말이냐고 따졌더니, 그제야 정중하게 사과하더구나. 곧 다시 조용해졌길래 보니까 책을 보면서 혼자 웃고 있었어. 그제야 열심히 시를 외우기 시작한 거지. 30분 정도 후에 내 앞에 오더니 책을 내밀더구나. 그리고 내가 항상 말하는 대로 두 손을 모

✿ 피에르 코르네유(Pierre Corneille). 프랑스의 대표적인 비극 작가이며 시인이기도 하다.
✿✿ 장 바티스트 라신(Jean Baptiste Racine). 프랑스의 극작가로 코르네유, 몰리에르와 함께 프랑스의 3대 극작가 중 한 명.

은 다음에 셰니에*의 짧은 시 〈감옥에 갇힌 젊은 여인〉을 낭송하기 시작했어. 그 시를 어떻게 낭송했는지 네가 들었다면, 그리고 낭송이 끝난 후에 그 애가 덧붙인 말을 들었다면 내가 말한 '불안정하게 성급한 면'이 무슨 의미인지 알았을 거야. 셰니에의 시가 라신과 코르네유의 시보다 더 감동적이라고 생각할 정도였다니까. 로버트, 너처럼 통찰력 있는 사람은 취향이 한쪽으로만 기울어진 건 마음이 건강하지 않다는 뜻이란 걸 잘 알 거야. 하지만 그 애는 선생님 복이 있어. 사고하는 방식과 체계에 대한 내 의견을 나눠주고 가르쳐 줄 테니까. 그 애가 감정을 완벽하게 통제하고 이끌 수 있도록 만들 거란다."

"꼭 그렇게 하길 바라. 캐롤라인이 왔나 봐. 방금 창밖에서 지나간 그림자가 그 애였던 것 같아."

"아, 정말 그렇네. 너무 일찍 왔구나. 수업을 시작하려면 30분이나 남았는데. 캐롤라인, 아직 아침 식사도 하기 전인데 왜 이렇게 일찍 왔니?"

오르탕스가 이제 막 방에 들어온 한 젊은 여인에게 질문을 던졌다. 그녀는 겨울 외투를 걸치고 있었는데, 외투에 잡힌 주름이 날씬해 보이는 그녀의 몸을 우아하게 감싸

---

* 앙드레 셰니에(Andre Chenier). 프랑스의 시인이자 혁명가로, 낭만주의 문학 운동의 선구자로 손꼽힌다.

주었다.

"두 분이 어떠신지 보려고요. 어젯밤에 일어난 일 때문에 속상해하실 것 같아서요. 오늘 아침에야 소식을 들었어요. 삼촌이 아침 식사 때 말씀해 주셨거든요."

"아, 정말이지 말로 다할 수 없단다. 우리를 위로해 주러 온 거구나? 네 삼촌도 우리 생각을 해주신 거니?"

"삼촌은 화가 많이 나셨어요. 어제 로버트와 함께 계셨던 것 같은데, 맞죠? 스틸브로 황야까지 함께 가지 않으셨나요?"

"맞아. 완전히 전쟁 나가는 사람들 같았지. 그런데 구하려고 했던 포로들을 중간에서 만났어."

"당연히 아무도 다치지 않았겠죠?"

"그래. 조 스콧은 손목이 너무 꽉 묶여서 약간 벗겨졌지만."

"당신은 거기에 없었나요? 공격을 받을 때 마차와 함께 있지 않았어요?"

"아니. 우리가 특별히 돕고 싶었던 그 사건은 내가 직접 참관할 기회가 거의 없었지."

"오늘 아침에는 어디 가시는 건데요? 머거트로이드가 마당에서 당신 말을 준비하는 걸 봤어요."

"윈버리에 다녀오려고. 오늘 장이 서는 날이니까."

"요크 씨도 가신대요. 마차에서 만났거든요. 집에 오실 때 요크 씨와 같이 오세요."

"왜지?"

"두 사람이 같이 있는 게 나으니까요. 요크 씨를 싫어하는 사람은 없잖아요. 적어도 가난한 사람들은요."

"그러니까 나는 싫어하는 사람들이 많으니, 보호가 필요하다?"

"당신을 싫어하는 게 아니라 오해하고 있는 거겠죠. 그게 맞는 말일 거예요. 늦게 오실 건가요? 그러니까, 요크 씨가 늦게 오실까요, 오르탕스?"

"그럴 가능성이 크겠지. 윈버리에서 할 일이 많으시니까. 숙제 노트는 가져왔니, 캐롤라인?"

"네. 몇 시에 돌아오실 건가요, 로버트?"

"보통은 일곱 시쯤 오는데. 더 일찍 오면 좋겠어?"

"차라리 여섯 시까지 오시면 좋겠어요. 요즘 여섯 시에는 아직 환한데, 일곱 시에는 해가 완전히 저무니까요."

"해가 저무는 게 왜 위험하지? 캐롤라인, 어두워지면 무슨 안 좋은 일이 벌어질 거라고 보는 건가?"

"네. 그게 뭔지 정확히 설명하긴 어렵지만, 다들 주변 친구들에게 위험한 일이 생길까 봐 걱정하고 있어요. 삼촌도 요즘 위험한 시기라고 하셨고, 사람들이 공장주들을 안 좋아한다고 말씀하시더라고요."

"그중에서도 나를 제일 안 좋아한다는 거지? 사실 아닌가? 너는 솔직하게 말하길 꺼리지만, 속으로는 내가 피어슨 씨와 같은 운명일지도 모른다고 생각하는 거겠지. 그 사람은 집에 있다가 침실로 가는 길에 계단 창밖에서 쏜 총을 맞았으니까."

"앤 피어슨 양이 장식 문에 박힌 총알을 제게 보여주었어요." 캐롤라인이 무겁게 말하면서 입고 있던 외투와 장갑을 정리해 옆 테이블에 올려놓으며 계속 말했다. "아시다시피 여기에서 윈버리로 가는 길에는 산울타리가 쭉 이어져 있고, 필드헤드 농장도 지나야 하잖아요. 그래도 당신은 여섯 시까지, 아니 그 전에 돌아오실 거죠?"

"물론 그럴 거란다." 오르탕스가 단언했다. "이제 수업 준비를 하렴, 캐롤라인. 나는 저녁에 만들 퓌레를 위해 완두콩을 불리고 올게." 그녀는 방을 나갔다.

"그렇다면 캐롤라인, 내게 적이 많을 거로 의심하겠군. 그리고 당연히 친구도 별로 없을 거라 생각하겠지?"

"친구가 없진 않지요, 로버트. 당신은 누나도 있고, 저는 한 번도 본 적 없는 당신 동생, 루이도 있고요. 그리고 요크 씨와 제 삼촌도 있잖아요. 물론 그 외에도 많은 사람이 있죠."

로버트가 웃으며 말했다. "그 '많은 사람'을 나열하는 데 애 좀 먹겠구나. 그나저나 네 공책 좀 보여줘. 글 쓰는 데 너무 과하게 힘을 빼는군! 오르탕스는 이런 걸 중요하게 생각하지. 너를 모든 면에서 플랑드르 여학생처럼 만들고 싶어 해. 캐롤라인, 너는 어떤 인생을 살까? 프랑스어, 그림, 그밖에 다른 능력들을 얻고 나면 어떻게 사용할 생각이지?"

"얻는다는 표현이 딱 맞네요. 아시다시피 저는 오르탕스에게 배우기 전까지는 아는 게 전혀 없었어요. 어떤 인생을 살지는 모르겠어요. 아마도 삼촌 집을 지키는 삶이겠죠. 하지만⋯." 그녀가 잠시 말을 멈췄다.

"하지만 뭐지? 삼촌이 돌아가시면 달라질 거라고?"

"아니요. 그렇게 말하다니 너무 냉정해요! 삼촌이 돌아가실 거라고는 생각하지 않아요. 삼촌은 겨우 쉰다섯이세요. 하지만, 혹시라도 다른 일거리가 생기면 달라지겠죠."

"너무 막연한 생각이군! 이대로 만족하나?"

"예전에는 만족했어요. 아시겠지만, 어릴 때는 깊이 생각하지 않거나 이상적인 일에만 마음을 쏟으니까요. 요즘에는 가끔 만족스럽지 않을 때가 있어요."

"왜?"

"돈을 벌지 않으니까요. 한 푼도 벌지 못하죠."

"직설적이네, 캐롤라인. 그러면 너도 돈을 벌고 싶다는 말인가?"

"네, 그래요. 직업을 갖고 싶어요. 만약 제가 남자였다면 직업을 찾는 일이 그리 어렵지 않았을 것 같아요. 일하는 방법을 배우고 제가 살길을 쉽게 찾을 수 있을 것 같아요."

"계속 말해 봐. 어떤 방법일지 듣고 싶네."

"당신 일, 그러니까 무역업을 도울 수 있겠죠. 우리는 먼 친척이니까 당신에게 일을 배울 수도 있고요. 저는 회계와 장부를 관리하고 편지 쓰는 일도 할 수 있어요. 그러면 로버트는 시장에 나갈 수 있겠죠. 당신이 아버지 빚을 갚기 위해 부자가 되고 싶어 한다고 알고 있어요. 당신이 부유해지도록 저도 도울 수 있을 거예요."

"돕는다고? 너는 자신부터 먼저 생각해야 해."

"저도 생각하고 있어요. 하지만 꼭 자기 자신만 생각해야 하나요?"

"그러면 나는 누구를 생각할까? 내가 다른 사람을 생각할 자격이 있을까? 가난한 사람들은 동정심을 가져서는 안 돼. 없는 사람들은 시각이 좁아야 해."

"아니요, 로버트…."

"그래, 캐롤라인. 가난은 어쩔 수 없이 이기적이고 협소하고 비굴하고 불안하지. 가끔은 가난한 사람도 어떤 빛과 이슬을 봤을 때는 마치 자신이 봄날 정원에서 싹을 틔우는 식물처럼 느껴질 때가 있겠지만, 그 좋은 기분이 덩치를 키우도록 놔둬선 안 돼. 가난한 사람은 신중함을 불러들여 그 기분을 막아야 해. 신중함은 차가운 북풍처럼 마음을 움츠리게 하거든."

"그러면 어떤 오두막에서도 행복할 수 없겠네요."

"내가 말하는 가난은 태생적이고 습관적인 노동자의 가난보다는 빚에 쪼들리는 사람의 곤궁한 상태를 뜻해. 내 속에 있는 애벌레는 항상 겁이 많고 힘겹고 걱정이 가득한 상인이야."

"불안 말고 희망을 품으세요. 당신 마음에는 어떤 생각이 너무 굳어진 것 같아요. 제 말이 주제넘을 수도 있지만, 행복을 추구하는 방법에 대한 당신의 가치관이 옳지 않은 것처럼 느껴져요. 당신의, 그러니까…" 캐롤라인이 말하길 망설였다.

"괜찮으니 말해 봐, 캐롤라인."

"그러니까, (용기를 내자! 진실을 말하는 거야.) 당신의 태도를 보면 말이에요. 오해 마세요. 저는 오직 태도만 말하는 거예요. 요크셔 노동자들을 대하는 태도요."

"전에도 내게 그 말을 해주고 싶었던 적이 있었지?"

"네, 자주요. 매우 자주."

"내 태도는 안 좋은 것들뿐인 것 같군. 내게 자랑스러울 것이 뭐가 있겠어? 그저 말수 없고 냉정하고 재미없는 사람이지."

"마치 당신이 기계와 가위로만 옷을 만드는 것처럼요. 하지만 집 안에서는 다르게 보여요."

"집안사람들과 달리 그 영국인 멍청이들에게 나는 이

방인이야. 물론 자애로운 사람인 척할 수도 있지만, 연기는 내 특기가 아니야. 내 눈에 그놈들은 비합리적이고 삐딱해. 내가 앞으로 나아가고 싶을 때 방해하는 자들에겐 공정하게 대해줘야지. 그게 내 임무라고 봐."

"그 사람들에게 사랑받는 건 기대도 하지 않는 거죠?"

"전혀."

"아!" 캐롤라인은 고개를 흔들며 깊은 한숨을 내쉬었다. 그녀는 어딘가에 헐거운 나사가 있으나 고칠 방법은 없다는 사실을 느끼면서 단어장을 펼치고 오늘의 문법과 연습 문제를 찾기 시작했다.

"내가 다정한 사람은 아닐 거야, 캐롤라인. 한두 사람과 나누는 우정만으로도 내겐 충분하니까."

"로버트, 괜찮으면 가시기 전에 펜 몇 개만 고쳐주실래요?"

"먼저 네 공책에 줄부터 그어 줄게. 너는 항상 비스듬히 그리니까. 자, 이제 됐다. 이제 펜을 고쳐줄게. 보니까 너는 섬세한 펜을 좋아하는 것 같더군."

"저에게도 오르탕스에게 만들어 준 것과 같은 펜을 만들어 주면 좋겠어요. 당신이 쓰는 넓은 펜 말고요."

"내가 루이와 같은 직업을 가졌다면 집에서 네 공부를 도와주며 너에게 이 아침을 바칠 수 있었을 텐데. 하지만 대신 사익스 씨의 양모 창고에 가야 해."

"돈을 버실 거잖아요."

"잃을 가능성이 더 커."

로버트가 펜을 다 고치고 나자, 마당 문 앞에 안장과 고삐가 채워진 말이 끌려왔다.

"저기 머거트로이드가 나를 기다리고 있군. 봄이 남쪽 화단에 어떤 변화를 가져왔는지 한 번만 보고 출발해야겠어."

그는 방을 나서서 공장 뒤편에 있는 정원으로 나갔다. 공장 벽 아래에 드리워진 햇볕 속에서 새싹들과 설강화, 크로커스, 그리고 프림로즈 같은 다양한 꽃들이 아름답게 피어나 있었다. 로버트는 여기저기서 꽃과 잎을 따서 작은 꽃다발을 만들었다. 그가 다시 거실로 돌아와 오르탕스의 실 바구니에서 실 한 올을 훔쳐 꽃을 묶고 캐롤라인의 책상 위에 놓았다.

"이제, 좋은 아침 보내길."

"고마워요, 로버트. 예쁘네요. 이렇게 놓여 있으니 파란 하늘과 햇살 같아요. 좋은 아침 보내요."

로버트는 문 쪽으로 가다가 멈춰 서서는 무슨 말을 하려는 듯 입을 열었으나 끝내 아무 말 없이 나갔다. 작은 문을 지나 말에 올랐다. 하지만 순간적으로 몸을 던지듯 안장에서 내려와 머거트로이드에게 말고삐를 넘기고는 다시 오두막으로 들어갔다.

"장갑을 깜박했군." 그가 말했다. 그러고는 탁자에서 무언가를 찾는 시늉을 했다. 그러다가 갑자기 생각난 듯 덧붙였다. "혹시 집에서 중요하게 할 일이 있어, 캐롤라인?"

"중요한 일은 없어요. 애들 양말 몇 켤레와 랜드슨 부인이 부탁하신 유대인 바구니를 만들어야 하는데, 그건 나중에 해도 괜찮아요."

"유대인 바구니! 그 이름은 정말 딱이야. 그 속에 뭐가 있든, 가격이 얼마든, 유대인 바구니보다 더 유대인다운 건 없을걸. 네 입술 끝에 작은 미소가 살짝 보이는데, 나만큼 그 바구니의 장점을 잘 알고 있다는 의미겠지. 그럼 유대인 바구니는 잊고 오늘 하루는 여기에서 시간을 보내도록 해. 네가 집에 없다고 네 삼촌이 마음 상하지는 않겠지?"

그녀가 미소 지었다. "네."

"그 코사크 노인네,✿ 당연히 상관하지 않겠지." 로버트가 중얼거리다가 이어서 말했다.

"그러면 저녁까지 여기서 먹고 가도록 해. 오르탕스도 좋아할 거야. 나도 제시간에 돌아올 테니, 저녁에는 같이 책을 조금 읽는 게 좋겠어. 여덟 시 반쯤에 달이 뜨니까, 아홉 시에 사제관까지 같이 걸어가자. 동의하지?"

✿ 코사크는 우크라이나의 옛 민족으로 전투적인 기질이 강했다. 여기서는 호전적인 사람을 표현하는 말이다.

고개를 끄덕이는 캐롤라인의 눈이 반짝였다.

그러고 나서도 로버트는 2분 정도 더 있었다. 캐롤라인의 책상 위를 살펴보며 문법책을 훑어보고, 펜을 만지작거리고, 꽃다발을 들어서 가지고 놀았다. 그의 말이 발굽을 내리치며 기다리고 있었고, 프레드릭 머거트로이드는 문 앞에서 헛기침하며 주인이 무엇을 하고 있는지 궁금해하는 듯했다. "갈게." 로버트가 다시 인사하며 마침내 사라졌다.

10분 후에 방에 들어온 오르탕스는 캐롤라인이 아직도 숙제를 시작하지 않은 것을 보고 놀랐다.

6장. 코리올라누스[*]

그날 아침, 오르탕스의 학생은 다소 멍한 상태였다. 캐롤라인은 선생님에게서 들은 설명을 자꾸만 잊어버렸다. 하지만 집중하지 못한다고 꾸지람을 들어도 불편한 기색 없이 잘 견뎠다. 햇볕이 드는 창가에 앉아 있었던 그녀는 햇살의 따스한 영향을 받아 행복하고 좋았다. 이럴 때 캐롤라인은 가장 아름다웠고, 매력적이었다.

캐롤라인은 아름다움이라는 선물을 받은 여인이었다. 굳이 잘 알지 못해도 좋아하게 되는 사람이었다. 첫눈에도 기분 좋을 만큼 아름다웠으며, 그 나이에 맞는 체형을 가

---

[*] 셰익스피어의 희곡.

져서 소녀답고 가볍고 유연했다. 몸의 모든 곡선이 자연스러웠고, 팔다리도 비율이 맞았으며, 얼굴에는 풍부하고 부드러운 표정이 서려 있었다. 예쁜 눈 속에는 때때로 사람의 마음을 사로잡는 빛이 있었고 부드럽게 말을 거는 듯한 애정 어린 언어를 품고 있었다. 그녀는 입술도 매우 예뻤다. 섬세한 피부에 갈색 머리카락은 가늘고 부드러웠으며 구불거리는 머리카락이 그림처럼 풍성했는데 언제나 잘 정돈되어 있었다. 옷차림을 보면 그녀의 취향을 알 수 있다. 캐롤라인은 아주 눈에 띄는 스타일이나 비싼 재질은 피했다. 하지만 하얀 피부와 대비되는 색상에 가느다란 체형과 잘 어울리는 옷을 즐겨 입었다. 지금 입은 겨울옷은 메리노✿로 만든 것으로, 그녀의 머리카락과 같은 부드러운 갈색이었다. 목에는 핑크 리본 위로 작은 옷깃이 올라와 있었다. 그 외에는 다른 장식품을 착용하지 않았다.

여기까지가 캐롤라인 헬스톤의 외모다. 그녀의 성격이나 지능은, 그런 것을 갖고 있다면, 적절한 시기에 스스로 드러날 것이다.

그녀의 가족 관계를 설명해 보겠다. 캐롤라인이 태어난 지 얼마 되지 않아 부모가 성격 차이로 이혼했다. 그녀의 어머니가 무어의 아버지의 이부남매였다. 그래서 캐롤라

✿ 울 원단의 일종.

인은 로버트와 루이, 오르탕스와 혈연관계는 아니어도 먼 사촌 관계가 되었다. 그녀의 아버지는 헬스톤 신부의 형이었다. 죽음으로 세속적인 문제를 모두 정리했지만, 사후에도 친구들이 기억하고 싶어 하지 않는 성격의 소유자였다. 그는 아내를 불행하게 만들었다. 사람들은 그가 어떤 사람인지 제대로 알고 있었기 때문에, 그보다 더 높은 원칙으로 인생을 사는 헬스톤 신부에 대한 거짓 소문까지도 진짜라고 믿어버렸다. 캐롤라인은 어머니를 본 적이 없었다. 갓난아기였을 때 어머니가 떠났기에 이후로 한 번도 보지 못했다. 아버지도 비교적 젊은 나이에 세상을 떠나서 삼촌인 헬스톤 신부가 수년간 유일한 후견인이 되어주었다. 우리 모두 알다시피 그녀의 삼촌은 본성과 습관 모든 면에서 어린 소녀를 돌보는 데 적합한 사람이 아니었고, 교육에도 관심이 없었다. 하지만 캐롤라인은 자신이 방치되어 있다는 사실을 스스로 깨닫고 걱정하게 되면서, 간혹 삼촌에게 최소한의 관심과 꼭 필요한 지식을 얻게 해달라고 요구했다. 캐롤라인의 요구가 없었다면, 헬스톤은 캐롤라인을 전혀 신경 쓰지 않았을 것이다. 하지만 그녀는 여전히 같은 나이에 신분이 비슷한 다른 소녀들보다 할 줄 아는 게 없고 열등하다고 생각하며 우울해했다. 그래서 할로우에 살게 된 오르탕스가 프랑스어와 자수 기술을 가르쳐 주겠다고 친절하게 제안해 주어 매우 기뻤다. 오르탕스는 가르치는 일을 즐겼다. 그녀를 더 중요하게 만들어 주었기 때문이다. 게다가 고분고분하면서도 배움이 빠른 학생을 이끌어 주는 일도 좋았다. 오르탕스는 자신의 정확한 눈으로 봤을 때 캐롤라인은 제대로 된 교육을 받지 못한, 심지어 무지하기까지 한 소녀라고 생각했다. 캐롤라인이 빠르고 열정적으로 발전하는 모습을 보면서도 그것이 학생의 재능이나 노력 때문이 아니라 전적으로 자신이 가진 우수한 교육 방법 덕분이라고 생각했다. 캐롤라인이 정해진 틀에 익숙하지 않으면서도 본인만의 지식을 가지고 있는 걸 알았을 때도 별로 놀라지 않았다. 여전히 오르탕스는 캐롤라인이 자신과의 대화에서 무심코 이러한 지식을 얻었으리라고 보았다. 자신이 잘 모르는 주제를 학생이 많이 알고 있다고 느꼈을 때도 똑같이 생각했다. 논리적이지 않았으나, 오르탕스는 그 생각을 완전히 믿었다.

그녀는 '실용적인 사고'를 가진 자신을 자랑스럽게 여겼고 재미없는 학문을 매우 선호했으며, 어린 사촌에게도 최대한 자신이 좋아하는 방식으로 가르쳤다. 캐롤라인에게 프랑스어 문법을 끊임없이 강조했고 효과적인 연습 방법으로 반복적인 '논리 분석'을 고안해 냈다. 하지만 캐롤라인은 이 '논리 분석'에서 재미를 느끼지 못했다. 이런 분석 없이도 프랑스어를 충분히 배울 수 있다고 생각했다. '주요 명제와 부수 명제'를 구분하느라 고민하는 데 드는 시간을 무척 아까워했으며, '결정적 부수 명제'와 '적용적 부수 명제'를 결정하고, 명제가 '완전'한지, '생략'됐는지, 또는 '함축적'인지 검토하는 과정이 불만스러웠다. 캐롤라인은 가끔 그 미로 속에서 길을 잃었고, 그때 마침 오르탕스가 위층에서 서랍을 뒤지고 있으면(설명하기 어려운 일인데, 그녀는 정리하고 엉망으로 만들고 다시 정리하고 또다시 정리하느라 매우 많은 시간을 소모했다), 로버트에게 책을 가져가서 도움을 받아 문제를 해결했다. 로버트는 맑고 고요한 지성을 가지고 있었다. 캐롤라인의 소소한 어려움은 그가 한 번 보자마자 그의 눈 아래에서 녹아 사라지는 듯했다. 로버트는 순식간에 모든 것을 설명해 주었고, 단 두 마디 말로 문제의 열쇠를 꺼내주었다. 캐롤라인은 '오르탕스가 로버트처럼 가르쳐 준다면 얼마나 더 빨리 배울 수 있을까!' 하고 생각했다. 그러고는 차마 로버트의 얼굴을 올려다보지 못하고 그의 발치에 감사하는 미소를 흘린 채, 마지못해 공장을 떠나 오두막으로 돌아가곤 했다. 오두막에서 연습 문제나 산술 문제를 푸는 동안(오르탕스가 산술도 가르쳤기 때문에), 자신이 소녀가 아닌 소년으로 만들어졌다면 좋았겠다고 생각했다. 그러면 로버트에게 직원이 되게 해달라고 부탁했을 테고, 오르탕스와 함께 거실에 있는 대신 회계 사무소에서 그와 함께 앉아 있었을 테니 말이다.

매우 드문 일이지만 아주 가끔 그녀는 할로우 오두막에서 저녁 시간을 보내곤 했다. 그럴 때 로버트는 시장이나 요크 씨 집에 가 있거나, 다른 방에서 손님과 대화하고 있는 경우가 많았지만, 가끔은 아무 약속 없이 집에서 캐롤라인과 대화를 나눌 때도 있었다. 그럴 때마다 저녁 시간은 빛의 날개를 타듯 쏜살같이 빠르게 지나가 버렸다. 세 사람이 그 작은 거실에 함께 있을 때면, 그곳은 영국에서 가장 즐거운 장소가 되었다. 오르탕스는 가르치거나 꾸짖거나 요리하지 않을 때는 기분이 괜찮았다. 저녁 무렵에는 편안한 마음으로 사촌 동생에게 친절을 베푸는 시간을 갖곤 했다. 오르탕스를 유쾌한 사람으로 만드는 방법이 있었는데, 바로 기타 연주와 노래를 해달라고 요청하는 것이었다. 그러면 그녀는 아주 상냥해졌다. 오르탕스는 기타 연주 기술이 좋고 노래하는 음성도 좋아서 듣기에 나쁘지 않았다. 하지만 그녀 특유의 형식적이고 자만심 강한 성격이 연주를 딱딱하게 만들고 얼굴도 꾸민 듯한 표정을 지어 보여서 그 시간의 즐거움을 완벽하게 만끽하기는 어려웠다.

로버트는 본인이 유쾌해지지는 못해도 사업의 부담감을 내려놓은 채 캐롤라인의 활기찬 모습을 기쁘게 지켜보았다. 그녀의 이야기에 편안히 귀 기울여 주었으며, 그녀의 질문에 기꺼이 대답해 주었다. 캐롤라인에게 그는 가까이 있으면 기분 좋아지는 사람이었다. 주위를 맴돌 때도,

말을 걸 때도, 바라볼 때도 좋은 사람이었다. 가끔 그는 이보다 더 생기 넘치고 친절하고 다정한 사람이 되기도 했다.

하지만 로버트의 단점은 다음 날 아침이면 다시 얼어붙어 버린다는 것이었다. 그는 이런 저녁 시간을 자기만의 조용한 방식으로나마 즐기는 듯 보였지만, 자주 마련하지는 않았다. 그래서 사교적 경험이 부족한 그의 사촌은 이런 상황을 혼란스러워하며 이렇게 생각하곤 했다. '만일 내가 행복해지는 나만의 방법을 갖게 된다면, 그 방법을 자주 사용해서 항상 빛나도록 유지할 거야. 녹슬 때까지 몇 주나 내버려두지는 말아야지.'

그러나 캐롤라인은 자신의 이론을 현실에 적용해 볼 생각은 하지 않았다. 할로우에서의 저녁 시간을 좋아했으나 초대받지 않으면 절대 방문하지 않았다. 종종 오르탕스가 저녁 식사를 하러 오라고 채근했지만, 로버트가 그 초대에 흔쾌히 동의하지 않을 때는 거절했다. 이날 아침은 그가 처음으로 직접 그녀를 저녁 식사에 초대한 데다 매우 친절한 말로 제안했기 때문에, 캐롤라인은 그 말을 곱씹으면서 온종일 기쁨을 느꼈다.

아침 시간은 평소처럼 지나갔다. 오르탕스는 언제나처럼 숨 가쁘게 부엌과 거실을 오가며 이쪽에서는 사라에게 잔소리하고, 저쪽에서는 캐롤라인의 연습 문제를 검토하거나 반복해서 낭송하는 소리를 들어주었다. 캐롤라인이 모든 과제를 실수 없이 하더라도, 오르탕스는 결코 칭찬하는 법이 없었다. 칭찬은 교사의 품위와 어울리지 않으며, 비판만 어느 정도 필요하다는 것이 그녀의 교육 원칙이었다. 선생으로서 자신의 권위를 유지하기 위해서는 심한 것이든 가벼운 것이든 지속해서 학생을 꾸짖어 줘야 한다고 생각했다. 학습 내용에서 오류를 찾을 수 없을 때는 학생의 태도나 표정, 복장, 또는 품위를 고쳐줘야 한다고 여겼다.

점심 식사를 차릴 때면 주로 소란이 일어났다. 드디어 음식을 가지고 방으로 들어온 사라는 마치 '난 이런 음식을 만들지 않아. 이건 개도 안 먹을 걸'이라고 생각하는 게 분명한 표정으로 음식을 거의 던지듯이 식탁 위에 올려놓았다. 사라의 경멸에도 불구하고 식사는 꽤 맛있었다. 수프는 마른 완두콩으로 만든 퓌레로, 오르탕스가 이 황량한 영국 땅에서는 강낭콩을 구할 수가 없다는 쓴소리를 뱉어내며 만든 음식이었다. 그다음에는 고기 요리가 나왔다. 원재료는 알 수 없지만, 여러 종류가 섞인 것으로 추정되는 요리였다. 특이하게도 고기를 빵 부스러기와 함께 다지고, 독특하면서도 맛이 나쁘지 않은 양념으로 버무린 후 틀에 넣고 구운 요리였다. 이 요리는 기묘하지만, 전혀 맛이 없는 것은 아니었다. 녹색 채소를 이상하게 으깨서 곁들였고, 디저트로 오르탕스 제라르 무어의 '할머니'가 고안한 방식으로 조리한 과일 파이가 나왔다. 맛으로 보아 설탕 대신 '당밀'을 사용한 것 같았다. 점심 식사는 이렇게 마무리되었다.

캐롤라인은 이 벨기에 음식을 싫어하지 않았다. 변화를 경험하는 일이라 오히려 좋아했으며, 그런 마음가짐은 그녀에게도 잘된 일이었다. 만약 캐롤라인이 음식을 싫어하는 모습을 보였더라면 오르탕스의 호감을 영원히 잃는 결과를 초래했을 테니 말이다. 외국 음식에 대해 반감을 보였다면 웬만한 범죄보다 더 용서받기 어려웠을 것이다.

점심 식사 후, 캐롤라인은 그녀의 가정교사인 사촌을 설득해 위층으로 가서 옷을 갈아입게 했다. 이 일은 계획이 필요했다. 오르탕스가 입은 속치마와 속옷, 머리를 말고 있는 종이 헤어롤이 보기 안 좋다거나 훌륭하지 않다고 말하는 것은 범죄와 같은 일이었다. 그래서 처음부터 없애려고 시도하기보다는, 오히려 온종일 입고 다니도록 내버려 두는 편이 현명했다. 바위와 모래 늪을 조심스레 피하면서, 캐롤라인은 장소를 좀 바꿔보자는 구실로 꾀를 내어 오르탕스를 위층으로 데려갔다. 일단 침실에 도착한 후에는 저쪽으로 돌아갈 필요가 없겠다고 설득하면서 지금 바로 옷을 갈아입는 게 좋겠다고 말했다. 오르탕스가 경박한 옷차림을 무시할 줄 아는 본인의 뛰어난 업적에 대해 엄숙하게 설교하는 동안, 캐롤라인은 그녀의 속치마를 벗기고, 단정한 드레스를 입힌 후에 옷매무새와 머리 등을 정리해서 그녀를 꽤 단정하게 만들었다. 하지만 오르탕스가 마무리는 스스로 하겠다고 고집을 부렸다. 마무리란 피슈라는 커다란 목수건을 목에 두르고 큰 검정색 앞치마를 매는 일로, 모든 패션을 망치는 행위였다. 오르탕스는 피슈와 커다란 앞치마 없이 방 밖으로 나가는 건 절대 안 될 일이라고 생각했다. 첫 번째 이유는 도덕적인 문제로, 피슈를 두르지 않는 건 매우 잘못된 일이라고 생각했다. 두 번째는 좋은 주부로서의 상징 때문이었다. 피슈와 앞치마를 두름으로써 동생의 수입을 상당히 절약할 수 있다고 믿는 것 같았다. 그녀는 손수 만든 옷가지들을 캐롤라인에게 선물했다. 하지만 사촌 동생이 그녀의 우아한 선물을 받아 사용하기를 거부하자 두 사람은 처음이자 마지막으로 다툼을 벌였고, 사촌 언니는 마음에 상처를 입었다.

"제가 입은 드레스가 품이 크고 옷깃도 올라와 있어서 여기에 손수건을 두르면 숨이 막힐 것 같아요. 그리고 긴 앞치마도 좋지만 제 짧은 앞치마도 잘 어울려요. 저는 바꾸지 않는 게 좋겠어요." 캐롤라인이 말했다.

그래도 오르탕스는 캐롤라인의 옷차림새를 바꾸려고 끈질기게 밀어붙였다. 다행히도 우연히 그 소리를 엿들은 로버트가 캐롤라인에게는 작은 앞치마도 충분하다는 의견을 냈고, 그녀가 아직 어린 데다, 특히 머리가 길어 거의 어깨에 닿기 때문에 당장은 목수건을 하지 않아도 되겠다고 정리해 주었다.

로버트의 의견에 항의하는 법이 없는 오르탕스는 어쩔 수 없이 양보해야 했다. 하지만 그녀는 캐롤라인의 복장이 매력적이고 깔끔하며, 여성스럽고 우아하다는 생각에는 완전히 반대했다. 그녀는 더 견고하고 소박한 옷차림이 '훨씬 더 적절하다'고 여겼다.

이날 오후에는 바느질에 전념했다. 벨기에 여성들 대부분이 그렇듯, 오르탕스도 바느질에 매우 능숙했다. 그녀는 세밀한 자수와 시력을 해치는 레이스 작업, 경탄할 만한 그물뜨기와 뜨개질, 그리고 무엇보다도 매우 정교한 양말 수선에 수많은 시간을 바치는 일을 시간 낭비라고 생각하지 않았다. 양말에 난 구멍 두 개를 수선하는 데 하루를 다 할애할 수 있었으며, 그 일이 끝나고 나서야 자신이 훌륭하게 '임무'를 수행했다고 생각했다. 캐롤라인에게는 이 외국식 수선법을 배우는 일도 걱정이었다. 이 수선법은 양말의 원단을 정확히 모방할 수 있도록 한 땀 한 땀 바느질하는 힘겨운 방법이었지만, 오르탕스 제라르와 그녀의 조상들이 수 세기 동안 여성의 첫 번째 '의무' 중 하나로 간주했던 것이었다. 오르탕스는 그 작고 까만 머리에 유아용 모자를 쓰고 다니던 어렸을 적부터 이미 바늘과 실, 그리고 심하게 찢어진 양말을 손에 쥐었고, 그녀의 '위업'은 여섯 살도 되기 전에 벌써 자랑거리가 되었다. 캐롤라인이 이 가장 기본적인 기술에 대해 아무것도 모른다는 사실을 처음 발견했을 때, 오르탕스는 이 가엾은 청춘을 슬퍼하며 눈물까지 흘릴 뻔했다.

그녀는 뒤꿈치가 완전히 닳아버린 끔찍한 양말 한 쌍을 시간 낭비 없이 신속하게 찾아내어 무지한 영국 소녀에게 수선하게 했다. 그 작업을 시작한 지 이 년이나 되었는데도 여전히 캐롤라인의 작업용 가방에는 그 양말이 들어 있었다. 캐롤라인은 매일 몇 줄씩 수선하면서 자신의 잘못에 대해 속죄하는 벌로 삼았다. 양말 수선은 그녀에게 너무나 큰 부담이었고, 그것들을 불태우고 싶었다. 한번은 로버트가 앉아서 한숨을 쉬고 있는 캐롤라인의 모습을 보고는 공장 사무실에서 비밀리에 양말을 불태워 버리자고 제안했지만, 캐롤라인은 그 제안이 소용없다는 걸 알고 있었다. 결국 새로운 양말이 생길 테고, 상태도 더 나쁠 것이다. 그래서 그녀는 익숙한 고통을 계속 감내했다.

두 여인은 오후 내내 바느질했다. 그 바느질은 두 사람 중 한 명의 눈과 손가락, 심지어 정신이 지쳐버릴 때까지 계속되었다. 점심이 지나자 하늘이 어두워졌고, 비가 다시 쏟아지기 시작했다. 로버트가 사익스 씨나 요크 씨의 설득을 받아 비가 그칠 때까지 윈버리에 머무를 거라는 비밀스러운 두려움이 캐롤라인의 마음에 서서히 스며들기 시작했지만, 현재로서는 그럴 가능성이 없어 보였다. 다섯 시가 되었고, 시간이 흘러갔다. 구름도 계속 떠다녔다. 바람이 한숨처럼 오두막 지붕 나무 사이에 속삭였고, 날도 이미 저물어 가는 듯했다. 거실 벽난로 위로 비친 햇살이 황혼처럼 붉은빛을 드리웠다.

"달이 뜰 때까지는 계속 흐릴 것 같구나. 그때까진 로버트는 집에 안 올 거야. 당연히 그편이 나을 것 같아. 우리는 커피를 마시자꾸나. 그 애를 기다려 봤자 소용없을 거야."

"피곤하네요. 이제 수선을 끝내도 될까요?"

"그래. 어두워져서 제대로 하기도 어려우니까. 하던 걸 접어서 가방에 조심스럽게 넣으렴. 그리고 부엌으로 가서 사라에게 먹을 것을 가져오라고 해줘."

"하지만 아직 여섯 시도 안 됐는걸요. 로버트가 올 수도 있잖아요."

"로버트는 안 와, 말했잖니. 그 애가 어떻게 움직일지 다 계산할 수 있단다. 내 동생을 잘 아니까."

불안은 짜증스럽고, 실망은 쓰라리다. 누구나 언젠가는 그런 감정을 느끼게 된다. 캐롤라인은 명령에 따라 부엌으로 갔다. 사라가 탁자에서 자기가 입을 드레스를 만들고 있었다.

"커피 좀 갖다줘." 캐롤라인은 힘없는 목소리로 말했다. 그리고 부엌 벽난로에 팔과 머리를 기대며 무기력하게 불을 바라보았다.

"기운이 너무 없어 보이네요! 아가씨 사촌이 일을 많이 시켜서 그래요. 정말 불쌍하네요!"

"그런 게 아니야, 사라."

"아니긴요! 지금 당장 울 것 같은 모습이에요. 온종일 가만히 앉아 있어서 그래요. 이렇게 갇혀 있으면 새끼 고양이도 지루해할걸요."

"사라, 비가 올 때 주인님이 시장에서 일찍 돌아오신 적 있어?"

"거의 없었어요. 그런데 오늘은 무슨 이유인지, 다르네요."

"무슨 뜻이야?"

"주인님이 오셨거든요. 정확히 5분 전에 물을 길으러 나갔는데, 머거트로이드가 뒷문으로 주인님 말을 데리고 들어와 마당에 묶어 놓았어요. 주인님은 조 스콧과 함께 사무실에 계신 것 같아요."

"잘못 봤겠지."

"뭘 잘못 봤다는 거예요? 주인님 말을 확실히 아는데요?"

"그분을 직접 보지는 않았잖아?"

"하지만 목소리를 들었는걸요. 조 스콧에게 자금과 방

법에 대해 모두 정리했다고 말씀하셨고, 다음 주가 지나기 전에 공장에 새로운 기계가 설치될 거라고도 하셨어요. 이번에는 스틸브로 군대에서 군인 네 명을 뽑아 수레를 지킬 거라고도 말씀하셨고요."

"사라, 드레스 만들고 있었던 거야?"

"네. 예쁘지 않아요?"

"정말 예뻐! 커피 좀 준비해 줘. 그동안 내가 소매를 잘라줄게. 드레스에 달 만한 장식도 좀 줄게. 색이 딱 어울리는 얇은 새틴 리본이 있거든."

"정말 친절하세요, 아가씨."

"빨리 준비해 줘, 사라. 하지만 먼저 주인님 신발을 벽난로에 놓아야 해. 들어오면 부츠를 벗으실 테니까. 오시는 소리가 들려."

"아가씨, 원단을 잘못 자르고 계세요."

"맞아, 하지만 작은 실수일 뿐이야. 잘못된 건 없어." 그때 바깥으로 이어진 문이 열리면서 로버트가 비에 젖어 추워 보이는 모습으로 들어왔다. 캐롤라인은 작업하고 있던 드레스에서 몸을 반쯤 돌렸지만, 여전히 손에서 드레스를 내려놓지 않고 시간을 몇 초 더 끌려는 듯 보였다. 그녀는 드레스 위로 몸을 기울이며 얼굴을 가렸지만, 표정을 관리하려는 노력은 실패했다. 마침내 로버트와 눈이 마주친 순간, 그녀의 얼굴이 환하게 빛났다.

"못 오실 줄 알았어요. 다들 당신이 일찍 오지 못할 거라고 했거든요." 그녀가 말했다.

"하지만 금방 돌아오겠다고 약속했잖아. 나를 기다렸군?"

"아니요, 로버트. 비가 이렇게 많이 와서 감히 기다릴 수가 없었어요. 비에 젖어서 추워 보이네요. 모두 갈아입으세요. 감기라도 걸리시면 제가, 아니 우리가 좀 죄송할 것 같아요."

"승마 코트가 방수라 완전히 젖지는 않았어. 마른 신발만 있으면 돼. 아! 차가운 바람에 비까지 맞으면서 몇 마일이나 달려왔더니, 난롯불이 따뜻하고 좋군." 로버트는 부엌 벽난로 앞에, 캐롤라인은 그의 옆에 서 있었다. 로버트는 따스한 불빛을 즐기면서 선반 위에서 반짝이는 잡동사니에 시선을 두었다. 잠깐 내려다보는 그의 눈길이 부드러운 곱슬머리와 반짝이는 눈, 붉게 물든 뺨, 그리고 살며시 미소지으며 자신을 올려다보는 예쁜 얼굴에 머물렀다. 쟁반을 들고 거실로 들어간 사라는 여주인의 꾸중을 듣느라 그곳에 붙잡혔다. 로버트는 잠시 어린 사촌의 어깨에 손을 얹고, 몸을 구부려 그녀의 이마에 키스했다.

마치 그 행동이 캐롤라인의 말문을 열어준 듯 그녀가 말했다. "아! 당신이 오지 않을 거라 생각했을 때는 정말 속상했어요. 그런데 지금은 너무 행복해요. 당신은 행복한가요, 로버트? 집에 와서 좋으세요?"

"그런 것 같아. 오늘 밤에는."

"기계나 사업, 전쟁이 걱정되지 않아요?"

"지금은 그렇지 않아."

"할로우 오두막이 너무 좁고 어둡다고 느끼지는 않나요?"

"지금은 안 그래."

"부유하고 대단한 사람들이 당신을 잊어버려서 속으론 씁쓸하지요?"

"이제 질문은 그만해. 그리고 내가 돈 많고 대단한 사람들 환심을 사고 싶어 한다고 생각한다면 그건 오해야. 나는 단지 지위나 경력 같은 수단이 필요할 뿐이니까."

"당신은 재능도 있고 좋은 사람이니까 모두 가질 수 있을 거예요. 위대해지도록 만들어졌으니까, 위대해질 거예요."

"이제 궁금해지네. 만약 그 말이 진심이라면, 내가 어떻게 해야 그렇게 위대해질 수 있지? 물론 나는 그 방법을 알고 있어. 너보다 더 잘 알고 있지. 하지만 과연 그 방법이 효과적일까? 진짜로 통할까? 아니. 빈곤해지고 비참해지고 파산하게 될 거야. 리나,✿ 삶은 네가 생각하는 것과는 달라!"

✿   캐롤라인의 애칭.

"하지만 당신은 제가 생각하는 것과 같은걸요."

"아니야."

"그러면 훨씬 더 나으신가요?"

"훨씬 나쁘지."

"아니에요. 훨씬 더 나아요. 저는 로버트가 좋은 사람이라는 걸 알아요."

"어떻게 알지?"

"그렇게 보이고, 느껴지기도 하니까요."

"어디서 그렇게 느끼는 거지?"

"제 마음에서요."

"리나! 나를 마음으로 판단하면 안 돼. 머리로 해야지."

"머리로도 판단했어요. 그러니까 당신이 너무 자랑스러워지더라고요. 로버트, 제가 당신을 어떻게 생각하는지 다 알지는 못할 거예요."

로버트의 어두운 얼굴색이 짙어졌다. 입술은 웃으면서도 꾹 다물려 있었고, 웃고 있는 눈 위로 이마가 확 찌푸려졌다.

"나는 좋은 사람이 아니야, 리나." 그가 말했다. "남자들은 대체로 네가 상상하는 것과는 매우 다른 쓰레기 같은 존재야. 나도 그자들보다 나을 게 없고."

"그렇다면 당신을 그렇게 높이 평가하진 않을게요. 하지만 이런 겸손함 때문에 당신을 신뢰하게 돼요."

6장. 코리올라누스 139

"나를 칭찬하는 건가?" 그가 갑자기 그녀를 향해 돌며 날카로운 눈빛으로 얼굴을 살폈다.

"아니요." 캐롤라인이 그의 눈빛에 미소지으며 부드럽게 대답했다. 이 혐의를 열심히 부인할 필요는 없다고 생각하는 듯했다.

"칭찬하는 거로 생각해도 될까?"

"그러세요."

"이렇게 칭찬하는데 무슨 이유가 있는 건가?"

"그럴걸요."

"이유가 뭐지, 캐롤라인?"

"그냥 제 생각을 좀 표현하면 마음이 편안해지니까요. 그리고 당신이 자신을 더 인정하면 좋겠어요."

"네가 나의 진정한 친구라는 확신을 주고 싶었군?"

"맞아요. 저는 당신의 진정한 친구예요, 로버트."

"그리고 나는…. 어떤 우연과 변화로 달라질 수도 있는 사람이지."

"하지만 저에게 나쁜 사람이 되지는 않겠죠?"

그때 사라와 오르탕스가 주방에 들어와서 그의 대답을 들을 수 없었다. 로버트와 캐롤라인이 대화하는 동안 오르탕스는 사라와 '카페라테'에 대한 짧은 논쟁으로 시간을 보냈다. 사라는 카페라테가 지금껏 봐온 것 중에 가장 이상한 혼합물이라면서, '커피는 물에서 끓여야 하는 성질'이므로

신이 주신 좋은 선물을 낭비하면 안 된다고 말했다. 반면, 오르탕스는 카페라테가 '왕의 음료'이며, 그 말에 토를 다는 못된 인간이 먹기엔 너무나 아깝다고 주장했다.

주방을 차지하고 있던 두 사람은 거실로 들어갔다. 오르탕스가 거실로 따라 들어오기 전에 캐롤라인이 빠르게 다시 한 번 물었다. "저한테 나쁜 사람은 안 될 거죠, 로버트?" 로버트는 퀘이커 교인처럼 그 질문에 질문으로 답했다. "그게 가능해?" 그러고는 테이블에 앉으며 캐롤라인을 자신의 옆에 앉혔다.

오르탕스는 두 사람 곁으로 오자마자 분노를 터뜨렸다. '악의적이고 못된 인간의 부적절한 행동'에 대한 그녀의 긴 연설이 캐롤라인의 귀에는 중국 도자기가 부딪히는 소리만큼이나 혼란스러웠다. 로버트는 오르탕스의 말을 가볍게 웃어넘기면서 예의 바르고 차분한 말투로 진정시켰다. 그리고 괜찮다면 자기 공장에서 일하는 여자아이 중에서 한 명을 하녀로 뽑아보면 어떻겠냐고 물었다. 다만, 그 아이들이 집안일은 전혀 못 한다고 들어서 오르탕스가 원하는 대로 일할 수 있을지 걱정된다고 말했다. 그러면서 사라가 융통성 없고 고집 센 성격이긴 하지만, 어쩌면 같은 계층의 여성들 대다수보다 실력이 나쁜 편은 아닐지도 모른다고 덧붙였다.

오르탕스는 그 말은 맞는다고 인정하면서도, '영국 시

골 여자들은 정말로 참을 수 없다'고 토로했다. 그녀는 어떤 대가를 치르더라도 '앤트워프 출신의 훌륭한 요리사'를 구하고 싶어 했는데, 그런 사람이란 자신의 계층에 어울리게 머리를 가리고 단정한 치마를 입고 점잖게 나막신을 신는 사람이었다. 치렁치렁한 드레스를 입고 모자도 쓰지 않는 무례하고 건방진 여자보다 훨씬 나았다! (아무래도 사라는 '여자가 머리를 드러내고 다니는 것은 부끄러운 일'이라는 성 바울의 의견에 동의하지 않는 듯 보인다. 그녀는 오히려 그 풍성하고 노란 머리카락을 손수건으로 가리라는 요구를 단호히 거부하고 주로 빗으로 깔끔하게 빗어서 묶고 다녔으며, 일요일에는 구불거리는 앞머리로 멋 내기를 좋아했다.)

"앤트워프 여자를 구해볼까?"라고 묻는 로버트를 보면, 다른 사람들 앞에서는 엄격하지만 개인적인 관계에서는 매우 친절한 사람이라는 걸 알 수 있었다.

"그러면 정말 고맙겠구나! 하지만 앤트워프 여자는 네 공장에 있는 모든 여자아이한테 비웃음을 당할 테고 여기에서 열흘도 못 버틸 거야." 오르탕스는 이렇게 대답한 후 부드럽게 말했다. "너는 정말 좋은 사람이야, 사랑하는 내 동생. 내 변덕을 용서해 주렴. 이 집에서 겪는 시련이 너무 가혹하지만, 아마 이게 내 운명이겠지. 존경하는 우리 어머니도 앤트워프에서 최고의 하인들을 선택할 수 있었으면서도 비슷한 고통을 겪으셨던 게 기억나는구나. 어느 나라에서든 버릇없고 다루기 힘든 가정부들이 많으니까."

로버트도 존경하는 어머니가 겪었던 시련을 기억하고 있었다. 아들에게 좋은 어머니였던 그녀와의 추억은 소중했지만, 그런 어머니도 주방에서만큼은 언제나 뜨겁게 분노했던 것이 떠올랐다. 그의 신실한 누이가 여기 영국에서 그러는 것처럼 말이다. 그래서 로버트는 이 주제를 더는 언급하지 않은 채, 커피를 마신 후 오르탕스를 위로하고자 그녀의 기타와 악보를 가져왔다. 그리고 우애로운 마음으로 그녀의 목에 기타 끈을 조용히 걸어준 뒤 어머니가 좋아하시던 노래를 몇 곡 들려 달라고 부탁했다. 그는 이 방법이 오르탕스의 속상한 기분을 달래는 데 무척 효과적이라는 사실을 알고 있었다.

애정만큼 무언가를 변화시킬 수 있는 건 없다. 가족의 갈등은 사람을 거칠게 만들지만, 가족의 화합은 품격을 높인다. 로버트에게 고마워하고 기뻐하며 기타를 만지는 오르탕스의 모습은 우아하고 매력적으로 보였다. 매일같이 불안해 보이던 표정도 잠시 사라지고, 그 자리에 '친절 가득한 미소'가 자리 잡았다. 그녀는 로버트가 부탁한 노래를 감정을 실어 불렀다. 진정으로 사랑했던 부모와 젊은 시절을 떠올렸다. 그리고 흥미롭게 귀 기울이고 있는 캐롤라인의 순수한 표정도 살펴봤다. 이는 오르탕스의 기분을 더 북돋웠다. 노래가 끝날 무렵, 캐롤라인이 "나도 오르탕스처럼 노래하고 연주할 수 있으면 좋겠어요!"라며 외치자 분위기가 더욱 완벽해졌고, 오르탕스는 저녁 내내 매력적으로 보였다.

이어서 캐롤라인을 대상으로 작은 강의가 열리기는 했다. 욕망의 허망함과 노력의 의무에 관한 내용이었다. "로마가 하루아침에 이루어진 게 아니듯이, 나의 교육도 똑똑해지겠다는 바람만으로 단숨에 뚝딱 완성되는 게 아니란다. 오직 노력으로만 이루어 낼 수 있는 위대한 일이야. 나는 항상 인내와 노력으로 주목받았단다. 내 스승들은 이렇게 많은 재능과 견고함이 만나는 경우가 매우 드물다면서 무척 기뻐하셨지." 자신의 장점을 주제로 이야기할 때, 오르탕스는 막힘이 없었다.

마침내 더없이 행복한 자기만족에 잠긴 그녀는 뜨개질거리를 꺼내고 평온한 마음으로 자리에 앉았다. 작은 거실에 드리워진 커튼과 맑게 타오르는 불꽃, 은은하게 빛나는 조명이 저녁의 매력을 한껏 더해주었다. 그곳에 있던 세 사람 모두 이 매력을 느꼈을 것이다. 모두 행복해 보였다.

"자, 이제 뭘 할까, 캐롤라인?" 로버트가 사촌 옆에 앉으면서 물었다.

"이제 뭘 할까요? 당신이 결정해 보세요." 그녀가 장난스럽게 따라 물었다.

"체스 안 할래?"

"안 할래요."

"체커나 백개먼 게임은 어때?"

"그것도 안 할래요. 우리는 손으로만 하는 조용한 게임은 싫어하잖아요, 그렇죠?"

"그 말이 맞네. 그럼 다른 사람들 이야기를 해볼까?"

"누구에 대해서요? 누가 어떤 사람인지 파헤치고 이야기할 만큼 남들에게 관심이 있나요?"

"핵심을 찌르는 질문이군. 솔직히 나는 '아니'라고 해야겠어. 무뚝뚝하게 들리겠지만."

"저도 마찬가지예요. 우리 두 사람, 아니, 세 사람(캐롤라인이 오르탕스를 죄책감 어린 눈으로 빠르게 살펴보았다) 외에 다른 사람이 우리 사이에 끼어드는 건 원하지 않아요. 이기적이게도 이 행복을 우리끼리만 갖고 싶어요. 현재 우리 주위에 존재하는 세상은 생각하고 싶지 않아요. 하지만 이상하게도, 먼 과거로 돌아가 몇백 년 동안이나 무덤 속에서, 아니 이제는 무덤도 아니라 정원이나 들판이 되었을 그곳에 묻힌 사람들이 우리에게 하는 말과 생각을 듣고 나누는 시간은 즐거울 것 같아요."

"누가 우리에게 말을 걸까? 어떤 언어를 사용할까? 프랑스어?"

"당신의 프랑스인 조상들은 영국인 조상들처럼 그토록

감미롭고 엄숙하게, 인상적으로 말하지 않아요, 로버트. 오늘 밤 당신은 완전히 영국 사람이 되는 거예요. 영국 책을 읽으면서요."

"옛날 영국 책 말인가?"

"네. 옛날 영국 책, 당신이 좋아하는 책이요. 그리고 제가 그 책 속에서 당신이 읽을 부분을 고를게요. 당신과 완전히 조화를 이루는 부분을 고를 거예요. 그 내용이 당신의 본성을 깨우고 음악으로 마음을 채울 거예요. 마치 능숙한 손이 당신의 마음을 스치듯 지나가면서 그 현을 울리듯이 말이에요. 당신의 마음은 리라✿예요, 로버트. 하지만 당신에게 정해진 삶은 현을 휘젓는 음유 시인이 아니었기에 그 소리를 자주 듣지 못했죠. 위대한 셰익스피어를 가까이 끌어당겨 당신의 현을 만져보게 하세요. 그가 어떻게 그 현들로 영국의 힘과 멜로디를 연주하는지 알 수 있을 거예요."

"내가 셰익스피어를 읽어야 하는 건가?"

"그의 정신을 당신 앞에 두어야 해요. 마음의 귀로 그 목소리를 들어야 해요. 그 영혼의 일부를 당신의 것으로 받아들여야 해요."

"나를 더 나은 사람으로 만들기 위해서? 설교처럼 작용

✿ 하프와 비슷하게 생긴 작은 현악기.

하는 건가?"

"당신을 자극하고 새로운 감각을 주기 위해서예요. 당신이 삶을 더 강하게 느끼도록 만들기 위해서예요. 당신의 미덕뿐만 아니라 악하고 왜곡된 점까지도요."

"어머! 저 아이가 뭐라고 말했니?" 오르탕스가 외쳤다. 그녀는 그동안 뜨개질 코를 세고 있느라 두 사람이 대화하는 내용에 크게 신경 쓰지 않았지만, 강렬한 두 단어가 그녀의 귀를 확 잡아끌었다.

"신경 쓰지 마, 오르탕스. 캐롤라인이 계속 말하게 해줘. 오늘 밤에는 뭐든지 마음대로 말하게 하자. 캐롤라인은 가끔 누나의 동생에게 짓궂게 대하는 걸 좋아하니까. 그게 나를 재미있게 해. 그러니 그냥 말하게 해줘."

캐롤라인이 의자에 올라서서 책장을 뒤지다가 책 한 권을 들고 돌아왔다.

"여기 셰익스피어 책이 있어요.『코리올라누스』가 있네요. 이제 읽어보세요. 읽는 동안 당신 기분이 얼마나 낮아지고 높아지는지 느끼면서 읽어보세요."

"자, 그러면 내 옆에 앉아서 발음이 틀릴 때 고쳐줘."

"그러면 제가 선생님이 되고, 당신은 학생이 되는 건가요?"

"그러면 되겠군!"

"그러면 셰익스피어 소설이 우리가 공부할 학문이 되

는 거네요?"

"그렇겠지."

"그러면 당신은 프랑스인처럼 의심하거나 비꼬지 않을 거죠? 감탄하지 않는 게 지혜로운 행동이라고 생각하지 않을 거죠?"

"글쎄."

"로버트, 만약 그렇게 행동한다면 셰익스피어 책은 치울 거예요. 그리고 저는 움츠리고 있다가 모자를 쓰고 집으로 갈 거예요."

"알겠으니 앉아. 이제 읽을 거야."

"잠시만, 로버트." 오르탕스가 끼어들었다. "가족이 모였을 때 남자가 책을 읽으면 여자들은 언제나 바느질을 해야 하는 거야. 캐롤라인, 사랑스러운 아이야, 자수 작업을 하렴. 오늘 밤에 꽃잎 세 개는 완성할 수 있을 거야."

캐롤라인이 당황했다. "램프 조명에서는 잘 보이지 않아요. 눈이 피곤해서 한 가지를 잘하는 것도 힘들어요. 바느질하면 들을 수 없고, 듣다 보면 바느질을 못 해요."

"아니, 그게 무슨 말이니!" 오르탕스가 잔소리를 시작하려는데, 평소처럼 로버트가 부드럽게 끼어들었다.

"오늘 밤에는 좀 봐줘. 나는 캐롤라인이 내 발음에 완전히 집중해 주면 좋겠어. 그러려면 같이 책을 보고 읽어야 해."

자신과 캐롤라인 사이에 책을 놓은 로버트는 그녀의

의자 등받이에 팔을 얹고 읽기 시작했다.

『코리올라누스』는 첫 장면부터 그의 지적 취향에 딱 맞았고, 읽어 내려갈수록 점점 더 가슴을 덥혔다. 굶주린 시민들에게 전달하는 가이우스 마르키우스 장군의 오만한 연설은 감정을 담아 읽었다. 그는 자신이 가진 불합리한 자부심이 옳다고는 말하지 않았지만, 그렇게 느끼는 것 같았다. 캐롤라인은 그를 바라보며 오묘한 미소를 지었다.

"벌써 악한 점이 나오네요. 당신은 굶주린 동료들에게 공감하지 않고 오히려 그들을 모욕하는 자존심 강한 그 귀족과 공감하고 있군요. 자, 계속 읽어주세요."

로버트는 계속 읽어 나갔다. 전쟁을 다룬 부분은 크게 자극적으로 느끼지 않았고, 모두 옛날 방식이며 그게 맞는 거로 생각했다. 여기서 그의 야만적인 정신이 드러났다. 하지만 마르키우스와 툴루스 아우피디우스가 일대일로 싸우는 장면은 재밌었다. 비판적으로 읽어야 한다는 것을 잊어버릴 정도였다. 로버트는 각 인물이 가진 입장의 힘과 진실을 확실히 인정했고, 개인적 편견이라는 좁은 경계를 넘어 인류라는 관점을 큰 그림에서 생각하게 되었으며, 종이 위에서 말하고 있는 각 인물의 현실을 느끼기 시작했다.

그는 웃긴 장면은 잘 읽지 못했다. 그래서 캐롤라인이 책을 빼앗아 그 부분만 대신 읽어주었는데, 그녀가 보기에 로버트가 그 시간을 즐기는 것 같았다. 실제로 캐롤라인은 생각지도 못한 모습과 간결하고 함축적인 표현력으로 그 장면을 읽어주었다. 잠시 주목할 만한 점은, 그날 저녁에 캐롤라인이 대화 전반에서 보여준 특성이 진지할 때나 경쾌할 때, 엄숙할 때나 쾌활할 때 항상 직관적이거나 불규칙적이었다는 것이다. 마치 유성의 번쩍이는 빛, 이슬방울의 색조, 일몰 구름의 색상이나 형태, 시냇물의 흐름을 변화시키는 반짝이는 물결처럼 한 번 지나간 후에는 다시 재현될 수 없는 것이었다.

영광의 코리올라누스, 재난의 코리올라누스, 추방된 코리올라누스가 거대한 그림자처럼 차례로 나타났다. 추방당한 자의 모습 앞에서 로버트의 정신은 멈춘 듯 보였다. 그는 아우피디우스의 난로 앞에 서서 무너진 자의 그림을 마주했다. 다 망가진 그림 속에서도 '엄숙한 외모'에 '명령을 품은 어두운 얼굴'의 '돛대와 삭구가 찢겨 나간 고귀한 배'는 그 어느 때보다 위대해 보였다. 로버트는 코리올라누스의 복수를 완벽하게 공감했다. 그는 그 복수에 충격받지 않았다. 그때 캐롤라인이 속삭였다. "여기 또 다른 잘못된 우정이 보이네요."

로마를 향한 진군과 어머니의 간청, 오랜 저항, 그리고 결국에는 선한 마음에 굴복한 나쁜 감정…. 이 모든 장면은 고귀하다는 칭호에 어울리는 성품을 가진 자라면 반드시 보여줘야 할 내용이었을 것이다. 하지만 아우피디우스는 동맹 맺은 자를 향해 분노했고, 코리올라누스를 죽였으며, 마지막까지 슬퍼했다. 이처럼 『코리올라누스』는 모든 장면마다 진리와 힘이 압축되어 줄줄이 이어져 나갔으며 독자와 청중의 마음과 정신을 깊고 빠르게 흐르는 감정으로 몰아갔다.

"이제 셰익스피어를 느껴보셨나요?"

로버트가 책을 덮은 지 10분 정도 지나자 캐롤라인이 물었다.

"그런 것 같아."

"코리올라누스에게서 당신과 같은 무언가를 느꼈나요?"

"아마도 느꼈던 것 같아."

"위대한 사람이었지만 안 좋은 점도 있었죠?"

로버트는 고개를 끄덕였다.

"그 안 좋은 점이 뭐였다고 생각하세요? 왜 시민들에게 미움받고 로마에서 추방당한 걸까요?"

"너는 그게 뭐라고 생각하지?"

"다시 물어볼게요. '그것은 자만이었을까요? 매일 운이 좋아서 행복한 사람을 항상 나쁘게 만드는 자만 말이에요. 아니면 판단력이 부족해서 손에 쥐었던 기회를 잘 활용하지 못한 걸까요? 아니면 한 가지 모습 외에 다른 모습은 갖지 못하는 본성 때문이었을까요? 그래서 전쟁에서 쓰던 투구를 벗고 안락한 자리에 앉지 못하고, 전쟁을 지휘했던

그 엄격한 모습으로 평화를 명령했던 걸까요?"✿

"글쎄. 스핑크스, 스스로 대답해 봐."

"모두 다 섞인 거예요. 당신도 일꾼들에게 자만심을 가져서는 안 돼요. 그 사람들을 달랠 기회를 소홀하게 여기지 말아요. 요청할 때도 명령처럼 엄격하게 말하지 않도록 해야 해요."

"희곡에서 교훈을 끄집어냈구나. 어떻게 그런 생각까지 했지?"

"당신의 행복을 바라고 안전을 걱정하는 마음 때문이에요. 그리고 최근에 들은 여러 가지 일들 때문에 당신에게 나쁜 일이 생길까 봐 두려워서 그래요."

"누가 너에게 그런 일을 말하는 거야?"

"삼촌이 당신에 관해 이야기하는 것을 들었어요. 삼촌은 당신이 강한 정신을 갖고 있고 단호하고 낮은 계층에 있는 적들을 경멸한다고 하셨어요. 그리고 '군중에게 잘 보이려 하지 않는 모습'도 칭찬하셨죠."

"그런데 너는 내가 잘 보이고 싶어 하길 바라는 건가?"

"아니요, 절대로 그럴 필요는 없어요. 당신이 자신을 낮추는 것은 원하지 않아요. 하지만 가난한 일꾼들을 모두 '군중'이라는 이름으로 하나로 묶어서 항상 거만하게 그들

✿ 「코리올라누스」 4막 7장의 대사를 인용하여 묻는 말.

을 생각하고 대하는 것은 불공평하다고 생각할 수밖에 없어요."

"너는 좀 민주적이구나, 캐롤라인. 만약 네 삼촌이 알게 된다면 뭐라고 할까?"

"아시다시피 저는 삼촌과는 별로 이야기하지 않아요. 특히 이런 문제에 대해서는 절대 말하지 않죠. 삼촌은 바느질과 요리 외에 다른 일들은 모두 여자가 이해할 수도 없고 해서도 안 된다고 생각하세요."

"그런데 너는 네가 조언해 준 일들에 대해 이해하고 있다고 생각하는 거야?"

"당신과 관련된 일에 한해서는요. 제가 아는 건, 당신이 일꾼들에게 미움받기보단 사랑받는 편이 더 좋고, 자존심보다는 자비로움이 그들의 존경을 얻는 데 더 효과적이라는 거예요. 만약 당신이 저와 오르탕스에게 자존심을 가지고 차갑게 대한다면, 우리가 당신을 사랑할 수 있을까요? 당신이 가끔 그렇듯이 차가운 모습을 보인다면, 제가 당신을 감정을 가지고 대할 수 있을까요?"

"그래, 리나. 언어와 윤리, 그리고 정치 수업 잘 들었어. 이제 네 차례야. 오르탕스가 며칠 전 너에게 들은 짧은 시, 가난한 앙드레 셰니에의 〈감옥에 갇힌 젊은 여인〉을 듣고 감명을 받았다던데. 아직 기억해?"

"네, 기억하는 것 같아요."

"그럼 한번 읊어봐. 천천히 말하고 발음에 신경 써줘. 특히 영어 발음은 피하고."

캐롤라인은 낮고 다소 떨리는 목소리로 시작했지만, 용기를 가지고 셰니에의 달콤한 시를 암송했다. 마지막 세 연까지 잘 읊었다.

"이 아름다운 여행의 종착지가 아직 저 멀리 있구나!
나는 길을 나섰지만, 길가에 늘어선 느릅나무 가운데
이제 겨우 몇 그루를 지나쳤을 뿐이다.
인생의 연회가 겨우 시작된 지금,
이제 막 잔에 닿은 내 입술
아직도 잔은 가득 채워져 있다.

내 인생은 이제 겨우 봄이니, 추수도 보고 싶구나.
태양이 계절에서 계절로 나아가듯
나만의 해를 완성하고 싶다.
나무줄기 위에서 빛나며, 정원에서 가장 빛나는 꽃.
나는 이제 겨우 아침의 햇살을 보았을 뿐,
나의 하루를 온전히 완성하고 싶다!"

로버트는 처음에는 눈을 내리깔고 들었지만, 곧 몰래 시선을 들어 올렸다. 의자에 기대어 앉아 캐롤라인을 보면서도 그녀가 자신의 시선을 느끼지 못했으면 했다. 그녀의 뺨은 붉게 물들었고, 눈은 빛났으며, 이날 저녁 그녀의 표정은 평범한 얼굴조차도 돋보이게 할 만큼 생기 넘쳤다. 그녀에게는 평범함이라는 아쉬운 결점조차 부족해 보이지 않았다. 햇살은 거친 황무지를 비추지 않았고, 부드러운 꽃을 내리쬐었다. 각 이목구비는 우아하게 조각되어 있었고, 전체적인 모습은 매력적이었다. 이 순간, 온전히 집중하며 감동한 그녀의 생기 넘치는 모습은 아름답다고 불릴 만했다. 그런 얼굴은 단순히 차분한 존경의 감정이나 먼 감탄을 불러일으킬 뿐만 아니라, 좀 더 부드럽고 친밀한 감정들, 우정이나 어쩌면 애정과 관심까지 일으키기에 충분했다. 그녀가 암송을 마친 후 로버트를 바라보았고 그와 시선이 마주쳤다.

"잘 암송한 것 같아요?" 그녀가 행복하고 순한 아이처럼 미소 지으며 물었다.

"정확히는 잘 모르겠는데."

"왜 모르세요? 듣지 않으셨나요?"

"들었지. 보기도 했고. 리나는 시를 좋아해?"

"진정한 시를 만나면, 외우기 전까지는 편하게 쉴 수 없어요. 외워서 그 시를 제 것으로 만드는 거죠."

로버트는 몇 분 동안 조용히 앉아 있었다. 시계가 아홉 시를 알렸다. 사라가 들어와서 헬스톤 신부님의 하인이 캐롤라인 양을 데리러 왔다고 전했다.

"벌써 저녁 시간이 지났네요. 다음에 또 여기서 시간을 보낼 때까지 오래 걸리겠죠." 캐롤라인이 눈치를 살피며 말했다.

오르탕스는 한참 동안 뜨개질을 하면서 졸다가 이제는 잠에 빠져서 그 말에 대답하지 않았다.

"저녁에 자주 오는 걸 싫어하진 않지?" 로버트가 옆 테이블에 놓여 있던 그녀의 외투를 챙겨 조심스럽게 그녀에게 덮어주며 물었다.

"여기에 오는 건 좋지만, 방해되고 싶지는 않아요. 초대해 주길 기다리는 것도 아니고요. 그 점은 알아주세요."

"아, 당연히 알지. 리나, 너는 가끔 내가 부자가 되고 싶어 한다고 잔소리하지만, 내가 부자가 되면 너는 항상 여기서 살게 될 거야. 어디서 살든지 너는 나와 함께 있어야 해."

"그러면 정말 기쁠 거예요. 당신이 가난하더라도, 아무리 가난해도, 그래도 기쁠 거예요. 잘 자요, 로버트."

"내가 사제관까지 같이 가주겠다고 약속했잖아."

"약속하신 거 알아요. 하지만 잊으셨을 거라고 생각했어요. 어떻게 말해야 할지도 잘 몰랐고요. 같이 가주실 수 있는 건가요? 오늘 밤은 추운 데다, 패니가 왔으니 굳이 필요하지는 않지만요…."

"여기 네 장갑이야. 오르탕스는 깨우지 말고, 가자."

교구 사제관까지의 거리는 반 마일 정도로 금방이었다. 두 사람은 정원에서 입맞춤도 없이, 손만 겨우 잡은 채 작별을 고했다. 그런데도 캐롤라인은 흥분되고 기분 좋게 들뜬 마음으로 로버트와 헤어졌다. 로버트는 그날 캐롤라인에게 매우 특별할 만큼 친절했다. 말이나 칭찬 같은 겉치레가 아닌, 태도와 눈빛, 부드럽고 다정한 목소리로 말이다.

하지만 집에 돌아온 로버트는 심각하고 우울했다. 자기 집 마당 문에 기대어 선 채, 물기 어린 달빛 아래서 혼자 깊은 생각에 잠겼다. 조용하고 어두운 방앗간을 앞에 두고 언덕으로 둘러싸인 골짜기를 둘러보다가 갑자기 소리쳤다.

"이러면 안 돼! 약해질 거야. 이 모든 감정이 전부 다 망쳐버릴 거라고." 그리고 목소리를 낮추며 덧붙였다. "하지만 아무리 미칠 것 같아도 금방 사라지겠지. 전에도 겪은 적이 있으니 잘 알아. 내일이면 사라질 거야."

7장. 사제들의 티타임

캐롤라인 헬스톤은 겨우 열여덟 살이었고, 인생의 진정한 이야기가 아직 시작되지도 않은 나이였다. 열여덟 살 이전에 우리가 접하는 세상은 동화 같았다. 때로는 즐겁고 때로는 슬픈, 거의 비현실적인 이야기 말이다. 그 시절 우리의 세상은 영웅들이 사는 곳이다. 그곳의 주민은 반은 신이고 반은 악마인 자들이었으며, 어딜 보든 꿈속 장면들이 펼쳐졌고, 현실에서 볼 수 없는 어두운 숲과 기이한 언덕들과 현실보다 더 밝은 하늘, 위험한 물과 더욱 달콤한 꽃과 탐스러운 과일, 광활한 평원과 황량한 사막, 그리고 더 햇살 가득한 들판이 마법에 걸린 우리 지구를 덮고 있었다. 그 시절 우리가 바라보는 달의 모습은 얼마나 놀라웠는가! 그 모습을 보고 떨리는 우리의 가슴은 말로 표현할 수 없는 아름다움을 향한 증거였다! 우리의 태양은 타오르는 하늘이자, 신들이 사는 세계였다.

그러나 열여덟 살이 되어 허황하고 공허한 꿈이 끝나는 경계에 가까워지자, 요정의 땅이 우리 뒤로 물러섰고, 현실의 해안이 우리 앞에 떠올랐다. 이 해안은 아직 멀리 있지만, 푸르고 부드러우면서도 온화해 보여서 얼른 그곳으로 가고 싶어지게 만들었다. 우리는 햇빛 속에서 푸른 하늘 아래 펼쳐진 초록빛 세상을 보았다. 그곳은 마치 봄의 초원 같았고, 언뜻언뜻 보이는 가느다란 은빛들은 굽이치는 생명의 물결을 상상하게 했다. 우리가 저 땅에 닿을 수만 있다면 더는 굶주리지도 목마르지도 않으리라 생각했다. 하지만 진정한 행복을 맛보려면 그 전에 수많은 황야와 죽음의 홍수, 혹은 죽음만큼이나 차갑고 검은 슬픔의 강을 건너야 하는 법이다. 인생에서 느끼는 모든 기쁨은 그것을 얻기 전에 반드시 대가를 치러야 하며, 그 과정이 얼마나 어려운지는 오직 큰 상을 위해 싸운 자만이 안다. 승리의 월계관이 머리 위에서 살랑이려면, 그전에 먼저 심장의 피가 붉은 구슬이 되어 전사의 이마를 물들여야 한다.

열여덟 살에는 이러한 사실을 모른다. 희망이 우리에게 미소 지으며 내일의 행복을 약속할 때, 우리는 그 말을 맹목적으로 믿어버린다. 사랑이 길을 잃어버린 천사처럼 문을 두드리면, 우리는 곧장 안으로 들이고 환영하고 포옹한다. 사랑의 화살이 담긴 화살집은 보이지 않고, 화살이 우리를 관통할 때의 고통은 마치 새로운 생명의 전율처럼 느껴진다. 독에 대한 두려움도, 그 어떤 의사의 손으로도 뽑을 수 없는 화살에 대한 두려움도 느끼지 못한다. 그 위험한 열정은 간혹, 아니 대부분은 고통으로 가득 찬 것이지만, 우리는 그 열정을 절대적인 선으로 믿게 된다. 다시 말해, 열여덟 살에는 경험이라는 학교가 우리를 기다리고 있다. 우리는 그곳에서 초라해지고, 짓밟히고, 깎인 후에 마침내 우리를 정화하고, 활력을 북돋워 주는 교훈들을 배우게 된다.

아, 경험이여! 그대처럼 그토록 지친 표정에 얼어붙은 얼굴을 가진 스승은 없으며, 그대만큼 검은 망토를 두른 자도, 그대처럼 무거운 지팡이를 든 자도 없다. 그대처럼 냉혹한 손으로 초심자를 엄하게 임무로 몰아넣고, 저항할 수 없는 권위로 그 임무를 수행하도록 강요하는 자도 없다. 그러나 오직 그대의 가르침을 통해서만이 남자든 여자든 인생의 황야 속에서 안전한 길을 찾을 수 있다. 그대의 가르침 없이는 얼마나 수없이 비틀거리고, 방황하는지! 얼마나 자주 금지된 땅에 발을 들이고, 끔찍한 비탈길로 굴러떨어지는지!

로버트와 함께 집까지 걸어온 캐롤라인은 남은 저녁 시간을 삼촌과 함께 보내고 싶지 않았다. 삼촌이 앉아 있는 방은 그녀에겐 너무 신성한 곳이라서, 캐롤라인은 그곳에 거의 발을 들이지 않았고, 이날 밤에도 기도 종이 울릴 때까지 그 방에 가까이 가지 않았다. 헬스톤 신부의 집에서는 저녁 기도 시간도 일부분은 예배 형식으로 채워졌다. 헬스톤은 평소처럼 콧소리가 섞인 목소리로, 크고 분명하게, 그러나 단조롭게 성경을 읽었다. 예배가 끝나자 그의 조카딸은 늘 그렇듯 그에게 다가갔다.

"안녕히 주무세요, 삼촌."

"뭐냐! 오늘 온종일 밖에서 돌아다녔더구나. 사람들을 방문하고 밥 먹고 이것저것 했겠지!"

"오두막에만 갔었어요."

"공부는 했느냐?"

"네."

"셔츠는 만들었고?"

"겨우 일부만요."

"음, 그 정도면 됐다. 바느질에 전념하고, 셔츠 만드는 법, 드레스 만드는 법, 그리고 파이 만드는 법을 배우면 언젠가 너도 훌륭한 여자가 될 거다. 이제 가서 자거라. 난 이 책자를 좀 더 읽을 테니."

잠시 후 캐롤라인은 작은 침실에 들어가 문을 잠그고,

하얀 잠옷을 입고, 숱 많고 부드럽게 물결치는 듯한 긴 머리카락을 풀어 허리까지 내렸다. 그리고 머리를 빗다가 잠시 멈추고는 손으로 턱을 괴고 카펫을 바라보았다. 그러자 그녀의 눈앞에 열여덟 살 때 우리가 보는 환상들이 떠오르면서 그녀 주위로 가까이 다가왔다.

캐롤라인은 혼자만의 대화를 나누었다. 즐거운 듯, 그녀는 미소를 지으며 자기 속마음의 이야기를 들었다. 명상에 잠긴 그녀의 모습은 아름다워 보였지만, 그 방에서 그녀보다 더 밝은 존재가 있었으니, 그것은 젊음의 희망이라는 정신이었다. 이 아첨하는 예언자는 그녀에게 앞으로는 실망할 일도, 추위를 느낄 일도 없을 것이며, 여름날의 새벽을 맞이하게 되리라고 속삭였다. 거짓된 새벽이 아니라 진정한 아침의 봄 말이다. 그리고 그녀의 태양이 곧 떠오를 것이라고 말했다. 캐롤라인은 자신이 착각의 희생자라는 사실을 의심하지 못했다. 그녀가 품은 기대는 당연해 보였고, 그 기대를 받치고 있는 기반도 견고해 보였다.

'사람들이 사랑을 하면, 그다음엔 결혼을 해.' 그녀는 이렇게 생각했다. '나는 로버트를 사랑해. 로버트도 나를 사랑하는 게 확실해. 전에도 여러 번 그런 생각을 했지만, 오늘은 확실히 느꼈어. 셰니에의 시를 낭독하고 그를 쳐다봤을 때, 그의 눈이(정말 멋진 눈이야!) 내 마음에 진실을 전해줬어. 가끔은 그에게 말을 걸기가 두려워. 내가 너무 솔직할까 봐, 너무 다가가는 것처럼 보일까 봐…. 지나치게 말이 많았던 걸 후회한 적도 여러 번 있었어. 그의 생각보다 내가 말을 더 많이 했을까 봐, 그가 내 무례함을 불쾌하게 여길까 봐 두려웠지. 하지만 오늘 밤에는 그가 정말 너그럽게 대해줘서 어떤 생각이든 다 표현할 수 있었어. 집으로 걸어오는 길에는 또 얼마나 친절했는지 몰라! 로버트는 입에 발린 소리도, 어리석은 말도 하지 않아. 그가 보여주는 애정 표현(우정이라고 해야겠지. 아직 우리가 연인 사이라고 생각하지는 않지만, 언젠가 그렇게 되었으면 좋겠어)은 책에서 읽은 것과는 달라. 훨씬 더 낫지. 독창적이고 조용하고 남자답고 진실해. 로버트가 정말 좋아. 그와 결혼한다면 좋은 아내가 되어줄 거야. 잘못된 점은 말해주겠지만(그에게도 안 좋은 점이 좀 있긴 하니까), 편안하도록 챙겨주고 아껴주며 행복하게 해주기 위해 최선을 다할 거야. 앞으로는 내게 차갑게 행동하지 않을 거라고 확신해. 내일 저녁에 날 찾아오거나 나를 부를 것 같아.'

그녀는 인어처럼 긴 머리를 다시 빗기 시작했다. 머리를 정리하면서 고개를 돌리자 거울 속에 비친 자신의 얼굴과 자태가 보였다. 평범한 사람들은 거울에 비친 자기 모습을 보면 차분해진다. 거울 속 모습이 매력적으로 보이지 않으니, 다른 사람의 눈에도 그다지 매력적으로 보이지 않을 거라는 생각을 하게 된다. 그러나 아름다운 사람들은 당연하게도 다른 결론에 도달하게 마련이다. 매력적인 모습이니, 다른 사람도 그 매력을 느낄 거라고 말이다. 캐롤라인은 자신의 자세와 표정을 살펴보았고, 이 모습을 다게레오타이프✿로 찍는다면 정말 멋지겠다고 생각했다. 이 순간 그녀는 자신의 희망을 확신할 수밖에 없었다. 그래서 사라지지 않는 기쁨 속에서 잠자리에 들었다.

그리고 다음 날 아침, 여전히 사라지지 않은 기쁨 속에서 일어났다. 아침 식사 중인 삼촌에게 부드럽고 밝은 목소리로 "좋은 아침이에요"라고 인사했을 때도, 그 철같이 차가운 작은 남자조차 자기 조카딸이 '멋진 아가씨로 자라고 있구나'라고 잠시 생각할 정도였다. 보통 그녀는 삼촌과 함께 있으면 조용히 움츠러들어 있었고 매우 순종적이면서 말수가 적었다. 그러나 이날 아침 캐롤라인은 달랐다. 둘 사이에서 나눌 수 있는 주제는 사소한 것들뿐이었다. 왜냐하면 헬스톤 신부는 여자와는, 특히 여자아이와는 별다른 이야기를 나누려 하지 않았기 때문이다. 하지만 이날 아침 일찍 정원 산책을 하고 온 캐롤라인은 어떤 꽃들이 피어나기 시작했는지 그에게 이야기했다. 정원사가 언제 와서 담장을 다듬을지 물었고, 찌르레기 무리가 교회 탑에 둥지를 짓기 시작했다고 알려주기도 했다(브라이어필드

✿ 19세기 초 프랑스 화가 루이 다게르가 처음으로 고안한 기술로, 은판 사진법으로 찍는 사진 기술.

교회와 사제관은 가까웠다). 그녀는 종탑에서 종이 울리는데도 왜 새들이 겁먹지 않는지 궁금해했다.

"그것들도 막 짝을 이룬 다른 바보들처럼 잠깐은 불편함을 느끼지 못하는 거다." 헬스톤이 말했다. 캐롤라인은 순간적으로 좋아진 기분에 조금 용감해진 나머지, 전에는 존경하는 삼촌에게 감히 한 번도 해보지 못한 말을 내뱉었다.

"삼촌, 삼촌은 결혼에 관해 말씀하실 때마다 혐오하듯 이야기하세요. 사람들이 결혼하지 말아야 한다고 생각하시는 건가요?"

"결혼하지 않고 독신으로 사는 게 가장 현명하다. 특히 여자들은 말이야."

"결혼은 다 불행한가요?"

"수많은 경우가 불행하지. 모두 솔직히들 말한다면, 어느 정도는 다들 불행해할 거다."

"삼촌은 누가 결혼 예식을 요청할 때마다 항상 화를 내시잖아요. 왜 그러시는 거예요?"

"순전히 어리석은 일을 저지르는 데 일조하는 걸 좋아할 사람은 없기 때문이지."

헬스톤은 너무나도 자연스럽게 말을 이어 갔고, 오히려 이 기회를 통해 조카딸에게 자기 생각을 전할 수 있어 기뻐하는 듯 보였다. 지금까지 질문에 별다른 제재를 받지 앉아 용기를 얻은 캐롤라인은 조금 더 나아갔다.

"하지만 왜 그게 순전히 어리석은 일인 거죠? 두 사람이 서로 좋아하는데 왜 함께 살기로 약속하면 안 되나요?"

"금방 서로에게 질릴 테니까. 한 달 만에 지치고 말아. 짝이라는 건 동반자가 아니야. 남자든 여자든 함께 고통을 겪는 사람일 뿐이지."

캐롤라인의 다음 발언은 결코 순진함에서 비롯된 것이 아니었다. 그런 의견에 대한 반감과 그 의견을 가진 사람에 대한 불쾌감에서 나온 말이었다.

"결혼해 본 적이 없으신 것처럼 말씀하시네요, 삼촌. 마치 평생 독신으로 지내신 분처럼요."

"사실상 그렇지."

"하지만 삼촌은 결혼하셨잖아요. 왜 그렇게 일관성없는 선택을 하셨어요?"

"남자는 누구나 인생에서 한두 번 미칠 때가 있으니까."

"그러니까 삼촌은 숙모에게, 숙모는 삼촌에게 지치셔서 서로 불행하셨던 건가요?"

헬스톤은 냉소적인 입술을 내밀고, 이마에 주름을 잡으며 알아듣기 어려운 소리를 내뱉었다.

"숙모가 삼촌에게 안 맞으셨나요? 성격이 좋지 않으셨어요? 같이 지내다 보면 익숙해지지 않나요? 숙모가 돌아가셨을 때 슬프지 않으셨어요?"

"캐롤라인." 헬스톤은 마호가니 식탁 위로 손을 천천히 내리다가 갑자기 세게 내리쳤다. "이걸 명심해라. 일반적인 일과 개별적인 일을 혼동하는 건 천박하고 유치한 일이다. 어떤 일이나 규칙도 있고 예외도 있는 법이야. 네 질문은 멍청하고 어린애 같구나. 아침 식사를 다 했으면 종을 울려라."

아침 식사가 끝나고 식탁을 치우면, 삼촌과 조카딸은 보통 따로 시간을 보내고 점심 식사 때까지 다시 만나지 않는 것이 일반적이었다. 하지만 오늘은 캐롤라인이 방을 떠나지 않고 창가 자리에 가서 앉았다. 헬스톤은 그녀가 나가길 바라는 듯 몇 번 불안한 시선을 보냈지만, 창문 밖을 바라보는 그녀는 삼촌을 신경 쓰지 않는 듯했다. 그래서 그는 아침 신문을 계속 읽었다. 오늘 신문 내용은 특히 흥미로웠다. 반도에서 새로운 움직임이 일어났고, 특정 칼럼에는 웰링턴 장군에 관한 내용으로 가득 차 있었다. 그래서 조카딸이 마음속으로 어떤 생각을 하고 있는지 전혀 알지 못했다. 그 생각은 조금 전 삼촌과 대화를 나누면서 다시 떠오른 것으로, 처음 하는 생각이 아니었다. 지금 그 생각들은 마치 벌집 속을 돌아다니는 벌들처럼 그녀를 소란스럽게 했지만, 그녀의 머릿속에 자리 잡은 지는 이미 오래된 것이었다.

그녀는 삼촌의 성격과 성향을 되짚어 보면서 결혼에 대

한 그의 생각을 반복해서 떠올렸다. 이전에도 여러 번 삼촌의 생각을 듣고 자신과 그의 마음 사이에 있는 깊은 간극을 느낀 적이 있었다. 그리고 그 넓고 깊은 틈의 반대편에 서서 삼촌 옆에 서 있는 또 다른 형체를 보았다. 그 형체는 낯설고, 흐릿하며, 불길하고, 거의 인간 같지 않은 모습을 하고 있었다. 그는 바로 그녀가 어렴풋이 기억하고 있는 아버지이자 삼촌 매튜슨 헬스톤의 형, 제임스 헬스톤이었다.

캐롤라인은 아버지가 어떤 성격이었는지 소문을 들은 적이 있었다. 오래된 하인들이 말하는 걸 주워들은 적도 있었다. 그는 좋은 사람이 아니었고, 자식에게도 전혀 친절하지 않았다. 그녀는 어두운 기억 하나를 떠올렸다. 어느 큰 도시에서 아버지와 함께 보낸 몇 주간의 기억이었다. 낮이나 밤이나, 카펫도 없는 높은 다락방에 갇혀 있었고, 커튼도 없는 텅 빈 침대와 이렇다 할 가구도 없는 방에서 옷을 입혀주거나 돌봐줄 하녀도 없이 혼자서 지냈다. 아버지는 매일 아침 일찍 나갔고, 돌아와서 그녀에게 점심을 주는 것도 자주 잊어버렸다. 밤에 집에 오면 미친 사람처럼 분노에 차 있었고, 어떨 때는 넋 놓은 채로 무기력해서 더욱 고통스러워 보이기도 했다. 캐롤라인은 그곳에서 아팠던 기억이 떠올랐다. 어느 밤 그녀가 매우 아파하는데, 아버지가 방으로 들어와 그녀를 죽이겠다고 소리쳤던 기억도 났다. 그녀가 짐스러웠기 때문이었다. 비명을 지르며 도움을 구한 덕분에 아버지에게서 벗어났고, 그 이후로는 아버지를 보지 못했다. 죽은 아버지가 관 속에 누워 있었던 때를 제외하고는 말이다.

그런 사람이 그녀의 아버지였다. 그녀에게는 어머니도 있었다. 삼촌이 어머니에 대해 한 번도 말하지 않았고 얼굴도 기억나지 않았지만, 어머니가 살아 있다는 사실만은 알고 있었다. 그녀는 술주정뱅이의 아내였다. 그들의 결혼 생활은 어땠을까? 캐롤라인은 창문 너머로 찌르레기들을 보고 있다가(사실은 보지 않고 있었지만), 고개를 돌리고 낮은 목소리에 슬프고 쏩쓸한 어조로 방의 침묵을 깨뜨리며 말했다.

"삼촌이 결혼은 불행한 거라고 말씀하시는 이유는 아마도 제 아버지와 어머니의 결혼 생활을 보고 그러시는 거겠죠. 만약 제가 아버지와 함께 있을 때 겪었던 고통을 어머니가 겪으셨다면, 정말 끔찍한 생활이었을 거예요."

헬스톤은 이렇게 말하는 조카딸을 향해 몸을 돌려 앉으며 안경 너머로 그녀를 바라보았다. 당황한 기색이 역력했다.

아버지와 어머니라니! 지난 십이 년 동안 한 번도 언급하지 않았던 제 아버지와 어머니를 저 아이가 왜 갑자기 떠올린 것일까? 헬스톤은 그녀가 부모에 대해 기억하거나 추측하고 있었다고는 상상도 할 수 없었다.

"네 아버지와 어머니? 누가 너에게 그런 이야기를 했느냐?"

"아무도 안 했어요. 하지만 아버지가 어떤 사람이었는지는 조금 기억해요. 어머니가 불쌍해요. 어머니는 어디 계시죠?"

'어머니는 어디 계시죠?' 이 말은 그간 캐롤라인의 입에서 수백 번이나 맴돌았으나, 지금까지 단 한 번도 입 밖으로 꺼내지 않았던 질문이었다.

"잘 모르겠다." 헬스톤이 대답했다. "나는 네 엄마와 별로 친하지 않았다. 몇 년간 아무 소식도 듣지 못했어. 하지만 그 여자가 어디 있든 네 생각은 하지 않았을 거다. 너에 대해 아무것도 묻질 않았으니 말이야. 그 여자가 너를 보고 싶어 하지 않는 이유가 있어. 자, 이제 수업 시간이다. 네 사촌에게 가는 시간이 열 시 아니냐? 시간 다 됐다."

아마도 캐롤라인은 더 말하고 싶었을지도 모른다. 하지만 그때 패니가 들어와 헬스톤에게 교구 관리들이 그와 이야기를 나누기 위해 부속실에서 기다리고 있다고 알렸다. 그는 서둘러 나갔고, 캐롤라인은 곧 오두막으로 향했다.

사제관에서 할로우 공장으로 가는 길은 내리막길이었고, 캐롤라인은 그 길을 가는 내내 뛰어갔다. 기분 좋은 운동과 신선한 공기, 그리고 로버트를 만날 기대감과 그의 집으로 가고 있다는 생각이 다소 우울했던 그녀의 기분을 금방 회복시켰다. 하얀 집이 보이고 우레와 같은 소리를 내는 공장과 쏟아지는 물소리가 나는 곳에 도착했을 때, 그녀가 처음 본 것은 정원 문 앞에 서 있는 로버트 무어였다. 홀랜드 블라우스에 벨트를 매고 가벼운 모자를 쓴 채로 서 있었는데, 그렇게 간편한 옷차림도 잘 어울려 보였다. 그는 길을 내려다보고 있었지만, 사촌이 다가오는 방향은 아니었다. 캐롤라인은 잠시 멈추고 버드나무 뒤로 약간 물러서서 그의 모습을 관찰했다.

'그와 견줄 만한 사람은 없어.' 그녀는 생각했다. '그는 잘생긴 만큼 지적이야. 저 눈은 얼마나 예리한지! 또렷하고 생기 있는 이목구비는 날카롭고 진지하지만 우아해! 저 얼굴이 정말 좋아. 그의 모습이 정말 좋아. 그가 정말 너무 좋아. 그 몰려다니는 부사제들보다 훨씬 더 좋아, 누구보다 좋아. 멋진 로버트!'

캐롤라인은 '멋진 로버트'에게 서둘러 다가갔다. 정작 로버트는 캐롤라인을 본 순간, 할 수만 있다면 유령처럼 그녀의 눈앞에서 사라지고 싶었다. 하지만 그는 허구가 아닌 실재였기에 그녀에게 인사를 할 수밖에 없었다. 짧은 인사였다. 사촌이자 형제로서, 친구로서 하는 인사였지, 연인에게 하는 인사는 아니었다. 어젯밤에 느꼈던 그 알 수 없는 매력이 그의 태도에서 사라져 있었다. 어제와 같은 사람이 아니었다. 적어도 어제의 그 심장이 그의 가슴 속에서 뛰고 있지 않았다. 거친 실망과 날카로운 좌절감! 열정적인 소녀는 처음에는 그 변화를 믿고 싶지 않았다. 그러나 보였고, 느껴졌다. 그가 조금이라도 따뜻하게 손을 잡아주기 전까지는 그 손을 놓기 어려웠고, 차가운 인사보다 더 애정 어린 눈빛으로 바라봐 주기 전까지는 그에게서 눈을 떼기 어려웠다.

연인 사이에서 실망스러운 일이 생기면 남자는 여자에게 설명해 보라고 요구할 수 있지만, 여자는 아무 말도 할 수 없다. 만약 여자가 그렇게 하면 그 후에는 수치와 고통에 시달리며 자책하고 후회할 것이다. 자연은 여자의 그런 반응을 본능에 반항한 결과라고 낙인찍고, 비밀스럽고 갑작스럽게 자기 경멸이라는 번개를 내리쳐 보복할 것이다. 주어진 상황을 그대로 받아들여라. 질문하지 말고, 불평하지도 말아라. 그러는 편이 가장 지혜롭다. 너는 빵을 기대했겠지만, 돌을 받았다. 그 돌을 깨물어라. 그리고 신경이 고통에 시달려도 비명 지르지 말아라. 만약 네게 정신적인 위장이 있다면, 그 위장은 타조처럼 강하다는 사실을 의심하지 말아라. 그 돌은 결국 소화될 것이다. 너는 달걀을 받고자 손을 내밀었지만, 운명은 네 손에 전갈을 쥐어주었다. 당황하지 말고 그 선물을 단단히 쥐어라. 전갈이 네 손바닥을 찌르게 하라. 괜찮다. 손과 팔이 부어오르고 고통으로 오랫동안 떨리겠지만, 짓눌린 전갈은 죽을 것이고 너는 눈물 없이 견디는 법을 배울 것이다. 어떤 이들은 그 시험 중에 죽기도 하나, 만약 네가 그 시험을 통과한다면, 여생 동안 너는 더 강하고 더 지혜로우며 상처를 덜 받는 사람이 될 것이다. 하지만 시험받는 순간에는 그 사실을 잘 모르기 때문에 그 희망으로 용기를 얻기는 어렵다. 그러나 자연은 앞서 보여준 것처럼 이러한 상황에서 훌륭한 친구가 되어 입을 봉하고 말을 금지하며 차분해 보이도록 위장술을 명령한다. 이 위장술은 처음에는 가볍고 명랑하게 보일 수 있지만, 시간이 지나면서 슬픔과 창백함으로 자리 잡고 결국에는 사라져 버린다. 그 자리에 남은 편리한 냉철함은 우리를 반쯤 쓰라리게 하지만 그만큼 더 강하게 만들어 준다.

반쯤 쓰라린 감정! 그게 나쁜 것일까? 아니다. 쓰라린 감정은 힘이다. 그것은 영양제다. 날카로운 고통 뒤에 달콤하고 온화한 힘이 따르는 경우는 없다. 그런 말은 환상에 불과하다. 고문대에서 내려가면 아무 힘도 없이 탈진해 버린다. 만약 힘이 남아 있다면, 그것은 오히려 부당한 일에 맞닥뜨렸을 때 치명적으로 변하는 위험한 힘일지도 모른다.

〈가엾은 메리 리(Puir Mary Lee)〉라는 발라드를 읽어본 적이 있는가? 언제, 누가 쓴 글인지도 알 수 없는 그 오래된 스코틀랜드 발라드 시 말이다. 메리는 부당한 대우를 받았다. 아마도 거짓된 것을 진실이라고 믿었기 때문일 것이다. 그녀는 불평하지 않았지만, 눈보라 속에서 홀로 앉아 생각한다. 그 생각은 전형적인 여주인공이 가질 법한 생각이 아닌, 깊은 감정을 가지고 강하게 분개하는 한 소녀만의 생각이었다. 고통은 집 안의 따뜻한 난로 옆에 있던 그녀를 하얗게 뒤덮인 얼음 언덕으로 몰아냈다. '차가운 눈보라' 아래 몸을 웅크리고 앉아서, 그녀는 공포와 관련된 모든 것을 떠올린다. '노란 배를 가진 뱀', '털 많은 살모사', '달을 향해 짓는 개', '저녁에 나타나는 유령', '신맛 나는 산딸기', '두꺼비 등 위의 우유'…. 그녀는 이 모든 것을 싫어하지만, 가장 미워하는 것은 '로빈아리'✿다.

오, 한때 나는 저 아름다운 개울가에서 행복하게 살았네.
세상은 나를 사랑했어.
하지만 이제 나는 차가운 눈보라 아래에 앉아 슬퍼하며,
검은 로빈아리를 저주해야만 하네!

그러니 불어라, 쓰라리고 차가운 바람아.
그 앙상한 나무를 스쳐 지나가거라.
그리고 어서 나를 눈 속에 묻어버려라.

✿ 〈가엾은 메리 리〉의 작중 인물을 일컫는다.

태양이 나를 볼 수 없도록 해다오!

오, 절대 녹지 말아라, 눈덩이야.
나를 감싸주는 너는 참으로 친절하구나.
부디 나를 로빈아리 같은 악당들의
비웃음과 조롱으로부터 숨겨주어라!

하지만 앞서 언급한 내용은 캐롤라인 헬스톤의 감정이나 로버트 무어와 그녀 사이의 관계와는 무관하다. 로버트는 그녀에게 아무 잘못도 하지 않았다. 그는 그녀에게 아무런 거짓말도 하지 않았다. 만약 누군가가 잘못했다면, 그건 캐롤라인 자신이었다. 그녀의 마음이 쏟아낸 쓰라린 감정은 자기 머리 위에 부어져야 마땅했다. 그녀는 사랑해 달라고 요구하지도 않았는데도 사랑을 주었다. 그건 자연스러운 일이자 때로는 피할 수 없는 일이지만, 큰 고통이 따르는 일이기도 했다.

로버트는 분명 때때로 캐롤라인을 좋아하는 것처럼 보였다. 왜 그랬을까? 그녀가 너무나도 매력적인 모습으로 느껴졌기에, 로버트는 이성적으로 판단하지 못한 채 자신의 의지가 허락하지 않는 감정을 드러낼 수밖에 없었다. 이제 그는 캐롤라인과의 친밀한 관계에 확실한 선을 그으려고 하고 있었다. 자신의 애정이 더 깊어지는 것을 원치 않았고, 평소에 현명하지 않다고 믿는 결혼으로 끌려가고 싶지 않았기 때문이다. 그렇다면 이제 그녀는 어떻게 해야 할까? 자신의 감정에 굴복할 것인가, 아니면 그것을 극복할 것인가? 그를 쫓아갈 것인가, 아니면 자신을 돌아볼 것인가? 만약 그녀가 약한 사람이라면, 첫 번째 방법을 선택할 것이다. 그러면 그에게 무시당하고 경멸을 받게 될 것이다. 하지만 그녀가 이성적인 사람이라면, 자신의 감정을 다스리고 혼란스러운 감정의 영역을 정복해서 그것을 통제하기로 결단할 것이다. 그리고 세상을 있는 그대로 냉정하게 바라보겠다고 결심하고, 그 엄격한 진실을 진지하게 배우기 시작하며, 그 복잡한 문제들을 가까이에서 성실하게 연구하기로 마음먹을 것이다.

캐롤라인은 조금 이성적인 사람인 것 같다. 조용히 로버트를 떠났기 때문이다. 불평도 질문도 없이, 근육 하나도 움직이지 않고 눈물 한 방울 흘리지 않은 채, 평소처럼 오르탕스에게 가서 공부에 열중했고 점심시간에는 지체 않고 집으로 돌아갔다.

식사를 마친 후, 그녀는 삼촌이 조금 마시고 올려둔 포트 와인 잔을 눈앞에 둔 채 사제관 응접실에 홀로 있었다. 지금 그녀를 난처하게 만들고 있는 문제는 '하루를 어떻게 보내야 할까?'라는 생각이었다. 어젯밤만 해도 어제처럼 하루를 보낼 수 있기를, 저녁에 다시 로버트와 행복하게 보낼 수 있기를 기대했었다. 하지만 오늘 아침 그녀는 그 기대가 잘못된 것임을 깨달았다. 그런데도 다시 할로우 오두막에 초대받거나, 로버트가 다시 그녀 곁으로 돌아올 가능성이 전혀 없다는 사실을 완전히 받아들이기 어려웠다.

그는 간혹 저녁 시간에 차를 마신 후, 삼촌과 한 시간 정도 대화를 나누기 위해 사제관에 들른 적이 있었다. 해가 질 무렵, 그녀가 예상하지 못했던 순간에 초인종이 울리고 그의 목소리가 복도에서 들리곤 했다. 로버트가 그녀를 유달리 냉정하게 대하고 나서도 그 이후에 두 번이나 찾아왔었다. 그는 비록 삼촌 앞에서는 캐롤라인에게 거의 아무 말도 하지 않았지만, 사제관에 있는 동안 그녀의 작업 테이블 맞은편에 앉아 그녀를 다정하게 바라보았다. 그가 건넨 몇 마디 말은 위로가 되었고, 작별 인사를 할 때도 따뜻한 태도로 대해주었다. 이제, 그가 오늘 저녁에도 올지 모른다는 '헛된 희망'이 속삭였다. 캐롤라인은 그 속삭임이 헛된 희망이라는 것을 알면서도, 그 말에 귀를 기울였다.

책을 읽으려고 했지만, 생각이 자꾸 흐트러졌다. 바느질을 해보려고 했지만, 한 땀 한 땀 놓을 때마다 지루함이 밀려왔고, 견딜 수 없을 정도로 따분했다. 책상 앞에 앉아 프랑스어 작문을 써보려고 했지만, 그녀가 쓴 것은 실수투성이뿐이었다.

갑자기 초인종이 날카롭게 울렸다. 그녀는 뛰는 가슴을

안고 응접실 문으로 달려가 조용히 문을 열고 틈새로 내다보았다. 패니가 방문객을 맞이하고 있었는데, 신사였고 키가 컸다. 로버트의 키와 비슷했다. 잠시 그 사람이 로버트라고 생각한 캐롤라인은 순식간에 기쁨으로 차올랐다. 그러나 헬스톤 신부를 부르는 목소리는 그녀가 생각한 사람이 아니었다. 그 목소리는 아일랜드 억양으로, 무어의 목소리가 아니라 부사제 말론의 목소리였다. 말론은 곧장 안내를 받아 식당으로 들어갔다. 틀림없이 그곳에서 신부가 술병을 비우는 일에 동참했을 것이다.

브라이어필드나 윈버리, 넌넬리에서는 어느 집에서든 부사제 한 명이 식사나 차를 마시러 들르면, 곧 다른 부사제들 한두 명이 따라오는 경우가 많았다. 서로 약속한 것은 아닌데도 그들은 보통 같은 시간대에 바쁘게 돌아다녔다. 예를 들어, 돈이 말론의 하숙집에 갔는데 그가 없으면 어디로 갔냐고 물었고, 하숙집 주인이 그가 간 곳을 알려주면 급히 뒤쫓아 가는 식이었다. 스위팅도 같은 이유로 비슷하게 움직였다. 그래서 그날 저녁, 초인종 소리와 원치 않는 손님들의 방문으로 캐롤라인의 귀는 세 번이나 고통을 겪었다. 말론을 따라 돈이 오고, 이어서 스위팅이 왔다. 식당에서는 더 많은 와인을 지하실에서 꺼내왔다(헬스톤은 부사제들이 자기들끼리 '흥청망청'하는 것은 꾸짖었지만, 자신의 교구 식탁에서는 항상 최고급 와인을 대접하기를 좋아했다). 캐롤라인은 닫힌 문 너머로 그들의 유치한 웃음소리와 공허한 수다 소리를 들었다. 그녀는 부사제들이 차까지 마시고 갈까 봐 그게 가장 두려웠다. 저 삼인방에게 대접할 차를 준비하는 일이 조금도 즐겁지 않았기 때문이다. 어쩜 이렇게 다를까! 이 세 사람도 남자고 젊고 로버트처럼 교육받은 사람들인데도 그녀에게는 얼마나 다르게 느껴지는지! 그들의 존재는 지루했지만, 그의 존재는 기쁨이었다.

캐롤라인은 부사제들뿐만 아니라, 네 명이나 되는 여성들까지 손님으로 맞이해야 할 운명이었다. 여자들은 지금 모두 조랑말이 다소 무겁게 끌고 있는 마차를 타고 윈버리에서 오는 중이었다. 나이가 지긋한 부인과 활기찬 세 딸이 이웃 간의 관습에 따라 '친근한' 마음으로 캐롤라인을 보러 오는 것이었다. 네 번째로 초인종이 울렸다. 패니가 응접실로 와서 손님들의 도착을 알렸다.

"사익스 부인과 사익스 양 세 분이 오셨습니다."

캐롤라인은 손님을 맞이할 때면 매우 긴장해서 손을 꽉 쥐곤 했고, 얼굴도 약간 붉어졌으며, 서둘러 나오면서도 주저하는 습관이 있었다. 그러면서 마음속으로는 자신이 차라리 아주 멀리 예리코 같은 곳에 있었으면 하고 바랐다. 그런 위기 상황에서 그녀는 세련된 태도가 심하게 부족했다. 한때 일 년 동안 학교에 다닌 적이 있었는데도 말이다. 지금도 마찬가지로 사익스 부인이 들어오기를 기다리며 작고 하얀 두 손을 심하게 괴롭히며 서 있었다.

당당하게 들어서는 사익스 부인은 키가 크고, 창백한 여성이었다. 그녀는 성직자들에게 호의를 베푸는 것을 매우 좋아했으며, 신앙적 경건함을 풍성하면서도 가식적이지 않게 표현하는 사람이었다. 이어서 그녀의 세 딸이 들어왔는데, 세 명 모두 키가 크고 어느 정도 미모를 갖춘 눈에 띄는 삼인조였다.

영국 시골의 숙녀들에게는 주목할 만한 점이 있다. 젊든 나이 들었든, 예쁘든 평범하든, 무뚝뚝하든 활기차든 간에, 그들 대부분은 마치 이런 말을 하는 듯한 표정을 하고 있다. '나는 알아요. 자랑하는 것은 아니지만, 올바름에 대한 기준을 잘 알고 있답니다. 그러니 내가 다가가는 사람이나 나에게 다가오는 사람은 모두 조심하세요. 옷차림이나 태도, 의견이나 원칙, 행동, 그 무엇이든 간에 나와 다른 게 있다면 그게 바로 잘못된 것이니까요.'

사익스 부인과 그 딸들은 그런 숙녀들의 모습을 정확하게 보여주는 전형적인 사람들이었다. 메리 양은 외모도, 마음씨도, 전반적인 성격도 좋은 아가씨였다. 자신에 대한 만족감을 점잖게 표현하는 사람으로 거칠지는 않았다. 해리엇 양은 미인이었는데, 그 사실을 오만하게 드러냈고 도도한 표정을 지어 차가워 보였다. 한나 양은 자만심이 강하고 대담하며 저돌적인 성격이었으며 자신감을 의식적으로, 그리고 노골적으로 과시했다. 어머니인 사익스 부인은 나이와 종교적인 명성에 걸맞게 스스로에 대한 자부심을 엄숙하게 드러냈다.

방문객들을 맞이하는 일이 어찌어찌 끝났다. 캐롤라인은 '만나서 반가워요'라고 말하면서(순 거짓말이었지만), 잘 지냈는지, 사익스 부인의 기침은 나아졌는지 물었다(사익스 부인은 지난 이십 년간 기침을 해왔다). 그리고 사익스 양들에게 집에 남아 있을 다른 자매들도 잘 지내는지 물으며 잠시 머뭇거리다 피아노 의자에 앉았다. 사실 피아노 의자에 앉을지 안락의자에 앉을지 몇 초간 고민했지만 뒤늦게야 사익스 부인을 그 안락의자로 모셔야 한다는 것을 기억해 냈고, 다행히 부인이 직접 그 자리에 앉아서 캐롤라인의 갈등을 해소해 주었다. 사익스 양들은 각자 맞은편에 놓인 의자에 앉아서 캐롤라인에게 매우 위엄 있는 자세로 인사를 건넸다. 그 인사는 앞으로 5분 정도는 침묵해야 할 듯한 성격의 경건한 인사였고, 실제로 잠시 침묵이 이어졌다. 그 후 사익스 부인은 헬스톤 신부님의 안부를 물었고, 류머티즘이 재발하지는 않았는지, 일요일에 두 번 설교하는 것이 그를 피곤하게 하지는 않는지, 그리고 이제는 예배를 완전히 맡을 수 있는지 물었다. 신부님은 잘 계신다고 캐롤라인이 안심시키자, 사익스 부인과 딸들은 모두 합창하듯이 '그 나이에 정말 대단한 분이다'라고 의견을 모았다.

두 번째 침묵이 이어졌다.

이번에는 메리 양이 기세를 올려 캐롤라인에게 지난 목요일 저녁 넌넬리에서 열린 성경협회 모임에 참석했는지 물었다. 캐롤라인은 진실을 말해야 했기에 부정적인 대답을 했는데, 사실 지난 목요일 저녁에 그녀는 집에서 로버트가 빌려준 소설을 읽고 있었다. 이 대답에 네 명의 숙녀들은 동시에 놀라움을 표했다.

"우리는 모두 그 자리에 있었어요. 어머니와 우리 모두요. 우리는 심지어 아버지도 함께 가자고 설득했어요. 한나가 그걸 고집했죠. 하지만 아버지는 독일 모라비아 교회에서 오신 랑바일리히 목사님이 연설하시는 동안 잠이 드셨어요. 아버지가 고개를 끄덕이며 졸고 계시는 걸 보고 너무 부끄러웠죠." 메리 양이 말했다.

"그리고 브로드벤트 박사님도 계셨어요!" 한나가 외쳤다. "연설을 정말 잘하시더라고요. 외모가 품위 없어 보여서 그런 기대는 하지 못했는데 말이죠."

"하지만 정말 친절한 분이셨어요." 메리가 끼어들었다.

"좋은 사람이고 유익한 사람이지." 사익스 부인이 덧붙였다.

"그래도 외모는 마치 정육점 주인 같아요. 저는 그 사람을 쳐다볼 수가 없어서 눈을 감고 들었어요." 도도한 해리엇이 끼어들었다.

캐롤라인은 무지하고 무능하게 느껴졌다. 브로드벤트 박사를 본 적이 없어서 아무 의견도 말할 수 없었다. 세 번째 침묵이 이어졌다. 그동안 캐롤라인은 스스로가 얼마나 꿈에 젖어 있는 바보였는지, 얼마나 비현실적인 삶을 살았는지, 그리고 평범한 세상과의 교류에 얼마나 적합하지 못했는지를 마음속 깊이 느끼고 있었다. 자기 자신을 할로우에 있는 하얀 오두막에 완벽히 묶어둔 채, 그 오두막에 사는 한 사람의 존재에 모든 정신을 쏟아부었음을 깨닫고 있었다. 그래서는 안 되었다. 언젠가는 변해야 했다. 눈앞에 있는 숙녀들처럼 되고 싶다고는 말할 수 없지만, 그들의 위엄에는 덜 위축되도록 현재의 자신을 뛰어넘는 사람이 되고 싶었다.

대화가 늘어지는 것을 막기 위해 캐롤라인이 찾아낸 유일한 방법은 숙녀들에게 차를 마시고 갈 건지 묻는 것이었는데, 이 작은 예의를 차리기 위해 그녀는 참으로 힘든 내적 갈등을 겪었다. 사익스 부인이 "정말 고맙지만…"이라며 말을 꺼내려는 순간, 패니가 들어와서 캐롤라인에게 헬스톤 신부의 메시지를 전했다.

"신사분들이 저녁 내내 머물 거라고 하십니다, 아가씨."

"어떤 신사분들이시죠?" 사익스 부인이 물었다. 그들의 이름을 말하자, 사익스 부인과 그녀의 딸들은 서로 눈빛을 교환했다. 부사제들은 캐롤라인에게는 별로였지만, 사익스 부인과 딸들에게는 의미가 달랐다. 스위팅은 그들 사이에서 꽤 인기가 있었고, 심지어 말론도 성직자라는 이유로 어느 정도 호감을 얻었다. "그러면, 이미 손님들이 계시니 저희도 더 있다 가야겠네요." 사익스 부인이 말했다. "아주 즐거운 작은 모임이 될 것 같아요. 저는 성직자와 만나는 걸 언제나 좋아한답니다."

이제 캐롤라인은 그들을 위층으로 안내해서 숄을 벗도록 도와주고 머리를 정돈하고 단정하게 꾸미도록 도와야 했다. 그리고 다시 응접실로 데리고 와서 판화집이나 유대인 상인에게서 산 잡다한 물건들을 나눠주었다. 그녀는 유대인에게 기부는 많이 하지 못했지만, 물건은 어쩔 수 없이 사줘야 했다. 만약 그녀에게 돈이 넉넉했다면, 그 많은 물건을 집으로 가져올 때마다 핀 쿠션 하나를 기부하기보다는 차라리 모든 물건을 사버리고 말았을 것이다.

'유대인 바구니'와 '선교사 바구니'의 비밀에 대해 잘 모르는 사람들을 위해 잠시 설명을 해보자면, 이 바구니들은 대형 빨래 바구니만 한 버드나무 보관함으로, 교구 내에 있는 기독교인 부인들이 자발적으로 또는 억지로 만든 핀 쿠션과 바늘 책자, 카드꽂이 또는 작업용 가방과 유아용 의류 등의 물품을 집마다 돌며 전달하는 용도로 사용되었다.

이 물품들은 교구 내 신사들에게 터무니없이 비싼 가격으로 강제로 판매되었고, 그렇게 해서 얻은 수익금은 유대인들을 개종시키고, 사라진 10지파를 찾거나, 전 세계의 유색인종을 개혁시키는 데 사용되었다. 여성 기부자는 각자 차례대로 한 달씩 번갈아 가며 그 바구니를 맡아 바느질을 하고, 그 안의 물건들을 내키지 않아 하는 남성들에게 떠넘긴다. 그 차례가 돌아오면 흥미진진한 시간이 된다. 활발한 성격에 장사 수완이 있는 여성들은 이 일을 좋아한다. 손에 굳은살이 박인 남성 일꾼들에게 원가의 400~500퍼센트가 넘는 가격으로 전혀 쓸모없는 물건들을 비싸게 팔아넘기는 재미를 크게 즐긴다. 반면, 약한 성격을 가진 여성들은 이 일을 꺼린다. 그녀들은 '라우스 부인께서 안부를 전해 달라 하십니다. 이제 당신 차례입니다'라는 말과 함께 그 유령 같은 바구니를 떠안는 것보다, 차라리 어느 날 아침에 어둠의 자식이 문 앞에 서 있는 모습을 보는 게 낫다고 생각한다.

캐롤라인은 안주인의 임무를 수행한 후, 다소 걱정스러운 마음으로 주방으로 가서 패니와 엘라이자와 함께 차를 준비하기 위한 간단한 비밀회의를 열었다.

"손님이 너무 많아요!" 요리사 엘라이자가 외쳤다. "오늘 빵 굽는 걸 미뤘어요, 아침에 빵이 충분히 남을 거라고 생각했거든요. 하지만 분명히 모자랄 거예요."

"차와 함께 먹을 케이크는 있어?" 젊은 주인이 물었다.

"케이크 세 조각에 식빵 하나뿐이에요. 저런 고상한 사람들은 초대받기 전까지는 집에 좀 있었으면 좋겠네요. 제 모자(사실은 보닛) 장식하는 일을 끝내고 싶었다고요."

"그럼, 패니가 브라이어필드에 가서 머핀과 크럼펫, 비스킷을 좀 사 와야겠어. 그리고 화내지 마, 엘라이자. 이제 어쩔 수 없잖아." 다급한 상황에 어느 정도 기운을 차린 캐롤라인이 말했다.

"어떤 찻잔을 써야 할까?"

"아, 아마도 제일 좋은 찻잔을 써야겠죠. 제가 은식기 세트를 꺼낼게요." 엘라이자는 급히 위층으로 올라가 은식기 장에 가서 찻주전자와 크림 잔, 설탕 그릇을 가져왔다.

"찻물 끓이는 주전자도 필요할까요?"

"그래, 이제부터 최대한 빨리 준비해 줘. 티타임이 빨리 끝날수록 빨리 가겠지. 하아! 얼른 가버렸으면 좋겠어." 캐롤라인은 응접실로 돌아가며 한숨을 쉬다가, 문을 열기 전에 잠시 멈춰 서서 생각했다. '그래도, 로버트가 지금이라도 온다면 모든 것이 얼마나 밝아질까! 그가 있다면 사람들을 즐겁게 해주는 일이 훨씬 쉬워질 거야! 모임에서 말을 많이 하는 사람은 아니지만, 그래도 그가 하는 말을 듣거나 그 앞에서 이야기하는 것 자체가 재미있을 거야. 하지만 이 사람들과는 이야기를 들어주고 대화 나누는 일이 모두 지루해. 부사제들이 들어오면 또 얼마나 쉴 새 없이 떠들까. 그리고 나는 그 말을 듣느라 얼마나 지칠까! 하지만 나는 이기적인 바보인 것 같아. 다들 매우 존경받는 신사 숙녀니까, 당연히 저분들의 인정을 받는 것을 자랑스레 여겨야지. 내가 그들보다 낫다고 말하는 건 절대 아니야. 전혀 그렇진 않지만, 저분들은 나와 다르니까.'

그녀가 응접실로 들어갔다.

그 당시 요크셔 사람들은 마호가니 식탁 아래에 다리를 넣고 둘러앉아 차를 마시곤 했다. 다양한 종류의 넉넉한 양의 빵과 버터가 담긴 여러 접시를 꼭 준비해야 했고, 중앙에는 유리그릇에 마멀레이드를 담아 놓아야 했다. 치즈케이크와 타르트 몇 접시 정도는 음식과 함께 준비해야만 했고, 얇게 썬 분홍색 햄에 초록 파슬리를 뿌려 장식한 음식도 함께 있다면 금상첨화였다.

다행히도, 사제관 요리사 엘라이자는 음식 준비에 능숙했다. 처음에 예상치 못한 많은 손님이 갑작스레 찾아왔을 때는 약간 기분이 상했지만, 일을 시작하면서 다시 기운을 차린 듯 보였다. 제시간에 차를 훌륭하게 준비했고, 햄과 타르트, 마멀레이드도 빠짐없이 내놓았다.

이 풍성한 만찬에 초대받은 부사제들이 기쁜 마음으로 응접실에 들어섰지만, 미리 알지 못했던 숙녀들의 존재를 보자마자 문간에서 멈춰 섰다. 선두에 있었던 말론은 갑자기 멈췄다가 뒤로 물러나며 뒤에 있던 돈을 넘어뜨릴 뻔했다. 돈은 비틀거리며 세 걸음 물러났고, 그 충격으로 작은 스위팅이 뒤이어 따라오던 헬스톤 신부의 품으로 넘어졌다. 약간의 불평과 웃음소리가 났다. 말론은 조심하라는 잔소리와 함께 어서 들어가라는 재촉을 받았고, 결국 얼굴이 붉으락푸르락하게 변할 정도로 부끄러워하며 앞으로 나아갔다. 헬스톤 신부는 수줍어하며 걸어 들어가는 부사제들을 옆으로 밀어내고, 모든 숙녀를 환영하면서 한 사람 한 사람과 악수하고 농담을 건넸다. 그리고 아름다운 해리엇과 활기찬 한나 사이에 편안히 자리를 잡았다. 메리 양에게는 자신이 가까이 앉을 수는 없더라도 그녀를 볼 수 있도록 맞은편 자리에 앉아 달라고 요청했다. 헬스톤은 항상 젊은 여성들에게 친절하고 여유로운 태도를 보였고, 그들 사이에서 매우 인기가 많았다. 그러나 마음속으로는 여성들을 존경하지도, 좋아하지도 않았고, 그와 가까운 관계를 맺게 된 여성들은 그를 사랑하기보다는 두려워하는 경우가 많았다.

부사제들은 각자 알아서 자리를 잡아야 했다. 그들 중 가장 덜 당황한 스위팅은 자신을 아들처럼 아껴주는 사익스 부인 옆으로 피신했다. 돈은 특유의 우아함으로 인사를 마친 뒤, 높은 톤의 권위적인 목소리로 "잘 지냈습니까, 헬스톤 양?"이라고 물으며 캐롤라인의 옆자리에 앉았다. 이에 캐롤라인은 극도로 불쾌해졌다. 그녀는 돈의 고집스러운 자만심과 고치기 힘든 편협함 때문에 그를 특히 싫어했다. 맞은편 자리에는 말론이 의미 없는 미소를 지으며 앉았다. 이렇게 캐롤라인은 두 사람 사이에 앉게 되었는데, 진작부터 그들이 대화를 이어가거나, 찻잔을 건네주고, 머핀을 돌리거나, 접시를 치우는 일에 전혀 도움이 되지 않으리란 걸 알고 있었다. 키도 작고 소년 같은 스위팅이 이 두 사람보다 스무 배는 더 나았을 것이다.

말론은 남자들끼리 있을 때는 끊임없이 말했지만, 숙녀들 앞에서는 대게 말문이 막히곤 했다. 하지만 그에게는 항상 준비된 세 가지 질문이 있었는데, 이것만큼은 절대 빠뜨리지 않았다.

첫째, "오늘 산책하셨나요, 헬스톤 양?"

둘째, "최근에 사촌이신 무어 씨를 보셨나요?"

셋째, "주일학교에서 가르치는 반 학생 수는 그대로 인가요?"였다.

이 세 가지 질문과 대답이 오가고 나면 캐롤라인과 말론 사이에는 침묵이 감돌았다.

돈은 달랐다. 그는 성가시고 짜증을 유발하는 사람이었다. 그가 준비한 잡담은 세상 진부하고 고약한 내용으로 가득 차 있었다. 브라이어필드 사람들을 비난하거나, 요크셔 주민들 전반에 대해 불평했고, 상류 사회가 부족하다는 불만과 이 지역의 문명이 뒤처져 있다는 푸념, 북부 지역의 하층민들이 상류층에게 존경심을 보이지 않는다는 불만, 그리고 품위와 우아함이 없는 이 지역의 생활 방식에 대한 조롱을 끊임없이 내뱉었다. 그러면서 마치 돈 자신은 매우 대단한 일에 익숙한 사람인 것처럼 말했지만, 다소 세련되지 못한 태도와 외모가 그 주장을 뒷받침하지 못했다. 그는 남을 비난하면 헬스톤 양이나 다른 여성들이 자신을 높게 평가할 것으로 생각하는 듯했다. 그러나 적어도 캐롤라인에게는 그를 경멸의 수준 이하로 떨어뜨릴 뿐이었다. 그녀는 가끔 그의 말에 굉장히 분노하기도 했는데, 요크셔 출신인 그녀는 그런 하찮은 수다쟁이가 요크셔를 헐뜯는 것이 참기 어려웠기 때문이다. 감정이 극에 달하면, 그녀는 종종 돌아서서 말 한마디를 던지곤 했는데, 그 내용이나 태도 모두가 돈에게 호감은커녕 불쾌감을 주었다. 캐롤라인은 그에게 매번 다른 사람들을 천박하다고 비난하는 행동은 세련된 사람의 행동이 아니며, 자신의 양 떼를 끝없이 질책하는 것도 좋은 신부의 모습은 아니라고 말했다. 그리고 그에게 교회에 들어간 이유가 뭐냐고 물었다. 방문할 곳이 오두막뿐이고, 설교할 대상이 가난한 사람들뿐이라고 불평하는 그에게, 성직자가 된 이유가 그저 부드러운 옷을 입고 왕궁에 앉기 위해서였는지 질문한 것이다. 이런 질문은 어떤 사제에게든 매우 대담하고 불경하게 여겨졌다.

    티타임이 길어졌다. 캐롤라인의 예상대로 모든 손님이 재잘대며 수다를 떨었다. 헬스톤 신부도 기분이 매우 좋아 보였는데, 사실 그가 매력적인 숙녀들이 있는 자리에서 기분이 나빴던 적이 있었던가? 그는 오직 자기 가족인 한 여성에게만 음울한 침묵을 유지할 뿐, 양쪽에 앉은 사람들뿐 아니라 맞은편에 앉은 메리 양과도 가볍고 유쾌하게 잡담을 이어갔다. 그러나 메리는 세 자매 중에서 가장 이성적이고, 교태를 부리지 않는 사람이었기 때문에, 노신사인 그는 메리에게 가장 신경을 덜 썼다. 헬스톤 신부는 내심 여성이 이성적인 것을 견디지 못했다. 그는 되도록 어리석고, 경박하며, 허영심이 많고, 조롱받기 쉬운 모습을 보이는 여성을 좋아했다. 그런 모습이야말로 그가 실제로 생각하는 여성상과 일치했기 때문이다. 헬스톤은 여성을 열등한 존재이자 잠시 시간을 때울 때 갖고 노는 장난감으로 생각했고, 시간이 지나면 쉽게 내다 버릴 수 있는 대상으로 여겼다.

    그가 가장 마음에 들어 하는 사람은 한나였다. 해리엇은 아름답고 이기적이며 자아도취에 빠진 여성이었지만, 헬스톤이 보기에 약한 사람은 아니었다. 그녀는 과한 허영심 속에서도 어느 정도 진정한 자존감을 지니고 있었고, 예언가처럼 말하지는 않았지만, 미친 사람처럼 재잘거리지도 않았다. 그녀는 자신이 인형, 아이, 또는 장난감처럼 대우받는 것을 용납하지 않았으며, 여왕처럼 존중받기를 원했다.

그에 반해 한나는 존중을 요구하지 않고 오직 아첨만 듣고 싶어 했다. 그녀의 숭배자들이 천사라고 말해주기만 하면, 자신을 바보처럼 대하는 것을 허용했다. 그녀는 너무나도 쉽게 속아 넘어가고 경솔했으며, 적당히 관심을 주고 듣기 좋은 소리를 해주면 너무나도 어리석어졌다. 그래서 헬스톤은 가끔 그녀를 두 번째 아내로 삼는 실험을 해보고 싶다는 유혹을 느끼기도 했다. 그러나 다행히도, 첫 결혼 생활의 지루한 기억과 한때 목에 걸었던 무거운 멍에의 잔상이 아직 남아 있었다. 그는 결혼 생활이라는 참을 수 없는 고통에 대한 확고한 감정을 떠올리고는 철로 된 늙은 폐에서 나오는 한숨을 삼키고, 한나가 들으면 매우 즐거워했을 약속을 그녀에게 속삭이지 않도록 마음을 억눌렀다.

만약 헬스톤이 청혼했다면, 한나는 아마도 그와 결혼했을 것이며, 그녀의 부모님도 이 결혼을 전적으로 찬성했을 것이다. 그들에게 헬스톤의 55세 나이나, 딱딱한 가죽 같은 마음은 아무런 걸림돌이 되지 않았다. 그는 교구 신부였고 훌륭한 직책을 가지고 있었으며 좋은 집을 가진 데다 개인 재산도 있다고 여겨졌기 때문이다(하지만 그것은 사람들이 착각한 것이었다. 그가 아버지로부터 상속받은 5천 파운드는 전부 그가 태어난 랭커셔 마을에 새 교회를 짓고 설립하는 데 쓰였다. 그는 마음만 먹으면 엄청난 관대함을 보여줄 수 있었고, 자신이 원하는 목적을 위해서는 큰 희생도 서슴지 않았다). 따라서 그녀의 부모님은 헬스톤의 애정과 자비로움에 한나를 기꺼이 넘겨주었을 것이다. 그리고 두 번째 헬스톤 부인은 곤충의 생애 순서와 정반대로, 신혼 기간에는 찬란하게 주목받는 나비처럼 날아다니다가 나머지 생애는 비참하게 짓밟힌 벌레처럼 기어다니는 삶을 보냈을 것이다.

작고 귀여운 스위팅은 사익스 부인과 메리 양 사이에 앉아 있었는데, 두 사람 모두 그에게 매우 친절하게 대했다. 그의 앞에는 타르트가 담긴 접시가 놓여 있었고, 그의 접시 위에는 마멀레이드와 크럼펫이 올려져 있었다. 그는 어떤 군주보다도 만족스러워 보였고, 실제로 그렇게 느꼈다. 스위팅은 사익스 자매들을 모두 좋아했고, 그녀들도 모두 그를 좋아했다. 그는 모두가 아주 훌륭한 아가씨들이라고 생각했으며, 자신의 작은 키에도 충분히 어울릴 만한 상대라고 여겼다. 이 행복한 순간에도 그가 아쉬워할 일을 꼽자면, 그것은 도라 양이 마침 자리에 없는 것이었다. 도라는 그가 언젠가 '데이비드 스위팅 부인'이라고 부를 수 있기를 은밀히 바라는 여인이었다. 그는 넌넬리 마을에서 그녀와 함께 당당하게 산책을 하며 그녀를 마치 황후처럼 모시고 다니는 꿈을 꾸곤 했다. 만약 몸의 크기만으로 황후가 될 수 있다면, 그녀는 진정한 황후가 되었을 것이다. 도라는 거대하고 육중했다. 뒤에서 보면 마치 마흔 살 정도로 보이는 풍채가 매우 좋은 숙녀였지만, 얼굴은 준수했고 성격도 나쁘지 않았다.

마침내 식사가 끝나갔다. 사실 진작에 끝났을 시간이었지만, 다른 사람들이 차를 다 마신 후에도 돈 부사제가 자신의 찻잔에 반쯤 남은 차가운 차를 앞에 두고 고집스럽게 앉아 있어서 시간이 더 오래 걸렸다. 그는 자신이 먹을 수 있을 만큼의 음식을 다 먹은 후에도 계속해서 자리에 앉아 있었다. 식탁 주위에서 모두가 초조한 기색을 보이기 시작해도, 의자들이 뒤로 밀리고, 대화가 시들해지고, 결국 침묵이 흐를 때까지도 그는 자리에서 일어나지 않았다. 캐롤라인이 거듭해서 한 잔 더 드시겠냐고, 차가 식었을 테니 따뜻한 차를 드시겠냐고 물어봤지만, 돈은 마시지 않고 자리에서 떠나지도 않았다. 그는 이 고립된 위치가 자신에게 어떤 중요성을 부여해 준다고 생각하는 듯했다. 마지막까지 자리에 남아 있는 것을 위엄 있고 장엄한 일이라고 여기고, 다른 사람을 기다리게 만드는 것이 대단한 일이라고 여기는 것 같았다. 그가 너무 오래 머물러 있는 바람에, 결국 찻주전자마저 더는 끓는 소리를 내지 않게 되었다. 마침내, 지금까지 한나와 너무 즐겁게 대화를 나누느라 시간이 지연되는 것을 신경 쓰지 않던 늙은 신부마저 참을성을 잃기 시작했다.

"우리가 누구를 기다리고 있는 거지?"라고 헬스톤이 물었다.

"저인 것 같습니다." 돈이 만족스럽게 대답했다. 자신의 행동에 따라 티타임이 이렇게 좌우되는 것이 그에게는 큰 자랑거리인 듯 보였다.

"흥!" 헬스톤이 외쳤다. 그리고 일어나면서 "감사 기도를 드립시다"라고 말하며 기도했고, 이후에 모두 식탁을 떠났다. 돈은 전혀 당황하지 않고 여전히 자리에 앉아 10분을 더 혼자 있었지만, 헬스톤이 종을 울려 식탁을 치우게 했다. 결국, 부사제는 자신을 특별하게 만들어 준다고 생각했던 그 역할을 포기하고 찻잔을 비울 수밖에 없었다.

그리고 이제는 자연스러운 순서에 따라(캐롤라인은 이렇게 될 줄 알고 미리 피아노를 열고 악보를 준비해 두었다), 음악을 요청받는 시간이 되었다. 스위팅이 재능을 뽐낼 기회였다. 그는 연주를 시작하고 싶어 안달이 났다. 그래서 젊은 아가씨들에게 노래를 불러 달라고 설득하는 어려운 임무를 맡았다. 열정적으로 간청하고, 애원하고, 핑계를 물리치고, 어려움을 극복하는 전 과정을 거친 후, 마침내 스위팅은 해리엇 양을 설득해 그녀를 악기가 있는 곳으로 데려가는 데 성공했다. 그러고 나서 그는 주머니에서 플루트 조각들을 꺼냈다(그는 항상 손수건을 가지고 다니듯 플루트도 가지고 다녔다). 스위팅이 플루트를 조립하는 동안 말론과 돈은 한쪽에 모여 그를 비웃었다. 스위팅은 어깨너머로 두 사람을 힐끗 보면서도 전혀 개의치 않았다. 그들의 비웃음이 모두 질투에서 비롯된 것이라고 확신했기 때문이다. 그들은 자신처럼 아가씨들의 노래에 맞춰 반주할 수 없었으니, 이제 그들을 능가하는 순간을 만끽할 참이었다.

승리가 시작되었다. 스위팅이 매우 뛰어난 실력을 뽐내며 연주를 시작하자, 말론은 크게 분개하며 자신도 어떻게든 주목을 받아야겠다고 결심했고, 그래서 갑자기 사랑에 빠진 청년의 역할을 맡기로 했다(그가 이전에도 한두 번 시도해 본 역할이었지만, 자기 능력에 걸맞은 성공을 거두지 못했다). 그는 육중한 아일랜드인 체구를 이끌고 캐롤라인이 앉아 있는 소파로 다가가, 몇 마디 멋진 말을 시도하면서 가장 기이하고 이해할 수 없는 미소를 지어 보였다. 그리고 자신을 호감 있게 보이도록 노력하는 과정에서 긴 소파 쿠션 두 개와 네모난 쿠션 하나를 손에 넣었는데, 한동안 이상한 동작으로 그것들을 이리저리 굴리더니, 마침내 관심의 대상인 캐롤라인과 본인 사이에 일종의 장벽을 세우는 데 성공했다. 그와 떨어지기를 기꺼이 원했던 캐롤라인은 곧 반대편으로 건너갈 핑계를 생각해 냈다. 사익스 부인 곁으로 가서 부인에게 장식용 뜨개질 기법을 가르쳐 달라고 부탁한 것이다. 부인은 이 부탁을 흔쾌히 수락했고, 피터 아우구스투스는 완전히 소외되고 말았다.

작은 쿠션 세 개와 함께 큰 소파에 홀로 앉아 있던 말론은 자신이 버림받은 것을 깨닫고 매우 시무룩한 표정을 지었다. 사실, 그는 헬스톤 양과 진지하게 교제를 발전시키고 싶어 했다. 그 또한 다른 사람들과 마찬가지로 그녀의 삼촌이 재산을 가지고 있다고 생각했으며, 자식이 없으니 아마도 그 재산을 조카에게 물려줄 가능성이 크다고 추측했기 때문이다. 그러나 로버트 제라르 무어는 이에 관한 사실을 더 잘 알고 있었다. 그는 헬스톤 신부의 열정과 자금으로 세워진 깔끔한 교회를 보았고, 그 값비싼 변덕 때문에 자신의 소망이 가로막혔다며 마음속으로 여러 번 저주했었다.

이 방에서 한 사람에게는 이날 저녁 시간이 너무 길게 느껴졌다. 캐롤라인은 간간이 뜨개질을 무릎 위에 내려놓고는 눈을 감고 고개를 숙인 채 일종의 정신적 무기력 상태에 빠졌다. 무미건조한 피아노 소리와 불협화음, 삐걱거리고 헐떡이는 플루트 음색, 삼촌과 한나, 메리의 웃음소리까지, 무의미한 소음이 그녀를 둘러싸고 있었기 때문이다. 그녀는 사람들이 나누는 대화 가운데 우습거나 재미를 느낄 만한 것을 찾을 수 없었기에, 그들의 웃음이 어디에서 비롯된 것인지 알 수 없었다. 그리고 무엇보다도, 사익스 부인의 끝없는 잡담이 그녀의 귀에 속삭이듯 들려왔는데, 그 내용은 네 가지 주제가 계속해서 반복되었다. 부인 자신과 가족들의 건강, 선교인과 유대인 바구니의 물건들, 최근 넌넬리에서 열렸던 모임, 그리고 다음 주에 윈버리에서 열릴 예정인 모임에 관한 것이었다.

끝내 지쳐버린 캐롤라인은 스위팅 부사제가 사익스 부인에게 말을 걸기 위해 다가온 틈을 타 조용히 방을 빠져나와 잠시 혼자만의 휴식 시간을 가지기 위해 식당으로 갔다. 식당의 난로 속에는 이제 거의 사그라든 불이 약하지만 선명하게 타고 있었다. 그곳은 텅 비어 조용했다. 식탁 위는 유리잔이나 술병 없이 깨끗했고, 의자들도 제자리에 놓여 있었으며, 모든 것이 정돈되어 있었다. 캐롤라인은 삼촌의 커다란 안락의자에 몸을 기대어 반쯤 눈을 감고 쉬었다. 적어도 그녀의 팔다리와 감각을 쉬게 했다. 아무것도 들리지 않는 소음과 아무것도 보이지 않는 광경에 청각과 시각이 지쳐버렸기 때문이다. 캐롤라인의 마음은 곧장 할로우 오두막으로 향했다. 그녀의 마음은 그곳의 응접실 문턱에 서 있다가 사무실로 넘어갔고, 로버트가 어느 곳에 있는지 궁금해했다. 하지만 그 어느 곳에도 로버트는 없었다. 로버트는 그곳에서 반 마일 정도 떨어진 장소에 있었고, 캐롤라인의 무기력한 마음이 예상한 것보다 훨씬 더 가까이에 있었다. 같은 시간, 그는 교구 뜰을 가로질러 사제관의 정원 문 쪽으로 다가오고 있었다. 하지만 그는 사촌을 보기 위해서가 아니라, 신부에게 간단한 소식을 전하러 오는 것이었다.

그렇다, 캐롤라인. 초인종 소리가 울리고 있다. 오늘 오후에만 다섯 번째 울리는 소리다. 너는 놀랐지만, 이번에는 네가 꿈꾸던 그 사람임을 확신한다. 왜 그렇게까지 확신하는지 설명은 할 수 없어도, 너는 알고 있다. 앞으로 몸을 기울인 채, 간절한 마음으로 패니가 문을 여는 소리를 듣는다. 맞다! 그 목소리다. 낮은 톤에, 외국 억양이 약간 섞여 있는, 너에게는 너무도 달콤한 목소리다. 너는 반쯤 일어서며 생각한다. '패니가 헬스톤 신부님은 손님들과 함께 계신다고 말할 테고, 그러면 그는 돌아가겠지.' 아, 캐롤라인은 로버트를 그냥 보낼 수 없다. 이성을 붙들고 있으면서도, 그녀는 식당을 반쯤 가로질러 갔다. 그의 발소리가 멀어질까 봐 걱정스러운 마음으로 뛰어나갈 준비를 하고 있다. 하지만 그가 복도로 들어섰다. "주인님이 바쁘시다면, 나를 식당으로 안내해 주고. 펜과 잉크도 가져다주시오. 짧은 메모를 남기고 가겠소." 그가 말했다.

이 말과 함께 그가 다가오는 소리를 들은 캐롤라인은, 만약 식당에 다른 문이 있었다면 그 문으로 조용히 나가 사라졌을 것이다. 그녀는 갇혀서 궁지에 몰린 느낌이 들었다. 그리고 자신이라는 뜻밖의 존재가 그를 불편하게 만들까 두려웠다. 조금 전까지만 해도 그에게 달려가고 싶었지만, 그 순간이 지난 지금은 그에게서 도망치고 싶었다. 하지만 그럴 수 없다. 도망갈 길이 없다. 식당에는 문이 하나뿐이고, 지금 로버트가 그 문으로 들어오고 있다. 그의 얼굴에서 그녀가 예상했던 놀라고 당혹스러운 표정이 나타났다. 그리고 그녀를 충격에 빠뜨리고는 곧 사라졌다. 캐롤라인은 어색하게 사과의 말을 더듬거리며 내뱉었다.

"잠시 조용히 있으려고 응접실을 나왔을 뿐이에요."

그녀의 말투와 태도에 너무나도 자신 없는 모습과 풀이 죽은 기운이 묻어나서, 누구라도 그녀에게 최근에 슬픈 일이 있었다는 것을, 명랑한 자신감을 잃어버렸음을 알아차릴 수 있었다. 아마도 로버트는 예전에 그녀가 부드러운 열정과 희망에 찬 확신으로 자신을 맞이했던 모습을 떠올렸을 것이다. 그리고 오늘 아침에 있었던 일이 그녀에게 어떤 영향을 미쳤는지를 분명히 알아챘을 것이다. 지금이야말로 로버트가 자신의 새로운 결심을 효과적으로 실행할 기회였다. 하지만 대낮에 공장 마당에서 바쁘게 일할 때는 비교적 실천하기 쉬웠던 그 결심이 저녁 시간에 조용한 공간에서는 어렵게 느껴졌을지도 모른다. 패니가 테이블에 놓인 촛불을 켠 후, 필기도구를 가져다 놓고 식당을 나갔다. 캐롤라인도 그 뒤를 따라 나가려 했다. 로버트는 일관되게 행동하려면 그녀를 보내주었어야 했다. 하지만 그는 문간에 서서 손을 내밀어 그녀를 부드럽게 막아섰다. 그녀에게 머물러 달라고 요청하지는 않았지만, 떠나도록 내버려두지도 않았다.

"삼촌께 오셨다고 전해드릴까요?" 그녀는 여전히 가라앉은 목소리로 물었다.

"아니, 삼촌에게 전할 말을 너에게 이야기해 줄게. 네가 전해줄 수 있겠어?"

"네, 로버트."

"그러면, 내 기계를 부순 사람 중 한 명의 신원을 알아냈다고 삼촌에게 전해줘. 사익스 씨와 피어슨 씨의 작업장을 공격한 무리의 일원이라고. 그리고 내일쯤 그 사람을 체포할 수 있을 것 같다고. 기억할 수 있겠지?"

"아, 네!" 이 두 음절이 그 어느 때보다 슬픈 목소리로 나왔다. 그녀는 이 말과 함께 고개를 살짝 흔들고는 한숨을 내쉬었다.

"그를 기소할 건가요?"

"당연하지."

"안 돼요, 로버트."

"왜 안 된다는 거지, 캐롤라인?"

"그러면 온 동네가 당신을 더더욱 적대시할 거예요."

"그렇다고 해서 내가 내 의무를 다하지 않고, 내 재산을 지키지 말아야 할 이유는 없어. 이 녀석은 아주 나쁜 놈이고, 더는 해를 끼치지 못하게 만들어야 돼."

"하지만 그 사람의 공범들이 당신에게 복수할 거예요. 이 나라 사람들이 얼마나 원한을 깊이 품는지 당신은 잘 몰라요. 돌을 주머니에 넣고 칠 년이 지나면 그 돌을 뒤집어서 또 칠 년을 더 갖고 다니다가, 결국 그 돌을 던져서 목표물을 맞히는 게 자랑인 사람들이라고요."

로버트가 웃음을 터뜨렸다.

"정말로 기발한 자랑이군. 너의 사랑스러운 요크셔 친구들에게 대단히 명예로운 일이겠어. 하지만 걱정하지 마, 리나. 나도 그 순한 양 같은 너의 동포들을 경계하고 있으니까. 나 때문에 불안해하지 마."

"어떻게 걱정을 안 할 수 있겠어요? 당신은 제 사촌인데요. 무슨 일이 생기면…." 그녀는 말을 멈췄다.

"아무 일도 일어나지 않을 거야, 리나. 네 말대로 모든 것 위에는 섭리가 있잖아, 그렇지?"

"네, 로버트. 신께서 당신을 지켜주시길 바라요!"

"기도가 효력이 있다면, 네 기도가 나에게 도움이 될 거야. 가끔 나를 위해 기도해?"

"가끔이 아니에요, 로버트. 당신과 루이, 그리고 오르탕스는 항상 기억하고 기도해요."

"나도 그런 상상을 자주 했어. 피곤하고 짜증이 나서

야만인처럼 잠자리에 들었을 때, 누군가 내 하루의 용서를 구하고, 밤의 안전을 빌어주었다는 생각이 들곤 했지. 다른 사람이 대신해 주는 경건함이 크게 도움이 될 것 같진 않지만, 그 기도는 진실한 마음과 순수한 입술에서 나온 거니까. 분명 아벨의 제물처럼 받아들여졌을 거야. 그 대상이 그럴 만한 자격이 있다면 말이지."

"그런 말도 안 되는 의심은 지워버리세요."

"어떤 사람이 돈을 버는 것에 대해서만 교육받고, 오직 돈을 벌기 위해서만 살면서, 공장과 시장이 아닌 곳에서는 거의 숨 쉬지 않는다면, 그의 이름을 기도에서 언급하거나 그의 존재를 신성한 것과 연관 짓는 일이 이상하게 느껴지지. 그리고 순수하고 선한 마음이 그를 받아들이고 마치 그가 그런 안식처를 받을 자격이 있는 것처럼 그를 품어준다는 것도 매우 이상해 보여. 만약 내가 그 자비로운 마음을 인도할 수 있다면, 나는 그 마음에게 다른 길로 가라고 조언할 것 같아. 파산으로 더럽혀진 명예를 회복하고, 망가진 재산을 다시 일으키는 것 외에는 인생에 더 높은 목표가 없다고 주장하는 그 사람은 배제하라고 말이야."

그 말 속에 들어 있는 메시지는 캐롤라인이 생각하기에 부드럽고 겸손했지만, 로버트는 예리하고 명확하게 전달한 것이었다.

"사실 저는 당신을 그저 사촌으로만 생각해요. 아니, 그렇게만 생각할 거예요." 캐롤라인이 빠르게 대답했다. "당신이 처음 영국에 왔을 때보다, 일주일 전이나 하루 전보다 지금 더 상황을 잘 이해하게 됐어요, 로버트. 당신이 성공하기 위해 노력해야 한다는 것도, 그리고 낭만적으로 행동해서는 안 된다는 것도 알아요. 하지만 앞으로 내가 친절해 보인다고 해서 나를 오해하지 말아야 해요. 당신 오늘 아침에 나를 오해했죠, 그렇죠?"

"왜 그렇게 생각했지?"

"당신의 표정과 태도 때문에요."

"하지만 지금 나를 봐."

"아, 지금은 달라요. 지금은 당신에게 말을 할 수 있을 것 같아요."

"하지만 나는 지금도 똑같아. 다만 공장에서 일하는 상인의 모습을 두고 왔을 뿐이지. 지금 네 앞에 서 있는 건 네 친척일 뿐이야."

"제 사촌 로버트죠, 무어 씨가 아니라."

"무어 씨는 절대 아니지, 캐롤라인."

그때, 응접실에서 사람들이 일어서는 소리가 들렸다. 문이 열렸고, 마차를 준비시키는 소리와 숄과 모자를 달라는 소리가 들렸다. 그리고 헬스톤 신부가 조카를 불렀다.

"가야겠어요, 로버트."

"그래, 가야겠어. 그렇지 않으면 저들이 들어와서 우리를 발견할 거야. 저들과 복도에서 마주치느니 차라리 이 창문으로 나가겠어. 이 창문은 문처럼 열려서 다행이군. 잠깐만, 촛불은 잠시 내려놔. 잘 자. 우리는 사촌이니까 네 볼에 입맞춤해 줄게. 사촌이니까, 한 번, 두 번, 세 번의 입맞춤은 괜찮겠지. 잘 자, 캐롤라인."

8장. 노아와 모세

다음 날 로버트는 해가 뜨기 전에 일어나 말을 타고 윈버리에 다녀왔다. 오르탕스가 카페라테를 준비하거나 타르틴을 자르기도 전이었다. 로버트는 그녀에게 무슨 일을 처리하고 온 건지 말하지 않았고, 오르탕스도 물어보지 않았다. 그녀는 동생이 하는 일에 대해 자기 의견을 말하는 일이 드물었고, 그도 누나에게 설명하지 않았다. 사업의 비밀들, 그 복잡하고 암울한 수수께끼들은 그의 가슴속에 묻혀 있었고, 가끔씩 조 스콧을 놀라게 하거나 외국에 있는 거래 상대를 긴장시키기 위해서만 그 비밀이 드러나곤 했다. 사실, 중요한 일에 대해서는 입을 열지 않는 습관은 그의 상업적 기질 속에 깊이 새겨진 본능처럼 보였다.

아침 식사를 마치고, 로버트는 사무실로 갔다. 조 스콧의 아들 헨리가 편지들과 신문을 가져왔다. 로버트는 책상에 앉아 문서들의 봉인을 뜯고 훑어보았다. 편지들은 모두 짧았지만, 달콤한 내용은 아닌 듯했다. 오히려 꽤 신랄했을 가능성이 크다. 그가 마지막 편지를 내려놓을 때 그의 콧구멍에서 조롱하고 비웃는 듯한 소리가 났고, 비록 혼잣말을 내뱉지는 않았지만, 그의 눈에는 마치 악마를 불러들여 이 모든 것을 지옥으로 쓸어버리라고 명령하는 듯한 광채가 서렸다. 하지만 그는 펜을 고르고, 손가락에 짧은 분노를 담아 깃털 부분을 뜯어낸 후(그의 얼굴은 평온했지만, 손끝에는 분노가 있었다), 서둘러 답장을 써서 봉인한 다음, 밖으로 나가 공장을 한 바퀴 돌았다. 돌아와서는 신문을 읽기 위해 자리에 앉았다.

신문의 내용은 그다지 흥미롭지 않은 듯했다. 로버트는 몇 번이나 신문을 무릎에 내려놓고 팔짱을 낀 채 불을 응시했다. 때때로 창문 쪽으로 고개를 돌리기도 했고, 간간이 시계를 들여다보기도 했다. 그의 마음은 다른 곳에 있는 것 같았다. 아마도 아름다운 날씨에 대해 생각하고 있었을지도 모른다. 그날 아침은 계절에 비해 맑고 화창했으며, 들판에서 그 날씨를 즐기고 싶게 만들었다. 사무실 문이 활짝 열려 있었다. 그래서 산들바람과 햇빛이 자유롭게 들어왔지만, 첫 번째 손님이 가지고 들어온 것은 봄의 향기가 아닌, 칙칙한 공장 굴뚝에서 쏟아내는 검은 연기에 섞인 유황 냄새였다.

열린 문 사이로 짙은 파란색 형체(염색 통에서 막 나온 조 스콧이었다)가 잠시 나타나, "그분이 오셨습니다, 주인님"이라고 말하고는 사라졌다.

로버트는 신문에서 눈을 떼지 않았다. 곧 덩치가 크고 어깨가 넓으며 팔다리가 거대한 남자가 들어왔다. 그는 두꺼운 작업복에 회색 울 양말을 신고 있었다. 그가 들어서자 로버트는 고개를 끄덕이며 그에게 자리에 앉으라고 했다. 남자는 모자를 벗어서(매우 낡았다) 의자 밑에 밀어넣은 후, 모자 안에서 꺼낸 얼룩진 면 손수건으로 이마를 닦으며 "이월치고는 정말 따뜻하네요"라고 말했다. 로버트는 동의하는 듯한 소리를 냈다. 그 소리는 분명하지 않았지만, 동의한다는 말로 받아들일 수 있는 음성이었다. 방문객은 손에 들고 있던 지팡이를 조심스럽게 옆 구석에 내려놓은 후, 편안한 척이라도 하려는 듯 휘파람을 불었다.

"필요한 건 준비된 거요?" 로버트가 물었다.

"예, 예! 다 준비됐소이다."

그는 다시 휘파람을 불기 시작했고, 로버트는 신문을 읽는 데 열중했다. 신문이 갑자기 전보다 흥미로워진 것 같았다. 그러나 이내 그는 손이 닿는 거리에 있는 찬장 쪽으로 몸을 돌리고는 일어나지 않은 상태에서 찬장 문을 열고 안에서 검은 병을 꺼냈다. 그것은 이전에 말론을 위해 꺼냈던 것과 같은 병이었다. 그리고 컵과 물 주전자를 꺼내어 탁자 위에 놓고 손님에게 말했다.

"마음껏 드시오. 저 구석에 있는 물병에 물도 있소." 로버트가 말했다.

"사람은 아침에 늘 목이 마르긴 하지만, 뭐 그다지 필요는 없을 것 같소." 두꺼운 옷을 입은 신사는 일어나서 로버트가 권하는 대로 행동했다.

"무어 씨도 한잔하시겠소?" 그는 능숙한 손으로 술을 섞고, 깊이 한 모금 마셔보더니 만족스러운 표정으로 자리에 편히 앉으며 물었다. 말수가 적은 로버트는 고개를 젓고 낮은 소리로 거절했다.

"드시는 게 좋을 텐데요." 방문객이 말을 이었다. "이거 한 모금이면 기운이 날 거요. 아주 좋은 네덜란드 진이군. 외국에서 가져오신 건가?"

"그렇소!"

"내 말 듣고 한 잔 마셔두는 게 좋을 거요. 곧 올 사람들과 얼마나 오래 이야기하게 될지 모르니까, 힘이 필요할 거요."

"오늘 아침에 사익스 씨를 봤소?" 로버트가 물었다.

"반 시간쯤, 아니, 아마 15분쯤 전에 봤소. 출발하기 바로 직전에 말이오. 그도 여기로 올 생각이라고 했고, 아마 헬스톤 신부님도 오실 거요. 내가 사제관 뒤쪽을 지나가는데, 그의 작은 말에 안장을 얹고 있었소."

이 말을 한 사람의 예언은 정확했다. 5분 후, 작은 말의 발굽 소리가 마당에서 들려왔다. 말이 멈추고, 익숙한 코맹맹이 목소리가 "얘야"라고 부르는 소리가 들렸다(아마도 보통 오전 아홉 시부터 오후 다섯 시까지 이곳을 돌아다니는 해리 스콧을 부른 것 같다). "내 말을 마구간으로 데리고 가거라."

헬스톤은 재빠르고 꼿꼿한 모습으로 안으로 들어섰다. 평소보다 더 건강해 보이는 얼굴에 눈빛은 날카로웠고 기운도 넘치는 듯했다.

"아름다운 아침이군, 무어. 어떻게 지내나, 친구? 오! 이게 누군가?" (지팡이를 든 사람을 돌아보며) "서그든! 자네 뭔가! 바로 일을 시작할 셈인가? 정말이지 시간을 낭비하지 않는군. 하지만 나는 설명을 듣고 싶어서 왔네. 자네가 보낸 메시지를 받았어. 정말 제대로 된 단서를 잡은 게 맞나? 이 일을 어떻게 시작할 생각이지? 영장은 가지고 있나?"

"서그든 씨가 가지고 있습니다."

"그럼 이제 그자를 찾으러 가는 건가? 나도 함께 가겠네."

"그 수고는 안 하셔도 됩니다, 신부님. 그자가 저를 찾아오고 있으니까요. 지금 여기에서 그자가 도착하길 기다리는 중입니다."

"대체 그게 누구인가? 내 교구민 중 하나인가?"

조 스콧이 눈에 띄지 않게 사무실에 들어와 있었다. 몸 절반이 굉장히 짙은 남색으로 염색된 상태로 책상에 기대어 서 있었는데, 그 모습이 마치 매우 불길한 유령처럼 보였다. 그의 주인은 신부의 질문에 미소로 답했다. 조 스콧이 입을 열었다. 조용하지만 약간 짓궂은 표정을 지으며 말했다.

"신부님의 친구입니다. 자주 말씀하시는 분이죠."

"정말인가! 이름이 뭐지, 조? 오늘 아침에 아주 멋져 보이는군."

"바로 모세 바라클러프 선생입니다. 가끔 '통 설교자'라고 부르시지 않습니까, 제가 알기로는요."

"아!" 헬스톤은 코담배 상자를 꺼내어 아주 길게 한 번 들이켰다. "아! 상상도 못 했네. 아니, 그 경건한 사람은 자네 공장에서 일한 적도 없잖나, 무어. 그는 원래 재단사야."

"그래서 더더욱 그자가 원망스럽군요. 내가 해고한 사람들을 선동해서 나를 반대하게 했으니까요."

"그런데 모세가 진짜로 스틸브로 황야 전투에 있었단 말인가? 그 목발 다리를 하고 말이야?"

"맞습니다, 신부님." 조가 대답했다. "목발이 눈에 띄지 않게 하려고 말을 타고 갔습니다. 그자가 대장이었고, 마스크를 썼죠. 나머지 사람들은 얼굴에 그을음만 묻혔고요."

"어떻게 그를 알아낸 건가?"

"제가 말씀드리죠, 신부님." 조가 말했다. "우리 주인님은 말하기를 그다지 좋아하지 않으시니까요. 저는 상관없습니다. 그자가 주인님의 하녀인 사라에게 구애했는데 사라는 관심이 없었습니다. 목발 다리가 마음에 들지 않았거나 그가 위선자라고 생각했던 것 같아요. 어쩌면 (여기 우리끼리니까 말하자면, 여자들은 이상한 구석이 있잖아요) 사라가 그 목발 다리와 위선적인 성격에도 불구하고 단순히 어장관리 차원에서 그자를 받아들였을지도 모르죠. 그런 여자들을 몇 번 봤습니다. 아주 예쁘고 얌전해 보이는 여자들도 그러더라고요. 네, 데이지 꽃처럼 깨끗하고 순수해 보이는 아가씨들이었는데 지나고 보니 쐐기풀처럼 독이 있는 경우도 많이 봤습죠."

"조는 똑똑한 친구야." 헬스톤이 끼어들었다.

"하지만 사라에게는 다른 남자도 있었어요. 우리 사람 중 하나인 프레드릭 머거트로이드도 사라에게 관심이 있었거든요. 여자들은 남자를 얼굴로 판단하잖아요. 프레드는 얼굴이 괜찮은 편인데 모세는 그다지 잘생기지 않았다는 건 우리 모두 아는 사실이지요. 그래서 사라는 프레드와 사귀기 시작했어요. 그러다가 두세 달 전에 머거트로이드와 모세가 어느 일요일 밤에 우연히 마주쳤어요. 둘 다 사라를 불러내서 산책을 해보려는 생각으로 이 주변을 돌아다니던 중이었죠. 두 사람이 말다툼하다가 몸싸움이 벌어졌는데, 프레드가 아직 어리고 덩치도 작으니까 졌어요. 반면에 모세는 다리가 하나뿐이지만, 저기 서그든 씨만큼이나 힘이 세거든요. 사실, 그자가 부흥회나 사랑의 잔치에서 고래고래 소리 지르는 걸 들어본 사람은 그 사람이 약골이 아니라고 확신할 거예요."

"조, 정말 참아줄 수가 없군." 로버트가 말을 가로챘다. "모세가 설교를 늘어놓는 것처럼 말을 질질 끄는구만. 간단히 말하자면, 머거트로이드는 바라클러프를 질투했다는 겁니다. 어젯밤에 머거트로이드가 친구와 함께 소나기를 피해 헛간에 들어갔는데, 거기서 모세가 몇몇 동료들과 대화하는 것을 보고 들었습니다. 그 대화를 들어보니 모세가 스틸브로 황야뿐만 아니라 사익스 씨의 재산을 공격한 사건의 주동자인 것이 분명하더군요. 게다가 오늘 아침 저에게 협상단을 보내기로 계획했고, 재단사 모세가 그 협상단을 이끌고 와서 매우 경건하고 평화로운 정신으로 제게 '그 저주받은 것'을 공장에서 치우라고 간청할 예정이라고 합니다. 그래서 저는 오늘 아침 윈버리로 가서 경찰관과 영장을 요청했고, 이제 그 친구를 맞이할 준비를 하는 중입니다. 그사이에 사익스 씨가 오시는군요. 헬스톤 신부님,

저분을 격려해 주셔야 합니다. 기소하는 일에 겁을 내고 있으니까요."

마당으로 마차가 들어오는 소리가 들렸고, 사익스가 들어섰다. 그는 키가 크고 건장한 체격을 가진 쉰 살쯤 되는 남자로, 얼굴은 준수했으나 표정은 약해 보였다. 그는 걱정스러운 표정을 지었다.

"그자들이 왔습니까? 떠났나요? 잡았어요? 다 끝난 겁니까?" 사익스가 물었다.

"아직이요." 로버트가 침착하게 대답했다. "지금 기다리고 있습니다."

"안 올 겁니다. 정오가 다 되어 가요. 그만두는 게 나을 겁니다. 나쁜 감정을 불러일으킬 수 있고, 소란이 일어나고, 치명적인 결과를 초래할 수도 있어요."

"사익스 씨는 나설 필요가 없습니다. 그자들이 오면 제가 마당에서 맞이할 겁니다. 사익스 씨는 여기 계셔도 됩니다."

"하지만 내 이름이 법적 절차에 필요하지 않습니까. 아내와 가족이 있어요, 무어 씨. 아내와 가족이 있으면 신중해질 수밖에 없습니다."

로버트는 실망한 표정을 지으며 말했다. "물러나겠다면 그렇게 하세요. 저 혼자서도 할 수 있습니다. 다만, 굴복한다고 해서 안전을 보장받을 수는 없다는 걸 명심하십시오.

사익스 씨의 동업자였던 피어슨 씨도 양보하고, 이해하고, 참아냈죠. 하지만 그자들이 집에 있는 피어슨 씨를 쏘지 못하도록 막지 못했습니다."

"우리 사익스 씨, 와인과 물을 좀 드셔 보시오." 헬스톤이 권했다. 사익스는 이 와인과 물이 사실 네덜란드 진에 물을 섞은 술이었다는 것을 한 잔 가득 마신 후에야 알아차렸다. 이 음료는 단 2분 만에 사익스의 모습을 완전히 바꿔버렸다. 그의 얼굴에 혈색이 돌았고, 입만이라도 용감해졌다. 그는 이제 서민들에게 짓밟히지 않으리라 선언했고, 더는 노동자 계층의 무례함을 참지 않겠다고 결심했으며, 깊이 생각해 본 끝에 모든 수단을 동원해 밀고 나가기로 마음먹었다고 외쳤다. 돈과 정신력으로 이 폭도들을 제압할 수 있다면, 반드시 그렇게 하겠다고 말했다. 무어 씨는 자기에게 마음대로 하라고 했지만, 본인, 크리스토퍼 사익스는 마지막 한 푼까지 끌어당겨 법적 싸움에 쏟아부을 것이며 그자들이 정리될 때까지 끝장을 보겠다고 선언했다.

"한 잔 더 하시죠." 로버트가 권했다.

사익스는 마다하지 않았다. 오늘 아침은 추웠고(서그든은 따뜻하다고 느꼈지만), 이맘때는 몸조심해야 하니, 축 처지는 것을 막으려면 뭐라도 마시는 게 좋다고 생각했다. 그는 이미 약간 기침을 하고 있었기 때문에(여기서 그는 사실을 증명하듯 기침을 했다), 이런 음료들은(검은 병을 들어 올리며) 약으로 먹기에 훌륭하다고 판단했다(그리고 잔에 술을 따랐다). 사익스는 아침에 술 마시는 습관은 없었지만, 가끔 예방 차원에서 마시는 것은 현명한 선택이라고 생각했다.

"아주 현명한 선택입니다. 어서 드시지요." 집주인이 권했다. 이제 사익스는 벽난로 앞에 서서 챙 넓은 모자를 쓴 채 작고 날카로운 눈으로 의미심장하게 자신을 바라보는 헬스톤 신부에게 말을 걸었다.

"신부님, 신부님은 성직자로서 이렇게 혼란스러운 데다 위험하기까지 한 상황을 불편하게 느끼실지도 모르겠습니다. 어쩌면 이런 상황을 견디기 어려우실 것 같습니다. 평화를 추구하시는 분이니까요. 하지만 우리 제조업자들은 세상 속에서 살면서 항상 혼란을 겪다 보니 이런 싸움에 익숙해지게 됩니다. 정말로, 위험한 생각만 해도 열정이 끓어오르면서 가슴이 두근거리기 시작하거든요. 제 아내는 매일 밤 집이 공격당하고 문이 부서질까 봐 두려워하는데, 저는 오히려 흥분됩니다. 그 감정을 어떻게 설명해야 할지 모를 정도예요. 정말로, 도둑이든 뭐든 누가 들어오면, 저는 오히려 즐길 것 같습니다. 제 성격이 그런가 봅니다."

헬스톤 신부는 짧고 낮은 소리를 내며 결코 모욕적이지 않은 냉소적인 웃음으로 대답했다. 로버트는 이 용감한 공장주에게 세 번째 잔을 권하려 했지만, 언제나 예의의 선을 지키고, 다른 사람 또한 자기 앞에서 선을 넘도록 내버려두지 않는 신부가 그를 제지했다.

"그만하면 충분하지 않겠소, 사익스 씨?"라고 헬스톤이 물었다. 이에 동의한 사익스는 조 스콧이 헬스톤의 요청으로 술병을 치우는 모습을 지켜보았다. 그는 만족스럽게 미소를 지으면서도, 아쉬움으로 눈을 반짝였다. 로버트는 사익스를 최대한 골탕 먹이고 싶은 듯한 표정이었다. 만약 그의 어린 사촌 여동생이 자신이 사랑하는 로버트, 그녀의 코리올라누스의 지금 모습을 보았다면 뭐라고 했을까? 그녀는 이 짓궂고 냉소적인 얼굴이, 어젯밤 그녀를 그렇게 사랑스럽게 내려다보았던 바로 그 얼굴이라는 사실을 인정했을까? 지난밤 누이와 사촌과 함께 조용한 시간을 보내며 한 사람에게는 다정하게, 다른 사람에게는 부드럽게 대해주고, 셰익스피어를 읽고 셰니에를 들어주었던 그 남자가 정말 이 사람일까?

그렇다, 같은 사람이었다. 다만 다른 면을 본 것뿐이다. 캐롤라인은 이런 면이 존재할지도 모른다고 희미하게나마 짐작했을지 모르지만, 직접 본 적은 없었다. 물론 캐롤라인에게도 분명 결점이 있을 것이다. 그녀도 인간이었으니, 당연히 완벽하지 않을 것이다. 그리고 만약 그녀가 로버트의 가장 나쁜 면을 보았더라도, 속으로 완벽한 사람은 없다고 생각하며 그를 용서했을 것이다. 사랑은 비열함을 제외한 모든 것을 용서할 수 있다. 비열함은 사랑을 죽이고, 심지어 자연스러운 애정마저도 무너뜨린다. 존경이 없으면 진정한 사랑은 존재할 수 없다. 로버트는 모든 결점에도 불구하고 존경받을 만한 사람이었다. 그의 마음은 도덕적으로 타락한 면이나 거짓말 같은 오염된 흔적이 없었고, 욕망에 좌우지되지도 않았다. 그가 태어나고 자라면서 몸담게 된 활동적인 삶은 그를 쾌락이라는 헛된 추구에 빠지지 않도록 했다. 로버트는 타락하지 않는 사람이었으며, 이성의 제자였지 감각의 노예가 아니었다. 이런 점은 헬스톤 신부도 마찬가지였다. 이 두 사람 중 그 누구도 거짓을 생각하거나, 말하지 않았다. 방금 치워진 그 검은 병은 그들에게 아무런 매력이 없었다. 두 사람 모두 '창조물의 주인'이라는 자랑스러운 칭호를 당당히 주장할 수 있는 자격이 있었다. 그 어떤 동물적인 악덕도 그들을 지배하지 못했기 때문이다. 이들은 불쌍한 사익스보다 더 고귀한 존재처럼 보였고, 실제로 그랬다.

마당에서 사람들이 모여드는 소리와 발소리가 들리더니 이내 잠잠해졌다. 로버트는 창가로 걸어갔고, 헬스톤도 뒤따랐다. 두 사람은 창밖에서 보이지 않도록 신중하게 창가 한쪽에 섰고, 키가 큰 로버트가 키 작은 헬스톤의 뒤에 서서 밖을 내다보았다. 그들이 본 것에 대한 유일한 반응은 서로의 굳은 눈빛에 비친 냉소적인 미소뿐이었다.

이제 일부러 내는 듯한 과장된 기침 소리가 들렸고, 이어서 웅성거리는 목소리를 잠재우려는 듯 '쉿!' 하는 외침이 들려왔다. 로버트는 소리가 더 잘 들리도록 창문을 약간 더 열었다.

"조셉 스콧 씨." 코맹맹이 목소리가 사무실 문 앞에서 보초를 서고 있던 스콧에게 말을 걸었다. "주인님이 집에 계십니까? 대화를 좀 나눌 수 있는지 물어봐 주시겠소?"

"안에 계시죠, 예." 조가 무심하게 대답했다.

"그럼, 괜찮으시다면, 신사 열두 분이 만나고 싶어 한다고 그분께 전해줄 수 있겠소?"

"무슨 일로 그러냐고 물어보실 텐데요. 한 번에 말씀드리는 게 나을 겁니다." 조가 덧붙였다.

"목적이 있어서 그렇습니다"라는 답이 돌아오자, 조가 안으로 들어갔다.

"주인님, 열두 명의 신사분들이 '목적이 있어서' 뵙기를 원한다고 합니다."

"알겠다, 조. 내가 그들을 상대하지. 서그든 씨, 휘파람을 불면 나오시오." 로버트는 건조하게 웃으며 밖으로 나갔다. 한 손은 주머니에 넣고, 다른 손은 조끼 안에 넣은 채, 모자챙을 눈까지 내려 경멸이 깊이 어린 눈빛을 살짝 가리고 마당으로 들어섰다. 마당에는 남자들 열두 명이 기다리고 있었는데, 어떤 이는 셔츠 소매를 걷어 올렸고, 어떤 이는 파란 앞치마를 두르고 있었다. 그중 두 명이 특히 눈에 띄었다. 한 명은 작은 체구에 들창코 얼굴로 으스대며 걷는 남자였고, 다른 한 명은 넓은 어깨를 가진 남자로, 무표정한 얼굴과 고양이처럼 불신 가득한 눈, 그리고 목발을 짚고 있어서 눈에 띄었다. 그의 입술에 음흉한 미소가 어렸다. 그가 특정한 누군가나 어떤 상황을 속으로 비웃는 것처럼 보였다. 전체적으로 봤을 때 그의 태도는 진실된 사람의 모습과는 거리가 멀었다.

"좋은 아침입니다, 바라클러프 씨." 로버트가 그답지 않게 상냥하게 인사했다.

"평화가 함께하길!" 바라클러프는 자연스럽게 반쯤 감겨 있던 눈을 완전히 감으며 대답했다.

"고맙습니다. 평화는 참 좋은 것이죠. 저도 평화를 간절히 원합니다. 하지만 그게 다는 아니겠죠? 평화를 목적으로 온 것은 아닐 것 같은데요?" 이 말에 바라클러프가 대답하기 시작했다.

"우리의 목적에 관해서라면, 당신 같은 사람에게는 낯설고 어리석게 들릴 수도 있소. 왜냐하면, 이 세상의 자식들이 그들 세대에서는 빛의 자식들보다 더 현명하기 때문이오."

"본론으로 들어가시죠. 무슨 일인지 들어보겠습니다."

"듣게 될 거요, 무어 씨. 내가 제대로 말하지 못하면 뒤에 있는 열한 명이 도와줄 거요. 이것은 위대한 목적이며, (반쯤 비웃던 목소리를 애절한 음성으로 바꾸면서) 주님의 목적이기도 하니, 이보다 더 좋은 건 없을 것이오."

"새로운 감리교회에 기부금을 원하는 겁니까, 바라클러프 씨? 그런 일이라면 모를까, 당신이 이 일과 무슨 상관이 있는지 모르겠군요."

"그런 의도는 없었지만, 당신이 그 주제를 언급한 것도 섭리가 아니겠소. 혹시 남는 돈이 있다면 기부해 주시오. 가장 작은 기부라도 감사히 받겠소."

바라클러프는 모자를 벗어 구걸함처럼 내밀었고, 얼굴에는 뻔뻔한 미소를 띠웠다.

"내가 당신에게 6펜스를 주면 그 돈으로 술을 마시겠지."

로버트의 말에 바라클러프는 두 손바닥을 들어 올리고 눈을 치켜떴다. 위선적인 풍자극을 연기하듯 과장된 몸짓이었다.

"당신은 참 대단한 사람이야." 로버트가 아주 침착하고 건조하게 말했다. "자신이 철저한 위선자이자 사기꾼이라는 걸 굳이 숨기지 않는군. 이 저속한 익살극에서 교묘하게 연기하면서 그걸 보고 내가 웃기를 기대하면서도, 동시에 당신 뒤에 있는 사람들을 속일 수 있다고 생각하지."

모세의 표정이 어두워졌다. 자신이 너무 지나쳤다는 것을 깨달은 것이다. 그가 대답하려던 순간, 지금까지 뒤에서 있는 것을 참을 수 없었던 두 번째 대표가 앞으로 나섰다. 이 남자는 배신자 같지는 않았으나, 자기 확신에 가득 찬 자만한 사람으로 보였다.

"무어 씨." 그는 목과 코로 소리를 내뱉었고, 마치 자신의 말이 얼마나 우아한지 청중이 충분히 음미할 시간을 주려는 듯, 각 단어를 매우 천천히 발음하며 말했다. "아마도 우리의 목적은 평화보다는 이성이라고 정당하게 말할 수 있을 것 같소이다. 우리는 우선 당신이 이성의 목소리를 들어주기를 요청하러 왔소. 만약 당신이 거부한다면, 나는 매우 단호한 말로 경고해야 할 의무가 있소. 당신이 우리 요청을 거절한다면, 당신에게 '최후의 조치'를 취할 것이며 (최선의 조치를 의미했다), 이 조치는 아마도 이 지역 상인인 당신의 행동을 제대로 이끌지 못하는 무모함, 즉 어리석음을 깨닫게 만드는 결과가 될 것이오. 흠! 그러니까, 내가 말하고 싶은 것은, 당신은 저 먼 해안에서, 다른 지역에서, 심지어 다른 반구에서 온 외국인이고 이 알비온의 절벽으로 내던져진 완벽한 이방인이라서 그런지 우리나라 사람들과 방식에 대한 이해가 부족한 것 같소. 그건 노동 계급의 이익에 도움이 되지 않소이다. 구체적으로 말하자면, 이 제안을 받아들이고, 이 공장을 포기하고 더 지체 말고 곧장 당신이 속한 고향으로 돌아가는 것이 좋을 것 같소. 내 보기에 이 계획을 반대할 이유가 없소이다. 자네들은 이 제안을 어떻게 생각하는가?" 그는 다른 사람들을 향해 돌아섰고, 그들은 일제히 "좋소, 좋소!"라고 응답했다.

"브라보, 노아!" 로버트 뒤에 서 있던 조 스콧이 중얼거렸다. "모세는 저걸 이기지 못할 겁니다요. 알비온의 절벽에 다른 반구라니! 정말 대단하군! 주인님, 혹시 남극 지대에서 오셨습니까? 모세는 끝났네요."

하지만 모세는 이렇게 끝내고 싶지 않았다. 그래서 다시 한 번 시도해 보기로 했다. 그는 '노아'를 향해 약간 분노 어린 시선을 던지고, 이번에는 진지한 어조로 말하기 시작했다. 아까 사용했던 풍자는 별 효과가 없다는 걸 깨달았기 때문이다.

"무어 씨, 당신이 이곳에 공장을 세우기 전에 우리는 평화롭고 조용하게 살았소. 그렇소. 모두가 사랑과 친절 속에서 살았단 말이오. 내가 아직 나이가 많은 사람은 아니지만, 약 이십 년 전쯤으로 기억하오. 그때는 수작업을 장려하고 존중했으며, 이런 해로운 기계를 들여오는 불순한 자들은 감히 나서지 못했소. 나는 직물을 다루는 사람이 아닌 재단사요. 하지만 내 마음은 부드러운 편이오. 매우 감정이 풍부한 사람이라, 내 형제들이 억압당하는 모습을 보면, 내 위대한 이름의 옛 주인처럼 형제들을 위해 일어서지 않을 수가 없소. 그런 이유로 오늘 이렇게 당신과 얼굴을 마주 보고 말하는 것이며, 그 악랄한 기계를 버리고 더 많은 사람을 고용할 것을 권하는 바요."

"내가 당신의 조언을 따르지 않으면 어쩔 거요, 바라클러프 씨?"

"주께서 당신을 용서하시길! 당신의 마음을 부드럽게 하시길!"

"요즘 감리교도와 함께하고 있나?"

"하느님을 찬양하라! 주의 이름을 축복하라! 그렇소, 감리교인이 되었소!"

"그렇다고 해서 당신이 동시에 술주정뱅이이자 사기꾼이라는 사실은 달라지지 않아. 일주일 전, 스틸브로 시장에서 돌아오는 길에 당신이 길가에서 만취해 쓰러져 있는 것을 보았소. 당신은 평화를 설교하면서도, 사실은 불화를 일으키는 것을 평생의 일로 삼고 있지. 고통받는 가난한 사람들에게 동정하는 척하지만, 나에게나 다른 자들에게나 공감 못 하기는 마찬가지야. 그저 본인만을 위한 나쁜 목적을 위해 폭동을 부추기고 있을 뿐이지. '노아'라는 저자도 마찬가지야. 당신 둘은 간섭하기 좋아하는 뻔뻔스러운 악당들이고, 유치할 뿐만 아니라 위험하기까지 한 이기적인 야망 때문에 이런 일을 하지. 당신들 뒤에는 잘못된 길로 딸려 온 정직한 사람도 섞여 있지만, 당신 두 사람은 완전히 나쁜 놈들이야."

바라클러프가 무슨 말을 하려고 했지만, 로버트가 막았다.

"조용히! 당신은 할 말을 다 했으니, 이제 내 차례다. 당신이든 잭이든, 젬, 조나단이든 그 누구든지 나에게 이래라저래라 하는 것을 한순간도 참지 않겠어. 내게 이 나라를 떠나고, 기계를 포기하라고 요구했지. 거부하지 못하도록 협박도 했고. 나는 단호하게 거부한다! 여기 이 자리에 남을 것이고, 이 공장도 지킬 것이다. 그리고 구할 수 있는 최고의 기계를 들여놓을 것이오. 이제 어떻게 할 건가? 너희가 할 수 있는 최대한의 일은 내 공장을 불태우고, 안에 있는 모든 것을 파괴하고, 나를 쏘는 것이겠지. 감히 하지도 못하겠지만 말이오. 그러면 어떻게 되겠나? 가령, 이 건물이 폐허가 되고 내가 시체가 된다면, 그다음엔 어떻게 할 거지? 이 두 악당 뒤에 있는 당신들, 그런 행동이 발명을 막거나 과학을 멈출 수 있을 것 같은가? 단 1초도 불가능할 것이다! 이 폐허 위에 또 다른, 더 나은 공장이 세워질 것이고, 아마도 나보다 더 진취적인 자가 내 자리를 대신할 것이오. 내 말을 들어라! 나는 내 방식대로, 내가 가진 최고의 지식에 따라 천을 만들 것이오. 내가 선택한 수단으로 제조할 것이다. 이 말을 듣고도 감히 나를 방해하려는 자는 그 결과를 감수해야 할 것이다. 내가 진심이라는 것을 증명해 보일 테니."

로버트는 날카롭고 큰 소리로 휘파람을 불었다. 그러자 서그든이 영장과 지팡이를 들고 나타났다.

로버트가 갑자기 바라클러프에게 몸을 돌리더니 말했다. "당신은 스틸브로에 있었지. 그 증거가 있다. 당신은 스틸브로 황야에서 가면을 쓰고 있었어. 그리고 내 사람 중 한 명을 직접 손으로 때려눕혔지. 너! 복음을 전하는 자가 말이야! 서그든, 저자를 체포하시오!"

모세는 체포되었다. 사람들이 그를 구하려고 소리치며 행동하려 했지만, 로버트가 내내 가슴 안쪽에 감추고 있던 오른손과 함께 권총을 내밀면서 말했다.

"총알 두 개가 장전되어 있어. 나는 아주 결심이 확고하네! 다가오지 마!"

로버트는 적을 마주 본 채 뒤로 걸어가면서 자신의 사냥감을 사무실로 데려갔다. 그리고 조 스콧에게 서그든과 죄수를 데리고 안으로 들어가서 안쪽에서 문을 잠그라고 명령했다. 그런 다음, 공장 앞을 왔다 갔다 하며 깊은 생각에 잠겨 땅을 바라보았다. 양손은 느슨하게 옆으로 늘어뜨렸지만, 여전히 권총을 쥐고 있었다. 남아 있던 열한 명은 한동안 그를 지켜보면서 서로 속삭였다. 마침내 그들 중 한 명이 다가왔다. 이 사람은 앞서 말했던 두 사람과는 매우 달라 보였다. 외모는 험상궂어 보였지만 겸손하고 남자다운 인상을 풍겼다.

"나는 모세 바라클러프를 별로 믿지 않았소." 그가 말했다. "그리고 내가 직접 한마디 하고 싶소. 나는 악의가 있어서 여기 온 것이 아니오. 그저 상황을 바로잡으려고 온 거요. 지금 상황이 심각하게 뒤틀려 있소. 우리는 형편이 정말, 굉장히 좋지 않소. 우리 가족은 가난하고 굶주리고 있소. 이 기계들 때문에 일자리를 잃어서 할 수 있는 일도 없고, 돈벌이도 없는 상황이오. 어떻게 해야 하는 거요? 우리가 그냥 '어휴!' 하고 가만히 누워서 죽어야 하는 거요? 아니오, 무어 씨. 나는 거창한 말은 할 줄 모르는 사람이지만, 이성적인 사람이 무지한 짐승처럼 굶어 죽는 것은 낮은 원칙이라고 생각하오. 나는 그렇게 하지 않을 거요. 피를 흘리는 것도 원하지 않소. 사람을 죽이거나 다치게 할 생각도 없고, 공장이나 기계를 부수려고도 하지 않을 거요. 당신 말대로, 그런 식으로는 발명을 멈출 수 없소. 하지만 나는 말할 거요. 최대한 시끄럽게 떠들 거요. 발명이 아무리 좋아도, 가난한 사람들이 굶어 죽는 것은 옳지 않소. 다스리는 자들이 도울 방법을 찾아야 하고, 새로운 조치를 만들어야 한다고 생각하오. 당신은 그러기가 어렵다고 할 거요. 그렇다면 우리는 더욱 크게 외쳐야 하오. 국회의원들은 어려운 일에 쉽게 손을 대지 않을 테니 말이오."

"국회의원들을 얼마나 괴롭히든 상관없지만, 공장주들

을 괴롭히는 것은 어리석은 일이오. 나 하나만큼은 그런 일을 참지 않을 것이오." 로버트가 말했다.

"당신 참 무자비하군! 조금만 시간을 줄 수는 없겠소? 변화를 좀 더 천천히 진행해 주면 안 되겠소?" 노동자가 물었다.

"내가 요크셔의 모든 직물 제조업자를 대표하는 사람인가? 그걸 대답해 보시오."

"당신은 당신일 뿐이오."

"나는 나일 뿐이지. 만약 다른 자들은 일하는데 내가 잠시라도 멈추면, 그들은 계속해서 나를 짓밟을 것이오. 당신이 원하는 대로 하면, 한 달 안에 파산할 거요. 내가 파산한다고 당신의 배고픈 아이들에게 빵이 생기겠소? 윌리엄 패런, 나는 당신이나 다른 누구의 지시에도 따르지 않을 거요. 기계에 대해서는 더는 이야기하지 마시오. 나는 내 방식대로 할 테니. 내일 새로운 기계를 들여올 거요. 당신들이 그걸 부숴도, 나는 다시 더 많은 기계를 들여올 거요. 절대 포기하지 않겠소."

그때 공장 종이 열두 시를 울렸다. 점심시간이었다. 로버트는 퉁명스레 등을 돌리고는 사무실로 다시 들어갔다.

그가 마지막으로 한 말은 나쁘고 가혹한 인상을 남겼다. 그는 적어도 자신이 장악하고 있던 기회를 제대로 활용하지 못한 셈이었다. 윌리엄 패런에게 친절하게 말했다면 로버트 무어는 든든한 친구를 얻었을지도 모른다. 패런은 매우 정직한 사람이었고, 자신보다 더 나은 형편에 있는 사람들을 질투하거나 미워하지 않았으며, 노동으로 생계를 유지하는 것이 힘들거나 부당하다고 생각하지도 않았다. 그저 일할 수만 있다면 명예롭게 만족할 준비가 되어 있는 사람이었다. 그런 사람에게 위로나 동정하는 말도 없이 돌아설 수 있다니 놀라웠다. 그 불쌍한 남자의 얼굴은 궁핍으로 인해 쇠약해 보였고, 아마 몇 주, 어쩌면 몇 달 동안 편안하고 풍족하게 살아본 적이 없는 사람의 모습이었다. 그런데도 그의 표정에는 사납거나 악의적인 기운이 없었다. 지치고, 낙담하고, 경직되었지만 여전히 인내심이 있었다. 어떻게 무어는 그에게 '절대 포기하지 않겠다'라는 말만 남기고, 선의나 희망, 또는 도움의 속삭임 하나 없이 그에게서 등 돌릴 수 있었을까?

패런은 집으로 돌아가는 길에 혼자서 이 질문을 떠올렸다. 형편이 좀 나았을 때는 패런의 집도 깨끗하고 쾌적한 즐거운 곳이었으나, 지금은 깨끗하긴 해도 가난 때문에 매우 우울하게 변했다. 그는 외국에서 온 이 공장주가 이기적이고 무감각하며, 어리석은 사람이라고 결론지었다. 그리고 할 수만 있다면 이런 주인 밑에서 일하느니 차라리 다른 곳으로 떠나 사는 것이 낫겠다고 생각했다. 그는 매우 낙담했고, 거의 희망을 잃은 상태였다.

그가 집 안으로 들어서자 아내는 남편과 아이들에게 해줄 수 있는 식사를 정성껏 준비했다. 그 식사란 단지 죽뿐이었고 양도 너무 적었다. 아이들 몇몇은 자기 몫을 다 먹고도 더 달라고 했고, 패런은 그 모습을 보고 무척 괴로워했다. 아내가 아이들을 최대한 달래려 했지만, 그는 자리에서 일어나 문가로 갔다. 그리고 명랑한 곡조로 휘파람을 불었으나 그의 회색빛 눈가에 맺혀 턱밑으로 떨어지는 굵은 눈물방울을 막지는 못했다. (이 눈물은 검투사의 상처에서 흘러나오는 피보다는, 천둥이 치기 전에 내리는 첫 빗방울과 같았다.) 그는 소매로 눈물을 닦아냈고, 감정이 가라앉자 매우 엄격한 표정을 지었다.

패런이 여전히 말없이 생각에 잠겨 서 있는데, 검은 옷을 입은 신사가 다가왔다. 그가 신부라는 것을 한눈에 알 수 있었으나 헬스톤이나 말론, 돈, 스위팅은 아니었다. 나이가 대략 마흔쯤 되어 보였고, 평범한 외모에 어두운 피부색을 가졌으며, 머리가 이미 약간 희끗희끗했다. 그는 약간 구부정한 자세로 걸었다. 이쪽으로 다가올 때는 어떤 생각에 몰두하는 듯 다소 진지하고 슬퍼 보였으나, 패런과 가까워지자 그의 얼굴에 따뜻한 미소가 번졌다.

"윌리엄인가? 어떻게 지내나?"

"그럭저럭 지냅니다, 홀 신부님. 신부님은 어떠십니까? 안으로 들어오셔서 좀 쉬시겠습니까?"

이전에 언급된 적이 있는 인물인 홀 신부가 패런의 오두막으로 들어와 그의 착한 아내와 아이들에게 인사를 건네고 앉았다. (홀 신부는 넌넬리 교구의 신부이며, 패런은 본래 그곳 출신이었지만 삼 년 전에 일을 얻기 위해 할로우 공장 근처인 브라이어필드로 이사 온 것이었다.) 홀 신부는 패런의 가족이 넌넬리를 떠난 이후 시간이 얼마나 흘렀는지, 그동안 어떤 변화가 있었는지에 대해 매우 즐겁게 이야기했다. 패런 가족이 궁금해하며 물어보는 자신의 여동생 마거릿에 관해서도 대답해 주었으며, 자신의 차례가 되어 질문을 던지다가, 마지막에는 안경을 쓰고(그는 근시가 있어 안경을 착용했다) 텅 빈 집과 자신을 둘러싼 메마르고 창백한 얼굴들을 빠르게 둘러보았다. 아이들은 그의 무릎 옆에 모여 있었고, 아이들의 부모는 그의 앞에 서 있었다. 홀 신부가 걱정스러운 마음으로 물었다.

"다들 어떻게 지내나? 잘들 지내고 사나?"

홀 신부는 훌륭한 학자였지만, 강한 북부 사투리로 말했으며, 때로는 북부 지방 방언도 자유롭게 사용했다.

"저희는 잘 못 지냅니다. 일자리를 잃었습니다. 보시다시피 집에 있던 물건도 대부분 팔았고요. 앞으로 어떻게 해야 할지는 하느님만이 아실 겁니다."

"무어 씨가 자네들을 해고했나?"

"해고했습니다. 그리고 그 사람에 대한 제 생각도 바뀌어서, 만약 내일 다시 저를 고용하겠다고 해도 그자를 위해 일하지는 않을 것 같습니다."

"윌리엄, 그리 말하는 건 자네답지 않네."

"알고 있습니다. 하지만 저도 제가 변해 가고 있는 것 같아요. 아이들과 아내가 살아갈 만큼만 있으면 상관없겠지만, 너무나 굶주려서 정말 힘들어하고 있습니다…."

"그래, 그러군. 내 눈에도 보이네. 이 시대는 참으로 고통스러운 시기야. 어디를 봐도 고통이 보여. 윌리엄, 앉게. 그레이스도 앉아요. 우리 이 문제를 이야기해 봅시다."

이야기를 나누기 위해 홀 신부는 가장 어린아이를 무릎에 앉히고, 다음으로 어린아이의 머리에 손을 얹었다. 그러나 아이들이 그에게 재잘거리기 시작하자 그는 "쉿!" 하고 말하며, 시선을 난로에 두고 그곳에서 타오르는 불씨들을 심각하게 응시했다.

"슬픈 시기이구나. 그리고 그 시기가 길어지고 있어. 하느님의 뜻이겠지. 하느님의 뜻이 이루어지길. 하지만 그분께서는 우리를 극한까지 시험하시는구나." 그가 말하고는 다시 생각에 잠겼다.

"윌리엄. 자네에게는 돈도 없고, 적은 돈이라도 마련할 만한 물건도 없다는 말이지?"

"없습니다. 서랍장도 팔았고, 시계도, 작은 마호가니 탁자, 아내가 결혼할 때 지참물로 가져온 예쁜 찻잔과 도자기 세트도 팔았습니다."

"자네에게 누가 돈을 좀 빌려주면, 잘 활용해 볼 수 있겠나? 새롭게 무슨 일이라도 시작할 수 있는가?"

패런은 대답하지 않았지만, 그의 아내가 빠르게 말했다. "네, 신부님. 이 사람은 분명히 그럴 거예요. 윌리엄은 무척 지혜로운 사람이에요. 몇 파운드만 있으면 물건 파는 일을 시작할 수 있을 거예요."

"윌리엄, 할 수 있겠나?"

"하느님께서 도우신다면, 식료품이나 리본, 실 같은 것을 살 수 있을 겁니다. 팔릴 만한 것을 사서 처음에는 노점상으로 시작할 수 있을 거예요."

그때 그레이스가 끼어들며 말했다.

"신부님께서도 윌리엄이 술을 마시거나, 빈둥거리거나, 낭비하지 않는 사람이라는 걸 아시잖아요. 제 남편이니 이렇게 칭찬하면 안 되겠지만, 그래도 영국에서 이 사람보다 더 절제력 있고 정직한 사람이 없다고 말하고 싶어요."

"음, 내가 몇몇 친구들에게 이야기해 보겠네. 하루이틀 내로 5파운드 정도 대출해 주겠다고 약속할 수 있을 것 같아. 대출이라는 걸 명심하게, 선물이 아니고 대출이야. 갚아야 하네."

"알겠습니다, 선생님. 그 조건에 전적으로 동의합니다." 윌리엄이 대답했다.

"그동안에는, 여기 몇 실링을 줄게요, 그레이스. 물건을 팔기 전까지는 이걸로 배는 채울 수 있을 거예요. 자, 얘들아. 어머니가 음식을 사오실 동안 일렬로 서서 신앙 고백을 외워보자. 오늘은 많이 먹지 못했겠구나. 벤, 시작해 보렴. 네 이름은 뭐니?"

홀 신부는 그레이스가 돌아올 때까지 머물렀고, 그녀가 돌아오자 서둘러 작별 인사를 하며 패런과 그의 아내와 악수를 했다. 문을 나서면서 그는 짧지만 매우 진지한 종교적 위로와 권면의 말을 남겼다.

"신부님께 하느님의 축복을!"

"하느님이 축복하시길, 친구들!"

그들은 서로에게 인사한 후 헤어졌다.

9장. 브라이어메인즈

로버트가 남자들을 해산시키고 돌아오자 헬스톤과 사익스는 매우 유쾌한 태도로 축하 인사를 했다. 두 사람은 그의 결단력에 대해 칭찬을 아끼지 않았지만, 로버트는 그들의 칭찬을 받고도 매우 조용히, 마치 어두운 날처럼 광선도 바람도 없는 표정을 지었다. 이를 눈치챈 헬스톤은 그의 눈을 날카롭게 살펴본 후 코트의 단추를 채우며 축하의 말을 접었다. 그러고는 감각이 둔해서 자신의 존재와 대화가 불편함을 줄 수 있다는 것을 알아차리지 못한 사익스를 향해 말했다.

"자, 갑시다. 우리 가는 길이 겹치지 않소. 서로 동행하는 게 어떻겠소? 무어에게는 아침 인사를 하고, 그가 기분 좋은 상상에 빠져 있게 내버려둡시다."

"서그든 씨는 어디에 있습니까?" 로버트가 고개를 들며 물었다.

"아하! 자네가 바쁠 동안 나도 완전히 빈둥거린 건 아닐세. 자네를 조금 도왔지. 내가 꽤 현명하게 행동했다고 생각하네. 시간을 낭비하지 않는 게 낫다는 생각에, 자네가 그 우울해 보이는 패런이라는 사내와 이야기하는 동안, 이 뒤쪽 창문을 열고 마구간에 있던 머거트로이드에게 사익스 씨의 마차를 가져오라고 소리쳤지. (물론 우리 좋은 친구 사익스 씨의 허락을 받았어.) 그리고 서그든과 모세 형제를 이 창문으로 몰래 빠져나가게 했네. 목발까지 모두 말이야. 두 사람이 마차에 올라타고, 서그든이 고삐를 잡는 걸 봤네. 진짜 마부처럼 마차를 몰더군. 이제 15분이면 바라클러프는 스틸브로 감옥에 안전하게 들어갈 걸세."

"아주 좋군요. 감사합니다. 이제 여러분, 좋은 아침 보내십시오." 로버트는 정중하게 두 사람을 문까지 안내했고, 그들이 자신의 구역을 완전히 떠나는 모습을 지켜보았다.

이후 남은 하루 동안 그는 진지하고 과묵했고, 조 스콧과 유쾌한 대화를 나누지도 않았다. 조 스콧도 주인에게 오로지 사업 진행에 꼭 필요한 말만 했으나, 곁눈질로 그를 자주 훔쳐보았고, 사무실 난로를 자주 살피러 왔으며,

하루를 마감하고 공장 문을 잠그면서(그 당시 공장 경기가 부진해서 단축 근무를 하고 있었다) 날씨가 아주 좋다며 이렇게 말했다.

"할로우 길로 산책을 좀 다녀오시면 좋을 거예요."

로버트는 조 스콧의 권유에 짧게 웃음을 터뜨리고는, 이렇게 과도하게 걱정하는 이유가 뭐냐며, 자신을 여자나 아이로 보는 거냐고 묻고는 조의 손에서 열쇠를 빼앗아 어깨를 밀며 그를 쫓아냈다. 그러나 마당 문으로 걸어가는 그를 다시 불렀다.

"조, 그 패런 가족을 아나? 형편이 좋을 것 같진 않은데."

"삼 개월 동안 일자리를 얻지 못했으니 형편이 좋을 리가 없죠. 직접 보셨잖습니까, 윌리엄이 심하게 변한 거요. 완전히 약해졌어요. 집안 물건도 거의 다 팔았고요."

"일을 못 하진 않았지?"

"그 사람보다 일 잘하는 사람은 못 보셨을걸요."

"성실한 사람들인가? 가족 모두가?"

"그보다 더 성실할 수가 없죠. 아내는 정말 엄격하고, 깔끔하기로는 그 집 바닥에 떨어진 죽도 먹을 수 있을 정도예요. 그 사람들 정말 많이 어려워졌습니다. 윌리엄이 정원사나 비슷한 일이라도 구할 수 있으면 좋겠어요. 정원 가꾸는 법을 잘 알거든요. 예전에 스코틀랜드 사람과 살면서 그 기술을 배운 적이 있다고 하더라고요."

"이제 가도 되네, 조. 거기 서서 나만 쳐다보고 있을 필요 없어."

"더 시키실 일 없으세요?"

"없어. 그냥 가기나 해."

조는 그 말에 따랐다.

봄 저녁은 종종 차갑고 매서웠다. 이날도 아침과 한낮에는 햇빛 속에서 따뜻함이 느껴질 만큼 날이 좋았지만, 해가 지면서 공기는 차가워지고, 땅은 서리로 얼어붙었다. 어스름이 깔리기 전에 자라나는 풀과 펼쳐지는 꽃봉오리를 서리가 교묘하게 덮었다. 요크 씨의 저택인 브라이어메인즈 앞 보도에도 하얗게 서리가 내려서 그 집 정원의 부드러운 식물들과 이끼 낀 잔디밭에서 조용한 혼란을 일으켰다. 도로 가까이에서 저택 가장자리를 지키는 커다란 나무는 튼튼한 줄기에 두꺼운 가지를 자랑했다. 봄밤의 서리도 아직 벌거벗은 그 가지를 해치지 못할 것처럼 보였으며, 저택 뒤로 우뚝 솟은 앙상한 호두나무 숲도 마찬가지였다.

달빛 없는 별빛 가득한 밤의 어스름 속에서 창문 밖으로 새어 나오는 불빛이 선명하게 빛났다. 이곳은 어둡거나 외로워 보이지 않았으며, 조용하지도 않았다. 브라이어메인즈는 큰 도로 근처에 있었다. 꽤 오래된 집이었는데, 도로가 나기 전에 들판을 가로지르는 좁은 길이 유일한 통로였던 시절에 지어졌다. 브라이어필드와의 거리가 불과 1마일도 되지 않아서 그곳 소리도 들리고, 빛도 또렷하게 보였다. 브라이어채플이라는 새로 지어진 크고 투박한 감리교 예배당이 불과 100야드 안 되는 거리에 솟아 있었고, 그 안에서는 지금도 기도회가 열리는 중이었다. 예배당의 창문에서 나온 불빛이 도로 위에 밝은 반사광을 비추었고, 퀘이커 교도라도 성령에 은혜받아 춤추고 싶어 할 만큼 매우 특별한 찬송가가 인근의 모든 메아리를 기분 좋게 깨웠다. 가사는 간헐적으로 뚜렷하게 들려왔다. 성가대는 찬송가와 선율을 이 곡 저 곡으로 바꿔 가며 그들만의 기운과 경쾌함으로 노래를 불렀는데, 여기에 몇 구절을 소개해 보겠다.

"오! 누가 설명할 수 있을까
이 생존을 위한 투쟁을,
이 고통과 아픔을,
이 떨림과 갈등을!
전염병, 지진, 기근,
그리고 소란과 전쟁,
예수의 놀라운 재림을 선언하라!

모든 싸움은 끔찍하고 요란하네.
전사의 기쁨은
학살과 핏속에 있네.
적들을 무너뜨리며,
모두가 죽을 때까지 이어지네.
그리고 이것은 불타는 것,
석유와 불로 함께 이루어지네!"

이후 시끄러운 기도의 시간이 이어졌고, 두려운 신음소리도 함께 들렸다. "자유를 찾았다!" "빌의 아들 도드가 자유를 찾았다!"라는 외침이 예배당에서 울려 퍼졌고, 모든 회중이 다시 일어났다.

"이 얼마나 큰 자비인가!
이 얼마나 행복한 천국인가!
말로 다 할 수 없이 행복하구나!
무리 속에 모여,
주의 백성으로 기록되고,
주의 백성과 함께 살고 죽으리!

오, 주님의 선하심이여,
한낱 흙덩이를 사용하시어

주의 영광을 드높이시고,
주의 깃발을 들고,
승리의 선언을 하게 하시며,
측량할 수 없는 은혜의 부를 드러내시네!

오, 무한한 사랑이여,
내 손으로 행한 일을 허락하시고
성공하게 하셨으니,
내 목자의 지팡이를 들고
시내를 건넜을 때,
보라, 나는 온 무리로 퍼졌도다!

내가 놀라 물으니,
누가 나에게 그들을 낳아주었는가?
그들이 어디서 왔는지 물으리라.
내 가득 찬 마음이 대답하길,
그들은 하늘에서 태어났으니,
하느님과 어린 양께 영광을 올리라!"

그 뒤에 이어진 구절은 오랜 시간에 걸친 외침과 절규, 탄원과 광란의 소리, 고통에 찬 신음과 함께 어우러지면서 열광과 소음의 극치를 보여주었다.

"죄의 끝자락에서 잠들었을 때,
지옥은 우리를 삼키려 했으나,
자비가 우리를 구원하러 날아와,
올무를 깨뜨리고 우리를 건졌네.

여기, 사자의 굴 안에 있어도,
우리는 여전히 삼켜지지 않았네.
물의 홍수를 안전히 지나며,
하느님의 팔에 의지하네."

"여기서…!"
(이 마지막 구절이 터져 나오는 순간, 그 외침이 귀청 떨어질 만큼 너무 강렬해서 듣는 사람을 혼란에 빠뜨렸다.)

"여기서 우리는 목소리를 더 높이네,
정련자의 불길 속에서 외치며,
불꽃 속에서 손뼉을 치고,
예수님의 이름에 영광을 돌리네!"

예배당 지붕이 날아가지 않은 것을 보면, 지붕 슬레이트가 얼마나 견고한지 알 수 있었다.
하지만 브라이어채플에 활기가 넘치듯 브라이어메인즈

저택에도 생기가 넘쳤다. 다만 저택은 예배당보다는 조용한 분위기를 즐기는 듯했다. 몇몇 창문에서 불빛이 반짝였고, 아래층 창문들은 잔디밭을 향해 열려 있었다. 커튼으로 내부를 가리고 있어서 촛불의 빛이 살짝 가려졌지만 안에서 들리는 목소리와 웃음소리를 완전히 막지는 못했다. 우리는 저택의 정문을 통과해 가정의 성역으로 들어갈 수 있는 특권을 갖고 있다.

요크 씨의 저택이 활기를 띠는 이유는 손님이 있어서가 아니다. 집 안에는 그의 가족 외에는 아무도 없었으며, 그들은 모두 오른쪽 맨 끝에 있는 안쪽 방, 즉 뒤쪽 응접실에 모여 있었다.

이곳은 저녁 시간에 주로 사용하는 거실이었다. 낮에 특히 선명하게 보이는 거실 창문들은 보라색과 호박색이 주로 섞인 알록달록한 색유리로 장식되어 있었다. 각 창문 중앙에는 중후한 색조로 그려진 메달 모양의 보석 장식이 있는데, 그 안에는 윌리엄 셰익스피어의 온화한 얼굴과 존 밀턴의 평온한 얼굴이 담겨 있었다. 벽에는 캐나다 풍경화가 걸려 있다. 초록 숲과 푸른 물이 어우러졌고, 그 한가운데에는 밤에 분출되고 있는 베수비오 화산의 폭발 장면이 묘사되어 있었다. 화산의 불길이 시원한 물거품과 청록색 폭포, 어두운 숲의 깊이와 대조를 이루며 매우 강렬하게 빛났다.

이 방을 밝히는 난롯불은, 독자여, 만약 당신이 남부 사람이라면 개인 방 안에서 자주 볼 수 있는 광경은 아닐 것이다. 그것은 맑고 뜨거운 석탄불로, 넓은 굴뚝에 안쪽을 가득히 채우고 있다. 요크는 더운 여름철에도 이런 불을 피우곤 했다. 그는 옆에 있는 작은 원형 탁자 위에 촛불을 켜놓고 손에 책을 든 채 앉아 있지만, 책을 읽는 것이 아니라 아이들을 지켜보고 있었다. 그 맞은편에는 아내가 앉아 있는데, 나는 그녀를 자세히 묘사할 수는 있어도 그래야 할 직업적인 소명은 들지 않는다. 하지만 내 눈에는 앞에 있는 그녀가 아주 선명하게 보인다. 요크 부인은 몸집이 매우 큰 여자로, 아주 심각한 표정을 짓고 있으며 이마와 어깨에도 걱정이 실려 있다. 하지만 그 짐은 압도적이거나 피할 수 없는 걱정이 아니라, 스스로 의무로 여기며 자발적으로 짊어진 구름 같은 짐이었다. 아, 그랬다! 요크 부인은 언제나 그런 생각을 했고, 아침, 점심, 밤마다 토성처럼 엄숙한 표정을 지었다. 그리고 그녀는 불행한 사람, 특히 여성 중에서 그녀 앞에서 밝은 마음을 드러내거나 환한 얼굴을 하는 사람을 보면 속으로 질책했다. 유쾌함은 신성을 더럽히는 일이고 쾌활함은 경솔한 행동이라고 생각했기 때문이다. 그녀는 구분을 두지 않고 누구에게나 그랬다. 하지만 요크 부인은 매우 좋은 아내이자 매우 주의 깊은 어머니였으며, 자기 아이들을 끊임없이 돌보았고 남편에게 진심 어린 애정을 주었다. 문제는, 그녀의 바람대로라면, 남편이 그녀 외에는 아무 친구도 갖지 못했을 것이라는 점이다. 요크 부인은 남편의 지인이라면 누구도 참기 어려워했고 그들과 항상 거리를 두었다.

요크와 그녀는 서로 완벽하게 잘 맞았지만, 요크는 본래 사교적이고 호의적인 사람으로 가족의 단합을 지지하는 사람이었다. 앞서 언급했듯이 그가 젊었을 때는 활기차고 쾌활한 여성만을 좋아했다. 그런데 왜 그녀를 선택했는지, 어떻게 서로 잘 맞추어 살았는지는 꽤 의문이긴 하지만, 충분히 분석할 시간이 있다면 쉽게 해결할 수 있다. 여기서 중요한 점은 요크의 성격에는 밝은 면도 있지만 그늘진 면도 있으며, 그의 그늘진 면이 아내의 일관되게 어두운 성격에서 공감과 동질감을 찾았다는 사실이다. 그 외에도 요크 부인은 정신력이 강한 여성이었다. 약하거나 진부한 말은 절대 하지 않았고, 사회에 대한 엄격하고 민주적인 견해를 지녔으며, 인간 본성에 대해서는 다소 냉소적인 시각을 가졌다. 자신이 완벽하고 안전하다고 생각했고, 나머지 세상은 모두 잘못되었다고 여겼다. 그녀의 가장 큰 결점은 모든 사람과 사물, 신념, 정당에 대해 끝없이 의심하는 것이었는데, 이 의심은 그녀의 눈앞에 안개처럼 깔려 있어서 어디를 보든 어떤 방향으로 돌든 잘못된 길잡이 역할을 했다.

이런 부부의 자녀들이 평범하게 자라지 않으리라는 것을 예상할 수 있다. 실제로 이 아이들은 평범하지 않았다. 독자여, 여섯 아이를 소개하겠다. 어머니의 무릎 위에 앉아 있는 아기가 가장 막내다. 이 아기는 아직 전적으로 어머니의 것이라고 할 수 있기에, 그녀는 아이를 의심하거나 비난하지 않았다. 아기는 어머니에게서 양분을 얻고 그녀에게 의지하며 그녀를 세상 그 무엇보다 사랑한다. 아기가 자신에게 의존하고 있으므로, 어머니는 그 사랑을 확신한다. 그래서 그녀는 그 아이를 사랑한다.

다음 두 아이는 여자아이들, 로즈와 제시이다. 두 아이는 지금 아버지 무릎 주위에 앉아 있다. 어머니에게는 가까이 가는 일이 거의 없었고 필요할 때만 가곤 했다. 언니인 로즈는 열두 살로 가족 중에서 아버지와 가장 닮았다. 하지만 마치 화강암을 상아로 복사한 것처럼, 훨씬 부드러운 색상과 얼굴선을 가졌다. 요크의 얼굴은 거칠었으나 딸의 얼굴은 거칠지 않았다. 아주 예쁘진 않았지만 단순하고 어린아이다운 생김새였다. 둥근 뺨에는 붉은 기가 배어 있었고 회색 눈에는 아이답지 않게 진지한 영혼이 깃들어 있었다. 아직은 어린 영혼이었지만, 육체가 살아 있는 한 성숙해질 것이다. 그 영혼은 아버지나 어머니의 영혼과 비교할 수 없을 만큼 특별하다. 두 사람의 본질을 모두 지니고 있으면서도 언젠가는 더 나은 존재가 될 것이다. 더 강하고 훨씬 순수하며 더 높은 곳을 지향하는 존재가 될 것이다. 현재의 로즈는 조용하고 때로는 고집스러운 소녀다. 어머니는 로즈를 자신처럼 어둡고 우울한 의무를 지닌 여성으로 만들고 싶어 한다. 그러나 로즈의 마음에는 어머니가 전혀 알지 못했던 생각의 씨앗이 가득하다. 종종 이 생각들이 짓밟히고 억압당하면 그녀는 크게 고통스러워한다. 아직은 반란을 일으킨 적이 없지만, 만약 강하게 몰아붙이면 언젠가는 한 번에 끝장낼 반란을 일으킬 것이다. 로즈는 아버지를 사랑한다. 아버지는 그녀를 철권으로 다스리지 않고 친절하게 대해주었다. 그는 가끔 딸아이의 번뜩이는 지성과 언어에서 드러나는 지혜의 불꽃이 너무 밝아서 그녀가 오래 살지 못할까 봐 두려워했다. 이 생각은 그를 자주 슬프게 했고 그녀를 더욱 다정하게 대하도록 만들었다.

그는 제시가 어린 나이에 죽을 거란 생각은 전혀 하지 않았다. 제시는 지금도 매우 명랑하고 수다스럽고 장난기 넘치는 독창적인 아이다. 화가 나면 격하게 반응했지만, 다정하게 대해주면 매우 애정이 넘쳤다. 때로는 부드럽고 때로는 시끌벅적하며 요구하는 게 많지만 너그럽기도 했고 무서운 게 없었다. 가령, 어머니의 불합리하고 엄격한 규칙도 자주 거부하곤 했다. 하지만 자신을 도와주는 사람에게 의지할 줄도 알았다. 제시는 작고 매력적인 얼굴로 사랑스럽게 재잘거리며 마음을 사로잡는 자기만의 방식으로 애완동물처럼 아버지에게서 한껏 귀여움을 받았다. 놀라운 점은 장난감 인형같이 생긴 제시의 특징 하나하나가 어머니를 닮았다는 점이다. 로즈가 아버지를 닮았듯 제시는 어머니와 닮았으나 그 표정은 어찌나 다른지!

요크여, 만약 지금 당신 앞에 마법의 거울이 놓여 있고, 그 거울 속에 이십 년 후 두 딸의 모습이 비친다면, 당신은 무슨 생각을 하겠는가? 그 마법의 거울이 지금 여기 있다. 이제 두 아이의 운명을 알게 될 것이다. 우선, 당신의 작은 아이, 제시의 운명부터 알아보겠다.

이곳을 아는가? 아니, 한 번도 본 적 없는 곳일 것이다. 그러나 여기 있는 사이프러스와 버드나무, 주목나무와 그 잎사귀들은 알아보리라. 돌 십자가들도 낯설지 않을 것이며 희미하고 영원한 꽃으로 만든 이 화환도 마찬가지이리라. 여기, 초록 잔디와 회색 대리석 묘비가 있다. 그 아래에 제시가 잠들어 있다. 그녀는 봄처럼 찬란한 삶을 살았고 많은 사랑을 받았으며 많은 사랑을 주었다. 짧은 생애 동안 자주 눈물을 흘렸고 자주 슬픔을 겪었지만, 그 사이사이에 미소를 지으며 그녀를 보는 모든 이들을 기쁘게 했다. 제시는 그녀를 보호했던 로즈의 품 안에서 평화롭고 행복하게 죽음을 맞이했다. 로즈는 많은 시련을 겪으면서도 그녀를 지키고 보호해 주었다. 죽어가는 제시와 그녀를 지켜보는 영국 소녀들은 그 당시 외국에서 홀로 지내고 있었으며, 결국 제시는 그 나라 땅에 묻혔다.

자, 그로부터 이 년이 지난 후 로즈의 모습을 보라. 십자가와 화환들도 낯설어 보이지만, 이곳의 언덕과 숲의 풍경은 그보다 더 이질적으로 느껴진다. 여기는 영국에서 매우 멀리 떨어진 곳이다. 저 거칠고 식물이 무성한 해안 풍경은 분명 먼 나라의 것이다. 이곳은 아무도 찾지 않는 야생지이다. 숲 가장자리에서 날아다니는 새들은 유럽 새가 아니고, 로즈가 앉아 생각에 잠겨 있는 이 강변 또한 유럽에 있는 곳이 아니다. 조용한 요크셔 소녀였던 로즈는 남반구의 어느 지역에서 외로운 이방인으로 살고 있다. 그녀는 다시 돌아올 수 있을까?

가족 중에서 나이가 많은 세 아이는 모두 남자아이들로, 매튜, 마크, 그리고 마틴이다. 저 구석에 모여 앉아서 어떤 놀이에 몰두하고 있다. 세 아이의 머리를 살펴보자. 처음에는 모두 비슷해 보이지만, 두 번째로 보면 조금 다르고, 세 번째로 보면 구분할 수 있게 된다. 세 명 모두 검은 머리에 검은 눈, 붉은 뺨을 가진 영국 소년들이다. 모두 아버지와 어머니를 적절히 섞어서 닮았지만, 각자 구별되는 얼굴 생김새와 독특한 성격을 지니고 있다. 첫째인 매튜에 관해서는 많이 말하지 않겠지만, 그 얼굴은 오래 바라보지 않을 수 없고 그 얼굴이 숨기거나 드러내는 성격들을 추측해 보지 않을 수가 없다. 매튜는 평범하게 생긴 소년이 아니다. 짙은 검은 머리와 하얀 이마, 붉은 뺨, 빠르게 움직이는 검은 눈은 나름대로 좋은 점을 가지고 있다. 그러나 어떻게 된 일일까. 매튜의 얼굴을 오래 들여다볼수록 기이하게도 그 얼굴과 닮아 보이는 물건 하나가 간혹 떠오른다. 그것은 그 방에서 가장 불길한 그림, 베수비오 화산의 분출 장면이다. 그림 속의 불꽃과 그림자가 마치 소년의 영혼을 이루는 성분처럼 보인다. 매튜의 영혼에는 불꽃과 그림자만이 존재했으며 일광이나 햇볕, 맑고 시원한 달빛은 절대 비추지 않았다. 그는 영국인의 육체를 가졌지만, 영국인의 마음은 가지지 않았다. 마치 영국산 칼집에 들어 있는 이탈리아 단검 같았다. 놀이에서 졌을 때 찌푸리는 그의 얼굴을 보라. 요크는 그 모습을 보고 아이들에게 낮은 목소리로 말한다. "마크, 마틴. 형을 화나게 하지 마라." 부모는 항상 이렇게 말했다. 입으로는 편애를 부인하고 이 집에서는 장자 상속권을 허용하지 않겠다고 말했지만, 절대로 매튜를 화나게 해서도 안 되고 그에게 반대해서도 안 되었다. 두 사람은 매튜가 자극받지 않도록, 마치 화약통에서 불을 멀리하듯 그를 조심스럽게 대했다. '양보하고, 화해하라'는 이 좌우명은 매튜와 관련된 모든 상황에서 적용되었다. 공화주의자인 두 사람이 결국 자신의 살과 피로 폭군을 만들고 있었다. 어린 자식들은 이 사실을 알고 느껐으며 속으로 그 부당함에 반발했다. 아이들은 부모의 의도는 이해하지 못하고, 그저 차별적인 대우만을 본다. 요크의 어린 자녀들 사이에는 이미 갈등의 씨앗이 뿌려졌으니, 그 결과로 언젠가는 불화를 수확하게 될 것이다.

마크는 잘생긴 소년으로 가족 중에서 가장 균형 잡힌 얼굴을 가졌다. 그는 매우 차분하며, 미소를 지으면 영리해 보였고 가장 조용한 목소리로 굉장히 건조하고도 신랄하게 말할 수 있었다. 그 침착한 모습에도 불구하고, 다소 심각한 표정을 보면 그의 성격이 느껴져서 물이 잔잔하다고 해서 항상 안전한 것은 아님을 상기하게 된다. 게다가 그는 행복을 느끼기엔 너무나 조용하고 동요하지도 않고 담담했다. 마크는 인생에서 그리 큰 기쁨을 얻지 못할 것이다. 스물다섯이 되면 사람들이 왜 웃는지 이해하지 못하고 즐거워 보이는 사람들을 모두 바보로 생각할 것이다. 문학에서든 인생에서든 그에게 시는 존재하지 않을 것이며, 가장 좋은 시적 표현조차 그저 과장된 헛소리와 잡담처럼 들릴 것이다. 열정도 그에게는 혐오와 경멸의 대상이 될 것이다. 겉으로는 어려 보여도 마음속은 이미 중년이어서 청춘도 누리지 못할 것이다. 그의 육체는 현재 열네 살이지만, 영혼은 이미 서른 살이었다.

세 형제 중 막내인 마틴은 성격이 또 달랐다. 그의 인생이 길지 짧을지 알 수 없지만, 빛날 것은 확실했다. 그는 인생의 모든 환상을 경험할 텐데, 그 환상들을 반쯤 믿으면서 완전히 즐기고 난 뒤에 결국 그 환상을 초월할 것이다. 마틴은 형들만큼 잘생기지는 않았다. 평범한 생김새에 마치 마른 껍질에 둘러싸인 것 같았고, 스무 살이 가까워질 때까지는 그 상태를 유지했다. 그러나 때가 되면 그는 자신을 매력적으로 변화시킬 것이다. 그 나이가 될 때까지는 어색한 행동에 어울리지 않는 옷을 입겠지만, 고치가 나비로 변하듯이 적절한 시기에 변화를 맞이하게 될 것이다. 한동안 그는 허영심 속에서 어리석은 행동을 하며 쾌락을 추구하고, 찬사를 바라며 지식에 대해서도 극심한 갈증을 느낄 것이다. 세상이 제공할 수 있는 모든 즐거움과 지식을 원하게 되고 어쩌면 그 두 가지 샘물에서 원하는 것을 한껏 마시게 될지도 모른다. 그 갈증이 해소된 후에는 어떻게 될지 알 수 없다. 마틴이 특별한 인물이 될지도 모르겠다. 이 주제에 대해선 명확한 그림이 보이지 않아서 정말 그렇게 될지 예측하기는 어렵다.

   요크의 가족을 전체적으로 보면, 이 여섯 아이의 머릿속에는 그만큼의 지적 능력과 독창성, 활동성, 그리고 두뇌의 활력이 들어 있다. 이 능력이 평범한 여섯 가족에게 나누어졌다면, 각 가족 모두 평균 이상의 지혜와 능력을 갖췄을 것이다. 요크는 이 사실을 알고 있었고 자신의 혈통에 자부심을 느꼈다. 요크셔에는 언덕과 평야 사이사이에 이런 가족들이 존재했으며, 그들 모두 독특하고 개성이 강하며 좋은 혈통과 강한 두뇌를 가졌다. 그들은 자신의 능력에 대한 자부심이 강했고, 타고난 힘 때문에 다루기도 어려웠다. 그러나 다듬어지지 않고 배려심이 부족하여 순종하지 않을지언정, 절벽 위의 독수리나 초원의 말처럼 단단하고 기운 넘치며 진정한 혈통을 가진 자들이었다.

거실 문을 두드리는 낮은 노크 소리가 들렸다. 스코틀랜드 노래와 이탈리아 노래를 좋아하는 요크는 음악을 좋아하는 딸에게도 몇 가지 훌륭한 노래를 가르쳤는데, 제시가 그중 하나를 아버지에게 아주 달콤하게 불러주고 있었다. 남자아이들도 게임에 열중하느라 너무 시끄럽게 떠들어서 바깥문에서 울린 초인종 소리를 알아채지 못했다.

"들어오세요." 요크 부인이 말했다. 그녀는 언제나 장례식에서 낼 법한 우울한 음성으로 목소리를 냈다. 비록 그 내용이 푸딩을 만들라고 주방에 지시하거나 남자아이들에게 현관에 모자를 걸어두라고 하거나 바느질하라고 여자아이들을 부르는 것이어도, 그녀의 목소리는 항상 엄숙하고 무거웠다. "들어오세요!" 그러자, 로버트 무어가 들어왔다.

로버트의 습관적인 진중함과 절제된 생활 방식 때문에 (그가 저녁에 방문할 때는 술병을 내오지 않는 게 일반적이었다), 요크 부인은 그를 어느 정도 신뢰했다. 그래서 아직 남편에게 그를 비판하는 말은 하지 않았다. 로버트에게 결혼할 수 없는 어떤 비밀이 있다거나, 그가 사실은 양의 탈을 쓴 늑대라는 식의 단점을 찾아내지 못한 것이다. 결혼 초기에 그녀는 남편의 수많은 미혼 친구들에 대한 단점과 비밀을 알아내어 그들을 식사에 초대하지 않도록 만들곤 했다. 사실 그녀의 이러한 행동은 가혹하기도 하지만 공정하고 이성적인 면도 있다고 할 수 있다.

"그래, 당신이군요?" 로버트가 다가와서 손을 내밀자 요크 부인이 말했다. "이런 밤늦게 뭐하는 거죠? 집에 있어야지요."

"미혼 남자에게 집이 있다고 할 수 있을까요, 부인?" 로버트가 물었다.

"참나." 요크 부인이 대답했다. 그녀는 남편 못지않게 형식적인 말투를 싫어했고, 사용하지도 않았다. 그런 직설적인 화법은 간혹 감탄을 일으키기도 했지만, 경악을 불러일으키는 경우가 더 많았다. "그런 헛소리하지 말아요. 미혼 남자도 원하면 집이 있을 수 있죠. 당신 누나가 집을 잘 챙기지 않나요?"

"그녀가 문제가 아니야." 요크가 덧붙였다. "오르탕스는 성실한 아가씨야. 하지만 내가 로버트 나이였을 때는 오르탕스같이 참한 누이들이 대여섯이나 있었는데도 아내감 찾기를 멈추지 않았지."

"그리고 나와 결혼한 걸 얼마나 후회하는지 몰라요." 요크 부인이 덧붙였다. 그녀는 가끔 결혼을 비꼬는 농담을 즐겨했는데, 자신을 희생하는 농담이라도 상관하지 않았다. "저 사람은 베옷에 재를 덮어쓰고는 결혼을 후회했어요, 로버트 무어 씨. 그가 무슨 벌을 받았는지 보면 믿을 수밖에 없을 걸요. (여기서 그녀는 아이들을 가리켰다.) 누가 저렇게 크고 거친 녀석들을 감당하겠어요? 세상에 태어나게 하는 것만으로도 너무 힘들었는데, 이제는 애들을 먹이고 입히고 키우고 인생을 제대로 살게도 해야 하죠. 결혼하고 싶을 때는 우리 네 아들과 두 딸을 생각해 보고, 두 번 더 생각한 후에 결심하도록 해요."

"지금은 전혀 생각이 없습니다. 결혼하거나 결혼 준비를 하기에 적절한 시기가 아닌 것 같아요." 이런 우울한 감정은 요크 부인의 호응을 받기에 충분했다. 그녀는 고개를 끄덕이며 동의하는 듯한 소리를 내뱉었지만, 잠시 후에 입을 열었다. "당신 나이에는 솔로몬의 지혜를 논해도 별로 의미가 없어요. 한 번 무너지면 다 무너질 테니까요. 그나저나 앉으세요, 무어 씨. 서 있는 것보다 앉아서 이야기하는 게 낫지 않겠어요?"

이것은 그녀가 손님에게 의자를 권하는 방식이었다. 로버트가 부인의 말대로 하자마자, 제시가 아버지의 무릎에서 뛰어내려 그의 품으로 달려갔다. 로버트는 아이를 안기 위해 재빨리 팔을 벌렸다. 로버트의 무릎에 가볍게 올라앉은 제시가 어머니에게 꽤 화가 난 듯이 말했다.

"아저씨 결혼 이야기를 하시다니요. 아저씨는 지금 이미 결혼한 거나 다름없어요. 지난여름에 제가 하얀 새 드레스에 파란 리본을 맨 모습을 보고 저랑 결혼하겠다고 약속했잖아요. 그렇죠, 아버지?"(이 집 아이들은 '아빠'나 '엄마'라고 부르지 않았다. 어머니가 그런 '어린아이 같은 말'을 허락하지 않았다.)

"그래, 우리 작은 아가씨. 그러기로 했지. 내가 증인이란다. 하지만 제시야, 지금 다시 말하라고 하거라. 저런 녀석들은 다 거짓말쟁이거든."

"아저씨는 거짓말쟁이가 아니에요. 너무 잘생겨서 거짓말을 할 수 없어요." 제시는 절대적인 신뢰를 담아 사랑하는 남자를 올려다보며 말했다.

"잘생겼다고! 그게 바로 저 녀석이 거짓말쟁이가 된 이유고 악당이라는 증거란다."

"하지만 아저씨는 너무 슬퍼 보여서 거짓말쟁이일 리 없어요. 만약 아저씨가 항상 웃고 있었다면 약속을 금방 잊어버릴지도 모른다고 생각했겠지만, 무어 씨는 절대 웃지 않잖아요." 아버지의 의자 뒤에서 조용한 목소리가 끼어들며 말했다.

"감상적인 놈이 제일 못된 사기꾼이란다, 로즈." 요크가 답했다.

"무어 씨는 감상적인 사람이 아니에요." 로즈가 대꾸했다.

로버트는 약간 놀란 듯 로즈를 바라보면서 동시에 미소를 지었다.

"내가 감상적이지 않다는 걸 어떻게 알지, 로즈?"

"어느 숙녀분이 무어 씨는 감상적이지 않다고 말하는 걸 들었으니까요."

"오호, 이거 흥미로워지는데!" 요크가 소리치며 의자를 난로 쪽으로 더 가까이 끌었다. "숙녀라니! 아주 낭만적인 느낌이군. 누군지 맞춰봐야겠어. 로즈, 아빠에게 살짝 이름을 속삭여 주렴. 아저씨가 듣지 않게 말이야."

"로즈, 너무 앞서서 말하지 말거라." 요크 부인이 평소처럼 분위기를 깨며 끼어들었다. "제시도 마찬가지야. 모든 아이는, 특히 여자아이들은 어른들 앞에서 조용히 있어야 해."

"그럼 우리는 왜 혀를 가지고 있는 거죠?" 제시가 대담하게 물었다. 반면에, 로즈는 어머니를 바라보며 그 격언에 관해 곰곰이 고민해 봐야겠다는 표정을 지었다. 두어 분간 진지하게 생각한 로즈가 물었다. "왜 특히 여자아이들만 그렇죠, 어머니?"

"우선, 내가 그렇게 말했기 때문이다. 둘째로 여자아이에게는 신중함과 절제가 가장 좋은 지혜이기 때문이야."

"친애하는 부인, 훌륭한 말씀이십니다. 사실 제 누이가 한 말을 떠올리게 하네요. 그러나 이 아이들에게는 적용되지 않는 것 같습니다. 로즈와 제시가 저와 자유롭게 이야기하게 해주세요. 그렇지 않으면 제가 이곳에 오는 주된 기쁨이 사라질 겁니다. 이 아이들의 수다를 듣는 것이 좋거든요. 저에게 도움이 됩니다."

"정말 그렇죠? 남자애들이 정신 사납게 주변을 돌아다니는 것보다 더 좋지요? 어머니도 저 애들이 정신 사납다고 하시잖아요."

"그래요, 아가씨. 천 배는 더 좋지. 나는 이미 온종일 정신 사나운 아이들과 같이 있었단다, 작은 새야."

"남자아이에게 관심을 두는 사람들은 많아요." 제시가 말을 이었다. "우리 삼촌과 이모들은 모두 남자애들이 여자애들보다 더 낫다고 생각하는 것 같아요. 손님이 오면 항상 매튜와 마크, 마틴에게만 말을 걸고, 로즈와 저는 전혀 신경 쓰지 않아요. 하지만 무어 씨는 우리 친구니까 뺏기지 않을 거예요. 하지만 로즈, 잊지 마. 로버트 아저씨는 언니보다 나랑 더 친해. 아저씨가 내 특별한 친구라는 걸 잊지 마!" 그러면서 경고하듯 작은 손을 들어 올렸다.

로즈는 그 작은 손에 훈계받는 일에 익숙했다. 그녀의 의지는 제시의 성급한 의지에 매번 굴복했다. 제시는 무슨 일이 있을 때마다 로즈를 이끌었고 자기 뜻에 따라 로즈의 행동을 결정했다. 즐거운 일이나 행사가 있을 때마다 제시가 앞장섰고, 로즈는 조용히 배경으로 물러났다. 반면, 살다가 힘든 일이나 고난 같은 어려운 문제가 생기면, 로즈는 본능적으로 자기 몫에 더해 제시의 몫까지 가능한 한 떠맡았다. 제시는 자기가 나중에 나이가 들면 결혼할 것이라고 이미 마음속으로 정해 놓았고, 로즈는 늙은 처녀가 되어 자신과 함께 살면서 자기 아이들을 돌보고 집안일을 맡아야 한다고 결정해 놓았다. 이런 상황은 두 자매 사이에서 흔히 볼 수 있다. 한쪽은 평범하고 다른 한쪽은 예쁠 때 말이다. 그러나 이 집에서는 외적인 차이가 있더라도 로즈가 더 나았다. 그녀의 얼굴은 생기 넘치는 작은 제시보다 더 정교한 이목구비를 가지고 있었다. 그러나 제시는 생기 넘치는 지성과 활기찬 감정 외에도 자신이 원하는 때와 장소에서 사람들을 매료시키는 힘을 가지고 있었다. 반면 로즈는 아름답고 관대한 영혼과 깊이 있게 개발된 고귀한 지식, 그리고 강철처럼 변치 않는 진실한 마음을 가졌지만, 사람들을 끌어당기는 매력은 그녀의 것이 아니었다.

"자, 로즈. 내가 감상적이지 않다고 말한 그 숙녀의 이름을 말해줘야지." 로버트가 재촉했다.

로즈는 사람을 애타게 만드는 방법을 알지 못했으므로, 잠시도 그를 의문 속에 두지 않고 간단히 대답했다.

"모르겠어요. 그분 이름을 몰라요."

"그럼 묘사해 줘. 어떤 사람이었지? 어디서 봤어?"

"제시와 제가 윈버리에서 하루를 보내려고 케이트와 수잔 피어슨을 만나러 갔을 때요. 그 애들이 방학을 맞아 학교에서 막 돌아왔을 때였죠. 피어슨네 집에서 파티가 열렸는데, 그곳에서 숙녀 몇 분이 거실 한쪽에서 앉아 아저씨에 관해 이야기하고 있었어요."

"그중에 아는 사람은 없었어?"

"한나, 해리엇, 도라, 메리 사익스는 알아요."

"좋아. 그들이 나를 욕하고 있었니, 로즈?"

"몇 명이 그랬어요. 당신을 미장트로프*라고 했어요. 그 단어를 기억해요. 집에 돌아왔을 때 사전에서 찾아봤어요. '사람을 싫어하는 사람'이라는 뜻이더라고요."

"그 외에는 뭐라고 했어?"

"한나 사익스 양은 아저씨가 무뚝뚝한 애송이라고 했어요."

"더 낫군!" 요크가 웃으며 말했다. "오, 훌륭해! 한나! 그 빨간 머리 소녀 말이지. 멋진 아이지만 약간 모자라네."

"제가 보기엔 재치 있는 것 같네요. 무뚝뚝한 애송이라니! 자, 로즈, 계속 말해봐." 로버트가 말했다.

✿ misantrope. 프랑스의 희극 제목이자 인간 혐오를 의미한다.

"피어슨 양은 아저씨가 꽤 가식적이라고 생각한대요. 아저씨의 검은 머리와 창백한 얼굴 때문에 감상적인 바보처럼 보인다고 했어요."

요크가 또 한 번 웃었다. 이번에는 요크 부인도 같이 웃으며 말했다. "당신이 뒤에서 어떤 평가를 받고 있는지 알겠죠. 그런데도 피어슨 양은 당신을 잡고 싶어 할걸요. 당신이 이 동네에 처음 왔을 때부터 나이가 많으면서도 당신에게 눈길을 보냈으니까요."

"누가 그녀의 말에 반대했니, 로즈?" 로버트가 물었다.

"제가 모르는 분이었어요. 우리 집에 한 번도 방문한 적이 없거든요. 일요일마다 교회에서는 보지만요. 그분은 강단 가까운 자리에 앉아 있는데, 저는 기도서 대신 그분을 쳐다보곤 해요. 왜냐하면, 우리 식당 그림 속에 있는 비둘기를 손에 들고 있는 여인처럼 보이거든요. 적어도 그분의 눈과 코가 닮았어요. 코가 쭉 뻗어 있어서 제 눈에는 얼굴이 전체적으로 맑아 보여요."

"그런데 누군지도 모른다고!" 제시가 매우 놀랍다는 목소리로 소리쳤다. "정말 로즈다워요. 아저씨, 저는 가끔 언니가 무슨 세상에 사는 건지 궁금해요. 확실히 이 세상에서만 사는 건 아닌 것 같아요. 다른 사람들은 다 아는 작은 일도 모를 때가 자주 있거든요. 일요일에 교회에 갈 때마다 예배 시간 내내 한 사람만 계속 쳐다보면서 그 사람에게 이름조차 묻지 않는다니. 언니가 말하는 사람은 캐롤라인 헬스톤, 신부님 조카예요. 저는 다 기억해요. 헬스톤 양은 앤 피어슨 양에게 꽤 화가 나 있었어요. 그분이 '로버트 무어는 가식적이지도 않고, 감상적인 사람도 아니에요. 당신들은 그 사람 성격을 완전히 잘못 알고 있어요. 아니면 여기 있는 누구도 그에 대해 아는 게 없는 거예요'라고 말했죠. 자, 그녀가 어떻게 생겼는지 말해줄까요? 저는 사람들이 어떻게 생겼고 옷은 어떻게 입었는지 로즈보다 더 잘 말해줄 수 있어요."

"들려줘."

"그분은 정말 멋져요. 아름다워요. 피부가 하얗고 목이 가늘고 예뻐요. 긴 곱슬머리를 가졌는데, 뻣뻣하지 않고 부드럽게 찰랑거려요. 머리색은 갈색인데 어두운 갈색은 아니에요. 말할 때는 조용히 말하고 목소리가 맑아요. 절대 소란스럽게 움직이지 않아요. 회색 실크 드레스를 자주 입어요. 항상 단정해요. 드레스와 신발, 장갑이 항상 잘 어울려요. 제가 '숙녀'라고 부를 만한 사람이에요. 저도 나중에 커서 그분처럼 되고 싶어요. 그렇게 되면 아저씨 마음에도 들겠죠? 정말로 저랑 결혼해 줄 거예요?"

로버트는 제시의 머리를 쓰다듬었다. 잠시 제시를 더 가까이 끌어당길 것처럼 보였지만, 오히려 조금 더 멀리 떨어뜨렸다.

"아! 저랑 결혼하지 않으실 거군요? 저를 밀어냈잖아요."

"왜냐하면, 제시, 너는 나한테 별로 관심이 없잖니. 이제 나를 보러 할로우에 오지도 않고."

"저를 초대하지 않았으니까요."

그러자 로버트는 작은 두 소녀에게 다음 날 집으로 방문해 달라는 초대를 했고, 아침에 스틸브로에 가는 길에 각자에게 선물을 사주겠다고 약속했다. 어떤 선물인지는 말하지 않을 테니 꼭 와서 확인해 보라고 말했다. 제시가 대답하려는 찰나, 갑자기 한 소년이 끼어들었다.

"나는 너희들이 계속 떠들어 대던 헬스톤 양이 누군지 알아. 못생겼지. 나는 그 여자가 싫어. 여자들은 다 별로야. 도대체 여자들이 왜 만들어졌는지 모르겠어."

"마틴!" 아버지가 불렀다. 소년은 반쯤 장난스럽고 반쯤 도전적인 얼굴로 아버지를 향해 고개를 돌렸다. "마틴, 이 녀석아. 네가 지금은 건방지게 말하지만, 언젠가는 엄청난 난봉꾼이 될 게다. 하지만 부디 그 생각을 고수하길 바란다. 봐라, 네 그 말을 여기 수첩에 적어두겠다. (그는 모로코가죽으로 덮인 수첩을 꺼내 천천히 그 안에 글을 적었다.) 마틴, 만약 십 년 후에도 우리 둘 다 살아 있다면, 그 말을 다시 상기시켜 주겠다."

"그때도 똑같이 말할 거예요. 저는 항상 여자를 싫어할 거니까요. 여자들은 모두 인형 같아요. 그저 잘 차려입고 칭찬받으려고 돌아다니기만 하잖아요. 저는 절대 결혼하지 않을 거예요. 평생 독신으로 살 거라고요."

"그 말 꼭 지켜라!" 마틴의 말에 대꾸한 요크는 아내를 향해 말했다. "헤스터, 나도 저 녀석 나이 때 저랬소. 완전히 여성 혐오자였지. 그런데 봐요! 나이가 스물셋 되었을 때는 프랑스와 이탈리아, 별의별 곳을 여행하면서 매일 밤 자기 전에는 머리를 곱슬하게 말았고, 귀에는 귀걸이까지 걸고 다녔소. 코걸이가 유행이었다면 그것도 했을 거야. 모두 다 여자들에게 매력적으로 보이기 위해서였지. 마틴도 똑같이 할걸."

"제가요? 절대 아니에요! 저는 더 현명하다고요. 아버지 정말 대단하셨네요! 제 옷에 대해서는 이렇게 맹세할게요. 지금 입은 것보다 더 화려한 옷은 절대 입지 않을 거예요. 무어 씨, 전 머리부터 발끝까지 파란 옷을 입고 다니는데, 그 때문에 학교에서 다들 저를 바다 사나이라고 놀려요. 하지만 저는 더 크게 웃으면서, '너희들은 외투, 조끼, 바지 색깔이 모두 다른 까치와 앵무새들이야'라고 말하죠. 저는 다른 옷 말고 항상 파란 옷만 입을 거예요. 인간의 존엄성을 지키기 위해서요. 다른 색이 섞인 옷은 입지 않을 거라고요."

"마틴, 십 년 후엔 그 어느 재단사도 네 까다로운 취향에 맞는 다양한 색상을 맞추지 못할 거다. 어느 향수 가게도 네 예민한 감각을 만족시킬 섬세한 향수를 만들지 못할 거야."

마틴은 경멸스럽다는 표정을 했지만 더는 대꾸하지 않았다. 그 사이에 몇 분간 옆 탁자에 쌓여 있는 책들을 뒤지고 있던 마크가 말을 꺼냈다. 그는 특유의 느리고 조용한 목소리로 말했는데, 얼굴에는 묘사하기 어려운 차분하고도 오묘한 표정이 스쳐 지나갔다.

"무어 씨, 아마도 캐롤라인 헬스톤 양이 무어 씨를 감상적이지 않은 사람이라고 말한 게 칭찬이라고 생각하신 것 같네요. 제 여동생들이 그 말을 전했을 때 좀 당황스러워 보였는데, 마치 칭찬받은 듯한 기분이 드신 것 같아요. 학교에서 성적이 오른 것을 들을 때마다 얼굴이 빨개지는 허영심 많은 소년처럼요. 제가 무어 씨를 위해서 '감상적'이라는 단어를 사전에서 찾아봤는데, '감성으로 물든'이라는 의미라고 나와 있어요. 좀 더 살펴보니, '감성'은 생각, 아이디어, 개념이라고 설명되어 있더군요. 그러니까 감상적인 사람은 생각과 아이디어, 개념을 가진 사람이고, 감상적이지 않은 사람은 생각과 아이디어, 개념이 없는 사람이라는 뜻이에요."

마크는 그것으로 말을 끝냈다. 미소도 짓지 않았고, 칭찬을 기대하며 주위를 둘러보지도 않았다. 그저 할 말을 다 한 후, 조용히 있었다.

"정말! 요크 씨의 아이들은 모두 대단하군요!" 로버트가 요크에게 말했다.

마크의 연설을 주의 깊게 듣고 있던 로즈가 그에게 말했다.

"생각, 아이디어, 개념에도 다양한 종류가 있어요. 좋은 것도 있고 나쁜 것도 있죠. '감상적'이라는 말은 나쁜 것에 해당하는 걸 거예요. 아니면 헬스톤 양이 그런 의미로 받아들였을 거예요. 왜냐하면, 그분은 아저씨를 비난하지 않고 변호하고 있었으니까요."

"역시 내 착한 변호사야!" 로버트가 로즈의 손을 잡으며 말했다.

"아저씨를 변호하고 있었어요." 로즈가 반복해서 말했다. "제가 그 자리에 있었다면 저도 그렇게 했을 거예요. 다른 숙녀들이 악의적으로 말하는 것 같았거든요."

"여자들은 항상 악의적으로 말해. 여자들은 원래 그런 존재야." 마틴이 말했다.

그제야 매튜가 처음으로 입을 열었다. "마틴은 자기가 이해하지도 못하는 걸로 항상 떠들어 대는 멍청이야!"

"나도 원하는 건 무슨 주제든 떠들 권리가 있는 자유인이야." 마틴이 대답했다.

"네가 그 권리를 사용하는 게 아니라 남용하는 걸 보

면, 너는 노예가 되었어야 마땅해." 형이 다시 맞받아쳤다.

"노예! 노예라고! 그것도 요크 집안사람이 요크 집안사람한테 그런 말을 하다니! 형은 브라이어필드 사람이라면 모두 아는 걸 잊어버렸어. 우리 집안에서 태어난 사람들은 모두 아치형 발등을 가져서 그 아래로 물이 흐를 수 있을 정도야. 이건 삼백 년 동안 우리 핏줄에 노예가 없었다는 증거라고."

"이 사기꾼!" 매튜가 말했다.

"얘들아, 그만해라!" 요크가 외쳤다. "마틴, 네 녀석은 정말 말썽꾸러기구나. 네가 아니었으면 아무 소란도 없었을 거다."

"정말 그런가요? 제가 먼저 시작했나요, 매튜 형이 먼저 시작했나요? 형이 저한테 먼저 멍청이처럼 떠든다고 놀려서 제가 말한 거 아니에요?"

"이 건방진 멍청이!" 매튜가 다시 말했다.

그때 요크 부인이 몸을 흔들기 시작했다. 꽤 불길한 움직임이었다. 특히 매튜가 싸움에서 밀릴 때면 종종 히스테리 발작이 일어나곤 했다.

"매튜 요크의 무례를 왜 참아야 하는지 모르겠어요. 왜 형만 저한테 나쁜 말을 할 권리가 있는지 모르겠다고요." 마틴이 말했다.

"그런 권리는 없다, 아들아. 하지만 네 형을 일흔일곱 번이라도 용서해라." 요크가 부드럽게 말했다.

"매번 똑같아. 말과 행동이 따로 놀아!" 마틴이 중얼거리며 방을 나가려 했다.

"어디 가는 거냐, 내 아들?" 아버지가 물었다.

"이 집에서 모욕당하지 않을 장소가 있다면, 거기로 갈 거예요."

매튜가 기분 나쁘게 비웃었다. 마틴이 불쾌한 눈빛으로 형을 바라보며 온몸을 부들부들 떨었지만, 스스로 자제했다.

"저 나가도 되죠?" 그가 물었다.

"그래. 가거라, 아들아. 하지만 원한은 품지 말아라."

마틴이 나가자 매튜가 또다시 비웃었다. 로즈는 잠시 머리를 기대고 있던 로버트의 어깨에서 고개를 들고 매튜를 똑바로 바라보며 말했다. "마틴은 슬퍼하고 오빠는 재밌어하지만, 나는 오빠보다 마틴이 되고 싶어. 나는 오빠의 본성이 싫어."

요크 부인이 흐느끼기 시작했고, 그 소리를 앞으로 다가올 불편한 상황에 대한 경고라고 여긴 로버트는 이를 피하고자 자리에서 일어났다. 그는 제시를 무릎에서 내려놓고 그녀와 로즈에게 키스한 뒤, 내일 오후 약속한 시각에 꼭 할로우로 오라고 당부했다. 그러고 나서 요크 부인에게 작별 인사를 한 후 요크에게 말했다. "잠깐 말씀드릴 게 있습니다." 그리고 요크가 방을 나서자 뒤따라 나갔다. 두 사람은 복도에서 짧은 대화를 나누었다.

"혹시 좋은 일꾼이 일할 만한 자리가 있습니까?" 로버트가 물었다.

"이런 시기에 그 무슨 말도 안 되는 질문인가? 요즘 누구라도 훌륭한 일꾼들에게 충분한 일거리를 제공하지 못하는 상황이라는 거 알지 않나."

"그래도 가능하시다면 이 사람은 받아주셔야 합니다."

"이보시게, 영국 전체를 위해서라도 나는 사람을 더 고용할 수가 없어."

"그건 중요하지 않아요. 그 사람에게 일자리를 줘야 합니다."

"그 사람이 누군데?"

"윌리엄 패런입니다."

"내 윌리엄을 알지. 정말로 정직한 사람이야."

"지금 석 달째 일을 못 했다고 합니다. 식구가 많아서 급여 없이는 분명 살기 어려울 거예요. 오늘 아침에 직공들이 저를 찾아와서 항의하고 위협했는데, 그중 하나였습니다. 하지만 윌리엄은 위협하지 않았어요. 그저 시간을 조금 더 달라고, 조금만 천천히 변화해 달라고 요청했을 뿐입니다. 하지만 요크 씨도 알다시피, 저는 그럴 수 없습니다. 사방에 제약이 걸린 상황이라 밀어붙일 수밖에 없어요.

그래서 그자들과 오래 이야기해 봤자 쓸데없다고 생각했습니다. 해산시키기 전에 그들 중 한 사람을 체포했는데, 가끔 저 예배당에서 설교하는 놈입니다. 그자를 추방할 계획이에요."

"설마 모세 바라클러프는 아니겠지?"

"맞습니다."

"아! 그를 체포했나? 잘했네! 이제 악당을 순교자로 만들겠어. 아주 현명하게 일했군."

"옳은 일을 한 겁니다. 어쨌든 결론은, 저는 패런에게 일자리를 꼭 찾아주겠다고 결심했고, 요크 씨가 일자리를 주셨으면 좋겠습니다."

요크가 소리쳤다. "자네 참 뻔뻔하군! 자네가 해고한 일꾼에게 내가 왜 일자리를 줘야 하나? 내가 자네의 그 패런인지 윌리엄인지에 대해 뭘 안다고? 그 사람이 정직하다는 건 들었지만, 내가 요크셔에 있는 정직한 사람들을 다 책임져야 하나? 별로 큰 부담이 아니지 않냐고 할 수 있겠지만, 부담이 크든 작든 난 그럴 생각이 없네."

"그러지 마시고요, 요크 씨. 무슨 일을 찾아주실 수 있겠습니까?"

"무슨 일을 찾아! 내가 평소에 안 쓰는 말을 하게 만드는군. 제발 집에나 돌아가게. 문은 여기 있어. 나가시게."

로버트는 복도에 있는 의자 중 하나에 앉았다.

"요크 씨 공장에는 일거리가 없겠죠. 좋습니다. 하지만 땅도 있잖아요. 땅에서 할 수 있는 일이라도 찾아주십시오."

"아니, 나는 자네가 우리 촌놈들에겐 아무 관심도 없다고 생각했네. 왜 이렇게 변했는지 이해할 수가 없군."

"맞습니다. 그 사람은 저에게 진실하고 일리 있는 이야기만 했습니다. 저는 그런 사람을 쓸데없는 말만 지껄인 다른 자들과 똑같이 대했고요. 그 자리에서는 구별하기 어려웠습니다. 그 행색만 봐도 최근에 무슨 일을 겪고 있는지 다른 말을 듣지 않아도 잘 알 수 있었는데 말이죠. 하지만 그걸 설명한다고 뭐가 달라지겠습니까? 그에게 일자리를 주세요."

"자네가 직접 주게. 그렇게 진심이라면, 자네가 양보하라고."

"제게 양보할 수 있는 게 남아 있다면 다시 부서지는 한이 있어도 양보하겠습니다. 하지만 오늘 아침에 받은 편지들을 보고, 제 상황을 아주 분명히 알았어요. 낭떠러지가 코앞에 있다는 것을요. 제 외국 거래처는 이미 포화 상태입니다. 별다른 변화가 없으면, 전망이 좋지 않으면, 최소한 대륙 봉쇄령이 중단되지 않으면 서쪽 길도 열리지 않을 테니, 저로서는 어디로 가야 할지 모르겠습니다. 마치 바위 속에 갇힌 것처럼 아무런 빛도 보이지 않아요. 그런 제가 누군가의 생계를 책임지는 척한다면 그건 정직하지 않은 행동일 겁니다."

"자, 나가서 한 바퀴 돌아보세. 별이 빛나는 밤이야." 요크가 말했다.

두 사람은 문을 닫고 밖으로 나가, 서리로 덮인 하얀 길을 나란히 걸었다.

"패런 문제를 즉시 해결해 주십시오. 요크 밀즈에 큰 과수원을 갖고 계시잖습니까. 패런은 좋은 정원사입니다. 거기서 일할 수 있게 해주십시오."

"좋네, 그렇게 하지. 내일 그자를 불러서 한번 보겠네. 그런데 자네, 지금 사업이 심각한 상황인 건가?"

"네. 두 번째로 겪는 이번 실패를 늦출 수는 있어도 완전히 피할 방법은 현재로서 보이지 않습니다. 무어 가문은 완전히 무너지게 될 겁니다. 그리고 아시다시피, 저는 모든 빚을 갚고 옛 가업을 재건하려는 큰 계획을 품고 있었습니다."

"자네는 자본이 필요해. 그게 전부야."

"맞습니다. 하지만 죽은 사람에게 숨만 있으면 살 수 있다고 말하는 것과 같지요."

"아니, 알아. 자본은 달라고만 한다고 얻을 수 있는 게 아니지. 만약 자네가 나처럼 결혼해서 가족이 있었다면, 상황은 더 정말 절망적이었을 걸세. 하지만 얽매이지 않은 젊은 사람들에겐 그들만의 기회가 있어. 가끔 자네가 이 여자 저 여자와 결혼할 위기에 있다는 소문이 들리던데, 전부 사실이 아닌가 보군?"

"제 사정을 잘 아시지 않습니까. 지금 저는 결혼을 꿈꿀 처지가 아닙니다. 결혼! 그 단어조차 견딜 수 없어요. 너무 어리석고 이상적으로 들립니다. 저는 결혼과 사랑이란 부유한 사람들만을 위해 존재하는 사치품이라고 확실히 정리했습니다. 그런 사람들은 편안하게 살면서 내일을 걱정할 필요가 없으니까요. 아니면 완전히 빈곤한 절망 속에서 더는 일어설 희망이 없는 사람들이 마지막으로 무모하게 즐기는 것일 뿐입니다."

"내가 자네와 같은 상황이라면 그렇게 생각하지 않을 걸세. 아마 몇천 파운드를 가진 아내를 구해볼까 생각할 것 같은데. 내 성격에도, 일에도 잘 맞는 사람을 말이지."

"어디서 그런 사람을 찾습니까?"

"기회가 생기면 시도해 볼 텐가?"

"글쎄요. 여러 가지 상황에 달려 있겠죠."

"나이 많은 여자는 어떤가?"

"차라리 길에서 돌을 깨겠습니다."

"나도 그렇네. 못생긴 여자는 괜찮은가?"

"아뇨! 저는 못생긴 건 정말 싫어하고 아름다움에 기쁨을 느낍니다. 요크 씨, 제 눈과 마음은 젊고 예쁜 얼굴에 즐거워지고 거칠고 메마른 얼굴에는 거부감을 느껴요. 부드럽고 섬세한 선과 색채가 좋습니다. 투박한 생김새는 저를 불쾌하게 해요. 못생긴 아내는 원치 않습니다."

"부자라도?"

"보석으로 치장해도 사랑할 수 없을 겁니다. 상상도 못 하겠고 견딜 수도 없어요. 내 취향에 맞아야지, 그렇지 않으면 혐오감에 폭발하거나, 더 나쁘게는 완전히 얼어붙어서 냉담해질 겁니다."

"뭐라고! 이보게, 만약 자네가 정직하고 성격 좋고 부유한 여자를 만났는데, 조금 못생겼더라도 광대뼈가 좀 높고 입이 좀 크고 머리카락 좀 붉다고 그걸 참을 수 없겠나?"

"절대 안 됩니다. 적어도 우아해야 해요. 그리고 젊음과 균형 잡힌 외모도요. 그래요, 제가 아름답다고 느낄 수 있어야 합니다."

"그리고 가난하겠지. 제대로 입히고 먹일 수 없는 아이들로 가득 찬 아기방에 걱정에 시달리고 지친 어머니, 그 다음엔 파산과 불명예, 또 평생의 투쟁이 있겠고."

"제발 절 내버려두세요, 요크 씨."

"로버트 자네가 낭만적인 사람이라면, 특히 이미 사랑에 빠졌다면 얘기해 봐야 소용없겠군."

"저는 낭만적이지 않습니다. 칠이 벗겨진 흰 건조대처럼 완전히 벗겨져 버렸죠."

"늘 그런 비유를 쓰게나, 친구. 그래야 내가 이해하지. 그리고 자네의 그 판단력을 방해할 애정 문제도 없는 거겠지?"

"그 주제에 대해서는 충분히 말한 것 같은데요. 사랑? 헛소리예요!"

"그래, 그렇게 자네 마음과 머리가 다 온전하다면 좋은 기회를 놓칠 이유가 없지. 그러니 기다려 보게."

"마치 예언자처럼 말씀하시네요."

"나도 그런 쪽에 소질이 좀 있는 것 같네. 내 자네에게 아무런 약속도, 조언도 하지 않겠지만, 그저 마음을 다잡고 상황에 따라 움직이라고 말해주고 싶군."

"의사가 약을 처방해도 이보다 더 신중하진 않을 것 같네요."

"그동안 나는 자네에 대해선 아무 신경도 쓰지 않겠네, 로버트 무어. 자네는 나나 내 가족과 아무 관계도 없고, 자네가 재산을 잃든 얻든 아무 상관도 없어. 이제 집에 가게. 벌써 열 시가 지났어. 오르탕스 양이 자네가 어디 있는지 궁금해할 거야."

10장. 독신 여성들

 시간이 흘러 봄이 무르익었다. 영국의 겉모습은 점차 보기 좋게 변하기 시작했다. 들판은 푸르러지고 언덕은 싱그러워졌으며 정원에는 꽃이 피었다. 그러나 영국의 내면은 나아진 게 없었다. 가난한 사람들은 여전히 비참했고 고용주들도 여전히 고통스러워했다. 일부 상업 분야는 마비될 위기에 처한 것 같았고 전쟁도 계속되었다. 영국의 피가 흘러내리고 부는 낭비되었다. 이 모든 게 불충분한 목표를 이루기 위한 것처럼 보였다. 반도에서의 성공 소식이 간혹 전해지기는 했지만, 그 소식도 천천히 도착했다. 그사이에는 긴 공백이 있었고, 그동안 나폴레옹이 계속되는 승리를 거만하게 자축하는 소리만 들렸다. 전쟁으로 인해 고통받는 사람들은 이 지루하고, 절망적인 투쟁을 절대적인 권력에 맞서는 싸움으로 여겼고 더는 견디기 어려워했다. 그들은 어떤 조건에서든 평화를 원했다. 요크와 무어를 포함해 전쟁으로 인해 파산 직전에 있는 사람들 수천 명이 절박함 속에서 평화를 강력히 요구했다.

그들은 회의를 열고 연설했으며 이 기회를 얻기 위해 청원서를 작성했다. 어떤 조건에서 이루어지든 상관하지 않았다.

모든 인간은 개인적으로도 다소 이기적이지만, 집단이 되면 그 이기심이 극도로 강해진다. 영국 상인도 이 규칙에서 예외는 아니다. 상업 계층은 이 규칙을 더 뚜렷하게 보여준다. 이 계층은 누가 봐도 돈을 버는 것에만 급급하며, 영국 상업, 즉 그들만의 상업 영역을 확장하는 일 말고는 국가적 상황은 전혀 고려하지 않는다. 기사도 정신이나 무사심,✿ 명예에 대한 자부심은 그들 마음속에서 거의 죽어 있다. 상업가들이 지배하는 땅은 예수의 가르침이 아닌 탐욕의 신이 불어넣은 욕심으로 인해 치욕스러운 굴복을 수시로 선택하게 될 것이다. 최근 전쟁에서라면 영국 상인들은 프랑스에게 오른쪽 뺨에 이어 왼쪽 뺨까지 기꺼이 내

✿ 사심 없음. 기득권이나 편견 혹은 습관에서 자유로운 판단을 가능하게 하는 몰아적 태도로, 특히 19세기 영국 비평가들 사이에서 다양하게 쓰였다.

어주었을 것이며, 나폴레옹에게 외투를 벗어주고 코트까지 정중히 건넨 후, 그가 원한다면 조끼까지도 아낌없이 내놓았을 것이다. 그리고 오직 자기 지갑 속 돈을 지키기 위해 마지막 남은 옷 한 벌만이라도 남겨 달라고 간청했을 것이다. 저항할 조짐도, 투쟁의 불꽃도 전혀 보이지 않았으리라. 나폴레옹이라는 강도가 그 소중한 지갑을 낚아채기 전까지는 말이다. 하지만 지갑을 빼앗기면 그 순간 영국 불독으로 변신해 강도의 목을 덥석 물었을 테고, 보물을 되찾을 때까지 끈질기게 매달렸을 것이다. 상인들은 전쟁에 반대하는 이유를 말할 때마다 항상 전쟁이 피비린내 나는 야만적인 행위이기 때문이라고 주장한다. 그 말을 들어보면 마치 그들이 특별히 문명적이고 다른 사람들에게 매우 친절하며 상냥한 성품을 가진 것처럼 느껴진다. 하지만 사실은 그렇지 않다. 상인 중에는 극도로 편협하고 냉담하며 자기 계층 외에는 어떤 계층에게도 좋은 감정을 갖지 않는 자들이 많다. 그들은 다른 사람들에게 거리감을 두고 심지어 적대적이기까지 하며 그들을 쓸모없다고 말하고 존재할 권리마저 의심한다. 다른 이들이 숨 쉬는 공기조차도 아까워하고 그들이 음식을 먹고 음료를 마시고 깨끗한 집에서 사는 것조차 부당하다고 생각하는 듯하다. 다른 사람들이 어떻게 인류를 돕고 즐거움을 나누고 가르치는지 전혀 알지 못하며 알려고 노력하지도 않는다. 상업에 종사하지 않는 사람은 모두 게으르고 쓸모없는 삶을 산다고 비난한다. 영국이 상인들의 나라가 되는 일은 오랫동안 없어야 할 것이다!

우리는 이미 로버트 무어가 자기희생적인 애국자가 아니라는 사실을 이야기했고, 그가 개인적인 이익을 추구하는 데에만 집중할 수밖에 없는 상황도 설명했다. 그 때문에 로버트는 두 번째 파산 위기에 처했을 때, 자신을 몰락으로 내몰려는 압력에 대항해 누구보다도 치열하게 맞서 싸웠다. 그는 북부에서 전쟁을 반대하는 목소리를 내기 위해 자신이 할 수 있는 모든 일을 했고 온갖 자금과 인맥으로 더 많은 영향력을 가진 다른 사람들을 부추겼다. 하지만 간혹 그는 자신의 정당이 정부에 요구하는 내용이 그다지 합리적이지 않다고 느낄 때가 있었다. 나폴레옹이 유럽 전체를 위협하고 유럽 전역이 그를 저지하기 위해 무장하고 있다는 이야기를 들었을 때, 그는 느꼈다. 위협받은 러시아가 격분하여 결연한 모습으로 일어나 자신의 얼어붙은 땅과 황량한 농지, 어두운 전제 정치를 외국의 정복자가 밟고 억압하고 지배하지 못하도록 방어하는 모습을 보았을 때도 느꼈다. 로버트는 자유로운 나라인 영국이 불공정하고 탐욕스러운 프랑스 지도자에게 양보하거나 평화의 조건을 제안하지 못하리란 걸 깨달았다. 때때로 영국을 대표해 반도로 나간 웰링턴 경이 승전에 승전을 거듭한다는 소식이 전해졌다. 그는 매우 신중하지만 절대 흔들리지 않았고, 매우 조심스럽지만 확실했으며, '서두르지 않으나' 결코 '멈추지 않고' 나아갔다. 웰링턴 경이 직접 보낸 공식 보고서를 신문에서 읽었을 때, 로버트는 이 보고서가 진실을 바탕으로 겸손하게 작성된 문서라고 느꼈고, 영국 군대에는 철저하게 인내하며 진정성 있게 자만하지 않는 그런 힘이 있음을 인정했다. 그 힘은 결국 자신이 이끄는 쪽에 승리를 가져다줄 것이다. 결국에는 말이다! 하지만 로버트는 그 끝이 아직 멀었다고 생각했다. 그사이에 로버트 무어라는 개인은 짓밟히고 파괴될 것이며, 그 희망은 산산이 조각나리라. 그러니 자기 자신을 돌봐야 하고 희망을 추구해야 했다. 그는 자신의 운명을 이끌 것이다.

하지만 로버트는 자신의 운명을 너무도 강력하게 이끈 나머지, 곧 그의 오랜 토리당 친구 헬스톤 신부와 결정적인 갈등에 이르게 되었다. 두 사람은 공개회의 석상에서 언쟁을 벌였고, 이후 신문에서 신랄한 편지를 주고받았다. 헬스톤은 로버트를 자코뱅✿이라고 비난하며 그와의 관계를 끊었고 마주쳤을 때도 말을 섞지 않았다. 또한, 자기 조카딸에게도 당분간 할로우 오두막 사람들과 교류를 끊으

✿ 프랑스 혁명 시기에 생긴 프랑스 당파 중 하나로, 영국에서는 급진좌파 사상을 가진 이들을 지칭했다.

라고 매우 단호하게 말했다. 그녀는 프랑스어 수업도 그만둬야 했다. 헬스톤 신부는 프랑스어가 본래 나쁜 언어이며, 그 언어로 된 작품들도 대부분 경박해서 여성의 약한 정신에 매우 해롭다고 지적했다. 그는 (덧붙여 말하길) 도대체 누가 여성들에게 프랑스어를 가르치는 걸 유행시켰는지 궁금해했다. 프랑스어를 배우는 건 매우 부적절한 일이었다. 마치 허약한 아이에게 석회와 물로 만든 죽을 먹이는 것과 같았다. 그러므로 캐롤라인은 관둬야 하며 사촌들과의 관계도 끊어야 했다. 그들은 위험한 사람들이었다.

헬스톤 신부는 캐롤라인이 자신의 명령에 거부하고 눈물을 흘릴 거라 예상했다. 평소 캐롤라인에게 별로 신경을 쓰지 않았지만, 막연하게는 그녀가 할로우 오두막에 가는 것을 즐기고, 로버트가 정기적으로 사제관에 찾아오는 걸 좋아한다고 의심하고 있었다. 헬스톤 신부는 캐롤라인이 말론과 로버트를 다르게 여기는 걸 알고 있었다. 가끔 말론이 저녁 시간에 찾아와 캐롤라인에게 자신의 사교적이고 매력적인 모습을 보이려고 노력할 때가 있었다. 말론은 캐롤라인의 발치에 앉은 나이 많은 검은 고양이의 귀를 꼬집기도 하고, 아직 해가 떨어지기 전에는 사냥총을 빌려와 정원에 있는 창고 문을 총으로 쏘면서 자신이 실패했는지 성공했는지를 알리기 위해 복도와 거실의 문을 열어둔 채로 집 안을 들락날락하고 소란스럽게 만들기도 했다. 헬스톤 신부는 이런 재미있는 상황 속에서도 캐롤라인이 조용히 위층으로 올라가 남몰래 숨어 있다가 저녁 식사 시간이 되어야만 모습을 드러낸다는 것을 알았다. 반면 로버트 무어가 오면 상황이 달라졌다. 로버트는 고양이에게 아무런 장난을 치지 않았고, 그저 의자에 있는 고양이를 부드럽게 무릎으로 데려와 앉아 있게 하거나 어깨에 올려놓고 그의 뺨에 머리를 비비도록 내버려둘 뿐이었다. 그가 있는 동안에는 귀청이 터질 듯한 총소리도, 유황 냄새나는 화학 연기도, 소란도, 자랑도 없었다. 그런데도 캐롤라인은 함께 방에 앉아 있었고 유대인 바구니에 넣을 핀 쿠션을 꿰매거나 선교사 바구니를 위한 양말을 뜨는 데서 놀라운 만족감을 느끼는 듯 보였다.

그녀는 매우 조용했고, 로버트는 그녀에게 거의 주의를 기울이지 않았으며 말을 거는 일도 별로 없었다. 하지만 헬스톤 신부는 쉽게 눈을 속일 수 있는 일반적인 노신사가 아닌, 오히려 언제나 경계심이 매우 높은 사람이었기 때문에 두 사람이 서로에게 작별 인사를 할 때를 지켜보았다. 그리고 그들의 눈이 한 번, 오직 한 번 마주치는 것을 보았다. 어떤 성격의 사람들은 그 순간의 눈빛에 놀라며 즐거움을 느꼈을 수도 있다. 그 어떤 해로움 없이 기쁨만 살짝 담겨 있는 눈빛이었기 때문이다. 그들 사이에는 서로 간의 탐색이나 비밀스러운 사랑이 존재하지 않았다. 그 순간에는 교묘한 속임수도, 감추는 것도 없으니 기분 나쁠 일도 없었다. 단지, 로버트의 눈에는 캐롤라인의 눈빛이 맑고 부드럽다고 느껴졌고, 캐롤라인의 눈에는 로버트의 눈빛이 남성적이고 예리해 보였다. 두 사람은 서로의 매력을 각자의 방식으로 인정했다. 로버트는 살짝 미소 지었고, 캐롤라인은 얼굴이 약간 붉어졌다. 헬스톤은 그 자리에서 두 사람을 모두 꾸짖고 싶었다. 그들이 약간 짜증스러웠다. 왜일까? 이유는 알 수 없었다. 그 순간 헬스톤 신부에게 로버트를 어떻게 혼내야 할지 물었다면, 그는 '말채찍'이라고 대답했을 것이다. 캐롤라인에 관해 묻는다면, 그녀의 뺨을 때리겠다고 했을 것이다. 그리고 왜 그렇게까지 벌해야 하냐고 그 이유를 묻는다면, 그는 남녀 사이에 오가는 추파와 연애를 비난하며 자신의 집 안에서 그런 어리석은 짓은 허락하지 않겠다고 맹세했을 것이다.

헬스톤 신부는 이런 개인적인 판단과 정치적인 이유를 결합해서, 두 사촌을 갈라놓기로 결심을 굳혔다. 그리고 어느 날 저녁, 거실 창가에 앉아 일하는 캐롤라인에게 자신의 의사를 전했다. 그녀의 얼굴은 그를 향해 있었고, 빛이 그 얼굴을 가득 비췄다. 몇 분 전부터 그는 캐롤라인이 예전보다 더 창백하고 조용해 보인다는 생각이 들었다. 또한, 지난 3주 동안 그녀의 입에서 로버트 무어의 이름이 전혀 나오지 않았고, 같은 기간 동안 그 인물이 사제관에 나타나지 않았다는 사실도 떠올랐다. 헬스톤은 두 사람 사이에 비밀스러운 만남이 있었을지도 모른다는 의심에 사로잡혔다. 여성에 대한 평가가 좋지 않은 그는 항상 여성을 의심했고, 끊임없이 감시해야 한다고 생각했다. 그는 캐롤라인에게 일상적으로 하던 할로우 오두막 방문을 중단하라고 건조하게 말했다. 그리고 그녀가 깜짝 놀라거나 불만스러운 표정을 지을 거라 기대했다. 하지만 그녀는 놀라기는 했어도 아주 미미한 정도였고, 그에게는 아무런 시선도 보내지 않았다.

"내 말을 들었느냐?" 그가 물었다.

"네, 삼촌."

"당연히 내 말에 따르겠지?"

"네, 물론이죠."

"그리고 네 사촌 오르탕스에게 편지 쓰는 일도 하지 말아라. 모든 교류를 중단해야 한다. 나는 그 가문의 사상을 인정하지 않아. 그 사람들은 자코뱅주의자야."

"알겠어요." 캐롤라인이 조용히 말했다. 그녀는 그저 순순히 응했다. 얼굴에 짜증 섞인 홍조도 없었고, 눈물이 고이는 일도 없었다. 헬스톤이 말하기 전부터 그녀의 얼굴을 덮고 있던 그늘진 사색의 기운은 흐트러지지 않았다. 그녀는 순종적이었다.

그렇다, 완벽하게 순종했다. 그 명령이 그녀 스스로 내린 판단과 일치했기 때문이다. 이제 할로우 오두막에 가는 일은 그녀에게 고통이 되었다. 그곳에서 그녀를 맞이하는 것은 실망뿐이었다. 로버트가 그곳을 떠난 것처럼 보였기에 희망과 사랑도 그 작은 집을 떠났다. 그녀는 로버트의 이름을 꺼내기만 해도 얼굴이 뜨거워졌기 때문에 그의 소식을 묻는 경우가 드물었지만, 간혹 질문을 던지면 대답은 항상 그가 집을 비웠거나 일에 완전히 몰두하고 있다는 것이었다. 오르탕스는 그가 지나치게 일만 하며 자신을 혹사한다고 걱정했다. 그는 집에서는 거의 식사를 하지 않았고 사무실에서만 생활했다.

캐롤라인이 그를 볼 기회는 오직 교회뿐이었지만, 그곳에서도 그녀는 그를 거의 쳐다보지 않았다. 그를 보는 일은 너무 큰 고통이자 너무 큰 기쁨이었기 때문이다. 그것은 지나치게 많은 감정을 일으켰고 그 모든 감정이 헛된 것임을 그녀는 이미 잘 알고 있었다.

비가 내리던 어느 어두운 일요일이었다. 그날은 교회에 사람이 거의 없었고, 특히 캐롤라인이 두려워하는 예리한 관찰력과 매서운 말투를 가진 여인들 몇몇이 오지 않은 날, 그녀는 로버트가 앉은 자리를 찾아 그의 모습을 잠시 바라보았다. 그는 혼자였다. 오르탕스는 새로 산 봄 모자와 비 사이에서 한참을 고민하다가 집에 남기로 했다. 설교가 진행되는 동안 로버트는 팔짱을 낀 채 고개를 숙이고 있었으며, 매우 슬프고 생각에 잠긴 듯한 표정을 하고 있었다. 우울할 때 그의 얼굴빛은 웃을 때보다 더 어두워 보였고, 오늘 그의 뺨과 이마는 매우 창백하면서도 차분한 올리브색을 띠고 있었다. 캐롤라인은 그 흐릿한 얼굴을 살펴보면서 그의 생각이 친숙하거나 다정한 길을 따라가고 있지 않다는 사실을 본능적으로 알았다. 그의 생각은 단지 그녀에게서만이 아니라, 그녀가 이해할 수 있고 공감할 수 있는 세상에서 매우 멀리 떨어져 있었다. 두 사람이 함께 이야기했던 그 어떤 것도 지금 그의 마음속에는 없었다. 그는 그녀와는 전혀 관련 없는, 그녀 같은 사람은 결코 관여할 수 없는 관심사와 책임 속에 깊이 빠져 있었다.

캐롤라인은 자기만의 방식으로 그 문제를 곰곰이 생각했다. 그의 감정과 삶, 두려움, 운명에 대해 추측하면서 '사업'이라는 신비를 되새겨 보았다. 그녀는 한 번도 제대로 들어본 적 없는 사업의 복잡성과 책임, 의무, 요구 사항에 대해 더 잘 이해하려고 노력했고, '사업가'의 마음 상태를 상상해 보았다. 그가 느낄 감정을 느끼고 그의 열망을 공유하고 싶었다. 그녀는 자신이 현실을 있는 그대로 보고 낭만적으로 생각하지 않기를 진심으로 원했다. 그런 끊임없는 노력 끝에 캐롤라인은 간헐적으로 진리의 빛을 살짝 엿볼 수 있었고 그 희미한 빛이 그녀를 인도해 주기를 바랐다.

'정말 달라.' 그녀는 결론지었다. '로버트의 정신 상태는 나와는 완전히 달라. 나는 오로지 그만을 생각하지만, 그는 나를 생각할 여유도 공간도 없어. 사랑이라는 감정은 지난 이 년 동안 내 마음을 지배해 왔어. 언제나 존재했고 항상 깨어 있었으며 매번 움직였지. 하지만 그의 생각을 사로잡고 그의 능력을 지배하는 것은 전혀 다른 감정들이야. 그는 이제 일어나 교회를 떠나려고 해. 예배가 끝났기 때문에. 그가 이쪽으로 고개를 돌릴까? 아니, 절대 그러지 않을 거야. 그는 나에게 시선을 주지 않아. 정말 고통스러운 일이야. 다정한 눈길 한 번이면 나를 내일까지 행복하게 할 수 있었을 텐데. 나는 그것을 얻지 못했고, 그는 주지 않고 떠나버렸어. 참 이상해. 다른 사람의 눈이 내 눈과 마주치지 않았다는 이유로 슬픔이 나를 이토록 숨 막히게 하다니.'

그 일요일 저녁, 말론이 평소처럼 헬스톤 신부와 함께 시간을 보내기 위해 찾아오자, 캐롤라인은 차를 마신 후 자기 방으로 물러났다. 캐롤라인의 습관을 아는 패니는 바람이 거세고 쌀쌀한 날씨라 작은 난로에 불을 따뜻하게 피워 두었다. 방에서 조용히 홀로 갇힌 그녀가 무엇을 할 수 있었겠는가? 캐롤라인은 아무 소리 없이 카펫이 깔린 바닥을 왔다 갔다 걸어 다니며, 고개를 숙이고 두 손을 포개었다. 앉아 있기가 답답했다. 생각의 흐름이 그녀의 머릿속을 빠르게 지나갔다. 그날 밤 그녀는 말없이 흥분해 있었다.

방은 고요했고, 집도 고요했다. 서재의 두꺼운 문이 신사들의 목소리를 희미하게 가려주었다. 하인들은 젊은 주인 아가씨가 '일요일에 읽기에 적합'하다며 빌려준 책들을 주방에서 조용히 읽고 있었다. 캐롤라인 역시 같은 종류의 책들을 탁자 위에 펼쳐두었지만, 읽을 수 없었다. 책 속에 담긴 신학이 너무 난해한 데다, 그녀의 마음도 너무 바쁘고 생각이 넘쳐흘러 방황하고 있었기 때문에 다른 이의 생각을 담은 언어를 귀 기울여 들을 수가 없었다.

게다가 그녀의 상상은 온통 수많은 그림으로 가득했다. 로버트의 모습과 두 사람이 함께했던 장면들이었다. 겨울 저녁 따뜻한 벽난로 앞에 있던 시간, 그와 함께 넌넬리 숲속을 거닐면서 본 한여름 오후의 뜨거운 풍경, 온화한 봄날이나 부드러운 가을날의 신성한 순간들, 그녀가 할로우 숲에서 그의 곁에 앉아 오월의 뻐꾸기 소리를 들었을 때나 구월의 어느 날 잘 익은 블랙베리와 보석 같은 견과를 함께 나누어 먹던 모습이었다. 그녀는 아침이 되면 작은 바구니에 그 천연 간식을 담은 후 녹색 잎과 신선한 꽃들로 그것을 덮어 놓았다가, 오후가 되면 마치 어미 새가 새끼에게 먹이를 주듯 로버트에게 블랙베리와 견과를 한 알씩 건네주며 큰 기쁨을 느꼈다.

로버트의 모습과 형체가 그녀와 함께 있는 듯했다. 그의 목소리는 그녀의 귀에 선명하게 들렸고, 그가 준 몇 번의 애정 어린 손길도 다시 살아나는 것 같았다. 하지만 이러한 기쁨들은 텅 비어 있었기에, 얼마 지나지 않아 무너져 내렸다. 그림들은 사라졌고, 목소리는 희미해졌으며, 손에서 느껴지던 손길의 환상도 서늘하게 녹아 없어졌다. 이마에 남아 있던 따스한 입맞춤의 흔적은 이제 차가운 빗방울이 떨어진 듯한 느낌으로 바뀌었다. 그녀는 마법 같은 세계에서 현실로 돌아왔다. 유월의 넌넬리 숲 대신 좁은 방이 보였고, 길에서 들리던 새들의 노랫소리 대신 빗물이 창문에 부딪히는 소리만 들렸다. 남풍의 한숨 대신 슬픈 동풍의 흐느낌이 들렸으며, 로버트라는 사람 대신 그녀와 함께 있는 것은 벽 위로 희미하게 비친 자신의 그림자뿐이었다. 힘없이 축 처진 머리와 색 바랜 머리카락. 그녀는 자신의 윤곽을 비추는 그 창백한 환영에게서 등을 돌리고 자리에 앉았다. 이렇게 몽상에 빠지는 마음 상태에는 무기력한 게 어울릴 것 같다고 혼자 생각했다. '아마 나는 일흔까지 살아야 할지도 몰라. 내 건강 상태로 보면 앞으로 반세기 정도는 더 살아야 할 것 같아. 그 시간을 어떻게 채울 수 있을까? 나와 무덤 사이에 펼쳐진 이 시간을 채우기 위해 무엇을 해야 할까?'

그녀는 곰곰이 생각했다.

'결혼은 하지 않을 것 같아. 로버트가 나를 사랑하지 않는 걸 보니, 나는 사랑할 남편도, 돌볼 아이들도 갖지 못할 거야. 얼마 전까지만 해도 아내와 어머니로서의 의무와 애정으로 내 삶을 채울 거라고 확신했어. 당연히 그런 평범한 운명을 맞이하리라 생각했고, 다른 길은 찾아볼 필요가 없다고 생각했지. 하지만 이제는 그게 내 착각이었을지도 모른다는 걸 분명히 깨달았어. 아마도 나는 독신으로 늙어갈 거야. 로버트가 다른 사람, 아마도 부유한 여인과 결혼하는 모습을 보게 될지도 몰라. 나는 절대 결혼하지 못할 거야. 나는 왜 태어난 걸까? 세상에서 내 자리는 어디에 있을까?'

그녀는 다시 깊은 생각에 잠겼다.

'아! 이제 알겠어. 이것이 독신 여성들 대부분이 해결하지 못하고 어려워하는 질문이구나. 다른 사람들은 그 질문을 대신 해결해 주면서 이렇게 대답하지. 네 자리는 다른 사람들에게 좋은 일을 하고, 도움이 필요할 때 언제든 도와주는 거라고. 어느 정도 맞는 말이기도 해. 그런 생각을 하는 사람들에게는 매우 편리한 이론이야. 하지만 내가 보기에는 어떤 부류의 사람들은 다른 부류의 사람들이 자신들에게 인생을 바치고 봉사해야 한다고 주장하는 경향이 있어. 그리고 그에 대한 보답으로 칭찬을 해주지. 헌신적이고 덕망 있는 사람이라면서 말이야. 하지만 그걸로 충분한 걸까? 그게 사는 것일까? 자신만의 무언가를 위해 삶을 바치지 못하고 그저 다른 사람들에게 봉사하는 그 마음 안에는 끔찍한 공허함과 조롱, 결핍과 갈망이 있지는 않을까? 아마도 그럴 것 같아. 미덕이란 자기를 희생해야만 생기는 걸까? 나는 그렇게 믿지 않아. 지나친 겸손은 독재를 낳고, 약한 양보는 이기심을 낳아. 특히 로마 가톨릭 교리는 자기희생과 타인에 대한 복종을 가르치지만, 그 어느 곳도 로마 가톨릭 성직자들만큼 탐욕스러운 폭군이 많은 곳은 없어. 모든 인간은 자기 몫의 권리를 가지고 있어. 만약 사람들이 각자 자기 몫을 알고, 그것을 신념을 지키는 순교자처럼 굳게 붙들고 산다면, 모두 같이 행복과 복지에 도움을 줄 수 있지 않을까 싶어. 내 머릿속에 이런 이상한 생각들이 떠오르네. 이 생각들이 옳은 걸까? 잘 모르겠어.

그래, 인생은 아무리 길어도 짧은 법이지. 칠십 년이라는 세월도, 사람들은 그것이 안개 같다고, 잠에서 깨면 사라지는 꿈처럼 빠르게 지나간다고 하지. 인간의 발걸음이 밟는 모든 길은 결국 하나의 종착지로 끝나. 무덤으로 이어지는 거야. 이 거대한 지구 표면에 있는 작은 틈, 거대한 농부가 낫을 휘둘러 잘 익은 줄기에서 털어낸 씨앗을 뿌리는 고랑 말이야. 씨앗은 그곳에 떨어져 썩어가고, 세상이 몇 번 더 돌고 나면 다시 싹이 트겠지. 그렇게 육신은 땅으로 돌아가고, 그동안 영혼은 긴 비상과 함께 하늘 위로 날아가, 불과 유리의 바다 가장자리에서 날개를 접고 아래를 내려다보겠지. 그 타오르는 투명함 사이로 내려다보면, 그 속에서 주권을 가진 아버지, 중재자이신 아들, 창조자이신 성령까지 그리스도의 삼위일체를 발견하게 될 거야. 이건 그저 표현할 수 없는 것을 표현하기 위해, 묘사할 수 없는 것을 설명하기 위해 선택된 말들일 뿐이야. 영혼의 진정한 사후 세계가 어떨지 그 누가 짐작할 수 있을까?'

난롯불은 마지막 남은 재까지 다 타버렸고, 말론은 떠났다. 이제 서재에서 기도 시간을 알리는 종이 울렸다.

다음 날 캐롤라인은 온종일 혼자 시간을 보내야 했다. 삼촌이 친구이자 윈버리 교구 신부인 볼트비 박사와 함께 식사하기 위해 떠났기 때문이다. 그녀는 종일 속으로 같은 생각을 반복하며 미래를 내다보고 인생을 어떻게 살아가야 할지 스스로 물어보았다. 패니는 집안일을 하느라 방을 들락날락하다가, 젊은 주인 아가씨가 매우 조용히 앉아 있는 것을 알아차렸다. 그녀는 계속 같은 자리에 앉아서 손으로 무언가를 열심히 만들고 있었다. 평소처럼 고개를 들어 패니에게 말을 걸지도 않았고, 패니가 날씨가 좋다며 산책을 권해도 캐롤라인은 그저 "날이 추워"라고만 대답했다.

"정말 열심히 바느질하고 계시네요, 캐롤라인 아가씨."
패니가 그녀의 작은 탁자에 다가가며 말했다.

"이제 지쳤어."

"그런데 왜 계속하고 계세요? 내려놓으세요. 책을 읽거나 재미있는 일을 해보세요."

"이 집은 너무 쓸쓸해, 패니. 그렇게 생각하지 않아?"

"저는 그렇게 느끼지 않아요, 아가씨. 저랑 엘라이자는 서로에게 말벗이 되니까요. 하지만 아가씨는 너무 조용하세요. 사람들을 더 자주 만나셔야 해요. 자, 제 말 좀 들으세요. 위층에 가서 멋지게 차려입고, 친하게 지내는 만 양이나 에인리 양과 다정하게 차라도 함께 드세요. 두 분 다 아가씨를 보면 정말 기뻐하실 거예요."

"하지만 그분들 집은 우울해. 두 분 다 독신이시잖아. 독신 여성들은 정말 불행한 사람들일 거야."

"그렇지 않아요, 아가씨. 그분들은 불행할 수 없어요. 자기 자신을 무척 잘 챙기시잖아요. 모두 이기적이시죠."

"에인리 양은 이기적이지 않아, 패니. 그분은 항상 남을 돕고 사셔. 그 연세 많으신 계모님이 살아 계실 때도 얼마나 헌신적으로 잘 돌보셨는지 몰라. 지금은 세상에 혼자 남아서 형제자매도, 자신을 돌봐줄 사람도 없지만, 형편이 허락하는 선에서 가난한 사람들에게 얼마나 자비를 베풀고 계시는지 봐. 그런데도 아무도 그분을 크게 신경 쓰지 않고 기꺼이 찾아뵙지도 않아. 신사들도 항상 그분을 비웃기만 하고."

"그러면 안 되죠, 아가씨. 저도 에인리 양이 좋은 분이라고 믿어요. 하지만 신사들은 여성의 외모만 신경 쓰니까요."

"에인리 양을 보러 가야겠어." 캐롤라인이 벌떡 일어나며 외쳤다. "그분이 차를 같이 마시자고 하면, 같이 마실 거야. 예쁘지 않고 젊지 않고 명랑하지 않다는 이유로 사람을 소홀히 대하는 건 정말 잘못된 일이야! 그리고 만 양도 꼭 만나러 갈 거야. 그분이 상냥하시진 않지만 왜 그러시는지는 모르잖아? 그분의 인생은 어땠을까?"

패니는 헬스톤 아가씨가 하던 일을 정리하도록 도와주었고, 옷을 차려입는 것도 도와주었다.

"아가씨는 독신으로 늙지 않을 거예요, 캐롤라인 아가씨." 패니는 풍성하고 부드럽게 반짝이는 캐롤라인의 곱슬머리를 매만진 후, 갈색 실크 드레스에 허리띠를 묶으며 말했다. "아가씨에게는 독신 여성이 될 징조가 전혀 없어요."

캐롤라인은 앞에 놓인 작은 거울을 바라보았고, 그 속에서 몇 가지 변화를 발견했다. 지난 한 달 동안 그녀의 안색은 더 창백해졌고 눈빛도 달라졌다. 눈 주위에 어두운 그림자가 드리워져 있었다. 얼굴은 의기소침해 보였고 예전처럼 예쁘거나 생기 있어 보이지 않았다. 그녀는 그런 변화를 패니에게 넌지시 말했지만, 패니는 직접적인 대답 대신 외모는 변하기 마련이라며 그녀 나이에 약간 마르는 것은 큰일이 아니라고 했다. 곧 다시 건강해져서 이전보다 더 통통하고 혈색도 좋아질 거라며 안심시켰다. 그러고는 따뜻한 숄과 스카프로 캐롤라인을 열심히 감싸주었다. 거의 숨이 막힐 정도가 되자 캐롤라인은 더 두르지 않아도 된다고 패니를 말렸다.

캐롤라인의 방문이 시작되었다. 그녀는 만 양을 먼저 찾아가기로 했는데, 가장 어려운 일이었기 때문이다. 만 양은 확실히 사랑스럽다고 할 수 있는 사람은 아니었다. 지금까지 캐롤라인은 그녀를 싫어한다고 주저 없이 말해왔고, 자신의 사촌 로버트와 함께 만 양의 특이한 점들을 웃음거리로 삼은 적도 여러 번 있었다. 로버트는 본래 누구를 비꼬는 걸 즐기는 사람은 아니었고, 특히 자신보다 겸손하거나 약한 사람에 대해서는 더욱 그러지 않았다. 하지만 만 양이 오르탕스를 한두 번 방문했을 때 그도 같은 방에 있던 적이 있었다. 로버트는 만 양의 말을 듣고 얼굴을 잠시 바라본 후 정원으로 나갔고, 그곳에서 그가 좋아하는 꽃들을 돌보고 있는 어린 사촌을 만났다. 로버트는 그 옆에 서서 캐롤라인을 지켜보며, 아름답고 매력적인 젊음과 시들고 창백하며 사랑받지 못하는 노년의 모습을 비교하며 웃었다. 그리고 냉소적인 독신 여성이 쏟아내는 신랄한 말을 흉내내면서 웃고 있던 소녀를 더욱 즐겁게 만들었다. 한번은 캐롤라인이 무성하게 자란 덩굴을 지지대에 묶다가 로버트를 올려다보며 말했다. "아! 로버트, 당신은 독신 여성들을 좋아하지 않는군요. 저도 독신이 되면 당신이 비꼬는 말에 시달리겠어요."

"네가 독신이라니! 저런 색과 모양을 가진 입술에서 재미있는 생각이 나오는군. 상상은 할 수 있겠어. 조용한 옷을 입은 채 창백하고 여윈 모습이지만, 코는 여전히 곧고 하얀 이마에 부드러운 눈을 지닌 마흔 살의 네 모습. 아마 목소리도 그대로일 거야. 만 양의 거칠고 낮은 목소리와는 다른 음색이겠지. 용기를 내, 리나! 오십이 되어도 너는 혐오스럽지 않을 거니까."

"만 양은 자기 외모를 직접 만든 것도 아니고, 목소리를 일부러 그렇게 조율한 것도 아니에요, 로버트."

"자연은 마치 찔레나무와 가시덤불을 만드는 기분으로 그녀를 만들었어. 반면에 자연은 햇살과 이슬로 잔디에 숨은 앵초를 유혹하고, 이끼 숲에서 백합을 피어나게 하는 오월의 아침처럼 어떤 여성을 창조했지."

캐롤라인이 만 양의 작은 응접실로 안내받았을 때, 만 양은 늘 그랬듯이 완벽하게 정돈되어 있고 청결하며 편안한 환경으로 둘러싸여 있는 모습이었다. (결국, 독신 여성들의 미덕 중 하나는 고독이 그들을 방만하거나 어지럽게 만들지 않는다는 점이 아닐까?) 윤이 나는 가구와 카펫 위에는 먼지 하나 없었고 탁자 위 꽃병에는 신선한 꽃들이 꽂혀 있었으며, 벽난로에도 불이 밝게 타오르고 있었다. 만 양 본인도 쿠션이 놓인 흔들의자에서 단정한 모습으로 다소 엄숙하게 앉아 있었으며, 손은 뜨개질로 바쁘게 움직이고 있었다. 뜨개질은 만 양이 가장 좋아하는 일이었는데, 왜냐하면 가장 적은 노력이 들기 때문이었다. 캐롤라인이 들어와도 그녀는 거의 일어나지 않았다. 흥분할 만한 일을 피하는 것이 만 양의 인생 목표 중 하나였기 때문이다. 아침에 내려온 이후로 줄곧 마음을 가라앉히며 지냈고, 이제 막 나른한 평온 상태에 도달했는데, 방문객의 노크 소리가 그녀를 놀라게 하며 그날의 노력을 수포로 돌려놓았다. 그래서 만 양은 헬스톤 양이 그다지 반갑지 않았다. 그래서 냉정하게 맞이한 후, 엄격한 목소리로 자리를 권했다. 캐롤라인이 그녀의 맞은편에 앉자, 만 양은 날카로운 눈빛으로 그녀를 응시했다.

만 양의 시선을 받는 것은 보통 일이 아니었다. 로버트 무어도 한 번 그 일을 겪고 나서는 결코 그 경험을 잊지 못했다. 로버트는 그것이 메두사의 시선과 견줄 만하다고 생각했다. 그 시선에 노출된 이후로 자신의 살결이 이전과 같은지, 혹시 돌처럼 단단한 게 생긴 게 아닌지 의심스럽다고 농담했다. 그는 만 양의 시선에 엄청난 부담을 느껴 그 즉시 거실과 집에서 뛰쳐나왔고, 심지어 곧바로 사제관으로 올라와 매우 이상한 얼굴로 캐롤라인 앞에 나타났다. 그러고는 자신이 입은 손상을 치료하려면 사촌 끼리 인사를 해야 한다고 조르는 바람에 그녀를 놀라게 했다.

확실히 만 양은 여성스러운 사람이라기엔 매우 위압적인 눈빛을 가지고 있었다. 그 눈은 튀어나왔고, 흰자위가 많이 드러났으며, 마치 머릿속에 납땜한 강철 구슬처럼 깜빡임 없이, 흔들림 없이 사람을 뚫어지게 바라보았다. 게다가 그렇게 바라보면서 설명하기 어려운 건조하고 단조로운 목소리로, 떨림이나 억양이 없는 톤으로 이야기를 했는데, 그건 마치 어떤 귀신 들린 조각상이 말하는 듯한 느낌을 주었다. 하지만 그것은 모두 상상의 산물일 뿐이며, 겉으로 드러나는 모습에 불과했다. 만 양의 음침하고 무서운 모습은 미인 수백 명이 지닌 천사 같은 달콤함보다는 깊지 않았다. 그녀는 매우 정직하고 양심적인 여성이었으며 많은 사람을 두렵게 만들었을 극심한 고통 속에서도 자신의 의무를 수행했다. 가젤의 눈과 비단 같은 머릿결, 은빛 목소리를 지닌 인간 요정들이라면 겁에 질려 도망쳤을 고통스러운 일들을 혼자서 견뎌야 했다. 그녀는 오랜 시간 동안 고통의 현장을 홀로 지나왔고, 엄격하게 자기희생을 실천하면서 시간과 돈, 건강을 희생하며 다른 사람들을 위해 많은 것을 바쳤지만, 그녀가 얻은 것이라곤 감사가 아닌 배은망덕뿐이었다. 이제 그녀의 주요한, 어쩌면 유일한 결점은 바로 다른 사람을 비판하는 성향일 것이다.

만 양이 비판적인 것은 분명했다. 그녀는 캐롤라인이

자리에 앉은 지 채 5분도 되기 전에 그 무시무시한 고르곤 같은 시선으로 캐롤라인을 바라보면서 이웃에 사는 몇몇 가정을 무자비하게 비난하기 시작했다. 마치 생명이 없는 대상에게 메스를 대는 외과 의사처럼 놀라울 정도로 냉정하고 신중한 태도로 그 일을 진행했다. 그녀는 거의 차별을 두지 않았으며, 아무도 좋은 사람이라고 인정하지 않았고, 아는 사람들 대부분을 모두 공평하게 해부했다. 듣고 있던 캐롤라인이 가끔 변명이라도 해보려 하면, 만 양은 약간의 경멸을 담아 그 말을 무시해 버렸다. 그러나 이토록 무자비하게 도덕적 해부를 가하는 사람임에도 불구하고, 만 양은 결코 악의적이거나 위험한 소문을 퍼뜨리는 사람은 아니었다. 그녀의 문제는 마음보다는 성격에서 비롯된 것이었다.

캐롤라인은 오늘 처음으로 이 사실을 깨달았고, 이를 계기로 그동안 자신이 이 까다로운 독신 여성에 대해 여러 번 내렸던 부당한 판단을 후회하기 시작했다. 그녀는 동정 어린 말보다는 동정심을 담은 부드러운 목소리로 만 양에게 말을 걸기 시작했다. 캐롤라인은 외로움 덕분에 만 양의 얼굴을 새로운 시각으로 보게 되었다. 혈색 없는 창백한 안색과 깊이 팬 주름은 그녀의 고통을 드러냈다. 캐롤라인은 이 고독하고 고통받는 여성을 불쌍히 여겼고, 캐롤라인의 표정이 그녀의 마음을 그대로 나타냈다. 감동한 마음이 그 얼굴에 자비로운 온정을 불어넣을 때, 그 얼굴은 어느 때보다 더 아름답게 보이기 마련이다. 만 양은 자신에게 그런 표정을 보이는 캐롤라인을 보고 감동했다. 보통 차가움과 조롱만을 마주하던 자신에게 이렇게 뜻밖에 관심을 보여준 캐롤라인에게 고마움을 느끼며 솔직하게 대답하기 시작했다. 평소에 만 양은 자기 일에 대해 잘 말하지 않았는데, 아무도 그녀의 이야기를 듣고 싶어 하지 않았기 때문이었다. 하지만 오늘은 달랐다. 그녀는 마음을 열기 시작했고, 캐롤라인은 그녀의 이야기를 들으며 눈물을 흘렸다. 만 양이 서서히 몸과 마음을 갉아먹는 잔인한 고통에 시달리고 있음을 털어놓았기 때문이다. 그녀가 시체처럼 보이는 것도, 무섭게 보이고 웃지 않는 것도, 흥분을 피하고 침착함을 유지하려고 하는 것도 당연한 일이었다. 모든 것을 알게 된 캐롤라인은 만 양의 우울한 성격을 탓하기보다는 오히려 그 강인함을 존경해야 한다는 걸 깨달았다. 독자여! 만약 당신이 늘 우울하고 찡그린 얼굴을 마주한다면, 왜 저렇게 찌푸린 얼굴을 하고 있는지 이유를 모르겠다면, 분명 어딘가에 숨겨진 고통이 있다는 사실을 알아야 한다. 그것이 숨어 있다고 해서 그 고통이 심각하지 않은 게 아님을 명심해야 한다.

 만 양은 자신이 어느 정도나마 이해받고 있음을 느꼈고 더 많이 이해받기를 원했다. 우리가 아무리 나이 들고 평범하고 소박하고 외롭고 괴로워도, 우리 마음이 아주 작은 생명의 불꽃이라도 간직하고 있는 한 그 희미한 불씨 옆에는 굶주리고 고통받는 소망이 인정과 애정을 갈망하며 떨고 있기 마련이다. 이처럼 쇠약한 유령 같은 존재에게는 어쩌면 빵부스러기 같은 인정조차 일 년에 한 번도 주어지지 않았을 것이다. 하지만 극심한 굶주림과 갈증에 시달리며 기아 상태에 이르렀을 때, 모든 인간이 그 썩어가는 집에서 죽어가는 이를 잊었을 때, 신의 자비는 애통해하는 이를 기억하고 만나*의 비를 내려 더는 세상의 양식을 얻을 수 없는 그 입술을 적셔준다. 건강할 때는 들어도 무시했던 성경 속 약속들이 병상에서는 속삭임으로 찾아온다. 모든 인간에게 버림받아도 자비로운 신이 지켜보고 있음을 느낀다. 예수의 따뜻한 자비가 떠오르고 그것에 의지하게 된다. 흐려진 눈은 시간을 넘어 먼 곳을 바라보며, 영원 속에서 집과 친구, 안식처를 보게 된다.

만 양은 캐롤라인의 조용한 경청에 이끌려 과거의 삶에 얽힌 이야기를 꺼내기 시작했다. 그녀는 진실을 말하는 사람이 그렇듯 단순하고도 어느 정도 절제된 목소리로 이야기했다. 과장하지도 자랑하지도 않았다. 캐롤라인은 이

✿ 기독교에서 모세가 이스라엘 백성들을 이끌고 이집트를 탈출해 가나안으로 이주하면서 사십 년간 광야에서 얻은 하느님의 음식.

독신 여성이 지극히 헌신적인 딸이자 자매였으며, 죽음을 맞이하는 병상에서 지칠 줄 모르고 간호했던 사람이라는 사실을 알게 되었다. 그녀 자신의 삶을 괴롭히는 병도 오랜 시간 환자를 돌본 결과였다. 만 양은 스스로 초래한 나락에 빠진 한 불행한 친척에게도 버팀목이자 구원이 되어주었으며, 여전히 그가 완전히 빈곤해지지 않도록 그녀의 손길로 도와주고 있었다. 캐롤라인은 그날 예정했던 다른 방문을 취소하고, 그날 저녁 내내 만 양과 함께 있었다. 그리고 집으로 돌아가면서 앞으로는 그녀의 결점을 이해하려고 노력하고 더는 그녀의 특이한 점들을 가볍게 여기거나 외모를 비웃지 않겠다고 결심했다. 무엇보다도 만 양을 소홀히 하지 않고 일주일에 한 번씩은 찾아가서 최소한 한 사람의 인간으로서 애정과 존경의 마음을 표현하기로 마음먹었다. 이제 캐롤라인은 그녀에게 진심으로 조금이나마 그런 감정을 전할 수 있을 것 같다고 느꼈다.

캐롤라인은 집으로 돌아와 패니에게 외출하길 잘했다고, 그 방문 덕분에 기분이 훨씬 나아졌다고 말했다. 다음 날에도 그녀는 망설임 없이 에인리 양을 찾아갔다. 이 여인은 만 양보다 더 어려운 형편에 있었고, 거처도 더 소박했다. 그런데도 에인리 양의 집은 더할 나위 없이 깨끗하고 정갈했다. 비록 이 몰락한 귀부인은 하녀를 둘 형편이 되지 않아 가까운 오두막에 사는 작은 소녀의 도움만 가끔

받을 뿐, 대부분 혼자서 모든 일을 처리했다.

에인리 양은 만 양보다 더 가난할 뿐만 아니라 외모도 훨씬 더 수수했다. 젊었을 때도 예쁘지 않았을 게 분명했지만 이제 오십이 된 나이에는 더 못생겨졌다. 그녀를 처음 본 사람들은 대부분 그 매력 없는 외모 때문에 불쾌감을 느끼고 쉽게 편견을 가졌다. 옷차림과 태도도 지나치게 단정했고, 말투나 행동, 몸짓 모두 전형적인 독신 여성의 모습이었다.

캐롤라인을 맞이할 때도 그녀는 친절하면서도 형식적으로 대했다. 그러나 캐롤라인은 이해했다. 그녀는 에인리 양의 빳빳한 목수건 아래에서 뛰고 있는 따뜻하고 선한 마음을 알았다. 이웃 사람들, 적어도 여성들은 모두 그녀가 얼마나 선한 사람인지 알고 있었다. 에인리 양에 대해 나쁘게 말하는 사람들은 오직 그녀를 추하다고 생각하는 팔팔하게 젊은 남자들이나 무심한 노인들뿐이었다.

캐롤라인은 그 작은 응접실에서 곧 편안함을 느꼈다. 친절한 손길이 그녀의 숄과 모자를 받아주었고, 벽난로 가까이 있는 가장 편안한 자리에 그녀를 앉혀주었다. 젊은 여성과 나이 든 여성은 곧 따뜻한 대화에 깊이 빠져들었고, 캐롤라인은 평온하고 이타적이며 자애로운 마음이 다른 사람들에게 얼마나 큰 영향을 끼칠 수 있는지 깨닫게 되었다. 에인리 양은 결코 자신의 이야기를 하지 않았고,

언제나 다른 사람에 관해서만 이야기했다. 타인의 결점은 언급하지 않고 지나쳤다. 대신 그들이 필요로 하는 것은 중요하게 생각했고 그 필요를 채워주기 위해 애썼으며, 그들의 고통을 중요하게 여기면서 그 고통을 덜어주고 싶어 했다. 에인리 양은 깊은 신앙심으로 종교를 실천하는 사람이었으며, 어떤 사람들은 그녀를 '성인'이라고 부를 정도였다. 그녀는 종종 종교적인 언어로 말했는데, 이는 사람의 성격을 평가하거나 판단하는 능력은 없으면서 웃을 거리만 찾는 사람들에게는 풍자의 대상이 되거나 흉내내기 좋은 웃음거리가 될 수 있었다. 하지만 그렇게 생각하는 사람들은 크게 잘못하는 것이다. 진실함은 전혀 우스꽝스럽지 않으며 언제나 존중받을 만한 것이다. 종교적이든 도덕적이든 상관없이 모든 진리는 그것이 설사 멋들어지게 잘 표현되지 못해도 경외심을 가지고 그 목소리를 들어야 한다. 위선과 진실함의 차이를 명확하게 구별하지 못하는 사람들은 절대로 함부로 웃어선 안 된다. 그렇지 않으면 잘못된 상황에서 웃고, 재치라고 생각하며 불경한 행동을 저지르는 불행을 겪을 것이다.

   에인리 양의 선행에 대해 본인의 입으로 들은 것은 아니었지만, 캐롤라인은 그녀에 대해 잘 알고 있었다. 에인리 양의 자선 활동은 브라이어필드의 가난한 사람들 사이에서 익숙한 화제였다. 그녀의 선행은 단순한 자선 행위가 아니었다. 에인리 양도 너무 가난해서 많은 것을 줄 수는 없었지만, 필요할 때마다 자기 몫을 줄이면서까지 조금이라도 내놓기 위해 애썼다. 넉넉한 자선가의 행위라기보단 그보다 훨씬 더 어려운 일을 수행하는 수녀의 봉사 활동 같았다. 그녀는 어떤 병상에서든 지켜보고 돌보았고 어떤 질병도 두려워하지 않는 듯했다. 누구도 돌보지 않는 가장 가난한 사람들을 간호했으며 모든 상황에서 평온하고 겸손하며 친절하고 한결같았다.

이런 선행에 대해 그녀가 받는 보상은 거의 없었다. 수많은 가난한 사람들은 그녀의 봉사에 너무 익숙해져 감사인사조차 제대로 하지 않았다. 부유한 사람들은 그녀의 선행을 듣고 놀라기는 했지만, 자기들의 선행과 비교되는 것이 부끄러워 침묵했다. 그러나 많은 여성이 그녀를 깊이 존경했다. 그럴 수밖에 없었다. 그리고 오직 단 한 신사, 넌넬리 교구의 홀 신부만이 그녀와 우정을 나누었고, 그녀를 완벽하게 신뢰했다. 홀 신부가 말하길, 에인리 양의 삶은 그가 만난 다른 어떤 사람보다 그리스도의 삶에 가까웠다. 그 말은 진실이었다. 독자여, 내가 에인리 양의 성격을 묘사하면서 상상 속 인물을 그려내고 있다고 생각하지 말길 바란다. 우리는 이런 초상의 원본을 오직 실제 삶에서만 찾을 수 있다.

캐롤라인은 이제 자기 앞에 드러난 에인리 양의 마음

과 영혼을 유심히 살펴보았다. 그녀는 그 속에서 존경할 만한 높은 지성을 발견하지는 못했다. 그저 이성적인 사람일 뿐이었다. 그러나 캐롤라인은 그 안에서 많은 선함과 유익함, 온화함과 인내심, 진실함을 발견했고, 경외심으로 자신의 마음을 굽혔다. 자연에 대한 사랑과 아름다움에 대한 감각, 더 다양하고 강렬한 감정들, 깊은 사고의 힘, 더 넓은 분별력들이 세상에 많겠지만, 이 선한 여성의 실질적인 덕목에 비하면 무슨 의미가 있을까? 그 순간, 캐롤라인의 눈에는 그 모든 것이 단지 자기만족의 아름다운 형태에 불과하다고 여겨졌다. 그리고 마음속으로 그것들을 짓밟아 버렸다.

그런데도 캐롤라인은 여전히 에인리 양을 행복하게 만드는 삶이 자신을 행복하게 해줄 수 없다는 사실에 고통스러웠다. 그 삶이 아무리 순수하고 활기차도, 그녀의 마음속에는 그 삶이 너무나 차갑고 고독해서 굉장히 쓸쓸하게 느껴졌다. 그러나 캐롤라인은 누구나 습관만 들인다면 그 삶을 실천할 수 있을 것이며 즐겁게 여길 수도 있으리라 생각했다. 지금처럼 감상적으로 한탄하고, 비밀스러운 슬픔이나 헛된 추억을 간직하면서 무기력하게 시간을 보내고, 젊음을 아프게 낭비하고, 아무것도 하지 않으면서 늙는 것은 비참한 삶이라고 느꼈다.

'나 자신을 분발시킬 거야. 선할 수는 없어도, 지혜로워지도록 노력할 거야.' 캐롤라인은 스스로 결심했다.

그리고 에인리 양에게 무언가 도울 수 있는 게 없는지 물었다. 에인리 양은 기꺼운 마음으로 브라이어필드의 가난한 가정 몇 군데를 방문해 주었으면 좋겠다고 말했다. 캐롤라인이 할 일이 더 없는지 묻자, 자녀가 여럿인데 바느질을 잘 못 하는 가난한 여성들을 대신해 바느질 일거리도 좀 가져가 달라고 부탁했다.

캐롤라인은 집으로 돌아가서 계획을 세웠고, 그 계획에서 벗어나지 않기로 마음먹었다. 다양한 공부를 하기 위한 시간을 정해두었고, 에인리 양이 부탁한 일을 위해서도 일정 시간을 비워두었다. 나머지 시간에는 운동을 하기로 했다. 그래서 지난 일요일 저녁 시간을 망쳤던 그 괴로운 생각에 빠질 시간을 조금도 남겨놓지 않기로 다짐했다.

공정하게 평가하자면, 캐롤라인은 자신이 세운 계획을 성실하고 꾸준하게 실행했다. 처음에는 매우 힘들어했고 마지막까지 쉽지 않았지만, 이 계획은 그녀가 고통을 억누르고 견딜 수 있도록 도와주었다. 그 일들은 캐롤라인을 계속해서 바쁘게 만들었고, 우울한 생각에 빠지지 않도록 막아주었다. 때때로 그녀가 선행을 베풀고, 기쁨을 나누고, 고통을 덜어주었다는 사실을 깨달을 때면, 그녀의 회색빛 인생에 만족스러움이라는 한 줄기 빛이 드리워지기도 했다.

그러나 진실을 말하지 않을 수 없다. 이런 노력에도 불구하고, 캐롤라인은 신체의 건강도 지속적인 마음의 평화도 얻지 못했다. 모든 노력을 기울였지만, 그녀는 점점 더 쇠약해지고 슬픔은 커졌으며 얼굴은 더욱 창백해졌다. 그녀의 기억은 여전히 로버트 무어의 이름을 되뇌었고, 과거에 대한 슬픈 노래가 끊임없이 그녀의 귀에 울려 퍼졌다. 장송곡 같은 울음소리가 그녀의 내면을 끊임없이 돌아다니며 괴롭혔다. 부서진 영혼의 무게와 시들어 가는 정신력이 점차 그녀의 젊음을 짓눌렀다. 겨울이 그녀의 봄을 정복하는 듯 보였고, 마음의 토양과 그 안에 담긴 보물들이 서서히 얼어붙어 황량한 것으로 변해 갔다.

11장. 필드헤드

 그런데도 캐롤라인은 순순히 굴복하기를 거부했다. 소녀의 마음속에는 타고난 강인함이 있었고, 그녀는 그 힘을 사용했다. 사람들은 혼자 싸울 때, 아무도 보지 않는 곳에서 조언자나 신뢰할 사람도 없이 격려도 조언도 동정도 받지 못할 때 가장 치열하게 싸운다. 캐롤라인도 그렇게 외롭게, 그러나 굳세게 싸우고 있었다.

 캐롤라인은 바로 이런 상황에 처해 있었다. 그녀에게는 고통이 유일한 자극이었으며, 그 고통이 매우 실제적이고 날카로웠기 때문에 그녀의 정신을 강하게 일깨웠다. 치명적인 고통을 이겨내기로 마음먹은 그녀는 그것을 억누르기 위해 최선을 다했다. 그 어느 때보다도 바쁘게 생활

했고 열심히 공부했으며 전에 없이 활발했다. 날씨가 어떻든 상관하지 않고 외딴 길을 골라 오랫동안 산책을 하고 돌아왔다. 저녁마다 창백하고 지친 모습이었지만, 피곤해 보이면서도 실제로는 피로를 느끼지 않는 듯했다. 왜냐하면, 모자와 숄을 벗자마자 쉬지 않고 방 안을 돌아다녔기 때문이다. 가끔 그녀는 진이 빠져 쓰러질 때까지 앉지 않으려 했다. 밤에 푹 자려면 몸을 충분히 지치게 만들어야 한다면서 말이다. 하지만 그 목표를 달성하지 못했다. 밤이 되어 다른 사람들이 잠들었을 때, 그녀는 베개 위에서 뒤척이거나, 침대 끝에 앉아 어둠을 보내며 쉬어야 한다는 필요조차 잊은 듯했다. 종종, 이 불쌍한 소녀는 눈물을 흘렸다. 견딜 수 없는 절망감이 밀려올 때면 무기력해진 그녀는 어린아이처럼 힘없이 울곤 했다.

이렇게 무너질 때면 그녀의 마음은 유혹에 시달렸다. 지친 마음속에서 약한 속삭임이 들려왔다. 로버트에게 편지를 써서 당신을 만날 수 없어 불행하다고, 당신과 오르탕스를 볼 수 없어서 슬프다고, 당신이 나와의 우정(사랑이 아닌)을 끊고 완전히 잊어버릴까 봐 두렵다고, 그러니 나를 기억해 주고 가끔 편지를 보내 달라고 애원하라는 유혹이었다. 그녀는 실제로 한두 번 그런 편지를 썼지만, 끝내 보내지 않았다. 수치심과 이성이 그녀를 막은 것이다.

마침내 그녀의 삶은 더 견딜 수 없을 지경에 이르렀다.

어떻게든 변화를 찾아야 한다고 느꼈고, 그렇지 않으면 마음과 정신이 압박을 이기지 못할 것 같았다. 그녀는 브라이어필드를 떠나 아주 먼 곳으로 가고 싶었다. 또 다른 갈망도 있었다. 어머니를 찾고 싶고 알고 싶다는 갈망이었다. 그 깊고 비밀스럽고 불안한 갈망은 날마다 강해졌다. 하지만 그 열망에는 의심과 두려움도 함께했다. 어머니를 알게 된다 해도, 과연 그녀를 사랑할 수 있을까? 이 문제에 있어서는 주저하고 두려워할 이유가 있었다. 그녀는 평생 어머니에 대한 칭찬을 들어본 적이 없었고, 모두 어머니에 대해 차가운 말만 했기 때문이다. 캐롤라인의 삼촌은 형의 아내에 대해 일종의 묵시적인 반감을 품고 있는 것처럼 보였다. 결혼 후 잠시 제임스 헬스톤 부인과 함께 살았던 한 늙은 하인은 옛 주인을 언급할 때마다 냉담한 태도로 말을 아꼈다. 때로는 그녀를 '괴상하다'고 표현했고, 때로는 '이해할 수 없다'고 말하기도 했다. 이러한 표현은 캐롤라인의 마음에 얼음 같은 충격을 주었다. 그런 말을 들으면 어머니를 만나 그녀를 좋아하지 않게 되기보단 차라리 아예 모르는 편이 나을 수도 있다고 생각하게 되었다.

캐롤라인이 유일하게 세울 수 있는 계획은 가정교사가 되는 것이었다. 그것만이 그녀에게 작은 안도감이나마 줄 수 있는 실행 가능한 길처럼 보였고, 다른 선택지는 없었다. 그녀가 용기를 내어 삼촌에게 그 결심을 말하게 된 건 어느 작은 사건 때문이었다.

캐롤라인의 길고 늦은 산책은 늘 외딴 길을 따라 이어졌다. 앞서 말했듯이 그녀가 어느 길로 산책하든, 스틸브로 황야의 황량한 가장자리 길을 따라가든, 햇살이 내리쬐는 넌넬리 공원의 들판을 건너가든, 집으로 돌아오는 길은 항상 할로우 근처를 지나가게 되어 있었다. 골짜기 아래로 내려가는 일은 드물었지만, 황혼이 질 무렵이면 그녀는 마치 별들이 언덕 너머로 떠오르듯 규칙적으로 그 주변을 찾아갔다. 그녀의 휴식처는 오래된 가시나무 아래에 있는 울타리 계단이었다. 캐롤라인은 그곳에서 오두막과 공장, 이슬 맺힌 정원, 그리고 고요하고 깊은 저수지를 내려다볼 수 있었다. 익숙한 공장 사무실 창문도 보였다. 정해진 시간이 되면 익숙한 램프의 불빛이 그 창문을 통해 비쳤다. 그녀는 바로 그 불빛을 만나기 위해 그곳에 갔고, 맑은 날에는 반짝이는 빛, 안개가 낀 날에는 희미한 빛, 때로는 빗줄기 사이로 깜박이며 부서지는 빛을 보면서 그 수고를 보상받았다. 캐롤라인은 모든 날씨에 그곳을 찾아갔다.

어느 날 밤에는 그 빛이 나타나지 않기도 했다. 그러면 로버트가 집을 비웠다는 것을 알고 두 배로 슬픔에 잠겨 돌아갔다. 반면, 불빛이 켜지면 마치 어떤 막연한 희망의 약속을 본 것처럼 기뻤다. 그녀가 그 빛을 바라보는 동안 어떤 그림자가 그 빛과 창살 사이에 드리워지면, 그녀는 가슴이 뛰었다. 그 그림자는 로버트였다. 캐롤라인은 그의 모습을 더 선명하게 기억하고 그의 목소리와 미소, 태도를 더 생생하게 떠올리며 위안을 얻고 집으로 돌아갔다. 이런 기분 속에서 그녀는 로버트에게 가까이 갈 수만 있다면 그가 여전히 그녀의 존재를 반길지도 모른다는 달콤한 확신을 느꼈다. 이 순간 그녀에게 손을 내밀어 또 한 번 자기 곁으로 끌어당기고 예전처럼 그녀를 보호해 줄지도 모른다는 생각이 들었다. 그런 날 밤에는 비록 그녀가 평소처럼 눈물을 흘릴지라도 그 눈물은 덜 뜨겁게 느껴졌고, 눈물로 적신 베개는 조금 더 부드럽게 느껴졌으며, 베개에 기대었던 관자놀이의 통증도 덜했다.

할로우에서 사제관까지 이어지는 가장 짧은 길 위에 한 저택이 있었다. 이야기 초반에 말론이 밤에 지나갔던 바로 그 집으로, 필드헤드라는 이름의 아무도 살지 않는 오래된 저택이었다. 이 저택은 주인이 살지 않은 지 십 년이 되었지만, 폐허는 아니었다. 요크 씨가 그 집을 잘 관리하게 했고, 한 노인 정원사와 그의 아내가 저택에 살면서 정원을 가꾸고, 언제든 사람이 살 수 있도록 집을 잘 유지했다.

필드헤드 저택의 건물은 다른 장점이 있는지는 모르겠지만, 적어도 그림같이 아름답다는 표현은 할 만했다. 그 정돈된 건축 양식과 세월이 만들어 낸 회색빛과 이끼로 덮인 색조가 이 표현에 합당한 자격을 부여했다. 오래된 격자무늬 창문과 돌로 된 현관, 벽과 지붕, 굴뚝은 마치 크레용 터치와 세피아 조명의 음영을 입은 듯 풍부한 질감을 자랑했다. 저택 뒤편의 나무들은 훌륭하고 웅장하게 펴져 있었으며 앞마당의 삼나무는 장엄했다. 정원 담장 위에 놓인 화강암 항아리들과 섬세하게 조각된 아치형 대문도 예술가의 눈을 사로잡기에 충분했다.

온화한 오월의 어느 날 저녁, 달이 떠오를 무렵 필드헤드 근처를 지나던 캐롤라인은 피곤한데도 집으로는 돌아가고 싶지 않았다. 집에는 고통스러운 밤과 가시밭 같은 침대만이 기다리고 있을 뿐이었다. 그녀는 대문 근처의 이끼 낀 땅에 앉아 삼나무와 저택을 바라보았다. 그날 밤은 고요하고, 차분하고, 구름 한 점 없이 맑았다. 서쪽을 향한 박공지붕에는 맞은편 수평선에서 비친 맑은 호박색 빛이 반사되었고, 뒤편의 참나무들은 검게 보였으며, 삼나무는 더욱 짙은 검은색으로 드리워져 있었다. 그 까마귀처럼 검고 울창한 나뭇가지들 아래로 엄숙한 푸른색을 띤 하늘이 보였다. 그 하늘에 달이 가득 차 있었고, 달은 어두운 장막 아래서 캐롤라인을 차분하고 엄숙하게 내려다보았다.

캐롤라인은 이 밤 풍경이 애달프도록 아름답다고 느꼈다. 그녀는 행복해지기를, 내면의 평화를 알 수 있기를 바랐다. 신이 그녀에게 아무런 연민도 베풀지 않고 도와주거나 위로해 주지도 않는 것이 의아했다. 그녀의 마음속에 오래된 시에 새겨진 연인들의 행복한 밀회가 떠올랐고, 그런 장면 속에 있는 두 사람은 얼마나 행복할지 생각했다. 로버트는 지금 어디에 있을까? 궁금했다. 할로우에는 없었다. 그의 램프가 켜지기를 오랫동안 기다렸지만, 불빛은 보이지 않았다. 캐롤라인은 자신과 로버트가 다시 만날 운명인지 홀로 중얼거렸다. 그때 갑자기, 돌로 된 현관 안쪽 문이 열리더니 두 남자가 나왔다. 한 사람은 나이 많은 백발이었고 다른 한 사람은 검은 머리칼을 가진 젊고 키가 큰 남자였다. 그들은 잔디밭을 가로질러 정원 담장 문을 통해 밖으로 나갔다. 캐롤라인은 두 사람이 도로를 가로질러 울타리를 지나 들판을 내려간 후 마침내 사라지는 모습까지 지켜보았다. 로버트 무어는 그의 친구 요크 씨와 함께 그녀 앞을 지나갔지만, 둘 다 그녀를 보지 못했다.

그의 모습이 순식간에 나타났다가 사라졌다. 보자마자 없어졌지만, 그 짧은 순간에 일어난 전기 같은 스침은 그녀의 정맥을 불태우고, 영혼을 폭동처럼 일으켰다. 그의 모습이 나타났을 때 그녀는 낙심한 상태였으나, 그가 사라진 후에는 절박한 상태가 되었다. 두 상태는 서로 다른 감정이었다.

"아, 그가 혼자였더라면! 나를 봤더라면! 그는 내게 뭐라도 말했을 거야. 내게 손을 내밀었을 거야. 그는 분명히 나를 조금이라도 사랑하고 있을 거야. 그 애정을 표현했을 거야. 그의 눈에서, 그의 입술에서 위안을 읽을 수 있었을 거야. 하지만 그 기회는 사라졌어. 바람이나 구름의 그림자보다 더 조용하고 더 허망하게 지나가 버렸어. 나는 조롱당했어. 하늘은 잔인해!"

캐롤라인은 너무나 간절한 그리움과 실망에 완전히 지친 상태로 집으로 돌아왔다.

다음 날 아침, 그녀는 마치 유령이라도 본 사람처럼 창백하고 불행한 모습으로 아침 식사 자리에 나와 삼촌에게 물었다.

"삼촌, 제가 가정교사 일자리를 알아보는 걸 반대하시나요?"

헬스톤은 커피잔을 받치고 있는 식탁만큼이나 조카가 겪어온 일과 현재 겪고 있는 고통에 관해 전혀 무지했기에 자신의 귀를 의심하며 대꾸했다.

"이번에는 또 무슨 변덕이냐? 마법이라도 걸린 거냐? 그게 무슨 말이냐?"

"몸이 좋지 않아서 변화가 필요해요." 그녀가 말했다.

헬스톤이 캐롤라인을 살펴보았다. 그리고 그녀가 어떤 변화를 겪었다는 것을 알게 되었다. 자신도 모르는 사이에 장미 같던 캐롤라인이 시들고 색이 바래 눈송이처럼 되어 있었다. 혈색이 없어졌고 살도 빠졌다. 그녀는 삼촌 앞에 앉아 힘없이 축 늘어져 있었고, 얼굴도 생기 없이 여위어 있었다. 갈색 눈의 부드러운 표정과 섬세한 얼굴선, 풍성하게 흐르는 머리카락이 아니었다면 더는 '예쁘다'라는 수식어를 붙일 수 없을 정도였다.

"대체 무슨 일이 있는 거냐? 뭐가 문제야? 어디가 아픈 거냐?"

대답은 없었다. 그저 갈색 눈에 눈물이 고이고 옅은 색의 입술이 떨릴 뿐이었다.

"진짜로 일자리를 찾겠다고? 대체 무슨 일을 할 수 있다는 거냐? 대체 무슨 일이 있었던 거야? 너는 건강하지 않아."

"집을 떠나면 괜찮아질 거예요."

"여자들은 정말 이해할 수가 없다. 도무지 알 수 없는 방식으로 불쾌하고 놀라게 만드는 이상한 재주가 있어. 오늘은 활기차고 건강하게 굴면서 체리처럼 붉고 사과처럼 둥글더니, 내일은 시든 잡초처럼 시들고 창백해져서 나타나지. 그 이유가 뭐냐? 그게 수수께끼야. 너는 평소처럼 밥도 먹고 자유롭고 좋은 집에서 살고 좋은 옷도 입고 있다. 얼마 전만 해도 그것만으로 아주 건강하고 즐거워 보였는데, 지금은 저렇게 창백하고 연약해 보이는 어린애가 되어 버렸어. 정말 성가시군! 그렇다면, 문제는 이제 뭘 해야 하냐는 거다. 상태를 알아보려면 의사를 불러야겠지, 그렇지 않겠느냐?"

"아니요, 삼촌. 의사는 필요 없어요. 저에게 아무 도움이 되지 않을 거예요. 그저 공기와 환경을 바꾸고 싶을 뿐이에요."

"그래, 그렇다면 그 변덕을 만족시켜 주마. 휴양지로 보내주겠다. 비용은 신경 쓰지 말거라. 패니가 동행할 거다."

"하지만 삼촌, 언젠가는 제가 스스로 뭔가를 해야 해요. 저는 재산이 없잖아요. 지금 시작하는 게 좋겠어요."

"내가 살아 있는 동안 네가 가정교사로 나가는 일은 없을 거다, 캐롤라인. 내 조카가 가정교사라는 소문이 나게 할 수는 없어."

"하지만 삼촌, 그런 변화는 늦게 시도할수록 더 어렵고 힘들어져요. 편안하게 혼자 사는 습관이 몸에 배기 전에 그런 생활에 익숙해지고 싶어요."

"제발 나를 괴롭히지 마라, 캐롤라인. 너는 내가 돌볼 생각이다. 항상 그럴 생각이었어. 연금을 마련할 거야. 세상에, 나는 이제 겨우 쉰다섯이야. 건강도 좋고 체력은 훌륭하지. 저축할 시간도 충분해. 미래에 대해서는 걱정하지 마라. 그게 너를 괴롭히는 거야?"

"아니에요, 삼촌. 하지만 저는 변화가 간절해요."

헬스톤이 웃었다. "여자가 말하는군! 아주 여자다워! 변화라니! 변화! 언제나 공상 속에서 변덕을 부리지! 뭐, 그게 여자들의 본성이긴 하다만."

"하지만 이건 공상이나 변덕이 아니에요, 삼촌."

"그럼 뭐란 말이냐?"

"효능감인 것 같아요. 예전보다 더 약해진 것 같아요. 뭔가 더 많은 일을 해야 할 것 같아요."

"기특하구나! 약해진 것 같아서 더 힘든 일을 해야겠다니. 무어처럼 아주 명백하기 짝이 없어. 어쨌거나, 너는 클리프브리지로 가거라. 2기니를 줄 테니 새 드레스도 사거라. 자, 캐롤라인, 두려워하지 말아라. 우리는 길르앗의 유향✿을 찾을 수 있을 게야."

"삼촌, 저는 삼촌이 관대한 행동을 하시기보다는 좀 더…."

"좀 더 뭐?"

그보다는 연민을 느껴주었으면 좋겠다는 말이 캐롤라인의 입에서 맴돌았지만, 입 밖으로 꺼내지 않았다. 제때 말을 멈추었다. 만약 그 어설픈 말을 내뱉었다면 삼촌은 분명히 웃었을 것이다. 그녀가 침묵하자 삼촌이 말했다. "너는 네가 뭘 원하는지 정확히 모르는 거다."

"그저 가정교사가 되고 싶을 뿐이에요."

"흥! 말도 안 되는 소리! 가정교사는 절대 안 된다. 다시

✿ 성경 예레미야서에 따르면, 길르앗의 유향은 다양한 병과 상처를 낫게 하는 양약이라고 전해진다.

는 그 얘기를 꺼내지도 마라. 너무 여자다운 생각이야. 아침 식사는 끝났다. 종을 울려라. 쓸데없는 생각은 다 잊고, 나가서 즐기도록 해."

'뭘 하면서요? 인형 놀이요?' 캐롤라인이 방을 나가면서 속으로 말했다. 그로부터 일이 주가 지났지만, 그녀의 신체적, 정신적 건강은 나아지지도 나빠지지도 않았다. 만약 그녀에게 체질적으로 결핵이나 쇠약, 또는 서서히 진행되는 열병의 씨앗이 있었더라면, 지금 그녀는 질병이 빠르게 발병해서 곧 조용히 세상을 떠나게 되었을 그런 상태였다. 사람은 사랑이나 슬픔만으로는 죽지 않지만, 그런 강렬한 고통은 숨어 있던 고질병을 치명적으로 만들어 죽음에까지 이르게 한다. 본래 강인한 이들은 그런 고통을 겪으면서 시달리고 뒤틀리며 산산이 조각나고 아름다움과 생기가 사라지더라도, 생명 자체는 손상되지 않은 채 살아남는다. 그들은 쇠약해지고 창백해지고 기력이 떨어지며 여위어 간다. 사람들은 기운 없이 돌아다니는 모습을 보며 그들이 곧 병상에 누워 건강하고 행복한 사람들을 두고 죽음을 맞이하리라 생각한다. 하지만 그런 일은 일어나지 않는다. 그들은 계속 살아간다. 비록 젊음과 활기를 되찾기는 어렵겠지만, 힘과 평온함은 되찾을 수 있다. 삼월에 부는 바람에 시들고 떨어질 뻔한 꽃잎이 용케도 살아남아 가을 늦게까지 메마른 사과로 나무에 매달려 있듯이, 봄의 마지막

서리를 견뎌낸 꽃은 겨울의 첫서리도 견뎌낼 수 있다.

모두가 헬스톤 양의 외모에 나타난 변화를 알아차렸고, 사람들은 대부분 그녀가 곧 죽을 것이라고 말했다. 하지만 정작 그녀 자신은 그렇게 생각하지 않았다. 스스로 죽어가는 상태라고 느끼지 않았다. 고통도 없었고 아픈 곳도 없었다. 식욕은 줄어들었지만, 그 이유를 알고 있었다. 밤마다 너무 많이 울었기 때문이었다. 힘이 줄어든 것도 설명할 수 있었다. 잠은 좀처럼 오지 않았고 꿈은 고통스럽고 불길했다. 그녀는 언젠가 이 고통의 시간이 끝나고 다시 한 번 평온을 되찾을 날이 오길 여전히 기대하고 있었다. 비록 다시는 행복할 수 없더라도 말이다.

그동안 삼촌은 캐롤라인에게 사람들을 방문하고 빈번하게 받는 초대에도 응하라고 권유했다. 하지만 그녀는 사람들을 만나길 피했다. 캐롤라인은 모임에서 명랑할 수 없었고 사람들이 자신을 동정하기보단 호기심 어린 시선으로 바라보고 있음을 느꼈다. 나이 든 여성들은 항상 그녀에게 조언을 해주며 이것저것 치료법을 추천했고, 젊은 여성들은 그녀를 이해한다는 시선으로 바라봤다. 그 시선은 그녀가 '실연당한 것'을 알고 있다는 의미였기에 캐롤라인은 몸이 움츠러들었다. 누구에게 실연당했는지는 그들도 몰랐지만 말이다.

평범한 젊은 여성들은 평범한 젊은 남성들만큼이나 냉

정하고 세속적이며 이기적일 수 있다. 고통 속에 있는 사람들은 항상 그들을 피해야 한다. 그들은 슬픔과 불행을 경멸하고 마치 신이 하층민에게 내린 심판처럼 여긴다. 그들에게 '사랑'이란 단지 좋은 결혼 상대를 얻기 위한 계략에 불과하며 '실망'이란 그들의 계획이 들통나 실패한 것을 의미한다. 그들은 다른 사람들의 사랑에 대한 감정과 계획도 자신들과 비슷하다고 생각하고 그 기준에 따라 판단한다.

캐롤라인은 이런 사실을 모두 본능적으로 알았고 관찰을 통해서도 알게 되었다. 그리고 이 지식에 맞춰 행동하면서 창백해진 얼굴과 야윈 몸이 최대한 눈에 띄지 않게 했다. 이렇게 완벽하게 몸을 숨기며 생활하게 된 그녀는 이웃에서 일어나는 작은 소식조차 더는 듣지 않게 되었다.

어느 날 아침, 삼촌이 캐롤라인이 앉아 있는 거실로 들어왔다. 그곳에서 그녀는 할로우 들판 정상에 있는 울타리 아래서 꺾어온 들꽃을 보며 그림을 그리고 있었고, 거기서 약간의 즐거움을 찾으려 애쓰고 있었다. 삼촌은 갑작스러운 태도로 그녀에게 말했다. "얘야, 이리 와봐라. 너는 항상 물감이나 책, 자수나 들여다보고 있구나. 그 색칠하는 일은 그만둬라. 그런데 너, 그림 그릴 때 연필을 입에 대니?"

"가끔요, 삼촌. 깜빡하고요."

"그러면 그게 너를 중독시키는 거다. 물감은 해로워. 그

물감에는 백납, 적연, 초산구리, 자황, 그리고 다른 독도 수십 가지나 들어 있어. 그것들은 넣어둬라! 잠가둬! 모자 쓰고 나와라. 나랑 같이 어디 좀 가야겠다."

"삼촌과요?"

캐롤라인은 놀란 어조로 물었다. 삼촌과 함께 외출하는 것이 익숙하지 않았다. 그녀는 삼촌과 함께 말을 타거나 산책한 적이 한 번도 없었다.

"빨리, 빨리! 나 바쁜 거 알잖아. 낭비할 시간이 없다."

그녀는 급히 물건을 정리하면서, 어디로 가는지 물었다.

"필드헤드로."

"뭐라고요? 필드헤드! 정원사이신 제임스 부스 씨를 보러 가는 건가요? 그분이 아프세요?"

"셜리 킬다 양을 보러 가는 거다."

"킬다 양이요! 그녀가 요크셔에 오나요? 필드헤드에 있는 건가요?"

"그래, 거기 있어. 지난주에 도착했다. 어젯밤 갔던 그 파티에서 킬다 양을 만났지. 네가 가지 않겠다고 한 그 파티 말이다. 킬다 양이 마음에 들었어. 네가 알고 지내면 좋을 거다. 네게 도움이 될 거야."

"이제 성년이 된 건가요?"

"그래, 이제 성년이 되었고 당분간 자기 땅에서 거주할 거다. 그 문제에 대해 내가 훈계를 좀 했지. 킬다 양의 의무가 뭔지 설명해 줬어. 고집스럽지 않더구나. 꽤 괜찮은 아가씨야. 킬다 양이 네게 활기찬 게 뭔지 가르쳐 줄 거다. 그녀에게는 무기력한 구석이 전혀 없어."

"킬다 양이 저를 만나고 싶어 할 것 같지 않아요, 삼촌. 저를 소개한다고 해서 그녀에게 무슨 도움이 되겠어요? 제가 킬다 양을 즐겁게 해줄 수 있는 것도 아니잖아요?"

"흥! 모자나 쓰거라."

"거만한 사람인가요, 삼촌?"

"모르겠다. 설마 킬다 양이 내게 거만하게 굴겠느냐? 그런 어린 아가씨가 자기 교구 신부에게, 아무리 부자라도 그런 태도를 보이진 않을 거다."

"그렇죠. 하지만 다른 사람들에게는 어떻게 행동하나요?"

"잘 모르겠다. 고개는 높이 들고 다니지. 무례하게 굴 수 있는 곳에선 그럴 수도 있을 거다. 안 그러면 여자가 아니겠지. 자! 어서 모자를 쓰고 나오거라!"

원래부터 자신감이 많지 않은 캐롤라인은 체력이 약해지고 기분이 우울해지면서 침착함과 여유도 더 줄어들었고, 낯선 사람들을 마주할 용기도 없어졌다. 삼촌과 함께 필드헤드 대문에서 현관으로 이어지는 넓게 포장된 길을 걸어가면서도 그녀는 스스로 진정하려 했지만, 결국 움츠러들었다. 헬스톤 신부를 따라 마지못해 현관을 지났고 어둡고 오래된 현관 홀 안으로 들어섰다.

그곳은 매우 음침했다. 길고 넓고 어두웠으며, 격자창 하나만이 희미하게 빛을 비추고 있을 뿐이었다. 요즘은 날씨가 따뜻했기에 넓고 오래된 벽난로에는 불 없이 버드나무 가지들만 채워져 있었다. 입구 맞은편 높은 곳에 달린 그림 액자들은 윤곽만 보였고, 천장 쪽으로 갈수록 그림자가 짙어졌다. 벽에는 실제 사슴뿔을 단 사슴 머리 조각상이 기괴하게 내려다보고 있었다. 이 집은 화려하지도, 편안하지도 않았다. 내부도 외관만큼 고풍스럽고 복잡했으며 불편했다. 이 집에는 연 수입이 천 파운드에 달하는 재산이 있었고, 남자 상속인이 없어 여성이 그 재산을 상속받았다. 이 지역에는 그보다 두 배의 수입을 자랑하는 상인 가문들이 있었지만, 킬다 가문은 오래된 역사와 영주들의 명성 덕분에 모든 가문 중에서도 가장 높은 지위를 차지했다.

헬스톤과 캐롤라인은 응접실로 안내받았다. 당연하게도 이런 고딕풍의 오래된 저택에서는 응접실이 참나무로 꾸며져 있었다. 고급스럽고 윤기 나는 짙은 나무가 벽을 둘러싸며 음울하고 장엄한 분위기를 자아냈다. 독자여, 이 나무 벽은 매우 아름답고 색감도 부드러우며 세련되어 보이지만, 만약 당신이 '봄 대청소'가 무엇인지 안다면, 그 벽이 매우 끔찍하고 비인간적이라는 사실도 잘 알 것이다. 따뜻한 오월의 어느 날, 인류애를 가진 누군가가 이 반짝이는 나무 벽을 밀랍 천으로 문지르는 하인들을 본다면, 그것이 '참을 수도 견딜 수도 없는 일'이라는 사실을 인정할 수밖에 없을 것이다. 원래 필드헤드에는 참나무로 꾸며진 더 큰 응접실이 하나 있었는데 누군가가 그곳을 분홍빛이 나는 흰색으로 칠해버렸다. 그로 인해 그 사람은 야만인이라는 평을 들었지만, 그래도 나는 몰래 칭찬해 줄 수밖에 없다. 그 덕분에 저택 일부가 훨씬 밝아졌고, 미래의 하녀들에게는 엄청난 수고가 덜어졌으니 말이다.

갈색 나무로 장식된 응접실에는 굉장히 오래된 가구들이 옛날식으로 배치되어 있었다. 높다란 벽난로 양쪽에는 숲속의 왕좌처럼 보이는 견고하고 오래된 참나무 의자 두 개가 놓여 있었고, 그중 하나에 한 여성이 앉아 있었다. 만약 이 여성이 킬다 양이었다면, 그녀는 적어도 이십 년 전쯤에 이미 성년이 되었을 것이다. 이 여성은 전형적인 중년 여성의 풍채를 가지고 있었고 모자는 쓰지 않았으며 흐릿하지 않은 적갈색 머리카락으로 태생적으로 젊어 보이는 작은 얼굴을 가리고 있었다. 하지만 그녀는 젊지도 않았고 젊어 보이려는 기색도 없었다. 현대적인 옷차림이었다면 더 좋아 보였을지도 모른다. 재단이 잘된 예쁜 드레스를 입었다면 충분히 매력적이었을 것이다. 하지만 좋은 천을 가지고 왜 저렇게 얇은 주름에 오래된 양식으로 옷을 만들었는지 이해하기 어려웠다. 그녀를 다소 괴짜로 여겨도 무리는 아니었다.

이 여인은 매우 영국적인 격식에 소심함이 섞인 태도로 방문객들을 맞이했다. 중년 여성 중에서도 영국 여성들은 그들만이 보여주는 특징이 있었다. 영국 여성들은 자기 확신이 부족하고, 본인이 가진 장점과 남을 기쁘게 하는 능력에 자신 없어 하면서도, 올바르게 행동하려 노력하고, 되도록 상대방에게 불쾌함보다는 호감을 주기 위해 애쓰는 태도를 보였다. 그러나 이 여성에게서는 소심한 영국 여성조차 잘 보여주지 않는 더 큰 당혹스러움이 느껴졌다. 그것을 느낀 캐롤라인은 이 낯선 여인에게 공감했다. 그녀는 소심한 사람에게 무엇이 좋은지를 경험을 통해 알고 있었기에 조용히 여인 가까이에 앉아서 부드럽고 여유롭게 대화를 유도했다. 이 여유로움은 자신보다 초조해하는 존재 덕분에 순간적으로 갖게 된 것이었다.

이 여인과 캐롤라인이 단둘이 있었다면 두 사람은 금세 잘 어울렸을 것이다. 이 여인은 굉장히 맑은 목소리를 가지고 있었는데, 마흔이라는 나이에 비해 놀랍도록 부드럽고 선율감이 넘치는 음성이었다. 그녀의 체형은 확실히 통통한 편에 속했다. 캐롤라인은 그 목소리가 마음에 들었다. 비록 형식적이지만 억양과 언어가 정확했다. 여인은 곧 캐롤라인이 자신의 목소리와 자신을 좋아한다는 것을 느껬을 것이며, 10분도 되지 않아 친구가 되었을 것이다. 하지만 헬스톤이 카펫 위에 서서 두 사람을 바라보고 있었다. 특히 냉소적이고 날카로운 눈길로 낯선 여인을 바라보았는데, 그녀의 어색한 격식과 부족한 자신감을 못마땅해하고 짜증스러워한다는 것을 분명히 드러내고 있었다. 그의 냉정한 시선과 거친 목소리는 여인을 점점 더 불편하게 만들었다. 그녀는 날씨나 주변 경치에 대한 작은 이야깃거리라도 꺼내보려 했지만, 까다로운 헬스톤은 일부러 잘 들리지 않는 척했다. 그녀가 무슨 말을 해도 정확히 듣지 못한 것처럼 행동했고, 여인은 정성스럽게 만들어 낸 소소한 이야기를 두 번씩 반복해야만 했다. 그 노력은 그녀에게 너무 벅차게 느껴졌다. 여인은 당황한 채로 자리에서 일어서서 킬다 양이 왜 이렇게 지체하고 있는지 모르겠다며 그녀를 찾아보겠다고 긴장된 목소리로 중얼거렸다. 그때, 킬다 양이 직접 나타나 그녀의 수고를 덜어주었다. 누구라도 이제 막 정원에서 유리문을 통해 안으로 들어온 여성이 그 이름의 주인이라는 사실을 알 수 있었다.

헬스톤 신부는 우아한 태도 속에 진정한 품위가 있다는 것을 느꼈다. 날씬하고 곧은 체형을 가진 젊은 여성이 왼손으로는 작은 실크 앞치마에 가득 담긴 꽃을 붙잡고, 오른손은 그를 향해 내밀면서 다가와 기분 좋게 말했다.

"신부님께서 저를 보러 오실 줄 알았어요. 비록 요크

씨 때문에 제가 자코뱅 당원이 되었다고 생각하시겠지만요. 안녕하세요."

"자코뱅이 되게 두지 않겠소. 안 되지요, 셜리 양. 그들이 내 교구의 꽃을 훔쳐 가도록 내버려두지 않을 거요. 이제 우리와 함께 있으니, 정치와 종교에 대해서는 내 제자가 되어야겠소. 두 가지 모두에 대해 건전한 교리를 가르쳐 주겠소."

"프라이어 부인께서 이미 저를 가르쳐 주셨어요." 셜리는 나이 든 여성을 돌아보며 대답했다. "프라이어 부인은 제 가정교사셨고, 지금도 제 친구시죠. 그 모든 고지식하고 엄격한 토리당원 가운데서도 여왕이고, 그 어느 독실한 교회 여성보다도 최고지요. 제가 보증하는데, 저는 신학과 역사 모두 철저하게 교육받았어요, 헬스톤 신부님."

헬스톤 신부는 즉시 프라이어 부인에게 깊이 고개 숙여 인사하며 감사를 표했다. 그러자 프라이어 부인은 자신에게 정치적이거나 종교적인 논쟁에 대한 능력은 부족하다면서, 여성의 마음에는 그러한 문제가 적합하지 않은 것 같다고 말했다. 그러나 일반적인 의미의 질서와 충성은 중요하다고 생각하며, 국교 제도에 대해서도 진정으로 애착을 두고 있다고 밝혔다. 그녀는 어떠한 상황에서도 변화를 꺼린다고 덧붙였고, 새로운 생각을 너무 쉽게 받아들이는 태도는 매우 위험하다고 거의 들리지 않게 중얼거리고는 말을 마쳤다.

"셜리 양도 부인처럼 생각하기를 바랍니다, 부인."

"나이와 기질의 차이가 의견의 차이를 가져오는 법이죠. 젊고 열정적인 사람이 차분한 중년의 사람들과 의견이 같을 거라고 기대하기는 어려울 겁니다." 프라이어 부인이 대답했다.

"오! 오! 우리는 독립적이지요. 스스로 생각하고 말이요! 혹시라도 우리에게 작은 자코뱅이나 진지한 자유 사상가가 있는 게 아닌지. 이 자리에서 신조를 고백해 봅시다." 헬스톤이 말했다.

그는 셜리의 두 손을 잡아 그녀가 들고 있던 꽃을 모두 떨어뜨리게 한 후, 그녀를 자신의 옆 소파에 앉혔다.

"신경을 말해 보시오." 그가 명령했다.

"사도신경을 말씀하시는 건가요?"

"맞소."

셜리는 아이처럼 사도신경을 외웠다.

"이제 아타나시우스 신경을 외워봐요. 이게 진짜 시험이지!"

"잠시만요, 꽃을 다시 모아야겠어요. 타르타르가 오고 있어요. 꽃을 밟을 거예요."

타르타르는 제법 크고 힘이 세며 험상궂어 보이는 못생긴 개였는데, 마스티프와 불독의 혼종이었다. 바로 그 순간, 타르타르가 유리문을 통해 들어와 곧장 카펫 위로 가서 그곳에 흩어져 있던 신선한 꽃들을 킁킁거리며 냄새를 맡았다. 그것을 먹이로 여기지는 않는 듯했지만, 벨벳 같은 꽃잎들을 깔개로 삼으면 편리하겠다고 생각했는지 자신의 커다란 황갈색 몸뚱이를 웅크리며 그 위에 자리 잡으려 했다. 그때 캐롤라인과 셜리가 꽃을 구하기 위해 동시에 몸을 숙였다.

캐롤라인이 자신의 주머니에 꽃을 담을 수 있도록 작은 앞치마를 내밀자 셜리가 말했다.

"고마워요. 이분이 신부님 따님인가요?"

"내 조카 캐롤라인이오."

셜리는 캐롤라인과 악수한 후 그녀를 바라보았다. 캐롤라인도 마주 보았다.

셜리 킬다(그녀에게 셜리라는 이름 외에 다른 세례명은 없었다. 그녀의 부모는 아들을 원했지만, 결혼 팔 년 만에 겨우 딸을 얻은 부모는 만약 아들이었다면 주었을 남성적인 가족 이름을 딸에게 주었다)는 매력 없는 상속녀가 아니었다. 그녀는 보는 이에게 호감을 주는 외모를 갖고 있었다.

그녀의 체형은 캐롤라인과 크게 다르지 않았지만, 아마 키는 몇 인치 더 컸을 것이다. 셜리의 몸매는 우아했으며, 얼굴 또한 '우아함'이라는 단어로 잘 묘사될 수 있는 매력을 가지고 있었다. 원래 창백한 얼굴이었지만 지적이고 다양한 표정을 지녔다. 셜리도 캐롤라인처럼 금발은 아니었다. 그녀의 외모는 맑고도 어두운 색조가 특징이었는데, 얼굴과 이마는 하얗고, 눈은 매우 짙은 회색이었으며(초록빛 없이 투명하고 깨끗한 중간회색), 머리카락은 아주 어두운 갈색이었다. 돋보이는 이목구비는 고대 로마인처럼 눈, 코, 입이 크고 뼈가 두드러진 것이 아니라, 오히려 작고 섬세했다. 프랑스식으로 표현하자면 '섬세하고, 우아하며, 지적인 느낌(fins, gracieux, spirituels)'이었다. 표정은 감정이 풍부하면서도 뭔가를 말하는 듯한 느낌을 주었지만, 그 변화와 언어를 한 번에 이해하거나 해석하기 어려웠다.

셜리는 머리를 약간 한쪽으로 기울이며, 생각에 잠긴 듯한 표정으로 캐롤라인을 진지하게 살펴보았다.

"보다시피 이 아이는 연약한 병아리에 불과하오." 헬스톤 신부가 말했다.

"어려 보이네요, 저보다 더요. 몇 살인가요?" 셜리가 물었다. 말투가 자칫 거만해 보일 수 있었지만, 매우 진지하고 담백했다.

"열여덟 살이 되고 육 개월이 지났어요."

"나는 스물한 살이에요."

셜리는 더 말하지 않고, 이제 꽃들을 테이블 위에 놓은 후 정성스럽게 그것들을 정리하는 데 열중했다.

"그럼 아타나시우스 신경은? 모두 외우고 있소?" 헬스톤이 재촉했다.

"다 기억나진 않아요. 신부님께도 꽃다발을 드릴게요. 조카분께 먼저 하나 드린 다음에요."

셜리는 눈부신 꽃 한 송이와 섬세한 꽃 두세 송이를 어두운 잎사귀 한 줄기로 장식해 작은 꽃다발을 만들고는, 바느질 상자에서 실을 꺼내 꽃다발을 묶어서 캐롤라인 무릎 위에 놓았다. 그런 다음 뒷짐을 지고, 몸을 약간 기울이며 손님을 유심히 바라보았다. 그 태도와 표정은 엄숙하면서도 용맹스러운 작은 기사 같았다. 잠깐의 이 표정이 그녀의 머리 스타일과 어우러져 더욱 돋보였다. 한쪽 이마 위에서 가르마를 탄 머리카락을 윤기 있게 빗어 올렸고, 구불거리는 머리카락이 그곳에서부터 물결처럼 부드럽고 자연스럽게 내려왔다.

"산책하느라 힘들진 않았어요?" 셜리가 물었다.

"전혀요. 아주 짧은 거리였는걸요. 겨우 1마일이에요."

"창백해 보이네요. 원래 이렇게 창백한가요?" 셜리가 헬스톤을 돌아보며 물었다.

"원래는 당신 정원에서 가장 붉은 꽃 같은 장밋빛이 돌았소."

"근데 왜 변했죠? 무슨 일로 창백해진 거예요? 아팠던 건가요?"

"변화가 필요하다고 하더군."

"그렇다면 확실히 변화를 가져야 해요. 신부님이 도와주셔야 해요. 해변으로 보내주세요."

"여름이 가기 전에 그렇게 할 생각이오. 그 전에, 셜리 양이 싫어하지만 않는다면 이곳에 자주 들르라고 할 생각이오."

"셜리 양은 분명히 싫어하지 않을 거예요." 프라이어 부인이 말했다. "헬스톤 양이 필드헤드에 자주 오는 걸 무척 좋아할 거라고 장담할 수 있을 것 같군요."

"제 생각을 정확히 말씀해 주셨네요, 부인. 대신 말해주셔서 감사해요." 셜리가 프라이어 부인에게 말한 후 다시 캐롤라인을 바라보며 말을 이어갔다.

"캐롤라인, 당신도 제 가정교사께 고마워하셔야 해요. 부인께서 이렇게 환영해 주는 사람은 드물거든요. 당신은 정말 특별한 대접을 받고 있는 거예요. 오늘 당신이 떠나면 저는 곧바로 프라이어 부인께 당신에 대한 의견을 물어볼 거예요. 부인은 사람 보는 눈이 놀라울 정도로 정확해서 제가 신뢰하거든요. 부인이 제 질문에 대해 긍정적인 대답을 하실 거라고 벌써 예상되는데요. 제 추측이 맞죠, 프라이어 부인?"

"셜리, 조금 전에 헬스톤 양이 떠나면 물어보겠다고 했잖아요. 같이 있는 자리에서는 내 생각을 말할 수 있을 것 같지 않군요."

"그렇죠. 그리고 어쩌면 꽤 오래 기다려야 들을 수 있을지도 모르겠네요. 헬스톤 신부님, 저는 프라이어 부인이 극도로 신중해서 속이 탈 때가 많아요. 부인의 판단은 정말 주의 깊어요. 그 판단이 나오기까지 시간이 정말 오래 걸리거든요. 마치 대법관이 판결을 내리는 것처럼요. 어떤 사람의 성격에 대해서는 제가 아무리 간청해도 단 한 마디 의견도 얻을 수가 없다니까요." 셜리가 농담처럼 말하자 프라이어 부인이 미소를 지었다.

"네, 그 미소가 무슨 뜻인지 저 알아요. 그 세입자 남자를 생각하고 계신 거죠. 신부님, 혹시 할로우에 사는 무어 씨를 아시나요?" 셜리가 헬스톤에게 물었다.

"아, 그렇지! 셜리 양의 세입자였지. 여기 오고 나서 그를 꽤 자주 봤겠군?"

"만날 수밖에 없었어요. 처리해야 할 일이 있었거든요. '일'이라니! 정말, 이 말을 할 때마다 제가 이제 소녀가 아니라 완전히 성숙한 여성이 된 걸, 아니, 그 이상이 되었다는 걸 실감하게 돼요. 저는 에스콰이어예요! 제 이름과 호칭은 셜리 킬다, 에스콰이어✿가 되겠죠. 저희 부모님은 제게 남자 이름을 주셨고, 저는 남자의 직함을 가지고 있어

✿ 영국의 계급 중 하나로, 기사와 신사 사이에 있는 계급.

요. 그것만으로도 저에게서 남성스러운 기운이 느껴지는 건 당연한 거겠죠. 게다가 그 당당한 영국계 벨기에인 제라르 무어 같은 사람과 진지하게 사업 이야기를 할 때면 저는 진짜로 신사가 된 것 같아요. 헬스톤 신부님, 다음번 교회 장로를 새로 뽑으실 때 저에게도 한자리 주셔야 해요. 치안 판사나 의용대장도 돼야겠어요. 토니 럼킨✿의 어머니는 대령이었고, 그의 이모는 치안 판사였어요. 저라고 왜 안 되겠어요?"

"기꺼이 도와주겠소. 만약 그 문제로 청원서를 작성한다면, 서명 목록에 가장 먼저 내 이름을 올리겠다고 약속하겠소. 그런데 무어에 관해 이야기하던 중이지 않소?"

"아, 맞아요! 무어 씨를 이해하는 게 조금 어려워요. 어떻게 생각해야 할지, 좋아해야 할지 말아야 할지 헷갈려요. 그 사람이 어떤 소유주라도 자랑스러워할 만한 세입자인 건 확실해요. 그런 의미에서는 저도 그 사람이 자랑스러워요. 하지만 이웃으로서는 어떤 사람일까요? 몇 번이나 프라이어 부인께 어떻게 생각하는지 물어봤지만, 직접적인 대답을 계속 피하시더라고요. 신부님은 부인보다는 덜 조심스러우시길 바라요. 바로 말씀해 주세요. 그 사람을 좋게 보시나요?"

✿   18세기 작가 존 오키프의 희곡 〈마을의 토니 럼킨(Tony Lumpkin in Town)〉의 작중 주인공.

"지금은 전혀 좋아하지 않소. 그 이름을 내 목록에서 완전히 지웠지."

"무슨 일인데요? 그 사람이 무슨 일을 저질렀나요?"

"저희 삼촌과 그분은 정치 문제로 의견이 맞지 않아요."

캐롤라인이 낮은 목소리로 끼어들었다. 사실 그녀는 말하지 않는 편이 나았을 것이다. 대화에 거의 참여하지 않았던 그녀가 이제야 끼어드는 것은 적절하지 않았다. 캐롤라인은 말이 끝나자마자 이 사실이 신경 쓰였고, 부끄러움에 눈까지 붉게 물들었다.

"무어 씨는 정치 성향이 어떤데요?" 셜리가 물었다.

"상인의 정치 성향이지. 편협하고 이기적이며 비애국적이오. 그는 전쟁을 지속하는 것에 반대하는 글을 끊임없이 쓰고 말하고 있소. 그를 도저히 참을 수가 없소."

"전쟁이 그의 사업에 타격을 주기 때문이겠죠. 어제 그렇게 말한 것이 기억나요. 그런데 다른 불만은 없으신가요?"

"그 정도로 충분하오."

"그러면 제 기준에서는 신사처럼 보여요. 그런 사람이라고 생각하니 오히려 기쁘네요."

캐롤라인은 자신의 꽃다발에 들어 있던 화려한 페니키아의 꽃잎을 뜯으며 뚜렷한 목소리로 대답했다.

"확실히 그 사람은 신사예요."

셜리는 용감한 확언을 내뱉은 사람에게 의미심장한 눈으로 탐색하는 듯한 시선을 보냈다.

"캐롤라인은 그의 친구군요. 그가 없는 자리에서도 옹호해 주네요." 셜리가 말했다.

"저는 그의 친구이자 친척이에요. 로버트 무어 씨는 제 사촌이죠." 캐롤라인은 즉시 대답했다.

"아, 그렇다면 당신이 다 이야기해 줄 수 있겠네요. 그 사람 성격에 대해 간단히 설명해 주세요."

셜리의 요청에 캐롤라인은 크게 당황했다. 그 요청에 응할 수도 없었고, 응하지도 않았다. 그녀가 침묵하자 곧바로 프라이어 부인이 헬스톤 신부에게 질문을 던지며 그 상황을 덮어주었다. 남부에서 알고 지내던 사람들이 있는데 이곳에 그들과 친척인 사람들이 살고 있다며 이웃 주민들에 대해 여러 가지 질문을 하기 시작한 것이다. 셜리는 곧 캐롤라인의 얼굴에서 시선을 돌렸다. 질문을 더 이어가지 않았고 다시 꽃을 만지면서 신부에게 줄 꽃다발을 고르기 시작했다. 셜리는 헬스톤 신부가 떠날 때 그에게 꽃다발을 건넸고, 헬스톤은 그녀의 손등에 입맞춤으로 예를 표했다.

"꼭 저를 생각하며 꽃을 달아주세요." 셜리가 말했다.

"당연히 내 심장 가까이에 둘 거요." 헬스톤이 응답하며 말을 이었다.

"프라이어 부인, 이 미래의 치안 판사이자 교회 장로이고, 의용대장이자 브라이어필드의 젊은 지주인 셜리 양을 잘 돌봐주시오. 너무 무리하지 않도록 해주시고 사냥하다 목숨을 잃지 않도록 해주시오. 특히 할로우 근처의 위험한 언덕을 내려올 때는 각별히 조심하라고 말이오."

"저는 내리막길을 좋아해요. 빠르게 내려가는 게 좋아요. 특히 그 낭만적인 할로우가 정말 마음에 들어요."

"공장이 있는데 낭만적이라고?"

"공장이 있어도 낭만적이에요. 오래된 공장과 하얀 오두막에는 각각 나름의 멋이 있지요."

"그러면 사무실은 어떻소, 셜리 양?"

"사무실은 제 장밋빛 응접실보다 낫죠. 사무실도 정말 좋아해요."

"그 무역품들은 어떻소? 천과 기름진 양모, 오염을 일으키는 염색통은?"

"무역은 철저히 존중받아야 해요."

"그러면 그 무역상은 영웅인 거요? 좋군!"

"그렇게 말씀하시니 기뻐요. 그 무역상이 영웅같다고 느꼈거든요."

이렇게 말하는 셜리의 얼굴에는 장난기와 활기, 즐거움이 번뜩였다. 그녀는 나이 든 신부와 재치 있게 주고받는 말싸움을 즐겼다.

"킬다 대위, 당신 혈관에는 상인의 피가 흐르지 않소. 그런데 왜 그렇게 무역을 좋아하는 거요?"

"당연히 저는 공장주니까요. 제 수입의 절반은 그 할로우에 있는 공장에서 나와요."

"부디 동업은 하지 말아요. 그것만 명심하시오."

"아, 이제 그 생각을 제 머릿속에 넣어주셨군요! 절대 잊을 수 없겠어요. 감사해요."

셜리가 환하게 웃으며 외치고는, 백합처럼 하얗고 요정처럼 가녀린 손을 흔들며 현관 안으로 사라졌다. 신부와 그의 조카는 아치형 대문을 통해 밖으로 나갔다.

12장. 셜리와 캐롤라인

　셜리는 캐롤라인을 자주 찾아와 친하게 지내고 싶다는 말이 진심임을 증명했다. 캐롤라인이 사람을 새로 사귀는 데 서툴렀기 때문에, 셜리가 먼저 손 내밀지 않았다면 사실 두 사람은 친해지기 어려웠을 것이다. 캐롤라인은 항상 사람들이 자신을 좋아하지 않을 거라는 생각과 자신과 있으면 재밌지 않을 거란 생각에 늘 주저했다. 그리고 필드헤드의 상속녀처럼 빛나고 행복한 젊은 여인은 자신처럼 흥미롭지 않은 사람에게 전혀 관심이 없을 거라고 여겼기 때문에, 자신이 진심으로 환영받으리라고는 생각하지 않았다.

　셜리가 빛나고 행복해 보일 수는 있지만, 그녀조차도

다정한 사교 생활에서 완전히 자유로울 수는 없었다. 한 달 남짓 그녀는 이웃한 가문들 대부분과 친분을 쌓았고, 사익스 가와 피어슨 가의 아가씨들, 윌든홀의 윈 자매들과도 아주 자유롭고 편안하게 지내게 되었다. 하지만 그중 누구도 누구와도 진정으로 마음을 터놓지는 않은 듯했다. 셜리 자신의 표현을 빌리자면, 그 누구와도 '친밀한 유대'를 맺지 못했다. 만약 그녀가 정말로 브라이어필드 영주의 위치에 있는 셜리 킬다 에스콰이어라는 남성이었더라면, 이 마을과 인근 두 교구에서 그가 킬다 부인, 즉 영주의 아내가 되어 달라고 청혼하고 싶은 여인은 단 한 명도 없었을 것이다. 그녀는 프라이어 부인에게 이 말을 했고, 부인은 제자가 즉흥적으로 말할 때 주로 그렇듯이 매우 조용히 받아주며 말했다. "아가씨, 자신을 신사라고 부르는 습관이 굳어지지 않도록 조심하세요. 그건 이상한 습관이에요. 아가씨를 모르는 사람들이 이런 식으로 말하는 걸 들으면 아가씨가 일부러 남자처럼 행동한다고 생각할 거예요."

셜리는 자신의 옛 가정교사를 절대 비웃지 않았다. 부인의 작은 격식이나 해가 없는 특이함조차 셜리의 눈에는 존경할 만한 것이었다. 만약 그렇지 않았다면, 셜리는 스스로 약한 성격임을 증명했을 것이다. 조용한 가치를 비웃는 행동은 약한 자들이 하는 일이기 때문이다. 그래서 그녀는 프라이어 부인의 충고를 조용히 받아들였다. 셜리는 창가에 서서 조용히 잔디밭의 웅장한 삼나무와 그 나뭇가지에 앉아 있는 새를 바라보았다. 잠시 후 그녀는 새를 향해 짹짹거리는 소리를 내기 시작했다. 곧 그녀의 소리는 더 분명해졌고, 얼마 지나지 않아 휘파람을 불었다. 그 휘파람은 어떤 선율로 바뀌었고, 놀랍도록 아름답고 능숙한 음악 소리가 되었다.

"아가씨!" 프라이어 부인이 나무랐다.

"제가 휘파람을 불었나요? 깜빡했어요. 죄송해요, 부인. 부인 앞에서는 휘파람을 불지 않기로 했는데." 셜리가 말했다.

"하지만, 킬다 양. 휘파람은 어디서 배운 거죠? 요크셔에 내려온 이후에 생긴 습관인 게 분명해요. 이전에는 그런 걸 한 적이 없었잖아요."

"아! 아주 오래전에 배운 거예요."

"누가 가르쳐 준 건가요?"

"아무도요. 그냥 듣고 따라 하다가 저절로 익혔어요. 그러다가 잊어버렸었죠. 그런데 어제저녁에 우리 집 오솔길을 올라오는데 울타리 건너편 들판에서 어떤 신사가 바로 그 곡조를 휘파람으로 부르더라고요. 그래서 그게 생각났어요."

"어떤 신사였지요?"

"이 지역에 신사라고 부를 만한 사람은 한 명뿐이에요,

부인. 바로 무어 씨요. 적어도 백발이 아닌 신사는 그 사람뿐이에요. 물론 제가 좋아하는 헬스톤 신부님과 요크 씨는 정말로 훌륭한 노신사이시죠. 멍청한 젊은이들보다 훨씬 나아요."

프라이어 부인은 아무 말도 하지 않았다.

"부인, 헬스톤 신부님을 좋아하지 않으시죠?"

"아가씨, 헬스톤 신부님은 그 직분 때문에라도 비판할 수 없어요."

"하지만 그분이 오신다고 하면 항상 방을 떠나시잖아요."

"아가씨, 오늘 아침 산책하러 나가실 건가요?"

"네, 사제관에 가서 캐롤라인 헬스톤 양을 찾아내 운동을 시킬 거예요. 넌넬리 공원으로 데리고 나가서 산들바람을 맞으며 걷게 하려고요."

"그쪽으로 가신다면 바람이 세니까 따뜻하게 챙겨 입으라고 헬스톤 양에게 꼭 말해주세요. 제가 보기엔 헬스톤 양은 좀 더 신경을 써야 할 것 같더군요."

"말씀대로 따르겠습니다, 부인. 저희와 함께 가시는 건 어떠세요?"

"아니에요, 사랑스러운 아가씨. 제가 가면 아가씨들께 부담이 될 거예요. 저도 이제 몸이 무거워서 아가씨들만큼 빨리 걷지 못하니까요."

셜리는 캐롤라인을 금방 설득해 함께 산책을 나섰고, 두 사람은 조용한 길을 따라 널찍하고 고요한 넌넬리 공원을 걸었다. 셜리는 자연스럽게 캐롤라인을 대화로 이끌었다. 어색했던 첫 만남을 넘어서자, 캐롤라인은 곧 셜리와 대화하는 게 즐거워졌다. 가벼운 말 몇 마디를 주고받는 것만으로도 서로를 더 잘 이해할 수 있게 되었다. 셜리는 공원 들판의 푸른 잔디를 좋아하지만, 그보다 더 좋은 건 능선 위의 황야라면서, 황야를 보면 황무지가 떠오른다고 말했다. 그녀는 스코틀랜드 근처 국경 지대를 여행하면서 황무지를 본 적이 있었다. 특히 어느 무더운 여름날, 해가 지기까지 길고 긴 낮 시간에 끝없이 깊은 황야를 가로지르며 걸었던 여행이 기억에 남았다. 그동안 본 것은 야생 양들뿐이었고, 들은 것은 들새들의 울음소리뿐이었다.

"그런 날 황야가 어떤 모습일지 알아요. 자줏빛이 도는 검은색이겠죠. 하늘색보다 더 짙은 음영이 깔려서 하늘빛이 창백해 보였을 거예요."

"맞아요. 정말 창백했어요. 구름 가장자리는 청동색으로 보이고 곳곳에는 하얀 빛줄기가 보였는데, 그 빛은 어두운 색조보다 더 섬뜩했어요. 그걸 보고 있으면 순간적으로 번개에 타오를 것 같은 느낌이 들었죠."

"천둥도 쳤나요?"

"멀리서 천둥이 울리긴 했지만, 폭풍은 우리가 산기슭

에 있는 외딴 여관에 도착한 저녁까지는 시작되지 않았어요."

"산 위로 구름이 내려오는 걸 보셨나요?"

"네, 봤어요. 한 시간 동안 창가에 서서 바라봤죠. 언덕은 잔뜩 찌푸린 안개에 휩싸인 듯 보였는데, 하얀 장막처럼 비가 내리기 시작하자 갑자기 언덕들이 시야에서 사라졌어요. 마치 세상에서 씻겨 나간 것처럼요."

"요크셔 언덕 지대에서 그런 폭풍을 본 적이 있어요. 하늘이 온통 폭포수처럼 쏟아지고 땅이 전부 물바다로 변한 절정의 순간에 정말 대홍수 같다고 생각하곤 했죠."

"그런 폭풍이 지나가고 평온이 돌아오면 참 마음이 새로워져요. 구름 사이로 빛이 비치면서 태양이 사라지지 않았다고 부드럽게 알려주면서 우리를 위로해 주죠."

"킬다 양, 지금 잠시 멈추고 넌넬리 계곡과 숲을 내려다보세요."

두 사람은 들판의 푸른 언덕 위에서 멈췄다. 그리고 오월의 옷을 입은 깊은 계곡을 내려다보았다. 들판은 다양한 모습을 띠고 있었다. 일부는 데이지로 보석처럼 반짝였고, 일부는 황금빛 노란 꽃들로 빛났다. 오늘, 젊은 녹음이 햇빛 아래에서 밝게 미소지었고, 투명한 에메랄드와 호박빛 광선이 그 위에서 춤추듯 반짝였다. 넌우드 숲은 저지대가 한때 모두 사냥터였고, 고지대는 깊은 황야로 덮여 있던 고대 영국 숲의 잔재였다. 그 숲 위로 구름의 그림자가 드리워져 있었다. 먼 언덕은 얼룩덜룩하게 보였고, 지평선은 자개처럼 그늘과 다양한 색조로 채워져 있었다. 은빛 푸른색, 부드러운 보라색, 희미한 녹색과 장밋빛이 모두 순수한 눈송이처럼 하얀 구름 속으로 녹아들었다. 그 풍경은 마치 하늘의 기초를 멀리서 엿보는 듯한 매력을 주었다. 언덕 위에서 불어오는 신선한 공기가 달콤하고 상쾌했다.

"우리 영국은 아름다운 섬이에요. 요크셔는 그중에서도 가장 아름다운 장소 중 하나죠."

"킬다 양도 요크셔 출신인가요?"

"네. 저는 요크셔에서 태어나고 자랐어요. 제 위로 다섯 세대가 브라이어필드 교회 회중석 아래에 잠들어 있죠. 저는 저 뒤에 보이는 오래된 검은 저택에서 첫 숨을 내쉬었어요."

이 말을 듣고 캐롤라인이 손을 내밀자, 셜리가 그 손을 맞잡고 흔들었다.

"우리는 고향 친구네요." 캐롤라인이 말했다.

"네." 셜리가 진지하게 고개를 끄덕이며 동의했다. 그러고는 숲을 가리키며 물었다. "저 숲이 넌우드인가요?"

"맞아요."

"숲에 가본 적 있어요?"

"자주 갔죠."

"숲 깊은 곳까지도요?"

"네."

"어떤 곳인가요?"

"마치 고대의 거인 아낙의 자손 같은 곳이에요. 나무들이 크고 오래되었죠. 뿌리 쪽에 서 있으면, 나뭇가지들이 마치 다른 세계에 있는 것처럼 보여요. 나무줄기는 기둥처럼 고요하고 단단하게 서 있지만, 가지는 바람이 불 때마다 흔들리죠. 가장 고요한 날에도 잎사귀들은 완전히 멈추는 법이 없어요. 강한 바람이 불면 물결치듯 흔들리고, 파도 같은 굉음이 울려 퍼져요."

"그곳이 로빈 후드가 지냈던 곳이죠?"

"네. 아직도 로빈 후드와 관련된 흔적들이 남아 있어요. 킬다 양, 넌우드 속으로 들어가면 옛날의 어두운 시절로 돌아가는 것 같아요. 숲 중앙쯤에 숲의 틈이 보이나요?"

"네, 분명히 보여요."

"그 틈은 골짜기예요. 이 공원의 잔디만큼 푸르고 짧은 잔디로 덮인 깊고 움푹 패인 곳이죠. 그 골짜기 가장자리에는 가장 오래된 나무들, 울퉁불퉁하고 거대한 참나무들이 빼곡히 서 있어요. 그리고 그 바닥에는 수녀원의 폐허가 누워 있답니다."

"우리 둘이서 가봐요. 날 좋은 여름날에 아침 일찍 그 숲으로 가서 종일 시간을 보내요. 연필과 스케치북, 그리고 흥미로운 책을 가져가면 좋겠어요. 물론 먹을 것도 챙겨야죠. 바구니도 두 개가 있으니까 길 부인이 거기에 음식을 싸주면 우리가 각자 들고 갈 수 있을 거예요. 저렇게 멀리까지 걷는 게 너무 힘들진 않겠죠?"

"아니요, 전혀요. 특히 숲에서 온종일 쉰다면요. 저는 가장 재밌는 장소들을 모두 알고 있어요. 호두 철에 호두를 딸 수 있는 곳도 알고, 야생 딸기가 많이 나는 곳도 알아요. 아무도 발들인 적이 없는 외진 숲속의 작은 공터들도 알고 있어요. 그곳은 특이한 이끼로 덮여 있죠. 어떤 것은 마치 금박을 입힌 듯한 노란색이고, 어떤 것은 차분한 회색, 또 어떤 것은 보석처럼 푸른색이에요. 거친 참나무와 섬세한 자작나무, 윤기 나는 너도밤나무가 서로 대비를 이루어서 그림처럼 완벽하게 효과를 이루는 곳도 있어요. 그리고 사울 왕처럼 위풍당당한 물푸레나무와 밝은 담쟁이덩굴로 뒤덮인 거대한 노목도 있죠. 킬다 양, 제가 안내해 드릴 수 있어요."

"우리끼리는 지루할까요?"

"그럴 리 없어요. 우리 둘은 잘 맞을 거예요. 그리고 우리의 즐거움을 망치지 않을 다른 사람이 있을까요?"

"정말, 우리 또래 중에는 아무도 없어요. 적어도 여자는요. 그리고 남자 중에선…."

"남자들이 함께하면 여행은 완전히 다른 게 되어버리

죠." 캐롤라인이 말을 끊으며 말했다.

"저도 동의해요. 우리가 계획한 것과는 완전히 다른 일이 되어버리죠."

"우리는 단순히 오래된 나무와 오래된 유적을 보러 가려는 거예요. 옛날의 고요함에 둘러싸여 하루를 보내기 위해서죠. 무엇보다도 조용함을 즐기려고요."

"맞아요. 남자들이 있으면 그 마지막 매력이 사라질 거예요. 만약 말론 같은 사람이나 사익스, 윈 같은 사람들이면 평온함이 아니라 불쾌감이 들 거예요. 그리고 올바른 사람들이라 해도 여전히 변화가 생겨요. 정확히 설명하기는 어렵지만, 분명히 느껴질 만한 변화일 거예요."

"무엇보다도, 자연을 잊어버리겠죠."

"그리고 자연도 우리를 잊어버리겠죠. 자연은 광활하고 차분한 이마를 흐릿한 장막으로 덮고, 얼굴도 감출 거예요. 그리고 우리가 그저 자연만을 숭배하며 만족했다면 우리 마음을 가득 채워주었을 평화로운 기쁨을 거두어 가버리겠죠."

"기쁨 대신 우리에게 뭘 줄까요?"

"들뜬 마음과 더 큰 불안감을 주겠죠. 흥분 때문에 시간을 빨리 흐르게 만들고 마음의 평온도 흐트러질 거예요."

"우리를 행복하게 만드는 힘은 상당 부분 우리 자신에게 달려 있는 것 같아요." 캐롤라인이 현명하게 말했다.

"넌우드에 많은 사람과 같이 간 적이 있어요. 이 지역 모든 부사제와 여러 신사, 숙녀분들과 함께 갔었죠. 참을 수 없이 지루하고 터무니없이 느껴지는 시간이었어요. 하지만 저 혼자 가거나 패니만 데리고 간 적도 있었는데, 패니는 숲속 나무꾼의 오두막에 앉아 바느질하거나 그 집 부인과 이야기를 나누고, 저는 여기저기 돌아다니며 그림을 그리거나 책을 읽었죠. 그런 날은 온종일 조용한 행복을 느꼈어요. 하지만 그건 이 년 전, 제가 어렸을 때 일이에요."

"당신 사촌 로버트 무어와 함께 간 적도 있나요?"

"네, 한 번요."

"그 사람은 이런 자리에서 어떻게 했나요?"

"사촌은 아시다시피, 낯선 사람과는 다르잖아요."

"그건 알아요. 하지만 사촌이 멍청하면 낯선 사람보다 더 참기 힘들어요. 사촌은 거리를 두기가 더 어려우니까요. 그런데 당신의 사촌은 멍청하지 않죠?"

"아니요, 하지만…."

"하지만 뭐요?"

"킬다 양의 말대로 어리석은 사람들과 같이 있는 게 짜증스럽다면, 지적인 사람들과 있을 때도 그 나름의 아픔이 생기죠. 만약 친구가 의심할 여지 없이 선량하거나 확실한 재능이 있는 사람이라면, 내가 과연 그 사람과 친구가 될 자격이 있는지 의문을 품게 되니까요."

"아! 거기에는 동의할 수 없어요. 잠시라도 그런 생각은 품고 싶지 않아요. 저는 최고로 훌륭한 사람들, 그러니까 신사들과 어울릴 자격이 있다고 생각해요. 물론 꽤 무거운 말이긴 하지만요. 신사들이 선할 때는 정말 선하다고 믿거든요. 말이 나왔으니 말인데, 캐롤라인, 당신 삼촌은 나이든 신사의 훌륭한 예시라고 생각해요. 저는 예리하고 이성적인 그분의 얼굴을 보는 게 좋아요. 우리 집에서든 다른 곳에서든 언제나 말이죠. 캐롤라인은 삼촌을 좋아하나요? 그분이 당신에게 친절한가요? 이제, 진실을 말해보세요."

"삼촌은 제가 어릴 때부터 키워주셨고, 만약 그분에게 딸이 있었다면 저와 똑같이 키웠을 거예요. 그건 의심할 여지 없이 친절이라고 생각해요. 하지만 저는 그분을 좋아하지 않아요. 삼촌과 함께 있는 것보다 떨어져 있는 게 좋아요."

"이상하네요. 신부님은 사람을 그렇게 유쾌하게 만드는 재주가 있으신데 말이죠."

"네, 사교 자리에서는 그래요. 하지만 집에서는 엄격하고 조용하시죠. 삼촌은 사제관 현관에 지팡이와 모자를 내려놓듯이, 쾌활함도 서재와 책상에 잠가두세요. 난로 옆에서는 찡그린 표정과 간단한 말만 하시지만, 사교 자리에서는 웃고, 농담하고, 재치 있게 말하시죠."

"폭군이신가요?"

"전혀 그렇지 않아요. 폭군도 아니고 위선자도 아니세

요. 다만 선량하다기보다는 관대하고, 다정하기보다는 명료하고, 진정으로 정의롭기보다는 신중하게 형평성을 지키는 분이에요. 이런 미묘한 차이를 이해할 수 있다면요."

"아, 알겠어요! 선량함은 관용을 의미하는데 그분에겐 그게 없고, 다정함은 따뜻한 마음을 의미하지만 그런 마음도 없고, 진정한 정의는 공감과 배려에서 나오는데 제 나이 많은 친구에겐 그것도 없다는 거잖아요. 충분히 알았어요."

"저는 자주 궁금해요, 셜리. 남자들이 대부분 집에서는 삼촌처럼 그렇게 생활하는 건지 말이에요. 그런 사람들에게 호감과 존경을 받으려면 새롭고 낯선 존재가 되어야 하는 건지, 그리고 매일 보는 사람에게 지속적인 관심과 애정을 유지하는 것이 그들 본성에는 불가능한 일인지 말이죠."

"잘 모르겠어요. 그 의문을 해결해 주기가 어렵네요. 저도 가끔 비슷한 고민을 하거든요. 하지만 비밀을 하나 말해줄게요. 저는 만약 남자들의 보편적인 성향이 본질적으로 우리와 다른 거라면, 다시 말해서 남자들이 변덕스럽고 금방 냉정해지고 공감하지 않는 사람들이라고 확신하게 되면, 저는 결혼하지 않을 거예요. 제가 사랑하는 사람이 저를 사랑하지 않고 저에게 지루해하고 제가 아무리 노력해도 소용없다는 걸 알게 되는 게 싫거든요. 남자들이 태생적으로 그런 존재라면 결국엔 변하고 무관심해지는 걸 피할 수 없을 테니까요. 남자가 변했다는 사실을 알게 되면 저는 무엇을 바랄까요? 떠나고 싶어질 거예요. 제 존재가 더는 기쁨을 주지 않는 자리에서 말이에요."

"하지만 결혼하면 떠날 수 없잖아요."

"맞아요, 떠날 수 없겠죠. 그게 문제예요. 더는 주체적으로 살 수 없는 거예요. 끔찍한 생각이에요! 숨이 막힐 정도예요! 짐이 되고 지루한 존재가 되는 것처럼 불행한 일은 없어요. 피할 수 없는 짐, 끊임없이 지루한 존재! 지금은 제 존재가 불필요하게 느껴지면 독립심을 망토처럼 두르고, 자존심을 베일처럼 내려놓은 뒤 고독 속으로 물러설 수 있어요. 하지만 결혼하면 그럴 수 없겠죠."

"왜 우리는 모두 독신으로 살겠다고 결심하지 않는지 모르겠어요. 경험의 지혜를 따르면 그래야 할 거예요. 제 삼촌은 항상 결혼을 짐처럼 여기세요. 누가 결혼했다는 이야기를 들으면 항상 그를 바보라고 생각하거나 최소한 어리석은 일을 저질렀다고 생각하세요."

"하지만, 캐롤라인. 모든 남자가 당신 삼촌 같지는 않아요. 설마 그렇지는 않을 거예요. 아니길 바라요."

셜리는 잠시 멈추어 생각에 잠겼다.

"아마 우리가 사랑하는 사람에게서는 예외를 찾겠죠. 결혼하기 전까지는요." 캐롤라인이 말했다.

"그럴 것 같아요. 그리고 우리는 그 예외가 정말 훌륭한 가치를 지닌 사람이라고 믿겠죠. 우리와 닮았다고 상상하고, 조화를 느낀다고 상상할 거예요. 그의 목소리에서 절대 우리에게 냉담해질 리 없는 가장 부드럽고 진실한 약속을 듣고, 그의 눈에서 충실한 감정, 애정을 읽겠죠. 그래서 저는 우리가 '열정'이라고 부르는 것에 절대 의존하지 말아야 한다고 생각해요, 캐롤라인. 그것은 마른 나뭇가지의 불꽃처럼 확 타오르다가 금세 사라지는 것 같아요. 대신 우리는 그 사람이 동물과 어린아이들, 가난한 사람들에게 친절하게 대하는지를 봐야 해요. 그런 사람은 우리에게도 친절하고 착하고 사려 깊어요. 여성에게 아첨 떨지 않으면서도 진득하게 함께 있어 주고, 같이 있는 걸 편안해하고, 유쾌하게 느끼는 것 같아요. 그는 단순히 헛된 이기적인 이유로 여성을 좋아하는 게 아니라, 우리가 그를 좋아하듯 그냥 우리를 좋아하는 거예요. 그러면 우리는 그가 공정하고 항상 진실을 말하며 양심적인 사람이라는 걸 알게 되죠. 그가 방에 들어오면 기쁨과 평화를 느끼고 떠나면 슬픔과 걱정이 밀려와요. 우리는 이 사람이 다정한 아들이자 친절한 형제라는 걸 알지요. 그런데 누가 감히 그가 다정한 남편이 되지 않을 거라고 말할 수 있겠어요?"

"저희 삼촌은 주저 없이 단언하실 거예요. '한 달 후면 너에게 싫증낼 거다'라고요."

"프라이어 부인도 진지하게 같은 뜻을 내비칠 거예요."

"요크 부인과 만 양은 우울하게 같은 말을 하시겠죠."

"그들이 진짜 예언가라면, 사랑에 빠지지 않는 것이 좋겠네요."

"피할 수만 있다면 매우 좋겠죠."

"저는 그들의 말이 맞는지 의심하기로 했어요."

"그 말은 이미 당신이 사랑에 빠졌다는 증거일까 두렵네요."

"나는 아니예요. 하지만 만약 그렇다면, 누구에게 예언을 구할지 알아요?"

"말해봐요."

"남자도 여자도 아니고, 늙은 사람도 젊은 사람도 아니에요. 우리 집 문 앞을 맨발로 찾아오는 작은 아일랜드 거지, 벽 틈에서 나오는 쥐, 추운 날씨에 빵 부스러기를 구하려고 창문을 쪼는 새, 그리고 내 손을 핥으면서 무릎 옆에 앉아 있는 개죠."

"그런 존재들에게 친절한 사람을 본 적이 있나요?"

"그런 존재들이 본능적으로 따르고 좋아하고 의지하는 사람을 본 적 있어요?"

"우리 사제관에는 검은 고양이와 늙은 개가 있어요. 그 검은 고양이는 제가 아는 어떤 사람의 무릎에 올라가는 걸 좋아하고, 그 사람의 어깨와 뺨에 기대어 갸르릉 거리기를 좋아하죠. 늙은 개는 그 사람이 지나갈 때마다 우리에서 나와서 꼬리를 흔들고 알아봐 달라며 낑낑거리는 소리를 내요."

"그러면 그 사람은 어떻게 해요?"

"조용히 고양이를 쓰다듬고 앉아 있도록 편하게 둬요. 일어나야 할 때는 조심스럽게 내려놓고 절대 거칠게 밀어내지 않아요. 개에게는 항상 휘파람을 불어주고 다정하게 쓰다듬어 줘요."

"그래요? 로버트가 아닌가요?"

"맞아요, 로버트예요."

"멋진 사람이네요!" 셜리가 열정적으로 말하며 눈을 반짝였다.

"정말 멋진 사람이죠? 예쁜 눈에 얼굴도 잘생겼고 표정도 정말 맑고 당당하지 않아요?"

"다 갖춘 사람이네요, 캐롤라인. 로버트는 우아하면서도 선한 사람이에요. 신의 축복이 함께하길!"

"셜리도 그렇게 느낄 줄 알았어요. 처음 당신 얼굴을 봤을 때부터 알았죠."

"만나기도 전부터 이미 그를 좋게 생각했어요. 실제로 보고 나서는 좋아하게 되었죠. 지금은 정말 감탄하고 있어요. 아름다움은 그 자체로도 매력이 있지만, 선함과 어우러지면 더욱 강력한 매력을 발휘하니까요."

"거기에 지성까지 더해진다면요, 셜리?"

"누가 거부할 수 있겠어요?"

"제 삼촌을 잊지 마세요. 프라이어 부인, 요크 씨, 만 양도요."

"이집트의 개구리 울음소리도 기억하세요. 그는 고귀한 존재예요. 내가 말했잖아요. 그들이 선하다면 그들은 창조물의 주인이 되고, 신의 아들이 되죠. 창조주 형상으로 빚어진 그들에게 신의 영이 미세하게라도 깃들면 그들을 거의 죽음도 초월한 존재가 돼요. 의심할 여지 없이, 위대하고 선하고 잘생긴 남자는 창조물 중에서도 최고의 존재라고요."

"우리보다도 위에 있는 건가요?"

"그와 제국을 두고 다투는 건 정말 바보 같은 일이에요. 진짜 말도 안 되는 일이라고요. 왼손이 오른손과 우위를 다투겠어요? 심장이 맥박과 싸우겠어요? 혈관이 자기를 채우는 혈액을 질투하겠어요?"

"남자와 여자, 남편과 아내는 끔찍하게 싸운답니다, 셜리."

"불쌍한 거죠! 불쌍하고 타락한 존재들! 하느님은 그들을 다른 운명, 다른 감정을 위해 만드셨을 텐데요."

"그렇다면 우리는 남자들과 동등한가요, 아니면 그렇지 않은가요?"

"나보다 우월한 사람보다 더 매력적인 존재는 없어요. 진심으로 나보다 뛰어나다고 느끼게 만드는 사람 말이에요."

"그런 사람을 만난 적이 있나요?"

"그런 사람은 언제든 보고 싶어요. 저보다 높을수록 좋죠. 굽히는 것은 비참하지만, 올려다보는 것은 영광이죠. 저를 난처하게 만드는 건, 누구를 존경하려고 할 때마다 실망스러운 점이 보이고, 신앙심이 생길라치면 가짜 신들만 보인다는 거예요. 이교도가 되는 건 경멸스러운 일이에요."

"킬다 양, 들어가실래요? 사제관에 다 왔어요."

"오늘은 안 되지만, 내일은 저녁에 당신을 데리러 올게요. 캐롤라인 헬스톤, 만약 당신이 지금 보여주는 모습 그대로라면 우리 둘은 잘 맞을 거예요. 나는 지금까지 젊은 숙녀와 오늘 아침에 나눈 대화처럼 이렇게 이야기해 본 적이 없어요. 볼에 입 맞춰줘요. 잘 있어요."

프라이어 부인도 셜리처럼 캐롤라인과 친분을 쌓고자 하는 듯 보였다. 다른 곳에는 가지 않던 그녀가 며칠 후 사제관을 방문했다. 오후에 찾아왔는데 마침 헬스톤 신부가 외출 중이었다. 그날은 꽤 더운 날씨여서 그녀의 얼굴이 붉게 상기되어 있었다. 또한, 낯선 집에 들어가야 한다는 상황에 다소 긴장한 듯 보였는데 주로 은둔하고 조용히 지내는 생활 습관 때문인 것 같았다. 캐롤라인이 식당에 들어갔을 때, 프라이어 부인은 소파에 앉아 손수건으로 부채질하며 몸을 떨고 있었고 예민해진 신경과 히스테리를 억누르려고 애쓰는 모습이었다.

캐롤라인은 나이 든 부인이 이처럼 자제력을 잃은 모습에 약간 놀랐다. 겉보기에 꽤 건장해 보이는 사람이 실제로는 이렇게 약하다는 사실도 의아했다. 프라이어 부인은 자신이 햇볕 아래서 산책하느라 일시적으로 피곤함을 느끼는 거라며 서둘러 해명했다. 서두르는 나머지 일관성이 없는 설명이었지만, 캐롤라인은 부인의 숄을 부드럽게 풀어주고 모자를 벗겨주면서 그녀를 편안하게 해주려 애썼다. 프라이어 부인은 이러한 종류의 관심을 아무에게서나 받아들이지 않았다. 그녀는 대체로 타인의 도움에 당황과 냉담함을 섞어보이며 거리를 두는 경향이 있었는데, 이는 도움을 제공한 사람들에게 결코 좋은 반응이 아니었다. 그러나 헬스톤 양의 작고 가벼운 손길에는 순순히 응했고, 그 접촉이 부인을 안정시키는 듯했다. 몇 분 후 그녀는 떨림을 멈추고 조용하고 차분한 상태로 돌아왔다.

본래의 차분한 태도를 되찾은 프라이어 부인은 평범한 주제로 이야기를 시작했다. 다양한 사람들이 모인 자리에서 그녀는 좀처럼 입을 열지 않았고, 말을 해야 할 때도 억눌린 태도였기 때문에 결과적으로 말을 잘하지 못했다. 그러나 대화를 할 때는 훌륭한 상대가 되어주었다. 그녀의 언어는 다소 격식이 느껴지긴 했지만 적절했고, 알맞게 공감했으며, 지식은 다양하고 정확했다. 캐롤라인은 즐거운 기분으로 그녀의 이야기를 들었다. 부인과의 대화가 예상보다 더 유쾌하게 느껴졌다.

소파 맞은편 벽에는 그림 세 점이 걸려 있었다. 가운데 그림은 벽난로 위에 걸려 있는 한 여인의 초상화였고, 양쪽 두 그림은 남성의 초상화였다.

"아름다운 얼굴이군요." 약 30분간 활발하게 대화를 한 후에 이어진 잠깐의 정적을 깨며 프라이어 부인이 말했다. "이목구비가 완벽하다고 말해도 되겠어요. 어떤 조각칼로도 더 나아지지 않겠네요. 실물을 보고 그린 초상화겠죠?"

"저건 헬스톤 부인의 초상이에요."

"매튜슨 헬스톤 부인인가요? 아가씨 삼촌의 아내였던 분이죠?"

"네, 맞아요. 그리고 꽤 닮은 초상화라고 해요. 결혼 전에는 이 지역에서 가장 아름다운 여성으로 손꼽혔다고 들었어요."

"그럴 만한 자격이 있어 보이네요. 모든 이목구비가 정말 정확해요! 하지만 좀 수동적인 얼굴이에요. 원래 인물이 흔히 말하는 '활기찬 여성'은 아니었을 것 같아요."

"저도 매우 조용하고 말수가 적은 분이었다고 들었어요."

"하긴, 캐롤라인은 삼촌이 그런 성격을 가진 분을 배우자로 선택할 거라고는 예상하지 못했네요. 신부님은 활발한 대화를 즐기시지 않나요?"

"사교 자리에서는 그러세요. 하지만 말 많은 아내와는 같이 살 수 없다고 언제나 말씀하세요. 집에서는 조용해야 한다고요. 수다를 떨려면 밖으로 나가고, 집에서는 읽고 생각해야 한다고 늘 말씀하시죠."

"어디서 들은 것 같은데, 매튜슨 부인이 결혼하고 몇 년 후에 세상을 떠난 거죠?"

"오 년 정도 후에요."

"그렇군요, 캐롤라인. 필드헤드에 자주 오기로 한 거 잊지 않았겠죠. 꼭 그랬으면 좋겠어요. 집에 여성이 없으니 외로움을 느낄 테고, 많은 시간을 혼자 보낼 수밖에 없겠죠."

"저는 익숙해요. 혼자 자란 셈이니까요. 숄을 준비해 드릴까요?"

프라이어 부인은 캐롤라인의 도움을 순순히 받아들였다.

"공부할 때 도움이 필요하면 언제든 나한테 이야기하도록 해요." 프라이어 부인이 말했다.

캐롤라인은 부인의 친절함에 감사를 표했다.

"자주 이야기를 나누면 좋겠어요. 저도 도움이 되고 싶어요."

캐롤라인은 다시 한 번 감사를 표하며, 겉에서 보이는 프라이어 부인의 냉정함 속에는 따뜻한 마음이 숨겨져 있다고 생각했다. 부인이 방을 나가면서 초상화를 또 한 번 흥미롭게 바라보는 것을 보며, 캐롤라인은 무심코 설명했다.

"창가에 걸려 있는 초상화는 제 삼촌이에요. 이십 년 전의 모습이죠. 벽난로 왼쪽에 있는 초상화는 삼촌의 형제이자 제 아버지인 제임스 헬스톤이고요."

"어느 정도 서로 닮아 보이네요. 하지만 이마와 입술의 형태에서 서로 다른 성격이 드러나는 것 같아요." 프라이어 부인이 말했다.

"어떤 차이인지 말씀해 주실 수 있나요?" 캐롤라인이 문까지 배웅하며 물었다. "사람들은 제임스 헬스톤, 제 아버지가 둘 중에 더 잘생겼다고 하더라고요. 처음 보는 사람들은 항상 '참 잘생긴 분이네요!'라고 감탄하거든요. 프라이어 부인, 부인도 그렇게 생각하시나요?"

"확실히 당신 삼촌의 초상화보다 훨씬 더 부드럽고 섬세한 이목구비를 가졌네요."

"그럼, 아까 말씀하신 성격의 차이는 어디에 있나요? 말씀해 주세요. 제가 맞는지 보고 싶어요."

"아가씨, 당신 삼촌은 신념이 강한 사람이에요. 이마와 입술은 단호하고, 눈빛은 흔들림이 없어요."

"그럼, 다른 초상화는요? 제 기분을 상하게 할까 걱정하지 마세요. 저는 항상 진실을 좋아해요."

"진실을 좋아하나요? 좋은 일이네요. 계속 진실을 좋아해야 해요. 절대 흔들리지 말아요. 다른 초상화는, 만약 그가 지금 살아 있었다 해도, 아마 그의 딸에게 큰 도움이 되지 않았을 거예요. 하지만 얼굴은 우아해 보이네요. 젊은 시절에 그린 것 같아요. (갑자기 돌아서며) 캐롤라인, 원칙이 지닌 가치를 인정하나요?"

"저는 누구도 원칙 없이는 진정한 가치를 가질 수 없다고 믿어요."

"진심으로 하는 말인가요? 이 주제에 대해 깊이 생각해 본 적 있어요?"

"자주요. 상황상 일찍부터 그런 문제에 관심을 두게 됐어요."

"그렇다면 그 교훈은 헛되지 않았군요, 비록 너무 일찍 찾아왔지만요. 캐롤라인의 마음이 가볍거나 메마른 토양이 아니었으니, 그 시기에 뿌려진 씨앗이 열매를 맺을 수 있었겠죠. 오, 문가에 서 있지 말아요. 감기에 걸리겠어요. 좋은 오후 보내요."

캐롤라인에게 이 새로운 인연은 금세 소중한 존재가 되었고, 그들의 교제는 특권으로 느껴졌다. 이 구원의 기회를 놓치고 행복한 변화를 외면했더라면 큰 실수가 되었을 거라고 느꼈다. 그들의 만남으로 인해 캐롤라인의 생각은 새로운 방향으로 전환되었고, 새로운 통로가 열렸다. 그 새로운 경로는 과거에 한 방향으로만 쏠렸던 생각의 흐름에서 벗어나게 했고, 그녀의 마음을 끊임없이 압박하던 강한 힘을 조금이나마 완화했다.

곧 캐롤라인은 필드헤드에서 온종일 시간을 보내는 것을 좋아하게 되었다. 셜리나 프라이어 부인이 원하는 대로 번갈아 가며 일을 하고 지냈다. 때로는 셜리가 그녀를 불렀고, 때로는 프라이어 부인이 그녀를 찾았다. 프라이어 부인의 우정은 잘 드러나지는 않았지만, 그만큼 세심하고, 부지런하며, 지치지 않는 것이었다. 그녀가 독특한 인물이라는 점은 이미 언급했는데, 그 특이함은 캐롤라인에게 보인 관심에서 가장 잘 드러났다. 프라이어 부인은 캐롤라인의 모든 움직임을 주의 깊게 살폈으며, 마치 그녀의 발걸음 하나하나를 지켜주고 싶은 듯 보였다. 캐롤라인이 조언이나 도움을 구할 때마다 조용하면서도 분명한 기쁨을 담아 도와주었다. 그래서 캐롤라인은 점차 그녀에게 의지하는 것을 즐기게 되었다.

셜리 킬다가 프라이어 부인에게 완전히 순종하는 모습은 처음에 캐롤라인을 놀라게 했다. 과묵한 전직 가정교사가 제자의 집에서 마치 자기 집처럼 이렇게 편안하고 자유롭게 지내는 것 역시 놀라웠다. 프라이어 부인은 조용하면서도 독립적인 태도로 매우 의존적인 역할을 맡고 있었다. 그러나 캐롤라인은 곧 두 여성을 모두 알게 되면 이 수수께끼를 완전히 이해하게 된다는 사실을 깨달았다. 그리고 누구라도 프라이어 부인을 알게 되면, 반드시 좋아하고 사랑하고 소중히 여길 수밖에 없다고 생각하게 되었다. 프라이어 부인이 고수하는 구식 드레스나 격식을 차리는 말투, 차가운 태도와 다른 사람들에게는 없는 특이한 습관들 스무 가지쯤은 아무 상관이 없었다. 그녀는 의지할 만한 버팀목이자 훌륭한 조언자였고, 항상 진실했으며, 자기만의 방식으로 친절했다. 캐롤라인은 한 번이라도 프라이어 부인에게 익숙해진 사람이라면 누구든 그녀 없이 지내기 힘들 거라 생각했다.

캐롤라인은 셜리와의 관계에서 의존성이나 굴욕감을 전혀 느끼지 못했고 프라이어 부인 역시 그럴 이유가 없었다. 상속녀인 셜리는 부유했다. 매우 부유했다. 한 사람은 연간 천 파운드의 확실한 수입을 가졌고 다른 한 사람은 한 푼도 없었다. 그런데도 셜리와 함께 있을 때는 언제나 안전하고 평등하다고 느껴졌다. 이는 브라이어필드와 윈버리의 평범한 사교 관계에서는 결코 느껴보지 못한 감정이었다.

그 이유는 셜리가 돈과 지위에 크게 연연하지 않았기 때문이었다. 그녀는 독립적인 재산을 가진 걸 기쁘게 생각했으며, 가끔은 영지의 여주인이자 세입자와 토지를 소유한 사람이라는 생각에 흥분하기도 했다. 특히, '훌륭한 방직공장과 염색소, 창고뿐만 아니라 할로우 오두막이라 불리는 주택과 정원, 부속 건물'이 포함된 '모든 재산'을 상기할 때면 그녀는 특별한 기쁨을 느꼈다. 하지만 이러한 기쁨은 솔직하면서도 꾸밈없어서 전혀 불쾌하지 않았다. 셜리의 진지한 생각은 늘 다른 방향을 향했다. 위대한 것을 존경하고, 선한 이를 경외하며, 다정한 이들과 함께 기쁘게 지내는 것이 셜리의 본성과 가까웠다. 그래서 그녀는 사회적 우월성에 대해 고민하기보다는 자신의 성향을 따르는 방법을 훨씬 더 자주 고민했다.

셜리가 처음 캐롤라인에게 관심을 가진 이유는 그녀가 조용하고 내성적이고 연약해 보여서 누군가의 보살핌이 필요해 보였기 때문이었다. 하지만 새롭게 알게 된 친구가 자기 생각과 말에 공감하고 반응하는 것을 발견하면서 그녀를 무척 좋아하게 되었다. 그것은 거의 예상하지 못한 일이었다. 캐롤라인은 너무나 예쁜 얼굴과 부드러운 태도, 온화한 목소리를 가지고 있어서, 특별한 사고나 성취를 가진 인물이라고는 생각하지 않았다. 하지만 자신이 건넨 몇 마디 건조한 농담에 캐롤라인의 부드러운 표정이 장난기 있게 반응하는 것을 보며 놀랐다. 더욱이 그처럼 아리따운 곱슬머리 속에 스스로 얻은 지식이 쌓여 있고, 배움 없이도 자발적으로 사고하며 고민하는 모습을 발견했을 때, 셜리는 더욱 큰 놀라움과 흥미를 느꼈다. 캐롤라인의 감각과 취향도 셜리와 비슷했다. 셜리가 가장 즐겁게 읽었던 책들은 캐롤라인에게도 기쁨을 준 책들이었다. 두 사람이 똑같이 싫어하는 것들도 많아서, 과장된 감성이나 거만한 허세가 담긴 작품들을 함께 비웃으며 즐거워했다.

셜리는 시에 대한 올바른 취향, 즉 진실과 허구를 구별할 수 있는 능력을 갖춘 사람은 남녀를 막론하고 거의 없다고 생각했다. 그녀는 매우 지적이라는 사람들이 이 시구나 저 시구가 전적으로 훌륭하다고 평가하는 것을 여러 번 들었지만, 그녀가 직접 읽어보면 그녀의 영혼은 그 구절이 그저 위선적이거나 화려한 미사여구로 가득 차 있다고 느낄 뿐이었다. 기껏해야 정교한 말장난에 불과했고, 때로는 상상이라는 매력적인 색조가 덧칠된 듯했으나 진정한 시와는 거리가 멀었다. 이런 겉치레와 진정한 시는 하느님도 아시다시피 화려하고 거대한 모자이크 꽃병과 순수한 금속으로 만든 작은 잔만큼이나 서로 달랐다. 독자의 이해를 돕기 위해 또 다른 비유를 들자면, 그 둘은 모조 장식으로 만든 인공 화관과 들판에서 갓 꺾은 신선한 백합의 차이만큼 달랐다.

캐롤라인 역시 진정한 광물의 가치를 알고, 번지르르한 찌꺼기의 속임수를 꿰뚫고 있음을 셜리는 발견했다. 두 소녀의 마음은 조화롭게 맞아떨어졌고 수시로 아름답게 공명했다.

어느 저녁, 두 사람은 참나무로 된 응접실에 단둘이 있게 되었다. 그들은 비가 오는 긴 하루를 함께 보냈지만 지루하지 않았다. 날이 저물 무렵이 되었고, 촛불은 아직 켜지 않았다. 황혼이 짙어지자 두 사람은 모두 사색에 잠기며 조용해졌다. 서쪽에서 불어오는 바람이 홀 주변을 세차게 휘몰아쳤고 먼바다에서 거친 구름과 폭풍우를 몰아왔다. 고풍스러운 격자 창문 밖에선 폭풍이 몰아쳤지만, 그 안은 깊은 평화가 가득했다. 셜리는 창가에 앉아 하늘에서 흐르는 구름과 땅 위의 안개를 바라보며 불안한 영혼처럼 울부짖는 바람의 음률에 귀를 기울였다. 만약 그녀가 이렇게 젊고 명랑하며 건강하지 않았다면, 그 소리는 그녀의 신경을 쥐고 흔들어 불길한 징조나 애도의 전주곡처럼 느끼도록 만들었을지도 모른다. 하지만 인생의 절정에서 아름다움이 만개한 그녀에게 이 소리는 그녀의 활기를 사색으로 가라앉힐 뿐이었다. 달콤한 발라드 몇 소절이 그녀의 귀를 맴돌았고 그중 한 구절이 그녀의 입에서 때때로 흘러나왔다. 그녀의 음성은 바람의 변덕스러운 충동에 따라 움직였다. 돌풍이 몰아치면 고조되었다가 바람이 멀어지면 사그라들었다. 캐롤라인은 응접실에서 가장 멀고 어두운 구석에 물러나 있었다. 불꽃 없는 난로의 루비빛 광채가 그녀의 모습을 희미하게 비추고 있을 뿐이었다. 그녀는 방 안을 천천히 걸으며 잘 기억하는 시의 몇 구절을 혼자 중얼거렸다. 목소리는 매우 낮았지만 셜리는 그 소리를 듣고 있었다. 부드럽게 노래하면서도 캐롤라인의 목소리에 귀를 기울였다. 캐롤라인이 읊은 내용은 이러했다.

"짙은 밤이 하늘을 뒤덮고,
대서양의 파도는 울부짖는데,
나처럼 비참한 운명을 지닌 자가
배에서 휩쓸리고 내던져졌네.
친구도, 희망도, 모두 잃고
떠돌던 집에서 영영 떠났네."

여기서 캐롤라인의 목소리가 멈추었다. 조금 전까지 풍부하고 감동적으로 울리던 셜리의 노랫소리가 이제는 섬세하고 희미하게 변했기 때문이다.

"계속해요." 셜리가 말했다.

"그럼 셜리도 계속해요. 나는 그냥 〈표류자〉를 반복하고 있었어요."

"알아요. 다 외울 수 있으면 전부 읊어봐요."

거의 어두워진 데다, 셜리는 결코 무서운 청중이 아니었기에 캐롤라인은 끝까지 해내기로 마음먹었다. 그녀는 시에 어울리는 목소리로 낭송했다. 거친 바다, 익사하는 선원, 그리고 폭풍 속에서 마지못해 휩쓸려 가는 배가 그녀의 목소리를 통해 생생하게 되살아났다. 더 생동감 있게 구현된 것은 시인의 마음이었다. 시인은 '표류자'를 위해 눈물을 흘리지는 않았다. 오히려 눈물 없는 고통의 시간 속에서, 사람에게 버림받은 그 선원의 운명 속에서 자신의 신에게 버림받은 비참함을 비추어 보았고 그가 몸부림치는 심연에서 이렇게 외쳤다.

"폭풍을 잠재우는 신의 목소리도 없고,
희망의 빛도 비치지 않네.
쓸모 있는 도움에서 완전히 벗어난 순간,
우리는 저마다 홀로 사라졌네.
그러나 나는 더욱 거친 바다 아래서,
그보다 더 깊은 심연 속에 잠겼네."

"윌리엄 쿠퍼가 지금은 천국에서 평온하면 좋겠어요." 캐롤라인이 말했다.

"그 사람이 지상에서 겪은 고통이 안타까운가요?" 셜리가 물었다.

"셜리, 그를 안타까워하냐고요? 그러지 않고 뭘 할 수 있겠어요? 시를 쓸 때, 그는 가슴이 찢어질 정도로 아팠고,

저도 시를 읽는 것만으로 마음이 무너질 것 같아요. 하지만 시를 쓰면서 그는 위안을 얻었겠죠. 난 그렇게 확신해요. 시라는 선물, 인간에게 주어진 가장 신성한 이 선물은 인간의 감정이 치명적일 만큼 강하고 위험해졌을 때 그걸 완화하기 위해 주어진 것 같아요. 셜리, 내 생각엔 지능이나 성취를 과시하려고 시를 써서는 안 돼요. 그런 시를 누가 읽겠어요? 시에서 배움이니 고운 말이니 하는 게 무슨 소용이 있겠어요? 하지만 그것이 감정, 그것도 진정한 감정에 관한 거라면 아무리 소박하고 투박하게 표현되었더라도 누구든 소중하게 여기지 않겠어요?"

"캐롤라인은 그런 감정을 중요하게 여기는 것 같네요. 분명 그 시를 들을 때, 쿠퍼가 시를 쓸 당시에 배를 몰아치던 바람만큼이나 강력한 충동에 사로잡혀 있었다는 걸 느낄 수 있었어요. 그 충동은 그가 멈춰서 단 한 구절이라도 꾸미도록 놔두지 않으면서도, 동시에 시 전체를 완벽하게 만들도록 힘을 부여했죠. 그런데도 당신은 떨지도 않고 그 시를 낭송했어요, 캐롤라인. 그게 참 신기해요."

"쿠퍼도 그 시를 쓸 때 손을 떨지 않았어요. 그런데 내가 시를 낭송하면서 목소리를 떨 이유가 있을까요? 믿어도 좋아요, 셜리. 〈표류자〉의 원고에는 눈물 자국 하나 없었을 거예요. 거기엔 슬픔의 흐느낌이 아니라 오직 절망의 외침만 들리니까요. 하지만 그 외침을 내뱉고 나서 그의 가슴을 흔들던 치명적인 경련이 사라졌을 거예요. 마음껏 울고 나서 위로를 받았다고 믿어요."

셜리는 다시 발라드를 부르기 시작했다. 그러다 잠시 멈추고는 이렇게 말했다.

"그를 위로할 수 있는 특권을 가지기 위해서라도, 쿠퍼를 사랑할 수 있었을 거예요."

캐롤라인이 재빠르게 대꾸했다. "당신은 결코 쿠퍼를 사랑하지 않았을 거예요. 그는 여자가 사랑할 수 있는 사람이 아니었죠."

"무슨 뜻이에요?"

"말 그대로예요. 세상에는 사랑과 거리가 먼 본성을 지닌 사람들이 있어요. 그런 사람들은 매우 고귀하고 고상한 성격이기도 하죠. 셜리가 쿠퍼를 사랑하기 위해 다가갔다면 그를 바라보고 동정했겠지만, 결국 불가능함과 부조화한 감각에 사로잡혀서 그를 떠나버렸을 거예요. 마치 '격렬한 폭풍'에 휘말려 익사하는 동료를 떠나야 했던 선원들처럼 말이에요."

"그 말이 맞을지도 모르겠네요. 누가 이런 걸 말해줬죠?"

"그리고 내가 쿠퍼에 대해 말한 것을 루소에게도 똑같이 말할 수 있어요. 루소가 사랑받은 적이 있을까요? 그는 열정적으로 사랑했지만, 그 열정이 되돌아온 적이 있었을까요? 난 절대 없었다고 확신해요. 만약 여성 쿠퍼나 루소가 있었다면 그들에 대해서도 똑같이 말할 거예요."

"누가 이런 말을 해줬는지 얘기해 줘요. 무어가 그랬나요?"

"꼭 누가 말해줘야 하나요? 나에게도 본능이 있잖아요. 유추로 알 수 있지 않나요? 로버트는 쿠퍼나 루소, 사랑에 대해 한 번도 말한 적이 없어요. 이런 주제에 대해 내가 알고 있는 건 모두 혼자 있을 때 들리는 목소리가 말해준 거예요."

"캐롤라인, 당신은 루소 같은 사람들을 좋아하나요?"

"전체적으로 보면 전혀 좋아하지 않아요. 그들이 지닌 특정한 자질에 대해서는 깊이 공감해요. 그 본성에 있는 어떤 신성한 불꽃이 내 눈을 현혹하고 내 영혼을 불타오르게 하죠. 하지만 그와 동시에 그들을 경멸해요. 그들은 진흙과 금으로 만들어진 존재예요. 찌꺼기와 광석이 섞여서 그들을 약한 덩어리로 만들어요. 전체적으로 보면 그들은 부자연스럽고 건강하지 않고 혐오스럽게 느껴져요."

"아마도 내가 당신보다 루소 같은 사람을 더 관대하게 볼 거예요, 캐롤라인. 당신은 순종적이고 사색적이니까 강직하고 실질적인 사람을 좋아하죠. 그런데 요즘은 로버트랑 전혀 만나지 않는 것을 보니 그 사람이 무척 그립겠어요."

"맞아요."

"그 사람도 캐롤라인을 그리워하겠죠?"

"그렇지 않을 거예요."

셜리는 최근 대화에 로버트의 이름을 자주 끌어들이는 습관이 생긴 듯 보였다.

"로버트가 캐롤라인을 그렇게 많이 챙기고 이야기해 주고 가르쳐 준 걸 보면 당신을 좋아하지 않았다고 생각하기 어려워요."

"그분은 나를 좋아한 적이 없어요. 그런 척 한 적도 없고요. 오히려 나를 겨우 참아내고 있다는 걸 보여주려고 애썼죠."

캐롤라인은 로버트가 자신에 대해 가진 감정을 과대평가하지 않겠다고 결심했고, 이제는 그 애정을 항상 절제된 형태로만 생각하고 말하는 게 습관이 되었다. 그녀는 미래에 대해 희망적인 관점을 갖지 않으려는 나름의 이유가 있었고 과거의 기쁨도 더는 너그럽게 되돌아보지 않기로 마음먹었다.

"그렇다면 당신도 그 사람을 그저 참아주기만 했겠네요?"

"셜리, 남자와 여자는 너무 달라요. 처한 위치도 아주 다르죠. 여자는 생각할 게 적고, 남자는 너무 많아요. 우리는 남자에게 우정을 느낄 수 있지만, 남자는 여자에게 관심이 없을 수도 있어요. 여자는 삶을 기쁘게 하는 많은 것들이 그에게 달려 있을지 몰라도, 그의 눈에 중요한 감정이나 관심은 여자와 관련이 없을 수도 있죠. 로버트는 종종 런던에 가곤 했어요. 때로는 일주일이나 보름씩 말이에요. 네, 그가 없는 동안 그 빈 자리가 공허했어요. 무언가가 부족한 듯했고, 브라이어필드가 더 지루하게 느껴졌죠. 물론 늘 하던 일을 계속했지만, 그래도 그가 그리웠어요. 저녁에 혼자 앉아 있을 때면 설명할 수 없는 이상한 확신이 들곤 했어요. 만약 그 순간, 마법사나 요정이 알리 왕자의 망원경을 나에게 준다면('아라비안나이트' 기억하죠?), 그걸로 로버트가 어디에 있는지 무엇을 하는지 볼 수 있다면, 나는 우리 둘 사이에 얼마나 큰 틈이 벌어져 있는지를 충격적으로 깨닫게 되리라 생각했어요. 그를 생각하면서도, 그의 생각은 나에게서 완전히 동떨어져 있다는 걸 알고 있었죠."

"캐롤라인, 혹시 직업이나 일을 갖고 싶지 않나요?" 셜리가 갑자기 물었다.

"하루에도 쉰 번은 그걸 바라고 있어요. 지금 이대로는 내가 세상에 왜 태어났는지 자주 의문이 들거든요. 내 머리와 손을 채우고 생각을 사로잡을 어떤 일에 푹 빠져 강제로 몰두할 무언가가 간절히 필요해요."

"노동만으로 인간이 행복해질 수 있을까요?"

"아니요, 하지만 노동은 다양한 고통을 주기 때문에 한 가지 잔인한 고통으로 가슴이 무너지는 것을 막아줄 수 있어요. 게다가 성공적인 노동에는 보상이 따르지만, 공허하고 지치고 외롭고 희망 없는 삶에는 아무런 보상이 없잖아요."

"그래도 여자가 힘든 노동을 하거나 학문적인 직업을 가지면 남성처럼 변하고 거칠어지고 여성스럽지 않게 만든다고들 하잖아요."

"결혼하지 않았거나 결혼할 가능성이 없는 여성이 매력적인지 우아한지가 무슨 상관이겠어요? 그저 단정하고 예의 바르고 깔끔하기만 하면 충분하죠. 늙은 독신 여성들에게 외모 면에서 요구할 수 있는 최대치는 길을 걸을 때 사람들 눈에 불쾌해 보이지 않는 정도일 거예요. 그 외에는 그녀들이 원하는 만큼 몰두하고 진지하게 일하고 수수하게 옷을 입는 것을 너무 멸시하지 말고 내버려둬야 해요."

"캐롤라인은 독신이 될지도 모르겠어요. 이렇게 진지하게 말하는 걸 보니."

"그렇게 될 거예요. 그게 내 운명이에요. 말론이나 사익스 같은 사람과는 절대 결혼하지 않을 거고 다른 누구도 나와 결혼하지 않을 거니까요."

잠시 긴 침묵이 흘렀고, 셜리가 그 침묵을 깼다. 그녀가 마치 주문에 걸린 듯 집착하는 그 이름이 다시 그녀의 입술에서 나왔다.

"리나, 로버트가 가끔 당신을 리나라고 부르지 않았어요?"

"네. 그의 고향에서는 캐롤라인을 줄여서 가끔 그렇게 불러요."

"그렇다면, 리나. 언젠가 내가 당신 머리카락 대칭이 안 맞는다고 말했던 거 기억나요? 오른쪽에 컬 하나가 없다고 했더니, 당신이 그게 로버트 때문이라고 했잖아요. 그가 그쪽 긴 머리카락 한 가닥을 잘라갔다고."

"그래요."

"당신 말대로 그가 항상 무관심했다면 왜 당신 머리카락을 가져갔을까요?"

"모르겠어요. 아니, 알아요. 그건 내가 한 일이지, 그 사람 소행이 아니에요. 그런 일은 항상 내가 저질렀죠. 그는 평소처럼 런던으로 떠날 예정이었어요. 그 전날 밤에, 그 사람 누나의 바느질함에서 검은 머리카락 한 가닥을 발견했어요. 짧고 둥근 컬이었죠. 오르탕스가 그건 로버트의 머리카락인데 기념으로 가지고 있는 거라고 말해줬어요. 그가 탁자 근처에 앉아 있어서 그 사람 머리를 봤더니 머리카락도 풍성하고 관자놀이에 그런 둥근 컬들이 많이 있었죠. 그래서 하나쯤은 나한테도 줘도 괜찮겠다 싶었어요. 저는 그 머리카락을 갖고 싶었고, 그래서 달라고 했어요. 그랬더니 그가 머리카락을 주는 조건으로 내 머리에서도 그가 선택한 머리카락 한 가닥을 가져가겠다고 했죠. 그래서 그는 내 긴 머리카락 하나를 가져갔고, 나는 그의 짧은 머리카락 하나를 받았어요. 그의 머리카락은 아직도 내가 간직하고 있지만, 아마 그는 내 걸 잃어버렸을 거예요. 그건 내가 저지른 일이었고 생각할 때마다 가슴이 아프고 얼굴이 화끈거리는 바보 같은 일이에요. 혼자 있을 때 갑자기 미친 사람처럼 소리를 지르게 만드는 작지만 날카로운 기억 중 하나죠. 자존심을 칼날처럼 예리하게 상처 내는 그런 기억 말이에요."

"캐롤라인!"

"셜리, 나도 어떤 면에서는 내가 참 바보 같다고 생각해요. 정말 한심스러워요. 하지만 당신을 내 고해성사 상대로 삼지는 않겠다고 했잖아요. 당신은 나처럼 약하지 않으니 약점을 털어놓을 수 없을 테니까요. 지금도 나를 얼마나 침착하게 쳐다보는지! 셜리의 맑고 강한 독수리 같은 눈을 다른 데로 돌려줘요. 이렇게 나를 뚫어지게 쳐다보는 건 모욕이에요."

"캐롤라인은 정말 흥미로운 성격을 가졌네요. 확실히 약하긴 하지만, 당신이 생각하는 그런 의미는 아니죠! 들어와!"

이 말은 문을 두드리는 소리에 대한 대답이었다. 마침 셜리가 문 가까이에 있었고, 캐롤라인은 방의 다른 쪽 끝에 있었다. 캐롤라인은 셜리가 쪽지를 받는 것을 보았고, "무어 씨가 보낸 것입니다"라는 말을 들었다.

"촛불을 가져와." 셜리가 말했다.

캐롤라인은 기대에 차서 앉아 있었다.

"사업 이야기예요." 셜리가 말했다. 하지만 하녀가 촛불을 가져온 후에도 그녀는 쪽지를 펴지도, 읽지도 않았다. 잠시 후, 사제관에서 패니가 왔고, 캐롤라인은 집으로 돌아갔다.

13장. 추가적인 사업 이야기

 셜리는 천성적으로 간혹 느긋하고 게을렀다. 때때로 손과 눈에 아무 일이 없는 완전한 여백 속에서 기쁨을 느끼곤 했는데, 그때마다 그녀는 세상이 자신을 둘러싸고 하늘이 자신의 위에 있다는 사실만으로도 충분히 행복해져서 더 큰 기쁨을 위해 손가락 하나 까딱할 필요도 느끼지 못했다. 주로 활기찬 아침을 보냈고, 오후 내내 햇살이 내리쬐는 잔디 위에서 그늘을 드리운 다정한 나무 아래에 누워 꼼짝도 하지 않고 시간을 보냈다. 셜리는 캐롤라인 외에는 다른 사람과 어울릴 필요가 없었고 그녀가 부르면 닿을 거리에 있는 것만으로 충분했다. 셜리가 원하는 유일한 광경은 깊고 푸른 하늘과 그 위를 천천히 떠다니는 작은 구름

뿐이었으며 듣고 싶은 소리는 벌의 윙윙거림과 나뭇잎의 속삭임뿐이었다. 그런 시간에 그녀가 가진 유일한 책은 흐릿한 기억의 연대기나 어느 예언가의 예언서와도 같은 자기 마음속의 책이었다. 그녀의 젊은 눈에서 쏟아지는 찬란한 빛이나 때때로 입가에 번지는 미소를 보면 그 이야기나 예언의 단편을 엿볼 수 있었다. 그 미소는 슬프지도 어둡지도 않았다. 운명은 이 행복한 몽상가에게 자비로웠고 앞으로도 그녀에게 호의를 베풀 것을 약속했다. 그녀의 과거에는 달콤한 순간들이 있었고 그녀의 미래에는 장밋빛 희망이 가득했다.

그러나 어느 날, 캐롤라인이 그녀가 너무 오래 누워 있었다고 생각하며 깨우러 다가갔을 때, 셜리의 뺨이 마치 이슬이 내린 듯 젖어 있는 것을 보게 되었다. 그녀의 아름다운 눈은 촉촉하게 빛나며 눈물로 가득 차 있었다.

"셜리, '당신' 왜 울고 있어요?" 캐롤라인이 무의식적으로 '당신'이라는 말에 강조를 두며 물었다. 셜리는 미소를 짓고는 자신의 그림 같은 머리를 캐롤라인 쪽으로 돌리며 말했다.

"너무 기뻐서 우는 거예요. 내 마음은 슬프기도 하고 기쁘기도 하니까. 하지만 착하고 인내심 많은 캐롤라인, 왜 나처럼 울지 않나요? 나는 그저 금세 닦아낼 수 있는 기쁨의 눈물을 흘릴 뿐이에요. 당신도 원한다면 쓰라린 눈물을 흘릴 수 있어요."

"내가 왜 쓰라린 눈물을 흘려야 하죠?"

"짝없는 외로운 새!" 이것이 유일한 대답이었다.

"그렇다면 당신도 짝이 없지 않나요, 셜리?"

"마음속에선 그렇지 않아요."

"오! 그럼 누가 그곳에 둥지를 틀고 있나요?"

그러나 셜리는 이 질문에 그저 명랑하게 웃으며 재빠르게 일어났다.

"나는 단지 한낮의 꿈을 꾼 것뿐이에요. 분명히 밝고, 어쩌면 말도 안 되는 그런 꿈!"

이 시점에서 캐롤라인은 이미 환상에서 벗어나 있었다. 그녀는 미래를 충분히 진지하게 바라보고 있었고, 자신의 운명과 몇몇 다른 사람들의 운명이 어디로 향하고 있는지를 꽤 잘 알고 있다고 생각했다. 그런데도 오래된 인연들은 여전히 그녀에게 영향을 미쳤고, 그 인연들과 습관의 힘은 여전히 저녁 무렵이 되면 그녀를 오래된 가시나무가 있는 들판으로 이끌었다. 할로우를 내려다보는 그 자리로 말이다.

어느 날 밤, 셜리가 쪽지를 받은 그다음 날 밤, 캐롤라인은 늘 가던 그 자리에서 불빛을 기다리고 있었다. 그러나 헛된 일이었다. 그날 저녁에는 등불이 켜지지 않았다.

그녀는 계속 기다렸지만, 별자리 몇 개가 떠오르며 밤이 깊었음을 알려오고 나서야 자리에서 일어났다. 돌아오는 길에 필드헤드를 지나가면서 달빛 아래 펼쳐진 그 아름다움에 시선을 빼앗겼고, 잠시 걸음을 멈추었다. 나무와 저택이 밤하늘 아래 평온하게 서 있었고, 밝고 둥근 달이 진줏빛 창백함으로 저택을 물들이고 있었다. 부드러운 갈색 어둠이 건물을 감쌌고 짙은 녹음의 그림자가 참나무 지붕 위에 내려앉았다. 저택 앞에 넓게 깔린 포석도 희미하게 빛났다. 마치 어떤 마법이 어두운 화강암을 반짝이는 파리안 대리석으로 변하게 한 듯 반짝였다. 은빛 공간 위에 두 개의 짙은 그림자가 드리워져 있었는데, 이는 두 사람에게서 날카롭게 투사된 것이었다. 처음 보았을 때, 그 형체들은 움직이지 않고 조용히 서 있었다. 그러나 곧 그들은 조화롭게 발걸음을 맞추며 움직였고, 낮고 부드러운 목소리로 대화를 나누었다. 두 사람이 삼나무 기둥 뒤에서 모습을 드러냈을 때, 한 시선이 그들을 주의 깊게 살폈다. "프라이어 부인과 셜리인가?"

확실히 셜리이다. 이토록 유연하고 자부심 넘치고 우아한 자태를 지닌 사람이 또 누가 있을까? 그녀의 얼굴도 보인다. 무심하면서도 사색적이고 명상적이면서도 유쾌하며 조롱하듯이 장난스럽고도 다정한 표정이다. 이슬을 두려워하지 않는 그녀는 머리를 가리지 않았고 자유롭게 흩날리는 곱슬머리가 목을 감싸며 어깨를 부드럽게 어루만지고 있다. 그녀가 가슴에 두른 스카프의 주름 사이로 금빛 장식이 빛나고, 그것을 고정하는 하얀 손에서는 커다랗고 밝은 보석이 반짝인다. 그래, 저 사람은 셜리다.

그렇다면 그녀와 함께 있는 사람은 당연히 프라이어 부인인가?

그렇겠지, 만약 프라이어 부인의 키가 6피트이고, 단정한 옷을 남성복으로 바꿔 입었다면 말이다. 하지만 셜리 옆에서 걷고 있는 사람은 남자다. 키가 크고 젊고 당당한 남자. 바로 셜리의 세입자인 로버트 무어였다.

두 사람은 조용히 말을 나누고 있지만, 내용은 알아들을 수 없다. 잠시 서서 두 사람을 바라보지만 엿듣는 것은 아니다. 달빛이 이렇게 환하게 비추어 그들 얼굴이 저렇게 뚜렷이 보이는데 누가 이토록 매력적인 장면을 외면할 수 있을까? 캐롤라인은 외면하지 못한 것 같다. 자리를 떠나지 않고 머물러 있으니 말이다.

한때 여름밤이면 로버트는 지금 셜리와 함께 걷는 것처럼 사촌과도 함께 걷곤 했다. 캐롤라인은 종종 해 질 녘에 그와 함께 골짜기를 올라갔다. 깊은 협곡 가장자리를 두른 좁은 테라스에는 향기로운 초목이 자라나 땅의 신선함을 느낄 수 있었다. 그 갈라진 어둠 속에서는 외로운 물길의 정령이 젖은 돌과 잡초가 무성한 둑 사이, 그리고 어두운 오리나무의 그늘 아래에서 흐느끼는 듯한 소리가 울려 퍼졌다.

'하지만 나는 그와 더 가까웠어. 그는 나에게 특별한 예우를 할 필요가 없었어. 단지 친절하기만 하면 됐지. 그는 내 손을 잡곤 했지만, 그녀의 손은 잡지 않아. 하지만 셜리는 사랑하는 사람에게 오만하게 굴지 않아. 지금 그녀의 모습에는 오만함이 없어. 단지 자연스럽게 드러나는 기품이 있을 뿐이야. 떼려야 뗄 수 없는, 무심할 때나 신중할 때나 변함없이 그녀에게 깃들어 있는 기품. 로버트도 나처럼 생각하고 있을 거야. 지금, 이 순간 아름다운 얼굴을 내려다보고 있다고. 하지만 남자의 시선으로 그렇게 생각하겠지, 내 시선이 아니라. 그녀의 눈에는 너그러우면서도 부드러운 불꽃이 있어. 미소 짓고 있어. 무엇이 그녀의 미소를 저렇게 달콤하게 만드는 걸까? 로버트가 저 미소에서 아름다움을 느끼는 게 보여. 그는 분명히 남자의 가슴으로 느꼈을 거야, 내 흐릿한 여성의 느낌과 다른. 내 눈에 두 사람은 행복한 영혼들 같아. 저 은빛으로 빛나는 포석이 죽음의 강 너머에 있다고 믿는 하얀 해안을 떠올리게 해. 두 사람은 그곳에 도달했고, 그곳에서 함께 걷고 있어. 그런데 나는 누굴까. 여기 그림자 속으로 숨어들고, 이 그림자보다도 더 어두운 마음을 가진 나는 누구지? 나는 이 세상에 속한 사람일 뿐이지, 영혼이 아니야. 무지와 절망 속에서 왜 태어났는지, 어떤 목적으로 살아가는지 묻기만 하는 저주받은 가엾은 인간일 뿐이야. 결국, 어떤 죽음을 맞이할지, 죽음의 순간을 누구와 견딜지에 대한 질문만 끊임없이 떠올리는 인간.

지금은 내가 이제껏 겪어온 시간 중에 가장 힘든 순간이야. 그래도 난 이미 마음의 준비를 했어. 셜리가 온다는 소식을 처음 들었을 때, 그리고 그녀를 처음 본 순간, 부유하고 젊고 아름다운 그녀를 보자마자, 나는 로버트를 포기했고 셜리에게 그를 보냈어. 이제 셜리가 로버트를 가졌어. 그는 셜리의 연인이고 셜리는 그의 사랑이야. 결혼하고 나면 셜리는 그에게 훨씬 더 소중한 사람이 되겠지. 셜리를 알면 알수록 그의 영혼은 더 깊이 그녀에게 매달릴 거야. 둘 다 행복할 테고 나는 그 행복을 시기하지 않아. 하지만 나는 고통 속에서 신음하고 있어. 어떤 고통은 너무나 날카로워. 정말로 나는 태어나지 말아야 했어. 처음 울음을 터뜨렸을 때 내 숨을 막아야 했어.'

그때 셜리가 이슬 맺힌 꽃을 따기 위해 한쪽으로 걸어갔고 그녀와 함께 있는 남자는 대문 가까이 비켜섰다. 그러자 대화 중 일부가 들리기 시작했다. 캐롤라인은 더 머물러 듣지 않기로 했다. 그녀는 소리 없이 자리를 떠났고 그녀의 그림자로 어두워졌던 벽은 다시 달빛의 입맞춤을 받았다. 독자 여러분에게는 이곳에 남아 두 사람의 대화에서 무언가 유추해 볼 수 있는 특권을 주겠다.

"왜 자연이 당신에게 불독 머리를 주지 않았는지 모르겠어요. 당신은 불독의 끈기를 모두 가졌는데 말이에요." 셜리가 말했다.

"별로 기분 좋은 비유는 아니군요. 내가 그렇게 천박해 보이는 거요?"

"그리고 당신은 그 동물처럼 조용하게 일을 처리하죠. 경고 없이 다가와서 아무 소리 없이 뒤에서 덥석 물고는 끝까지 놓지 않잖아요."

"그건 당신 추측일 뿐이오. 내가 그런 행동을 하는 걸 본 적도 없잖습니까. 당신 앞에서는 불독처럼 행동하지 않았습니다."

"침묵하는 것 자체가 당신의 성향을 드러내는 거예요. 평소에 말도 거의 안 하면서 계획은 또 얼마나 깊이 세우는지! 당신은 멀리 내다보고 계산적이죠."

"내가 이 사람들의 수법을 잘 알아요. 그들의 의도를 파악해 정보를 모았소. 어젯밤 내가 쪽지로 바라클러프의 재판이 유죄 판결로 끝났고 유배형을 받았다고 알려줬지 않습니까. 그의 동료들이 복수를 꾸밀 겁니다. 나는 그 계획을 무력화하거나 적어도 대비할 수 있는 계획을 세우겠소. 그게 전부요. 내가 하려는 일을 최대한 정확하게 설명했으니 이제 당신이 승인했다고 봐도 되겠습니까?"

"방어적인 태도를 유지하는 한 당신을 지지할 거예요. 승인해요."

"좋소! 도와주지 않아도, 심지어 당신이 반대하거나 비판을 해도 나는 계획대로 행동했을 겁니다. 다만 마음가짐이 달랐겠지요. 이제는 만족스럽소. 전체적으로 이 상황이 즐겁군요."

"그럴 줄 알았어요. 눈에 빤히 보이거든요. 당신은 정부에서 군용 천을 대량으로 주문받아도 이보다는 즐거워하지 않을 게 분명해요."

"확실히 그런 것 같군요."

"헬스톤 신부님도 그러시겠죠. 물론 당신의 동기와는 미묘한, 어쩌면 많은 차이가 있겠지만요. 헬스톤 신부님께는 제가 말씀 드릴까요? 원한다면 그렇게 할게요."

"마음대로 하세요. 킬다 양, 당신의 판단은 언제나 정확할 테니 말입니다. 더 어려운 위기에서도 당신의 판단을 신뢰할 수 있을 겁니다. 하지만 헬스톤 신부님이 지금 저에게 다소 편견을 가지고 계신다는 점은 알아두시오."

"알아요. 두 분 사이에 의견 차이가 있다는 건 다 들었어요. 하지만 걱정하지 마세요. 그 편견은 사라질 거예요. 지금 같은 상황에서 신부님도 동맹의 유혹은 거부할 수 없을 테니까요."

"신부님을 얻게 되면 기쁠 겁니다. 그는 진짜 강철 같은 사람이니까."

"저도 그렇게 생각해요."

"오래된 검이라 약간 녹슬었을지 몰라도, 날과 강도는 여전히 뛰어나지요."

"좋아요, 무어 씨. 당신은 그를 얻게 될 거예요. 제가 그를 설득할 수 있다면 말이죠."

"당신이 누군들 설득하지 못하겠소?"

"신부님은 못 할지도 모르죠. 그래도 시도는 해볼게요."

"시도! 그분은 당신의 말 한 마디나 미소 하나로 흔들릴 거요."

"그렇지 않아요. 차 몇 잔과 토스트와 케이크 몇 조각이 필요하죠. 그리고 충분한 설득과 간청, 권유가 필요할 거예요. 점점 쌀쌀해지네요."

"너무 추워하는 것 같습니다. 여기서 당신을 붙잡고 있으면 안 되는 거였나요? 하지만 밤이 너무 고요해서 나는 오히려 따뜻하게 느껴지는데. 그리고 당신 같은 사람과 함께 있는 시간이 내게는 매우 드문 기쁨입니다. 만약 더 두꺼운 숄을 두른다면…."

"더 머물고 싶지만, 시간이 늦어질 거예요. 그러면 프라이어 부인이 언짢아하세요. 우리는 필드헤드에서 일찍 자고 규칙적인 생활을 하거든요. 그리고 확신하건대 당신의 누이도 오두막에서 그렇게 지내고 있을 거예요."

"맞소. 하지만 오르탕스와 나는 각자 하고 싶은 대로 하기로, 가장 편리한 방식으로 지내기로 합의했지요."

"그러면 당신은 어떻게 지내나요?"

"일주일에 세 번은 공장에서 자지만, 사실 나는 잠이 별로 없습니다. 그리고 달빛이 밝고 날씨가 온화한 밤에는 종종 동이 틀 때까지 골짜기를 돌아다니지요."

"무어 씨, 제가 아주 어렸을 때 유모가 저에게 그 골짜기에서 요정을 본 이야기를 해주곤 했어요. 그건 아버지가 공장을 짓기 전에 그곳이 완전히 외딴 협곡이었을 때의 일이죠. 당신도 마법에 걸리게 될 거예요."

"이미 걸린 것 같소." 로버트가 낮은 목소리로 말했다.

"하지만 요정보다 더 위험한 것들을 조심해야 해요." 셜리가 말을 이었다.

"더 위험한 것들이라." 로버트가 덧붙였다.

"훨씬 더 위험한 거예요. 예를 들면, 미친 칼뱅주의자이자 자코뱅 직공인 마이클 하틀리를 만난다면 어떨까요? 그가 밀렵에 빠져 있고, 종종 밤에 총을 들고 돌아다닌다고들 하던데요."

"운 좋게도 이미 그를 만났소. 어느 날 밤에 그자와 오랫동안 논쟁을 벌였지요. 꽤 이상했던 소소한 사건이었지만, 난 마음에 들었습니다."

"마음에 들었다고요? 대단한 취향이군요! 마이클은 제정신이 아니에요. 어디서 그를 만난 거죠?"

"협곡에서 가장 깊고 어두운 곳이었습니다. 물이 얕게 흘러 덤불 아래로 숨어드는 곳이었지요. 그 나무판자 다리 근처에 앉았소. 달빛이 비쳤지만 구름이 꼈고 바람도 아주 거셌소. 우리는 이야기를 나눴지."

"정치에 관해서요?"

"정치와 종교에 관한 이야기였소. 그때가 아마 보름달이었을 거요. 마이클은 거의 미친 사람 같았소. 특유의 도덕률 폐기론자다운 방식으로 기이한 신성 모독을 내뱉더군요."

"실례지만, 그 말을 듣고 앉아 있었다면 당신도 그만큼 미친 게 아니었나 싶네요."

"그의 헛소리에는 야생적인 매력이 있소. 그가 완전히 미친 게 아니었다면 반쯤은 시인이 되었을지도 모릅니다. 타락한 인간이 아니었다면 예언자가 되었을지도 모르지요. 그는 아주 진지하게 내가 지옥에 떨어질 수밖에 없는 운명이라고 알려줬소. 내 이마에서 짐승의 표식을 읽었다고도 했고, 내가 처음부터 버림받은 자였다고도 말했지요. 하느님의 복수가 나를 위해 준비되고 있다면서, 한밤중의 환상 속에서 내 운명과 그것을 집행할 도구를 보았다고 단언했소. 더 듣고 싶었지만, 그자는 '아직 끝나지 않았다'는 말만 남기고 떠났습니다."

"그 후에 그 사람을 본 적 있나요?"

"한 달쯤 후, 시장에서 돌아오는 길에 그와 모세 바라클러프를 만났소. 둘 다 만취 상태였지요. 둘이 길가에서 미친 듯이 기도하고 있었소. 그들은 나를 사탄이라 부르면서 물러가라고 외치고 유혹에서 구해 달라고 아우성치더군요. 며칠 전에는 마이클이 모자도 없이 셔츠만 입은 채로 사무실 문까지 왔었소. 아마 외투와 모자는 술집에 담보로 맡겨둔 것 같았지요. 그자는 친절하게도 집 안을 미리 정리하는 게 좋겠다는 메시지를 전하더군요. 내 영혼이 곧 부르심을 받을 것 같다고 말이오."

"이런 일을 가볍게 여기시는 건가요?"

"그 불쌍한 사람은 몇 주 동안 술을 마셔서 섬망 상태에 가까웠소."

"그래서요? 그런 사람일수록 자신의 예언을 실행하려고 할 가능성이 더 크잖아요."

"이런 일로 신경이 흔들리게 두면 안 돼요."

"무어 씨, 집으로 돌아가세요!"

"벌써 말이오?"

"들판을 곧장 지나가세요, 물길과 숲 쪽으로 돌아가지 말고요."

"아직 이른 시간입니다."

"아뇨, 이미 늦었어요. 저는 이만 들어가겠어요. 오늘 밤엔 골짜기를 배회하지 않겠다고 약속해 주시겠어요?"

"원한다면요."

"네, 원해요. 혹시 삶이 무가치하다고 생각하나요?"

"전혀 그렇지 않소. 오히려 요즘 내 삶을 매우 소중하게 여기게 되었습니다."

"요즘에요?"

"이제 내 삶에는 목적과 희망이 있소. 하지만 석 달 전에는 둘 다 없었지요. 그때는 거의 익사하는 기분이었고 오히려 그 고통이 빨리 끝나기를 바랐습니다. 그런데 갑자기 손 하나가 나에게 내밀어졌소. 너무 섬세한 손이라 신뢰하기 어려울 것 같았지만, 그 손의 힘이 나를 파멸에서 구해줬습니다."

"정말로 구해졌나요?"

"어느 정도는. 당신의 도움 덕분에 다시 기회를 얻었습니다."

"그 기회를 잘 살려야 해요. 마이클 하틀리에게 자신을 표적으로 내주지 말고요. 그럼, 안녕히 가세요!"

캐롤라인은 다음 날 저녁 시간을 필드헤드에서 보내기로 약속한 상태였다. 그녀는 그 약속을 지켰지만, 그 사이 몇 시간은 우울하게 보냈다. 대부분 자신의 방에 틀어박혀 있었고 식사 시간에만 삼촌과 함께하기 위해 방에서 나왔다. 그리고 패니가 묻기도 전에 드레스를 고치느라 바빠서 방해받고 싶지 않으니 위층에 있겠다고 말하고는 올라가 버렸다.

그녀는 정말로 바느질을 했다. 쉬지 않고 바늘을 움직였으나 그녀의 머릿속은 손가락보다 더 빠르게 움직였다. 캐롤라인은 또다시, 전보다 더 강렬하게 일이 필요하다고 느꼈다. 그 일이 아무리 힘들고 지루해도 상관없었다. 삼촌에게 다시 간청해야겠지만, 먼저 프라이어 부인과 상의해 보기로 마음먹었다. 그녀의 손이 얇은 모슬린 드레스의 주름을 잡고 꿰매듯이, 그녀의 머릿속은 계획을 짜내느라 열심히 일했다. 가끔 이렇게 손과 머리가 일에 몰두하고 있을 때, 그녀의 눈에 고인 눈물이 바쁘게 움직이는 손 위로 떨어지기도 했다. 하지만 이렇게 감정이 드러나는 일은 드물었고, 금방 지워졌다. 날카로운 고통이 지나가고 흐릿했던 시야가 맑아졌다. 그녀는 다시 바늘에 실을 꿰고 주름과 장식을 정돈한 후 묵묵히 작업을 이어갔다.

늦은 오후, 캐롤라인은 옷을 차려입었다. 필드헤드에 도착하자 때마침 참나무 응접실에 차가 놓이고 있었다. 셜리가 왜 이렇게 늦게 왔냐고 물었다.

"드레스를 만들고 있었거든요. 이 화창한 날씨에 겨울용 메리노 원피스를 입는 게 부끄러워서 더 가벼운 옷을 손질했어요." 캐롤라인이 대답했다.

"지금 모습이 참 보기 좋아요. 캐롤라인은 정말 여성스럽고 단정한 사람이에요. 그렇지 않나요, 프라이어 부인?"

프라이어 부인은 칭찬하지 않는 사람이었고, 누군가의 외모에 대해서도 긍정이든 부정이든 거의 언급하지 않았다. 이번에도 부인은 그저 캐롤라인의 곱슬머리를 뺨에서 살며시 쓸어내리면서 옆에 앉고는 그녀의 부드러운 얼굴선을 어루만지며 말했다. "좀 말랐군요, 캐롤라인. 그리고 좀 창백해졌어요. 잠은 잘 자나요? 눈이 좀 피곤해 보이는군요." 부인은 걱정스러운 눈길로 캐롤라인을 바라보았다.

"가끔 슬픈 꿈을 꿔요. 그리고 밤에 한두 시간씩 깨어 있으면, 자꾸 사제관이 아주 음산한 장소라고 생각하게 돼요. 사제관이 묘지랑 아주 가까운 거 아시잖아요. 집 뒤쪽은 굉장히 오래된 곳이라서, 부엌 건물이 원래 교회 묘지 안에 있었다는 소리도 들었어요. 그 아래에 무덤이 있다고도 하고요. 사제관을 떠나고 싶어져요."

"오, 설마 미신을 믿는 건 아니겠죠?"

"아니에요, 프라이어 부인. 하지만 점점 신경이 예민해지는 것 같아요. 예전보다 모든 걸 더 어둡게 보게 되었어요. 예전에 없던 두려움도 생겼고요. 유령이 아니라 불길한 징조나 재앙 같은 것에 대한 막연한 두려움이요. 그리고 제 마음에 표현할 수 없는 무거운 짐이 있는데, 세상을 다 줘서라도 떨쳐내고 싶은데, 그게 안 돼요."

"이상하네요! 나는 그런 기분을 전혀 느끼지 않아요." 셜리가 외쳤지만, 프라이어 부인은 아무 말도 하지 않았다.

"좋은 날씨와 즐거운 날들, 아름다운 풍경이 이제는 저에게 아무런 즐거움도 주지 않아요. 고요한 저녁도 저에게는 고요하지 않아요. 예전에는 온화하다고 생각했던 달빛이 이제는 슬프게만 보여요. 마음이 약해진 걸까요, 프라이어 부인? 아니면 뭘까요? 어쩔 수가 없어요. 종종 이 감정을 이겨내려고 애써보지만, 아무리 이성적으로 생각해보고 노력해도 아무 소용없어요."

"운동을 더 해야겠어요." 프라이어 부인이 말했다.

"운동이라고요! 충분히 하고 있어요. 기진맥진할 때까지 운동해요."

"캐롤라인, 집을 떠나보는 게 좋겠어요."

"프라이어 부인, 저도 집을 떠나고 싶어요. 하지만 목적 없는 여행이나 방문은 싫어요. 저는 부인처럼 가정교사가 되고 싶어요. 이 문제에 대해 삼촌께 말씀해 주시면 정말 감사하겠어요."

"말도 안 돼! 그게 무슨 생각이에요! 가정교사라니! 차라리 노예가 되는 게 낫겠어요. 그런 걸 왜 해야 하죠? 왜 그렇게 고통스러운 일을 꿈꾸는 거예요?" 셜리가 끼어들며 말했다.

"캐롤라인, 지금은 가정교사가 되기엔 너무 어리고 그 일을 감당하기엔 체력도 충분치 않아요. 가정교사가 맡는 일은 종종 고되니까요."

"하지만 제 마음을 채워줄 힘든 일이 필요하다고 생각해요."

"힘든 일? 언제 당신이 게으른 적이 있나요? 캐롤라인보다 더 부지런한 소녀를 본 적이 없어요. 늘 뭔가를 하잖아요. 이리 와요. 내 옆에 앉아서, 차를 마시며 기운을 차려봐요. 우리 우정을 소중하게 생각하지 않는 건가요? 그래서 나를 떠나려는 거예요?"

"아니에요, 셜리. 당신을 떠나고 싶지 않아요. 당신처럼 소중한 친구는 또 없을 거예요."

캐롤라인의 말에 셜리는 충동적으로 애정 어린 손길로 캐롤라인의 손을 잡았고, 그녀의 얼굴에도 같은 마음이 선명하게 드러났다.

"그렇게 생각한다면, 나를 더 소중히 여겨줘요. 그리고 나를 떠나지도 말아요. 나는 정든 사람들과 헤어지는 게 정말 싫어요. 프라이어 부인도 가끔 나를 떠나겠다면서 더 좋은 사람들과 관계를 맺는 게 좋지 않겠냐고 말하죠. 하지만 나한텐 그 말이 옛날 엄마를 버리고 멋지고 세련된 엄마로 바꾸라는 걸로 들려요. 당신도 마찬가지예요. 우리가 정말 친구가 되었다고 생각하고 기뻐하고 있었어요. 내가 당신을 좋아하는 만큼 당신도 나를 좋아한다고 말이에요. 당신에겐 애정이 아깝지 않아요."

"저도 셜리를 좋아해요. 날이 갈수록 더 좋아하게 되죠. 하지만 그게 저를 강하게 하거나 행복하게 해주진 않아요."

"그렇다고 해서 전혀 모르는 사람들 속에서 의지할 곳 없이 산다고 당신이 강해지거나 행복해질까요? 그럴 리 없어요. 그런 실험은 해서도 안 돼요. 분명 실패할 거라고 장담해요. 가정교사들이 일반적으로 겪는 외로운 삶을 당신 성격으로는 견딜 수 없을 거예요. 병이 날 거라고요. 그런 말은 하지도 말아요."

셜리는 아주 단호하게 금지령을 내린 후 잠시 말을 멈추었다. 곧 그녀는 여전히 조금 화난 듯한 표정을 지으며 말을 이어갔다.

"왜냐하면, 요즘 나는 당신의 그 작은 모자와 실크 스카프가 길가의 나무 사이로 언뜻언뜻 보일 때 가장 큰 기쁨을 느끼기 때문이에요. 내 조용하고 현명하고 사려 깊은 친구이자 조언자가 나에게 돌아오고 있다는 신호니까요. 당신이 이 방에 앉아 있는 걸 바라보기도 하고 이야기를 나누거나 우리가 원하면 각자 할 일을 하는 그 시간이 너무 좋아요. 이런 말이 이기적으로 들릴 수도 있어요. 실제로 그럴지도 모르죠. 하지만 내 입에서 자연스럽게 나오는 걸 솔직히 말할 수밖에 없어요."

"편지를 쓸게요, 셜리."

"편지라뇨? 그건 어쩔 수 없을 때 쓰는 수단일 뿐이잖아요. 차 좀 마셔요, 캐롤라인. 뭐라도 좀 먹어요. 아무것도 먹지 않잖아요. 웃고 기운 내고 집에 있어요."

캐롤라인은 고개를 저으며 한숨을 쉬었다. 그녀는 자신이 바람직하다고 믿는 인생의 변화를 이루기 위해 누군가의 도움이나 동의를 얻기가 얼마나 어려운지 절감했다. 자신의 판단을 따를 수만 있다면, 비록 거칠지언정 효과적인 치료법을 찾아낼 수 있으리라 믿었다. 그러나 이 판단은 누구에게도, 특히 셜리에게는 절대 설명할 수 없는 사정에 기초한 것이었으며 다른 사람들에게는 이해할 수 없는 환상처럼 여겨졌다. 결국, 그 판단은 반대에 부딪혔다.

실제로 캐롤라인이 편안한 집을 떠나 '일자리를 구해야' 할 만한 경제적인 이유는 없었다. 그녀의 삼촌이 어떤 식으로든 그녀를 끝까지 부양해 줄 가능성이 충분했기에, 그녀의 친구들도 캐롤라인이 일할 필요가 없다고 생각했고 그들의 시야에서는 그것이 합리적인 판단이었다. 하지만 캐롤라인이 간절하게 극복하거나 벗어나고 싶어 하는 이상한 고통에 대해서는 아무도 알지 못했다. 그녀가 밤마다 뒤척이며 괴로워하고, 낮 동안 우울한 감정에 빠져 있다는 사실을 짐작조차 하지 못했다. 그 고통을 설명하기란 불가능하고 헛된 일이었다. 기다리고 견디는 것만이 그녀가 할 수 있는 유일한 일이었다. 먹고 입을 것이 부족한 사람들조차 그녀보다 더 밝은 삶과 희망찬 미래를 꿈꾸고 있었고, 가난에 시달리는 많은 이들이 그녀보다는 덜 고통스럽게 살았다.

"이제 마음이 좀 진정됐어요? 집에 있기로 동의하는 거죠?" 셜리가 물었다.

"친구들 동의 없이 집을 떠나지는 않을게요. 하지만 시간이 지나면 두 분도 결국 저와 같은 생각을 하게 될 거예요."

대화를 나누는 동안 프라이어 부인은 결코 편안해 보이지 않았다. 그녀는 늘 극도로 신중해서 자유롭게 말하거나 상대에게 직접적으로 질문하는 경우가 드물었다. 마음속으로는 수많은 질문을 떠올리고 조언할 말을 생각했지만, 그 말들이 입 밖으로 나오는 일은 거의 없었다. 만약 그녀가 캐롤라인과 단둘이 있었다면 상황에 맞는 어떤 말을 내뱉었을지도 모른다. 그러나 셜리가 함께 있는 상황에서는 그 존재를 익숙하게 여겼음에도 부인은 입을 닫아버렸다. 이번에도, 다른 수많은 경우와 마찬가지로 설명할 수 없는 신경질적인 거리낌이 프라이어 부인의 개입을 막았다. 부인은 그저 간접적인 방식으로 캐롤라인에 대한 걱정을 표현했다. 캐롤라인에게 난로가 너무 덥지 않은지 물어보고, 의자와 벽난로 사이에 가리개를 놓고, 바람이 들어올 것 같은 창문을 닫고, 자주 초조한 눈길로 캐롤라인을 살폈다. 셜리는 말을 이어갔다. "당신의 계획을 무너뜨렸다면 그게 내가 의도한 바라서 다행이라고 생각해요. 이제 내가 계획을 세울게요. 매년 여름에 나는 여행을 떠나요. 이번 여름에는 스코틀랜드 호수나 잉글랜드 호수 지방에서 두 달을 보낼 생각이에요. 물론, 캐롤라인이 나와 동행해 준다면 말이에요. 거절하면 나도 한 발짝도 움직이지 않을 거예요."

"정말 친절하군요, 셜리."

"기회를 준다면 더 친절해질 수도 있어요. 그런 마음을 항상 가지고 있죠. 내가 늘 다른 사람보다 나 자신을 우선시하는 게 내 단점이자 습관이라는 걸 알아요. 하지만 그런 점에서 나와 비슷하지 않은 사람이 누가 있겠어요? 그래도 킬다 선장은 필요한 모든 것을 다 갖추고 있으니, 현명하고 다정한 동료까지 함께한다면 그 동료를 행복하게 해주는 데서 큰 기쁨을 누릴 거예요. 하이랜드에서 행복하지 않을 수 있을까요, 캐롤라인? 우리 하이랜드로 가요. 당신이 바다 여행도 잘 견딘다면 섬에도 갈 거예요. 헤브리디스, 셰틀랜드, 오크니 제도로 말이에요. 마음에 들지 않아요? 분명히 좋아할 거예요. 프라이어 부인, 증인이 되어

주세요. 이야기만으로도 캐롤라인 얼굴에 햇살이 가득해졌어요."

"정말 좋겠어요." 캐롤라인이 대답했다. 사실, 그런 여행에 관한 생각은 그녀를 즐겁게 할 뿐만 아니라 마음을 활기차게 만들었다. 셜리는 두 손을 비비며 기뻐했다.

"봐요, 나도 도움을 줄 수 있어요! 내 돈으로 좋은 일을 할 수 있어요. 연 천 파운드의 돈은 단지 더러운 지폐나 누렇게 변한 기니뿐만 아니라(그래도 둘 다 존중해요, 나는 돈을 사랑하니까요), 시들어 가는 이에게는 건강을, 약한 이에게는 힘을, 슬픈 이에게는 위안을 줄 수 있어요. 나는 그 돈으로 단지 멋진 고택에 살거나, 비단 드레스를 입거나, 지인에게 존경받고 가난한 사람들에게 경의를 받는 것보다 더 가치 있게 쓰겠다고 결심했어요. 이제부터 시작이에요. 캐롤라인, 이번 여름에 프라이어 부인과 나는 북대서양으로 떠날 거예요. 셰틀랜드를 지나, 어쩌면 페로 제도까지 가게 될 거예요. 우리는 수두로이에서 바다표범을 보고, 스트로뫼에서 인어를 볼 수도 있어요. 캐롤라인이 웃고 있네요, 프라이어 부인. 내가 그녀를 웃게 했어요. 그녀에게 좋은 일을 했어요."

"정말 가고 싶어요, 셜리. 파도 소리가 듣고 싶어요. 바다의 파도 소리요. 꿈속에서 상상했던 것처럼, 푸른빛이 일렁이며 은빛 물결이 솟구치고, 백합보다 하얀 포말이 사라졌다가 다시 나타나서 뒤덮는 그 모습이 보고 싶어요. 아무도 방해하지 않는 외딴 바위섬의 해안가를 걷는 것도 즐거울 거예요. 그곳에서 바닷새들이 자유롭게 살고 번식하는 모습을 볼 수 있겠죠. 우리는 옛 스칸디나비아 사람들, 노르웨이 사람들의 흔적을 따라 걷게 될 거예요. 거의 노르웨이 해안까지 볼 수 있을지도 몰라요. 셜리, 당신의 제안이 나에게 전해준 이 감정은 막연하지만 분명한 기쁨이에요."

"이제 밤에 잠이 오지 않으면 사제관 뒤 부엌 밑에 있는 무덤 대신에, 우리가 여행 갈 곳을 떠올려 볼래요? 그 주변을 울부짖는 갈매기들과 파도가 몰아치는 모습을 말이에요."

"그렇게 해볼게요. 수의 조각이나 부서진 관 조각, 인간의 뼈와 흙을 떠올리는 대신, 어부나 사냥꾼이 절대 오지 않는 외딴 해변에서 햇볕을 받으며 누워 있는 멋진 물개들, 해조류 속에 자리 잡은 빛나는 진주알들, 겁먹지 않은 새들이 하얀 모래 위를 덮으며 즐겁게 모여 있는 모습을 상상할 거예요."

"그럼 아까 말했던 그 표현할 수 없는 마음의 무거운 짐은 어떻게 할 건가요?"

"그건 잊어보려고 노력할 거예요. 얼어붙은 바다의 천둥 같은 푸른 물결 아래서 고래 떼가 거세게 헤엄치는 모습을 상상하면서요. 아마 고래가 백 마리쯤 있을 거예요. 고래들은 홍수 이전에 태어났을 것 같은 거대한 수컷 고래를 뒤따라 헤엄치고 뒹굴고 반짝이면서 파도를 가르고 나아가겠죠. 마치 그 안타까운 시인 스마트※의 시구처럼요. '강력한 조류를 거슬러, 거대한 고래가 물 위로 솟아오르네.'"

"나는 우리 배가 그런 무리, 아니 당신이 말하는 그 고래 떼와 마주치는 일이 없길 바란답니다, 캐롤라인. (어쩌면 당신은 거대한 바다 거인들이 '영원한 언덕' 기슭을 돌아다니며 바닷물이 넘실대는 광활한 계곡 안팎에서 기이한 먹이를 뜯어먹는 모습을 상상할지도 모르겠네요.) 그런 거대한 수컷 고래 때문에 배가 전복되는 건 원치 않아요."

"셜리, 인어를 만날 수도 있는 거죠?"

"적어도 한 명은 만나야죠. 그 이하로는 허용하지 않을 거예요. 그리고 인어는 이런 식으로 나타나면 좋겠어요. 팔월의 어느 날 저녁 늦게 내가 갑판 위를 홀로 걷는 거예요. 꽉 찬 보름달을 바라볼 거고, 달도 나를 바라보겠죠. 그때 무언가가 바다 표면 위로 하얗게 떠올라요. 그 위로 달이 고요하고 찬란하게 걸려 있고요. 그 물체는 반짝이다

※ 크리스토퍼 스마트(Christopher Smart). 18세기 영국 시인으로 존경받는 문학가였으나 정신 이상에 시달리기도 하였다.

13장. 추가적인 사업 이야기

가 가라앉고, 다시 떠올라요. 그리고 분명한 소리로 우는 걸 내가 듣죠. 그러면 나는 선실에 있는 당신을 불러올 거예요. 그리고 흐릿한 파도 위로 솟아오르는, 백옥처럼 아름다운 형상의 인어를 당신에게 보여주는 거예요. 우리 둘 다 인어의 긴 머리와 서서히 들어 올려지는 거품만큼 하얀 팔과 별처럼 빛나는 타원형 거울을 볼 거예요. 인어가 우리 쪽으로 가까이 다가와요. 그리고 마침내 인간의 얼굴이 분명하게 보이죠. 마치 당신 같은 얼굴이에요. 곧고, 순수한 (용서해요, 이 표현이 딱 맞아서요) 이목구비는 창백함에도 전혀 손상되지 않아요. 인어가 우리를 바라보지만, 당신과 같은 눈빛은 아니에요. 그 교활한 시선에는 초자연적인 유혹이 들어 있어요. 인어가 손짓해요. 만약 우리가 남자였다면 그 신호를 보고 바로 달려들었겠죠. 차가운 파도를 뚫고서라도 더 차가운 저 요정의 유혹에 뛰어들었을 거예요. 하지만 우리가 여자이기에 안전하게 서 있어요. 그렇다고 두려움이 없는 것은 아니지만요. 인어는 우리의 시선이 움직이지 않는 걸 알아채요. 자신이 무력하다는 것을 느끼죠. 분노가 얼굴에 스치네요. 우리를 매혹할 수 없으니 공포에 빠뜨리려고 해요. 인어가 높이 솟구쳐서 어두운 파도 꼭대기 위로 몸을 드러내요. 유혹의 공포! 무섭도록 우리를 닮은 존재! 캐롤라인, 마침내 인어가 날카로운 비명을 지르며 물속으로 들어가는 순간, 안도하지 않겠어요?"

"하지만 설리, 인어는 우리를 닮지 않았어요. 우리는 유혹하는 사람들도 아니고, 공포를 주는 존재도, 괴물도 아니잖아요."

"우리 같은 어떤 사람들은 이 세 가지 특성을 다 가지고 있다고들 해요. 어떤 남자들은 '여자'라는 존재 자체에 그런 속성을 부여하기도 하고요."

"여러분, 지난 10분 동안 여러분의 대화가 너무 공상적이지 않나요?" 프라이어 부인이 끼어들며 말했다.

"하지만 공상이 해로운 건 아니지 않나요?"

"인어가 존재하지 않는다는 것을 알면서 왜 그들이 존재하는 것처럼 이야기하는 건가요? 존재하지 않는 것에 어떻게 흥미를 느낄 수 있는 거죠?"

"잘 모르겠어요." 설리가 대답했다.

"아무래도 누군가 온 것 같아요. 여러분이 이야기하는 동안 밖에서 발소리를 들었거든요. 정원 문이 삐걱거리는 소리 아닌가요?"

설리가 창가로 걸어갔다.

"네, 누가 왔어요." 그녀가 조용히 돌아서며 말했다. 자리에 다시 앉는 설리의 얼굴에는 섬세한 홍조가 피어올랐고, 눈에서는 떨리는 빛이 반짝이며 부드러워졌다. 그녀는 손을 턱에 대고, 시선을 아래로 내리며 누군가를 기다리면서 생각에 잠긴 듯 보였다.

하인이 로버트 무어의 방문을 알렸고, 셜리는 그가 문가에 나타났을 때 돌아보았다. 안으로 들어서는 그의 모습은 매우 키가 큰 것처럼 보였고, 평균 키를 넘어서지 않는 여성 세 명과 뚜렷이 대비되었다. 그는 지난 일 년 동안 본 모습 중에 가장 건강해 보였다. 그의 눈과 얼굴에는 마치 젊음이 다시 깃든 것처럼 활기가 감돌았고, 활력 넘치는 희망과 확고한 목적이 그의 태도를 지탱하고 있었다. 그의 얼굴에는 여전히 단호함이 묻어 있었지만, 엄격함은 없었다. 그 표정은 진지해 보이는 만큼 명랑해 보이기도 했다.

"방금 스틸브로에서 돌아왔습니다. 임무의 결과를 전해야 할 것 같아서요." 로버트가 셜리에게 인사하며 말했다.

"저를 초조하게 만들지 않고 오시길 잘하셨어요. 방문도 딱 알맞게 하셨어요. 앉으세요. 아직 차를 다 마시지 않았거든요. 차를 즐길 만큼 영국식 취향이신가요, 아니면 여전히 커피를 고수하시나요?"

로버트는 차를 받았다.

"저는 자연스러운 영국인이 되기 위해 배우고 있습니다. 외국 습관들이 하나씩 사라지고 있지요."

그리고 이제 그는 프라이어 부인에게도 정중하게 인사를 건넸다. 자신과 그녀의 나이를 고려해서 진중하고 겸손한 태도로 인사했다. 그 후 캐롤라인을 보았는데, 사실 처음은 아니었다. 이전에도 그의 시선은 그녀를 향했었다. 로버트는 앉아 있는 그녀에게 몸을 구부리고 손을 내밀며 어떻게 지내는지 물었다. 창문에서 들어오는 빛이 캐롤라인에게 닿지 않았고, 그녀는 창문을 등지고 있었다. 캐롤라인은 조용하면서도 다소 낮은 목소리로 대답하며 차분한 태도를 유지했다. 이른 저녁의 어둠이 그녀의 배반적인 감정을 가려주었다. 아무도 그녀가 떨거나 얼굴을 붉혔다고 확언할 수 없었다. 그녀의 심장이 요동치고 신경이 곤두섰다고 증명할 수 있는 사람도 없었다. 이렇게 감정이 드러나지 않는 담담한 인사는 흔치 않았다. 로버트는 캐롤라인 가까이에 있는 빈 의자에 앉았다. 그는 그 자리에서 셜리와 마주 보게 되었다. 그가 자리를 잘 잡았다. 캐롤라인은 매우 가까이에 앉아 오히려 그의 시선을 피할 수 있었고, 시간이 흘러 점점 더 짙어지는 어둠 덕분에 그녀는 그의 이름을 처음 들었을 때 요동쳤던 감정을 누르고, 겉모습뿐 아니라 마음마저 완전히 진정시킬 수 있었다.

로버트는 셜리에게 말을 걸었다.

"병영에 다녀왔습니다. 라이드 대령과 면담을 했는데, 대령이 제 계획을 승인하고, 요청한 지원을 약속했지요. 실제로는 제가 필요로 하는 것보다 더 많은 병력을 제안했습니다. 하지만 여섯 명이면 충분했지요. 나는 붉은 군복을 입은 병사들에게 휘말릴 생각이 없습니다. 그들은 실질적인 역할보다는 외관상 필요한 존재이죠. 저는 주로 우리

민간인들에게 의지할 생각입니다."

"그리고 그들의 대장에게도요." 셜리가 끼어들었다.

"킬다 대위 말인가요?" 로버트가 살짝 미소를 지었지만 시선은 들지 않은 채로 물었다. 그의 말투에는 농담의 기색이 있었지만, 매우 정중하고 절제된 목소리였다.

"아니요. 제가 알기론 자기 오른팔의 능력에 많이 의존하는 제라르 무어 대장 말이에요." 셜리가 그의 미소에 답하며 말했다.

"사무실 자로 무장한 대장이겠지." 로버트가 덧붙였다. 그리고 평소의 진지한 태도로 돌아와 이어서 말했다.

"오늘 저녁 우편으로 내무부 장관의 답장을 받았습니다. 북부 상황에 대해 불안해하는 것 같았지요. 특히 공장주들의 무관심과 비겁함을 비난하고 있어요. 장관은 지금 같은 상황에서 아무 행동도 하지 않는 건 범죄라고, 비겁함이 잔인함이라고 말했습니다. 둘 다 혼란을 조장하고 결국에는 유혈 사태를 초래할 뿐이기 때문이지요. 여기 그 메모가 있습니다. 읽어보라고 가져왔어요. 그리고 노팅엄와 맨체스터 등지에서 벌어지고 있는 사건에 대한 추가 보도를 담은 신문도 가져왔습니다."

로버트는 편지와 신문을 꺼내어 셜리 앞에 놓았다. 그녀가 읽는 동안 그는 조용히 차를 마셨다. 하지만 그의 입은 닫혀 있었어도 관찰력 있는 그의 눈은 의무를 게을리하지 않는 듯했다. 뒤쪽에 앉아 있는 프라이어 부인은 그의 시선에서 벗어나 있었지만, 두 젊은 여성은 그의 눈길을 고스란히 받았다.

정면에 마주한 설리는 굳이 애쓰지 않아도 쉽게 보였다. 눈을 들어 올릴 때마다 가장 먼저 자연스럽게 마주치는 대상이었고, 저물어 가는 서쪽의 황금빛 석양이 그녀를 비추었기 때문에 어두운 나무 벽을 배경으로 그녀의 모습이 뚜렷하게 돋보였다. 설리의 맑은 뺨은 조금 전에 피어올랐던 붉은빛으로 아직 물들어 있었다. 글을 읽느라 아래로 향하는 그녀의 눈에 드리워진 짙은 속눈썹, 섬세한 윤곽을 가진 어두운 눈썹, 그리고 흙빛에 가까운 윤기 나는 곱슬머리가 그녀의 홍조와 대비를 이루어 그녀를 야생화의 꽃잎처럼 아름답게 보이게 했다. 설리의 자세에는 자연스러운 우아함이 있었고, 실크 드레스는 단순한 디자인이었지만 풍성하고 빛나는 주름이 예술적인 효과를 더했다. 그 드레스는 염료의 색이 빛에 따라 변하는 특성 덕분에 마치 공작의 목덜미에 비치는 다채로운 색감처럼 깊고 변화무쌍한 빛깔을 지니고 있었다. 그녀의 팔에서 반짝이는 팔찌는 상아빛 피부와 금빛의 멋진 대비를 이루며 눈길을 끌었다. 그녀의 전체적인 모습에는 눈부신 매력이 있었다. 로버트도 그녀를 오래 응시한 것으로 보아, 그렇게 느낀 것 같았다. 하지만 그는 감정이나 생각을 얼굴에 드러내는 일이 거의 없었다. 그는 성격적으로 냉정함을 일정 수준 유지하는 면이 있었고, 누구에게든 표현을 자제하면서도 무례하지 않은 진지한 태도로 대하는 걸 선호했다.

로버트는 정면을 똑바로 봐서는 바로 옆에 앉은 캐롤라인을 볼 수 없었다. 따라서 그녀를 제대로 관찰하기 위해서는 약간의 자세 조정이 필요했다. 그는 의자에 기대어 앉아 아래로 시선을 내려 그녀를 바라보았다. 캐롤라인에게서는 그뿐 아니라 다른 누구도 눈에 띄는 화려함을 발견할 수 없었다. 그녀는 꽃이나 장식도 없이 그늘 속에 앉아 있었고, 옷차림은 소박한 모슬린 드레스였다. 옅은 하늘색 줄무늬조차 없었다면 아무 색감도 느끼지 못했을 것이다. 얼굴에는 홍조나 흥분도 없이 차분했고, 빛이 없어 그녀의 갈색 머리카락과 눈조차 잘 보이지 않았다. 상속녀 셜리와 비교하면, 캐롤라인은 생생한 유화와 비교되는 우아한 연필 스케치 같았다. 로버트가 마지막으로 그녀를 본 이후 큰 변화가 있었던 것이 분명했다. 그가 변화를 알아차렸는지는 확실치 않았다. 로버트는 그에 관해 아무 말도 하지 않았다.

"오르탕스는 어떻게 지내나요?" 캐롤라인이 부드럽게 물었다.

"아주 잘 지내. 하지만 일이 없다고 불만을 토로하고 있지. 너를 많이 그리워해."

"저도 오르탕스를 그리워한다고 전해주세요. 그리고 매일 조금씩 프랑스어를 읽고 쓰고 있다고도 말해주세요."

"오르탕스는 네가 사랑을 보냈는지 꼭 물어볼 거야. 항상 그런 걸 신경 쓰니까. 오르탕스가 관심받기를 좋아하는 거 알잖아."

"무척 사랑한다고, 아주 많이 사랑한다고 전해주세요. 그리고 시간이 날 때 짧은 편지를 써준다면 기쁠 거라고도요."

"만약 내가 잊어버리면 어떻게 하지? 내가 칭찬을 전하기에 믿음직한 전령은 아니잖아."

"안 돼요. 잊지 말아요, 로버트. 이것은 칭찬이 아니라 진심이니까요."

"그러면 반드시 정확하게 전달해야겠군."

"부디 그래 주세요."

"오르탕스는 이미 눈물 흘릴 준비가 돼 있을 거야. 제자 이야기만 나오면 다정해지지만, 때로는 네가 삼촌 명령을 너무 그대로 따랐다고 탓하기도 하거든. 애정은 사랑처럼 가끔 불공평해지기도 하니까."

캐롤라인은 이 말에 아무 대답도 하지 않았다. 사실 그녀의 마음은 복잡했고, 손수건을 눈에 대고 싶었지만, 감히 그럴 용기가 없었다. 만약 용기가 있었다면, 그녀는 할로우 오두막 정원에 피어난 꽃들조차 얼마나 소중한지, 그 집 작은 응접실이 그녀에게 얼마나 지상 낙원 같은 곳인지, 그리고 에덴동산에서 추방된 첫 여인이 에덴을 그리워한 것만큼 자신도 얼마나 간절히 오두막으로 돌아가고 싶은지 고백했을 것이다. 그러나 감히 이러한 말을 할 수 없는 그녀는 조용히 침묵을 지켰다. 로버트의 옆에 조용히 앉아 그가 더 많은 말을 해주기를 기다렸다. 그와 이렇게 가까이 마주한 것은 오랜만이었다. 그의 목소리가 그녀를 향해 말한 것도 오랜만이었다. 만약 이 만남이 로버트를 기쁘게 할 가능성을 상상이라도 할 수 있었다면, 그것만으로도 그녀는 마음 깊이 행복했을 것이다. 하지만 캐롤라인은 그가 좋아할지 의심스러워하고, 혹시라도 그를 귀찮게 할까 두려워하면서, 이 만남을 마치 갇혀 있는 새가 새장에 내리쬐는 햇빛을 맞이하듯 감사히 받아들였다. 지금의 행복감을 거부하거나 억누르는 일은 아무 소용없었다. 로버트 곁에 있는 것만으로도 다시 살아나는 것 같았다.

셜리가 서류를 내려놓으며 물었다.

"이런 불길한 소식들에 대해 당신은 기쁜가요, 아니면 슬픈가요?"

"정확히 말하자면 둘 다 아니지만, 확실히 배운 점이 있습니다. 우리가 유일하게 해야 할 일은 단호함을 유지하는 거예요. 효율적인 준비와 결연한 태도가 유혈 사태를 피하는 최고의 방법이라는 걸 깨달았습니다."

로버트는 셜리에게 어떤 특정 단락을 읽었는지 물었고, 그녀가 읽지 않았다고 답하자 그 문단을 보여주기 위해 일어섰다. 그는 셜리 앞에 서서 대화를 계속했다. 그가 말하는 내용으로 미루어 보아, 둘 다 브라이어필드 인근에서 소란이 일어날 가능성을 염려하고 있는 게 분명해 보였다. 하지만 그 소란이 어떤 형태로 일어날지는 구체적으로 언급하지 않았다. 캐롤라인도 프라이어 부인도 질문하지 않았다. 이 주제는 자유롭게 토론하기에는 시기상조인 듯 보였다. 따라서 셜리와 로버트는 세부 사항을 설명할 필요 없이 청중의 호기심에 방해받지 않고 대화를 이어 나갔다.

셜리는 로버트와 대화할 때 활기차면서도 품위 있는 태도와 친밀하면서도 자존심을 지키는 어조를 사용했다. 그러나 촛불을 들여와 난로에 불을 지피자, 방 안이 더 밝아지면서 그녀의 표정이 뚜렷이 드러났다. 그 표정에는 전적인 관심과 생기가 가득했고 진지함이 넘쳐 있었다. 그녀의 태도에는 교태가 조금도 묻어 있지 않았다. 셜리가 로버트를 어떻게 느꼈든 간에, 그것은 진지한 감정이었다. 로버트 역시 진지했고 그의 견해는 누가 봐도 확고해 보였다. 그는 셜리의 관심을 끌거나 눈부신 인상을 주거나 감동을 주려는 사소한 노력을 하지 않았다. 그런데도 로버트는 자연스럽게 약간의 주도권을 쥐었다. 왜냐하면, 그가 깊은 목소리를 부드럽게 조절하면서도, 가끔 불가피하게 나오는 단호한 어조나 표현으로 셜리의 부드러운 억양과 예민하면서도 고상한 성격을 무의식적으로 눌렀기 때문이다. 셜리는 로버트와 대화하면서 행복해 보였다. 그녀의 기쁨은 과거와 현재, 즉 추억과 희망에서 비롯된 이중적인 기쁨처럼 보였다.

내가 지금까지 서술한 것은 캐롤라인이 두 사람을 보며 떠올린 생각이었다. 그녀는 방금 묘사된 감정을 온전히 체험했다. 그런 감정을 느껴도 고통받지 않으려 애썼지만, 어쩔 수 없이 날카로운 아픔을 겪었다. 그녀의 고통은 정말 비참했다. 불과 몇 분 전만 해도 그녀의 굶주린 마음은 작은 위안의 한 방울과 빵 부스러기의 따뜻함을 맛보았다. 그것이 자유롭게 주어졌더라면 사라져 가던 생명력을 되찾고 활기를 되살릴 수 있었을 것이다. 하지만 그 관대한 잔치는 그녀를 떠나 다른 사람 앞에 펼쳐졌고, 캐롤라인은 잔치의 구경꾼으로 남았다.

시계가 아홉 시를 알렸고, 캐롤라인이 집에 갈 시간이 되었다. 그녀는 바느질 도구를 정리하고, 자수 천과 가위, 골무를 가방에 넣었다. 프라이어 부인에게 조용히 안녕을 고하자 부인은 평소보다 따뜻하게 그녀의 손을 꽉 쥐었다. 그리고 캐롤라인은 셜리에게 다가갔다.

"잘 자요, 셜리!"

셜리가 놀라며 일어섰다. "뭐예요! 벌써 가는 거예요? 이렇게 일찍?"

"아홉 시가 넘었어요."

"시계 소리를 못 들었어요. 내일 다시 와요. 오늘 밤은 행복할 거죠, 그렇죠? 우리 계획을 기억해요."

"네, 잊지 않았어요." 캐롤라인이 답했다.

그 어떤 계획도 그녀의 정신적 평온을 영구적으로 회복시켜 줄 수 없으리라는 불안이 그녀의 마음을 스쳤다. 캐롤라인은 바로 뒤에 서 있던 로버트를 향해 몸을 돌렸다. 그가 고개를 들었을 때, 벽난로 위의 촛불이 그녀의 얼굴을 환히 비췄다. 그 창백함과 모든 변화, 쓸쓸한 감정이 고스란히 드러났다. 로버트는 시력이 좋았으니 그것을 봤을 수도 있지만, 아무 기색이 없어서 정말로 보았는지 알 수 없었다.

"잘 자요!"

그녀가 나뭇잎처럼 떨며 마른 손을 서둘러 내밀었다. 그와 빨리 헤어지고 싶었다.

"집에 가는 거야?" 그가 손을 잡지 않고 물었다.

"네."

"패니가 데리러 왔나?"

"네."

"그럼 나도 잠깐 같이 걷자. 하지만 사제관까지는 가지

13장. 추가적인 사업 이야기

않을 거야. 신부님이 창문에서 나를 쏠지도 모르니까."

로버트가 웃으며 모자를 집어 들었다. 캐롤라인은 굳이 그럴 필요가 없다고 말했지만, 그는 그녀에게 모자와 숄을 착용하라고 말했다. 그녀는 금세 준비를 마쳤고 두 사람은 곧 바깥 공기 속으로 나섰다. 로버트는 예전처럼 자연스럽게 캐롤라인의 손을 팔에 끼웠다. 그녀가 언제나 다정하게 느꼈던 그 방식이었다.

"패니, 먼저 가도 괜찮아요. 우리가 따라잡을 테니까." 로버트가 하녀에게 말했다.

패니가 조금 앞서 나가자, 로버트는 캐롤라인의 손을 자신의 손안에 감싸 쥐며 그녀가 필드헤드를 자주 방문하는 걸 알게 되어 기쁘다고 말했다. 그는 캐롤라인이 셜리와 계속 친하게 지내기를 바랐다. 그런 교제는 즐겁고 유익할 테니 말이다.

그의 말에 캐롤라인도 셜리를 좋아한다고 대답했다.

"그 호감은 분명 서로 마찬가지겠지. 킬다 양이 우정을 표현했다면, 그건 진심일 거야. 그녀는 거짓말을 못 하고, 위선을 경멸하니까. 그런데 캐롤라인, 우리 다시 할로우 오두막에서는 볼 수 없는 건가?"

"삼촌이 마음을 바꾸지 않는 한은 그럴 것 같아요."

"지금도 혼자 지내는 시간이 많아?"

"네, 꽤 많아요. 셜리와 어울리는 것 외에는 크게 즐거운 일이 없어요."

"최근에 건강은 괜찮아?"

"아주 괜찮아요."

"자신을 잘 돌봐야 해. 운동도 소홀히 하지 말고. 네가 조금 변한 것 같았어. 조금 마르고 창백해진 것 같아서. 삼촌은 잘해주시는 거야?"

"네. 늘 그렇듯이요."

"너무 지나치게 대하지는 않고? 그러니까, 과하게 통제하거나 신경 쓰는 건 아니고? 그러면 뭐 때문에 힘든 거야? 말해봐, 리나."

"아무것도 아니에요, 로버트." 하지만 그녀의 목소리가 떨렸다.

"그 말은 나에게 아무것도 말하고 싶지 않다는 거군. 내가 신뢰를 받을 수 없다는 뜻인가? 오두막에 찾아오지 못하게 된 후로 우리도 완전히 멀어진 건가?"

"모르겠어요. 가끔은 정말 그렇게 된 것 같아서 두려워요."

"하지만 그게 우리를 변하게 하면 안 되지. '오래된 친구를 잊어야 할까요, 예전 그날들을?'"

"로버트, 저는 잊지 않아요."

"캐롤라인, 오두막에 온 지 두 달은 지난 것 같아."

"오두막에 들어가 본 지, 그 정도 됐죠."

"산책하다가 그쪽으로 지나간 적은 있어?"

"가끔 저녁에 들판 꼭대기까지 올라가 내려다보곤 해요. 오르탕스가 정원에서 꽃에 물을 주는 것도 봤고, 당신이 언제쯤 사무실 램프에 불을 켜는지도 알아요. 가끔 그 불빛이 켜지길 기다린 적도 있었어요. 그 불빛과 창문 사이에서 당신이 움직이는 모습도 봤고요. 그게 당신이란 걸 알았어요. 윤곽을 알아볼 수 있을 정도였으니까요."

"내가 왜 한 번도 널 만나지 못했는지 신기하군. 가끔 해 질 녘에 할로우 들판 꼭대기까지 걷곤 하거든."

"알아요. 어느 날 밤에 당신이 너무 가까이 지나가서 거의 말을 걸 뻔했어요."

"그래? 가까이 지나가면서도 널 보지 못했군! 내가 혼자였나?"

"두 번이나 봤는데 그때마다 혼자가 아니었어요."

"누가 같이 있었지? 조 스콧이었거나 달빛에 비친 내 그림자였을 거야."

"아니요. 조 스콧도 아니었고 당신 그림자도 아니었어요, 로버트. 첫 번째는 요크 씨와 함께였고, 두 번째에는 당신이 그림자라고 부르는 존재가 하얀 이마와 짙은 곱슬머리, 그리고 목에는 반짝이는 목걸이를 걸고 있었죠. 하지만 저는 그저 당신과 그 요정 같은 그림자를 스쳐보기만 했을 뿐, 대화하는 소리는 듣지 않았어요."

"너는 마치 보이지 않는 존재처럼 걷나 보군. 오늘 저녁에 네 손에서 반지를 하나 봤는데 혹시 그게 기게스의 반지✿인가? 앞으로는 사무실에 혼자 앉아 있을 때, 캐롤라인이 한밤중에 내 어깨너머로 몸을 숙이고 같은 책을 읽고 있는 걸 상상해 봐야겠어. 아니면 내 옆에 앉아 자기 일을 하면서 가끔 보이지 않는 눈길로 내 얼굴을 올려다보며 내 생각을 읽고 있는 모습도 상상해야지."

"그런 고통스러운 일은 걱정하지 않아도 돼요. 당신에게 가까이 가지 않으니까요. 다만, 멀리서 당신이 어떤지 지켜볼 뿐이죠."

"이제 저녁에 공장 문을 닫고 울타리 길을 걸을 때나, 밤에 순찰할 때마다 작은 새들이 둥지 위에서 날갯짓하는 소리나 바스락거리는 나뭇잎 소리가 들리면 모두 네가 움직이는 소리라고 상상하게 될 거야. 나무 그림자는 네 모습으로 보일 거고, 산사나무의 하얀 꽃들 속에서 네 흔적을 찾겠지. 리나, 네가 계속 떠오를 거야."

"저는 당신이 원하지 않는 곳에는 절대 가지 않을 거예요. 당신이 보거나 듣기를 원치 않는 것은 보지도 듣지도 않을 거고요."

"대낮에 공장 안에서도 너를 보게 될 것 같아. 사실, 이

✿ 고대 그리스 철학자 플라톤의 저서 「국가」에 나오는 가상의 물건으로, 이 반지를 소유한 사람은 마음대로 자신의 모습을 보이지 않게 할 수 있다.

미 한 번 거기서 널 본 적이 있어. 일주일 전에 긴 작업실의 한쪽 끝에 서 있었는데, 반대편 끝에서 소녀들이 일하고 있었지. 거기를 오가던 여섯 명 중 하나가 너와 비슷해 보이더군. 애매한 빛이나 그림자 때문인지 눈부신 햇살 탓이었는지 모르겠지만 말이야. 그 무리 쪽으로 다가갔어. 하지만 내가 찾던 모습은 사라지고 내 양옆엔 건장한 소녀들뿐이었지."

"로버트, 당신이 부르지 않는 한 제가 당신을 따라 공장에 들어가는 일은 없을 거예요."

"상상에 속아 넘어간 일이 또 있었어. 어느 날 밤, 시장에서 늦게 돌아와 오르탕스를 찾으러 오두막 응접실로 들어갔는데 그때 오르탕스가 아니라 너를 본 것 같았어. 오르탕스가 위층으로 촛불을 가져가서 응접실이 어두웠지. 하지만 창문 커튼이 걷혀 있어서 달빛이 창문을 통해 넓게 쏟아졌어. 거기에 네가 있었어, 리나. 창가에서 몸을 살짝 옆으로 돌린 너다운 자세로. 어느 저녁 파티에서 입었던 그 하얀 드레스를 입고 있었어. 그 순간, 생기 있고 활기 넘치는 네 얼굴이 나를 돌아본 것 같았어. 나는 네게 다가가서 손을 잡고, 왜 이렇게 오랫동안 모습을 보이지 않았냐고 나무라면서 지금 이렇게 와줘서 기쁘다고 말하려 했지. 하지만 두 걸음 앞으로 내딛자 그 환상이 깨져버렸어. 드레스의 윤곽이 희미해지고, 얼굴의 색조가 사라져 형체 없는 무언가로 변해버렸지. 그 자리에 도달했을 때 남아 있던 것은 휘날리는 하얀 모슬린 커튼과 꽃이 만개한 화분 속 식물뿐이었어. '이렇게 가버렸구나' 하고 생각했지."

"그럼 제 환영이 아니었군요? 거의 그렇게 생각했어요."

"아니, 그저 얇은 커튼과 도자기, 그리고 분홍색 꽃이었을 뿐이야. 자그마한 환상에 불과했어."

"당신처럼 바쁜 사람이 그런 환상에 빠질 시간이 있었다는 게 놀라워요."

"나도 놀라워. 하지만 리나, 내 안에 두 가지 성격이 있다는 걸 알게 됐어. 하나는 세상과 일을 위한 성격이고, 다른 하나는 집과 여유를 위한 성격이야. 제라르 무어는 공장과 시장에 길든 거친 사람이지만, 네가 사촌 로버트라고 부르는 사람은 때때로 꿈을 꾸고 공장이나 사무실이 아닌 다른 세상에서 살고 있지."

"두 가지 성격 모두 로버트와 잘 어울려요. 요즘 얼굴을 보면 기분도 좋은 것 같고 건강해 보여요. 몇 달 전에는 당신 얼굴에서 자주 힘들어하는 기운이 느껴졌는데, 이제는 그 모습이 완전히 사라졌어요."

"그걸 알아봤군? 이제는 확실히 어려웠던 일들에서 조금 벗어났어. 몇 가지 암초를 피해서 더 넓은 바다로 나왔지."

"이제 순풍을 만나면 성공적인 항해를 기대할 수 있겠네요?"

"기대할 수는 있지, 그래. 하지만 희망에 속으면 안 돼. 바람이나 파도를 통제할 수는 없으니까. 돌풍과 파도가 항해자의 길을 끊임없이 방해하니 또 폭풍이 불어올 거라는 불안감을 지울 수 없어."

"하지만 당신은 바람을 맞을 준비가 되어 있어요. 훌륭한 선원이고 유능한 지휘관이니까요. 당신은 능숙한 조타수예요, 로버트. 당신은 폭풍을 이겨낼 거예요."

"내 사촌은 언제나 나를 최고로 생각하지. 하지만 네 말을 길조로 여기겠어. 오늘 밤 너를 만난 건 항해자에게 행운의 전조를 알려주는 새를 만난 것과 같아."

"아무것도 할 줄 모르는 제가 무슨 행운의 전조겠어요. 저는 무력감을 느껴요. 당신을 도와주고 싶은 마음이 있지만 증명할 수 없으니 소용이 없네요. 그래도 저에겐 그 마음이 있어요. 로버트가 성공하기를, 큰 행운과 진정한 행복을 얻길 진심으로 바라고 있어요."

"네가 나에 대해 다른 걸 바란 적이 있었나? 패니는 뭘 기다리고 있는 거지? 먼저 가라고 했는데. 아, 교회 묘지에 도착했군. 그럼, 여기서 헤어져야겠어. 패니가 없었다면 교회 현관에 잠시 앉아 있을 텐데. 이렇게 여름처럼 온화하고 고요한 밤인데, 아직 할로우로 돌아가고 싶지 않군."

"하지만 이제는 교회 현관에 앉을 수 없잖아요, 로버트."

캐롤라인은 로버트가 자신을 교회 쪽으로 돌리고 있었기 때문에 이렇게 말했다.

"그렇겠지. 하지만 패니에게 먼저 들어가라고 해. 곧 갈 거라고. 몇 분 정도는 상관없겠지."

그때 교회 시계가 열 시를 알렸다.

"삼촌께서 평소처럼 야간 순찰을 나오실 거예요. 항상 교회와 묘지를 살펴보시죠."

"그게 뭐 어때서? 우리가 여기 있는 걸 패니가 알고 있지만 않으면 신부님을 피해 다니는 것도 꽤 재미있을 텐데. 그가 현관에 있으면 우리는 동쪽 창문 아래로 가고, 그가 북쪽으로 돌아오면 우리는 남쪽으로 빠져나오는 거야. 필요하다면 기념비들 뒤에 숨을 수도 있지. 윈 가문의 저 높은 기념비 뒤로 가면 감쪽같이 숨을 수 있을 거야."

"로버트, 당신 정말 기운이 넘치네요! 가요, 어서요! 현관문 소리가 들려요." 캐롤라인이 급히 말했다.

"가고 싶지 않아. 오히려 더 있고 싶은데."

"삼촌이 정말 크게 화내실 거 알잖아요. 당신이 자코뱅이니 만나면 안 된다고 했어요."

"이상한 자코뱅이지!"

"가세요, 로버트. 삼촌이 와요. 기침 소리가 들려요."

"제길! 정말 이상하군. 왜 이렇게까지 가고 싶지 않은 거지!"

"당신 기억하잖아요, 삼촌이 패니의…." 캐롤라인이 말을 하다가 갑자기 멈췄다. 그 뒤에 나올 말은 '연인'이라는 단어였지만, 캐롤라인은 그 단어를 입 밖에 내지 못했다. 그 말을 꺼내면 그녀가 의도하지 않은, 혼란스럽고 착각을 일으킬 수 있는 생각을 암시할 것 같았기 때문이다. 하지만 로버트는 덜 조심스러웠다. "패니의 연인 말인가?" 그가 바로 대꾸하며 말을 이었다. "신부님이 그 남자에게 펌프로 물세례를 퍼부었지? 나한테도 기꺼이 그런 짓을 하겠지. 솔직히 저 노인네를 약 올려보고 싶기도 해. 하지만 너에게 해가 되면 안 되지. 그래도 신부님은 사촌과 연인 사이를 구분할 수 있지 않겠어?"

"아, 삼촌은 당신을 그런 식으로 생각하지는 않을 거예요. 당연히 아니죠. 당신과의 갈등은 전적으로 정치적인 문제 때문이에요. 하지만 사이가 더 나빠지는 건 원치 않아요. 삼촌이 너무 신경질적이라서요. 저기 정문까지 오셨어요. 로버트, 저와 당신을 위해서 어서 가세요!"

캐롤라인의 간절한 말에 더해 간절한 몸짓과 눈빛이 로버트의 마음을 움직였다. 그는 잠시 그녀의 두 손을 자신의 손으로 덮고, 자신을 올려다보는 그녀를 조용히 바라보며 눈길로 응답했다. "잘 자!" 그리고 떠났다.

캐롤라인은 순식간에 패니 뒤편에 있는 부엌문으로 갔다. 그때, 챙 넓은 모자의 그림자가 달빛에 비치는 묘지 위에 떨어졌다. 헬스톤 신부가 지팡이처럼 꼿꼿한 자세로 정원에서 나와 천천히 뒷짐을 지고 묘지를 걸어 내려갔다. 로버트는 거의 들킬 뻔했다. 어쩔 수 없이 그는 '피하기' 위해 교회를 빙 돌아야 했고, 결국 큰 몸을 웅크리고 윈 가문의 그 야심찬 기념비 뒤에 숨었다. 한쪽 무릎을 잔디에 대고 모자를 벗은 채 10분 동안이나 그곳에 있었다. 머리카락이 이슬에 젖었고 짙은 눈이 반짝였다. 자기 상황이 우스워 입을 벌리고 숨죽여 웃었다. 한편, 신부는 그와 불과 3피트 거리에 서서 천천히 별을 바라보며 코담배를 즐기고 있었다.

하지만 헬스톤은 아무런 의심도 하지 않았다. 그는 조카의 일거수일투족에 관심이 없었고, 그녀의 움직임을 꼼꼼히 파악할 필요도 없다고 생각했다. 이날 조카가 외출했다는 사실도 전혀 몰랐고, 그저 그녀가 지금쯤 방에서 책을 읽거나 바느질을 하고 있겠거니 했다. 실제로 그때 캐롤라인은 방 안에 있었지만, 헬스톤이 상상한 대로 평화로운 일에 몰두하고 있는 건 아니었다. 오히려 빠르게 뛰는 심장으로 창가에 서서 커튼 뒤에 숨어 조심스럽게 밖을 내다보며, 얼른 삼촌이 들어오고 로버트가 무사히 빠져나가기를 간절히 기다렸다. 그리고 마침내 그녀의 바람이 이루어졌다. 캐롤라인은 삼촌이 들어오는 소리를 들었고, 로버트가 묘지를 건너 담을 넘는 모습을 보았다. 그리고 기도를 드리기 위해 아래층으로 내려갔다. 방으로 돌아왔을 때, 그녀를 맞이한 것은 로버트에 대한 기억이었다. 잠은 오랫동안 찾아오지 않았다. 캐롤라인은 창가에 앉아 오래도록 밖을 내다보았다. 달빛 아래 회색빛으로 가라앉은 고요한 무덤들과 오래된 정원, 그리고 더 오래된 교회를 응시했다. 그렇게 별들로 이어진 밤의 길을 따라 '자정을 지나 새벽까지' 깨어 있었다. 그동안 내내 마음속으로 로버트와 함께 있었다. 그의 곁에 있는 듯한 기분이었고, 그의 목소리가 귓가에 맴도는 것 같았다. 그녀는 그의 손을 잡았고, 그녀의 손은 그의 손가락 사이에서 따뜻하게 쉬었다. 교회 시계가 울릴 때나 다른 어떤 소리가 들릴 때, 혹은 그녀의 방에 있는 작은 쥐가 소리를 낼 때 그녀는 잠시 현실로 돌아왔다. 캐롤라인의 방에는 작은 쥐가 돌아다녔지만 절대 쥐덫을 놓지 말라고 패니에게 당부했다. 그 쥐는 캐롤라인의 로켓 체인과 반지, 그리고 화장대 위에 있는 다른 작은 장신구들 사이를 달가닥거리며 지나다녔고, 준비해 둔 비스킷을 조금씩 갉아 먹었다. 잠시 현실로 돌아올 때마다 그녀는 마치 보이지도 않고 들리지도 않는 어떤 감시자의 비난을 피하려는 듯, 작은 소리로 혼잣말을 했다.

"사랑을 꿈꾸는 게 아니에요. 그저 잠이 오지 않아서 생각하고 있을 뿐이에요. 물론, 그가 셜리와 결혼할 거라는 건 알고 있어요."

다시 침묵이 찾아오고 종소리가 멈춘 후 길들지 않은 그녀의 작은 친구가 자리를 뜨자, 캐롤라인은 다시 꿈속으로 빠져들었다. 환영의 곁에 몸을 파묻고 그와 대화 나누며 그의 이야기에 귀 기울였다. 하지만 그 환영은 결국 사라져 갔다. 새벽이 다가오자 별이 지고 날이 밝아지면서 상상의 창조물을 흐릿하게 만들었고, 새들이 깨어나 노래를 부르면서 그녀의 속삭임을 잠재웠다. 불꽃처럼 생생하고 흥미진진했던 이야기는 아침 바람에 휘날려 희미한 메아리가 되었다. 달빛 속에서 살아 숨 쉬고 맥박이 뛰며 젊음과 생기의 빛을 띠었던 그 모습은 태양의 붉은빛 앞에서 차갑고 창백한 회색으로 변해 갔다. 환영은 사라졌다. 그녀는 결국 홀로 남았다. 캐롤라인은 차가운 몸과 낙담한 마음으로 침대에 기어들어 갔다.

14장. 자선 활동으로 구원받고픈 셜리

"물론, 그가 셜리와 결혼하리란 건 알고 있어." 캐롤라인이 아침에 일어나자마자 처음으로 한 말이었다. "그리고 그래야만 해. 셜리는 로버트를 도울 수 있어." 그녀가 단호하게 덧붙였다. 그러나 곧이어 그녀를 찌르는 잔인한 생각이 떠올랐다. '하지만 두 사람이 결혼하면 나는 잊히겠지. 아! 날 완전히 잊을 거야! 로버트와 멀어지면 나는 어떻게 해야 할까? 어디로 가야 하지? 나의 로버트! 그를 내 사람이라고 부를 수 있으면 좋겠어. 하지만 난 가난하고 무능하지만, 셜리는 부유하고 권력을 가졌어. 아름다움과 사랑도 가졌지. 부정할 수 없어. 이건 얄팍한 계산이 아니야. 셜리는 그를 사랑해. 그 사랑은 결코 하찮은 감정이 아니야. 진심으로 사랑하고 있거나, 곧 그렇게 될 거야. 로버트도 그녀의 사랑을 뿌듯해하겠지. 반대할 만한 타당한 이유가 없어. 그러니 결혼하게 두자. 하지만 그 후에 나는 그에게 아무것도 아닌 존재가 될 거야. 그에게 여동생 같은 사람이 되는 건, 그런 식으로 변하는 건 정말 싫어. 로버트라는 남자의 전부가 될 수 없다면 차라리 아무것도 되지 않겠어. 힘없이 회피하는 가식적인 말장난은 참을 수 없어. 두 사람이 결혼하면, 반드시 그들을 떠날 거야. 내 영혼이 고통에 몸부림치는 데도, 두 사람 주변을 맴돌며 위선을 떨고, 우정이라는 평온한 감정인 척 가장하는 그런 비열한 행동은 절대 하지 않겠어. 두 사람 사이에서는 친구도 될 수 없고 적도 될 수 없어. 그들 가운데 서 있을 수도, 그들을 짓밟을 수도 없어. 내 눈에 로버트는 최고의 남자야. 나는 그를 사랑했고, 지금도 사랑하고, 앞으로도 사랑할 수밖에 없겠지. 그의 아내가 될 수 있다면 좋겠지만, 그럴 수 없으니 다시는 볼 수 없는 곳으로 떠나야만 해. 선택지는 하나뿐이야. 그와 하나가 된 듯이 꼭 붙어 있거나, 지구 양극단처럼 완전히 떨어지는 것. 그러니 신이시여, 저를 멀리 보내주세요. 우리를 어서 갈라놓아 주세요.'

이런 갈망이 캐롤라인의 마음속에서 다시 꿈틀대던 늦은 오후, 그녀의 생각을 어지럽히는 인물 중 하나가 응접실 창가를 지나가는 모습이 보였다. 셜리는 천천히 걷고 있었다. 그 걸음걸이와 표정에는 그리움과 무심함이 섞여 있었는데, 이는 평소 그녀가 고요할 때 자주 드러나는 모습이자 성격의 특징이었다. 그녀가 활기찰 때는 그 무심함이 완전히 사라지고 그리움은 생기 있는 명랑함과 어우러져 그녀의 웃음과 미소, 그리고 눈빛에 독특한 감성을 더해주었다. 그래서 셜리의 즐거움은 결코 '솥 밑에서 가시나무 타는 소리'✿처럼 경박하지 않았다.

"오늘 오후에 나를 보러 오기로 약속했으면서 왜 안 왔어요?" 셜리가 방에 들어서며 물었다.

"그럴 기분이 아니었어요." 캐롤라인이 솔직하게 대답했다.

셜리는 이미 예리한 눈으로 그녀를 바라보고 있었다.

"그래요. 당신이 지금 나를 사랑해 줄 기분이 아니라는 게 보이네요. 마치 햇빛 한 점 없는 궂은 날씨 같아요. 그럴 땐 타인의 존재가 반갑지 않죠. 종종 그럴 때가 있어요. 무슨 말인지 알죠?"

"오래 있을 생각인가요, 셜리?"

"네. 차를 마시러 왔으니까 다 마실 때까지 가지 않을 거예요. 그러니 내 맘대로 모자를 좀 벗도록 할게요."

셜리는 그렇게 말하며 모자를 벗고는 카펫 위에 서서

✿ 성경 전도서 7장 6절의 일부 구절.

뒷짐을 졌다.

"표정이 참 인상적이에요." 셜리는 예리한 눈빛으로, 그러나 적대적이기보다는 연민이 담긴 시선으로 캐롤라인을 바라보며 이어서 말했다.

"정말이지 혼자만의 세상에 자신을 숨기는 상처받은 사슴 같아요. 내가 무서워요? 당신이 상처받고 피 흘리는 걸 알아채면 귀찮게 굴까 봐?"

"난 절대 셜리가 무섭지 않아요."

"하지만 가끔 싫어하고 자주 피하잖아요. 나도 무시당하고 외면당하는 걸 느낄 수 있다고요. 캐롤라인이 어젯밤 그 사람과 함께 집으로 돌아가지 않았다면, 오늘은 전혀 다른 모습이었겠죠. 사제관에 몇 시에 도착했어요?"

"열 시에요."

"흥, 1마일 거리를 걷는 데 45분이나 걸렸군요. 당신이었나요, 로버트였나요? 누가 그렇게 시간을 끈 거예요?"

"셜리, 말도 안 되는 소리예요."

"말도 안 되는 소리는 그 사람이 했겠죠. 뻔해요. 아니면 그런 표정으로 캐롤라인을 쳐다봤겠죠. 그게 천 배는 더 나빠요. 지금도 당신 이마에 그의 눈빛이 남아 있는 것 같네요. 신뢰할 만한 증인만 있으면 결투 신청이라도 하고 싶은 심정이에요. 정말 화가 나 죽겠어요. 어젯밤부터 오늘 내내 그랬어요."

"왜 이러는지 묻지도 않네요." 셜리가 잠시 멈췄다가 다시 말했다.

"너무나도 조용하고 소심한 캐롤라인. 초대도 없이 당신 앞에 내 비밀을 쏟아내도 될지 모르겠어요. 정말이지, 어젯밤엔 로버트를 따라가서 끝장을 봐야겠다는 마음까지 들었어요. 나도 권총이 있고 어떻게 쓰는지도 안다고요."

"무슨 말이에요, 셜리! 대체 누구를 쏘려고 했는데요? 나를, 아니면 로버트를?"

"둘 다 아니에요. 어쩌면 나 자신일지도 모르죠. 더 가능성이 큰 건 박쥐나 나뭇가지고요. 당신 사촌은 정말 건방진 인간이에요. 조용하고 진지한데 현명하고 판단력도 있고 야망까지 있는 건방진 인간이죠. 그 사람이 내 앞에 서서 반쯤 엄격하고 반쯤 부드러운 말투로 말하는 모습이 눈에 선해요. 확고한 목적을 가진 그 태도로 나를 짓누르죠(그러는 걸 정확히 느껴요). 그러면 정말, 그 사람을 참을 수가 없어져요!"

셜리는 방 안을 빠르게 걸어 다니며 남자들을, 특히 자신의 세입자를 더는 참을 수 없다는 말을 열정적으로 반복했다.

"오해예요. 로버트는 건방진 사람도 아니고 여자들 앞에서 꼬리치는 사람도 아니에요. 그건 내가 보증할 수 있어요." 캐롤라인이 걱정스러운 표정으로 말했다.

"보증한다니! 그 말을 내가 믿을 것 같아요? 이 문제에서만큼은 당신 말처럼 믿기 힘든 증언은 없을 거예요. 캐롤라인은 로버트의 성공을 위해서라면 오른손도 잘라줄 수 있잖아요."

"하지만 거짓말은 하지 않아요. 진실을 말해주자면, 어젯밤 로버트는 그저 내게 예의 바르게 대해주었을 뿐이에요."

"그 사람이 어땠는진 묻지도 않았어요. 충분히 짐작할 수 있으니까. 그가 문밖으로 나가면서 그 길쭉한 손으로 당신 손을 잡는 걸 창문으로 봤어요."

"그건 아무것도 아니었어요. 난 낯선 사람이 아니잖아요. 오랜 친구이자 사촌이니까요."

"너무 화가 나요. 그게 제일 큰 문제예요." 셜리가 답하고는 곧이어서 말했다.

"그 사람 때문에 내 모든 평온이 깨져버렸어요. 계속해서 우리 사이에 끼어들고 있잖아요. 그 사람이 없었으면 우리는 좋은 친구로 지낼 텐데, 그 6피트짜리 건방진 인간이 우리 우정을 계속 가로막고 시야를 흐려놔요. 내가 또렷하게 보고 싶어 하는 걸 보지 못하게 방해하죠. 당신이 나를 짐스럽고 성가시다고 느끼도록 만든다고요."

"아니에요, 셜리. 아니에요."

"내 말이 맞아요. 오늘 오후에 나와 같이 있고 싶어 하지 않았잖아요. 그게 속상해요. 당신은 원래부터 내성적인 성격이지만, 나는 혼자서는 살 수 없는 외향적인 사람이에요. 우리끼리만 지낼 수 있었다면, 나는 캐롤라인과 언제까지나 붙어 있으면서 한시도 떨어지지 않았을 거예요. 하지만 캐롤라인은 나에 대해 이렇게까지 말해줄 수 없겠죠."

"셜리, 당신이 원한다면 뭐든 말해줄 수 있어요. 나도 당신을 좋아해요."

"내일이면 내가 지긋지긋해질 거예요, 리나."

"안 그래요. 매일 조금씩 셜리가 더 편해지고 좋아지고 있는 걸요. 나는 너무 영국적인 사람이라 갑자기 뜨거운 우정은 쌓을 수 없어도, 당신은 다른 사람들과 무척 달라요. 평범한 아가씨들과는 완전히 다르죠. 나는 당신을 존경하고 소중하게 생각해요. 절대 짐처럼 여기지 않아요, 전혀요. 내 말을 믿어줄 수 있나요?"

셜리는 확신 없는 미소를 지으며 대답했다. "어느 정도만요. 캐롤라인은 참 독특한 사람이에요. 조용해 보이지만, 당신 안에는 쉽게 접근하거나 이해하기 어려운 힘과 깊이가 있죠. 그래서 캐롤라인은 분명히 행복하지 않아요."

"행복하지 않으면 좋은 사람이 아니라는 뜻인가요?"

"그런 말이 아니에요. 내가 말하고 싶은 건, 불행한 사람들은 종종 다른 생각들로 가득 차 있어서 나 같은 성격의 사람과 어울릴 기분이 아닐 때가 많다는 거예요. 게다가, 어떤 종류의 불행은 단순히 우울하게 만들 뿐만 아니라 마음을 부식시키기도 해요. 그게 캐롤라인이 겪는 불행일까 봐 걱정돼요. 내 연민이 당신에게 도움이 될까요, 리나? 도움이 된다면, 내게서 가져가요. 넉넉히 줄게요. 장담하는데, 이 연민은 진품이에요."

"셜리, 우리는 둘 다 자매가 없어요. 그런데 지금 순간적으로 깨달았어요, 자매들이 서로에게 어떤 감정을 느끼는지 말이에요. 그들의 애정은 삶과 얽혀 있어서, 어떤 감정의 충격에도 뿌리째 뽑히지 않고, 다투더라도 살짝 짓밟히기만 할 뿐, 그 압박이 사라지면 더 생생하게 솟아나죠. 어떤 열정도 그 애정을 궁극적으로 이길 수 없고, 심지어 사랑조차도 힘과 진실성에서만 겨우 경쟁할 수 있을 뿐이에요. 사랑은 우리를 너무 아프게 해요, 셜리. 사랑은 고통스럽고, 고문 같고, 그 불꽃으로 우리의 힘을 태워버려요. 하지만 그 애정에는 고통도 불꽃도 없고, 오로지 지지와 위로만 있을 뿐이에요. 내 친구, 오직 당신이 곁에 있을 때만 나는 위로받고 평온해져요, 셜리. 이제 나를 믿어줄 수 있나요?"

"난 내가 좋아하는 신념이라면 언제든 쉽게 믿어요. 그러면 우리는 진정한 친구인 거네요, 리나. 그 검은 그림자가 끼어들어도?"

"우리는 진정한 친구예요." 캐롤라인이 셜리를 끌어당겨 옆에 앉히며 말했다. "무슨 일이 생기더라도 말이에요."

"자, 그럼 우리 그 골칫덩이에 대해선 그만 말하고 다른 이야기를 해요." 셜리가 이렇게 말한 순간 헬스톤 신부가 들어왔고, 셜리가 말하려던 '다른 이야기'는 그녀가 떠나기 전까지 다시 언급되지 않았다. 떠날 때쯤 셜리는 복도에서 몇 분 동안 머물며 말했다.

"캐롤라인, 하고 싶은 이야기가 있어요. 나는 마음속에 큰 짐이 있어요. 마치 내가 범죄를 저지른 것처럼, 혹은 저지를 예정인 것처럼 양심이 찔려요. 알겠지만, 이건 개인적인 양심이 아니라, 소유주이자 영주로서 가지는 양심이죠. 나는 철 발톱을 가진 독수리 손아귀에 갇혔어요. 동의하지 않는 강한 영향력 아래 굴복했고, 도저히 저항할 수가 없어요. 조만간 생각도 하기 싫은 무슨 일이 벌어질 것 같아서 너무 걱정돼요. 마음을 가볍게 하고, 피해를 최대한 방지하기 위해 선행을 시작해 보려 해요. 그러니 내가 갑자기 자선 활동에 지나치게 열중해도 놀라지 말아요. 어디서부터 어떻게 시작해야 할지 전혀 모르겠으니 당신이 조언 좀 해줘요. 내일 이 문제에 대해 더 이야기해요. 그리고 그 훌륭한 분, 에인리 양에게 필드헤드로 와 달라고 좀 전해줘요. 에인리 양에게 여러 가지를 배워볼까 싶어요. 그분에게는 정말 좋은 제자가 생기겠죠? 리나, 에인리 양에게 살짝 귀띔해 줘요. 내가 선한 마음을 가진 사람이긴 하지만 세상 물정은 잘 모르는 인물이라고요. 그래야 내가 의류 단체나 그런 것들을 잘 몰라도 덜 충격받을 테니까요."

다음 날, 캐롤라인은 진지한 표정으로 책상에 앉아 있는 셜리를 발견했다. 셜리 앞에는 회계 장부와 지폐 한 다발, 두둑한 지갑이 놓여 있었다. 그녀는 매우 심각하면서도 약간 혼란스러워 보였다. 주간 가계 지출을 '들여다보면서' 어디에서 절약할 수 있을지 알아보는 중이었다고 말했다. 그리고 집사인 길 부인과 면담도 했는데, 길 부인에게 자신(셜리)의 머리가 확실히 미쳤다는 생각을 심어주고 돌려보냈다고 덧붙였다.

"내가 절약의 의무에 대해 길 부인에게 설교했거든요. 길 부인도 처음 듣는 이야기였을 거예요. 내가 경제에 대해 그렇게 열변을 토하는 걸 보고 나 자신도 놀랐어요. 왜냐하면, 이건 완전히 새로운 생각이거든요. 나는 최근까지 이 주제에 대해서는 생각해 본 적도, 더군다나 말해본 적도 없었어요. 하지만 결국 모두 이론에 불과했어요. 실전에 들어가 보니 아무것도 절약할 수 없더라고요. 버터를 조금이라도 줄이거나, 부엌에서 나오는 기름과 라드,✿ 빵, 남은 고기 같은 주방 물품을 어떻게 처리할지 조사해서 명

✿ 돼지의 지방에서 나온 흰색의 반고체를 정제한 기름.

확하게 결론을 내릴 의지도 없었어요. 필드헤드에서 조명을 밝힐 일도 없는데, 도대체 왜 그렇게 많은 양초가 필요한지도 묻지 못했고요. 우리가 교구 세탁을 맡은 것도 아닌데 비누와 표백제가 그렇게 엄청나게 많이 쓰이는 걸 보고도 그저 입을 다물었죠. 상류층 사람들이 그런 물품들을 얼마나 많이 쓰는지 궁금해하는 사람들을 충분히 만족시킬 만큼 많더군요. 나는 육식가도 아니고, 프라이어 부인도 그렇고, 길 부인 본인도 아니에요. 하지만 정육점 청구서를 보니 육식이 사실이라고 입증하는 것 같았죠. 아니, 거짓을 증명하는 것 같았어요. 그런데도 난 헛기침을 하고 눈만 조금 크게 떴어요. 캐롤라인, 비웃어도 좋아요. 하지만 나를 바꾸긴 어려울 거예요. 어떤 부분에선 난 겁쟁이예요. 그렇게 느껴져요. 내 성격에는 도덕적 비겁함이 섞여 있는 것 같아요. 길 부인이 나에게 고백해야 하는 게 맞는데도, 오히려 내가 부인 앞에서 얼굴이 붉어지고 고개를 숙였죠. 날 속이고 있는 것을 다 안다고 알리기는커녕, 증명할 용기조차 내지 못했어요. 나에겐 침착한 품위도, 진정한 용기도 없어요."

"셜리, 웬 자기 비하예요? 여자를 좋게 말하는 일이 드문 삼촌조차도 영국에서 셜리만큼 진정으로 두려움 없는 남자는 만 명도 안 된다고 말씀하셨다고요."

"육체적인 두려움은 없어요. 위험한 일이 있어도 절대

긴장하지 않죠. 혼자서 카우슬립 초원을 건너고 있을 때, 윈 씨의 거대한 붉은 황소가 내 앞에서 울부짖으며 일어나서는 그 더럽고 기분 나쁜 머리를 숙이고 나를 향해 돌진했을 때도 동요하지 않았어요. 하지만 길 부인이 창피해하고 당황하는 모습을 보는 건 두려웠어요. 어떤 주제에 대해서는 당신이 나보다 두 배, 아니 열 배는 더 강한 정신력을 가지고 있어요, 캐롤라인. 당신은 아무리 얌전해 보이는 황소라도, 아무리 괜찮다고 해도 그 근처엔 얼씬도 하지 않을 사람이지만, 집사에게는 그녀가 잘못한 점을 확실히 보여주겠죠. 그리고 부드럽고 현명하게 그녀에게 충고했을 거예요. 결국에는 감히 말하건대, 집사가 뉘우치는 기색을 보였다면 아주 다정하게 용서했을 거고요. 그런 행동이 내게는 불가능해요. 그렇지만 이렇게 지출이 부풀려졌는데도 우리가 여전히 수입 내에서 생활하고 있는 걸 알았어요. 내 손에 돈이 있으니 그 돈으로 정말 좋은 일을 해야겠어요. 브라이어필드의 가난한 사람들은 상황이 너무 나쁘더군요. 그들을 도와야 해요. 당신 생각은 어때요, 리나? 돈을 한 번에 나눠주는 게 낫지 않을까요?"

"아뇨, 셜리. 당연히 당신은 제대로 관리하기 어려울 거예요. 보니까 셜리는 자선이라고 하면 언제나 실링이나 하프크라운을 마구잡이로 자유롭게 나눠주는 것으로만 생각하더라고요. 그런 방법은 계속 남용되기 쉬워요. 옆에 총리 역할을 할 사람을 두지 않으면 또다시 이런 문제가 생길 거예요. 당신이 직접 에인리 양을 거론했으니, 내가 그분께 말씀 드릴게요. 그때까지는 조용히 있어 주기로, 돈을 함부로 나눠주지 않기로 약속해요. 그나저나 셜리, 당신 정말 돈이 많군요! 그렇게 많으면 아주 부유하다고 느끼겠죠?"

"그래요. 중요한 역할을 맡은 기분이에요. 엄청난 금액은 아니지만, 그 돈을 어떻게 써야 할지에 대한 책임이 생각했던 것보다 무겁게 느껴져요. 브라이어필드에는 거의 굶기 직전인 가족들이 있다고 하더라고요. 내 세입자 중에도 형편이 안 좋은 사람들이 있어요. 내가 그들을 도와야 하고, 반드시 그렇게 할 거예요."

"어떤 사람들은 가난한 사람들에게 구호금을 주는 일이 좋지 않다고 말하더라고요, 셜리."

"그런 말을 하는 사람들은 정말 어리석어요. 배고프지 않은 사람들은 자선이 사람을 타락시킨다는 식으로 쉽게 떠들죠. 하지만 그 사람들은 인생이 얼마나 짧고 쓴지 잊은 거예요. 우리는 모두 오래 살지 못해요. 그러니 어렵고 힘든 시기를 최대한 서로 도와가며 살아요, 우리. 허영심 많은 철학과 헛소리는 아무 신경 쓰지 말고요."

"하지만 셜리, 당신은 이미 다른 사람들을 돕잖아요. 지금도 많은 걸 주고 있어요."

"충분치 않아요. 더 많이 줘야 해요. 안 그러면 언젠가 내 형제의 피가 하늘에 대고 나를 원망할 테니까요. 정치적인 선동가들이 이곳에 와서 이웃을 불태우고 내 재산을 공격하면, 나는 호랑이처럼 지킬 거예요. 나는 알아요. 자비의 목소리를 들을 수 있을 때까지는 귀를 기울여야 해요. 하지만 그 목소리가 폭력적인 저항의 소음에 묻히기라도 한다면, 나는 저항하고 진압하려는 충동으로 가득 차게 될 거예요. 만약 가난한 사람들이 폭도로 변해 몰려들기라도 하면, 나는 귀족처럼 그들에게 맞설 거예요. 그들이 괴롭히면, 나는 맞서야 해요. 그들이 공격하면, 나는 저항해야 하고, 그렇게 할 거예요."

"꼭 로버트처럼 말하네요."

"나도 로버트가 된 기분이에요. 하지만 감정은 더 격렬하죠. 그들이 로버트나 공장, 혹은 로버트의 이익에 손을 대기만 하면, 나는 그들을 증오하게 될 거예요. 지금은 내가 귀족이 아니고, 주변에 있는 가난한 사람들을 평민으로 여기지도 않아요. 하지만 만약 그들이 나나 내 가족을 폭력으로 해치고, 그 후에 감히 우리에게 명령하려 든다면, 나는 그들의 비참함에 대한 동정이나 가난에 대한 존중은 완전히 잊고, 그들의 무지에 대한 경멸과 오만함에 대한 분노로 가득 차게 될 거예요."

"셜리, 당신 눈이 반짝여요!"

"내 영혼이 불타고 있으니까요. 로버트가 수적으로 밀

려서 무너지는 꼴은 나보다도 당신이 더 두고 보지 못할 걸요?"

"내가 당신처럼 로버트를 도울 힘이 있다면, 당신이 말한 대로 그 힘을 쓸 거예요. 그에게 당신 같은 친구가 될 수 있다면, 당신이 그와 함께하려는 것처럼 죽을 때까지 그 옆을 지킬 거예요."

"지금 당신 눈은 반짝이지는 않지만 빛나고 있어요, 리나. 눈꺼풀을 내리고 있지만, 그 눈에서 불꽃이 피어오르는 걸 봤어요. 하지만 아직 싸움이 시작된 건 아녜요. 내가 하고 싶은 건, 그런 사태가 일어나지 않도록 예방하는 거예요. 가난한 사람들이 부자들에 대해 품은 이 쓰라린 감정이 고통에서 비롯됐다는 사실을 밤낮으로 잊을 수가 없어요. 그들이 우리를 그렇게 증오하거나 부러워하는 건, 우리가 자신들보다 훨씬 더 행복하다고 여기기 때문이에요. 이 고통을 덜고 이 증오를 줄이기 위해서 내가 가진 풍족함을 아낌없이 나눠주고 싶어요. 그리고 그 기부가 더 멀리까지 쓰이려면 현명하게 행동해야 해요. 그러려면 우리 계획에 명확하고 차분하며 실용적인 판단을 도입해야겠죠. 그러니 어서 가서 에인리 양을 데리고 와줘요."

캐롤라인은 더 말하지 않고 모자를 쓰고 떠났다. 아마도 캐롤라인과 셜리가 자신들의 계획에 대해 프라이어 부인과 상의하지 않는 게 이상해 보일 수도 있지만, 그것은 현명한 선택이었다. 두 사람은 본능적으로 알고 있었다. 프라이어 부인과 상의하는 것은 그녀를 불편하고 곤란한 상황에 빠뜨릴 뿐이라는 것을 말이다. 프라이어 부인은 에인리 양보다 훨씬 더 많은 정보를 가지고 있었고, 더 많이 읽었으며, 깊이 있는 사고를 할 수 있었지만, 행정적인 에너지나 실행력은 전혀 없었다. 부인은 자신만의 소박한 기부금을 자선 활동에 기꺼이 내놓을 수 있었고 비밀스럽게 자선을 베푸는 일은 잘했다. 그러나 공적인 계획이나 대규모 활동에는 전혀 참여할 수 없었고, 그런 활동을 주도하는 일은 더욱 불가능했다. 셜리는 이러한 사실을 알고 있었기에 프라이어 부인을 괜히 불편하게 하는 무익한 회의를 열지 않았다. 그런 회의는 그저 부인의 부족함만 상기시킬 뿐, 아무런 도움이 되지 않았을 것이다.

에인리 양이 필드헤드로 소환되어 자신에게 딱 맞는 자선 프로젝트에 대해 의논하게 된 그 날은 그녀에게 있어 특별한 날이었다. 에인리 양은 종이와 펜, 잉크, 그리고 무엇보다도 현금이 올려진 테이블 앞에 온갖 존경과 예의를 갖추어 앉았으며, 브라이어필드의 궁핍한 이들에게 구호를 제공하기 위한 정식 계획을 세워 달라는 요청을 받았다. 에인리 양은 그들을 모두 잘 알고 있었고, 그들에게 어떤 것이 필요한지 연구해 왔으며, 어떻게 도와줄 수 있을지 여러 차례 고민해 왔다. 그리고 이제 구호할 방법만 찾을 수 있다면 완벽하게 그 일을 수행할 수 있는 능력을 갖추고 있었다. 그녀는 두 젊은 소녀가 던지는 열정적인 질문에 명확하고 신속하게 답할 수 있는 자신을 보며, 그녀의 친절한 마음은 온통 기쁨으로 가득 찼다. 그녀는 주변 사람들의 상태에 대해 얼마나 많은 유용한 지식을 갖고 있는지 답변을 통해 보여주었다.

셜리는 에인리 양에게 3백 파운드를 주었고, 그 돈을 보자 에인리 양의 눈에는 기쁨의 눈물이 가득 차올랐다. 그녀는 이미 그 돈으로 굶주린 이들을 먹이고, 헐벗은 이들을 입히며, 병든 이들을 위로하는 모습을 마음에 그리고 있었다. 에인리 양은 신속하고 간단하게 실용적인 지출 계획을 세웠고, 이제 더 나은 시기가 찾아올 거라고 장담했다. 필드헤드 주인의 모범을 따라 다른 이들도 동참하게 되리라 확신했기 때문이다. 에인리 양은 추가 기부금을 모으고 기금을 조성하기 위해 노력해야겠다고 다짐했다. 그러나 먼저 성직자들과 상의해야 한다고 주장했다. 그렇다, 이 점에 대해서는 단호했다. 헬스톤 신부와 볼트비 박사, 그리고 홀 신부와 상의해야만 한다고 말했다(브라이어필드뿐만 아니라 윈버리와 넌넬리도 구호해야 하므로). 그러면서 그들의 허가 없이 한 발짝이라도 내딛는 것은 주제넘은 일이라고 단언했다.

에인리 양의 눈에 성직자는 신성한 존재였다. 개인이 아무리 하찮아 보여도 그들의 지위 자체가 그들을 성스럽게 만들었다. 심지어 사소한 오만에 사로잡혀 그녀의 나막신 끈을 묶거나, 우산을 들어주거나, 양모 숄을 들어주는 일조차 감당하지 않는 젊은 부사제들조차도 그녀의 순수하고 진실한 열정 속에서는 신성한 성인으로 보였다. 그들의 작은 악습이나 어처구니없는 결점들을 아무리 명백히 지적해 주어도 에인리 양은 그 결점을 보지 못했다. 교회의 결함에 눈을 감았고, 하얀 사제복이 많은 죄를 덮어준다고 믿었다.

셜리는 자신이 새로 선택한 총리대신의 이 무해한 맹신을 잘 알고 있었기에, 부사제들이 기금 사용에 대해 아무 발언권도 갖지 못하도록 명확히 규정했다. 그들의 간섭은 받아들일 수 없었다. 물론, 신부들은 당연히 최우선으로 존중되어야 했고, 신뢰할 수 있었다. 그들은 어느 정도의 경험과 지혜를 가지고 있었고, 적어도 홀 신부에게는 주변 사람들에 대한 동정심과 사랑이 있었다. 그러나 그 밑의 젊은 부사제들은 멀찍이 앉혀 놓고 그들의 나이와 능력에 맞는 복종과 침묵을 배우도록 해야 한다고 생각했다.

에인리 양은 셜리의 말을 듣고 약간 충격을 받았다. 그러나 캐롤라인이 스위팅 부사제를 칭찬하며 부드러운 말 몇 마디로 그녀를 진정시키자 다시 평정을 되찾았다. 스위팅은 실제로 그녀가 가장 좋아하는 부사제였다. 말론과 돈 부사제도 존경하려 애썼지만, 스위팅이 가끔 그녀의 작은 집을 방문할 때마다 건넸던 스펀지케이크와 소프트 와인 한 잔은 진정으로 어머니 같은 마음으로 내놓은 것이었다. 한번은 같은 다과를 말론에게도 내놓았지만, 말론은 노골적으로 그 다과를 경멸하는 태도를 보였기에 다시는 시도하지 않았다. 반면 돈 부사제에게는 항상 그 다과를 대접했다. 그가 두 조각을 먹고 세 번째 조각을 주머니에 넣는 모습을 보며 그의 호의적인 반응에 의심의 여지가 없음을 기쁘게 여겼다.

선행을 해야 할 때는 결코 지치는 법이 없는 에인리 양은 곧바로 10마일에 달하는 길을 걸어서 세 명의 교구 신부를 찾아가 자신의 계획을 보여주고 그들의 승인을 겸손히 요청하려 했다. 하지만 셜리가 이를 제지하고, 대신 그날 저녁 필드헤드에서 성직자들을 소규모로 모시고 회의를 열자고 제안했다. 에인리 양은 그들과 만날 것이고, 그 계획은 비밀회의에서 충분히 논의될 예정이었다.

셜리는 성직자들을 모아 놓는 데 성공했고, 에인리 양이 도착하기 전에 이미 모든 신사를 최고의 기분으로 만들어 놓았다. 그녀는 직접 볼트비 박사와 헬스톤 신부를 맡았다. 볼트비 박사는 고집 센 늙은 웨일스 사람으로, 성격이 급하고 자기주장이 강하며 고집이 센 사람으로, 선행을 많이 하면서도 늘 소란스럽게 일을 처리하는 사람이었다.

헬스톤 신부는 우리가 이미 잘 아는 인물이다. 셜리는 둘 모두를, 특히 헬스톤 신부를 우호적으로 생각했고, 그들을 기분 좋게 해주는 것은 그녀에게 전혀 어려운 일이 아니었다. 그들과 함께 정원을 돌고 꽃을 따주면서 마치 다정한 딸처럼 행동했다. 홀 신부는 캐롤라인이 맡았다. 정확히 말하자면 홀 신부가 스스로 캐롤라인과 함께 있고 싶어 했다.

홀 신부는 어떤 모임에서든 캐롤라인이 있으면 주로 그녀를 찾았다. 일반적으로 그는 여성에게 먼저 다가가는 사람이 아니었지만, 모든 여성이 그를 좋아했다. 약간 책벌레였고, 근시로 안경을 꼈으며, 가끔은 멍하니 생각에 잠기는 사람이었다. 홀 신부는 나이 든 여성들에게는 아들처럼 다정했다. 남성들은 직업이나 계급에 상관없이 모두 그를 환영했다. 홀 신부의 진실되고 단순하며 솔직한 태도와 고결한 정직함, 높은 신앙심 덕분에 어느 계층의 사람이든 그와 친구가 되었다. 넌넬리 교회의 가난한 사무원과 교회 관리인도 그를 좋아했고, 신부를 후원하는 고귀한 귀족도 그를 높이 평가했다. 홀 신부는 젊고 예쁘고 유행을 따르는 세련된 여성들 앞에서는 조금 수줍어했다. 자기 자신이 외모나 태도, 말투가 수수한 사람이었기에, 그런 여성들의 화려함과 우아함, 꾸민 모습을 두려워하는 듯 보였다. 그러나 캐롤라인은 화려하지도 않고 꾸미지도 않았다. 그녀의 타고난 우아함은 마치 땅 가까이에 피어나는 울타리 꽃처럼 매우 조용하고 소박한 것이었다. 홀 신부는 말을 잘하고 명랑해서 대화하기 즐거운 상대였다. 캐롤라인도 단둘이 있을 때는 대화를 잘했다. 그녀는 홀 신부가 자신 옆에 앉아주는 것을 좋아했고, 그 덕분에 피터 아우구스투스 말론이나 조제프 돈, 또는 존 사익스와 함께 있는 것을 피할 수 있었다. 홀 신부도 가능할 때마다 이 특권을 절대 놓치지 않았다. 어느 신사가 어떤 숙녀에게 이렇게 특별한 호감을 보였다면 보통의 경우에는 소문을 일으키기에 충분했을 것이다. 하지만 시릴 홀은 마흔다섯 살이었고 살짝 대머리인 데다 남은 머리도 희끗희끗했기에, 아무도 그가 캐롤라인과 결혼할지도 모른다고 말하지도 생각하지도 않았다. 신부 자신도 그렇게 생각하지 않았다. 그는 이미 책과 교구와 결혼한 셈이었다. 그의 친절한 누이 마거릿도 그와 마찬가지로 안경을 쓴 학구적인 사람이었고, 그의 독신 생활을 행복하게 해주었다. 그는 이제 결혼을 생각하기에는 너무 늦었다고 생각했다. 게다가 홀 신부는 캐롤라인을 예쁜 어린 소녀로 알고 있었다. 그녀는 여러 번 그의 무릎에 앉았었고, 그는 그녀에게 장난감을 사주고 책을 선물해 주었다. 캐롤라인이 자신에게 느끼는 우정에는 자식으로서의 존경심도 일부 섞여 있음을 느꼈다. 신부는 그녀의 감정을 다른 의미로 바꾸려는 시도는 할 수 없었다. 그의 평화로운 마음은 마치 거울처럼 그녀의 아름다운 모습을 비추면서도 그 마음의 깊이는 흔들리지 않았다.

에인리 양이 도착하자 모두가 그녀를 따뜻하게 맞이해 주었다. 프라이어 부인과 마거릿 홀은 그녀가 가운데에 앉도록 자리를 내주었다. 중년의 미망인과 평범하고 안경 낀 노처녀 두 사람이 나란히 앉은 모습은 경솔하고 경박한 사람들에게는 분명 가치 없고 매력 없는 광경으로 비쳤을지 모른다. 그러나 외롭고 고통받는 많은 사람이 알고 있듯, 그들도 자신만의 조용한 가치를 지닌 존재였다.

셜리가 본격적인 논의를 시작하며 계획을 보여주었다.

"이걸 작성한 사람의 손길을 알 것 같군요." 홀 신부가 에인리 양을 바라보며 부드럽게 미소 지으며 말했다. 그는 즉시 찬성했다. 볼트비 박사는 이마에 주름을 잡고 아랫입술을 내밀며 곰곰이 생각했다. 그는 자신이 성급하게 동의해서는 안 된다고 여겼다. 헬스톤 신부는 경계심 가득한 눈으로 주위를 둘러보며, 어딘가에서 여성들의 계략이 실행되고 있고, 치마 입은 누군가가 몰래 뒤에서 너무 많은 힘을 얻으려 하고 있으며, 자신을 굉장히 중요하게 만들려 한다고 의심하는 표정을 지었다. 셜리는 그 표정을 포착하고 이해했다.

"이 계획은 별것 아니에요." 그녀는 태연하게 말했다. "그저 개요에 불과하고, 단순한 제안일 뿐입니다. 여러분, 신사분들께서 직접 규칙을 작성해 주시길 요청드립니다."

그리고 곧장 필기도구를 챙기면서 그것을 올려놓은 탁자 위에 몸을 숙이고는 혼자서 기묘하게 미소지었다. 그녀는 종이 한 장과 새 펜을 꺼내고, 탁자 앞으로 안락의자를 끌어와 헬스톤 신부에게 손을 내밀며 그를 그 자리에 앉힐 수 있도록 허락해 달라고 부탁했다. 헬스톤 신부는 잠시간 조금 뻣뻣하게 굴면서, 구릿빛 이마를 이상하게 찡그리며 서 있었다. 마침내 그는 중얼거렸다.

"뭐, 킬다 양이 내 아내도 아니고 딸도 아니니 이번 한 번은 따라가 주겠소. 하지만 명심하시오. 나는 따라가고 있다는 걸 알고 있소. 여자들의 작은 수법으로 나를 속이진 못하오."

"오!" 셜리가 펜을 잉크에 찍어 헬스톤의 손에 쥐여주며 말했다.

"오늘은 저를 킬다 대위로 생각하세요. 이건 완전히 신사들의 일이에요. 저와 신부님과 박사님(그녀는 신부를 그렇게 불렀다)의 일이죠. 저기 있는 여성분들은 그저 우리의 보좌관일 뿐이고, 우리가 모든 일을 해결하기 전까지는 감히 단 한 마디도 하지 못할 거예요."

그는 약간 냉소적으로 미소지으며 글을 쓰기 시작했다. 곧 스스로 글을 멈추고 질문을 건네며 성직자들에게 자문했다. 그러면서도 두 소녀의 곱슬머리와 나이 든 부인들의 단정한 모자를 향해 경멸스러운 시선을 던졌다가, 신부들의 반짝이는 안경과 회색 머리와 눈을 마주했다. 이어진 논의에서 세 신사는 모두 자신들의 교구에 속한 가난한 사람들에 대해 제대로 알고 있으며, 각각의 필요에 대한 세세한 지식까지 갖추고 있음을 보여주었다. 이는 그들의 크나큰 공로였다. 각 신부는 어디에 의복이 필요한지, 어디에 음식이 가장 절실할지, 돈을 가장 현명하게 사용할 가능성이 있는 곳이 어딘지를 잘 알고 있었다. 그들의 기억이 가물가물할 때는 에인리 양이나 홀 양에게 물어서 도움을 받았다. 그러나 두 여성 모두 묻지 않으면 먼저 나서지 않았다. 그들 중 누구도 앞장서고 싶어 하지 않았지만, 진심으로 도움이 되고자 했다. 성직자들은 그들을 유용한 조력자로 인정했고, 두 여성은 그 역할에 만족했다.

셜리는 신부들 뒤에 서서 작성된 규칙 목록과 사례 목록을 그들 어깨너머로 가끔씩 살펴보면서 그들이 하는 말을 들었다. 그리고 간간이 그녀 특유의 기묘한 미소를 지었다. 그 미소는 악의적이진 않았지만, 의미심장했다. 너무 의미심장해서 일반적으로는 그다지 호감이 가지 않는 미소였다. 사람들은 자신의 내면을 너무 명확하고 진실하게 꿰뚫어 보는 사람을 좋아하지 않는 법이다. 특히 여성들은 부드러운 무지함을 갖는 것이 좋다. 모든 것을 겉으로 보이는 대로 받아들이고 표면을 넘어서지 않는 온화하고 흐린 눈을 가져야 한다. 이 사실을 아는 수천 명의 사람이 눈꺼풀을 내리고 살지만, 아무리 내리뜬 눈에도 작은 틈이 있어서, 우리는 간혹 그 틈을 통해 세상을 경계하는 시선을 보내게 된다. 나는 한 번, 보통은 졸려 보인다고 여겨지던 파란 눈이 은밀히 사람들을 경계하고 있는 걸 본 적이 있다. 그 표정을 보고 혈관이 얼어붙을 정도로 놀랐다. 너무나 뜻밖인 표정을 짓고 있었기 때문이다. 그 표정을 통해, 나는 그녀가 수년간 조용히 사람들의 마음을 읽어왔다는 사실을 알게 되었다. 세상 사람들은 그 파란 눈의 소유자를 작고 착한 여자(영국인은 아니었다)라고 불렀다. 하지만 나는 그녀의 성격을 철저히 연구하고 가장 깊고 은밀한 속마음까지 파헤치는 과정에서 그녀의 본성을 알게 되었고 속속들이 이해하게 되었다. 그녀는 유럽에서 가장 뛰어나고 가장 깊이 있고 가장 교활한 책략가였다.

마침내 모든 것이 셜리의 뜻에 맞게 정리되었다. 성직자들이 그녀의 계획에 충분히 공감하여 각자 50파운드씩 기부 목록에 이름을 올리자, 셜리는 저녁 식사를 준비하라고 명령했다. 그녀는 미리 길 부인에게 이번 만찬을 준비하는 데 최선을 다하라고 지시한 상태였다. 홀 신부는 미식가가 아니었다. 그는 원래 절제하는 사람이었으며 사치에 무관심했다. 하지만 볼트비와 헬스톤 신부는 둘 다 훌륭한 요리를 좋아하는 사람들이었다. 정성스럽게 준비된 저녁 식사는 결과적으로 성직자들을 매우 기분 좋게 만들었다. 그들은 신사답게 정중한 태도로 요리를 즐겼으며, 만약 돈 부사제가 있었다면 했을 법한 과도한 방식으로는 행동하지 않았다. 좋은 와인 한 잔도 음식을 먹을 때와 마찬가지로 섬세하게, 그러나 매우 예의 바르게 음미했다. 킬다 대위는 훌륭한 취향에 대해 칭찬받았고 그 칭찬에 매료되었다. 그는 성직자 손님들을 기쁘게 만들고 만족시키는 것이 목표였는데, 그 목표를 달성하자 기쁨으로 빛났다.

15장. 돈 부사제의 탈출

다음 날 셜리는 캐롤라인에게 그 작은 모임이 성공적으로 끝나서 얼마나 기뻤는지 이야기했다.

"난 신사들을 초대하는 게 무척 즐거워요. 그분들이 정성껏 준비한 만찬을 얼마나 즐기는지 관찰하는 게 재밌거든요. 우리는 이런 고급 와인이나 섬세한 요리를 별로 중요하게 생각하지 않지만, 신사들은 음식에 대해서는 어린아이 같은 순수함을 어느 정도 간직하는 것 같아요. 그래서 그들을 기쁘게 해주고 싶어지는 거예요. 물론 우리 훌륭한 신부님들처럼 예의 바르고 절제 있는 태도를 보여준다면 말이죠. 나는 가끔 로버트 씨를 관찰하는데, 그 사람은 어떻게 기쁘게 할 수 있을지 모르겠어요. 그는 아이 같은 단순함이 없으니까요. 캐롤라인은 그 사람의 약점을 발견한 적이 있나요? 당신이 나보다 더 많이 봤잖아요."

"적어도 삼촌이나 볼트비 박사와는 다르죠." 캐롤라인이 미소 지으며 대답했다. 그녀는 셜리가 로버트의 성격에 관한 이야기를 꺼낼 때마다 수줍은 기쁨을 느꼈다. 혼자였다면 절대 그 주제를 꺼내지 않았겠지만, 셜리가 초대할 때면 그녀가 늘 생각하고 있는 로버트에 관해 이야기하는 유혹을 거부할 수 없었다. 캐롤라인은 이어서 말했다. "하지만, 로버트의 약점이 뭔지는 나도 정말 모르겠어요. 왜냐하면, 내가 로버트를 관찰하려고 해도 늘 그가 나를 먼저 관찰하고 있다는 걸 알아차리고 당황하게 되거든요."

"바로 그거예요!" 셜리가 외쳤다. "그에게 시선을 고정할 수가 없어요. 바라보려고 하면 그가 곧바로 쳐다보니까. 그 사람은 절대 경계를 늦추지 않아요. 절대로 상대방에게 유리한 상황을 주지 않죠. 심지어 당신을 바라보지 않을 때도 그의 생각은 당신의 머릿속을 헤집고 다니면서 당신의 말과 행동을 그 근원까지 추적하고 그 동기를 여유롭게 분석하는 것 같아요. 아! 난 그런 성격을 알아요. 아니, 비슷한 스타일의 사람을 알고 있죠. 그런 사람은 나를 아주 특별하게 자극해요. 캐롤라인에게는 어떤 느낌인가요?"

이 질문은 셜리가 가끔 던지는 날카롭고 갑작스러운

질문 중 하나였다. 캐롤라인은 처음엔 이런 질문을 받으면 당황했지만, 이제는 마치 작은 퀘이커 교도처럼 이런 직접적인 질문들을 재치 있게 넘길 줄 알게 되었다.

"셜리를 자극해요? 어떻게 자극하는데요?" 캐롤라인이 물었다.

"저기 오네요!" 셜리가 갑자기 외치며 말을 끊고, 벌떡 일어나 창가로 달려갔다. "저기 재미있는 일이 생기려나 봐요. 내가 최근에 엄청난 일을 해냈다고 말하지 않았죠? 당신이 절대 가려고 하지 않았던 그 파티들에서 말이에요. 그런데 그건 내가 전혀 노력하거나 의도하지 않았는데도 이루어진 일이에요. 그건 확실해요. 저 종소리 좀 들어봐요. 와, 정말 놀랍게도 두 사람이 같이 왔네요. 그럼, 저 사람들은 항상 짝을 지어 다니는 건가요? 당신도 한 명 가져요, 리나. 원하는 대로 선택해요. 내가 이 정도는 너그러울 수 있죠. 타르타르 소리 좀 들어봐요!"

셜리가 처음 등장한 장면에서 언뜻 보았던 그 검은 주둥이의 황갈색 개가 홀에서 짖기 시작했다. 그 깊은 울림이 공허한 공간을 가득 채우며 무시무시하게 울려 퍼졌다. 다 짖고 난 후에는 더 무서운, 천둥 같은 으르렁거림이 이어졌다.

"들어봐요! 마치 피비린내 나는 공격의 서막처럼 들리지 않나요? 저 사람들도 겁먹겠죠. 타르타르를 나만큼 아는 게 아니니까. 저 소동은 전부 다 허풍에 불과할 뿐, 아무 의미도 없다는 걸 모를 거예요!" 설리가 웃으며 외쳤다.

잠시 후, 약간 소란스러운 소리가 들렸다.

"내려가, 이 녀석! 내려가!" 높은 톤의 고압적인 목소리가 들리더니, 곧이어 지팡이나 채찍 같은 소리가 났다. 바로 뒤이어 울음소리와 발걸음 소리, 그리고 시끄러운 소동이 일어났다.

"오, 말론, 말론!"

"내려가! 내려가! 내려가!" 고압적인 목소리가 다시 외쳤다.

"타르타르가 진짜로 괴롭히고 있어요! 타르타르를 때렸나 봐요. 그런 대우를 받은 적 없어서 가만히 있지 않을 텐데." 설리가 소리쳤다.

설리가 밖으로 뛰쳐나갔다. 한 명은 급히 갤러리나 방으로 피신하려고 오크 계단을 뛰어오르고 있었고, 다른 한 명은 계단 아래로 빠르게 물러서서 매듭이 있는 지팡이를 격렬하게 휘두르면서 "내려가! 내려가! 내려가!"라고 연신 외쳤다. 황갈색 개는 그를 향해 으르렁거리며 울부짖었다. 부엌에서는 하인들이 허둥지둥 몰려나왔다. 그 개가 한 번 뛰어오르자, 두 번째 신사가 등을 돌려 친구를 따라 급히 달아났다. 첫 번째 신사는 이미 어느 방으로 안전하게 들어갔고, 방문을 힘껏 막으며 동료에게 열어주지 않았다. 공포만큼 무자비한 것은 없었다. 하지만 다른 도망자는 필사적으로 문을 열려고 애썼고, 그 문은 곧 그의 힘에 굴복할 것 같았다.

"신사분들." 셜리가 은은하지만 떨리는 목소리로 말했다. "제 문고리는 좀 살려주시면 좋겠네요. 진정하세요! 내려오세요! 타르타르를 보세요, 고양이 한 마리도 해치지 않을 거예요."

그녀는 타르타르를 쓰다듬고 있었다. 타르타르는 그녀 발치에 웅크리고 있었고, 앞발을 쭉 뻗은 채 꼬리를 여전히 위협적으로 흔들었으며, 콧구멍을 벌름거리며 거칠게 숨을 내쉬고 있었다. 불독 같은 두 눈에는 희미한 불길이 깃들어 있었다. 타르타르는 솔직하고 무던하며, 둔하지만 고집이 센 개였다. 그는 주인인 셜리와 자신에게 먹이를 주는 존은 좋아했지만, 나머지 세상 사람들에게는 대부분 무관심했다. 평소에는 매우 조용한 편이었으나, 지팡이로 맞거나 위협받으면 그 즉시 악마 같은 성질이 나왔다.

"말론 부사제님, 안녕하세요?" 셜리가 웃음기 가득한 얼굴로 갤러리 쪽을 올려다보며 말했다.

"그곳은 응접실로 가는 길이 아니에요. 거긴 프라이어 부인의 방이에요. 당신 친구 돈 부사제님께 방을 비워 달라고 말씀해 주세요. 아래층에서 그분을 맞이하는 게 더 큰 기쁨이 될 것 같아요."

"하! 하!" 말론이 텅 빈 웃음을 터뜨리며 문에서 물러났고, 거대한 난간에 기대어 말했다.

"저 동물이 돈을 정말 놀라게 했습니다. 그 친구가 약간 겁이 많거든요." 말론이 몸을 곧추세우며 계단 쪽으로 당당하게 걸어가면서 덧붙였다. "그래서 제가 따라가서 그 친구를 안심시켜야겠다고 생각했습니다."

"그러셨군요. 자, 그럼 내려오시겠어요. (하인에게 말하며) 존, 위층에 올라가서 돈 부사제님을 좀 해방해 주세요. 조심하세요, 부사제님. 계단이 미끄러워요."

사실 그 계단은 광택이 나는 참나무로 만들어져 있어서 미끄러웠다. 셜리가 주의를 조금 늦게 주는 바람에 이미 말론은 당당한 걸음으로 내려오던 중 미끄러졌고, 난간을 움켜쥐며 가까스로 넘어지지 않을 수 있었다. 그때 난간이 삐걱거리는 소리를 냈다.

타르타르는 방문객의 내려오는 모습이 지나치게 요란하다고 생각했는지 한 번 더 으르렁거렸다. 하지만 말론은 겁쟁이가 아니었다. 개가 돌진하는 바람에 놀라긴 했지만, 지금은 두려움보다는 억눌린 분노로 개 옆을 지나갔다. 만약 눈빛으로 개를 목 졸라 죽일 수 있었다면, 타르타르는 더는 숨 쉬지 못했을 것이다. 음침한 분노에 싸여 있던 말론은 예의를 잊은 채 셜리보다 먼저 응접실로 문을 밀고 들어갔다. 그는 캐롤라인을 힐끗 쳐다봤지만, 그녀에게 고개 숙여 인사할 마음조차 들지 않았다. 두 여성을 향해 노려보듯 시선을 던졌다. 만약 두 사람 중 한 명이 말론의 아내였다면, 그는 매우 위험한 남편이 되었을 것이다. 마치 각 손으로 한 명씩 붙잡아 죽을 때까지 짓누르고 싶어 하는 것처럼 보였다.

그러나 셜리는 연민을 느꼈다. 그녀는 웃음을 멈추었고, 캐롤라인은 진정한 숙녀답게 치욕을 당한 사람을 보고 미소 짓지 않았다. 타르타르는 쫓겨났고, 피터 아우구스투스는 진정되었다. 셜리는 성난 황소도 달랠 수 있을 만한 부드러운 눈빛과 목소리를 가지고 있기에, 말론은 개의 주인에게 도전할 수 없다는 사실을 깨닫고는 차라리 예의를 차리기로 했다. 그는 공손해지려고 노력했고, 그 시도가 잘 받아들여지자 곧 매우 예의 바르게 변해서 다시 평소의 자신으로 돌아왔다. 사실 그가 이곳에 온 목적은 바로 자신을 매력적이고 매혹적으로 보이게 만들기 위해서였다. 필드헤드에 처음 들어섰을 때는 험악한 시작을 맞았지만, 그 단계를 넘어선 후에는 매력적이고 매혹적으로 행동하기로 마음먹었다. 마치 시작은 사자 같아도 마지막은 어린 양 같은 삼월처럼 말이다.

말론은 공기가 필요해서인지, 아니면 혹시 새로운 돌발 상황이 발생했을 때 쉽게 빠져나갈 수 있도록 하기 위해서인지, 캐롤라인이 친절하게 손짓으로 안내한 난로나 소파

옆이 아니라 문 가까이에 있는 의자에 자리를 잡았다. 이제 화를 내거나 뚱한 기색은 없어졌지만, 그는 자신의 방식대로 어색하고 불편해했다. 그는 단조롭고 절제된 방식으로 두 여인에게 말을 걸었으며, 가장 평범하고 진부한 문제를 대화 주제로 선택했다. 그는 말끝마다 깊고 의미심장한 한숨을 내쉬었고, 대화 사이사이에도 한숨을 쉬었으며, 입을 열기 전에도 한숨을 쉬었다. 마침내, 자신이 가진 매력에 여유로움도 추가하는 편이 낫겠다고 판단한 말론은 넉넉한 실크 손수건을 꺼냈다. 이 손수건은 그가 아무것도 하지 않는 손으로 가지고 놀 우아한 장난감이었다. 말론은 어느 정도의 열정을 가지고 작업에 착수했다. 빨강과 노랑이 섞인 손수건을 대각선으로 접었다가, 한 번 획 펼치더니 다시 좁게 접어 멋진 띠를 만들었다. 이 띠를 어디에 사용할 생각일까? 목에 두를까, 머리에 두를까? 목도리가 될까, 아니면 터번이 될까? 둘 다 아니었다. 피터 아우구스투스는 창의적이고 독창적인 천재였다. 그는 적어도 참신한 매력을 지닌 우아한 동작을 여성들에게 보여줄 참이었다. 아일랜드 혈통의 튼튼한 다리를 꼬고 의자에 앉아, 다리들을 그 띠로 감싸고 단단히 묶었다. 그는 이 기발한 방법이 앙코르를 받을 가치가 있다고 생각한 듯, 이 동작을 여러 번 반복했다. 말론의 두 번째 공연은 셜리가 창가로 가서 조용하지만 억누를 수 없는 웃음을 몰래 터뜨리도록 만들었다. 캐롤라인은 번지는 미소를 감추기 위해 고개를 돌려 긴 곱슬머리로 얼굴을 가렸다. 그녀는 피터의 태도에서 여러 가지 재미있는 점을 발견했다. 특히 그의 관심이 자신에게서 상속녀인 셜리로 완전히, 갑작스럽게 옮겨간 것이 놀라웠다. 그가 예상하는 캐롤라인의 장래 유산인 5천 파운드는 셜리의 저택과 재산에 비하면 아무런 가치가 없었다. 피터는 자신의 계산과 전략을 숨기려는 노력조차 하지 않았다. 태도가 조금씩 변하는 것처럼 가장하지도 않고, 단번에 방향을 바꿨다. 더 적은 재산을 공개적으로 포기하고 더 큰 재산을 쫓는 데 전념했다. 그가 무엇을 근거로 이 추격에 성공할 거라 기대했는지는 오직 그 자신만이 가장 잘 알겠지만, 그것은 분명 능숙한 계획 덕분은 아니었다.

시간이 꽤 흐른 것으로 보아, 존이 돈 부사제를 설득해 내려오게 하는 데 어려움이 있었던 것 같다. 그러나 마침내 그 신사가 모습을 드러냈고, 응접실 문 앞에 나타난 그에게는 조금도 부끄러워하거나 당황한 기색이 없었다. 조금도 없었다. 사실 돈은 차갑고 냉정했으며, 전혀 부끄러움을 느끼지 못하는 자기중심적인 성격이었다. 평생 얼굴을 붉힌 적이 없었고, 어떤 굴욕도 그를 당황하게 만들지 못했다. 그의 신경은 너무 무감각해서 감정을 자극하거나 얼굴에 혈색을 띠게 할 수도 없었다. 그의 혈관에는 불꽃이 없고, 그의 영혼에는 겸손이 없었다. 그는 뻔뻔하고 오만하며 점잖은 겉모습을 한 평범한 인간이었다. 자만심으로 가득 찬 무의미하고 무미건조한 사람이었다. 그런 사람이 셜리 킬다에게 구애할 생각을 했다니! 그러나 돈은 구애를 어떻게 시작해야 할지 전혀 모르는 나무 인형 같은 사람이었다. 그는 상대의 취향에 맞춰주거나 마음을 사로잡는 법에 대한 개념이 전혀 없었다. 그에게 구애란 단순히 몇 번 정식으로 상대를 방문한 후 결혼을 제안하는 편지를 쓰는 것이었다. 돈은 셜리가 자신의 지위를 사랑해서 구애를 받아들일 것이라고 계산했고, 그 후에는 결혼해서 필드헤드의 주인이 되어 편안한 생활을 누리며 하인들을 부리고 최고의 음식과 술을 먹고 마시는 대단한 인물이 될 것으로 생각했다. 그가 점찍은 미래의 신부에게 무례하고 기분 상한 듯한 어조로 말을 걸었을 때, 아무도 그의 속내를 의심하지 못했을 것이다. "아주 위험한 개군요, 킬다 양. 어떻게 그런 동물을 키울 수 있는지 의아합니다."

"그런가요, 돈 부사제님? 제가 그 개를 아주 좋아한다고 말하면 더 놀라시겠군요."

"농담이시겠죠. 여자가 저런 짐승을 좋아하다니 상상이 안 됩니다. 저렇게 못생긴 개라니. 그냥 짐꾼이나 키울 법한 개 아닙니까. 저 개는 없애는 게 좋겠습니다."

"제가 좋아하는 걸 없애라고요!"

"대신에 귀엽고 예쁜 퍼그나 푸들을 사십시오. 여성에게 어울리는 그런 거로요. 여성들은 대개 무릎 위에 올려놓고 키우는 작은 개를 좋아하잖습니까."

"아마도 저는 예외일지도 모르겠네요."

"아, 그럴 리 없습니다. 그런 면에서는 모든 여성이 똑같아요. 그건 누구나 인정하는 사실입니다."

"타르타르가 부사제님을 무척 겁먹게 했나 봐요. 몸에 아무 이상 없길 바랍니다."

"틀림없이 그럴 겁니다. 그 개가 나한테 덤벼들 때(돈이 이렇게 발음했다) 얼마나 놀랐는지, 당분간 잊지 못할 겁니다. 거의 기절할 뻔했습니다."

"아마 방에서 기절하셨을지도 모르겠네요. 거기에 꽤 오래 계셨잖아요."

"아니요, 기운을 내서 문을 단단히 잡고 버텼습니다. 아무도 들어오지 못하게 하려고요. 적과 나 사이에 장벽을 유지하고 싶었습니다."

"그런데 만약 친구이신 말론 부사제님이 위험에 처했다면요?"

"말론은 스스로를 돌봐야겠죠. 킬다 양 하인이 그 개를 묶어놨다고 저를 설득해서 밖으로 나온 겁니다. 만약 그 말에 설득당하지 않았다면 저는 온종일 그 방에 있었을 겁니다. 그런데 저게 뭡니까? 세상에, 그 사람이 거짓말을 했네요! 개가 저기 있잖아요!"

정말로 타르타르는 정원으로 통하는 유리문을 지나가고 있었다. 여전히 몸은 뻣뻣하고, 털은 황갈색이며, 주둥이는 검은색인 채로 말이다. 타르타르는 여전히 기분이 나빠 보였다. 또다시 으르렁거리면서 불독 혈통에서 물려받은 특징대로 반쯤 숨이 막힌 듯한 휘파람 소리를 냈다.

"다른 손님들이 오고 있네요." 설리는 차분하면서도 짓궂은 어조로 말했다. 이는 위협적으로 보이는 개를 가진 주인들이 흔히 보이는 태도였다. 타르타르는 대문 쪽으로 포장된 길을 따라 뛰어가며 크게 짖어댔다. 그러나 주인은 조용히 유리문을 열고 나와 입으로 타르타르를 어르는 소리를 냈다. 이미 짖는 걸 멈춘 타르타르는 커다랗고 둔해 보이는 머리를 쓰다듬어 달라는 듯이 새로운 방문객들을 향해 들이밀었다.

"뭐야! 타르타르, 타르타르! 우리를 못 알아보겠어? 안녕, 친구!" 쾌활하고 다소 소년 같은 목소리가 말했다.

천성적인 선량함 덕분에 남자나 여자, 아이나 짐승 모두 두려워하지 않는 작은 스위팅 부사제가 대문을 지나 타르타르를 쓰다듬으며 들어왔다. 그의 교구 신부인 홀 신부도 따라 들어왔다. 그 역시 타르타르를 두려워하지 않았고, 타르타르도 그를 경계하지 않았다. 타르타르는 두 신사 주위를 한 바퀴 돌며 냄새를 맡고는, 그들이 해롭지 않으니 통과시켜도 된다고 판단한 듯 아치길을 비워주며 햇볕이 드는 현관 앞으로 물러났다. 스위팅은 타르타르를 따라가 그와 놀아주려고 했지만, 타르타르는 그의 애정 표현에 아무 반응도 보이지 않았다. 타르타르에게 기쁨을 주는 것은 오직 주인의 손길뿐이었고, 그 외의 사람들에게는 고집스럽게 무관심한 태도를 보였다.

셜리는 홀과 스위팅을 맞이하며 그들과 따뜻하게 악수를 했다. 두 사람은 그날 아침 기부금을 모으면서 몇 가지 성과를 거두었다고 알리러 온 것이었다. 홀 신부는 안경 너머로 온화한 미소를 지었고, 그의 평범한 얼굴은 그 선량함 덕분에 정말로 잘생겨 보였다. 캐롤라인이 누가 왔는지 알아보고 달려 나와 두 손을 그의 손에 얹었고, 홀은 부드럽고 평온하며 애정 어린 표정으로 그녀를 내려다보았다. 그 표정은 마치 미소 짓는 성인 같았다.

그들은 집으로 다시 들어가지 않고, 정원을 거닐었다. 두 여인은 홀 신부의 양옆에서 걸었다. 산들바람이 부는 화창한 날씨의 신선한 공기가 소녀들의 볼을 상쾌하게 만들었고, 두 사람의 곱슬머리를 우아하게 흩날렸다. 둘 다 예뻐 보였고 그중 한 명은 더욱 밝고 활기찼다. 홀 신부는 주로 생기 넘치는 동반자와 대화했지만, 더 자주 바라본 사람은 조용한 쪽이었다. 셜리는 향기가 가득한 정원에서 풍성하게 피어난 꽃들을 한가득 모아 캐롤라인에게 건넸다. 그리고 캐롤라인에게는 홀 신부를 위한 꽃다발을 고르라고 말했다. 섬세하고 화려한 꽃들로 무릎을 가득 채운 채, 캐롤라인은 여름 별채의 계단에 앉았다. 홀 신부는 그녀 가까이에서 지팡이에 기대어 서 있었다.

불친절하게 행동할 수 없는 셜리는 응접실에 남겨져 소외되어 있던 두 사람을 불러냈다. 그녀는 돈이 두려워하는 타르타르 옆을 지나가도록 안내했는데, 타르타르는 앞발 위에 코를 얹고 정오의 태양 아래에서 코를 골며 자고 있었다. 돈은 고마워하지 않았다. 그는 친절과 배려에는 절대 감사하는 사람이 아니었다. 하지만 안전을 보장받은 것에 대해서는 기뻐했다. 셜리는 공평하게 행동하고자, 부사제들에게도 꽃을 건넸다. 그들은 태생적으로 어색함을 느끼며 꽃을 받았다. 말론은 특히 당황한 듯 보였는데, 한 손에는 꽃을, 다른 손에는 지팡이를 들고 있었기 때문이다. 돈이 내뱉은 "고맙습니다!"라는 소리는 듣기에도 가관이었다. 그 소리는 매우 허세에 차 있었고, 마치 그 꽃을 자신의 공로에 대한 경의이며, 상속녀가 그의 귀중한 애정을 얻기 위해 애쓰는 시도라고 여기는 듯했다. 오직 스위팅만이 분별력 있고 똑똑한 사람다운 태도로 그 꽃을 받아서 자신의 단추 구멍에 멋지게 꽂았다.

그가 보여준 좋은 예의에 대한 답례로, 셜리는 스위팅을 따로 불러 어떤 일을 부탁했고, 그로 인해 그의 눈은 기쁨으로 반짝였다. 스위팅은 곧바로 마당을 돌아 주방으로 날아갔다. 따로 지시할 필요도 없었다. 그는 어디서든 늘 편안하게 움직일 수 있었다. 얼마 지나지 않아 스위팅은 둥근 탁자를 들고 나타나 삼나무 아래에 내려놓은 다음, 마당 구석구석에서 정원 의자 여섯 개를 모아와 원형으로 배치했다. 셜리는 하인을 따로 두지 않았기에, 대신 응접실 하녀가 냅킨으로 덮인 쟁반을 들고 나왔다. 스위팅은 재빠른 손놀림으로 유리잔과 접시, 나이프, 포크를 가지런히 놓는 데 도움을 주었고, 차가운 치킨과 햄, 타르트로 구성된 깔끔한 점심을 차리는 일도 거들었다.

셜리는 우연히 찾아온 손님들에게 즉흥적으로 대접하는 일을 즐거워했다. 스위팅처럼 기민하고 상냥한 작은 친구가 그녀의 손이 되어 그녀가 하는 부탁을 명랑하게 받아들이고 신속하게 실행하는 것만큼 그녀를 더 기쁘게 하는 일은 없었다. 셜리와 스위팅은 세상에서 가장 좋은 관계였으며 셜리에 대한 스위팅의 헌신은 매우 순수한 것이었다. 왜냐하면, 이런 행동은 스위팅이 여전히 충실히 따르고 있는 위풍당당한 도라 사익스에게 전혀 해가 되지 않기 때문이다.

그 식사는 매우 즐거운 분위기로 이어졌다. 돈과 말론은 사실 활기찬 대화에 거의 참여하지 않았고, 그들이 주로 한 일은 오직 나이프와 포크, 그리고 와인잔을 다루는 일이었다. 그러나 홀과 스위팅, 셜리, 캐롤라인 네 사람이 건강하고 화목한 분위기 속에서 푸른 잔디 위에 앉아 화창한 하늘 아래서 꽃으로 가득한 정원에 모여 있으니 그 자리가 지루할 리 없었다.

대화 중에 홀 신부는 다가오는 성령강림절에 대해 언급했다. 그날에는 브라이어필드와 윈버리, 넌넬리 세 교구가 연합하여 성대한 주일학교 차 마시기 행사와 행진이 열릴 예정이었다. 그는 캐롤라인이 교사로서 자신의 자리에서 활동할 것을 알고 있었고, 킬다 양도 빠지지 않기를 바랐다. 그 행사에서 셜리가 공개적으로 첫 모습을 드러내길 희망한다고 덧붙였다. 셜리는 이런 기회를 놓칠 사람이 아니었다. 그녀는 축제의 흥분과 행복이 모이는 자리, 즐거운 일들이 한데 모여 즐거운 얼굴들과 들뜬 마음들이 모이는 시간을 좋아했다. 그녀는 홀 신부에게 자신을 믿고 기대해 달라고 말하며, 자신이 무엇을 해야 할지는 모르겠지만, 그들이 원하는 대로 자신을 활용해도 좋다고 덧붙였다.

"그리고 홀 신부님, 이번에도 제 테이블로 오셔서 옆에 앉아주실 거죠?" 캐롤라인이 말했다.

"하느님 뜻이라면 반드시 그럴 거예요. 지난 육 년 동안, 이 대규모 차 마시기 행사에서 항상 캐롤라인의 오른쪽 자리를 차지해 왔지요."

홀 신부는 셜리에게 고개를 돌리며 말을 이었다.

"캐롤라인은 열두 살의 작은 소녀였을 때 주일학교 교사로 임명되었어요. 아실지도 모르겠지만, 캐롤라인은 원래부터 자신감이 그다지 강한 편은 아니지요. 처음으로 쟁반을 들고, 공공연히 차를 내야 했을 때, 캐롤라인은 심하게 떨면서 얼굴이 붉어지고 겁에 질려 했어요. 나는 그 말 없는 공포와 작은 손에서 떨리는 찻잔, 너무 가득 부어 넘치는 찻주전자를 지켜보았지요. 그래서 캐롤라인을 돕기 위해 가까이 갔습니다. 그 옆에 앉아 주전자와 찻잔 받침을 살펴주고, 사실상 차를 직접 끓여주었지요. 마치 할머니처럼요."

"그때 정말 감사했어요." 캐롤라인이 끼어들며 말했다.

"맞아요. 캐롤라인은 그때 정말 진심 어린 감사의 말을 내게 해줬고 그걸로 나는 충분히 보상받았어요. 대부분의 열두 살짜리 소녀와는 달랐으니까요. 그 나이의 소녀들은 아무리 도와주고 애정을 쏟아도 마치 왁스와 나무로 만들어진 인형처럼 그런 친절에 대해 아무런 감사도 보여주지 않거든요. 하지만 킬다 양, 그날 저녁 내내 캐롤라인은 제 곁에서 떨어지지 않고 계속 함께 있었답니다. 아이들이 놀고 있는 정원을 저와 함께 걸었고 모두가 교회로 불려갈 때도 저를 따라 회중석까지 가주었죠. 만약 제가 미리 이 아이를 신부석으로 데려가지 않았다면, 캐롤라인은 아마도 저와 함께 설교단까지 올라갔을 거예요."

"그때부터 신부님은 항상 제 친구였어요." 캐롤라인이 말했다.

"그리고 항상 같은 테이블에 앉아, 캐롤라인의 쟁반 옆에서 잔을 건네준 게 내가 한 일의 전부예요. 하지만 다음에는 캐롤라인을 어떤 신부나 공장주와 결혼시키는 일을 하게 되겠죠. 그래도 기억해요, 캐롤라인. 나는 신랑의 인성을 살펴볼 겁니다. 그리고 만약 그 사람이 내 손을 잡고 넌넬리 공원을 걸었던 작은 소녀를 행복하게 해줄 만한 신사가 아니라면 주례를 서지 않을 거예요. 그러니 조심해요."

"그런 쓸데없는 걱정은 마세요. 저는 결혼할 생각이 없는걸요. 저도 신부님 여동생 마거릿 양처럼 독신으로 살 거예요."

"아주 좋네요. 더 안 좋은 선택을 할 수도 있죠. 하지만 마거릿은 불행하지 않아요. 책을 즐기고, 오빠를 돌보면서 행복해하지요. 만약 캐롤라인이 브라이어필드 사제관에서 살 수 없는 날이 오면 넌넬리 사제관으로 와요. 그때까지 이 노처녀와 노총각이 여전히 살아 있다면, 캐롤라인을 따뜻하게 맞아줄게요."

"자, 여기 꽃을 드릴게요." 캐롤라인이 홀 신부를 위해 준비한 꽃다발을 지금까지 간직하고 있다가 건넸다. "신부님은 꽃다발을 좋아하시지 않으니, 마거릿 양에게 주셔야 해요. 그리고 이번 한 번만큼은 감상적인 마음으로 이 작은 물망초를 간직해 주세요. 제가 풀밭에서 꺾은 들꽃이에요. 그리고 조금 더 감상적인 마음으로 이 파란 꽃 몇 송이를 제게 주세요. 기념책에 넣을 수 있게요."

그녀는 작은 책을 꺼냈다. 그 책은 에나멜로 장식된 표지와 은색 잠금쇠가 있는 책이었다. 캐롤라인은 책을 펼친 후 꽃을 넣고, 연필로 그 꽃 주변에 '나의 친구, 시릴 홀 신부님을 위해 간직함. 18**년 오월'이라고 적었다.

시릴 홀 신부도 자신의 작은 성경책 사이에 꽃 한 송이를 안전하게 끼워 넣었다. 여백에는 단지 '캐롤라인'이라고만 적었다.

"킬다 양, 우리가 이렇게 낭만적인 사람들입니다." 홀 신부가 웃으면서 말했다. (참고로, 이렇게 대화하는 동안 부사제들은 자기들끼리 농담하느라 탁자 반대편에서 무슨 일이 일어나고 있는지 전혀 눈치채지 못했다.)

"이 늙은 백발 신부의 '고양된' 면모를 보고 웃으실 것 같군요. 하지만 사실은, 이 젊은 친구의 부탁을 늘 들어주다 보니, 캐롤라인이 무언가를 해달라고 하면 어떻게 거절해야 할지 모르겠네요. 킬다 양이 보기에는 내가 꽃이나 물망초 같은 것들을 다루는 데 익숙하지 않을 것 같겠지만, 보시다시피 감상적인 마음을 부탁받으면 순순히 따릅니다."

"신부님은 원래 좀 감상적인 면이 있으세요. 마거릿이 그렇게 말했어요. 그리고 저는 무엇이 신부님을 기쁘게 하는지 알죠." 캐롤라인이 말했다.

"캐롤라인이 선하고 행복하게 사는 거 말인가요? 맞아요. 그건 나의 가장 큰 기쁨 중 하나예요. 하느님께서 오래도록 캐롤라인에게 평화와 순수함의 축복을 지켜주시길 바랍니다! 여기서 제가 말하는 순수함이란 상대적인 순수함을 의미해요. 왜냐하면, 하느님 앞에서는 누구도 완전히 순수할 수 없다는 걸 잘 알고 있기 때문이에요. 우리 인간의 시각으로는 천사처럼 결백해 보이는 것이 하느님이 보시기에는 연약함에 불과하며, 그것은 성자의 피로 깨끗이 씻겨져야 하고, 성령의 힘으로 지탱되어야 합니다. 우리는 모두 겸손함을 소중히 여겨야 해요. 저 역시 그렇고, 여러분처럼 나이 어린 친구들도 그렇습니다. 우리 자신의 마음을 들여다보고, 그 안에 있는 유혹과 모순, 그리고 우리가 인정하기조차 부끄러운 성향들을 볼 때 우리는 겸손해질 수 있습니다. 하느님 눈에 아름답고 선해 보이는 것은 젊음도, 잘생긴 외모도, 우아함도, 외적인 매력도 아닙니다. 젊은 아가씨들, 거울을 보거나 사람들에게 칭찬을 들을 때는, 거울로도 입술로도 칭찬받은 적 없는 메리앤 에인리 양이 창조주가 보시기에 그 누구보다도 더 아름답고 선하다는 사실을 떠올리시기 바랍니다. 정말 그렇습니다." 홀 신부가 잠시 멈췄다가 다시 말을 이었다. "정말 그래요. 여러분은 아직 세상과 자기 생각에 몰두하느라 그리스도께서 사신 것처럼 살지 못합니다. 아마 아직은 그럴 수 없겠지요. 삶이 이렇게 달콤하고 세상이 여러분에게 미소 짓고 있으니 말입니다. 그것은 너무 과한 기대일 겁니다. 하지만 에인리 양은 온유한 마음과 합당한 경외심으로 구세주의 발자취를 가까이 따르고 있습니다."

그때 돈의 거친 목소리가 홀의 부드러운 말을 끊고 들어왔다.

"흠!" 돈이 중요한 연설을 준비하듯 목청을 가다듬으며 말을 시작했다. "흠! 킬다 양, 잠시 귀 기울여 주시겠습니까?"

"그래요. 무슨 일이죠? 듣고 있어요. 제 몸에서 눈이 아닌 부분은 전부 귀랍니다." 셜리가 무심하게 말했다.

"다른 부분에는 손도 있고, 또, 지갑도 있기를 바랍니다." 돈이 건방지고 뻔뻔한 태도로 말했다. "제가 부탁드리려는 게 바로 그 손과 지갑과 관련된 것입니다. 오늘 아침 여기에 온 이유는 당신에게 부탁을…."

"그러면 길 부인에게 가셨어야 해요. 그녀가 제 자선 담당자거든요."

"학교 설립 기부를 부탁드리려고 합니다. 저와 볼트비

박사는 윈버리 교구에 속한 에클피그 마을에 학교를 세울 계획입니다. 지금은 침례교도들이 그곳을 차지하고 있어요. 침례교도가 거기에 예배당을 뒀는데, 우리가 그 땅을 되찾으려고 합니다."

"하지만 저는 에클피그와 아무 관련이 없어요. 거기에는 제 소유지가 없거든요."

"그게 무슨 상관입니까? 당신은 교회 교인이잖습니까, 안 그래요?"

"참 놀라운 분이네요!" 셜리가 작은 목소리로 중얼거렸다. "정말 대단한 화법이네요! 엄청난 말투예요! 저 사람이 얼마나 큰 감동을 주는지!" 그러고는 큰 소리로 말했다. "네, 당연히 교회 교인이죠."

"그렇다면 이번 경우에는 기부를 거절할 수 없을 겁니다. 에클피그에 있는 사람들은 완전히 야만인입니다. 우리가 그자들을 문명화시켜야 합니다."

"선교사는 누가 될 예정인가요?"

"아마도 제가 될 겁니다."

"당신은 양떼에 대한 동정심이 부족하니 실패하지는 않겠군요."

"그렇기를 바랍니다. 저는 성공을 기대하고 있습니다. 하지만 돈이 필요합니다. 여기에 서명해 주세요. 부디 후하게 기부해 주십시오."

셜리는 돈을 요청받을 때 거의 주저하지 않았다. 그녀는 5파운드에 서명했다. 최근에 3백 파운드를 기부했고, 그보다 적은 금액도 꾸준히 기부하고 있었기 때문에 지금 당장은 이 정도가 그녀가 낼 수 있는 최대치였다. 그러나 돈 부사제는 기부액을 보고 '초라하다'라면서 더 많은 금액을 요구했다. 셜리는 분노도 했지만, 그보다도 너무 놀라서 얼굴이 붉어졌다.

"지금은 더 기부하지 않겠어요." 그녀가 말했다.

"더 기부하지 않는다고요! 나는 당신이 적어도 백 파운드는 기부할 거라고 기대했습니다. 당신 재산을 생각하면, 그보다 적은 금액에 서명해서는 안 됩니다."

셜리는 잠시 침묵했다.

"남부에서는 연간 천 파운드를 버는 여성이 공공 목적을 위해 단 5파운드만 기부하는 것을 부끄러워할 겁니다." 돈이 말했다.

거만해 보이는 법이 없는 셜리가 지금은 그래 보였다. 그녀의 가느다란 몸이 긴장으로 경직됐고, 그녀의 우아한 얼굴에는 경멸이 떠올랐다.

"이상한 말이군요. 정말로 무례해요! 기부에 대한 비난은 적절하지 않습니다." 셜리가 말했다.

"기부라고요! 5파운드를 기부라고 부릅니까?"

"네, 그래요. 그리고 그 기부는 볼트비 박사님이 계획하시는 학교 건립을 지지하기 때문에 한 것이지, 결코 당신에게 준 것이 아닙니다. 당신이 기부를 요청하는 방식, 아니, 강요하는 방식은 정말 문제가 있네요. 다시 말하지만, 볼트비 박사님이 아니었더라면, 저는 이 기부금을 즉시 돌려받았을 겁니다."

돈은 둔감했다. 그는 셜리의 말투, 태도, 눈빛이 전달하는 의미를 절반도, 아니, 거의 느끼지 못했다. 자신이 어떤 입장에 처해 있는지조차 몰랐다.

"이 요크셔는 정말 형편없는 곳입니다. 이런 곳이 있다는 걸 직접 보지 않았다면 상상조차 못 했을 겁니다. 그리고 돈이 많고 적고를 떠나 여기 사람들은 도대체가 얼마나 거칠고 교양이 없는지! 남부였으면 여기 사람들은 무시당했을 겁니다."

셜리는 탁자 위로 몸을 숙였다. 그녀의 콧구멍이 약간 벌어졌고, 가늘고 긴 손가락은 서로 얽혀 단단히 옥죄였다.

사태 파악을 못 한 돈이 계속해서 말했다.

"부자들은 전부 구두쇠입니다. 수입에 걸맞게 생활하는 사람들을 보질 못했습니다. 제대로 된 마차나 정식 집사를 두고 사는 사람들을 거진 본 적이 없어요. (독자여, 돈의 말투를 이해해 주길 바란다. 그는 자신의 말투를 아주 세련되다고 여겼고, 남부 억양에도 자부심을 느꼈다. 하지만 북부 사람들은 그가 특정 단어를 다르게 발음할 때면 불편한 감정을 느꼈다.) 그리고 가난한 사람들이 결혼식이나 장례식 때 교회 문 앞에 모여드는 모습을 한번 보세요. 나막신을 쿵쿵거리며 시끄럽게 몰려듭니다. 남자들은 셔츠 차림에 양모 빗질하는 사람들이 입는 앞치마를 두르고, 여자들은 모자에 침대용 가운을 입고 있습니다. 그 사람들한테 미친 소 한 마리를 풀어놓고 쫓아버리면 정말 재미있을 겁니다! 하하! 정말 재미있을 거예요!"

"거기까지입니다. 결국, 끝장을 보네요. 당신은 끝까지 갔어요." 셜리는 반복해서 말하며, 불타는 시선으로 돈을 바라보고는 힘주어 덧붙였다. "더 말하지 마세요. 내 집에서는 그런 말은 더는 허용할 수 없습니다."

셜리가 자리에서 일어섰다. 이제 아무도 그녀를 막을 수 없었다. 셜리는 분노로 가득 차서 곧장 대문으로 걸어가 활짝 열어젖혔다.

"나가세요. 최대한 빨리 나가세요. 다시는 이 길에 발을 들이지 마세요." 그녀가 싸늘하게 말했다.

돈은 깜짝 놀랐다. 그는 자신이 고귀한 영혼을 지닌 '최상류층' 인물로서 훌륭하게 자신을 드러내고 있다고 생각했다. 자신이 압도적인 인상을 심어주고 있다고 믿었다. 요크셔의 모든 것에 대해 경멸을 표현하지 않았던가? 자신이 이곳의 모든 것보다 더 우월하다는 결정적인 증거가 또 어디 있겠는가? 그런데도 지금 그는 마치 요크셔의 정원에서 개처럼 쫓겨날 상황에 처해 있었다! 이런 상황을 도출한 '연쇄적 사건'은 대체 어디에 있는 것인가?

"당장 나가세요, 당장!" 그가 머뭇거리자, 셜리가 다시 말했다.

"아니, 성직자를! 성직자를 내쫓다니!"

"나가세요! 당신이 대주교였더라도 신사답지 못한 모습을 보였으니 떠나야 합니다. 어서요!"

셜리는 완전히 결심한 상태였다. 가볍게 넘길 수 있는 여지는 없었다. 게다가 타르타르도 다시 일어서려는 조짐을 보였다. 소란의 기운을 감지하고 그 소란에 동참하려는 기색이었다. 돈은 마지못해 물러났고, 셜리는 그가 문을 나서자마자 깊은 인사를 하며 문을 닫았다.

"저 거만한 사제가 어떻게 감히 자기 교구민을 모욕할 수 있지! 저 혀 짧은 런던 놈이 어떻게 감히 요크셔를 비난할 수 있어!" 셜리가 다시 자리로 돌아오며 내뱉은 유일한 말이었다.

곧 작은 모임은 끝이 났다. 셜리는 찌푸린 이마와 굳어진 입술, 그리고 분노에 찬 눈빛으로 더는 즐거운 대화를 이어갈 의지가 없음을 분명히 드러냈다.

16장. 성령강림절

기금 조성은 성공적이었다. 셜리가 본보기가 되어주었고, 세 신부의 열정적인 노력과 효율적이면서도 조용히 도움을 준 두 독신 여성 메리앤 에인리 양과 마거릿 홀 양의 지원 덕분에 상당한 금액이 모였다. 그들은 이 기금을 신중하게 관리했고, 현재 실직 상태에 있는 가난한 사람들의 고통을 크게 덜어주었다. 지역 사회가 점점 더 평온해지는 것 같았다. 지난 2주 동안 어떤 직물도 파손되지 않았고, 세 교구에서 공장이나 저택을 향한 폭력 사건도 발생하지 않았다. 셜리는 자신이 막으려 했던 재앙에서 거의 벗어난 것 같다고 낙관했다. 다가오던 폭풍이 지나가고 있다고 느꼈다. 여름이 가까워지면서 무역 상황도 개선되리라는 확신이 들었다. 항상 그래왔으니까. 그리고 이 지긋지긋한 전쟁도 영원할 수는 없었다. 언젠가는 평화가 돌아올 것이다. 평화가 오면 상업 시장이 얼마나 큰 활기를 띨지 상상할 수 있었다.

이런 이야기는 셜리가 세입자 로버트 무어와 만날 때마다 그와 대화하면서 늘 하던 말이었다. 로버트는 아주 조용히 듣고만 있었고, 셜리는 그 반응이 만족스럽지 않았다. 그럴 때마다 그녀는 초조한 눈빛으로 그에게 어떤 설명이든, 적어도 추가적인 의견이라도 말해 달라고 요구했다. 그러면 로버트는 그 특유의 미소를 지으며 대답했다. 그것은 입매는 놀라울 정도로 부드럽지만 이마는 여전히 심각한 인상을 주는 미소였다. 그는 본인도 역시 어느 전쟁이나 끝이 있음을 믿고 있으며, 바로 그것이 희망의 닻을 땅에 내린 이유라고 말하며 덧붙였다.

"당신도 알다시피, 나는 이제 전적으로 그런 추측에 의존하면서 할로우 공장을 운영하고 있습니다. 지금 나는 아무것도 팔지 않아요. 내 물건을 사줄 시장이 없으니까. 대신 미래를 위해 제조하고 있지요. 기회가 생길 때를 대비해 그것을 활용할 준비를 하는 거요. 석 달 전만 해도 이건 불가능한 일이었습니다. 신용과 자본을 모두 소진했으니 말이지요. 하지만 누가 날 구해줬는지, 그 대출이 누구 손에서 나왔는지 당신도 잘 알고 있을 겁니다. 그 대출 덕분에 나는 얼마 전까지만 해도 다시는 할 수 없을 거라 생각했던 이 대담한 게임을 계속할 수 있게 된 것입니다. 손실이 발생하면 완전한 파산이 뒤따를 것을 알고 있어요. 이익이 불확실하다는 것도 잘 알고 있고. 그래도 꽤 기운이 납니다. 내가 일을 할 수 있고 노력할 수 있는 한, 요컨대 내 손이 묶여 있지 않는 한, 나는 우울해질 수 없어요. 단 일 년, 아니, 육 개월 만이라도 평화가 찾아온다면 나는 안전해요. 당신의 말대로 평화는 상업에 활력을 불어넣을 테니 말이오. 이 부분에서는 당신이 옳습니다. 하지만 지역 사회에서 회복된 평온함이나 당신이 하는 자선기금의 영구적인 효과에 대해서는 의문이 들어요. 구호금이 노동자 계층을 진정시킨 적은 한 번도 없었습니다. 그들을 감사하게 만든 적도 없었지요. 인간 본성상 그럴 수 없는 거요. 모든 것이 제대로 이루어졌다면, 그들은 그런 굴욕적인 구호금도 필요 없는 상황에 있어야 한다는 걸 그들 자신도 느끼고 있을 겁니다. 우리도 그런 처지가 되면 똑같이 느낄 거고요. 게다가 누구에게 감사해야 한단 말입니까? 아마 당신이나 성직자들에게는 감사할지 모르지만, 우리 같은 공장주들에게는 아닙니다. 그들은 우리를 그 어느 때보다도 더 미워합니다. 여기에 있는 불만 세력은 다른 지역의 불만 세력과도 연결되어 있어요. 노팅엄과 맨체스터, 버밍엄이 그들의 주요 본거지로 알고 있습니다. 하급자들이 그들의 수뇌부로부터 지시를 받고 있고, 체계적으로 잘 조직되어 있더군요. 어떤 공격도 신중한 숙고 없이 이루어지지 않습니다. 더운 날씨에 매일같이 하늘이 천둥을 예고하지만, 밤이 되면 구름이 걷히고 태양이 조용히 지는 것을 본 적이 있지 않습니까? 하지만 그 위험은 사라진 게 아닙니다, 그저 지연된 것일 뿐. 오래도록 위협하던 폭풍은 결국 터질 겁니다. 도덕적 분위기와 물리적 대기 사이에는 유사성이 있지요."

"그래요, 무어 씨. 그러니까 몸조심하세요. 제가 당신에게 조금이라도 도움이 되었다고 생각하신다면, 조심히 지내겠다는 약속으로 보답해 주세요." (두 사람의 대화는 항상 이렇게 끝나곤 했다.)

"그러겠습니다. 몸 사리면서 조심히 지낼 겁니다. 나도 살고 싶지, 죽고 싶진 않아요. 미래가 에덴동산처럼 내 앞에 펼쳐져 있습니다. 그리고 언제나 내 낙원의 어두운 그림자 속을 깊이 들여다볼 때면 내가 그 어떤 천사보다 더 좋아하는 한 환영이 먼 풍경을 가로질러 미끄러지듯 다가오는 것을 봅니다."

"정말요? 그 환영이 무엇인지 말해줄 수 있나요?"

"나는…."

그때 하녀가 차 도구를 들고 부산스럽게 들어왔다.

그해 오월 초반은 날씨가 좋았지만 중순에는 비가 많이

내렸고, 달이 바뀌는 마지막 주에는 날씨가 다시 맑아졌다. 신선한 바람이 두껍게 쌓인 은백색 비구름을 몰아냈고, 그 구름은 동쪽 지평선으로 몰려가 점차 줄어들다가 그 너머로 사라졌다. 그 자리에 남은 맑고 푸른 하늘이 여름 태양의 지배를 받을 준비를 마쳤다. 그 태양은 성령강림절 아침에 넓게 떠올랐다. 학교 모임도 화창한 날씨로 활력을 띠었다.

성령강림절 다음 날인 화요일은 중요한 날이었다. 이날을 준비하기 위해 현 신부가 자기 돈을 들여 만든 브라이어필드의 큰 교실 두 곳을 깨끗이 청소하고 백색 도료로 칠했으며, 꽃과 상록수로 장식했다. 상록수는 주로 사제관 정원에서 가져왔고, 필드헤드에서 꽃수레 두 대가 왔으며, 인색한 윈 씨도 자신의 저택 월든홀에서 꽃 한 수레를 보내왔다. 두 교실에는 각각 손님 스무 명을 수용할 수 있는 테이블을 스무 개씩 배치했고, 그 주위에는 흰 천을 씌운 의자들을 놓았다. 테이블 위에는 최소 스무 개의 새장이 매달려 있었고, 각 새장 안에는 카나리아가 들어 있었다. 이 지역의 독특한 전통 때문에 준비한 것이었는데, 헬스톤 신부의 서기가 특히 좋아했다. 그는 새들의 날카로운 노랫소리를 즐겼고, 주변 목소리가 시끄러울수록 카나리아들이 더 크게 지저귄다는 사실도 알고 있었다. 펼쳐놓은 테이블은 세 교구에서 모인 천 2백 명에 달하는 학생들을 위한 게 아니라, 후원자들과 교사들을 위해 준비한 것이었다. 아이들의 잔치는 야외에서 열릴 예정이었다. 오후 한 시에 학생들이 들어오고, 두 시에 정렬한 후, 네 시까지 교구를 행진한 다음에 잔치가 열릴 것이고, 이후에는 음악과 연설이 있는 교회 모임이 이어질 계획이었다.

브라이어필드 교회를 집합 지점이자 축제의 무대로 선택한 이유를 설명해야겠다. 그것은 브라이어필드가 가장 크고 인구가 많은 교구라서가 아니었다. 이 점에서는 윈버리가 훨씬 앞섰다. 가장 오래된 교구이기 때문도 아니었다. 브라이어필드 교회와 사제관이 고풍스럽긴 했지만, 넌넬리의 낮은 지붕을 가진 예배당과 이끼 낀 사제관은 그 주위를 둘러싼 넌우드의 수호자인 참나무들보다 더 오래되었다. 그것은 단순히 헬스톤 신부가 원했기 때문이었다. 헬스톤 신부의 의지는 볼트비나 홀 신부보다 강했다. 전자는 이 결정을 반박할 수 없었고, 후자도 우선순위를 놓고 이 권위적이고 단호한 동료와 다투고 싶지 않았다. 그들은 헬스톤이 이끌고 통치하도록 내버려두었다.

이 기념일은 캐롤라인 헬스톤에게 늘 힘든 날이었다. 왜냐하면, 이날은 그녀가 어쩔 수 없이 대중 앞에 나와 이웃에 사는 부유하고 존경스럽고 영향력 있는 사람들을 마주해야 했기 때문이다. 홀 신부의 친절한 격려가 아니었다면 그녀는 아무런 지지 없이 그들 앞에 서야 했을 것이다.

캐롤라인은 눈에 띄어야 했고, 신부의 조카이자 교회 첫 학급의 첫 번째 교사로서 자신의 부대를 이끌고 선두에 서서 걸어야 했다. 그리고 다양한 부류의 신사 숙녀들을 위해 첫 번째 테이블에서 차를 준비해야 했다. 이 모든 일을 어머니나 이모, 혹은 다른 보호자의 도움 없이 해야 했다. 그동안 그녀는 대중 앞에 서는 일을 극도로 두려워하는 신경질적인 사람이었기에, 이런 상황에서 성령강림절이 다가오는 게 얼마나 두려웠을지 충분히 짐작할 수 있다.

하지만 올해는 셜리가 함께할 예정이었고, 캐롤라인은 그 사실 하나로 힘들었던 일이 놀라울 만큼 완전히 다르게 느껴졌다. 그 일은 이제 시련이 아니었고, 오히려 즐거운 놀이에 가까웠다. 셜리 하나가 수많은 평범한 친구들보다 나았다. 그녀는 언제나 완벽하게 침착했고 활기차고 여유로웠으며, 자신의 사회적 중요성을 알고 있으면서도 결코 그것을 내세우지 않았다. 캐롤라인은 셜리를 보는 것만으로도 충분히 용기를 얻을 수 있었다. 유일한 걱정은 셜리가 약속을 지키지 않을까 하는 것이었다. 셜리는 종종 시간을 지키지 않는 경향이 있었고, 캐롤라인은 삼촌이 누구도 기다리지 않는다는 걸 알고 있었다. 교회 시계가 두 시를 알리는 순간, 종소리가 울리고 행진이 시작될 것이다. 그러니 셜리를 잘 챙겨야 했다. 그렇지 않으면 기대했던 친구가 불참할 수도 있었다.

행사가 있는 화요일, 캐롤라인은 거의 해 뜰 무렵에 일어났다. 그녀는 패니, 엘라이자와 오전 내내 사제관 응접실을 중요한 손님들을 맞이할 수 있도록 정돈하고, 식당 진열대에 와인과 과일, 케이크 등 시원한 다과를 차리느라 바빴다. 그런 다음, 가장 깨끗하고 아름다운 흰색 모슬린 드레스로 갈아입어야 했다. 그날의 완벽한 날씨와 엄숙한 행사에 걸맞은 동시에 필요한 차림이었다. 그녀의 새 리본은 마거릿 홀이 생일 선물로 준 것으로, 홀 신부가 직접 산 것이라고 믿고 있었다. 이에 대한 답례로 캐롤라인은 홀에게 멋진 상자에 담긴 케임브릭 밴드를 선물로 주었다. 패니가 능숙한 손길로 리본을 묶었다. 그녀는 특별한 날, 어린 주인을 아름답게 차려입히는 일이 무척 즐거웠다. 캐롤라인의 단조로운 모자는 허리띠와 잘 어울리도록 장식되었고, 예쁘지만 저렴한 흰색 크레이프 스카프도 그녀의 드레스와 잘 어울렸다. 준비가 끝난 캐롤라인은 눈부시게 화려하진 않았지만, 충분히 관심을 끌 만큼 아름다웠다. 강렬하게 두드러지지는 않았지만, 매우 섬세하고 기분 좋게 마음을 끄는 모습이었다. 부드러운 색감과 순수한 분위기, 우아한 자태가 풍부한 색채와 웅장한 윤곽의 부재를 보완하는 그림 같았다. 그녀의 갈색 눈과 맑은 이마에서 드러나는 분위기가 그녀의 옷차림과 얼굴에 잘 어울렸다. 겸손하고 온화하며, 비록 약간은 수심에 잠긴 듯했지만 조화로웠다. 양도 비둘기도 그녀를 두려워할 필요가 없을 것 같았고, 오히려 그녀의 순수하고 부드러운 표정에서 동질감, 혹은 우리가 그들에게 부여하는 본성을 공감할 듯 보였다.

하지만 캐롤라인도 불완전하고 결점이 있는 인간이었다. 그녀는 외모와 색감, 옷차림은 무척 아름다웠지만, 시릴 홀이 말했듯이 지금 자신의 좁은 방에서 가장 좋은 검은색 드레스와 퀘이커 스타일의 담갈색 숄을 두르고 보닛을 쓰고 있는 메마른 에인리 양만큼 훌륭하거나 위대하지는 않았다.

캐롤라인은 매우 외진 들판을 가로질러, 숨어 있는 길을 따라 필드헤드로 향했다. 그녀는 푸른 울타리 아래를 재빠르게 지나가며 더 푸른 초원을 가로질렀다. 먼지도, 습기도 그녀의 깨끗한 옷자락을 더럽히지 않았고, 그녀의 가느다란 샌들을 적시지도 않았다. 최근에 내린 비가 모든 것을 깨끗하게 씻어냈고, 지금 내리쬐는 뜨거운 태양 아래 모든 것이 말라 있었다. 캐롤라인은 데이지와 잔디 위를, 울창한 숲을 두려움 없이 걸어갔다. 그렇게 그녀는 필드헤드에 도착했고 셜리의 옷방까지 들어갔다.

캐롤라인이 오길 잘했다. 그렇지 않았으면 셜리는 너무 늦었을 것이다. 그녀는 서둘러 준비하는 대신, 소파에 누워 독서에 몰두하고 있었다. 옆에 서 있던 프라이어 부인이 어서 일어나 옷을 입으라고 계속해서 설득했지만, 소용없었다. 캐롤라인은 말을 낭비하지 않았다. 그녀는 즉시 셜리에게서 책을 빼앗아 직접 셜리의 옷을 벗기고 다시 입히기 시작했다. 더운 날씨의 나른함 속에서 쾌활한 기분으로 즐거워하던 셜리는 함께 이야기하고 웃으며 시간을 보내고 싶어 했지만, 캐롤라인은 늦지 않기 위해 빠르게 끈을 묶고 핀을 꽂으며 그녀를 옷 입히는 데 열중했다. 마침내 마지막 고리를 채우고 나서야 셜리를 꾸짖을 여유가 생긴 캐롤라인은 시간을 지키지 않는 것은 매우 나쁘고, 지금도 여전히 무신경한 태도를 보인다고 나무랐다. 셜리는 정말로 무신경한 모습이었지만, 그마저도 매우 사랑스러웠다.

　셜리의 모습은 캐롤라인과 완전히 대조적이었다. 드레스 주름 하나하나와 몸의 선 전체에 우아함이 깃들어 있었다. 화려한 실크 드레스는 단순한 의상보다 더 잘 어울렸고, 정교하게 자수 놓인 스카프는 그녀를 더욱 돋보이게 했다. 셜리는 스카프를 느슨하게 걸쳤지만 우아하게 소화해냈다. 모자에 얹은 화관도 그녀와 잘 어울렸다. 패션에 대한 세심한 배려와 드레스 곳곳을 꾸민 장신구도 세련되어 보였다. 이러한 모든 것이 그녀의 솔직한 눈빛과 입가의 유쾌한 미소, 곧은 자세와 가벼운 발걸음과도 조화를 이루었다. 캐롤라인은 셜리가 옷을 다 입자마자 그녀의 손을 잡고 서둘러 아래층으로 내려가 밖으로 나섰다. 두 사람은 들판을 가로질러 달려갔고, 가는 동안 웃음을 터뜨렸다. 마치 순백의 비둘기와 보석 빛깔의 극락조가 함께 날아가는 듯한 모습이었다.

캐롤라인의 신속함 덕분에 제때에 도착할 수 있었다. 교회가 나무들에 가려 아직 보이지 않을 때, 모두 모이라는 재촉의 의미를 담은 종소리가 엄숙하게 울려왔다. 많은 사람이 모여드는 소리가 들렸고 수많은 발소리와 목소리가 웅성거리는 소리도 들렸다. 얼마 지나지 않아, 두 사람이 선 높은 지대에서 윈버리 길로 들어서는 윈버리 학교 사람들의 행렬이 내려다보였다. 윈버리 교회에는 5백 명의 교인들이 있었다. 볼트비와 돈 두 성직자가 앞장서서 행진을 이끌었는데, 특히 볼트비는 성직자의 권위에 걸맞게 넓은 챙모자를 쓰고 넉넉한 검은색 코트를 입은 채 손잡이에 금박을 씌운 지팡이를 짚으며 위엄 있게 걸어가고 있었다. 볼트비 박사는 걸으면서 가끔 지팡이를 살짝 휘둘렀고, 부관을 향해 주의하라는 듯 고갯짓을 하며 챙모자를 기울였다. 그의 부관인 돈 부사제는 볼트비의 큰 덩치에 비해 체격은 작았지만, 전형적인 부사제의 모습을 갖추고 있었다. 그의 모습은 들창코와 치켜든 턱부터 성직자용 검은색 각반, 약간 짧은 끈 없는 바지, 그리고 각이 진 신발에 이르기까지 모든 것이 뻔뻔하고 독선적인 태도로 가득 차 있었다.

돈 부사제여, 계속 걸어라! 당신은 이미 관심을 한 몸에 받고 있다. 본인이 멋지게 보이리라 생각하겠지만, 저 언덕 위에서 당신을 지켜보는 하얀색과 보라색 옷을 입은 두 사람도 그렇게 생각할지는 의문이다.

두 사람은 대열이 지나가자마자 언덕을 달려 내려갔다. 교회 마당은 아이들과 교사들로 가득했고, 모두가 최고의 복장을 하고 있었다. 이 지역이 얼마나 힘든 상황에 있고, 이 시대가 얼마나 어려운지 생각해 본다면, 그들이 이만큼 단정하게, 심지어 멋지게 차려입은 것은 정말 놀라운 일이었다. 단정함에 대한 영국인의 사랑은 기적을 일으킬 수 있다. 아일랜드 소녀를 누더기로 몰아넣는 가난조차도 영국 소녀의 자존심을 지키는 데 필요한 단정한 옷장을 그녀에게서 빼앗을 수는 없을 것이다. 게다가 지금 이렇게 잘 차려입고 행복해 보이는 사람들을 기쁘게 바라보고 있는 영지의 여주인, 셜리는 정말로 그들에게 많은 도움을 주었다. 셜리의 시기적절한 기부는 휴일을 앞둔 수많은 가난한 가족들을 위로해 주었고, 아이들이 새로운 드레스와 모자를 마련할 수 있게 해주었다. 셜리는 이 사실을 느끼면서, 자신의 돈과 모범, 영향력이 주변 사람들에게 실제로, 실질적으로 도움을 주었다는 생각에 들떠 있었다. 그녀는 에인리 양처럼 헌신적이지 못했다. 그녀의 본성은 달랐다. 대신 다른 성격과 다른 상황에서 실행 가능한 또 다른 자선 방법이 있다는 사실이 그녀를 안도하게 했다.

캐롤라인도 기뻐했다. 그녀 역시 자신만의 작은 방식으로 선행을 베풀었기 때문이다. 캐롤라인은 자기 반 학생들을 위해 드레스 몇 벌과 리본, 칼라를 아끼지 않고 내어주었다. 금전적인 도움은 줄 수 없었지만, 에인리 양을 본받아 아이들을 위해 시간을 들여 열심히 바느질을 했다.

교회 마당뿐만 아니라 사제관 정원도 사람들로 가득 찼다. 신사 숙녀들이 짝을 이루거나 무리를 지어 라일락과 금사슬나무 사이를 거닐었다. 집 안도 사람들로 붐볐다. 활짝 열린 응접실 창문 앞에는 화려한 무리들이 서 있었다. 이들은 행렬을 더욱 풍성하게 할 후원자들과 교사들이다. 사제관 뒤편의 작은 농장에는 세 교구의 악단 연주자들이 악기를 들고 모여 있었다. 멋진 모자와 가운을 입고 새하얀 앞치마를 두른 패니와 엘라이자도 사람들 사이를 오가며 몇 주 전 신부의 지시에 따라 특별히 양조한 진하고 강한 에일을 나눠주고 있었다. 신부가 관여한 일은 무엇이든 훌륭하게 처리해야 했다. 그의 감시 아래에서는 어떤 종류의 '허술한 일'도 용납되지 않았다. 공공건물과 교회, 학교, 또는 법원 건축에서부터 점심 식사 준비에 이르기까지, 그는 항상 위풍당당하게, 후하게, 효과적인 방식으로 처리하도록 지시했다. 이런 점은 셜리도 헬스톤 신부와 닮아서, 그들은 서로가 준비하고 계획하는 일을 인정하며 만족해했다.

곧 캐롤라인과 셜리는 사람들 사이에 섞였다. 캐롤라인은 아주 자연스럽게 사람들을 대했다. 예전처럼 조용한 구석에 앉아 있거나 행렬이 준비될 때까지 자기 방으로 슬며시 사라지지 않고, 세 개의 응접실을 돌아다니며 대화를 나누고 미소를 지었다. 심지어 한두 번은 먼저 말을 걸기도 하면서, 한 마디로 완전히 새로운 사람처럼 보였다. 셜리의 존재가 그녀를 이렇게 변화시킨 것이다. 캐롤라인에게는 셜리의 태도와 행동을 보는 것만으로도 큰 도움이 되었다. 셜리는 사람들을 두려워하지 않았고, 그들을 피하거나 멀리하려는 성향도 없었다. 남녀노소 관계없이 누구든 저속한 품행이나 무례한 태도로 심각하게 불쾌감을 일으키지 않는 한, 셜리는 모두 환영했다. 물론 사람에 따라 더 호감을 느낄 때도 있었지만, 대체로 어떤 사람이 분명히 나쁘거나 불쾌하다는 확실한 증거가 나오기 전까지는 그 사람을 가치 있는 존재로 여겼고, 그에 맞게 대우했다. 이러한 성향 덕분에 셜리는 모두에게 인기 있었고, 그녀의 빈정거림에도 가시가 없었으며, 진지하거나 미소 지으며 대화를 나눌 땐 매력적인 분위기가 더해졌다. 하지만 셜리의 친밀한 우정은 그녀의 사회적 친절함과는 아무 상관이 없었다. 우정은 그녀의 전혀 다른 성격에서 기인한 것이었기 때문이다. 캐롤라인은 그녀의 애정과 지성으로 선택된 존재였지만, 피어슨 양과 사익스, 윈 자매 등은 그녀의 선량함과 활달함의 혜택을 받은 존재일 뿐이었다.

돈이 우연히 응접실에 들어왔을 때, 셜리는 소파에 앉아 꽤 넓은 원의 중심에 자리 잡고 있었다. 그녀는 이미 그에 대한 분노를 잊었고, 호의적으로 고개를 끄덕이며 미소를 지었다. 그때, 남자의 본성이 드러났다. 돈은 자존심이 상한 사람으로서 품위 있게 그 호의를 거절하는 법도 몰랐고, 모든 것을 잊고 용서하게 되어 기쁜 사람처럼 솔직하게 받아들이는 법도 몰랐다. 돈은 비난을 받고서도 부끄러워하지 않았고, 자신을 비난한 사람을 다시 만났을 때도 그런 감정을 느끼지 않았다. 악의적인 마음도 강하지 않아서 적극적으로 적대감을 드러내지 못했고, 그저 머뭇거리고 인상을 쓰면서 소심하게 지나갔다. 돈은 결코 자신의 적과 화해할 수 없었고, 그보다 더욱 날카롭고 굴욕적인 비난을 받더라도 그 둔감한 성격은 분노라는 감정을 일으키지 못할 것이 분명했다.

"그 사람은 한바탕 소동을 일으킬 가치도 없었어요! 내가 얼마나 바보였는지! 요크셔를 비하했던 그 어리석은 인간의 바보 같은 행태에 복수하는 건 모기를 보고 칼을 뽑는 행위나 매한가지예요. 내가 남자였더라면 힘을 써서 그 사람을 나가게 했을 거예요. 이제 보니 말로만 나무란 게 천만다행이네요. 하지만 다시는 내 주위에 얼씬도 하지 말아야 할 거예요. 그자가 싫어요. 나를 화나게 해요. 재미있지도 않고요. 차라리 말론이 낫죠."

그 선호도를 입증하려는 듯, 설리가 말을 끝내자마자 멋지게 차려입은 피터 아우구스투스 말론이 등장했다. 그는 장갑을 끼고 향수를 뿌렸으며 머리도 완벽하게 기름을 발라 빗어 넘겼다. 한 손에는 활짝 핀 이끼장미 대여섯 송이를 들고 있었다. 그는 그 꽃다발을 매우 과장된 몸짓으로 상속녀에게 건넸다. 아무리 뛰어난 화가라도 그 우아함을 완벽히 그려낼 수 없을 정도였다. 이제 그 누가 감히 말론을 여심이 비껴간 사나이라고 말할 수 있겠는가? 그는 꽃을 따서 바쳤고, 사랑이든 탐욕이든 그 제단 위에 감성적이고 시적인 헌사를 바쳤다. 헤라클레스가 물레를 들고 있는 모습조차✿ 말론이 장미를 든 모습에 비하면 희미한 그림자에 불과했다. 말론도 이 사실을 깨달은 듯 자신이 한 일에 놀란 표정을 지었다. 그는 말없이 물러났고 멋쩍은 듯이 웃으며 떠나려 했다. 그러다가 갑자기 멈추어 뒤돌아보았다. 꽃다발을 제대로 건넸는지 눈으로 확인하기 위해서였다. 그렇다, 보라. 여섯 송이 붉은 장미가 보랏빛 새틴 드레스 위에 놓여 있었다. 금반지 여러 개가 끼워진 매우 하

✿ 고대 그리스 신화 중 한 장면으로, 헤라클레스가 여신 옴팔레의 노예로 지내던 중 여신의 명령 때문에 여인의 옷을 입고 물레를 돌리는 장면이 있다.

얀 손이 꽃을 살짝 쥐고 있었고, 흐르는 곱슬머리가 웃는 얼굴을 반쯤 가리며 드리워져 있었다. 반쯤 가려져 있던 그 표정! 말론은 그녀의 웃음을 보았고, 무언가를 명백하게 느꼈다. 말론은 조롱거리가 되어 있었다. 그의 용맹함과 기사도가 두 여자의 웃음거리가 되어 있었다. 헬스톤 양까지 웃고 있었던 것이다. 게다가 자신의 속을 꿰뚫어 보였음을 깨달은 말론은 마치 먹구름처럼 어두운 얼굴이 되었다. 셜리가 고개를 들었을 때, 무서운 눈빛으로 그녀를 쳐다보았다. 말론은 적어도 증오에는 충분한 에너지를 갖고 있었다. 셜리는 그의 눈빛에서 그 증오를 보았다.

"말론 부사제는 한바탕 소동을 일으킬 만한 가치가 있네요. 그가 원한다면 언젠가 그렇게 해줄 거예요." 셜리가 친구에게 속삭였다.

그리고 이제, 얼굴은 온화하지만 의상은 장중하고 어두운 성직자 세 명이 식당 문에 나타났다. 그들은 지금까지 교회에서 바쁘게 있다가 행진이 시작되기 전에 약간의 휴식을 취하고 힘을 충전하기 위해 안으로 들어선 것이었다. 커다란 모로코가죽으로 덮인 안락의자는 볼트비 박사에게 할당되었다. 볼트비가 자리에 앉자, 셜리는 지금이야말로 안주인 역할을 할 시간이라며 캐롤라인을 재촉했고, 그 말을 들은 캐롤라인은 거대하고 존경스러운 삼촌의 좋은 친구 볼트비 박사에게 와인 한 잔과 마카롱 한 접시를 서둘러 건넸다. 볼트비의 교회 관리인들, 즉 그가 강력하게 요구한 대로 주일학교의 후원자가 된 사람들은 이미 그의 곁에 있었다. 볼트비의 신도인 사익스 부인과 다른 여성들도 그의 좌우에 자리 잡고는 그가 피곤하지 않기를 바라며, 오늘 날씨가 너무 더울까 봐 걱정스럽다고 인사를 나누었다. 볼트비 부인은 남편이 식사를 잘 마친 후 잠이 들면 그 얼굴이 마치 천사의 얼굴 같다고 믿는 사람으로, 지금도 남편의 이마에서 실제인지 상상인지 모를 땀을 조심스럽게 닦아주고 있었다. 다시 말해, 자신의 영광 속에 있는 볼트비는 둥글게 울려 퍼지는 깊은 목소리로 그들의 배려에 대한 감사를 표하면서, 자신의 건강 상태가 그리 나쁘지 않다고 우렁차게 외쳤다. 캐롤라인에게는 아무 관심 없었다. 가까이 다가온 그녀가 건네주는 것들만 받았을 뿐이다. 볼트비는 캐롤라인을 보지 않았다. 그는 항상 그녀를 보지 못했고 그녀의 존재를 거의 느끼지 못했다. 그러나 마카롱은 보였다. 단것을 좋아했기에 한 움큼 손에 쥐었다. 볼트비 부인은 와인을 따뜻한 물과 섞고 설탕과 육두구를 넣어서 맛을 좀 조절해 달라고 요청했다.

홀 신부는 열려 있는 창가에 서서 신선한 공기와 꽃향기를 맡으며 에인리 양과 마치 남매처럼 대화를 나누고 있었다. 캐롤라인은 기쁜 마음으로 그에게 시선을 돌렸다. '신부님께 뭘 드리면 좋을까? 직접 갖다 드시기 전에 챙겨

드려야지.' 그래서 그녀는 다양한 음식을 담아갈 수 있도록 작은 쟁반을 준비했다. 마거릿 양과 셜리도 합류했다. 여성 네 명이 그들이 가장 좋아하는 신부 주위에 섰다. 그들은 홀을 보며 지상에 내려온 천사의 얼굴을 보는 것 같다고 생각했다. 시릴 홀 신부는 그들에게 있어 교황이나 다름없었으며, 그의 추종자들에게는 볼트비 박사만큼이나 완벽한 존재였다. 브라이어필드의 신부도 스무 명이 넘는 사람들에게 둘러싸여 있었다. 그들에게는 헬스톤 신부만큼 강력한 성직자는 없었다. 부사제들은 여느 때처럼 함께 무리를 지어 세 개의 작은 별로 이루어진 별자리를 형성했다. 몇몇 젊은 여성들은 멀리서 그들을 지켜만 볼 뿐 가까이 다가가지는 않았다.

헬스톤 신부가 시계를 꺼내 들고 소리쳤다. "두 시까지 10분 남았군. 모두 줄을 서시오. 여기로." 그는 챙모자를 움켜쥐고 앞장섰다. 모두가 일제히 일어나서 그 뒤를 따랐다.

아이들 천2백 명이 각각 4백 명씩 세 무리로 나뉘어 정렬해 있었다. 각 대대의 뒤에는 악단이 서 있었고, 20명 간격마다 헬스톤은 교사들을 두 명씩 배치했다. 그리고 이들의 선두를 이끌어 나갈 이들을 호출했다.

"그레이스 볼트비와 메리 사익스가 윈버리를 이끄시오."

"마거릿 홀과 메리앤 에인리가 넌넬리를 이끄시오. 캐

롤라인 헬스톤과 셜리 킬다가 브라이어필드를 이끄시오."

그리고 다시 명령했다.

"돈 부사제는 윈버리로, 스위팅 부사제는 넌넬리로, 말론 부사제는 브라이어필드로."

이 신사들은 각 여사령관 앞으로 나섰다. 신부들은 맨 앞쪽으로 나갔고 교구 서기들은 맨 뒤쪽으로 물러났다. 헬스톤이 모자를 들어 올렸다. 그 순간, 탑에 있는 여덟 개의 종이 울리기 시작했고, 악단의 음악 소리가 크게 울려 퍼졌다. 플루트가 소리를 내고 클라리온이 응답하고 깊은 북소리가 울리자, 행진이 시작되었다.

넓고 하얀 도로가 긴 행렬 앞에 펼쳐졌고, 구름 한 점 없는 하늘과 태양이 이를 지켜보았다. 바람이 머리 위의 나뭇가지를 흔들었고, 아이들 천2백 명과 어른들 백4십 명으로 이루어진 행렬은 기쁘고 행복한 얼굴로 조화롭게 발걸음을 맞추며 행진해 나갔다. 그야말로 즐거운 모습이었고, 사람들에게 유익을 주는 장면이었다. 이날은 부유한 자와 가난한 자 모두에게 행복한 날이었다. 그것은 먼저 하느님의 일이었고, 그다음은 성직자의 일이었다. 영국의 성직자들을 인정해 주자. 그들도 어느 면에선 결점이 있고, 우리처럼 평범한 살과 피로 이루어진 인간일 뿐이지만, 그들이 없다면 이 땅은 어려움을 겪을 것이다. 교회가 무너진다면 영국은 큰 상실을 겪을 것이다. 하느님께서 교회를 지켜주시기를! 개혁해 주시기를!

17장. 학교 잔치

 성직자와 여사령관들로 구성된 이 행렬은 전투를 위해 모인 것도, 적을 찾아 나선 것도 아니지만 군악을 연주했다. 그리고 설리와 같은 몇몇 사람들의 눈빛과 자세로 판단하건대, 이 음악이 비록 전투의 기운은 아니더라도 사람들에게 무언가를 갈망하는 마음을 일깨우는 듯했다. 우연히 돌아서서 설리의 얼굴을 본 헬스톤 신부가 웃었고, 설리도 그를 보고 웃었다. "전투는 없소. 나라에서 싸워 달라고 요구한 것도 아니고, 우리 자유를 위협하거나 억압하는 적도 폭군도 없소. 싸울 일은 없소. 우리는 그저 산책하고 있을 뿐이오. 고삐를 잘 잡고 그 불타는 기운을 잠시 가라앉히시오, 대위. 안타깝게도 그런 기운은 필요 없소."

"의사 선생님도 그 진단대로 따르시지요." 설리가 대답하고는 캐롤라인에게 속삭였다.

"현실에 없는 건 상상력에서 빌릴 거예요. 우리가 군인도 아니고 유혈 사태를 원하는 것도 아니지만, 만약 우리가 군인이 된다면, 십자가 군인이 되는 거예요. 몇백 년 전으로 거슬러 올라가서 팔레스타인으로 순례를 떠나는 중인 거죠. 아, 아니에요. 이건 너무 비현실적이네요. 더 강렬한 꿈이 필요해요. 우리는 스코틀랜드 저지대 사람들이고, 박해하는 군사들에게서 벗어나기 위해 언덕으로 올라가는 언약도 지도자를 따라가는 거예요. 기도가 끝나면 전투가 일어날지도 모른다는 걸 알고 있어요. 하지만 우리는 그 전투에서 최악의 결과가 나더라도 천국으로 보상받을 것이라고 믿기 때문에, 기꺼이 피트모스✿를 우리 피로 물들일 준비가 되어 있죠. 저 음악이 내 영혼을 흔들어요. 내 모든 생명력을 깨우고, 심장을 뛰게 해요. 평소의 차분한 맥박이 아니라, 새로운 전율의 힘으로 뛰고 있어요. 나는 위험까지도 갈망하게 돼요. 수호할 신념을, 땅을, 적어도 지켜야 할 연인을 갈망해요."

"봐요, 설리!" 캐롤라인이 끼어들었다. "스틸브로 언덕

✿ 나무에 낀 이끼가 퇴적되어 흙처럼 변한 유기물질이다. 보온성, 통기성이 우수하여 토양의 미생물을 촉진해 토양을 개량하는 효과가 높다.

위에 저 빨간 얼룩은 뭐죠? 셜리가 나보다 시력이 좋잖아요. 매의 눈으로 한번 봐줘요."

셜리가 언덕을 쳐다보고는 말했다 "보여요, 빨간 줄이 있네요. 저건 군인들이에요, 기병들. 빠르게 달리고 있어요. 여섯 명이에요. 우리를 지나칠 거예요. 아니, 다시 오른쪽으로 방향을 틀었어요. 우리 행렬을 보고 돌아가려나 봐요. 어디로 가는 걸까요?"

"그냥 말을 훈련하는 중일지도 모르죠."

"그럴 수도 있겠네요. 이제는 안 보이네요."

그때 헬스톤 신부가 말했다.

"우리는 로이드 레인을 지나서 지름길로 넌넬리 공원까지 갈 것이오."

모두가 로이드 레인의 좁은 길로 들어섰다. 그 길은 매우 좁아서 두 사람씩 나란히 걷지 않으면 양쪽에 있는 도랑에 빠질 정도였다. 길 중간쯤에 이르렀을 때, 성직자들 사이에서 흥분이 느껴졌다. 볼트비의 안경과 헬스톤의 모자가 흔들렸다. 부사제들은 서로를 쿡쿡 찔렀고, 홀 신부는 여성들을 향해 돌아서서 미소지었다.

"무슨 일이죠?" 누군가 질문했다.

홀이 지팡이로 그들 앞에 있는 길 끝을 가리켰다. 보라! 또 다른 행렬, 대립하는 행렬이 같은 길로 들어서고 있었다. 그들 또한 검은 옷을 입은 사람들이 앞장서고 있었으며, 음악 소리도 들렸다.

"우리 분신인가요? 유체이탈한 우리 영혼인가? 여기 무슨 일이 일어나려나 봐요."

"당신이 싸움을 원했다면, 적어도 눈싸움 정도는 하게 될 거예요." 캐롤라인이 웃으며 속삭였다.

"절대 저들이 우리를 지나가게 하지 않을 겁니다! 길을 내주지 않을 겁니다!" 부사제들이 한 목소리로 외쳤다.

"길을 내주다니!" 헬스톤이 엄하게 반응하며 돌아섰다. "길을 내준다고 누가 말하는 건가? 자네들, 정신 차리고 있어. 여성들은 단호하게 행동할 거라 믿소. 여기 있는 교회 여성들 가운데 저들에게 맞서서 자리를 지키지 않을 사람은 없을 것이오. 교회의 명예를 위해서 말이오. 킬다 양 생각은 어떻소?"

"대체 무슨 일인 거죠?"

"비국교도와 감리교, 침례교, 독립교회 신자들, 그리고 웨슬리교도들이 불경한 동맹을 맺고 우리의 행진을 방해하고 우리를 되돌려 보내려고 일부러 이 골목길로 들어서고 있소."

"무례하군요!" 셜리가 말했다. "그리고 나는 무례한 행동을 정말 싫어해요. 당연히 저들은 교훈을 배워야 합니다."

"예의에 관한 교훈이어야 합니다. 무례함의 본보기가

아니라요." 항상 평화를 추구하는 홀 신부가 제안했다.

헬스톤은 계속 걸어갔다. 그는 걸음을 재촉하며 동료들보다 몇 걸음 앞서서 걸어갔다. 검은 옷을 입은 다른 진영의 지도자들 가까이에 이르렀을 때, 적군의 총사령관으로 보이는 사람이 정지 명령을 내렸다. 그 남자는 이마 위로 검은 머리를 납작하게 빗어 넘긴 덩치 크고 느끼해 보이는 사람이었다. 행렬이 멈췄다. 그는 찬송가 책을 꺼내어 한 구절을 낭독하고 곡을 정하자, 모두가 함께 매우 구슬픈 찬송가를 부르기 시작했다.

헬스톤도 악단을 향해 신호를 보냈다. 그들은 모든 힘을 다해 금관악기를 연주했다. 그는 〈브리타니아여, 지배하라!〉를 연주하도록 지시했고, 아이들에게도 열정적으로 합창하라고 명령했다. 적의 찬송가는 노래로 제압당하고, 그의 시편은 잠잠해졌다. 소음 측면에서는 이쪽이 승리한 셈이었다.

"이제 나를 따라오시오! 뛰지 말고 확고하고 기민한 걸음으로 움직이시오. 아이들과 여성들도 차분하게 걸으시오. 하나로 뭉쳐야 하오. 필요하다면 옆 사람 치맛자락이라도 붙잡고 계속 앞으로 가시오."

그는 결연하고 신중하게 앞으로 걸어갔다. 학생들과 교사들도 헬스톤의 지시를 정확히 따랐기 때문에, 달리지도 머뭇거리지도 않고 차분하고 단단한 추진력으로 행진했다. 부사제들 역시 캐롤라인과 셜리 두 사람 사이에 끼어 있어서 마찬가지로 행동할 수밖에 없었다. 두 여인은 각각 지팡이와 양산을 들고 사소한 명령이라도 위반하거나 독단적이고 규칙에 안 맞는 행동을 하면 즉시 꾸짖기 위해 매서운 눈으로 그들을 주시하고 있었다.

비국교도들은 처음에는 놀라고, 그다음에는 겁을 먹었으며, 결국에는 압도되어 마침내 꼬리를 말고 로이드 레인의 출구를 내어주며 물러날 수밖에 없었다. 볼트비는 이 충돌 속에서 숨이 차서 고통을 겪었지만, 헬스톤과 말론이 그를 부축해 사지 멀쩡하게 무사히 사태를 마무리 지었다.

찬송가를 불렀던 뚱뚱한 비국교인은 도랑에 앉아 있었다. 그는 주류 상인이자 비국교도의 지도자로, 사람들 말에 따르면 그날 오후에만 일 년치 마실 물보다 더 많은 물을 마셨다고 전해졌다. 홀 신부는 캐롤라인을 돌보았고, 캐롤라인은 홀을 돌보았다. 나중에 그와 에인리 양은 조용히 이 사건에 대해 서로 의견을 나누었다. 셜리와 캐롤라인은 모두가 골목길을 무사히 지나간 후에 진심으로 악수를 나누었다. 부사제들은 승리감에 도취하기 시작했지만, 헬스톤 신부가 곧 그들의 해맑은 기세를 누그러뜨렸다. 헬스톤은 그들이 말을 상황에 맞게 할 줄 모른다며 차라리 입을 다물라고 충고했다. 그리고 이번 일이 그들 덕분에 해결된 것이 아니라는 점을 상기시켰다.

행렬은 세 시 반쯤에 돌아섰고, 네 시에 다시 출발 지점에 도착했다. 짧게 깎인 학교 주변 들판 위에 벤치들이 길게 놓여 있었다. 아이들은 그곳에 앉았고, 흰 천으로 덮인 거대한 바구니와 김이 모락모락 나는 큰 주석 용기들이 밖으로 나왔다. 풍성한 음식을 배분하기 전에 홀 신부가 짧은 감사 기도를 올렸고 아이들이 그 기도를 노래로 부르기 시작했다. 아이들의 목소리가 아름답고 감동적으로 울려 퍼졌다. 이어서 커다란 건포도 빵과 뜨겁고 달콤한 차를 넉넉한 마음으로 나누어 먹었다. 이날만큼은 절약을 허락하지 않았다. 각 아이가 지켜야 할 규칙은 먹을 수 있는 양의 두 배를 받아가는 것이었고, 남은 음식은 연로하거나 병으로 인해, 또는 다른 문제로 잔치에 오지 못한 사람들을 위해 집으로 가져가도록 했다. 그동안 음악가들과 교회 성가대 사이에서는 빵과 맥주가 돌았고, 나중에 벤치를 치운 후에는 허락된 선에서 마음껏 즐기고 놀았다.

종소리가 울리자 교사들, 후원자들, 그리고 그 부인들이 학교 교실에 모였다. 셜리와 캐롤라인뿐 아니라 많은 다른 여성들이 이미 그곳에 와 있었고, 각자 담당한 쟁반과 테이블을 살펴보고 있었다. 이 지역에 사는 여성 하인들과 서기, 성가대원, 음악가의 부인들이 이날의 종업원으로 동원되었다. 얼마나 세련되고 깔끔한 복장을 할지 서로 경쟁했고, 특히 젊은 여성들 사이에서는 여러 아름다운 자태가 눈에 띄었다. 열 명 정도는 빵과 버터를 자르고 있었고, 또 다른 열 명은 사제관 주방에서 가져온 뜨거운 물을 나누었다. 하얀 벽을 장식한 수많은 꽃과 상록수들, 테이블 위에 놓인 은빛 찻주전자와 빛나는 도자기, 그리고 바쁘게 움직이는 활기찬 사람들과 환한 얼굴들, 여기저기서 넘실거리는 화려한 옷들이 어우러져 상쾌하고 생동감 넘치는 광경을 이루었다. 모두가 크게 떠들지는 않았지만 즐겁게 대화를 나누었고, 높이 걸린 새장 속 카나리아 새들도 시끄럽게 지저귀었다.

캐롤라인은 헬스톤 신부의 조카로서 메인 테이블 세 곳 가운데 하나에 자리 잡았다. 다른 두 테이블은 볼트비 부인과 마거릿 양이 맡았다. 이 테이블들은 그 자리에 모인 손님 중 상류층을 대접하기 위한 것으로, 브라이어필드도 다른 곳과 마찬가지로 평등에 대한 엄격한 규칙이 그리 도입되지 않은 결과였다. 캐롤라인은 더위에 덜 시달리기 위해 모자와 스카프를 벗었다. 목까지 내려오는 그녀의 긴 곱슬머리가 베일 역할을 해주었고, 수녀 예복처럼 단정하게 만든 모슬린 드레스 덕분에 따로 숄을 걸치지 않아도 되었다.

사람들이 교실을 가득 채우고 있었다. 홀 신부는 캐롤라인 옆에 앉았고, 캐롤라인은 앞에 놓인 컵과 숟가락을 정리하면서 그에게 낮은 목소리로 이날 있었던 사건들에 대해 속삭였다. 홀은 로이드 레인에서 일어난 일에 대해 다소 심각한 표정을 지었고, 캐롤라인은 그가 심각함을 덜고 미소짓게 하도록 애썼다. 셜리도 근처에 앉아 있었는데, 놀랍게도 웃지도 않고 말도 하지 않았다. 오히려 매우 조용히 앉아 주위를 경계하듯 살펴보고 있었다. 그녀는 누군가 자기 옆자리를 차지할까 봐 걱정하는 듯 보였다. 이따금 자신의 새틴 드레스를 활짝 펼쳐 벤치의 상당 부분을 가리거나, 장갑이나 수놓은 손수건을 그 자리에 놓아두었다. 마침내 셜리의 행동을 눈치챈 캐롤라인은 그녀에게 누구를 기다리냐고 물었다. 셜리는 몸을 기울여 장밋빛 입술을 캐롤라인의 귀에 닿을 듯 가까이 대고 달콤한 목소리로 속삭였다. 그것은 종종 그녀가 마음속에 숨겨놓은 달콤하고 은밀한 감정을 살짝 건드릴 때 나타나는 부드러운 음악 같은 목소리였다. "무어 씨를 기다리고 있어요. 어젯밤에 만났는데, 누이와 함께 와서 우리 테이블에 앉겠다고 약속했거든요. 나를 실망시키지 않을 거예요, 분명해. 하지만 너무 늦게 와서 우리와 떨어져 앉을까 봐 걱정이에요. 새로운 손님들이 계속 오고 있는데, 자리가 다 차버리겠어요. 정말 성가시네요!"

실제로 지금 막 판사인 윈 씨와 그의 아내, 아들, 두 딸이 당당하게 입장했다. 그들은 브라이어필드의 상류층이었다. 그래서 당연히 첫 번째 테이블로 안내되었고 남은 자리를 모두 채웠다. 게다가 판사의 아들 샘 윈이 셜리가 로버트를 위해 남겨두었던 빈자리에 앉으면서 그녀의 드레스와 장갑, 손수건을 깔고 뭉개는 바람에 셜리를 더 불쾌하게 만들었다. 샘은 셜리가 혐오하는 인물 중 하나였고, 그가 그녀에게 진지하게 구애를 하려는 기색을 보일수록 그녀의 반감은 더 커졌다. 또한, 나이 든 윈 씨 역시 필드헤드와 월든홀의 재산이 뭉치면 좋겠다며 공공연히 말한 적이 있었고, 이 말은 소문을 타고 셜리에게까지 전해져 그녀를 더욱 불쾌하게 했다.

캐롤라인의 귀에는 아직도 '무어 씨를 기다리고 있어요'라는 짜릿한 속삭임이 맴돌았고, 그 말에 가슴이 두근거리고 얼굴이 달아올랐다. 그때 파이프 오르간 소리가 주변의 혼란스러운 소음을 뚫고 울려 퍼졌다. 볼트비 박사와 헬스톤 신부, 홀 신부가 일어서자, 그 자리에 있는 모든 사람이 함께 일어나 음악에 맞춰 감사의 찬송가를 불렀다. 그 후에 차 마시는 시간이 시작되었다. 한동안 캐롤라인은 자신에게 맡겨진 일에 너무 바빠서 주변을 둘러볼 겨를이 없었고, 마지막 찻잔을 채우고 난 후에야 방 안을 불안하게 둘러보았다. 거기에는 아직 자리를 배정받지 못하고 서 있는 남녀들이 몇몇 있었다. 그들 사이에서 캐롤라인은 독신 친구인 만 양을 알아보았다. 좋은 날씨에 이끌렸거나, 혹은 어떤 절친한 친구의 설득에 넘어가 우울한 고독에서 잠시 벗어나 한 시간 정도 사람들과 어울리는 시간을 누리려고 온 듯했다. 만 양은 서 있는 것에 지친 기색이었고, 노란 모자를 쓴 한 여성이 그녀에게 의자를 가져다주었다. 캐롤라인은 그 노란 새틴 모자를 잘 알고 있었다. 그 모자 아래의 검은 머리와 친절하지만 다소 자기주장이 강하고 고집스러워 보이는 얼굴도 잘 알고 있었다. 그 검은 실크 드레스도, 심지어 그 회색 리넨 숄도 알고 있었다. 다시 말해, 캐롤라인은 그 여성을 잘 알았다. 오르탕스 무어였다. 캐롤라인은 벌떡 일어나서 그녀에게 달려가 입맞춤하고 싶었다. 그녀를 위해 한 번, 그녀의 동생을 위해 두 번 포옹하고 싶었다. 실제로 그녀는 억눌린 감탄사와 함께 반쯤 일어섰다. 그 강렬한 충동 때문에 방을 가로질러 달려가 정말로 그녀에게 인사할 뻔했다. 하지만 누군가 손을 뻗어 캐롤라인을 다시 자리에 앉혔고, 뒤에서 속삭였다. "차를 다 마실 때까지 기다려, 리나. 그러면 내가 그녀를 너에게 데려올게."

캐롤라인이 고개를 들자 바로 뒤에 로버트가 있었다. 그는 열의 넘치는 캐롤라인의 모습에 웃고 있었고, 그 미소는 그녀가 여태껏 본 그 어느 모습보다 멋져 보였다. 캐롤라인의 편향된 시각으로는 로버트가 너무나도 잘생겨서 그를 또다시 쳐다볼 엄두가 나지 않았다. 그의 모습이 고통스러울 만큼 눈부시게 느껴졌고, 마치 번개의 강렬한 섬광으로 사진을 찍듯 그녀의 기억 속에 생생하게 각인되었다.

로버트는 앞으로 나아가 셜리에게 말을 걸었다. 셜리는 샘 윈의 원치 않는 관심과 그 신사가 아직도 자신의 장갑과 손수건 위에 앉아 있다는 사실, 그리고 로버트의 지각 때문에 짜증이 나 있었다. 그녀는 먼저 그를 향해 어깨를 으쓱하더니, 로버트의 '참을 수 없는 지각'에 대해 비난하는 말을 몇 마디 던졌다. 로버트는 사과도 하지 않았고 반박도 하지 않았다. 그저 조용히 그녀 곁에 서서 셜리가 기분을 가라앉히기를 기다리는 듯 보였다. 3분 정도 지나자 마음을 진정시킨 셜리는 그에게 손을 내미는 것으로 기분을 표현했다. 로버트는 반쯤은 사과의 의미로, 반쯤은 감사의 의미로 미소를 지으며 그녀의 손을 잡았다. 고개를 아주 살짝 흔들며 사과의 의미를 섬세하게 표했고, 부드러운 손길로 감사의 마음을 표현했다. "이제 앉을 수 있는 자리에 앉으세요, 무어 씨." 셜리도 미소를 지으며 말했다.

"보시다시피 여기에는 당신이 앉을 자리가 한 치도 없어요. 하지만 볼트비 부인의 테이블에 충분한 공간이 보이네요. 아미티지 양과 버트위슬 양 사이에 앉으시면 되겠어요. 가세요! 존 사익스 씨 맞은편이니, 우리와는 등지고 있겠네요."

그러나 로버트는 지금 자리에 머물고 싶어 했다. 그래

서 이따금 긴 방을 천천히 걸으면서 같은 처지에 놓인 다른 신사들과 인사를 나누기 위해 잠시 걸음을 멈추기도 했지만, 여전히 셜리에게로 돌아왔다. 그리고 돌아올 때마다 그녀의 귀에 속삭일 이야기를 가져왔다.

한편, 불쌍한 샘 윈은 전혀 편안해 보이지 않았다. 그의 옆에 앉은 여성은 그녀의 움직임으로 보아 매우 불안하고 불편한 기분인 듯했다. 그녀는 단 2초도 가만히 있지를 못했다. 덥다면서 혼자 부채질을 했고 공기도 공간도 부족하다고 불평했다. 그리고 자기 생각에는 사람들이 차를 마치면 테이블을 떠나는 게 옳다고 언급했고, 현재 상태가 계속되면 기절할 거라고 단호하게 말했다. 샘은 그녀에게 바깥으로 나가겠냐고 제안했지만, 그녀는 그러면 감기로 죽을 것이라고 주장했다. 마침내 샘은 그 자리를 더 견딜 수 없었고 차를 얼른 들이켜고 자리를 뜨는 편이 현명하다고 판단했다.

로버트가 주변에 있어야 했지만, 그는 방 반대편 끝에서 크리스토퍼 사익스와 심각하게 대화를 나누고 있었다. 마침 셜리의 근처에 있던 곡물상 티모시 램스던 씨가 서 있는 것에 지쳐서 빈자리에 앉으려고 다가왔다. 그러나 셜리가 기지를 발휘했다. 스카프를 휘두르며 찻잔을 엎어서 의자와 새틴 드레스에 차를 쏟아버린 것이다. 당연히 이 소동을 해결하기 위해 종업원을 불러야 했다. 램스던 씨는 부유한 만큼 덩치도 큰 뚱뚱하고 숨이 찬 신사였는데, 앞에서 일어난 소동으로 뒷걸음질을 쳤다. 셜리는 평소 옷차림이나 사소한 사고에 거의 무관심한 편이었지만, 이번에는 마치 세상 예민하고 신경이 날카로운 여자라도 된 것처럼 소란을 피웠다. 램스던 씨는 입을 떡 벌린 채 천천히 물러섰고, 킬다 양이 다시 '양보'하겠다면서 호들갑을 떨자, 그는 뒤돌아서서 무거운 발걸음으로 후퇴했다.

로버트가 마침내 돌아왔다. 그는 소란스러운 장면을 차분히 살펴보더니, 셜리의 수수께끼 같은 표정을 약간 장난스럽게 바라보면서 이곳이 방에서 가장 더운 곳이라서 자신처럼 차분한 성격이 아니면 이곳 온도와 맞지 않을 것 같다고 말했다. 그리고 종업원들과 냅킨, 새틴 옷, 즉 모든 소란을 한쪽으로 밀어내고, 운명이 자신을 앉히기로 한 그 자리에 앉았다. 셜리는 곧 안정을 찾았고 표정도 변했다. 올라갔던 이마 주름과 이해할 수 없었던 입술 곡선이 다시 부드럽게 펴졌다. 고집스럽고 장난기 가득했던 모습은 다른 표정들로 바뀌었고, 샘 윈의 영혼을 괴롭혔던 모든 불편한 움직임이 마치 마법처럼 사라졌다. 그러나 로버트에게는 호의적인 눈길을 보내지 않았다. 오히려 큰 문제를 일으켰다고 책망했고, 램스던 씨의 존경과 샘 윈 씨의 귀중한 우정을 잃게 한 원인이라며 강하게 비난했다.

"세상에, 두 신사분을 불쾌하게 할 생각은 전혀 없었어요." 셜리가 단언했다. "나는 항상 두 분 모두를 아주 존중하며 대했는데, 당신 때문에 그분들을 어떻게 대했는지 보세요! 두 분과 화해하지 않으면 괴로울 거예요. 이웃들과 사이가 나쁘면 절대 마음이 편치 않거든요. 그러니까 내일은 로이드 제분소에 가서 방앗간 주인을 달래드리고 곡물도 칭찬해 드려야겠네요. 그리고 모레에는 샘 씨의 포인터 개들에게 줄 오트케이크 조각을 가방에 담아 월든홀로 가야겠어요. 정말 가기 싫지만요."

"당신은 그 남성분들의 마음으로 가는 가장 확실한 길을 잘 알고 있군요. 의심할 여지가 없네요." 로버트가 조용히 말했다. 그는 마침내 자신의 자리를 확보한 것에 매우 만족하는 듯 보였지만, 그 기쁨을 표현하는 멋진 말을 하거나 자기로 인해 벌어진 번거로운 소동에 대해서는 사과하지 않았다. 그 냉정함은 놀라울 정도로 그와 잘 어울렸다. 로버트는 너무나 침착했고 그 차분함이 그를 더 잘생겨 보이게 만들었다. 로버트는 주변을 평온하게 만들었고, 그 평온함이 마치 평화를 되찾아 주는 것 같았다. 그가 부유한 여인 옆에 앉은 가난하고 고군분투하는 남자라는 사실을 겉모습만 봐서는 아무도 모를 것이다. 그의 모습에는 평등의 평온함이 깃들어 있었고, 아마도 그 평온함은 그의 영혼에도 자리 잡고 있을 것이다. 가끔 로버트가 셜리에게 말을 걸며 내려다보는 모습을 보면 그의 지위가 그의 키만큼이나 그녀보다 높을 것이라고 착각할 수도 있다. 간혹 그의 이마에 엄격한 빛이 스쳐 지나고 눈에서 빛이 번뜩일 때도 있었다. 그들의 대화는 활기 있었지만, 조용한 톤을 유지했다. 셜리가 질문을 던지며 로버트를 재촉해도 로버트는 그녀의 호기심을 충족시켜 주지 않았다. 그녀가 로버트의 눈을 한 번 쳐다봤다. 부드러우면서도 간절한 그녀의 표정에서 더 명확한 답변을 요구하고 있음을 읽을 수 있었다. 로버트는 유쾌하게 미소 지으면서도 여전히 입을 열지 않았다. 그러자 그녀가 기분이 상한 듯 고개를 돌렸지만, 그는 잠시 후에 다시 그녀의 주의를 끌었다. 정보를 주는 대신 약속을 건네며 그녀를 달래고 있는 것처럼 보였다.

방의 더운 공기가 캐롤라인에게 맞지 않는 듯했다. 차를 준비하는 시간이 길어지면서 그녀는 점점 더 창백해졌다. 감사 인사가 끝나자마자 테이블을 떠난 그녀는 만 양과 함께 이미 바깥 공기를 찾아 나선 사촌 오르탕스를 뒤따라 서둘러 나갔다. 로버트 무어도 캐롤라인이 일어날 때 같이 일어섰는데, 아마도 그녀에게 말을 걸려 했던 것 같다. 그러나 아직 셜리와 마무리 대화를 나누고 있었고, 말을 끝내는 사이에 캐롤라인이 사라져 버렸다.

오르탕스는 옛 제자를 맞이하면서 따뜻함보다는 품위 있는 태도를 보였다. 그녀는 헬스톤 신부의 행동에 심각하게 기분이 상했고, 캐롤라인이 삼촌의 말을 너무 충실히 따랐다고 줄곧 비난해 왔다.

"굉장히 오랜만이군요." 캐롤라인이 오르탕스의 손을 꼭 쥐자 오르탕스가 엄숙하게 말했다. 캐롤라인은 그녀를 너무 잘 알았기에 냉담한 말투를 서운해하거나 불평하지 않았고, 그 까탈스러운 태도를 그냥 넘겼다. 왜냐하면, 오르탕스의 타고난 봉떼(bonté)가 곧 우위를 차지할 것을 확신했기 때문이다(굳이 프랑스어를 쓴 이유는 내가 말하고 싶은 것을 정확히 표현하는 단어이기 때문이다. 선함도 온화함도 아닌 그 중간쯤 되는 무언가가 바로 이 단어가 의미하는 바다). 실제로 그렇게 되었다. 오르탕스는 캐롤라인의 얼굴을 유심히 살펴보고, 다소 수척해진 얼굴을 보자마자 태도가 부드러워졌다. 그녀는 캐롤라인의 양 볼에 입을 맞추고, 그녀의 건강에 대해 걱정스레 물었다. 캐롤라인은 명랑하게 대답했다. 그러나 만 양이 집으로 데려다 달라고 요청하지 않았다면, 캐롤라인은 장시간의 심문을 받고 끝없는 설교를 들어야 했을 것이다. 허약한 만 양은 이미 지쳐 있었다. 너무 피곤한 나머지 캐롤라인에게 한 마디 말조차 건네기 어려울 정도로 신경질적이 되었다. 게다가 캐롤라인의 하얀 드레스와 활기찬 모습이 만 양에게는 불쾌하게 보였다. 그녀의 눈에는 평범한 갈색 옷감이나 회색 깅엄 드레스, 평소의 우울한 표정이 이 고독한 아가씨에게 더 잘 어울렸다. 오늘 밤 캐롤라인은 마치 모르는 사람 같앉고, 만 양은 차갑게 고개를 끄덕인 후 그녀와 작별했다. 오르탕스가 만 양을 집에 데려다주겠다고 약속했기에 두 사람은 함께 떠났다.

이제 캐롤라인은 셜리를 찾으며 주변을 둘러보았다. 그리고 무지개색 스카프와 보랏빛 드레스를 입은 셜리가 어떤 무리 중심에 서 있는 것을 발견했다. 그 무리 속 여성들은 모두 그녀가 잘 아는 사람들이었지만, 가능한 한 피하려고 애쓰는 부류의 사람들이었다. 가끔은 다른 때보다 더 수줍음을 타는 캐롤라인은 지금 저 모임에 합류할 용기가 전혀 나지 않았다. 그러나 모두 짝지어 다니거나 무리를 이루며 어울리는데 혼자 서 있을 수는 없었기에, 캐롤라인은 자신이 가르쳤던 학생들인 다 큰 소녀들, 아니 젊은 여성들이 모여 있는 무리로 다가갔다. 그들은 어린아이들 수백 명이 눈을 가리고 술래잡기를 하며 노는 모습을 지켜보고 있었다.

캐롤라인은 이 소녀들이 자신을 좋아한다는 것을 알고 있었지만, 학교 밖에서는 그들과도 불편했다. 그녀는 소녀들이 자신을 경외하는 정도보다 더 그들을 어려워했다. 그래도 소녀들 무리로 다가갔는데, 이는 그들에게 아는 척하기 위해서가 아니라 그 무리 속에서 보호받기 위해서였다. 소녀들은 본능적으로 캐롤라인의 약한 면을 알고 있었고 자연스러운 예의로 그녀를 존중했다. 캐롤라인이 그들을 가르치던 시절, 그녀는 지성으로 존경받았고 온화함으로 호감을 얻었다. 그녀가 어떤 임무를 수행할 때는 지혜롭고 선하다고 생각했기 때문에, 소녀들은 학교 밖에서 보이는 그녀의 선명한 수줍음을 친절하게 눈감아 주었다. 그들은 캐롤라인의 약점을 이용하지 않았다. 농민 소녀들이었지만 영국인 특유의 섬세함을 가지고 있었기 때문에, 그런 무례한 실수를 저지르지 않았다. 지금도 여전히 그녀를 둘러싼 채 예의 바르고 친절하게 서 있었고, 캐롤라인의 가벼운 미소와 다소 서투른 인사를 친절하고 품위 있게 받아들였다. 이렇게 친절에서 비롯된 품위는 캐롤라인을 곧 편안하게 만들어 주었다.

샘 윈이 급히 다가와 나이 많은 소녀들도 어린 소녀들처럼 놀이에 참여하라고 큰소리로 독촉했고, 캐롤라인은 다시 혼자 남게 되었다. 그녀가 조용히 집으로 돌아가려고 생각하던 중, 멀리서 그녀가 혼자 있는 걸 눈치챈 셜리가 서둘러 그녀 곁으로 다가왔다.

"우리 들판 위로 가요. 캐롤라인은 사람들이 모여 있는 걸 좋아하지 않잖아요."

"하지만 셜리, 저 우아한 분들과 어울리는 즐거운 시간을 빼앗고 싶지 않아요. 게다가 저분들은 당신과 대화하려고 저렇게 애쓰면서 함께 있는 것만으로도 무척 즐거워하는데, 당신을 데려갈 순 없어요."

"그만큼 내가 노력을 하는 거예요. 그리고 난 이미 지쳤어요. 브라이어필드의 우아한 신사 숙녀들과 웃고 수다 떠는 일은 따분하고 무의미하거든요. 이 하얀 드레스를 한참 찾았어요. 나는 내가 좋아하는 사람들이 군중 속에 있는 모습을 지켜보는 게 좋아요. 그리고 다른 사람들과 비교해 보지요. 캐롤라인의 모습도 다른 사람들과 비교해 봤어요. 당신은 달라요, 리나. 물론 당신보다 더 예쁜 얼굴들은 있어요. 해리엇 사익스처럼 모델 같은 미인은 아니니까요. 당신이 그녀 옆에 있으면 눈에 띄지 않을 수도 있어요. 하지만 캐롤라인은 호감 가는 사려 깊은 사람으로 보여요. 내가 흥미로워하는 그런 인상을 주지요."

"그만요, 셜리! 나를 과대평가하고 있어요."

"학생들이 캐롤라인을 좋아하는 것도 당연해요."

"말도 안 돼요, 셜리! 다른 이야기 해요, 우리."

"그러면 로버트를 보면서 이야기해 봐요. 저기 보이네요."

"어디요?" 질문을 던진 캐롤라인은 들판 너머를 보는 대신, 셜리의 눈을 들여다보았다. 그녀는 셜리가 멀리서 무언가를 발견할 때마다 늘 이렇게 했다. 셜리는 자신보다 시력이 더 좋았기에, 캐롤라인은 독수리처럼 매서운 시력의 비밀을 그 어두운 회색 홍채에서 찾아낼 수 있을지도 모른다고 생각하는 것 같았다. 아니면, 아마도 그 반짝이고 분별력 있는 눈동자의 방향에서 지침을 찾고자 했을지도 모른다.

"저기에 로버트가 있어요." 셜리가 넓은 들판을 가리키며 말했다. 그곳에서는 천 명에 가까운 아이들이 놀고 있었고, 이제는 거의 천 명쯤 되는 어른들이 그 주변을 돌아다니고 있었다.

"저 큰 키와 곧은 자세를 놓칠 수 있겠어요? 사람들 사이에 서 있는 모습이 마치 겸손한 목자들 사이에 있는 엘리압 같네요. 전쟁 회의를 하는 사울처럼 보여요. 그리고 내가 틀리지 않았다면, 저 사람도 전쟁 회의 중일 거예요."

"왜 그렇게 생각해요, 셜리?" 마침내 찾고 있던 대상을 발견한 캐롤라인이 물었다. "로버트가 지금 막 삼촌에게 말을 걸었어요. 두 사람이 악수하고 있네요. 화해했나 봐요."

"화해한 데에는 분명한 이유가 있을 거예요. 확실해요. 어떤 공통의 적에 맞서 함께 싸우기 위해서지요. 그런데 왜 윈 씨, 사익스 씨, 아미티지 씨, 램스던 씨까지 두 사람 주위에 저렇게 붙어 있을까요? 그리고 왜 말론에게 합류하라고 손짓하는 걸까요? 말론을 부르는 건 분명 강한 손이 필요해서일 거예요."

무리를 지켜보면서 점점 불안해진 셜리는 눈을 번뜩였다.

"저들은 나를 믿지 않아요. 결정적인 순간에는 매번 이런 식이죠." 셜리가 말했다.

"무슨 일인데요?"

"느껴지지 않아요? 뭔가 비밀스러운 일이 벌어지고 있어요. 어떤 사건이 벌어지려는 거예요. 뭔가 준비하고 있는 게 분명해요. 오늘 저녁 무어 씨의 태도에서 모두 알았어요. 흥분해 있었지만, 냉정했죠."

"당신에게 냉정하게 굴었다고요, 셜리?"

"그래요. 저 사람은 종종 나에게 냉정해요. 단둘이서는 대화를 잘 안 하지만, 간혹 그럴 때마다 그의 성격이 전혀 부드럽지 않은 게 느껴져요."

"그래도 당신에게 부드럽게 말하는 것 같았어요."

"그렇죠? 목소리도 아주 부드럽고 태도도 조용해요. 하지만 저 남자는 단호하고 비밀스러워요. 그의 비밀스러움이 나를 괴롭히죠."

"맞아요, 로버트는 비밀스러워요."

"그가 나에게 이렇게까지 비밀스럽게 굴 이유가 없어요. 특히 처음에는 나를 신뢰해 주었다고요. 내가 신뢰를 잃을 만한 일을 한 것도 아닌데, 그것이 철회되어서는 안 되죠. 아마도 내가 위기 상황에서도 믿을 만한 강한 정신의 소유자로는 보이지 않는가 봐요."

"당신이 불안해할까 봐 걱정하는 걸 거예요."

"불필요한 걱정이에요. 나는 쉽게 부서지지 않는 탄력

있는 성격이거든요. 그가 그걸 알았어야 해요. 하지만 저 남자는 자존심이 강하죠. 그에게도 결점이 있어요. 당신이 뭐라고 하든 말이에요, 리나. 저 무리가 지금 얼마나 열중하고 있는지 봐요. 우리가 지켜보고 있는 줄도 전혀 모르잖아요."

"셜리, 우리가 계속 주의를 기울이면 무슨 비밀인지 실마리라도 찾을 수 있을 거예요."

"조만간 무언가 특별한 움직임이 있을 거예요. 내일일 수도 있고, 아니면 오늘 밤일지도 모르죠. 하지만 내 눈과 귀는 활짝 열려 있다고요. 무어 씨, 당신은 감시 대상이에요. 리나도 경계심을 늦추면 안 돼요."

"알겠어요. 로버트가 가고 있어요. 그가 돌아서는 걸 봤어요. 우리를 눈치챈 것 같아요. 사람들이 악수하고 있네요."

"결의에 찬 악수네요. 엄숙한 동맹을 맺거나 계약을 확정할 때처럼 말이죠."

두 여인은 로버트가 무리에서 벗어나 문을 지나 사라지는 모습을 보았다.

"게다가 로버트는 우리에게 작별 인사도 하지 않았어요." 캐롤라인이 속삭였다.

이 말이 입에서 나오자마자, 캐롤라인은 말 속에 숨은 실망을 부인하려고 미소를 지었다. 그녀의 눈이 저도 모르게 순간적으로 부드러워지고 밝아졌다. 그때 셜리가 외쳤다.

"아, 그건 금방 해결할 수 있어요! 그에게 작별 인사를 하게 만드는 거예요."

"그건 다른 일이죠." 캐롤라인이 대답했다.

"똑같게 만들 거예요."

"하지만 로버트는 떠났어요. 따라잡을 수 없을 거예요."

"그가 가는 길보다 더 빠른 길을 알아요. 앞지를 수 있어요."

"하지만, 셜리. 나는 가고 싶지 않아요."

캐롤라인이 말했지만, 셜리는 그녀의 팔을 잡고 들판을 가로질러 서둘러 내려갔다. 저항해도 소용없었다. 셜리가 한번 마음을 먹으면 그보다 더 고집스러운 것은 없었다. 캐롤라인은 알아차리기도 전에 군중의 시야에서 벗어나 위로는 가시나무가 우거지고 발밑은 데이지가 만발한 좁고 그늘진 장소에 도달했다. 그녀는 저녁 햇빛이 잔디밭을 얼룩지게 하는 모습도, 이 시간에 나무와 식물에서 피어오르는 순수한 향기도 의식하지 못했다. 단지 한쪽 끝에서 문이 열리는 소리만 들렸고, 로버트가 다가오고 있음을 알았다. 산사나무의 긴 가지들이 그들 앞에 뻗어 있어서 가림막 역할을 해주었다. 두 사람은 로버트가 그들을 알아차리기 전에 먼저 그를 보았다. 한눈에 캐롤라인은 로버트의 유쾌함이 사라졌음을 알아차렸다. 기쁨으로 가득한 학교 주변 들판에 그것을 두고 온 듯했다. 지금 남아 있는 것은 그의 어둡고 조용한, 일에 몰두하는 표정뿐이었다. 셜리가 말한 대로 그의 분위기에는 어떤 냉정함이 깃들어 있었고, 그의 눈은 흥분되어 보였으나 엄격했다. 셜리의 이번 장난은 타이밍이 너무 안 좋았다. 만약 그가 휴일의 즐거운 기분을 내비쳤다면 그리 큰 문제 되지 않았을 것이다. 하지만 지금은….

"오지 말자고 했잖아요." 캐롤라인은 친구에게 조금 날카롭게 말했다. 그녀는 정말 불안해 보였다. 자신의 의지를 꺾고 이렇게 뜻밖의 상황으로 로버트를 방해하게 된 일, 그리고 그는 분명히 지체되기를 원하지 않을 이 시간이 그녀를 몹시 불쾌하게 했다. 하지만 셜리는 전혀 신경 쓰지 않았다. 그녀는 앞으로 나아가 로버트의 앞을 가로막으며 그와 마주했다. "우리에게 작별 인사를 안 했어요." 셜리가 말했다.

"작별 인사를 안 했다니! 어디서 나타난 거죠? 요정들인가요? 조금 전만 해도 보라색과 하얀 옷을 입은 두 사람이 들판 너머 언덕 위에 서 있는 걸 봤는데."

"당신이 우리를 그곳에 남겨두고 갔고 지금 여기서 우리를 발견한 거예요. 우리는 당신을 지켜보고 있었고 앞으로도 지켜볼 거예요. 언젠가는 당신에게 질문해야겠지만,

지금은 아니에요. 지금 당신이 해야 할 일은 그저 '잘 있어요'라고 말하고 지나가는 것뿐이지요."

로버트는 표정을 풀지 않고 셜리와 캐롤라인을 번갈아 보면서 진지하게 말했다.

"축제의 날에는 특권이 있고, 위험한 날에도 마찬가지입니다."

"제발, 훈계는 그만해요. 그냥 '잘 있어요'라고 말하고 지나가세요." 셜리가 재촉했다.

"킬다 양, 꼭 인사를 해야 합니까?"

"네, 그리고 캐롤라인에게도요. 그게 새삼스러운 일은 아니기를 바라요. 전에도 우리에게 인사한 적 있잖아요."

로버트는 한 손으로 셜리의 손을 잡고 다른 손으로 그 손을 감쌌다. 그리고 진지하게, 친절하게, 그러나 위엄 있게 그녀를 내려다보았다. 이 상속녀는 이 남자를 자신의 지배 아래 둘 수 없었다. 그녀의 밝은 얼굴을 바라보는 로버트의 시선에는 비굴함도 없었고 경외심조차 없었지만, 분명히 관심과 애정은 있었다. 그리고 다른 감정도 더해져 있었다. 그가 말할 때의 어조와 말 속에 담긴 내용에서 그 마지막 감정이 감사라는 사실을 알 수 있었다.

"당신에게 빚진 자가 안녕을 고하겠소! 아침까지 안전하고 평온하게 쉬길 바랍니다."

"당신도요, 무어 씨. 이제 무슨 일을 하실 건가요? 헬스톤 신부님과 악수하는 모습을 봤는데, 그분과 무슨 이야기를 나눴나요? 왜 그 신사들이 모두 당신 주위에 모인 건가요? 이번 한 번만이라도 거리낌 없이 솔직해져 보세요. 저에게 솔직하게 말해줘요."

"누가 당신을 거부할 수 있겠습니까? 솔직하게 말하겠습니다. 내일, 해줄 이야기가 있다면 그때 전부 말해드리겠습니다."

"지금 말해줘요, 미루지 말고요." 셜리가 간청했다.

"하지만 지금은 반쪽짜리 이야기밖에 할 수 없습니다. 그리고 시간도 없어요. 지금은 한순간도 낭비할 수 없어요. 미룬 이야기는 나중에 솔직함으로 보상하겠습니다."

"그럼 집으로 가시는 건가요?"

"네."

"오늘 밤 다시 밖으로 나오시진 않을 거죠?"

"물론입니다. 지금은 이만, 두 분 다 안녕히."

로버트는 캐롤라인의 손을 잡아 셜리의 손과 함께 쥐려고 했지만, 어쩐지 그녀는 준비되지 않은 듯했다. 캐롤라인은 몇 발짝 물러서 있었다. 로버트의 인사에 대해 캐롤라인은 그저 가볍게 고개를 숙이며 부드럽고 진지한 미소로 답했다. 그는 더 다정한 표현은 바라지 않았다. 다시 한 번 '안녕히'라고 말하고는 그들 곁을 떠났다.

"이제 끝났어요. 우리가 그에게 작별 인사를 하게 만들었지만, 그의 존경심도 잃지 않았다고 생각해요, 캐롤라인." 셜리가 말했다.

"그러면 좋겠네요." 캐롤라인이 짧게 대답했다.

"당신은 정말 소심하고 감정을 잘 드러내지 않는 것 같아요. 로버트가 손을 내밀었을 때 왜 잡지 않았어요? 당신 사촌이고 그를 좋아하잖아요. 로버트가 당신의 애정을 아는 게 부끄러운 거예요?"

"로버트가 알고 싶어 하는 만큼은 이미 다 알고 있어요. 굳이 감정을 드러낼 필요는 없어요."

"당신은 참 간결해요. 가능하다면 금욕주의자가 됐을 거예요. 당신 눈에는 사랑이 죄로 보이나요, 캐롤라인?"

"사랑이 죄라니요! 아니에요, 셜리. 사랑은 신성한 미덕이에요. 왜 그런 단어를 대화에 끌어들이는 거죠? 전혀 상관없는 말이에요."

"그럼 됐어요!" 셜리가 외쳤다.

두 아가씨는 푸른 길을 따라 침묵 속에서 걸었다. 캐롤라인이 먼저 다시 입을 열었다.

"주제넘은 행동이 죄고, 성급한 것도 죄예요. 둘 다 혐오스럽지요. 하지만 사랑은! 가장 순결한 천사도 사랑하면서 얼굴 붉힐 필요가 없어요. 남자든 여자든 사랑과 수치를 결부시키는 사람을 볼 때마다, 나는 그들의 마음이 거칠고, 사고방식이 타락했다고 생각해요. 자신을 세련된 숙녀나 신사라고 생각하면서, 늘 '천박함'이라는 말을 입에 달고 사는 많은 사람이 '사랑'이라는 단어를 언급할 때는 자기 내면에 지닌 어리석고 비참한 타락을 드러내지요. 그들에게 사랑은 천박한 감정이자 저급한 생각일 뿐이에요."

"그런 사람들이 세상의 4분의 3이에요, 캐롤라인."

"그들은 차가워요. 겁쟁이들이죠. 사랑에 대해선 무지하고 멍청해요, 셜리! 그 사람들은 결코 사랑한 적도 사랑받은 적도 없어요!"

"맞아요, 리나. 그 사람들은 신성한 제단에서 천사들이 가져온 살아 있는 불을 무지함 속에서 모독하죠."

"그들은 그것을 지옥에서 솟아오르는 불꽃과 혼동해요."

바로 그때, 갑자기 울려 퍼진 기쁨의 종소리가 모두를 교회로 불렀고, 대화는 끝났다.

2권에서 계속.

셜리 1

초판 1쇄 발행 2025년 8월 29일

지은이   샬럿 브론테
옮긴이   송근아

펴낸이   박영일
기획·편집   박하영
표지 디자인   조혜령
내지 디자인   하한우·임아람

펴낸 곳   (주)시대고시기획·시대교육
주소   서울시 마포구 큰우물로 75(도화동 538) 성지B/D 9층
E-mail   jansang@sdedu.co.kr

ISBN   979-11-383-9683-7 (04840)
ISBN   979-11-383-9682-0 (04840) (세트)

* 잔상은 시대교육그룹의 단행본 문학 브랜드입니다.
* 이 책의 전체 또는 일부를 재사용하려면, 저작권자와 잔상 편집부의 동의를 받아야 합니다.
* 책값은 뒤표지에 있습니다.
* 잘못된 책은 구입처에서 바꾸어 드립니다.